a filha do império

OHAEL
ZEBAOTH
TONAH

Terminada a cerimônia, a mágoa de Mara escoou como a água que escorria da lagoa, levando lágrimas e sangue para o rio, depois para o mar distante. Tal como o luto aplacava sua dor, a cerimônia a purificava, mas aquele era um momento de pesar pessoal, em que lágrimas e sofrimento não eram vergonhosos. E Mara desceu às profundezas da mágoa, à medida que onda após onda de tristeza emanava do fundo de sua alma.

manifesto da coleção bang!

Este é o nosso compromisso com você:
Queremos ser a melhor coleção de
literatura fantástica do Brasil.
Vamos publicar apenas os grandes
livros dos grandes autores.
Todas as obras são válidas, desde que
ignorem as limitações do realismo.
Queremos mexer com a sua cabeça.
Mas um click não basta.
É preciso um Bang!

a filha do império

a saga do império / livro um

raymond e. feist & janny wurts

Tradução de Rui Azeredo e José Remelhe

SAÍDA DE EMERGÊNCIA
livros para fugir da rotina

SAÍDA DE EMERGÊNCIA
livros para fugir da rotina

TÍTULO: *A Filha do Império / nº 13 da Coleção Bang!*
AUTORIA: *Raymond E. Feist e Janny Wurts*
EDITOR: *Luís Corte Real*

TRADUÇÃO: *Rui Azeredo e José Remelhe*
ADAPTAÇÃO E PREPARAÇÃO: *Bruno Anselmi Matangrano*
REVISÃO DE TRADUÇÃO: *Renato Razzino*
REVISÃO: *Hermínia Totti, Lygia Netto, Natália Alexandre e Tomaz Adour*
COMPOSIÇÃO: *Saída de Emergência, em caracteres Minion, corpo 12*
DESIGN DA CAPA: *Saída de Emergência*
ILUSTRAÇÃO DA CAPA: *Marc Simonetti*
IMPRESSÃO E ACABAMENTO: *RR Donnelley*

CIP-BRASIL. CATALOGAÇÃO NA PUBLICAÇÃO
SINDICATO NACIONAL DOS EDITORES DE LIVROS, RJ

F332m Feist, Raymond E.
Filha do império / Raymond E. Feist, Janny Wurts; tradução de Rui Azeredo e José Remelhe. Rio de Janeiro: Saída de Emergência, 2015.
464 p.: il.; 16x23 cm.

Tradução de: Daughter of the empire
ISBN 978-85-67296-34-0

1. Ficção americana. I. Wurts, Janny. II. Azeredo, Rui. III. Remelhe, José. IV. Título.

15-19556 CDD: 813
CDU: 821.111(73)-3

Rua Luiz Câmara, 443
Suplementar: Rua Felizardo Fortes, 420 — Ramos
21031-160 — Rio de Janeiro — RJ
Tel.: (21) 2538-4100
www.sdebrasil.com.br

Sumário

Este livro é dedicado a Harold Matson com um profundo agradecimento, respeito e amizade

Tundra dominada
pelos Thun
Cidade dos
Magos
Império dos
Tsuranuanni
Ambolina
Neshka
Ilha dos
Destacamentos
Mixoxa
Migran
Tusa
Nar
Pes
Kelewan
Mar de Sang
Banganok
(Ruínas)
Ous
N
Tsubar
A Terra Perdida
E
O
S
Grandes Desert

COLTARI
heira Elevada
Silmani
LASH
Barak
Yankora Profunda
Yankora
ani
ade
ada
TAC
HOKANI
-Qu
Jamar
Ontoset
Seran
u
Passagem de Xula
Cidade das Planícies
Grande Pântano
Terras Altas de THURIL
HONSHONI
Baía da Batalha
Kolth
Xula
Confederação THURIL
Lepala
Rujije
SWETO
Wamar
Llama
Brigani

Agradecimentos

Estamos em dívida com várias pessoas por muitas das coisas que fazem parte deste livro. Gostaríamos de deixar aqui registrados publicamente os nossos sinceros agradecimentos pelas respectivas contribuições, intencionais ou não:

Aos Friday Nighters, cujo carinho pelos jogos possibilitou que Raymond tivesse várias ideias maravilhosas que foram utilizadas em dois mundos, e aos muitos criadores desses jogos, especialmente à Midkemia Press.

A Kyung e Jon Conning, por levarem Janny numa visita guiada por sua terra natal, a Coreia, o que muito contribuiu para o colorido deste livro.

A Virgina Kidd, por ajudar Janny a dizer sim, e por muitos anos de conselhos sensatos e amizade.

Aos nossos editores, Adrian Zackheim — que nos acompanhou no início — e Jim Moser — que esteve presente no fim.

A Richard C. Freese, por se preocupar mais do que lhe era exigido.

A Elaine Chubb, por nos deixar bonitos para as fotos.

A Daniel P. Mannix IV, por ser um exemplo do que é um escritor e por nos proporcionar um lugar extraordinário para trabalhar (apesar dos patos).

E a Barbara A. Feist, por aturar um de nós.

Raymond E. Feist e Janny Wurts
Frazer, PA, junho de 1986.

1

Senhora

O sacerdote fez soar o gongo.

O som retumbou pelas esplêndidas abóbadas do templo, enfeitadas com belíssimas esculturas coloridas. A nota solitária ecoou de um lado a outro, diminuindo de intensidade até não ser mais que uma lembrança, um espectro de som.

Mara ajoelhou-se e as pedras frias do chão do templo absorveram o calor de seu corpo. Ela estremeceu, mas não de frio. Depois olhou de relance para a esquerda, onde outra jovem se postara em posição idêntica à sua, imitando seus movimentos ao erguer o capuz branco das noviças da Ordem de Lashima, a Deusa da Luz Interior. Enquanto aguardava de joelhos, desajeitadamente, Mara esperava com impaciência o momento em que seria permitido baixar e amarrar o capuz, o pano parecendo uma tenda sobre sua cabeça. Mal levantara o tecido e aquela coisa já fazia seus braços pesarem como pedra! O gongo soou outra vez. Recordando a presença eterna da deusa, Mara sobressaltou-se com seus pensamentos à solta. Agora, mais do que em qualquer outro momento, não podia desconcentrar-se. Pediu perdão à deusa em silêncio, culpando os nervos — cansaço e excitação, combinados com apreensão. E rezou para que a Senhora a guiasse até a paz interior que tanto almejava.

O gongo soou de novo, pela terceira das vinte e duas vezes que soaria, vinte para os deuses, uma para a Luz do Céu e uma para as crianças imperfeitas que aguardavam para se juntar ao serviço da Deusa da Sabedoria do Céu Superior. Aos dezessete anos, Mara preparava-se para renunciar ao mundo terreno, tal como a garota ao seu lado que — depois de mais dezenove toques do gongo — seria considerada sua irmã, embora tivessem se conhecido havia apenas duas semanas.

Mara examinou sua futura irmã. Ura era uma garota calada, vinda de uma família sem clã, mas abastada, da Província de Lash; Mara, por sua vez, descendia de uma família antiga e poderosa, os Acoma. Ura fora enviada para o templo como uma demonstração pública de devoção por parte da família — a ordem veio de seu tio, o questionável Senhor de sua casa, que procurava ter sua família aceita por qualquer um dos clãs. Quando as garotas contaram suas histórias no primeiro encontro, Ura mostrara-se incrédula, depois quase brava, ao saber que a filha de um poderoso Senhor procurava abrigo eterno entre as paredes da Ordem. A linhagem de Mara era sinônimo de posição em um clã de poderosos aliados, de legiões de pretendentes abastados e de garantia de um bom casamento com o filho de outra grande casa. Seu próprio sacrifício, como Ura o chamava, era feito para que as próximas gerações de sua família pudessem ter as coisas a que Mara decidira renunciar. Mais de uma vez, Mara pensara se Ura seria uma boa irmã para a Ordem. E mais de uma vez questionara seu próprio lugar na Irmandade.

O gongo soou, penetrante e harmonioso. Mara fechou os olhos por um instante, suplicando orientação e conforto. Por que continuava cheia de dúvidas? Depois de mais dezoito batidas, perderia para sempre parentes e amigos e tudo o que lhe era familiar. Toda a sua vida passada seria deixada para trás, desde as brincadeiras de criança até as preocupações de uma filha de um nobre em relação ao papel da família no Jogo do Conselho, aquela interminável luta pelo domínio que guiava a vida dos tsurani. Ura iria se tornar sua irmã e suas diferenças de origem não seriam relevantes, pois na Ordem de Lashima ninguém reconhecia a honra pessoal ou o nome de família. Restaria somente o serviço à deusa, através da castidade e da obediência.

O gongo voltou a soar, a quinta batida. Mara olhou para cima até o altar sobre o palanque. Emoldurados por arcos esculpidos, seis sacerdotes e sacerdotisas ajoelhavam-se diante da estátua de Lashima, cuja fronte se encontrava desvelada para a iniciação. A aurora entrava pelas janelas de arco ogival no alto das abóbadas, e um tênue brilho se estendia como se fossem dedos avançando pela penumbra do templo. O toque do nascer do sol parecia acariciar a deusa, suavizando as velas cerimoniais que, como pedras preciosas, a rodeavam. Mara achava que a Senhora parecia imensamente bondosa sob a luz da manhã. A Senhora da Sabedoria olhava para baixo, absorta, com um leve sorriso nos lábios esculpidos, como se todos os que estavam sob seus cuidados fossem amados e protegidos, encontrando a paz interior. Mara rezou para que isso fosse verdade. O único sacerdote que não estava ajoelhado voltou a bater no gongo. O metal refletiu a luz do sol e uma esplêndida explosão dourada atacou a negra cortina que envolvia a entrada para o templo interior. Depois, quando o brilho ofuscante começou a diminuir, o gongo soou outra vez.

Ainda soaria mais quinze vezes. Mara mordeu o lábio, convicta de que a clemente deusa perdoaria um lapso momentâneo. Seus pensamentos eram como luzes cintilantes de cristais estilhaçados, dançando de um lado para outro, sem permanecer muito tempo no mesmo lugar. Eu não sou adequada para a Irmandade, confessou ela, fitando a estátua. Por favor, tenha paciência comigo, Senhora da Luz Interior. Olhou outra vez para sua companheira. Ura permanecia imóvel e em silêncio, com os olhos fechados. Mara decidiu imitar o comportamento da companheira, ainda que não conseguisse encontrar a calma adequada em seu interior. O gongo se fez ouvir uma vez mais.

Mara procurou o centro oculto de seu ser e tentou tranquilizar a mente. Durante alguns minutos conseguiu. Depois, o bater do gongo despertou-a outra vez para a realidade. Mudou de posição em silêncio, afastando a irritação enquanto tentava aliviar a dor nos braços. Lutou contra a vontade de bocejar. A paz interior ensinada pelas irmãs durante sua iniciação fugiu-lhe de novo, embora tivesse se esforçado no treinamento que durara seis meses, antes de os sacerdotes do Templo Elevado a considerarem merecedora de um teste na Cidade Sagrada.

Mais uma vez, o gongo soou, um chamado tão intrépido quanto a trompa que convocara os guerreiros da família Acoma para a formação. Como pareceram valentes com suas armaduras verdes recobertas por laca, sobretudo os oficiais com suas galantes plumas, no dia em que haviam partido para combater ao lado das forças do Senhor da Guerra. Mara preocupava-se com a evolução do conflito no mundo bárbaro, onde seu pai e seu irmão combatiam. Muitas das forças da família estavam ali empenhadas. A lealdade do clã estava dividida no Conselho Supremo e, como não havia uma família claramente dominante, as políticas relacionadas à linhagem não foram brandas para com os Acoma. As famílias do Clã Hadama estavam unidas apenas no papel, e uma traição aos Acoma por parte de primos distantes que procuravam os favores dos Minwanabi era uma forte possibilidade. Se Mara tivesse lugar no conselho de seu pai, teria incitado que se separassem da Facção Bélica, e até mesmo que se aliassem à Facção da Roda Azul, que fingia interesse apenas no comércio, enquanto se dedicava em segredo a neutralizar o poder do Senhor da Guerra...

Mara franziu o cenho. Sua mente fora novamente seduzida por preocupações terrenas. Pediu desculpa à deusa, depois afastou os pensamentos do mundo que deixaria para trás.

Quando se ouviu de novo o gongo, ela olhou ao redor. As feições de pedra da deusa pareciam assumir contornos de delicada repreensão; a virtude começava no indivíduo, recordou. A ajuda só seria dada àqueles que procuram de verdade o esclarecimento. Mara baixou o olhar.

O gongo ressoou e, por entre os estilhaços da harmonia precária, outro som se intrometeu, uma perturbação completamente deslocada. Sandálias raspavam nas lajes da antecâmara, som que era acompanhado pelo sombrio estrépito de armas e armaduras. Do outro lado da cortina, um sacerdote auxiliar se impôs com um murmúrio ríspido:

— Pare, guerreiro! Você não pode entrar no templo interior neste momento! É proibido!

Mara ficou rígida. Uma arrepiante premonição a percorreu. Por debaixo da proteção do capuz em forma de tenda, vislumbrou os sacerdotes que estavam no altar levantarem-se sobressaltados. Voltaram-se de modo a encarar o intruso, e o gongo não soou; permaneceu em silêncio.

O Sumo Sacerdote dirigiu-se determinado para a cortina, com a testa franzida de preocupação. Mara fechou os olhos com força. Se ao menos conseguisse mergulhar o mundo exterior na penumbra, ninguém conseguiria encontrá-la. Porém o ruído dos passos parou, dando lugar à voz do Sumo Sacerdote:

— Que motivos você tem para cometer tamanha atrocidade, guerreiro? Está violando o mais sagrado ritual.

— Procuramos a Senhora dos Acoma! — ressoou uma voz.

A Senhora dos Acoma. Como um frio punhal perfurando-lhe o ventre, as palavras trespassaram o espírito de Mara. Aquela simples frase mudou sua vida para sempre. Sua mente rebelou-se, recusando-se a aceitar a realidade, mas conseguiu se manter tranquila. Nunca envergonharia seus antepassados revelando publicamente sua amargura. Controlou a voz enquanto se levantava devagar.

— Estou aqui, Keyoke.

Como uma só pessoa, os sacerdotes e sacerdotisas observaram o Sumo Sacerdote atravessar o templo e colocar-se ao lado de Mara. As insígnias bordadas de suas vestes oficiais reluziram com capricho quando sinalizou para que uma sacerdotisa se aproximasse, ao que ela se apressou a obedecer. Depois, observou os olhos de Mara e leu a mágoa contida que revelavam.

— Filha, é evidente que nossa Senhora da Sabedoria traçou outro caminho para você. Vá com seu amor e sua graça, Senhora dos Acoma. — Então fez uma ligeira reverência.

Mara respondeu com outra, depois devolveu o capuz à sacerdotisa. Sem notar o suspiro de inveja de Ura, voltou-se, enfim, para encarar o arauto portador da notícia que mudaria o rumo de sua vida.

Do outro lado das cortinas, Keyoke, Comandante das Forças Armadas dos Acoma, contemplou sua Senhora com um olhar exausto. Era um velho guerreiro com cicatrizes de guerra, altivo e vaidoso, apesar dos quarenta anos de serviço leal. Manteve-se atento para se colocar ao lado da garota, oferecer-lhe um braço firme, e talvez até protegê-la dos olhares do público caso a tensão se revelasse demais para ela.

Pobre e sempre leal Keyoke, pensou Mara. Este anúncio também não fora fácil para ele. Ela não o desapontaria envergonhando a própria família. Perante uma tragédia, ela manteria os modos e a dignidade que se exigiam a uma Senhora de uma grande casa.

Keyoke fez uma reverência quando sua Senhora se aproximou. Atrás dele, estava o taciturno e alto Papewaio, cujo semblante, como sempre, era uma máscara insondável. Era o guerreiro mais forte do séquito dos Acoma e servia como companheiro e criado de Keyoke. Fez uma reverência e desviou a cortina para dar passagem a Mara.

Mara ouviu os passos de ambos, um de cada lado, mas Papewaio um pouco atrás, seguindo à risca as convenções. Sem proferir uma palavra, ela os conduziu à parte externa do templo até ficarem debaixo do toldo que protegia o jardim, que separava o templo interior do exterior. Chegaram até a parte externa, passando por gigantescas colunas de arenito que alcançavam o teto. Percorreram um comprido corredor, passando por magníficas pinturas que retratavam histórias da deusa Lashima. Tentando desesperadamente afastar a dor que ameaçava dominá-la, Mara recordava a história que cada imagem representava: como a deusa excedera em astúcia Turakamu, o Deus Vermelho, para salvar a vida de uma criança; como aplacara a ira do Imperador Inchonlonganbula, salvando a cidade de Migran da destruição; como ensinara ao primeiro sábio o segredo da escrita. Mara fechou os olhos ao passarem diante de sua imagem favorita: aquela que retratava como, disfarçada de velha, Lashima resolveu a disputa entre um agricultor e sua mulher. Mara desviou o olhar das imagens, pois pertenciam a uma vida que agora lhe era negada.

Não tardou a chegar às portas que davam para o exterior. Fez uma breve pausa no topo da escadaria de mármore já desgastada. No pátio ao fundo estava meia companhia de guardas vestindo a armadura verde e brilhante dos Acoma. Vários ostentavam ferimentos com ataduras recentes, mas todos ficaram em posição de sentido e bateram continência, com o punho sobre o coração, assim que avistaram sua Senhora. Mara engoliu o medo; se soldados feridos faziam o serviço de escolta, era porque a batalha fora efetivamente brutal. Muitos bravos guerreiros tinham perdido a vida. O fato de os Acoma terem de revelar tamanho sinal de fraqueza fazia as maçãs do rosto de Mara arderem de raiva. Grata pelo manto do templo que ocultava o tremor de suas pernas, desceu os degraus. Lá embaixo, uma liteira a esperava. Uma dúzia de escravos permaneceu em silêncio enquanto a Senhora dos Acoma se instalava no interior. Depois, Papewaio e Keyoke ocuparam suas posições, um de cada lado. À ordem de Keyoke, os escravos agarraram as varas e ergueram a liteira sobre os ombros suados. Protegida da luz por cortinas laterais, Mara permaneceu sentada rigidamente enquanto os soldados entravam em formação atrás e à frente de sua Senhora.

A liteira balançou um pouco quando os escravos começaram a caminhar na direção do rio, percorrendo um trajeto eficiente por entre a turba que percorria as ruas da Cidade Sagrada. Seguiram por entre carroças puxadas por indolentes needra de seis patas, foram ultrapassados por mensageiros que corriam e carregadores que andavam rápido com trouxas sobre os ombros ou sobre a cabeça, apressados com as cargas de clientes que pagavam recompensas pela rapidez da entrega.

O burburinho e a inquietação do comércio para além dos portões despertou Mara para a realidade; sob a proteção do templo, não assimilara completamente o choque do aparecimento de Keyoke. Agora esforçava-se para não derramar lágrimas sobre as almofadas da liteira ao tomar consciência do que acontecia. Não queria falar; era como se o silêncio pudesse esconder a verdade. Mas ela era uma tsurani — e uma Acoma. A covardia não mudaria o passado, nem afastaria o futuro para sempre. Respirou fundo. Então afastou uma cortina, de modo a conseguir ver Keyoke, e proferiu as palavras que já sabia serem verdade:

— Os dois estão mortos.

Keyoke acenou, laconicamente, uma vez com a cabeça.

— Seu pai e seu irmão foram enviados para um assalto inútil contra uma fortificação bárbara. Foi assassinato. — Ele manteve as feições inalteradas, mas sua voz transpareceu amargura, enquanto caminhava energicamente ao lado de sua Senhora.

A liteira deu um solavanco quando os escravos se desviaram de um vagão lotado de frutos jomach. Desceram a rua na direção das docas do rio, enquanto Mara fitava as mãos entrelaçadas. Com uma concentração intensa, deu ordens aos dedos para que se abrissem e relaxassem.

— Conte-me o que aconteceu, Keyoke — disse, após um longo silêncio.

— Quando as neves do mundo bárbaro derreteram, recebemos ordens de retirada, prevendo-se um possível assalto dos bárbaros. — A armadura rangeu quando o velho guerreiro retraiu os ombros, esforçando-se por afastar a recordação do cansaço e da perda e mantendo um tom de voz imperturbável. — Os soldados das cidades bárbaras de Zun e LaMut chegaram ao terreno antes do esperado. Os nossos batedores foram enviados ao Senhor da Guerra, que estava no acampamento no vale das montanhas chamadas pelos bárbaros de Cordilheira das Torres Cinzentas. Como o Senhor da Guerra estava ausente, seu subcomandante deu ordens para seu pai atacar o reduto dos bárbaros. Nós...

Mara o interrompeu.

— Esse subcomandante pertence aos Minwanabi, não pertence?

O semblante cansado de Keyoke deixou transparecer um quê de aprovação, como se dissesse "você mantém o discernimento mesmo no luto".

— Pertence. É o sobrinho do Senhor Jingu dos Minwanabi, o único filho do irmão falecido, Tasaio. — Mara cerrou os olhos enquanto ele prosseguia a narrativa. — Eles eram muito mais numerosos. Seu pai sabia disso, todos nós sabíamos, mas seu pai manteve a honra. Cumpriu as ordens sem questionar. Atacamos. O subcomandante prometeu proteger o flanco direito, mas suas tropas não vieram. Em vez de um ataque coordenado com o nosso, os guerreiros dos Minwanabi mantiveram-se atrás, como se preparassem um contra-ataque. Seguiram as ordens de Tasaio. Todavia, no exato instante em que éramos dominados pelos bárbaros, chegou ajuda vinda do vale, de membros das forças de Omechkel e Chimiriko. Eles não faziam ideia da traição e combateram com coragem para nos livrar das garras do inimigo. Foi então que os Minwanabi avançaram, como que para repelir o contra-ataque. Chegaram no momento em que os bárbaros batiam em retirada. Para quem não acompanhou tudo desde o início, aquilo não passou de um encontro infeliz com o inimigo bárbaro. Mas os Acoma sabem que foi uma traição por parte dos Minwanabi.

Mara estreitou os olhos e franziu os lábios; por um instante, a expressão de Keyoke transpareceu o receio de que a garota pudesse envergonhar a memória de seu pai, chorando antes que a tradição o permitisse. Porém, em vez disso, ela falou tranquilamente, num tom de fúria controlada:

— Portanto, o Senhor dos Minwanabi aproveitou a oportunidade e arquitetou a morte de meu pai, apesar de nossa aliança na Facção Bélica?

Keyoke endireitou o elmo.

— Assim foi, minha Senhora. Jingu dos Minwanabi deve ter dado ordens para que Tasaio alterasse as instruções do Senhor da Guerra. Jingu foi audacioso; teria merecido a ira do Tasaio e do Senhor da Guerra e uma morte ignóbil se nosso exército tivesse perdido a posição para os bárbaros. Mas Almecho precisa do apoio dos Minwanabi na conquista, e embora esteja zangado com o sobrinho de Jingu, permanece em silêncio. Não se perdeu nada. Aparentemente, foi apenas um empate, sem vencedor. Mas no Jogo do Conselho, os Minwanabi triunfaram sobre os Acoma.

Pela primeira vez na vida, Mara notou um vestígio de emoção na voz de Keyoke. Em tom quase amargurado, ele continuou:

— Papewaio e eu fomos poupados por ordens de seu pai, que ordenou que nos mantivéssemos afastados com esta pequena companhia, e incumbiu-nos da tarefa de protegê-la caso os acontecimentos seguissem o rumo que seguiram. — Obrigando sua voz a alcançar o habitual tom enérgico, acrescentou: — O meu Senhor Sezu sabia que ele e seu irmão provavelmente não sobreviveriam àquele dia.

Mara afundou-se nas almofadas com um nó no estômago. Sua cabeça doía; sentia um aperto no peito. Inspirou longa e lentamente e olhou de relance para o outro lado da liteira, para Papewaio, que marchava com uma ausência de expressão estudada.

— E o que você tem a dizer, meu valente Pape? — perguntou ela. — Como devemos responder a esse assassinato que assombra nossa casa?

Papewaio coçou, absorto, a cicatriz do queixo com o polegar esquerdo, como fazia com frequência em momentos de tensão.

— O que for a sua vontade, minha Senhora.

Os modos do Líder de Ataques dos Acoma eram aparentemente tranquilos, mas Mara percebeu que ele queria empunhar a lança e desembainhar o sabre. Por um louco e irado instante, Mara considerou a possibilidade de uma vingança imediata. Por ordem sua, Papewaio atacaria o Senhor dos Minwanabi em seus próprios aposentos, no meio de seu exército. Embora, para um guerreiro, fosse uma honra morrer nessas circunstâncias, ela afastou esse impulso insensato. Nem Papewaio nem qualquer outro soldado que vestisse o verde dos Acoma conseguiria chegar a uma distância de meio dia de marcha do Senhor dos Minwanabi. Além disso, uma lealdade como a dele devia ser protegida com zelo, não desperdiçada.

Longe do olhar dos sacerdotes, Keyoke avaliou Mara com atenção. Seus olhares se cruzaram e ela o fitou. Ela sabia que sua expressão estava sombria e seu semblante, contraído e pálido, mas julgava ter suportado bem as notícias. Keyoke olhou em frente enquanto aguardava a pergunta ou ordem seguinte de sua Senhora.

A atenção de um homem, ainda que fosse um velho servidor da família, fez Mara se autoavaliar, sem ilusões, críticas ou indulgência. Ela era uma jovem atraente, não que fosse bonita, principalmente quando franzia o cenho enquanto pensava ou fazia uma careta quando estava preocupada. Seu sorriso, no entanto, era arrebatador, pelo menos foi isso que um rapaz lhe dissera certa vez. Também possuía uma qualidade atraente, uma energia que lhe conferia grande vivacidade em certas ocasiões. Era esguia e tinha movimentos graciosos, e aquele corpo bem definido chamara a atenção de mais de um rapaz das casas vizinhas. Agora, era provável que um desses rapazes viesse a ser necessário para refrear a maré de azar político que ameaçava destruir os Acoma. Com os olhos castanhos semicerrados, ponderou sobre a imensa responsabilidade que lhe caíra sobre os ombros. Percebeu, com um sentimento ruim, que os atributos femininos — a beleza, a esperteza, o charme, a sedução — tinham agora de ser utilizados em favor da causa dos Acoma. Além disso, precisaria lançar mão de qualquer inteligência que os deuses tivessem lhe dado. Afastou com dificuldade a ideia de que seus dons não eram suficientes para a tarefa; depois, sem perceber, recordou-se do rosto do pai e do irmão. A dor ganhou força em seu íntimo, mas ela se obrigou a anestesiá-la. O pesar teria de esperar.

— Temos muito que conversar, Keyoke, mas não aqui — disse, brandamente.

Sob o tráfego intenso da cidade, os inimigos poderiam se aproximar de qualquer lado, por meio de espiões, assassinos, ou informantes disfarçados. Mara fechou os olhos para afastar os terrores da imaginação e do mundo real.

— Conversaremos quando apenas ouvidos leais aos Acoma nos puderem escutar.

Keyoke resmungou concordando. Mara agradeceu aos deuses, em silêncio, por ele ter sido poupado. Era um guerreiro inabalável, e ela precisaria de alguém assim ao seu lado.

Exausta, recostou-se nas almofadas. Tinha de estar acima da dor para raciocinar. O inimigo mais poderoso de seu pai, o Senhor Jingu dos Minwanabi, quase conseguira atingir uma das ambições de sua vida: a destruição dos Acoma. A contenda entre os Acoma e os Minwanabi remontava a várias gerações, e embora nenhuma das casas tivesse conseguido a supremacia, de tempos em tempos uma ou outra tinha de lutar para se proteger. Mas agora os Acoma haviam sofrido um grande golpe, e os Minwanabi estavam no auge de seu poder, rivalizando até mesmo com a família do Senhor da Guerra em termos de potência. Jingu era servido por vários vassalos, sendo o primeiro deles o Senhor dos Kehotara, cujo poder era idêntico ao de seu pai. E à medida que a notabilidade dos Minwanabi crescia, era provável que outros se juntassem a eles.

Por muito tempo, Mara permaneceu por detrás das cortinas esvoaçantes, aparentemente dormindo. A situação em que se encontrava era de uma clareza terrível. Tudo o que se interpunha entre o Senhor dos Minwanabi e seu objetivo era ela, uma jovem que estivera a dez toques do gongo de se tornar uma irmã de Lashima. Ao perceber isso, veio-lhe à boca o gosto de cinzas. Se quisesse sobreviver e recuperar a honra da família, teria de verificar seus recursos, engendrar um plano e entrar para o Jogo do Conselho. E de algum modo precisaria descobrir uma maneira de frustrar a vontade do Senhor de uma das Cinco Grandes Famílias do Império dos Tsuranuanni.

...

Mara piscou e fez um esforço para despertar. Cochilara algumas vezes, enquanto a liteira percorria as agitadas ruas de Kentosani, a Cidade Sagrada; sua mente procurava um alívio da tensão a que fora exposta. Agora, a liteira balançava suavemente enquanto se dirigia à doca.

Mara espreitou pelas cortinas, entorpecida demais para encontrar prazer na confusa multidão do local. Quando chegara pela primeira vez à Cidade Sagrada, ficara fascinada com a diversidade multicolorida daquelas pessoas de todos os cantos do Império pululando por todo lado. Deslumbrara-se ao vislumbrar as embarcações das grandes casas subindo e descendo o rio Gagajin. Enfeitadas com faixas, balançavam nos ancoradouros como aves ornamentais no meio de aves domésticas, enquanto as barcas comerciais fervilhavam a sua volta. Tudo, desde a vista, até os sons e odores, era diferente das terras de seu pai — as terras que agora eram suas, aliás. Dilacerada por este pensamento, Mara mal reparou nos escravos que trabalhavam debaixo do sol intenso, os corpos seminus, suados e sujos de fuligem, carregando mercadorias para as embarcações. Desta vez, não ficou ruborizada como ficara quando passara por ali pela primeira vez com as irmãs de Lashima. A nudez masculina não era novidade para ela; quando era criança, brincava perto dos alojamentos dos soldados enquanto eles tomavam banho e durante anos cultivara o hábito de nadar com o irmão e com seus amigos no lago acima do pasto de needra. Todavia, avistar homens despidos depois de ter renunciado ao mundo carnal parecia, de algum modo, fazer diferença. Receber ordens da irmã de Lashima, que as chefiava, para desviarem o olhar, aumentara sua vontade de espiar. Naquele dia, fizera um esforço para não fitar aqueles corpos musculosos. Mas, naquele momento, o vigor físico dos escravos não conseguia desconcentrá-la, tampouco os gritos dos pedintes que clamavam pela bênção dos deuses para quem escolhesse partilhar uma moeda com os menos aventurados. Mara ignorou os pescadores, que perambulavam com o ar orgulhoso de quem passara a vida na água, desdenhando secretamente dos que andavam em terra, com suas vozes altas e carregadas de humor grosseiro. Tudo lhe parecia menos colorido, menos alegre, menos cativante, enquanto contemplava através de olhos subitamente envelhecidos, que já não viam tudo com espanto e admiração. Agora, cada fachada iluminada pelo sol emanava uma sombra escura. E nessas sombras, um inimigo tramava.

Mara desceu rapidamente da liteira. Apesar do traje branco das noviças de Lashima, comportou-se com a dignidade da Senhora dos Acoma.

Manteve a cabeça erguida ao caminhar para o barco que a levaria rio abaixo até Sulan-Qu. Papewaio abriu caminho para ela passar, afastando rudemente os trabalhadores. Outros soldados perambulavam por perto, guardiões de roupas de cores vivas que conduziam seus senhores das barcas até a cidade. Keyoke mantinha-se atento a seus movimentos enquanto seguia ao lado de Mara ao atravessarem a doca.

Enquanto seus oficiais a apressavam para atravessar a prancha de desembarque, Mara tentava avistar um lugar escuro e tranquilo onde confrontar sua dor. Porém, assim que pisou no convés, o capitão foi ao seu encontro. Sua túnica vermelha e roxa pareceu-lhe chocante, pois estava habituada às vestes sombrias dos sacerdotes e sacerdotisas do templo. Pingentes de jade tilintavam em seus pulsos enquanto fazia uma reverência servil e oferecia à ilustre passageira a melhor acomodação que sua humilde barca permitia, um monte de almofadas debaixo de um dossel ao centro, ladeado a toda a volta por finas cortinas. Mara consentiu na adulação até estar sentada, pois a cortesia assim a obrigava para não desrespeitar o homem. Depois de se acomodar, deixou que o silêncio mostrasse ao capitão que sua presença já não era necessária. Ao perceber sua indiferença, o homem fechou as cortinas, permitindo enfim um pouco de privacidade a Mara. Keyoke e Papewaio sentaram-se à sua frente, enquanto os guardas de sua casa rodeavam o dossel, com seu habitual estado de alerta intensificado por uma implacável atitude de tensão pronta para o combate.

— Keyoke, onde está a embarcação de meu pai... a minha embarcação? E as minhas criadas? — indagou, aparentemente fitando os redemoinhos que se formavam na água.

— A embarcação dos Acoma está na doca de Sulan-Qu, minha Senhora — respondeu o velho guerreiro. — Achei que haveria menor probabilidade de um encontro noturno com os soldados dos Minwanabi se usássemos um barco público. A possibilidade de eventuais testemunhas sobreviverem a um ataque poderia desencorajar a ação de inimigos disfarçados de bandidos. E caso deparássemos com dificuldades, temi que suas criadas nos atrapalhassem. — Os olhos de Keyoke varriam as docas enquanto falava. — À noite, esta embarcação atracará ao lado das outras, por isso nunca estaremos sozinhos no rio.

Mara acenou em concordância e fechou os olhos por um longo instante.

— Muito bem — disse suavemente. Ela desejara privacidade, algo impossível de encontrar naquela embarcação pública, mas as preocupações de Keyoke eram bem fundamentadas.

O Senhor Jingu não se importaria de sacrificar uma companhia de soldados inteira para destruir os últimos Acoma, na certeza de que conseguiria lançar homens suficientes contra os guardas de Mara para dominá-los. Contudo, só o faria se estivesse certo de que seria bem-sucedido, e depois fingiria ignorância diante dos demais Senhores do Conselho Supremo. Todos os que participavam do Jogo do Conselho identificariam facilmente o autor de tal chacina, porém cumpririam sempre com o protocolo. Um viajante que conseguisse escapar, um guarda dos Minwanabi que fosse reconhecido, uma frase ocasional que fosse escutada por um barqueiro, e Jingu seria desmascarado. A revelação pública da participação de seus homens numa emboscada tão vil faria com que perdesse muito prestígio no Conselho, e talvez até desse a entender a seus *fiéis* aliados que estivesse perdendo o controle da situação. Nesse caso, teria tanto a temer dos amigos como dos inimigos. Assim ditavam as regras do Jogo do Conselho. O meio de transporte escolhido por Keyoke poderia ser uma medida preventiva contra a traição — tão eficaz quanto mais uma centena de homens armados.

A voz do mestre da embarcação rompeu a atmosfera quando gritou aos escravos que largassem as amarras nas docas. Um baque surdo e um solavanco e, subitamente, a barca estava em movimento, afastando-se na direção da lenta corrente. Mara recostou-se, considerando que agora era aceitável relaxar. Os escravos remavam e o barco avançava, seus corpos esguios e bronzeados moviam-se ao mesmo tempo, coordenados por uma canção simples.

— Mantenham-na ao centro! — gritou o timoneiro.

— Não batam na margem — advertiu o barqueiro.

O canto tornou-se cadenciado e o timoneiro entoou uma letra simples e ritmada.

— Conheço uma mulher muito feia! — gritou.

— Não batam na margem!

— Ela não para de falar!

— Não batam na margem!

— Bebi demais na aldeia!

— Não batam na margem!

— E levei-a ao altar!

Aquela cantiga tranquilizou Mara e deixou sua mente vagando. Seu pai se opusera terminantemente ao fato de ela seguir a vida religiosa. Agora que já não era possível pedir desculpas, Mara arrependia-se com amargura por tê-lo desafiado de modo tão declarado; o pai só cedera porque o amor que sentia pela única filha fora maior do que o seu desejo de um casamento político apropriado. As despedidas haviam sido tempestuosas. O Senhor Sezu dos Acoma podia ser como um harulth — o predador gigante que os pastores e caçadores mais temiam — durante o delírio da batalha ao enfrentar o inimigo, mas nunca conseguira dizer não à filha, por mais absurdas que fossem suas exigências. Embora não se sentisse tão confortável em sua presença como se sentia na companhia do filho, toda a vida fora paciente com ela, e apenas sua ama, Nacoya, a mantivera sob rédea curta durante a infância.

Mara fechou os olhos. A embarcação proporcionava uma relativa segurança e a garota podia esconder-se no sombrio refúgio do sono; aqueles que se encontravam do outro lado das cortinas da pequena embarcação pensariam que estava apenas se distraindo do tédio de uma longa viagem pelo rio. Porém o descanso revelou-se um problema, pois foi assaltada por memórias do irmão que amara acima de tudo, Lanokota, com seus cintilantes olhos negros, sempre pronto para sorrir à sua adorada irmãzinha. Lano, que corria mais depressa que os guerreiros da casa de seu pai e que fora o vencedor dos jogos de verão de Sulan-Qu por três anos consecutivos, feito que nunca mais fora igualado. Lano, que tivera sempre tempo para Mara, e até a ensinara a lutar — o que indignara Nacoya, por envolver uma garota em uma atividade tão pouco feminina. Lano, que tinha sempre uma piada estúpida — geralmente obscena — para contar à irmãzinha, fazendo-a rir e corar. Se não tivesse escolhido o caminho da vida religiosa, Mara sabia que qualquer pretendente seria parecido com o irmão... Lano, cujo riso jovial não seria mais ouvido à noite, quando costumavam partilhar o jantar no salão. Até seu pai, austero em todos os aspectos, sorria, sem conseguir resistir ao humor contagiante do filho. Embora Mara tivesse respeitado e admirado o pai, amara o irmão acima de tudo, e agora o pesar desabava sobre ela.

Tentou afogar as emoções. Não estava no lugar certo; apenas mais tarde poderia vestir o luto.

— Os corpos do meu pai e do meu irmão foram recuperados? — indagou a Keyoke, em uma atitude prática.

— Não, minha Senhora, não foram — respondeu Keyoke num tom amargo.

Mara mordeu o lábio. Não haveria cinzas para enterrar no bosque sagrado. Em vez disso, teria de escolher uma relíquia do pai e do irmão, um objeto pessoal importante para cada um deles, a fim de sepultar ao lado do natami sagrado — o rochedo que guardava a alma dos Acoma — para que o espírito deles conseguisse achar o caminho de volta às terras dos Acoma, e encontrasse a paz interior ao lado de seus ancestrais até que a Roda da Vida girasse outra vez. Mara voltou a fechar os olhos, em parte devido ao cansaço emocional, em parte para conter as lágrimas. As recordações jorravam em seu consciente enquanto tentava em vão descansar. Ao fim de algumas horas, o balançar da barca, o canto do timoneiro e dos escravos tornaram-se familiares. Sua mente e seu corpo entraram em um ritmo harmônico e ela conseguiu relaxar. O calor do dia e o silêncio do rio, enfim, conspiraram para embalá-la em um sono profundo.

A barca atracou em Sulan-Qu sob a luz cor de topázio da alvorada. A neblina erguia-se do rio em espirais, enquanto as lojas e tendas do mercado na margem abriam suas portas. Keyoke foi rápido ao desembarcar a liteira de Mara enquanto as ruas ainda não estavam apinhadas de gente fazendo compras. Logo, carretas e carregadores, clientes e mendigos encheriam as avenidas. Em poucos segundos, os escravos estavam prontos. Ainda trajando as roupas brancas da irmandade de Lashima — amarrotadas após seis dias de uso —, Mara subiu penosamente na liteira. Recostou-se nas almofadas enfeitadas com a insígnia da família — uma ave chamada shatra — bordada no tecido; percebeu o quanto temia voltar para casa. Não conseguia imaginar o vazio que tomaria conta do lugar sem a voz de Lano; sem as tapeçarias e os rolos de pergaminho deixados pelo pai ao analisar relatórios em seu escritório. Mara esboçou um leve sorriso ao recordar como o pai detestava os negócios, embora fosse muito bom para lidar com eles. Preferia assuntos relacionados à guerra, aos jogos e à política, mas ela se lembrava de ouvi-lo dizer que para tudo era preciso dinheiro, e que nunca era prudente negligenciar os negócios.

Mara permitiu-se um suspiro quase audível quando baixaram a liteira. Ao suportar os olhares dos aldeões e dos trabalhadores que caminhavam pelas ruas ao romper da aurora, desejou que as cortinas lhe permitissem mais privacidade. Em cima de carretas de legumes e por detrás de tendas onde se dispunham mercadorias, todos contemplavam a passagem da ilustre Senhora e de seu séquito. Cansada por ter de manter as aparências, Mara suportou os solavancos da viagem por entre ruas que depressa ficavam lotadas. Seguiu calada, aparentemente alerta, mas, em seu íntimo, permanecia indiferente ao panorama da cidade que em circunstâncias normais a distrairia.

As proteções das galerias suspensas eram removidas à medida que os comerciantes expunham utensílios por cima dos compradores. Depois de negociarem o preço, o valor acordado era puxado para cima em cestos; em seguida, baixavam as mercadorias. As prostitutas que se beneficiavam de licenças ainda dormiam e, por isso, a cada cinco ou seis galerias, havia uma que permanecia fechada.

Mara esboçou um sorriso ao se lembrar da primeira vez que vira as mulheres do bordel Boa Vida. Elas se exibiam nas galerias suspensas havia gerações, deixando as túnicas desalinhadas de forma provocativa enquanto se abanavam com leques sob o onipresente calor da cidade. Eram todas belas, com o rosto pintado de cores adoráveis e os cabelos presos no estilo real. Até as túnicas curtas eram do tecido mais caro, com delicados bordados. Mara, então com seis anos, ficara deliciada ao contemplá-las. Anunciara então, a todos os que a ouviram, que, quando crescesse, seria tal como as senhoras das galerias. Fora a única vez em toda a vida que vira seu pai ficar sem palavras. Lano não parara de provocá-la por causa do incidente até a manhã em que partira para o templo. Agora, as brincadeiras dele nunca mais a deixariam sem graça.

Triste e prestes a se desfazer em lágrimas, Mara afastou a recordação. Procurou alguma distração no exterior da liteira, onde engenhosos comerciantes de rua vendiam, nas esquinas, utensílios em carrinhos de mão, mendigos abordavam os transeuntes com relatos de miséria, saltimbancos faziam gracejos, e mercadores apresentavam sedas raras e belas à sua passagem. Porém nenhum conseguiu proteger sua mente do sofrimento.

O mercado ficou para trás e saíram da cidade. Para além das muralhas de Sulan-Qu, estendiam-se campos cultivados na direção de uma fileira de montanhas azuladas no horizonte; a Cordilheira de Kyamaka não era tão acidentada nem tão alta quanto a grande Cordilheira Elevada, ao norte, mas os vales eram suficientemente inóspitos para abrigarem bandidos e grupos fora da lei.

A estrada que conduzia às propriedades de Mara atravessava um pântano que resistira a todas as tentativas de drenagem. Ao atravessá-lo, os carregadores se queixavam em voz baixa ao serem atacados por insetos. Uma palavra de Keyoke trouxe o silêncio. Então a estrada seguiu por um bosque de ngaggi, cujos enormes galhos mais baixos formavam um dossel de sombra verde-azulado. Os viajantes avançaram para terras com mais colinas, atravessando pontes pintadas com cores vivas, pois os cursos de água que alimentavam ininterruptamente o pântano cruzavam todas as estradas construídas pelo homem. Chegaram à entrada de um pequeno templo, um arco de cor viva erguido por algum homem abastado em agradecimento aos deuses por alguma graça concedida. Ao passar sob o arco, cada viajante fazia uma oração em silêncio e recebia uma pequena bênção em resposta. À medida que o arco de orações ficava para trás, Mara percebeu que precisaria de toda a bênção que os deuses estivessem dispostos a conceder nos próximos tempos para garantir que os Acoma sobrevivessem.

O séquito abandonou a estrada principal, virando para o seu destino final. Aves da espécie shatra refugiavam-se nos campos de thyza, alimentando-se de insetos e lagartas, agachadas feito velhinhos. Como os bandos ajudavam a garantir uma boa colheita, aquelas criaturas de aspecto cômico eram consideradas um sinal de boa sorte. E assim os Acoma as encaravam, por isso tinham tornado as shatra o símbolo central do brasão da casa. Mara não encontrou prazer ao avistar aquelas aves familiares, com suas pernas compridas e orelhas pontudas em constante movimento, sentindo, ao contrário, uma profunda apreensão, pois as aves e os trabalhadores indicavam que chegara às terras dos Acoma.

Os transportadores aceleraram o passo. Oh, como desejava que fossem mais devagar ou que mudassem de rumo e a levassem para outro lugar. Porém, a chegada de Mara fora constatada pelos trabalhadores que recolhiam feixes de madeira nos bosques entre os campos e o prado ao lado da casa principal. Alguns gritaram ou acenaram, caminhando reclinados sob os fardos de madeira apoiados nas costas e presos à cabeça com uma faixa. Suas saudações eram calorosas e, apesar do motivo de seu retorno, não mereciam a indiferença de sua nova Senhora.

Mara endireitou-se, sorrindo um pouco e acenando. À sua volta, estendiam-se suas propriedades, vistas da última vez com a esperança de nunca voltar. As sebes, os campos cultivados e os organizados edifícios que abrigavam os trabalhadores não tinham mudado. Mas também, pensou, estivera ausente por menos de um ano.

A liteira passou pelos pastos de needra. O ar do meio-dia foi inundado pelo ruído monótono e lamentoso da manada e pelos chamados dos pastores, brandindo aguilhões para encaminhar os animais para os currais onde seriam examinados para detecção de parasitas. Mara observou as fêmeas pastando; o sol conferia uma aparência acastanhada a seus quadris brancos. Algumas levantavam o focinho rude quando as corpulentas crias fingiam investidas e depois fugiam correndo sobre as seis patas atarracadas para se refugiarem atrás da mãe. Pareceu a Mara que algumas perguntavam quando Lano regressaria para pregar suas peças nos irascíveis machos de criação. A dor da perda aumentava à medida que se aproximava de casa. Mara tentou transparecer coragem quando os transportadores da liteira viraram para a longa alameda que conduzia ao centro da propriedade.

À frente ficava a enorme casa central, construída com traves e telas finas como o papel, que podiam ser puxadas para deixar entrar um pouco de brisa no calor do dia. Mara sentiu um nó na garganta. Não havia nenhum cão deitado sobre as flores akasi com a língua de fora e a cauda balançando à espera do Senhor dos Acoma. Quando estava ausente, permaneciam no canil; agora, essa ausência seria permanente. A casa, porém, por mais desolada e vazia que parecesse sem a presença dos entes queridos, era sinônimo de privacidade. Logo, Mara poderia se recolher ao bosque sagrado e colocar para fora o pesar que a dominara durante sete cansativos dias.

Quando a liteira e a comitiva passaram diante de um quartel, os soldados da guarnição puseram-se em formação seguindo a linha de deslocamento do grupo. Tinham as armaduras polidas, armas e enfeites imaculados; entretanto, para além das de Keyoke e de Papewaio, apenas se via uma pluma de oficial. Mara sentiu uma punhalada fria no coração e olhou de relance para Keyoke.

— Por que tão poucos guerreiros, Comandante das Forças Armadas? Onde estão os outros?

Keyoke manteve o olhar voltado para a frente, ignorando a poeira que lhe cobria a armadura envernizada e a transpiração que escorria debaixo de seu elmo.

— Os que conseguiram voltaram, minha Senhora — respondeu, inflexível.

Mara fechou os olhos, incapaz de disfarçar o choque. A simples afirmação de Keyoke revelava que quase dois mil homens tinham perdido a vida ao lado de seu pai e de seu irmão. Muitos os serviam fielmente havia anos e alguns tinham montado guarda ao lado de seu berço. A maioria seguira os passos de pais e avós a serviço dos Acoma.

Entorpecida e espantada, Mara contou os soldados em formação e adicionou o número dos que a tinham escoltado. Continuavam a seu serviço trinta e sete soldados, uma deplorável fração da guarnição que seu pai comandara. Dos dois mil e quinhentos guerreiros que vestiam o verde dos Acoma, quinhentos dedicavam-se à guarda de distantes posses da família em longínquas cidades e províncias. Já tinham perdido trezentos no Portal durante a guerra contra os bárbaros antes daquela última campanha. Agora, onde outrora serviram dois mil soldados no apogeu do poder dos Acoma, menos de cinquenta homens sobraram. Mara balançou a cabeça com pesar. Muitas mulheres, além dela, tinham perdas a lamentar do outro lado do Portal. A angústia apoderou-se dela ao compreender que as forças dos Acoma eram insuficientes para enfrentar qualquer assalto, mesmo um ataque de bandidos, caso um grupo audacioso decidisse descer as montanhas. Porém, Mara também sabia por que motivo Keyoke pusera a propriedade em risco ao levar uma porcentagem tão elevada dos guerreiros sobreviventes — vinte e quatro dos trinta e sete — para escoltá-la. Eventuais espiões dos Minwanabi não deveriam descobrir a fragilidade em que os Acoma se encontravam. A impotência desabou sobre ela como um manto sufocante.

— Por que não me avisou antes, Keyoke? — Não houve qualquer resposta. Foi então que Mara compreendeu. O fiel Comandante das Forças Armadas receara que tais notícias pudessem fazer com que desabasse, caso fossem dadas de uma só vez. E tal cenário não podia ser permitido. Haviam morrido soldados de mais para que ela simplesmente cedesse ao desespero. Caso fosse subjugada pelo sentimento de impotência, o sacrifício deles em nome da honra dos Acoma se tornaria motivo de piada, e suas mortes, um desperdício. Lançada de cabeça no Jogo do Conselho, Mara precisava de qualquer fagulha de sabedoria e astúcia para evitar os ardis da intriga que aguardavam seus inexperientes passos. A traição que assombrava a sua casa só terminaria quando, inexperiente e só, ela derrotasse o Senhor dos Minwanabi e os seus lacaios.

Os escravos pararam diante da entrada. Mara inspirou, trêmula. De cabeça erguida, obrigou-se a sair da liteira e a cruzar os arcos espiralados do portal que dava acesso à casa. Aguardou Keyoke dispensar a liteira e dar ordens à companhia que a escoltara. Depois, quando o último soldado bateu continência, Mara virou-se e deu de cara com o hadonra, o mordomo da propriedade, fazendo uma reverência. O homem ocupava o cargo havia pouco tempo e Mara não conhecia aquele semblante desconfiado. Mas ao lado dele encontrava-se a presença minúscula e mirrada de Nacoya, a ama que a criara. Atrás dela, outros criados também estavam à sua espera.

Mara sentiu outra vez o impacto da mudança. Pela primeira vez na vida, não podia se lançar ao conforto dos braços da anciã. Como Senhora dos Acoma, tinha de acenar formalmente e passar por eles, deixando Nacoya e o hadonra seguirem-na pelos degraus de madeira até a obscuridade da grande casa. Na verdade, teria de aguentar e fingir que não reparava no reflexo de seu próprio pesar nos olhos de Nacoya. Mara mordeu o lábio de leve, depois parou. Aquele tique nervoso levara Nacoya a repreendê-la diversas vezes. Em vez disso, respirou fundo e entrou na casa do pai. A ausência dos ecos de seus passos no chão de madeira polida encheu-a de solidão.

— Minha Senhora?

Mara parou, com as mãos apertadas escondidas debaixo da alvura da túnica amarrotada.

— O que foi?

O hadonra tornou a falar:

— Seja bem-vinda a sua casa, Senhora — acrescentou numa saudação formal. — Meu nome é Jican, Senhora.

— O que aconteceu com Sotamu? — indagou Mara, com brandura.

Jican baixou os olhos.

— O desgosto o dominou, minha Senhora, e seguiu seu amo até a morte.

Mara limitou-se a acenar com a cabeça uma vez e seguiu caminho para seus aposentos. Não ficou surpresa ao saber que o antigo hadonra se recusara a comer e beber após a morte do Senhor Sezu. Por se tratar de um ancião, deveriam ter sido necessários apenas alguns dias. Pensou, distraída, em quem poderia ter nomeado Jican como o novo hadonra. Quando se virou para seguir por um dos enormes corredores ao lado do jardim central, Nacoya disse:

— Minha Senhora, seus aposentos ficam do outro lado do jardim.

Mara mal conseguiu esboçar outro aceno. Seus pertences pessoais deveriam ter sido transportados para os aposentos de seu pai, os maiores do edifício.

Avançou, sem demonstrar qualquer emoção, atravessando o jardim quadrado no centro da grande casa tsurani. A madeira trabalhada que cercava a varanda suspensa, os canteiros de flores e a fonte sob as árvores no pátio pareciam-lhe familiares e inexplicavelmente estranhos de tão habituada que estava à arquitetura de alvenaria dos templos. Mara prosseguiu até se deparar com a porta dos aposentos de seu pai. A tela ostentava uma pintura que retratava um campo de batalha, uma luta lendária na qual os Acoma haviam vencido um inimigo havia muito esquecido. Jican, o hadonra, abriu a porta fazendo-a deslizar para um dos lados.

Mara deteve-se por instantes. O choque de ver seus próprios pertences no quarto do pai quase a fez perder o controle, como se o seu quarto de algum modo a tivesse traído. Depois, junto com uma estranha angústia, veio a recordação: a última vez que transpusera aquela soleira fora na noite em que discutira com o pai. Embora habitualmente fosse uma criança tranquila e obediente, daquela vez seu temperamento se equiparara ao dele.

Mara avançou, impassível. Subiu para o estrado um pouco elevado, deixou-se afundar nas almofadas e fez sinal para que as criadas fossem embora. Em seguida, Keyoke, Nacoya e Jican entraram e fizeram uma reverência formal diante dela. Papewaio permaneceu à porta, guardando a entrada do jardim.

— Desejo descansar — disse Mara num tom áspero. — A viagem foi cansativa. Vão agora. — As criadas abandonaram o quarto no mesmo instante, mas os três servidores hesitaram. — O que foi? — indagou Mara.

— Há muito que fazer. E não se pode esperar, Mara-anni — respondeu Nacoya.

A utilização do diminutivo de seu nome pretendia ser simpático, mas para Mara tornara-se um símbolo de tudo o que perdera. Mordeu o lábio quando o hadonra disse:

— Minha Senhora, muitas coisas foram negligenciadas desde... a morte de seu pai. Várias decisões devem ser tomadas com urgência.

Keyoke acenou.

— Minha Senhora, sua instrução deixa a desejar para quem tem de governar uma grande casa. Deve aprender as coisas que ensinamos a Lanokota.

Angustiada com a recordação da fúria com que discutira com o pai na noite que antecedera sua partida, a lembrança de que seu irmão já não era o herdeiro veio como um choque para Mara. Quase numa súplica, disse:

— Agora não, ainda não.

— Filha, não deve desapontar seus antepassados — interveio Nacoya. — Você...

A voz de Mara subiu de tom, repleta de emoções reprimidas por tempo de mais.

— Eu disse ainda não! Não tive tempo para o luto! Ouvirei o que têm a dizer depois de ir ao bosque sagrado. — Estas últimas palavras foram proferidas com raiva, exaurindo-a, como se aquele pequeno lampejo fosse toda a energia que conseguira reunir. — Por favor — acrescentou, mais branda.

Pronto para se retirar, Jican recuou um passo, remexendo, absorto, no uniforme. Olhou de relance para Keyoke e Nacoya, mas ambos se mantiveram inflexíveis.

— Senhora, deve nos escutar — disse o Comandante das Forças Armadas. — Não vai demorar para que nossos inimigos se movimentem para nos destruir. O Senhor dos Minwanabi e o Senhor dos Anasati consideram que a Casa dos Acoma foi derrotada. Deve levar alguns dias até que saibam que você não fez seus votos finais, mas não podemos ter certeza disso. Espiões já podem tê-los informado de sua chegada; neste caso, seus inimigos talvez estejam planejando neste exato momento a destruição definitiva desta casa. Não pode negligenciar suas responsabilidades. É imprescindível que domine muitas artes num curto período de tempo se quisermos que haja alguma esperança de sobrevivência dos Acoma. O nome e a honra de sua família dependem de você agora.

Mara inclinou a cabeça como quando era criança.

— Deixem-me a sós — murmurou.

Nacoya subiu no estrado.

— Filha, escute Keyoke. Nossa perda deixou nossos inimigos mais audaciosos e não há tempo para sentir pena de si mesma. A educação que você outrora recebeu para se tornar a esposa do filho de outro Senhor não é apropriada para uma Governante.

A voz de Mara subiu de tom e a tensão fez o sangue ressoar em seus ouvidos.

— Eu não pedi para ser Governante! — Perigosamente à beira de um ataque de choro, recorreu à raiva para não ceder. — Há uma semana, eu era uma irmã de Lashima e isso era tudo que eu desejava nesta vida! Se a honra dos Acoma depende de mim para se vingar dos Minwanabi, se eu preciso de aconselhamento e de formação, tudo isso terá de esperar até que eu visite o bosque sagrado e preste homenagem à memória dos que foram mortos!

Keyoke olhou de relance para Nacoya, que acenou. A jovem Senhora dos Acoma estava quase cedendo e precisava de tempo, mas a velha ama estava preparada para lidar com essa possibilidade.

— Está tudo preparado para sua visita ao bosque. Tomei a liberdade de escolher o sabre de cerimônias de seu pai para relembrar seu espírito e a túnica cerimonial de Lanokota para relembrar o dele. — Keyoke indicou o local onde os dois objetos se encontravam, pousados sobre uma almofada de rico bordado.

Ver o sabre que o pai usava nos festivais e a túnica que fora ofertada ao irmão na cerimônia em que se tornara adulto foi mais do que a exausta e entristecida garota podia suportar. Sentindo as lágrimas inundarem seus olhos, ordenou:

— Deixem-me!

Os três hesitaram, embora a desobediência de uma ordem da Senhora dos Acoma pudesse ser punida até mesmo com a morte. O hadonra foi o primeiro a se virar de costas e a abandonar os aposentos de sua Senhora. Keyoke seguiu-o, mas quando Nacoya se voltou para ir embora, repetiu:

— Filha, está tudo pronto no bosque.

Depois, lentamente, fechou a porta de correr.

Enfim só, Mara permitiu que as lágrimas corressem por seu rosto. Porém, suportou os soluços enquanto se levantava e pegava a almofada onde estavam o sabre e a túnica.

A cerimônia de luto era particular; apenas a família podia entrar na clareira da contemplação. Mas em circunstâncias normais, uma procissão solene de criados e servidores teria acompanhado os familiares até a sebe que delimitava a entrada. Em vez disso, uma única silhueta surgiu à porta dos fundos de seus aposentos. Mara transportou a almofada com delicadeza, com sua túnica branca amarrotada e encardida onde a bainha tocava o chão.

Ainda que privada dos sentidos da audição e da visão, teria lembrado o caminho. Seus pés conheciam a trilha, até a última pedra encaixada na retorcida raiz da árvore ulo que ladeava o portão cerimonial. A frondosa sebe que circundava o bosque protegia-o de olhares indiscretos. Apenas os Acoma estavam autorizados a entrar ali, com exceção de um sacerdote de Chochocan para consagrar o bosque, e do jardineiro, que tratava dos arbustos e das flores. Havia uma sebe de proteção diante do portão, que impedia quem quer que estivesse do lado de fora de espiar lá dentro.

Mara entrou e precipitou-se até o centro do bosque. Ali, por entre o conjunto de árvores frutíferas floridas, um minúsculo córrego fluía até a lagoa sagrada. A superfície enrugada refletia o azul-esverdeado do céu através de cortinas de galhos. Na margem da água, havia uma enorme rocha que aflorava ao chão, delicadamente desgastada por eras de exposição aos elementos; a ave shatra dos Acoma outrora fora esculpida em sua superfície, mas agora mal se conseguia distinguir o símbolo. Era este o natami da família, o rochedo sagrado que encarnava o espírito dos Acoma. Caso chegasse o dia em que os Acoma fossem obrigados a abandonar aquelas terras, aquele sagrado patrimônio seria levado junto e todos os que ostentavam o nome da família dariam a vida para protegê-lo, pois se o natami caísse nas mãos de estranhos, a família deixaria de existir. Mara olhou de relance para a sebe oposta. Os três natami conquistados pelos Acoma estavam enterrados debaixo de um bloco com suas pontas viradas para baixo de modo que nunca mais vissem a luz do dia. Os antepassados de Mara tinham vencido três famílias no Jogo do Conselho. Agora, sua própria família corria o risco de sofrer o mesmo destino.

Ao lado da rocha um buraco fora escavado e a terra úmida ainda jazia ali. Mara colocou dentro dele a almofada com o sabre do pai e a túnica do irmão e empurrou a terra para dentro do buraco com as mãos nuas, e depois assentou-a, sem se importar em sujar a túnica branca. Em seguida, sentou-se sobre os calcanhares, tomada por uma súbita vontade de rir. Uma estranha e desconexa vertigem a percorreu e sentiu-se preocupada. Apesar de aquele ser o lugar dedicado ao luto, as lágrimas e a dor reprimidas pareciam não vir.

Respirou fundo e sufocou o riso. Em sua mente brotaram imagens e sentiu um ardor no peito, na garganta e no rosto. A cerimônia devia prosseguir, apesar das estranhas sensações.

Ao lado da lagoa estava um pequeno frasco, um braseiro fumegante, um pequeno punhal e uma túnica branca lavada. Mara pegou o frasco e tirou a tampa. Derramou óleos aromáticos na lagoa, lançando efêmeros brilhos de luz fragmentada pela superfície.

— Descanse, meu pai — disse, delicadamente. — Descanse, meu irmão. Regressem à terra e descansem com nossos antepassados.

Colocou o frasco ao lado e, com um puxão, rasgou a parte de cima da túnica. Embora fizesse calor, ondas de frio enrijeceram os seios miúdos quando a brisa entrou de repente em contato com a pele úmida exposta. Esticou a mão e fez outro rasgo na túnica, conforme mandavam as tradições ancestrais. Ao fazê-lo, soltou um grito, um som indeciso, pouco mais do que um lamento. Exigia a tradição uma demonstração de dor diante dos antepassados.

Fez outro rasgo na túnica, dilacerando-a do ombro esquerdo até a cintura, mas o grito que se seguiu transparecia mais raiva pela perda do que pesar. Levou a mão esquerda ao ombro direito e rasgou a túnica. Desta vez, o soluço foi profundo, quando a dor emanou do fundo do ventre.

As tradições cujas origens haviam se perdido no tempo tinham desencadeado sua libertação. Toda a dor reprimida veio à tona, irrompendo da virilha, atravessando o ventre e o peito, até jorrar pela boca na forma de um grito. O som de um animal ferido ecoou na clareira quando Mara deu liberdade total à sua fúria, revolta, tormento e perda.

Soluçando de mágoa, praticamente cega pelas lágrimas, enfiou a mão no braseiro quase extinto. Ignorando a dor causada pelas poucas brasas que subsistiam, espalhou-as nos seios e no ventre nu. Aquela prática simbolizava o fato de seu coração estar em cinzas. Seu corpo foi uma vez mais acometido por soluços enquanto sua mente procurava a libertação final do horror deixado pela morte do pai, do irmão e de centenas de guerreiros leais. Esticou a mão esquerda e agarrou um punhado de terra ao lado do natami. Espalhou a terra úmida no cabelo e bateu na cabeça com o punho. Ela e a terra dos Acoma eram uma, e àquela terra voltaria, tal como os espíritos dos que haviam sido mortos.

Depois, bateu na coxa com o punho, entoando as palavras do luto, quase ininteligíveis em meio ao choro. Balançando para trás e para a frente sobre os joelhos, gemeu de dor. Em seguida, agarrou a pequena adaga de metal, uma herança de família de valor incalculável, e que era utilizada havia séculos apenas em cerimônias como aquela. Desembainhou a lâmina e fez um corte no braço esquerdo. A dor lancinante foi um contraponto ao aperto terrível que sentia no peito.

Estendeu o pequeno corte acima da lagoa, deixando que gotas de sangue caíssem e se misturassem com a água, como mandava a tradição. Fez outro rasgo na túnica, da qual não restava mais do que alguns farrapos que mal cobriam seu corpo. Vestida apenas com uma espécie de tanga, arremessou para longe os trapos com um grito abafado. Puxando os cabelos, forçando a dor para limpar a mágoa, entoou palavras antigas, invocando os antepassados para testemunharem sua desolação. Depois, lançou-se sobre a terra fresca onde fizera o enterro e colocou a cabeça sobre o natami da família.

Terminada a cerimônia, a mágoa de Mara escoou como a água que escorria da lagoa, levando lágrimas e sangue para o rio, depois para o mar distante. Tal como o luto aplacava sua dor, a cerimônia a purificava, mas aquele era um momento de pesar pessoal, em que lágrimas e sofrimento não eram vergonhosos. E Mara desceu às profundezas da mágoa, à medida que onda após onda de tristeza emanava do fundo de sua alma.

Um som intruso soou, um roçar de folhas como se alguém andasse pelos galhos das árvores acima dela. Tomada de dor, Mara mal reparou quando uma silhueta escura saltou para a terra a seu lado. Antes que conseguisse abrir os olhos, dedos fortes puxaram seus cabelos. A cabeça de Mara caiu para trás. Tomada por um terrível pavor, debateu-se, vislumbrando pelo canto do olho um homem vestido de preto. Em seguida, uma pancada no rosto a deixou tonta. Soltaram seus cabelos e passaram uma corda por sua cabeça. Ela a agarrou por instinto. Seus dedos emaranharam-se na corda que deveria tê-la matado em segundos, mas à medida que o homem apertava o garrote, a palma de sua mão impedia que o nó ao centro esmagasse sua traqueia. Contudo, não conseguia respirar. Sua tentativa de gritar por ajuda foi sufocada. Tentou rolar para se afastar, mas o agressor deu um puxão na corda e manteve-a presa com firmeza. Um chute defensivo que o irmão lhe ensinara resultou em uma risada. Apesar de sua habilidade, Mara não conseguia enfrentar o assassino.

A corda apertou mais, cortando dolorosamente sua mão e seu pescoço. Mara tentava respirar, mas o ar não entrava em seus pulmões, que doíam. Debatendo-se como um peixe na rede, sentiu o homem levantá-la do chão. Apenas sua mão desajeitadamente entreposta entre a corda e o pescoço impedia que este se quebrasse. Seu próprio sangue pulsava em seus ouvidos. Esbracejou inutilmente com a mão livre, mas os dedos ficaram presos no tecido. Deu um puxão, mas não tinha força suficiente para desequilibrar o homem. Com um barulho que parecia o ruído das ondas, escutou a respiração ofegante dele enquanto a erguia do chão. Então, derrotada pela falta de ar, sua consciência desabou nas trevas.

2

Avaliações

Mara sentiu o rosto molhado.

Enquanto recuperava os sentidos, em meio à confusão, percebeu que Papewaio embalava delicadamente sua cabeça aninhada nos braços enquanto limpava seu rosto com um pedaço de pano úmido. Mara abriu a boca para falar, mas a garganta travou. Tossiu, depois contorceu-se de dor nos músculos do pescoço. Piscou e se esforçou para organizar os pensamentos. Só sabia que sentia uma dor terrível no pescoço e na garganta e que o céu acima era maravilhosamente belo, com tons azul-esverdeados parecendo desaparecer no infinito. Depois mexeu a mão direita; sentiu uma dor na palma, e lembrou-se.

— O assassino? — indagou, com a voz quase imperceptível.

Papewaio indicou com a cabeça um vulto caído ao lado da lagoa.

— Está morto.

Mara virou-se para ver, ignorando o desconforto das lesões. O cadáver do assassino estava deitado de lado; os dedos de uma das mãos estavam caídos dentro d'água, tingindo-a de sangue. Era baixo, magro como um caniço, de constituição quase delicada, e vestia apenas uma túnica negra e calças até o meio das panturrilhas. O capuz fora puxado para trás, revelando um rosto delicado e infantil marcado por uma tatuagem azul do lado esquerdo do rosto, uma flor hamoi formada por seis círculos concêntricos de linhas ondulantes. Tinha as duas mãos tingidas de vermelho até os pulsos. Mara estremeceu, ainda abalada com a violência que aquelas mãos lhe haviam infligido.

Papewaio ajudou-a a se levantar. Jogou fora o pedaço de pano que rasgara das roupas dilaceradas e entregou-lhe a túnica que fora destinada à parte final da cerimônia. Mara vestiu-se, ignorando as manchas que suas mãos feridas deixavam sobre o tecido delicadamente bordado. Acenou então a Papewaio, que a acompanhou para fora do bosque.

Mara percorreu o caminho, mas a familiaridade que este transmitia já não era reconfortante. A cruel mordida da corda do desconhecido a fizera compreender que os inimigos conseguiam chegar até mesmo ao centro das propriedades dos Acoma. A segurança de sua infância desaparecera para sempre. As sebes negras que rodeavam o bosque pareciam agora um refúgio de assassinos e a sombra abaixo dos galhos frondosos da árvore ulo provocou-lhe um arrepio. Esfregando o machucado ensanguentado da mão direita, Mara refreou o impulso de entrar em pânico. Embora estivesse aterrorizada como uma ave thyza ao ver a sombra de uma asamortal dourada, transpôs o portão cerimonial com um pouco do decoro que seria de esperar da Governante de uma grande casa.

Nacoya e Keyoke aguardavam do lado de fora na companhia do jardineiro da propriedade e de dois ajudantes. Ninguém falou, a não ser Keyoke.

— O que aconteceu? — ele perguntou.

— Você estava certo — Papewaio respondeu, lacônico. — Havia um assassino da Seita dos Hamoi esperando por ela.

Nacoya estendeu os braços, envolvendo Mara com as mãos que tinham acalmado suas dores desde a infância; porém, pela primeira vez, Mara não as achou tranquilizadoras. Com a voz ainda rouca pelo estrangulamento, perguntou:

— O que é a Seita dos Hamoi, Keyoke?

— Os chamados Mãos Vermelhas da Irmandade da Flor, minha Senhora. Assassinos de aluguel sem clã, fanáticos que acreditam que matar ou ser morto é ser santificado por Turakamu, e que a morte é a única oração a que o deus dará ouvidos. Quando aceitam uma missão, juram matar as vítimas ou morrer tentando. — Pausou sua fala enquanto o jardineiro fazia por instinto um sinal de proteção. O Deus Vermelho era temido. Com um tom de cinismo, Keyoke continuou: — Contudo, muitos poderosos compreendem que a Irmandade oferecerá sua singular oração somente depois de a seita receber uma grande soma. — E acrescentou, quase murmurando: — E os Hamoi estão sempre dispostos a ajudar as almas que oferecem tal oração a Turakamu.

— Por que nunca me contaram antes sobre isso?

— Eles não fazem parte do culto normal a Turakamu, minha Senhora. Não é o tipo de coisa que os pais contem para as filhas que não são herdeiras. — A voz de Nacoya transparecia repreensão.

Embora já fosse tarde demais para recriminações, Mara afirmou:

— Começo a compreender por que tinham pressa para tratar de todos aqueles assuntos.

Esperando que fossem conduzi-la para outro lugar, Mara começou a se dirigir para seus aposentos. Porém, a anciã a deteve. Abalada demais para fazer perguntas, Mara obedeceu à indicação para permanecer ali.

Papewaio afastou-se dos outros, depois se ajoelhou. A sombra do portal cerimonial escurecia seu rosto, encobrindo totalmente sua expressão quando desembainhou a espada e a girou, oferecendo o punho da arma a Mara.

— Senhora, peço licença para encerrar minha vida com esta lâmina.

Durante um longo instante, Mara fitou-o sem compreender.

— O que você está me pedindo?

— Violei as fronteiras do bosque da contemplação dos Acoma, minha Senhora.

Esquecida devido à tentativa de assassinato, Mara só se deu conta da gravidade do ato de Papewaio naquele instante. Ele transpusera a fronteira do bosque para salvá-la, apesar de saber que essa transgressão lhe valeria a pena de morte, sem direito a recurso.

Como Mara parecia incapaz de responder, Keyoke tentou delicadamente defender Papewaio:

— A Senhora ordenou que Jican, Nacoya e eu não a acompanhássemos até o bosque. Não mencionou o nome de Papewaio. Ele se escondeu perto do portal cerimonial; quando ouviu sinais de luta, mandou um jardineiro nos chamar e depois entrou.

O Comandante das Forças Armadas dos Acoma demonstrava em relação ao companheiro um afeto raro. Por um instante, os cantos de sua boca se viraram para cima, como se reconhecesse a vitória após uma difícil batalha. Depois, aquele esboço de sorriso se desfez.

— Todos nós sabíamos que uma tentativa contra sua vida seria apenas uma questão de tempo. Foi lamentável que o assassino tenha escolhido esse lugar; Pape sabia o preço a pagar por entrar no bosque.

A mensagem de Keyoke para Mara era evidente: Papewaio insultara os antepassados de Mara ao entrar no bosque, o que lhe valeria uma sentença de morte. Porém, se não entrasse, o desfecho seria ainda pior. Se a última dos Acoma perdesse a vida, todos os homens e mulheres que Papewaio considerava amigos se tornariam desabrigados, pouco mais do que escravos ou fora da lei. Nenhum guerreiro agiria de maneira diferente de Papewaio; sua vida fora dedicada à honra dos Acoma. Keyoke estava tentando dizer a Mara que Papewaio merecia a morte de um guerreiro, pela lâmina, por ter escolhido a vida de sua Senhora e de todos aqueles que amava, em vez da própria vida. Todavia, a ideia da morte do fiel guerreiro devido à sua própria ingenuidade não era algo que Mara pudesse suportar.

— Não — disse, instintivamente.

Achando que ela lhe negava o direito de morrer com honra, Papewaio baixou a cabeça. Cabelos negros cobriram seus olhos enquanto virava a espada, sem hesitação, sem qualquer tremor nas mãos, e cravava a lâmina na terra aos pés da sua Senhora. Com pesar evidente, o jardineiro fez um sinal a seus dois ajudantes. Com uma corda na mão, aproximaram-se rapidamente de Papewaio. Um começou a amarrar as mãos do homem atrás das costas enquanto o outro passava uma corda comprida por cima de um galho forte.

Por um instante, Mara não compreendeu o que estava acontecendo, mas por fim entendeu: estavam preparando Papewaio para a mais terrível forma de morte, o enforcamento, um tipo de execução reservada aos criminosos e bandidos. Mara balançou a cabeça e levantou a voz:

— Parem!

Todos interromperam seus movimentos. Os ajudantes do jardineiro pararam com as mãos no ar, e olharam para o mestre jardineiro, depois para Nacoya e Keyoke e, por fim, para a sua Senhora. Era óbvio que estavam relutantes em realizar uma tarefa daquele tipo e a confusão que sentiam em relação aos desejos de sua Senhora aumentava bastante o desconforto.

— Filha, assim é a lei — disse Nacoya.

Acometida por uma vontade de gritar com todos, Mara fechou os olhos. A tensão, o luto, o ataque, e agora aquela pressa em executar Papewaio por um ato motivado pelo comportamento irresponsável dela quase a venceram. Com cuidado para não começar a chorar, Mara respondeu resolutamente:

— Não... eu não decidi. — Olhou para cada um dos rostos impassíveis. — Terão de esperar até que eu decida — acrescentou. — Papewaio, pegue sua espada.

Sua ordem foi um clamoroso insulto à tradição. Papewaio obedeceu em silêncio.

— Retire do bosque o cadáver do assassino — disse, dirigindo-se ao jardineiro, que permanecia de pé inquieto. Com uma súbita e perversa vontade de bater em alguma coisa, acrescentou: — Deixem-no nu e pendurem-no em uma árvore na beira da estrada para que sirva de aviso a todos os espiões que possam estar por perto. Depois, limpem o natami e esvaziem a lagoa; ambos foram profanados. Quando tudo estiver em ordem, informem os sacerdotes de Chochocan para que venham consagrar o bosque novamente.

Embora todos a observassem com olhares transtornados, Mara deu-lhes as costas. Nacoya foi a primeira a se levantar. Com um vigoroso estalo da língua, acompanhou a jovem até o frescor da casa. Papewaio e Keyoke entreolharam-se perturbados, enquanto o jardineiro foi cumprir as ordens de sua Senhora.

Os dois ajudantes enrolaram as cordas, trocando olhares. Pelo visto, a má sorte dos Acoma não terminara com a morte do pai e do filho. Efetivamente, o reinado de Mara como Senhora dos Acoma poderia ser efêmero, pois seus inimigos não descansariam enquanto ela aprendia as complexas sutilezas do Jogo do Conselho. No entanto, pareciam concordar em silêncio que tais assuntos estavam nas mãos dos deuses, e que os que levavam uma vida humilde eram sempre arrastados pela corrente dos poderosos e acabavam definhando. Ninguém podia dizer que tal destino era cruel ou injusto. Simplesmente era assim.

No instante em que a Senhora dos Acoma chegou à solidão de seus aposentos, Nacoya assumiu as rédeas da situação. Deu ordens às criadas, que trabalharam com relativa eficiência para garantir o conforto de sua Senhora. Prepararam um banho aromático enquanto Mara descansava em suas almofadas, brincando distraidamente com os desenhos das aves shatra, o símbolo de sua casa, bordados com requinte. Quem não a conhecesse pensaria que sua imobilidade deveria ser consequência do trauma e do luto; Nacoya, contudo, observava a intensidade da concentração dos olhos negros da garota e não se deixava enganar. Tensa, enraivecida e determinada, Mara já tentava avaliar as extensas implicações políticas do ataque que havia sofrido. Suportou os serviços das criadas sem a habitual impaciência, mantendo-se em silêncio enquanto lhe davam banho e cuidavam de suas feridas. Aplicaram-lhe uma compressa de ervas na mão direita contundida e lacerada. Nacoya andava com impaciência de um lado para outro, enquanto duas anciãs massageavam Mara com vigor, tal como faziam ao Senhor Sezu. Os seus velhos dedos eram surpreendentemente fortes; procuravam nódulos de tensão muscular e os eliminavam aos poucos. Depois disso, já com roupas limpas, Mara ainda se sentia cansada, mas os cuidados das anciãs eliminaram ao menos a exaustão nervosa.

Nacoya levou-lhe chocha quente; vapor emanava da xícara de porcelana fina. Mara sentou-se diante de uma mesa de pedra baixa e sorveu a bebida amarga, estremecendo ligeiramente quando o líquido fez sua garganta irritada doer. No bosque, ficara chocada demais com o ataque para sentir mais do que o pânico e o medo que a dominaram. Surpreendeu-se, portanto, ao perceber o quanto estava exausta para registrar qualquer tipo de reação. A luminosidade oblíqua da tarde iluminava as telas de papel que tapavam as janelas, tal como acontecera em toda a sua infância. Ao longe, conseguia ouvir os assobios dos tratadores nos pastos de needra, e, mais perto, a voz de Jican repreendendo um escravo da casa por ser desastrado. Mara fechou os olhos e quase conseguiu distinguir o suave ruído da pena que o pai utilizara para escrever instruções a subordinados distantes; mas a traição dos Minwanabi acabara com essas recordações para sempre. Com relutância, Mara reconheceu a presença demorada de Nacoya.

A velha ama sentou-se do lado oposto da mesa. Tinha os movimentos lentos e o semblante ansioso. Os delicados enfeites de conchas que prendiam seu cabelo trançado estavam um pouco desalinhados; levantar os braços para ajeitá-los corretamente ficou mais difícil com a idade. Embora não passasse de uma criada, Nacoya tinha amplos conhecimentos sobre as artes e as sutilezas do Jogo do Conselho. Fora o braço direito da esposa do Senhor Sezu durante anos, depois criara a filha dele após a morte de sua esposa no parto. A velha ama fora como uma mãe para Mara. Consciente de que a anciã esperava que ela dissesse alguma coisa, falou:

— Cometi erros graves, Nacoya.

A ama respondeu com um breve aceno.

— Sim, minha filha. Se tivesse concedido tempo para os preparativos, o jardineiro teria inspecionado o bosque antes de você entrar. Poderia ter encontrado o assassino ou morrido, mas seu desaparecimento teria alertado Keyoke, que mandaria guardas cercarem o bosque. O assassino se veria forçado a sair ou a morrer de fome. Se o assassino hamoi conseguisse escapar do jardineiro e estivesse escondido, seus soldados teriam encontrado seu esconderijo. — A ama apertou as mãos no colo e seu tom de voz tornou-se esganiçado. — Com certeza o inimigo esperava que cometesse erros… e foi o que aconteceu.

Mara aceitou a repreensão, enquanto seus olhos seguiam os preguiçosos anéis de vapor que subiam da xícara de chocha.

— Mas quem mandou o assassino errou tanto quanto eu.

— É verdade. — Nacoya olhou-a com o canto dos olhos, obrigando-se a se focar mais em sua Senhora. — Optou por infligir aos Acoma uma tripla desonra ao matá-la no bosque sagrado de seu pai, e não honradamente sob o golpe de uma lâmina, mas por estrangulamento, como se você fosse uma criminosa ou uma escrava que merecesse morrer em desonra!

— Mas como mulher… — começou Mara.

— Você é a nossa Governante — explodiu Nacoya. Ouviu-se o estalo das pulseiras envernizadas quando bateu com os punhos nos joelhos em um antigo gesto de censura. — Desde o momento em que assumiu a supremacia desta casa, minha menina, você se tornou um homem, com todos os direitos e privilégios de quem governa. Você exerce os mesmos poderes que seu pai como o Senhor dos Acoma. E, por esse motivo, você morrer estrangulada seria para sua família tanta desonra quanto seria se seu pai ou seu irmão tivessem esse fim.

Mara mordeu o lábio, assentiu com a cabeça e arriscou-se a tomar outro gole de chocha.

— Qual seria a terceira desonra?

— Aquele cão hamoi pretendia certamente roubar o natami dos Acoma, terminando assim para sempre com o nome de sua família. Sem clã e sem honra, seus soldados se tornariam guerreiros cinzentos, proscritos que viveriam na floresta. Todos os seus criados se tornariam escravos até o fim de suas vidas. — Nacoya mudou de tom. — Nosso Senhor dos Minwanabi é arrogante.

Mara colocou a xícara de chocha no centro da mesa com delicadeza.

— Então você acredita que o responsável seja Jingu?

— O sujeito está embriagado com seu próprio poder. Atualmente, apenas o Senhor da Guerra está acima dele no Conselho Supremo. Se o destino afastasse Almecho de seu trono branco e dourado, certamente, então, o sucessor seria um Minwanabi. O único outro inimigo de seu pai que desejaria sua decadência é o Senhor dos Anasati. Mas esse é inteligente demais para tentar um ataque tão indigno e mal executado. Se fosse ele responsável pelo hamoi, suas instruções teriam sido simples: sua morte por qualquer meio. Você seria atingida por um dardo envenenado ou por um sabre entre as costelas, e o assassino se apressaria a dar a notícia de sua morte.

Nacoya acenou resolutamente com a cabeça, como se aquela conversa tivesse confirmado suas convicções, e continuou:

— Não, nosso Senhor dos Minwanabi pode ser o homem mais poderoso do Conselho Supremo, mas é como um harulth enraivecido derrubando árvores para esmagar uma gazen. — Ergueu os dedos afastados, indicando o tamanho do animalzinho tímido que evocara. — Herdou seu cargo de um pai poderoso, e tem fortes aliados. O Senhor dos Minwanabi é astuto, mas não inteligente. O Senhor dos Anasati é astuto e inteligente, um homem a se temer. — Nacoya fez um movimento suave com a mão. — Desliza como um relli pelo pântano, silencioso, furtivo; ataca sem aviso. Essa tentativa de assassiná-la foi como se o Senhor dos Minwanabi conferisse ao assassino o selo de sua própria família. — Nacoya estreitou os olhos, pensativa. — O fato de ter conhecimento de que você havia retornado é um sinal da eficiência de seus espiões. Pensamos que ele não descobriria que você se tornara a Governante por pelo menos alguns dias. A presença de um hamoi tão cedo revela que ele soube, no instante em que Keyoke foi buscá-la no templo, que você não proferiu os votos. — Balançou a cabeça recriminando-se. — Deveríamos ter previsto essa possibilidade.

Mara pensou sobre o conselho de Nacoya, enquanto sua xícara de chocha esfriava lentamente sobre a mesa. Consciente como nunca de suas responsabilidades, aceitou o fato de não ser possível adiar mais os assuntos desagradáveis. Embora os cabelos negros se encaracolassem infantilmente diante das maçãs do rosto e a túnica com o colarinho adornado parecesse grande demais para ela, ajeitou-se com a determinação de um governante.

— Posso parecer com uma gazen aos olhos do Senhor dos Minwanabi, mas agora ele ensinou a esta comedora de flores como criar dentes para comer carne. Chame Keyoke e Papewaio.

Um mensageiro foi enviado com suas ordens, um jovem e pequeno escravo de sandálias, que fora escolhido pela sua agilidade. Ele se levantou com um pulo de seu posto ao lado da porta para levar a mensagem. Os guerreiros não demoraram; já previam a convocatória. Keyoke trazia o elmo cerimonial, com as plumas que patenteavam seu cargo tocando o batente da porta ao entrar. De cabeça descoberta, mas quase da mesma altura, Papewaio seguiu o comandante até o interior. Movia-se com a mesma elegância e potência que lhe tinham permitido abater um assassino poucas horas antes; seus modos não transpareciam qualquer vestígio de apreensão com o destino ainda por resolver. Impressionada com sua altivez e com seu semblante ainda mais impassível do que o habitual, Mara sentiu subitamente que o julgamento que deveria fazer ultrapassava sua capacidade.

Sua perturbação não era de modo algum evidente quando os guerreiros se ajoelharam formalmente diante da mesa onde se encontrava. As plumas verdes do elmo de Keyoke tremiam no ar e Mara quase conseguia tocá-las. Reprimiu um arrepio e fez sinal para que os homens se sentassem. A criada ofereceu-lhes chocha quente do bule, mas apenas Keyoke aceitou. Papewaio balançou a cabeça uma vez, como se confiasse mais em sua atitude do que em sua voz.

— Cometi um erro — disse Mara. — Tentarei não errar no futuro... — Fez uma pausa abrupta, franziu o cenho e fez um gesto nervoso que as irmãs de Lashima tinham se esforçado por eliminar. — Não — disse Mara —, tenho de fazer melhor do que isso, pois aprendi no templo que minha impaciência por vezes me impede de julgar corretamente. Keyoke, temos de pensar em um gesto para me avisar sempre que minha vida, ou a existência dos Acoma, estiver ameaçada de uma maneira que eu não consiga compreender. Talvez assim a imprudência com que encarei os eventos de hoje nunca mais se repita.

Keyoke assentiu; o rosto marcado por cicatrizes permaneceu impassível, mas seus modos transpareciam aprovação. Após alguns momentos de reflexão, passou o nó do dedo indicador por uma antiga cicatriz que vincava seu queixo.

— Minha Senhora, reconheceria este gesto como um sinal de alerta, mesmo num lugar público ou cheio de gente?

Mara quase sorriu. Keyoke escolhera um hábito nervoso de Papewaio, seu único sinal evidente de ansiedade. Keyoke nunca ficava inquieto; em caso de perigo ou de tensão, e mesmo em plena batalha, pensou ela, seu Comandante das Forças Armadas nunca perderia o controle. Se coçasse uma cicatriz em sua presença, ela repararia e tomaria cuidado.

— Muito bem. Assim seja, Keyoke.

Um silêncio tenso se sobrepôs quando Mara olhou para o outro guerreiro diante dela.

— Meu bravo Pape, por força de um erro que cometi, poderia estar morta agora e nossas propriedades e servidores estariam sem uma governante. — Desejando adiar o momento da sentença, acrescentou: — Se eu não tivesse ordenado que ninguém me seguisse até as árvores... — Não terminou a frase. Todos sabiam que suas ordens teriam sido obedecidas à risca; as obrigações teriam impelido Papewaio a permanecer na propriedade, deixando sua Senhora ao sabor do destino. — Agora, um de meus mais valiosos servidores tem de pagar com a vida o fato de ter prestado a esta casa um serviço leal e honroso.

— Assim dita a lei — observou Keyoke, não transparecendo qualquer indício de mágoa ou raiva. Aliviado por Mara ter a coragem de cumprir sua obrigação, as plumas de sua patente estavam imóveis, acima de suas impassíveis feições.

Mara suspirou.

— Presumo que não haja alternativa.

— Não há, filha — disse Nacoya. — Deve decidir como e quando será a morte de Pape. Pode permitir que ele se deixe cair sobre a própria espada, concedendo-lhe desse modo uma honra de guerreiro, morrendo pelo gume da lâmina. Ele merece ao menos isso, minha Senhora.

Os olhos negros de Mara faiscaram de raiva por ter de desperdiçar um servidor tão valente; franziu o cenho, pensativa. Durante algum tempo ninguém proferiu palavra alguma, então anunciou de repente:

— Eu acho que não.

Keyoke pareceu prestes a intervir, depois limitou-se a assentir, enquanto Papewaio esfregava o queixo com um polegar, seu conhecido sinal de perturbação. Sentindo-se abalada com o gesto, Mara apressou-se a continuar:

— A minha sentença é esta: leal Papewaio, você vai morrer, quanto a isso não há dúvida. Porém, eu decidirei o local e as circunstâncias dessa morte, como melhor me parecer. Até lá, servirá como sempre fez. Use em volta da cabeça a fita preta dos condenados, para que todos saibam que o condenei à morte.

Papewaio acenou uma vez com a cabeça.

— Sua vontade será cumprida, minha Senhora.

— E caso queira o destino que eu morra antes de você — acrescentou Mara —, pode se deixar cair sobre sua própria lâmina... ou procurar vingar a minha morte, o que achar mais correto. — Tinha certeza quanto à escolha que Pape faria. Agora, até que escolhesse a hora e o meio de execução, Papewaio permaneceria a seu serviço.

Mara contemplou seus três mais leais seguidores, receosa de que sua sentença pouco convencional gerasse oposição. Todavia, os deveres e os costumes os obrigavam a uma obediência cega, e nenhum deles cruzou seu olhar. Esperançosa de que tivesse agido com honra, Mara continuou:

— Agora vão, tratem de suas obrigações como lhes for mais conveniente.

Keyoke e Papewaio levantaram-se de pronto. Fizeram uma reverência rígida, viraram-lhe as costas e saíram. Velha e de movimentos lentos, Nacoya executou a cortesia com menos graciosidade. Endireitou-se, deixando transparecer aprovação no olhar sábio.

— Muito bem, filha de Sezu — murmurou. — Salva a honra de Pape e preserva um servidor muito leal. Ele ostentará a fita negra da desonra como se fosse uma medalha de honra. — Depois, como se envergonhada por sua ousadia, a velha ama saiu apressada.

A criada da casa que estava à porta teve de falar duas vezes para que Mara reparasse nela.

— A minha Senhora precisa de algo?

Exausta pelas emoções e tensões da tarde, a Senhora dos Acoma levantou a cabeça. A julgar pelo olhar de expectativa da criada, percebeu que a tarde já passara. Sombras azuis cobriam as telas das portas, conferindo um aspecto melancólico e sombrio às pinturas decorativas de caçadores. Saudosa da simplicidade de sua infância, Mara decidiu ignorar as formalidades da refeição da noite. No dia seguinte, enfrentaria a realidade de ter que se sentar no lugar que fora de seu pai à cabeceira da mesa.

— Deixe a brisa da noite entrar, depois pode ir — disse à criada.

A serva apressou-se a obedecer às suas ordens e abriu as enormes folhas de correr da janela voltada para o oeste. O sol laranja já ia baixo, roçando a orla púrpura do horizonte. Uma luminosidade vermelha e dourada flamejava sobre os pântanos onde as shatras formavam bandos ao entardecer. Enquanto Mara observava, as desajeitadas criaturas levantaram voo. Em poucos minutos, o céu cobriu-se de silhuetas graciosas e elegantes, revoando por entre as nuvens coloridas de vermelho, rosa e anil diante da aproximação da noite. Ninguém compreendia os motivos daquela esplêndida dança esvoaçante, mas proporcionava um espetáculo majestoso. Embora Mara já tivesse contemplado aquilo centenas de vezes na infância, as aves continuavam a deixá-la maravilhada. Não reparou na criada saindo na ponta dos pés e durante quase uma hora ficou sentada observando as centenas de aves que se juntavam ao bando para rodopiar, virar, inclinar e planar, enquanto a luz se esvaía devagar. As aves pousaram quando o sol se pôs. No crepúsculo prateado, reuniram-se nos pântanos, bem próximas umas das outras para se protegerem dos predadores durante o sono.

Os servidores da casa voltaram na morna e doce hora do pôr do sol, trazendo-lhe óleo para as lamparinas e chá quente de ervas. Porém a exaustão, enfim, a dominara. Eles a encontraram dormindo entre as almofadas, embalada pelos sons familiares dos pastores que conduziam as needra para o abrigo. Ao longe, a triste cantiga de um escravo da cozinha amassando o pão de thyza para a refeição da manhã era um delicado contraponto para os longínquos chamados das sentinelas de Keyoke que patrulhavam o recinto, garantindo, assim, a segurança da nova Senhora dos Acoma.

Habituada à disciplina do templo, Mara despertou cedo. Piscou, confusa, a princípio, com o que a rodeava; depois, ao ver a requintada colcha que cobria o catre, lembrou-se. Estava no quarto de seu pai; era a Governante dos Acoma. Descansada, mas ainda dolorida por causa dos ferimentos infligidos pelo assassino enviado pelos Minwanabi, virou-se de lado. Exuberantes mechas de cabelo se emaranharam em seus cílios; ela as afastou com impaciência.

A aurora iluminava os biombos voltados para o leste. O assobio de um pastor conduzindo as needra para os pastos rompeu o coro matutino das aves. Mara despertou entre memórias inquietantes.

As criadas não perceberam seu despertar. Descalça, e deleitando-se com a solidão, a garota atravessou o quarto e destrancou a janela. Puxou-a para o lado quase sem fazer barulho. O ar fresco acariciou sua pele atravessando as pregas da túnica. Mara inspirou a fragrância do orvalho e da terra úmida e o delicado perfume das flores akasi. A neblina erguia-se dos pântanos, conferindo às árvores e às sebes tons de carvão, e por entre elas viam-se as solitárias silhuetas dos tratadores levando as indolentes needra.

O soldado que estava à entrada de seu quarto virou-se e percebeu que a garota em trajes de dormir brancos e cabelo desgrenhado era a

Governante. Fez uma reverência circunspecta. Mara acenou, absorta, enquanto ele voltava a seus afazeres. A garota contemplou a vasta amplitude das propriedades da família, numa manhã ainda não perturbada pelo ruído e pelo movimento do dia. Não tardaria para que todos os que trabalhavam na propriedade estivessem ocupados com suas tarefas e só restavam alguns minutos a Mara para apreciar a serenidade daquilo que tinha agora de proteger. Franziu o cenho de preocupação ao se dar conta de tudo o que lhe faltava aprender para gerenciar aquele patrimônio. Na realidade, nem sabia a magnitude do que herdara. Tinha uma vaga ideia de que possuía propriedades em outras províncias, mas nada sabia sobre sua disposição e valor. Seu pai não apreciara as particularidades da agricultura e da criação de gado, e embora tenha gerido seus ativos e o bem-estar dos seus súditos com sabedoria, suas conversas com Mara sempre giraram em torno daquilo que gostava e de assuntos mais agradáveis.

Quando a criada chamou delicadamente da soleira da porta do quarto, Mara fechou o biombo.

— Eu vou me vestir e tomar o desjejum imediatamente — disse. — Depois me reunirei com o novo hadonra, Jican, no escritório.

A criada fez uma reverência e dirigiu-se ao guarda-roupa, enquanto Mara desembaraçava o cabelo. Habituada à ausência de criados no templo, Mara pegou mecanicamente a escova.

— Minha Senhora, não sou de seu agrado? — A conduta da jovem criada demonstrava preocupação.

Mara enrugou a testa, irritada com o seu lapso irrefletido.

— Claro que você me agrada, Yoa. — Passou-lhe, então, a escova e sentou-se imóvel, confiando a ela a tarefa de pentear seu cabelo. Enquanto a criada trabalhava, Mara refletiu que a decisão de ir ao encontro de Jican visava tanto evitar Nacoya como obter mais informações sobre suas propriedades. A velha ama tinha uma tendência natural para ser rabugenta nas primeiras horas da manhã, e, além do mau humor, Nacoya teria muito a dizer à jovem sobre suas responsabilidades como Governante.

Mara suspirou e a criada fez uma pausa, aguardando instruções de sua Senhora, com receio de ter cometido algum deslize. Como Mara não disse nada, a garota continuou seu trabalho, com cuidado, como se temesse uma censura. Mara pensou nas perguntas que faria a Jican, sabendo que acabaria tendo de enfrentar os modos rabugentos de Nacoya. Voltou a suspirar, como fizera ao ter de enfrentar um dos castigos de

Nacoya por uma brincadeira infantil, e a criada fez outra pausa para se assegurar de que sua Senhora estava satisfeita. Após um breve instante, a garota retomou a tarefa de pentear o cabelo de Mara, que voltou a pensar na gestão de suas propriedades.

Mais tarde, vestida e bem-arrumada, Mara estava sentada com o cotovelo apoiado sobre um monte de almofadas. Tinha o lábio apertado entre os dentes em sinal de concentração; revia o último de um enorme volume de rolos de pergaminho. Pequeno, bronzeado e nervoso como uma thyza, o hadonra Jican espreitava por cima de seu ombro, estendendo um dedo hesitante.

— Os lucros estão indicados aqui, minha Senhora. Conforme pode constatar, são consideráveis.

— Estou vendo, Jican. — Mara estendeu o pergaminho sobre os joelhos no momento em que Nacoya enfiou a cabeça na fresta da porta. — Estou ocupada, Nacoya. Irei encontrá-la em breve, talvez ao meio-dia.

A velha ama balançou a cabeça, com as presilhas de cabelo tortas como sempre.

— Com o devido respeito, minha Senhora, mas já passa uma hora do meio-dia.

Mara ergueu as sobrancelhas, espantada. Compreendia a impaciência de seu pai quanto à gestão de suas propriedades mais longínquas. A tarefa era mais complexa do que pensara. Todavia, ao contrário do pai, considerava a sinuosidade das finanças algo fascinante. Com um sorriso pesaroso diante da impaciência de Nacoya, a Senhora dos Acoma disse:

— Perdi a noção do tempo, mas Jican está quase terminando. Pode esperar, se assim desejar.

Nacoya balançou a cabeça em negativa.

— Tenho muitos afazeres, Senhora. Mande um mensageiro me chamar quando estiver pronta, mas não demore tanto. Há decisões a tomar e amanhã será tarde demais para fazer isso.

A ama os deixou. Mara ouviu-a fazer uma pausa para dizer algo a Keyoke, que estava de guarda no corredor. Depois, dedicando outra vez sua atenção a Jican e à lição de comércio, Mara pegou outro rolo de pergaminho. Então comentou sobre o saldo sem que o hadonra tivesse de lhe chamar a atenção.

— Podemos ter falta de guerreiros, Jican, mas temos propriedades abundantes, talvez consigamos prosperar.

— Não é difícil, minha Senhora. Sotamu deixou registros claros referentes aos anos em que serviu seu pai. Eu me limito a seguir seus passos. As colheitas de thyza foram abundantes nos últimos três anos, enquanto a praga do hwaet nas províncias das planícies fez disparar os preços de todos os cereais: thyza, ryge, maza, até de milat. Dada a escassez de hwaet, apenas um gestor preguiçoso transportaria sua thyza até Sulan-Qu e a venderia lá. É preciso apenas um pequeno esforço para negociar com um administrador de um consórcio de comerciantes de cereais na Cidade das Planícies. — O homenzinho suspirou pouco à vontade.

— Minha Senhora, não quero faltar ao respeito a nenhum membro de sua altiva classe, mas conheci muitos senhores poderosos que não se interessavam pelos detalhes de seus negócios. Porém, ao mesmo tempo, recusavam a seus hadonras e administradores a autoridade para atuarem de forma independente. Portanto, temos negociado com grandes casas e comerciantes da cidade sempre que podemos. Isso fez com que, na maior parte das vezes, conseguíssemos enormes lucros.

O hadonra fez uma pausa com as mãos timidamente abertas à sua frente. Depois, encorajado pelo fato de Mara não o ter interrompido, prosseguiu:

— E os criadores... é complicado entendê-los. Mais uma vez, não quero faltar ao respeito, mas os Senhores do Norte parecem especialmente insensatos no que diz respeito à escolha de machos reprodutores. — Mais confiante, o homenzinho encolheu os ombros, mostrando-se perplexo. — Um macho temperamental e difícil de controlar, mas musculoso e que pisoteia o chão com força numa demonstração de impetuosidade, ou com um grande... — baixou o olhar, envergonhado — ah... um grande membro masculino, vende-se melhor do que um gordo que procriará bons animais para carne, ou um dócil que gerará gado robusto para animais de carga. Por isso, os animais que um homem mais astuto poderia ter castrado ou matado rendem mais dinheiro, enquanto os melhores permanecem aqui, e as pessoas admiram-se com a qualidade das manadas. Dizem: "Como a carne dos Acoma tem um sabor tão bom, se eles têm machos tão fracos?" Eu não compreendo este raciocínio.

Mara esboçou um sorriso, a primeira expressão relaxada que mostrava desde que saíra do templo.

— Aqueles nobres Senhores procuram animais que sejam o espelho de sua própria virilidade. Eu não tenho essa necessidade. E como não desejo ser confundida com o gado de criação, pode continuar a selecionar os machos e as fêmeas que serão vendidos sem se preocupar com o fato de serem ou não parecidos comigo. — Jican arregalou os olhos até compreender que a garota estava brincando, então, riu ligeiramente com ela. — Fez um bom trabalho — acrescentou Mara.

O hadonra agradeceu com um sorriso, como se lhe tivessem tirado dos ombros um peso enorme. Era evidente que gostava de seu novo trabalho e receara que a nova Senhora pudesse despedi-lo. Ficou duplamente feliz ao saber que continuaria a ser o hadonra e que sua Senhora reconhecia seu valor.

Mas Mara herdara o instinto do pai para assuntos de governo, ainda que só agora isso se mostrasse, e sabia que tinha a seu lado um gestor competente, talvez até inteligente.

— Sua diligência nos negócios honra o nome dos Acoma tanto quanto a valentia de nossos soldados — acrescentou. — Pode ir agora tratar de seus afazeres.

O hadonra fez uma reverência sobre os joelhos até tocar a testa no chão, uma mesura mais servil do que era exigido a um homem de sua posição.

— O elogio de minha Senhora é como o acalento da luz do sol.

Jican levantou-se e foi embora, enquanto um servidor da casa recolhia os rolos de pergaminho que estavam no chão. Nacoya transpôs com pressa a soleira da porta quando o hadonra já estava saindo. Outros servos a seguiram com refeições leves em bandejas; com um suspiro, Mara desejou que o excesso de servos domésticos pudesse ser transformado em soldados.

Nacoya fez uma reverência, depois se sentou antes que Mara tivesse oportunidade de lhe dar licença para se ausentar. Em meio ao delicado tilintar das louças e ao movimento apressado dos criados pondo a mesa, disse:

— Minha Senhora acha que deve trabalhar a manhã inteira sem fazer nenhuma refeição? — Seus velhos olhos negros assumiram um ar de crítica. — A Senhora perdeu peso desde que deixou o templo. Alguns homens a considerariam magra demais.

Ainda preocupada com a conversa que tivera com Jican, Mara falou como se não a tivesse ouvido:

— Dediquei algum tempo a obter informações sobre meus bens e minhas propriedades. Fez uma boa escolha em relação a Jican, Nacoya. Embora eu me lembre de Sotamu com carinho, este homem parece ser um legítimo mestre nos negócios.

Os modos de Nacoya tornaram-se mais suaves.

— Foi o que pensei, minha Senhora, mas foi uma decisão urgente.

— Foi uma boa escolha. — Mara observou o suprimento de comida e o cheiro do pão de thyza recém-assado atiçou-lhe a fome. Pegou um pedaço de pão, franziu o cenho e acrescentou: — Eu não sou magra demais. As nossas refeições no templo não eram tão fartas quanto você pensa. — Deu uma mordida e mastigou pensativa, observando sua inabalável ama. — Agora, qual é a próxima urgência?

Nacoya franziu os lábios, um sinal inequívoco de que iniciaria um assunto delicado.

— É preciso tornar sua casa mais segura, minha Senhora. Na ausência de familiares diretos, você é um alvo tentador para muitos. Mesmo aqueles que nunca tiveram motivo de discórdia com os Acoma podem encarar suas posses com inveja e ambição. As terras e as manadas poderiam não ser uma tentação para que um pequeno Senhor atacasse seu pai, mas uma jovem menina sem qualquer formação? "Há uma mão atrás de cada cortina" — citou.

— "E um punhal em cada mão" — concluiu Mara, colocando o pão de lado. — Eu compreendo, Nacoya. Acho que devemos recrutar mais homens.

Nacoya balançou a cabeça com tal convicção que o penteado frouxo ameaçou soltar-se.

— Isso seria difícil e perigoso neste momento.

— Por quê? — Com a irritação, Mara esquecera-se da comida. — Acabei de analisar os meus bens com Jican. Os Acoma dispõem de fundos mais do que suficientes para suportar dois mil e quinhentos soldados. Até temos fundos suficientes para pagar taxas de recrutamento.

Mas Nacoya não se referira ao fato de um novo Senhor ter de reembolsar o antigo pelo treino de cada recruta. Delicadamente, explicou:

— Muitos perderam a vida, Mara-anni. Os laços familiares que restam são muito fracos para terem relevância.

A tradição tsurani exigia que apenas familiares de um soldado que já prestasse serviço pudessem integrar a guarnição de uma grande casa. Como os primogênitos costumavam assumir a mesma fidelidade dos pais, recrutas com essas características limitavam-se agora aos segundos filhos ou posteriores. Considerando aquele fato, Nacoya acrescentou:

— Tendo em conta o intenso recrutamento que seu pai fez antes da invasão ao mundo bárbaro, a maioria dos homens aptos já foi chamada.

Todos os que estão disponíveis agora são jovens e inexperientes. O Senhor dos Minwanabi agirá antes que esses homens fiquem preparados.

— Já pensei sobre o assunto. — Mara tirou uma caixa delicadamente entalhada em madeiras caras que estava debaixo da escrivaninha. — Mandei chamar a Guilda dos Transportadores hoje de manhã. O representante que vier receberá instruções para entregar esta caixa nas mãos do Senhor dos Minwanabi, selada e sem mensagem. — Com um ar inflexível, Mara entregou a caixa a Nacoya.

Nacoya abriu o requintado trinco e ergueu uma sobrancelha ao ver o conteúdo. Apenas uma corda enegrecida com o sangue da mão de Mara estava enrolada ao lado de uma pena de shatra. Fechando a caixa como se contivesse uma dhast escarlate, a mais venenosa de todas as serpentes, Nacoya disse:

— Você está declarando guerra aberta à Casa dos Minwanabi!

— Apenas reconheço que uma guerra aberta começou há séculos! — respondeu Mara, ainda triste demais com o assassinato do pai e do irmão para se conter. — Estou apenas informando Jingu que outra geração dos Acoma está preparada para enfrentá-lo. — Subitamente envergonhada por suas emoções, a garota desviou o olhar para a bandeja com comida. — Mãe do meu coração, eu não tenho experiência no Jogo do Conselho, mas recordo-me de muitas noites em que meu pai debatia com Lano seus estratagemas, ensinando ao meu irmão cada movimentação e o motivo de cada uma delas. Sua filha também o ouvia.

Nacoya colocou a caixa de lado e assentiu. Mara ergueu o olhar, ligeiramente suada devido ao calor, embora permanecesse elegante.

— Nossos inimigos Minwanabi pensarão que isso representa algo mais sutil do que efetivamente é. Vão tentar deter qualquer coisa que pensem que planejamos, o que nos dará tempo para pensar. Tudo o que posso fazer agora é ter esperança de ganhar tempo.

Nacoya permaneceu em silêncio, depois disse:

— Filha de meu coração, sua audácia é admirável, porém, embora possa ganhar um dia, uma semana, ou talvez até mais com este gesto, no fim o Senhor dos Minwanabi avançará para destruir tudo o que pertence aos Acoma. — A velha ama inclinou-se para a frente, insistente. — Deve encontrar aliados, e, para isso, apenas um caminho encontra-se aberto. Deve se casar. Depressa.

Mara levantou-se tão abruptamente que bateu com o joelho na perna da escrivaninha.

— Não! — Fez-se um silêncio tenso, enquanto um pergaminho flutuava dentro do prato de sopa.

Nacoya apressou-se a ignorar a irritação de sua Senhora.

— Você não tem outra opção, filha. Como Governante, deve procurar um consorte entre os filhos mais jovens de certas casas do Império. Um casamento com um filho dos Shinzawai, dos Tukareg ou dos Chochopan garantiria uma aliança com uma casa capaz de nos proteger. — Manteve-se silenciosa por instantes, depois prosseguiu: — Pelo período que conseguir. Mesmo assim, o tempo poderá desestabilizar o equilíbrio.

Mara tinha as maçãs do rosto vermelhas e os olhos arregalados.

— Nunca vi nenhum dos rapazes que mencionou. Não me casarei com um desconhecido!

Nacoya levantou-se.

— Você fala agora com irritação, e é o coração que comanda sua mente. Se nunca tivesse entrado naquele templo, seu marido teria sido escolhido por seu pai ou por seu irmão. Como Senhora dos Acoma, deve fazer esse sacrifício para o bem de sua casa. Vou deixá-la a sós para que pondere sobre isso.

A ama apanhou a caixa que a Guilda dos Transportadores deveria entregar ao Senhor dos Minwanabi. Fez uma reverência rígida e saiu.

Mara permaneceu sentada com uma fúria silenciosa e os olhos fixos no pergaminho encharcado, que se afundava lentamente nas profundezas da tigela de sopa. A ideia do casamento evocava inúmeros temores, enraizados de algum modo em sua dor. Estremeceu, apesar de fazer calor, e estalou os dedos para que os servos levassem as bandejas com comida. Iria descansar e refletir sozinha sobre as instruções da velha ama.

Como recomendado por Keyoke, Mara passou a tarde no interior da grande casa. Embora preferisse continuar a inspecionar, em sua liteira, as propriedades dos Acoma, seu contingente de guerreiros estava defasado demais e seria necessário um grande séquito para garantir sua segurança em terreno desprotegido, o que deixaria poucos guardas disponíveis para as patrulhas de rotina. Preocupada demais para ficar parada, a moça dedicou-se à análise de documentos, para se familiarizar mais com as propriedades mais distantes da família. Fez uma pausa para uma refeição leve. As sombras alongaram-se e o calor da tarde acomodou-se em silêncio.

Durante as suas leituras, a Senhora dos Acoma compreendeu um sutil porém importante fato da vida tsurani, um fato que seu pai enfatizara diversas vezes, mas que apenas agora compreendia: a honra e a tradição eram apenas dois dos pilares de uma grande casa; o poder e a riqueza eram os outros dois. E destes quatro, eram os dois últimos que impediam que o teto desabasse. Mara apertou a mão em volta da ponta do pergaminho. Se conseguisse de algum modo manter longe os inimigos que queriam sua morte até conseguir reunir forças para entrar no Jogo do Conselho, então... Abandonou o pensamento sem concluí-lo. Manter os Senhores dos Minwanabi e dos Anasati a distância era a sua prioridade. A vingança era um sonho inútil a menos que conseguisse garantir a sobrevivência de sua família.

Perdida em pensamentos, Mara não ouviu Nacoya chamá-la delicadamente à porta.

— Minha Senhora? — repetiu a ama.

Mara levantou os olhos, sobressaltada, e fez um sinal para que sua velha ama entrasse. Aguardou, preocupada e distante, enquanto a anciã fazia a reverência, e depois se ajoelhava diante dela.

— Minha Senhora, ponderei sobre a nossa conversa desta tarde e suplico sua tolerância enquanto dou meu conselho.

Mara estreitou os olhos. Não tinha qualquer desejo de retomar o assunto do casamento, mas a dor persistente dos ferimentos provocados pelo assassino relembraram-na da necessidade de ser prudente. Colocou de lado os pergaminhos e sinalizou para que Nacoya prosseguisse.

— Como Governante dos Acoma, seu estatuto não mudaria com o casamento. Um consorte poderia sentar-se a seu lado direito, mas não teria qualquer poder nos assuntos da casa, exceto aqueles que você permitisse. Ele...

Mara acenou com a mão.

— Estou ciente de tudo isso.

A velha ama sentou-se mais confortavelmente no tapete diante da sua Senhora.

— Peço seu perdão, minha Senhora. Quando a abordei há pouco, tinha esquecido que para uma serva de Lashima os assuntos do mundo além das paredes do templo caem no esquecimento. Os assuntos entre rapazes e moças, os encontros com os filhos de grandes casas, os beijos e os jogos de sedução, essas coisas lhe foram negadas durante mais de um ano. A ideia de um homem... — Desencorajada pela intensidade crescente da impassibilidade de Mara, Nacoya vacilou, mas forçou-se a concluir: — Perdoe a hesitação de uma velha. Você era uma donzela, e continua a ser.

Esta afirmação fez o sangue subir ao rosto de Mara. Durante o tempo que passara no templo, recebera instruções para ignorar os assuntos da carne. A preocupação de Nacoya de que a garota não conseguisse lidar com o assunto era infundada, pois no âmago de Mara a luta para esquecer não fora fácil. Fantasiava com frequência com rapazes que conhecera na infância. Nervosa, Mara esfregou a atadura que cobria a palma de sua mão ferida.

— Mãe de meu coração, continuo a ser uma donzela. Compreendo, porém, o que se passa entre um homem e uma mulher. — De repente, como se estivesse ofendida, fez um círculo com o polegar e o indicador da mão esquerda e introduziu o indicador direito com um movimento impetuoso. Os pastores, agricultores e soldados utilizavam aquele gesto para se referirem à fornicação. O sexo era tratado de forma aberta na vida dos Tsurani, mas, ainda que não fosse obsceno falar sobre o assunto, aquele gesto era vulgar e não caía bem em uma Senhora de uma grande casa.

Sábia demais para responder àquela provocação, Nacoya afirmou:

— Minha Senhora, sei que brincou com seu irmão entre soldados e pastores. Sei que viu machos montando fêmeas. E outras coisas. — Considerando a forma íntima com que os tsurani levavam a vida, por diversas vezes, ao longo dos anos, Mara e o irmão tinham ouvido os ruídos da paixão, ou ocasionalmente visto sem querer um encontro entre escravos ou criados. Ela encolheu os ombros, como se fosse um assunto insignificante. — Minha filha, você pode saber o que se passa entre um homem e uma mulher aqui. — A ama levou o indicador à cabeça. Depois apontou para o coração. — Mas não compreende aqui — e então apontou para a região pubiana —, nem aqui. Posso ser velha, mas eu me lembro. Mara-anni, uma Governante também é uma guerreira. Deve dominar seu corpo. A dor deve ser vencida. — A ama parecia refletir, recuperando memórias. — E às vezes a paixão causa mais dor do que qualquer ferimento de sabre. — A luz do sol, que ia baixo e atravessava a tela, salientava a firmeza de suas feições à medida que se concentrava mais em Mara. — Enquanto não conhecer seu corpo e dominar todas as suas necessidades, você estará vulnerável. Sua valentia, ou suas fraquezas, são as mesmas da Casa dos Acoma. Um jovem bonito que murmure delicadamente ao seu ouvido, cujo toque deixe sua virilha em chamas, pode destruí-la tão depressa quanto um assassino hamoi.

Mara corou bastante e seu olhar faiscou.

— O que você está sugerindo?

— Uma Governante não deve ter dúvidas — disse Nacoya. — Após a morte de sua mãe, o Senhor Sezu tomou precauções para garantir que os desejos da carne não o tentariam insensatamente. A luxúria em relação a uma filha de uma casa errada poderia ter destruído os Acoma com a mesma eficácia que uma derrota em batalha. Durante sua permanência no templo, esta casa foi frequentada por mulheres do Boa Vida...

— Nacoya, essas mulheres já frequentavam esta casa quando eu era mais jovem. Eu me lembro. — Mara inspirou com impaciência e, a julgar pelo cheiro intenso de akasi, percebeu que os escravos cuidavam dos jardins do outro lado das telas. Porém, aparentemente, aquele ar carregado não surtia qualquer efeito sobre Nacoya.

— O Senhor Sezu nem sempre agia em proveito próprio, Mara-anni. Às vezes, as mulheres eram chamadas a Lanokota para que ele aprendesse as relações entre um homem e uma mulher, e para que não caísse nas garras dos ambiciosos estratagemas de filhas astutas e seus pais.

Subitamente, imaginar seu irmão com mulheres daquele tipo deixou Mara ressentida; todavia a proximidade dos escravos a obrigava a manter o decoro.

— Volto a perguntar, o que está sugerindo?

— Mandarei vir um homem do Boa Vida, experiente...

— Não! — Mara a interrompeu. — Não quero nem ouvir falar nisso!

Nacoya ignorou sua Senhora.

— ... prazeres da carne. Ele pode ensiná-la...

— Eu disse que não, Nacoya!

— ... tudo o que precisa saber, para que os toques delicados e as palavras doces murmuradas no escuro não a iludam.

Mara se enfureceu.

— Ordeno que não pronuncie outra palavra!

Nacoya engoliu o que ia dizer em seguida. Os olhares das duas mulheres se cruzaram e, durante um longo e silencioso minuto, nenhuma se mexeu. Por fim, a anciã baixou a cabeça até que sua testa tocou as tapeçarias sobre as quais estava ajoelhada, o sinal de súplica dos escravos.

— Estou envergonhada. Ofendi a minha Senhora.

— Vá embora! Deixe-me em paz!

A anciã levantou-se. O ruído de suas vestes e a rigidez de suas costas refletiam desaprovação enquanto saía. Com um gesto, Mara mandou embora o criado que se aproximara para indagar se precisava de alguma coisa. Sozinha, rodeada pelos pergaminhos requintados e meticulosamente redigidos, que ocultavam com honra a cruel e mortífera rede de intrigas que refletiam, Mara tentou racionalizar a confusão deixada pela sugestão de Nacoya. Não sabia como descrever o pavor que a envolvia.

Tentando se controlar, Mara soluçou em silêncio. Sem o aconchego do irmão, rodeada de conspirações, ameaças e da presença invisível de inimigos, a Senhora dos Acoma baixou a cabeça, enquanto as lágrimas encharcavam os curativos de sua mão, fazendo as feridas sob eles arderem.

Ouviu-se um sino ao longe. Mara reconheceu o sinal que chamava os escravos aos seus aposentos para a refeição da noite. Os trabalhadores que cuidavam dos jardins de akasi levantaram-se e puseram de lado suas ferramentas, enquanto, por detrás dos finos biombos de papel, sua Senhora afastava os pergaminhos. Esfregou os olhos inchados das lágrimas e chamou baixinho os criados para que abrissem o escritório a fim de deixar entrar o ar do exterior.

Levantou-se então, sentindo-se vazia e esgotada; mas aquele ar resoluto voltara ao seu semblante. Mordendo o lábio, pensativa, a garota recostou-se na moldura polida do biombo. Tinha de existir outra solução além de um casamento. Ponderou, mas não encontrou resposta, enquanto o sol se punha, denso e dourado, no céu do oeste. A névoa do calor pairava sobre campos distantes, e, acima, nenhuma ave cruzava a abóbada verde-azulada do céu. As folhas de akasi podadas pelos trabalhadores murchavam sobre a calçada de pedra branca, juntando fragrância ao indolente silêncio que rodeava a grande casa. Mara bocejou, exausta pela tristeza e pelas preocupações.

Subitamente, ouviu gritos. Sobressaltada e alerta, endireitou-se. Silhuetas correndo pela estrada na direção das casernas podiam ser vistas. Consciente de que tamanha perturbação era um mau presságio, a moça afastou-se do biombo, no exato instante em que uma criada entrou de repente no escritório.

Um guerreiro a seguia, empoeirado, suado e ofegante após uma longa corrida vestindo a armadura de batalha. Ele baixou a cabeça respeitosamente.

— Minha Senhora, com sua licença.

Mara sentiu um nó gelado apertar seu estômago. Está começando, pensou. Porém, o seu rosto manchado de lágrimas revelou firmeza quando disse:

— Fale.

O soldado bateu com o punho no peito em forma de continência.

— Minha Senhora, o Comandante das Forças Armadas manda informar que o rebanho foi atacado por um grupo fora da lei.

— Mande buscar minha liteira. Depressa!

— Como quiser, Senhora.

A criada que precedera o soldado transpôs a soleira da porta velozmente.

— Reúna uma escolta — disse Mara dirigindo-se ao soldado, que fez uma reverência e saiu.

Mara abriu a túnica curta e leve que as mulheres da nobreza tsurani preferiam usar na privacidade do lar. Arremessou a peça para as mãos da criada que aguardava, enquanto outra se aproximou apressadamente com uma túnica de viagem, mais comprida e de corte mais modesto. Acrescentou um lenço fino para ocultar as marcas não cicatrizadas do pescoço, então saiu para o exterior.

Os carregadores da liteira aguardavam em silêncio, com o torso despido, vestidos apenas com uma tanga; suavam devido ao calor. Quatro guerreiros estavam ao lado deles, afivelando às pressas os capacetes e ajustando as armas nos cintos. O soldado que fora enviado para informar Mara ofereceu-lhe atenciosamente a mão e ajudou sua senhora a subir para o assento almofadado. Depois, fez um sinal aos carregadores e à escolta. A liteira balançou e avançou quando obedeceram às ordens urgentes para marchar e seguiram na direção dos pastos mais afastados.

A viagem terminou muito antes do que Mara esperara, a quilômetros das fronteiras da propriedade. Tratava-se de um sinal desencorajador, pois os bandidos nunca se atreveriam a percorrer os campos interiores se as patrulhas tivessem capacidade de detê-los. Com um movimento enérgico de raiva, afastou as finas cortinas.

— O que aconteceu aqui?

Keyoke afastou-se de dois soldados que analisavam o chão em busca de vestígios que pudessem indicar o número e o poder dos renegados. Se notou as manchas das lágrimas no rosto dela, seu próprio rosto marcado por cicatrizes não o demonstrou. Com o elmo emplumado pendurado no cinto e destacando-se da armadura envernizada, o guerreiro sinalizou na direção de uma cerca derrubada, que os escravos de tanga consertavam.

— Fora da lei, minha Senhora. Dez, ou talvez uma dúzia. Mataram um jovem pastor e fugiram com algumas needra.

— Quantas? — Mara gesticulou e o Comandante das Forças Armadas ajudou-a a descer da liteira. A grama parecia-lhe estranha debaixo das sandálias depois de tanto tempo na clausura do templo e de meses sobre pisos de pedra; também inesperados foram os odores da rica terra e das vinhas de khala, que se insinuavam nas madeiras da cerca. Mara ignorou aquela distração momentânea e cumprimentou um Jican de cenho franzido, cuja expressão lembrava-lhe a figura de seu pai, quando os assuntos domésticos não corriam bem.

Ainda que o hadonra tivesse convivido muito pouco com o antigo Senhor dos Acoma, aquela expressão era lendária. Suado, com os dedos nervosamente entrelaçados na ardósia, fez uma reverência.

— Minha Senhora, perdemos, no máximo, três ou quatro fêmeas. Só posso ter certeza depois de fazer a contagem das que se desgarraram.

Mara levantou a voz acima do balido dos animais agitados por entre os assobios dos tratadores, que portavam compridas varas e estalavam chicotes no ar enquanto conduziam a manada para um curral seguro.

— Desgarradas?

Contrariado com a hesitação de Jican, Keyoke respondeu, e sua voz era mais apropriada para o campo de batalha no mundo dos bárbaros do que para a terra batida do pasto de needra:

— Os animais deste pasto estavam prontos para procriação. O cheiro do sangue os assustou e debandaram, o que alertou os pastores. — Fez uma pausa com os olhos percorrendo a linha distante dos bosques.

A tensão da sua voz aumentou a preocupação de Mara.

— O que o incomoda, Keyoke? Certamente não foi a perda de algumas fêmeas, ou a morte de um escravo?

— Não, minha Senhora. — Sem tirar os olhos dos bosques, o velho soldado balançou a cabeça. — Detesto ver boas propriedades arruinadas, mas não é isso, as fêmeas e o rapaz são a menor das minhas preocupações. — Fez uma pausa enquanto um supervisor gritava; o grupo de escravos se abaixou para erguer uma viga nova, enquanto o Comandante das Forças Armadas relatava o pior. — Temos estado atentos desde que aquele cão dos Hamoi atentou contra sua vida, minha Senhora. Estes não eram bandidos de segunda. Atacaram e partiram, em plena luz do dia, o que é sinal de planejamento e de um conhecimento profundo das patrulhas.

Mara sentiu o pavor como uma lasca de gelo.

— Espiões? — indagou, inabalável. O Senhor dos Anasati poderia facilmente orquestrar um ataque falso de "bandidos" se quisesse se certificar do poder das forças dos Acoma.

Keyoke tocou sua espada.

— Não creio, minha Senhora. — Proferiu estas palavras com sua habitual percepção quase sobrenatural. — Os Minwanabi nunca são assim tão sutis, e os Anasati não têm postos avançados tão ao sul para conseguirem organizar um ataque tão rápido. Não, isto me parece obra de soldados. Certamente sem clã.

— Guerreiros cinzentos? — O cenho de Mara carregou-se ao pensar naqueles violentos homens sem clã que vagavam em bandos pelas montanhas. Como os Acoma estavam gravemente despojados de tropas, um grupo daqueles sob as ordens de um comandante esperto poderia representar uma ameaça tão grave quanto qualquer estratagema traçado por seus inimigos.

Keyoke sacudiu o pó dos punhos e contemplou novamente as colinas, que se afundavam na penumbra do crepúsculo.

— Com a permissão da minha Senhora, enviarei batedores. Se os guerreiros cinzentos foram responsáveis por este ataque, só queriam matar a fome. Encontraremos fumaça e fogueiras; caso contrário, saberemos que a notícia de nossa fraqueza viaja rapidamente na direção dos ouvidos inimigos.

Não fez referência a um contra-ataque. Mais comedido do que Nacoya, o seu silêncio em relação ao assunto deixou Mara perceber que uma demonstração aberta de força poderia levar a uma calamidade. Os guerreiros Acoma eram poucos até mesmo para afugentar uma emboscada de ladrões de needra. A que ponto os Acoma haviam chegado, pensou Mara; mas fez o gesto formal de concordância. Keyoke apressou-se a dar ordens a seus soldados. Os carregadores da liteira aprontaram-se, ansiosos por voltarem depressa à refeição que tinham deixado esfriando nas mesas de seus aposentos, mas a Senhora não estava pronta para partir. Embora soubesse que Nacoya a repreenderia por se demorar num local onde sua presença não era necessária, a urgência de novos combatentes parecia-lhe a origem da ameaça imediata. Ainda resistente à ideia de o casamento ser a única solução, fez sinal para que Keyoke voltasse ao seu lado.

Ele fez uma reverência com o rosto encoberto pela penumbra.

— A noite está chegando, minha Senhora. Se deseja algum conselho, deixe-me escoltá-la, pois sua segurança pode ficar ainda mais ameaçada ao escurecer.

Reconfortada pelas mesmas qualidades que o Senhor Sezu tinha prezado em seu Comandante das Forças Armadas, Mara sorriu. Deixou que o velho guerreiro a ajudasse a se acomodar na liteira e depois abordou o problema.

— Já começou a recrutar mais guerreiros?

Keyoke ordenou que os carregadores da liteira avançassem, depois caminhou ao lado deles.

— Minha Senhora, dois dos nossos homens contataram primos em cidades distantes e solicitaram o envio dos filhos mais novos para se juntarem a seu serviço. Dentro de uma ou duas semanas, permitirei que mais um ou dois façam o mesmo. Se enviarmos mais do que isso por vez, todos os quartéis de Ambolina até Dustari saberão que os Acoma estão com poucos homens.

Luzes brilharam no escuro quando os homens que consertavam a cerca acenderam as lamparinas para continuarem a trabalhar. Quando a liteira virou na direção da casa grande, um homem, depois outro, e depois outro começaram a cantar com cautela.

— Acha que devemos contratar homens? — disse Mara, consciente de que a segurança de todos dependia de sua decisão.

Keyoke estacou.

— Mercenários? Meros guardas de caravanas? — Com um passo, percorreu a distância que a liteira havia avançado. — Impossível. Não seriam de confiança. Homens que não têm qualquer laço de sangue com o natami dos Acoma seriam mais do que inúteis. Não lhe devem qualquer respeito. Para enfrentar os inimigos de seu pai, a Senhora precisa de guerreiros que obedeçam sem hesitar, e que estejam preparados para morrer à sua ordem. Mostre-me um homem disposto a morrer em troca de dinheiro e eu o contrato. Não, minha Senhora, uma casa contrata mercenários apenas para tarefas simples, como guardar depósitos, ou fazer patrulhas para defesa contra ladrões comuns. E mesmo assim, apenas para deixar os guerreiros livres para tarefas mais honradas.

— Nesse caso precisamos de mercenários — atalhou Mara. — Nem que seja para impedir que os guerreiros cinzentos engordem à custa das nossas needra.

Keyoke afrouxou o elmo e tateou as plumas na penumbra crescente.

— Minha Senhora, em tempos melhores, sim. Mas agora, não. Metade dos homens que contratasse seriam provavelmente espiões. Embora não tenha relutância em conceder honra a homens sem amo, acho que devemos esperar e preencher nossas fileiras lentamente.

— E morrer. — Sem aceitar o fato de que a sugestão de casamento feita por Nacoya parecia cada vez mais inevitável, Mara rangeu os dentes de rancor.

Sobressaltado com aquele seu estado de espírito irreconhecível, Keyoke mandou os carregadores pararem.

— Minha Senhora?

— Quanto tempo pode faltar até que o Senhor dos Minwanabi fique ciente dos danos que a traição dele nos causou? — Mara levantou a cabeça, mostrando o rosto oval e pálido por entre a alvura das cortinas. — Mais cedo ou mais tarde, um de seus espiões descobrirá que o núcleo de nossa casa está fraco e que minhas propriedades foram despojadas de tudo, exceto de um punhado de guerreiros saudáveis, apesar de mantermos uma ilusão de autossuficiência. As nossas terras distantes estão despojadas e são mantidas por artifícios. Velhos e jovens sem treino marchando de armadura. Vivemos como as gazen, prendendo a respiração e esperando que os harulth não nos pisoteiem! Só que essa esperança é vã. Um dia, nosso truque será descoberto. Então, os senhores que almejam nossa ruína atacarão com uma violência brutal.

Keyoke pôs o elmo na cabeça, apertando lenta e ponderadamente a fita sob o queixo.

— Seus soldados morrerão defendendo sua vida, minha Senhora.

— É exatamente isso que quero dizer, Keyoke. — Depois de ter começado, Mara não conseguia deter a sensação de impotência que invadia sua alma. — Todos vão morrer. Você, Pape, e até a velha Nacoya. Depois, os inimigos que mataram meu pai e meu irmão levarão minha cabeça e o natami dos Acoma até o Senhor dos Minwanabi e... os Acoma deixarão de existir.

O velho soldado baixou as mãos em silêncio. Não podia refutar as palavras da sua Senhora nem proporcionar-lhe qualquer tipo de conforto. Delicadamente, deu ordens para que os carregadores avançassem para a casa, para as luzes, para todo o legado dos Acoma.

A liteira balançou quando os carregadores passaram do piso irregular do prado para o caminho inclinado de pedrinhas. Envergonhada por sua reação, Mara soltou os nós e as cortinas finas se fecharam, ocultando-a. Consciente de que ela poderia estar chorando, Keyoke avançou com a cabeça devidamente voltada para a frente. Sobreviver com honra parecia uma esperança inatingível desde a morte do Senhor Sezu e do filho. Porém, para o bem da Senhora cuja vida devia proteger, resistia à crença de todos os guerreiros que ainda viviam: que o desagrado dos deuses se abatera sobre aquela casa e que a sorte dos Acoma estava irremediavelmente em declínio.

Mara falou com um inesperado tom de resolução, despertando o Comandante das Foças Armadas de seus pensamentos.

— Keyoke, o que acontece se eu morrer e você sobreviver?

Keyoke apontou para trás, na direção das colinas para as quais os assaltantes tinham fugido com o saque.

— Sem sua licença para acabar com minha vida, eu seria como aqueles homens, Senhora. Um andarilho, sem Senhor e sem lar, sem rumo nem identidade, um guerreiro cinzento sem um uniforme para usar.

Mara enfiou uma das mãos pelas cortinas, formando uma pequena fenda pela qual espreitou.

— Os bandidos são todos assim?

— Alguns. Outros são pequenos criminosos, ou ladrões e assaltantes, alguns são assassinos, mas muitos deles são soldados que viveram mais do que seu amo.

A liteira aproximou-se do pátio de entrada da grande casa, onde Nacoya aguardava com um pequeno bando de criados. Mara apressou-se a indagar.

— Homens honrados, Keyoke?

O Comandante das Forças Armadas contemplou sua Senhora sem qualquer sinal de censura.

— Um soldado sem uma casa não pode ser honrado, Senhora. Antes do declínio de seu amo? Presumo que os guerreiros cinzentos tenham sido bons homens outrora, mas viver mais do que seu amo é sinal que os deuses se desagradaram com alguma coisa.

A liteira avançou para o pátio e os carregadores a colocaram no chão com um solavanco quase imperceptível. Mara afastou as cortinas e aceitou a ajuda de Keyoke.

— Comandante das Forças Armadas, venha hoje a meus aposentos depois que seus batedores voltarem das colinas. Tenho um plano para debater enquanto o resto da casa dorme.

— Assim farei, Senhora. — Keyoke fez uma reverência com os punhos encostados no peito como mandava a continência formal. Todavia, enquanto os criados avançavam com lamparinas, pareceu a Mara ter identificado um vestígio de aprovação no rosto marcado do guerreiro.

A reunião entre Mara e Keyoke prolongou-se noite adentro. As estrelas reluziam como o gelo. Quando o velho guerreiro pegou o capacete que colocara sobre o joelho, a Lua de Kelewan exibia um perfil cinza-dourado em seu auge.

— Minha Senhora, seu plano é perigosamente audaz. Porém, como um homem não espera encontrar agressividade em uma gazen, ele pode funcionar.

— Tem de funcionar! — Mara endireitou-se na penumbra. — Caso contrário, o nosso orgulho sofrerá um forte golpe. Pedir segurança em troca de um casamento não confere honra alguma, apenas fortalece aqueles que maquinaram uma traição contra nós. A nossa casa deixaria de ser uma importante peça no Jogo do Conselho e os espíritos de meus antepassados se sentiriam perturbados. Não, neste caso creio que o meu pai diria: "A segurança nem sempre é a melhor opção."

Keyoke afivelou o elmo com o mesmo cuidado que teria ao se preparar para entrar em batalha.

— Seu desejo é uma ordem, minha Senhora. Porém, não gostaria de estar em seu lugar e ter a tarefa de explicar o plano a Nacoya. — Fez uma reverência, levantou-se e caminhou até o biombo.

Destrancou a trava e saiu. O luar inundava de dourado os canteiros de flores. Recortados sob o brilho que emanavam, os ombros do Comandante das Forças Armadas pareciam mais altivos, sua postura um pouco menos tensa. Aliviada, Mara compreendeu que Keyoke aprovara uma solução bélica para os problemas dos Acoma. Concordara em arriscar e executar seu plano em vez de vê-la humilhar a família mediante um casamento, deixando-a à mercê de uma casa mais forte. Ela desentrelaçou os dedos suados, ao mesmo tempo receosa e excitada.

— Casarei como bem entender, ou nem o farei — murmurou para a noite. Depois, recostou-se nas almofadas. O sono chegou relutante. Recordações de Lano, misturadas com pensamentos sobre jovens e arrogantes filhos de grandes casas, dentre os quais teria de escolher um como consorte.

A madrugada chegou quente. Com um vento seco que soprava do sul, a umidade da estação das chuvas persistia apenas em cavidades protegidas, para onde os pastores conduziam as needra para pastarem entre nuvens de poeira amarelada. Mara tomou seu desjejum no jardim interno, sob a generosa sombra das árvores. Ouvir de onde estava o murmúrio da água da fonte decorativa a acalmava. Vestia-se com uma túnica de gola alta cor de açafrão. Parecia ainda mais jovem do que seus dezessete anos, com os olhos brilhantes e o semblante obscurecido pela insônia. Porém, ao chamar Nacoya, sua voz soou decidida e cheia de autoridade.

A velha ama aproximou-se rabugenta, como costumava fazer toda manhã. O chamado de Mara chegou enquanto ela se vestia, por isso trazia o cabelo puxado para trás às pressas e os lábios franzidos de irritação. Fez uma reverência brusca.

— A minha Senhora deseja algo? — indagou.

A Senhora dos Acoma acenou para que ela se sentasse. Nacoya recusou; seus joelhos doíam e era cedo demais para discutir com uma garota obstinada cuja teimosia poderia ser a destruição da honra de seus antepassados.

Mara sorriu com delicadeza para sua antiga ama.

— Nacoya, reconsiderei seu conselho e compreendi a sabedoria existente em casar para assim destruir as tramas de nossos inimigos. Peço que me prepare uma lista de consortes que considera apropriados, pois precisarei de ajuda para escolher um esposo à minha altura. Agora vá. Na hora certa, falarei com você sobre o assunto.

Nacoya piscou, evidentemente assustada com a mudança de postura. Depois estreitou os olhos. Era óbvio que aquela mudança ocultava outra intenção, mas a ética tsurani impedia os criados de questionar seus patrões. Extremamente desconfiada, mas sem possibilidade de retorquir, a anciã fez uma reverência.

— Seu desejo é uma ordem, Senhora, e que a sabedoria de Lashima a acompanhe.

Saiu arrastando os pés e resmungando. Mara tomou um gole de chocha, fazendo jus à sua posição de Senhora. Depois de um tempo adequado, chamou o mensageiro em voz baixa.

— Vá chamar Keyoke, Papewaio e Jican.

Os dois guerreiros chegaram antes de ela esvaziar a xícara, Keyoke vestindo a armadura de batalha, esplendorosamente brilhante; Papewaio também estava pronto para entrar em ação, e trazia a faixa negra dos condenados amarrada à cabeça com o mesmo aprumo da cinta da qual pendia sua espada. Assim como Nacoya imaginara, comportava-se como um homem condecorado com uma medalha de honra por valentia. Fora isso, seu semblante permanecia impassível. Em toda a sua vida, Mara vira poucas coisas tão constantes quanto Papewaio.

Acenou para o criado que segurava o bule de chocha e desta vez Pape aceitou uma xícara da bebida fumegante.

Keyoke sorveu a sua chocha sem tirar o elmo, um sinal inequívoco de que pensava no plano.

— Está tudo preparado, Senhora. Pape supervisionou a distribuição de armas e armaduras, e Tasido, o Líder de Ataques, está supervisionando os treinamentos. Desde que não haja nenhum ataque, seus guerreiros serão convincentes.

— Muito bem. — Nervosa demais para terminar a chocha, Mara apoiou as mãos suadas sobre o colo. — Agora só nos falta Jican, para que a isca esteja preparada.

Naquele exato instante, o hadonra chegou ao jardim. Fez uma reverência, ofegante e suado, pois viera correndo. Tinha a roupa empoeirada e ainda trazia o registro das needra no qual contabilizara os animais conduzidos para os pastos. — Minhas desculpas por esta aparência imunda, Senhora. Seguindo suas ordens, os pastores e escravos...

— Eu sei, Jican — interrompeu Mara. — Sua honra não é menor e sua dedicação ao trabalho é admirável. Agora, temos colheitas e mercadorias nos depósitos para organizar uma caravana mercantil?

Exaltado pelo elogio e pela mudança de assunto totalmente inesperada, o hadonra endireitou os ombros.

— Temos seis carregamentos de thyza de baixa qualidade que foram retidos para a engorda das needra, embora as fêmeas que não estão prenhas passem bem sem eles. O desmame dos últimos bezerros foi há dois dias. Temos algumas peles apropriadas para vender aos fabricantes de arreios. — Jican transferiu o peso do corpo para a outra perna, com cuidado para não demonstrar o quanto estava surpreso. — Seria uma pequena caravana. Nem os cereais nem as mercadorias originariam um lucro significativo. — Fez uma reverência respeitosa. — Seria melhor minha Senhora esperar até chegar a época dos produtos comercializáveis.

Mara ignorou a sugestão.

— Quero que preparem uma pequena caravana.

— Sim, minha Senhora. — Os dedos do hadonra perderam a cor ao apertarem a beira da tábua de ardósia. — Mandarei informar nosso agente de Sulan-Qu...

— Não, Jican. — Voltando-se bruscamente, Mara levantou-se e debruçou-se sobre a fonte. Estendeu a mão, deixando a água escorrer como pedras preciosas por entre os dedos. — Pretendo que esta caravana vá para Holan-Qu.

Jican olhou sobressaltado para Keyoke, mas não encontrou qualquer vestígio de reprovação no rosto marcado do Comandante das Forças Armadas. Nervoso, quase suplicante, insistiu:

— Minha Senhora, obedeço ao seu desejo, mas as mercadorias deveriam ser enviadas para Sulan-Qu, depois rio abaixo e daí de barco até Jamar.

— Não. — Gotas pingaram sobre o chão de mármore quando Mara fechou o punho. — Quero que os carregamentos sigam por via terrestre.

Jican olhou de relance para Keyoke outra vez, mas o Comandante das Forças Armadas e seu guarda-costas permaneceram como madeira de ulo queimada pelo sol, irrepreensivelmente virados para a frente. Esforçando-se para controlar a agitação, o hadonra dos Acoma suplicou à sua Governante:

— Minha Senhora, o caminho da montanha é perigoso. Há muitos bandidos à espreita nos bosques e nós não temos guerreiros suficientes para repeli-los. Para escoltar essa caravana, teríamos de deixar esta propriedade desprotegida. Devo aconselhá-la a desistir da ideia.

Com um sorriso infantil, Mara afastou-se da fonte.

— Mas a caravana não irá despojar nossas defesas. Papewaio irá liderar uma companhia de homens escolhidos a dedo. Uma dúzia de nossos melhores soldados será suficiente para manter os bandidos longe. Eles já atacaram nossas manadas e por isso não devem estar com fome; além disso, será evidente para eles que uma caravana com uma pequena escolta transporta mercadorias de pouco valor.

Jican fez uma reverência, com o rosto magro impassível.

— Nesse caso, seria sensato não enviar guarda algum. — Seus modos encobriam uma crescente incredulidade; arriscava-se a sofrer a desonra do descontentamento de sua Senhora para dissuadi-la de cometer uma loucura.

— Não. — Mara entrelaçou os dedos gotejantes nas ricas dobras da sua túnica. — Exijo uma guarda de honra.

O rosto de Jican contorceu-se de assombro, que desapareceu quase de imediato. O fato de sua Senhora insistir em tal empreitada era sinal de que a mágoa a despira de sua sensatez.

— Agora vá, Jican — disse Mara. — Faça o que lhe ordenei.

O hadonra olhou de soslaio para Keyoke, como se tivesse certeza de que as ordens da Senhora fossem levantar protestos, mas o velho Comandante das Forças Armadas limitou-se a encolher os ombros, como quem diz, o que posso fazer?

Jican demorou-se, embora a honra o proibisse de contradizer a Governante. Um olhar austero de Mara restaurou sua humildade. Fez uma ligeira reverência e saiu de ombros caídos. No dia anterior, considerara a Senhora dos Acoma digna de elogio; agora, destituída dos instintos que Lashima conferia a uma needra.

Os criados presentes mantiveram um silêncio apropriado e Keyoke manteve-se impávido e sereno debaixo das plumas do seu elmo. Apenas Papewaio cruzou o olhar com o da sua Senhora. As rugas nos cantos da sua boca ficaram ligeiramente mais fundas. Por instantes, pareceu prestes a sorrir, embora tudo em seus modos permanecesse formal e inalterado.

3

Novidades

A poeira girava em redemoinhos.

O vento forte de nada adiantava para diminuir o calor, e a areia abrasiva deixava as needra ofegantes. As rodas de madeira rangiam enquanto as três carroças que formavam a caravana de Mara percorriam o chão pedregoso. Subiam lentamente para os contrafortes da montanha, deixando para trás as planícies... e as fronteiras das terras dos Acoma. Os raios das rodas pintados de cores vivas refletiam a luz do sol, cintilando ao rodar, diminuindo depois a velocidade quando alguma pedra impedia o avanço. Os carroceiros soltavam gritos de incentivo para as needra, que reviravam os olhos sob as sobrancelhas felpudas e tentavam esquivar-se à medida que os pastos e os abrigos ficavam para trás. Os escravos que carregavam a liteira de Mara avançavam a passo regular, até que o terreno acidentado os obrigou a diminuir a velocidade para evitarem que sua Senhora sofresse com os solavancos. Por motivos que não conseguiam compreender, ela, que habitualmente era atenciosa, ordenara um ritmo extenuante, determinada a fazer a caravana chegar às terras altas antes do cair da noite.

Mara seguia sentada e tensa. As árvores que ladeavam a beira do caminho proporcionavam proteção, com troncos grossos e arbustos emaranhados lançando sombras suficientemente profundas para camuflar soldados. Além disso, as carroças eram uma séria desvantagem. Os ouvidos mais apurados não conseguiriam distinguir o roçar de folhagem por causa do mugido das needra e do ranger das rodas; além além disso, os olhos mais atentos tinham a visão prejudicada pela poeira onipresente. Até os soldados endurecidos em batalha pareciam à beira dos seus limites.

O sol estava quase em seu apogeu. O tremular do calor dançava sobre o vale que ficava para trás, e os ketso, escamosos e de cauda comprida, fugiam escondendo-se da caravana ao lado das pedras onde se aqueciam ao sol. Os primeiros vagões e depois a liteira chegaram ao cume de uma colina. Keyoke sinalizou para que parassem. Os carregadores baixaram a liteira à sombra de algumas rochas, com silenciosas preces de gratidão, mas os carroceiros e os guerreiros mantiveram-se em posição sob o olhar vigilante de Papewaio.

Adiante, uma ravina íngreme recortava os declives voltados para a nascente das Montanhas de Kyamaka. O caminho mergulhava numa descida íngreme, serpenteando, e depois atravessava em linha reta um vale no qual havia uma nascente de água.

Keyoke fez uma reverência diante da liteira de Mara e indicou uma depressão que ladeava o vale, onde não havia qualquer vegetação e onde o chão era batido e duro.

— Senhora, os batedores que enviamos depois do ataque encontraram cinzas quentes e a carcaça de uma needra naquele local. Relataram marcas de rodas e sinais de acampamento, mas os bandidos avançaram. Não restam dúvidas de que estão mudando constantemente de local.

Mara observou a ravina, protegendo os olhos do calor da tarde com a mão. Vestia uma túnica de uma riqueza extraordinária, com aves bordadas nos punhos e uma faixa tecida em plumas multicoloridas. Um lenço de seda cobria os hematomas do seu pescoço, e em seus braços tilintavam pulseiras de jade, polidas pelas mãos não humanas dos cho-ja até ficarem quase translúcidas. Embora seu vestido fosse fútil e infantil, os seus modos eram propositadamente sérios.

— Você espera um ataque?

— Não sei. — O olhar de Keyoke percorreu novamente a ravina, como se, pela força da concentração, conseguisse avistar bandidos escondidos. — Mas temos de estar preparados para qualquer eventualidade. E devemos agir como se fôssemos constantemente observados pelo inimigo.

— Nesse caso, continue — disse Mara. — Peça ao escravo responsável que abra uma vasilha de água. Os soldados e os carregadores da liteira podem refrescar-se enquanto avançamos. Depois, quando chegarmos à nascente, podemos simular uma pausa para beber e assim parecer ainda mais vulneráveis do que efetivamente estamos.

Keyoke bateu continência.

— O seu desejo é uma ordem, Senhora. Ficarei aqui à espera dos outros. Papewaio assumirá o comando da caravana. — Depois, com um inesperado indício de preocupação nos olhos, acrescentou brandamente: — Tenha cuidado, minha Senhora. Os riscos são grandes.

Mara fitou-o, inflexível.

— Não mais do que aqueles que o meu pai correria. Sou filha dele.

O Comandante das Forças Armadas devolveu-lhe um de seus raros e breves sorrisos e virou as costas à liteira. Sem grande alarido, transmitiu as ordens de Mara. O homem que transportava a água apressou-se a percorrer as fileiras com as vasilhas tilintando no arnês que usava, distribuindo bebidas aos soldados com uma rapidez adquirida pelos anos de campanha. Depois Keyoke fez um sinal e Papewaio deu ordens para avançarem. Os carroceiros gritaram, as rodas rangeram e formaram-se nuvens de poeira. As carroças avançaram na direção do cume, iniciando depois a entediante descida para a ravina. Apenas um batedor muito experiente teria reparado que faltava um soldado no séquito.

Mara parecia majestosa e serena, mas o pequeno leque pintado tremia entre seus dedos. Sobressaltava-se quase imperceptivelmente sempre que a liteira balançava quando um dos carregadores mudava de mão para beber um gole da vasilha transportada pelo homem da água. Mara fechou os olhos, suplicando em silêncio os favores de Lashima.

O caminho para além do cume era traiçoeiro, com pedras soltas e buracos. Homens e animais eram obrigados a avançar com cuidado sem tirar os olhos do caminho. Diversas vezes, o cascalho deslocava-se sob seus pés e os seixos quicavam vale abaixo, batendo ruidosamente na copa das árvores. Balançando enquanto os escravos se debatiam com o terreno incerto, Mara viu-se prendendo a respiração. Comprimiu os lábios e fez um esforço para não olhar para trás nem mostrar qualquer sinal de que a caravana não estivesse fazendo uma viagem normal.

Keyoke não a informara de que os soldados que vinham na retaguarda não poderiam transpor aquela ravina sem serem vistos; teriam de circundá-la seguindo pelo bosque. Até recuperarem a posição, após uma curta distância, a caravana de Mara estaria vulnerável como uma jigahen no pátio enquanto o cozinheiro se aproxima com a faca afiada.

No fundo da ravina, o bosque parecia adensar-se: uma terra úmida coberta de samambaias negras alastrava-se entre enormes troncos de pynon, cuja casca, áspera e aromática, se entrelaçava com videiras. Os escravos que carregavam a liteira respiraram fundo, gratos pelo frescor da floresta. Porém, para Mara, o ar parecia mortal depois das inconstantes brisas das terras altas. Ou talvez fosse simplesmente a tensão que tornava o silêncio opressor? O estalo do leque abrindo fez com que vários guerreiros se virassem abruptamente.

Ali, até as pedras lisas estavam cobertas de musgo, e os passos tornaram-se abafados. O chiar das rodas das carroças foi emudecido por barreiras de videiras e troncos de árvores; aquela floresta era pouco hospitaleira.

Papewaio seguia com o rosto voltado para a frente, com os olhos perscrutando constantemente as sombras de ambos os lados. Em momento algum tirou a mão dos intricados cordões que cingiam o punho da espada. Ao observá-lo, Mara recordou-se do pai, que perdera a vida em consequência da traição de seus aliados. Pensou no que teria acontecido com sua espada, uma obra de arte com o punho trabalhado e pedras preciosas na bainha. A ave shatra dos Acoma fora entalhada em esmalte no botão do punho, e a lâmina concebida segundo o método jessami, com trezentas tiras de pele de needra, polidas até ficarem da espessura do papel, sendo, em seguida, delicada e pacientemente laminadas — pois bastaria uma minúscula bolha de ar para inutilizá-las —, até atingirem a dureza do metal. Seu gume só poderia ser comparado com as lendárias espadas de aço dos antepassados. Talvez algum Senhor da Guerra bárbaro usasse agora a espada como um troféu... talvez fosse um homem honrado, se é que um bárbaro conseguiria ser honrado. Mara obrigou-se a afastar esses pensamentos mórbidos. Sentindo-se sufocada pelo silêncio opressor e pela negra folhagem que os cobria, apertou as mãos até quase partir o delicado leque de madeira.

— Minha Senhora, peço autorização para os homens descansarem e enchermos as vasilhas de água — disse Papewaio.

Mara estremeceu, acenou com a cabeça e afastou o cabelo úmido colado à testa. A caravana chegara à nascente sem incidentes. As rodas maciças imobilizaram-se; os guerreiros dispuseram-se em posições defensivas, enquanto o escravo desmontado e vários carroceiros se aproximavam com panos úmidos, frutos secos e biscoitos de thyza. Outros homens dedicaram-se às needra, enquanto os carregadores baixavam a liteira de Mara com gemidos de alívio abafados. Depois, esperaram pacientemente que chegasse a sua vez de lavarem o rosto na nascente.

Papewaio regressou às fileiras de guerreiros e ajoelhou-se diante de sua Senhora.

— A minha Senhora deseja sair da liteira e caminhar um pouco?

Mara estendeu a mão e sua manga quase arrastou no chão. O punhal escondido debaixo da roupa incomodou-a na cintura, uma massa informe a que não estava habituada e que transportava desajeitadamente. Quando criança, lutava com Lanokota, algo que deixava Nacoya em constante estado de irritação, mas nunca se sentira atraída pelas armas. Keyoke insistira para que levasse o punhal, embora as correias amarradas apressadamente tivessem sido feitas para braços maiores e o punho não coubesse direito em sua mão. Cheia de calor, e subitamente desnorteada, permitiu que Papewaio a ajudasse a se levantar.

O chão diante da nascente estava cheio de pegadas de homens e animais que haviam sofrido com o sol após a estação das chuvas. Enquanto Papewaio bebia uma concha de água, sua Senhora roçava a terra com a sandália e ponderava sobre quantas daquelas marcas tinham sido feitas pelo gado que fora roubado dos pastos dos Acoma. Certa vez, ouvira um comerciante descrever o modo como certos clãs do Norte faziam entalhes nos cascos do seu gado para assim ajudarem os batedores a recuperar animais roubados. Mas, até então, os Acoma tinham mantido a lealdade de guerreiros o bastante para que tais precauções fossem desnecessárias.

Papewaio levantou uma vasilha da qual escorria água.

— Minha Senhora?

Despertada de seus devaneios, Mara bebeu, depois molhou os dedos e salpicou o rosto e o pescoço com água. O meio-dia já passara havia algum tempo e a luminosidade oblíqua esculpia os soldados com formas cintilantes e sombreadas. O bosque adiante permanecia tranquilo, como se todos os seres vivos dormissem durante o calor da tarde. Mara estremeceu, subitamente arrepiada à medida que a água esfriava sua pele. Se houvesse bandidos à espreita para uma emboscada, certamente já teriam atacado; uma alternativa alarmante fez com que olhasse assustada para o seu Líder de Ataques.

— Pape, e se os guerreiros cinzentos contornaram a nossa caravana e atacaram as propriedades dos Acoma enquanto percorríamos o caminho?

O guerreiro colocou a concha de barro numa pedra ali perto. As fivelas de sua armadura rangeram quando encolheu os ombros, com as palmas das mãos viradas para cima em sinal de que as coisas aconteciam apenas segundo a vontade do destino.

— Se os bandidos atacarem suas propriedades, toda a honra será perdida, Senhora, pois seus melhores guerreiros estão dedicados a esta empreitada. — Olhou de relance para o bosque enquanto levava a mão casualmente ao punho da espada. — Mas não creio que seja provável. Alertei os homens de que se mantivessem preparados. O calor está diminuindo, mas não se ouve o canto das cigarras no bosque. — Subitamente, um pássaro piou alto por cima da cabeça deles. — E quando o karkar grita, é sinal de que o perigo anda por perto.

Ouviu-se um grito vindo das árvores na orla da clareira. Mara sentiu mãos fortes empurrarem-na de costas para a liteira. Suas pulseiras ficaram presas nas cortinas quando usou uma mão para amortecer a queda. Caída desajeitadamente sobre as almofadas, afastou o material com um gesto brusco e viu Papewaio girar para protegê-la, com a reluzente espada desembainhada. A concha foi lançada com um chute e se desfez em pedaços ao bater numa pedra. Fragmentos bateram nos tornozelos de Mara enquanto as espadas de seus guerreiros sibilaram ao serem desembainhadas para enfrentar o ataque do grupo de bandidos que saía de seus esconderijos.

Por entre as fileiras defensivas de seus guerreiros, Mara vislumbrou um grupo de homens de armas erguidas correndo na direção das carroças. Apesar de imundos, magros e esfarrapados, os atacantes avançavam organizados. A ravina ecoou com gritos enquanto lutavam para romper a linha defensiva. Mara cingiu com as mãos o tecido delicado. Seus guerreiros eram em número muito inferior. Consciente de que o pai e o irmão haviam enfrentado batalhas muito piores do que aquela no mundo bárbaro, esforçou-se para não se retrair diante do choque de espadas. A voz de Papewaio sobressaiu-se na confusão, e sua pluma de oficial predominava no meio da contenda; a seu sinal, os guerreiros acoma, calejados de tantas batalhas, abriram caminho com uma disciplina quase mecânica.

Os atacantes hesitaram. Como não havia qualquer honra na retirada, a tática habitual dos tsurani era atacar, e não assumir uma postura defensiva; ao perceberem que as carroças estavam sendo abandonadas, os bandidos ficaram alertas. Protegida pelas costas com armaduras verdes de sua escolta, Mara ouviu um grito agudo. Pés bateram na terra enquanto os atacantes observavam. À exceção dos carroceiros desarmados e da presença servil do distribuidor de água, as carroças tinham sido abandonadas sem conflito; pelo visto, os guerreiros haviam recuado para defender o tesouro mais valioso.

Lenta e cautelosamente, os bandidos aproximaram-se. Entre seus protetores, Mara viu as carroças reluzirem enquanto as forças inimigas, cinco vezes mais numerosas do que a sua escolta, formavam um semicírculo ao redor da nascente.

O escoar da água foi abafado pelo ranger das armaduras e pela respiração acelerada de homens sob tensão. Papewaio manteve a posição ao lado da liteira de Mara como uma estátua esculpida de espada em riste. Durante um longo e tenso minuto, o movimento pareceu suspenso. Depois, um homem que estava atrás das linhas inimigas vociferou ordens; dois bandidos avançaram e cortaram as cordas que cingiam o pano que cobria as carroças. Mara sentiu o suor escorrer pelas costas abaixo enquanto mãos ávidas expunham as mercadorias dos Acoma à luz do sol. Aproximava-se o momento mais difícil, já que os seus guerreiros tinham de manter as posições, apesar dos insultos e das provocações. Os soldados Acoma deveriam reagir apenas se os fora da lei ameaçassem a segurança de Mara.

Os bandidos não tardaram a compreender que não haveria qualquer contra-ataque. Com gritos de alegria, retiraram sacos de thyza da carroça; outros aproximaram-se da guarda dos Acoma, curiosos por saber que tesouro merecia tamanha proteção. Ao se aproximarem, Mara conseguiu entrever suas mãos sujas, o tecido esfarrapado de suas roupas e uma aglomeração grosseira e desemparelhada de armas. Porém o modo como as lâminas eram brandidas revelava treino e competência, bem como uma necessidade louca. Estavam diante de homens suficientemente desesperados para matar e morrer pelo peso de uma carroça de thyza de má qualidade.

Um grito de inconfundível autoridade ressoou por entre o júbilo dos homens que estavam ao lado da carroça.

— Esperem! Deixem isso aí!

Os bandidos se afastaram do espólio em silêncio, alguns ainda abraçados a sacos de cereais.

— Vejamos o que mais o acaso nos trouxe hoje.

Um homem magro, de barba, obviamente o líder do grupo, abriu caminho por entre as fileiras de subordinados e seguiu, ousado, a passos largos na direção dos guerreiros que protegiam Mara. Parou na metade da distância entre as duas forças com a espada a postos e com uma convicção presunçosa que fez com que Papewaio se endireitasse.

— Calma, Pape — murmurou Mara, mais para se tranquilizar do que propriamente para deter o ânimo de seu Líder de Ataques. Escondida na liteira, viu o bandido fazer um gesto de desdém com a espada.

— O que é isso? Por que motivo homens com espadas, armaduras e a honra de uma grande casa não lutam? — O líder dos bandidos mudou o peso do corpo para a outra perna, deixando transparecer certa inquietação. Nunca conhecera guerreiros tsurani que hesitassem em atacar, ou até em morrer, já que a maior honra que poderiam conquistar era morrer em batalha. Avançou mais um passo, o suficiente para vislumbrar a liteira de Mara. Menos intrigado, esticou o pescoço, e depois gritou:

— Uma mulher!

Mara apertou as mãos com força no colo. De cabeça erguida, o semblante lívido e inexpressivo, observou o líder dos bandidos esboçar um largo sorriso. Virou-se para encarar os companheiros como se uma dúzia de guerreiros preparados não fosse um impeditivo para sua conquista.

— Um dia de sorte, homens. Uma caravana e uma prisioneira, e nem uma gota de sangue derramada para o Deus Vermelho!

Interessados, os salteadores mais próximos largaram os sacos de thyza e aglomeraram-se com as armas voltadas de maneira ostensiva para as fileiras dos Acoma. O líder virou-se na direção de Mara e gritou:

— Senhora, certamente seu pai ou esposo é amoroso e rico, ou se não é amoroso, pelo menos é rico. Agora você é nossa refém.

Mara abriu a cortina da liteira com um gesto brusco. Aceitou a ajuda de Papewaio e levantou-se.

— Sua conclusão é precipitada, bandoleiro — disse.

Sua postura provocou no fora da lei uma pontada de incerteza; recuou, intimidado com a sua confiança. Todavia, a companhia armada que compunha a sua retaguarda não titubeou e cada vez mais homens surgiam do bosque para assistir ao que se passava.

Olhando para o homem esguio por cima dos ombros de seus guardas, Mara indagou:

— Qual é o seu nome?

Recuperando os modos arrogantes, o bandido apoiou-se sobre a espada.

— Lujan, Senhora. — Continuava a demonstrar respeito perante uma pessoa que sem dúvida pertencia à nobreza. — Como estou destinado a ser seu anfitrião durante algum tempo, posso perguntar quem tenho a honra de receber?

Vários bandoleiros riram ao ouvir o tom zombeteiro de seu líder. A escolta de Mara endireitou-se diante da afronta, mas a garota manteve a calma.

— Sou Mara, a Senhora dos Acoma.

O semblante de Lujan espelhou expressões conflituosas: surpresa, prazer, preocupação e, por fim, cautela; ergueu o sabre e gesticulou delicadamente com a ponta.

— Nesse caso, não tem esposo nem pai, Senhora dos Acoma. Terá de negociar seu próprio resgate. — Mesmo enquanto falava, seus olhos examinavam os bosques atrás de Papewaio e de Mara, pois sua atitude confiante e a insignificância de seu séquito sugeriam que havia algo de errado. Os Governantes de grandes casas não corriam riscos sem bons motivos. Alguma coisa em sua atitude fez com que seus homens, perto de cento e cinquenta, segundo a estimativa de Mara, ficassem alarmados. Mara notou seu nervosismo aumentar, enquanto alguns olhavam em volta procurando sinais de problemas, e outros pareciam prestes a atacar a posição de Papewaio sem receberem ordens para isso.

Como se a situação estivesse quase deixando de ser perigosa para se tornar mortal, Mara sorriu e brincou com as pulseiras.

— O meu Comandante das Forças Armadas disse que eu poderia ser perturbada por um grupo de desajustados como o seu. — Assumiu um tom de voz irritado. — Detesto quando ele tem razão. Agora, nunca mais vai se calar. — Ao ouvirem aquelas palavras, alguns fora da lei deram gargalhadas.

Papewaio não reagiu a esta improvável descrição de Keyoke. Relaxou um pouco ao perceber que sua Senhora tentava diminuir a tensão e evitar o conflito iminente. Mara encarou o chefe dos bandidos, que demonstrava uma atitude rebelde, mas que intimamente tentava controlar suas emoções. Apontou a arma insolentemente na direção dela.

— Foi muito conveniente para nós que a Senhora não tenha levado a sério a sugestão de seu conselheiro. Recomendo que siga os conselhos dele no futuro… se tiver a oportunidade de fazê-lo.

Vários soldados Acoma ficaram mais tensos ao ouvirem aquela ameaça implícita. Mara tocou nas costas de Papewaio para tranquilizá-lo; depois, com um tom de voz infantil, disse:

— Por que não teria oportunidade de fazê-lo?

Mostrando arrependimento pela piada, Lujan baixou a espada.

— Porque, Senhora, se nossas negociações não forem satisfatórias, não estará em posição de voltar a ouvir seu Comandante das Forças Armadas.

Os olhos dele procuravam possíveis problemas. Tudo naquele ataque parecia fora de lugar.

— O que quer dizer com isso? — Mara bateu o pé ao falar, ignorando a atitude perigosa que a ameaça do bandido provocara em sua escolta.

— Quero dizer que, enquanto não souber que valor você atribui à própria liberdade, não sei que preço valerá nos leilões de escravos em Migran. — Lujan deu um pulo para trás com a espada em riste quando os guardas Acoma não conseguiram evitar uma reação violenta àquele insulto. Temendo a retaliação, os bandidos levantaram as armas e se agacharam.

Lujan examinou furiosamente a clareira enquanto os dois lados estavam prestes a atacar. Porém nenhum ataque ocorreu. Um vislumbre de compreensão tomou conta do olhar do fora da lei.

— Tem algum plano, bela Senhora? — Ele dissera aquilo meio afirmando, meio perguntando.

A impudência do interlocutor inesperadamente lhe divertiu e Mara compreendeu que a petulância e os comentários provocadores do bandido se destinavam a testá-la. Percebeu que estivera muito perto de subestimar Lujan. E pensar que por pouco teria desperdiçado um homem assim tão inteligente! Esforçando-se para ganhar tempo, encolheu os ombros como uma criança mimada.

Lujan avançou, ousado, e, esticando-se entre a fileira dos guardas de Mara, acariciou o lenço que ela trazia ao pescoço com uma mão áspera e suja.

A reação não demorou. Lujan sentiu uma súbita pressão no pulso. Olhou para baixo e viu a espada de Papewaio a milímetros de decepar sua mão. O bandido ergueu a cabeça de modo que seus olhos ficassem no mesmo nível dos do Líder de Ataques.

— Há um limite — disse Papewaio num tom impassível.

Os dedos de Lujan abriram-se lentamente, soltando o lenço de Mara. Sorriu nervosamente e apressou-se a retirar a mão, depois afastou-se da guarda de Mara. Agora, seus modos eram desconfiados e hostis, pois em circunstâncias normais tocar uma Senhora daquela maneira lhe custaria a vida.

— Há uma armadilha aqui, Senhora. Qual é seu truque? — Segurou a espada com força e seus homens arrastaram os pés para a frente, aguardando apenas a sua ordem para atacar.

De repente, ao se dar conta de que Mara e seu oficial observavam atentamente os rochedos acima da clareira, o chefe dos bandidos praguejou:

— Nenhuma Governante viajaria com tão poucos guerreiros! Como fui estúpido!

Começou a avançar e seus homens prepararam-se para atacar quando Mara gritou:

— Keyoke!

Uma flecha cruzou o céu e acertou o chão entre as pernas do fora da lei. Ele parou imediatamente, como se estivesse preso por uma corda. Hesitando um pouco sobre os dedos dos pés, acabou recuando desajeitadamente. Uma voz soou do alto.

— Aproxime-se mais um passo de minha Senhora e será um homem morto! — Lujan se virou na direção da voz e avistou, lá no alto, Keyoke apontando uma espada desembainhada em sua direção. O Comandante das Forças Armadas acenou, implacável, e um arqueiro lançou uma flecha de aviso sobre a ravina. A flecha subiu sibilando, junto com o grito do Comandante para seus subcomandantes:

— Ansami! Mesai!

Outros gritos vindos do bosque ecoaram. Flanqueados pelas costas, os fora da lei se viraram e vislumbraram armaduras polidas entre as árvores, encabeçadas pelas plumas altivas do elmo de um oficial. Sem saber ao certo o poder das forças que o cercavam, o chefe dos bandidos reagiu por impulso. Em desespero, virou e deu ordens para que atacassem a guarda que circundava a liteira de Mara.

Um segundo grito de Keyoke deteve a ofensiva.

— Dacoya! Hunzai! Avancem! Preparem-se para disparar!

Subitamente, a linha do horizonte acima da ravina ficou pontilhada com as silhuetas de uma centena de elmos, ao lado dos chifres curvos dos arcos. Ouviram-se várias vozes, como se centenas de homens avançassem pelo bosque que rodeava a clareira.

O líder dos bandidos gesticulou e seus homens ficaram desajeitadamente imóveis. Encontrando-se em uma desvantagem desconfortável, analisou os flancos da ravina numa tentativa tardia de avaliar suas possibilidades de recuperar a vantagem. Com certeza, via-se apenas um oficial, que chamara quatro Líderes de Ataque. Com os olhos semicerrados contra o brilho do sol, Lujan reviu a disposição de seus homens. A situação não tinha salvação possível.

Mara já não parecia tão infantil. Sem sequer olhar para seus guarda-costas para obter indicações, disse:

— Lujan, ordene a seus homens que abaixem as armas.

— Você perdeu o juízo? — Completamente cercado e preso em um beco sem saída, o líder dos bandidos endireitou-se com um sorriso desafiador. — Minha Senhora, saúdo seu plano para libertar suas propriedades de vizinhos incômodos, mas mesmo assim você ainda continua em risco. Nós estamos encurralados, mas você pode perder a vida conosco. — Mesmo diante de uma possibilidade tão ínfima, aquele homem tentava virar o jogo a seu favor. — Talvez possamos chegar a algum tipo de acordo — apressou-se a acrescentar. Sua voz transparecia certo sarcasmo desesperado, mas nunca medo. — Talvez se nos deixar partir em paz...

Mara inclinou a cabeça.

— Você está equivocado quanto ao nosso objetivo. — As pulseiras de jade tilintaram no silêncio quando colocou a mão no braço de Papewaio e o afastou ligeiramente para o lado. Em seguida, passou por ele e pelos guardas, confrontando o líder dos bandidos, olhou nos olhos dele. — Como Governante dos Acoma, coloquei-me numa situação de risco para que pudéssemos conversar.

Lujan olhou de relance para a ravina. Em sua testa, reluzia o suor, que ele limpou com a manga esfarrapada e encardida.

— Sou todo ouvidos, Senhora.

Sentindo seus guardas imóveis como estátuas às suas costas, Mara fitou o encrenqueiro com uma expressão inflexível.

— Primeiro, devem abaixar as armas.

O homem respondeu com uma gargalhada esganiçada.

— Posso não ser um comandante muito inteligente, minha Senhora, mas não sou um imbecil. Se tenho de ir ao encontro do Deus Vermelho neste dia, não entregarei a mim e aos meus companheiros para sermos enforcados pelo furto de alguns animais e cereais.

— Apesar de terem roubado os Acoma e matado um jovem escravo, não me dei a todo este trabalho só para enforcá-los, Lujan.

Embora as palavras de Mara transparecessem sinceridade, os fora da lei mostravam relutância em acreditar; entre as fileiras, armas passaram de uma mão para a outra e os olhos vislumbraram a força que os ameaçava no topo da ravina para além do pequeno grupo de soldados que guardava a garota.

— Minha Senhora, se tem algo a dizer — retrucou Lujan enquanto a tensão se intensificava —, sugiro que diga depressa, caso contrário muitas vidas se perderão, e as nossas serão as primeiras.

Sem receber quaisquer ordens, e ignorando o respeito que seu posto obrigava, Papewaio aproximou-se de sua Senhora. Com delicadeza, mas com firmeza, puxou Mara para trás e colocou-se entre a Governante e o líder dos bandidos.

Mara permitiu aquela familiaridade sem qualquer comentário.

— Uma coisa eu lhes garanto: rendam-se a mim e escutem minha proposta. Se desejarem partir depois de me ouvir, terão essa liberdade. Desde que nunca mais ataquem as terras dos Acoma, não os incomodarei. Vocês têm a minha palavra.

Desconfortavelmente ciente de que naquele exato instante estava sob a mira dos arqueiros, Lujan observou seus homens. Todos os que formavam as miseráveis fileiras estavam desnutridos, alguns tão magros que pareciam doentes. A maioria possuía apenas uma arma, uma espada ou um punhal de baixa qualidade; poucos eram os que usavam vestuário apropriado, quanto mais armaduras. Seria uma luta desigual se tivessem de enfrentar a guarda de Mara impecavelmente paramentada. O líder dos bandidos olhou de relance para cada um dos rostos imundos, analisando os olhares de homens que haviam sido seus companheiros em momentos difíceis. A maioria indicou com um aceno que acataria sua decisão.

Lujan encarou Mara novamente com um suspiro curto e apresentou-lhe o punho da espada.

— Minha Senhora, não tenho uma casa para a qual voltar, mas o fragmento de honra que ainda me resta está agora em suas mãos. — Entregou a espada a Papewaio. Desarmado e completamente à mercê de sua boa vontade, baixou a cabeça com uma rigidez irônica e ordenou a seus subordinados que fizessem o mesmo.

O sol castigava as armaduras verdes dos Acoma e os ombros esfarrapados da companhia de bandidos. Apenas as aves e o gotejar da nascente rompiam o silêncio, enquanto os homens avaliavam aquela garota de túnica e joias delicadas. Por fim, um bandido avançou um passo e colocou o punhal no chão; a ele seguiu-se um outro com uma cicatriz numa perna; depois outro, até uma onda de homens fazer o mesmo. Lâminas caíram de dedos frouxos, batendo ruidosamente aos pés dos guerreiros Acoma. Não demorou para que todos os fora da lei estivessem desarmados.

Depois de os homens de sua companhia terem recolhido as armas,

Mara avançou. Os bandidos afastaram-se para abrir caminho, desconfiados dela, e da espada desembainhada que Papewaio ainda trazia, espreitando sobre o ombro dela. Quando estava em serviço, o Primeiro Líder de Ataques dos Acoma tinha uma postura que até o mais corajoso dos homens não se atreveria a desafiar. Até os mais imprudentes dos fora da lei mantiveram-se a distância, mesmo quando o guerreiro lhes voltou as costas para ajudar Mara a subir na traseira da carroça.

— Estes são todos os seus homens, Lujan? — disse a Senhora dos Acoma, olhando para aquela companhia coberta de trapos.

O fato de ela não ter dado ordens para seus arqueiros baixarem as armas levou o líder dos bandidos a responder honestamente.

— A maioria está aqui. Outros cinquenta estão protegendo o acampamento na floresta aqui perto. Outra dúzia vigia alguns caminhos.

Empoleirada nos sacos de thyza, Mara fez um cálculo rápido.

— Você comanda aproximadamente doze dúzias de homens. Quantos deles são soldados? Deixe que eles respondam.

Dentre o grupo aglomerado perto da traseira da carroça, cerca de sessenta levantaram as mãos. Mara sorriu para incentivá-los.

— De que casas? — indagou.

Orgulhosos por alguém estar disposto a conhecer seu passado, gritaram: "Saydano!", "Almach!", "Raimara!" e outras casas que Mara conhecia, a maioria das quais fora destruída quando Almecho ascendera ao posto de Senhor da Guerra, precisamente antes de Ichindar suceder ao trono do Império.

— Em outros tempos fui Líder de Ataques dos Kotai, Senhora — disse Lujan quando o barulho diminuiu.

Mara ajeitou as mangas e sentou-se; tinha o semblante pensativo.

— E quanto ao resto de vocês?

Um homem avançou um passo. Corpulento apesar das evidentes agruras da fome, fez uma reverência.

— Minha Senhora, eu era agricultor nas propriedades dos Kotai a oeste de Migran. Quando meu amo morreu, fugi e segui este homem. — Apontou respeitosamente para Lujan. — Ele tem cuidado bem dos seus durante anos, embora tenhamos uma vida errante e dura.

Mara indicou a orla da companhia.

— Criminosos?

Lujan respondeu pelos outros.

— Homens sem mestre, Senhora. Alguns eram agricultores livres que perderam suas terras por causa de impostos. Outros foram condenados por pequenos delitos. Muitos são guerreiros cinzentos. Porém, assassinos, ladrões e homens sem princípios não são bem-vindos em meu acampamento. — Indicou os bosques ao redor. — Oh, há assassinos nas redondezas, não duvide disso. Suas patrulhas ficaram desleixadas nos últimos meses, e o matagal proporciona um abrigo seguro. Mas no meu grupo só há fora da lei honestos. — Soltou uma tênue risada diante do próprio trocadilho. — Se é que isso é possível — acrescentou. Assumiu um ar grave e contemplou Mara, ansioso. — Agora, a Senhora terá a gentileza de nos explicar por que se preocupa com o destino de homens desafortunados como nós?

Mara considerou-o com um sorriso que sugeria ironia e fez um sinal para Keyoke. O Comandante das Forças Armadas ordenou às tropas que abandonassem a posição de ataque. Quando os arqueiros na ravina saíram dos esconderijos, nem o brilho do Sol conseguiu ocultar o fato de não serem guerreiros, mas rapazes e velhos agricultores e escravos, vestindo de modo dissimulado pedaços de armaduras e roupas tingidas de verde. Aquilo que se assemelhara a um exército parecia agora com o que efetivamente era: uma simples companhia de soldados cujo número não chegava sequer à metade dos fora da lei, acompanhados por operários e crianças das propriedades dos Acoma.

Um murmúrio de vergonha e raiva percorreu o grupo inimigo, e Lujan balançou a cabeça com um olhar de surpresa e estupefação.

— O que a Senhora arquitetou aqui?

— Uma chance, Lujan... para todos nós.

A tarde lançava extensas sombras na relva ao lado da nascente onde as needra pastavam com a cauda repelindo insetos. Empoleirada na carroça, Mara observou alguns fora da lei cobertos de andrajos que estavam sentados na orla da floresta acabando de comer avidamente a ração de carne, fruta e pão de thyza que os cozinheiros dela haviam distribuído. Embora aquela refeição fosse a melhor coisa que muitos tinham provado em meses, a Senhora dos Acoma reparou em certo desconforto penetrante entre eles. Ser capturado em batalha significava se tornar um escravo; era uma verdade incontornável da vida. O fato de a honra dos Acoma lhes garantir o estatuto de homens livres, e a generosa hospitalidade que os alimentara, deixava ainda mais reservada e frágil a confiança que depositavam nela. No entanto, aquela jovem e inusitada Governante não explicara por que tinha maquinado tão estranha reunião, então os fora da lei se mantinham desconfiados.

Mara analisou os homens e percebeu muita semelhança com os soldados, operários e escravos de sua propriedade. No entanto, parecia lhes faltar algo; mesmo que aqueles homens vestissem as roupas da nobreza, conseguiria reconhecê-los como proscritos. Quando as últimas migalhas começaram a desaparecer, ela soube que chegara a hora de lançar sua oferta.

Com Papewaio e Keyoke parados ao lado da carroça, a garota inspirou, decidida, e levantou a voz.

— Fora da lei, eu sou Mara, Senhora dos Acoma. Vocês roubaram algo que me pertencia, e por isso têm uma dívida comigo. Para saldarem essa dívida com honra, peço que escutem minhas palavras.

Sentado nas fileiras da frente, Lujan colocou o copo de vinho de lado e respondeu:

— A Senhora dos Acoma tem a cortesia de se preocupar com a honra de um grupo fora da lei. Todos os homens da minha companhia concordam de bom grado.

Mara procurou no semblante do líder dos bandidos vestígio de escárnio; em vez disso, encontrou interesse, curiosidade e bom humor. Percebeu que gostava daquele homem.

— Vocês são considerados proscritos por inúmeros motivos. Todos foram cruelmente marcados pelo destino. — O homem que tinha uma cicatriz numa perna exclamou em acordo, e outros mudaram de posição, inclinando-se extasiados para a frente. Feliz por ter conseguido chamar a atenção da audiência, Mara acrescentou: — Para alguns, o infortúnio sobreveio porque seus amos morreram antes de vocês.

— E por isso não temos honra! — gritou um homem com punhos de casca de árvore.

Outro o imitou.

— E por isso somos desonrados!

Mara ergueu a mão pedindo silêncio.

— A honra está no cumprimento das obrigações de cada um. Se um homem for enviado para proteger uma propriedade distante e seu amo morrer sem que ele possa fazer nada para evitar sua morte, será ele desonrado? Se um guerreiro sofrer um ferimento em batalha e ficar inconsciente enquanto seu amo morre, terá ele culpa de sobreviver e o amo não? — Mara baixou o braço e as pulseiras tilintaram energicamente. Sua voz assumiu um tom de comando. — Dentre vocês, aqueles que são criados, agricultores e operários, levantem a mão.

Cerca de uma dúzia de homens obedeceu sem hesitar. Os outros mudaram de posição, indecisos, movendo os olhos entre a Senhora e os camaradas enquanto esperavam para saber qual seria a proposta.

— Eu preciso de trabalhadores. — Mara fez um gesto abrangente e sorriu. — Permitirei que fiquem ao serviço de meu hadonra.

A ordem desapareceu. Todos os bandidos começaram a falar ao mesmo tempo, entre murmúrios e gritos, pois a oferta da Senhora não tinha precedentes no Império. Keyoke brandiu a espada para ordenar silêncio, mesmo quando um agricultor afoito se pôs de pé em um pulo.

— Quando o Senhor dos Minwanabi chacinou meu amo, fugi. Mas a lei diz que sou escravo do conquistador.

A voz de Mara irrompeu soberana por entre a confusão.

— A lei não diz nada disso! — Fez-se silêncio e todos os olhares se cravaram nela. Firme em sua atitude, irritada, mas bela em suas ricas vestes aos olhos de homens que haviam passado meses ou até mesmo anos de privação no ermo, ela retomou a palavra com uma ousadia inflexível. — Diz a *tradição* que um operário é um espólio de guerra. O conquistador decide quem tem mais valor na condição de homem livre e quem deve ser escravo. Os Minwanabi são meus inimigos, por isso, se são um espólio de guerra, sou eu quem decidirá seu estatuto. Digo que são livres.

Naquele instante, o silêncio tornou-se opressor, carregado como o bruxulear das ondas de calor sobre as pedras ao sol. Os homens mexiam-se inquietos, incomodados pela perturbação da ordem que conheciam, pois os artifícios sociais ditavam todos os passos da vida dos tsurani. Mudar aqueles fundamentos era autorizar a desonra e arriscar a dissolução de uma civilização que subsistia inviolada havia séculos.

Mara pressentiu a confusão entre os homens; olhando primeiro para os agricultores, cujos semblantes exibiam expressões inequívocas de esperança, e depois para os guerreiros cinzentos, que eram mais céticos e implacáveis, recorreu à filosofia que aprendera no Templo de Lashima.

— A tradição segundo a qual regemos nossa vida é como o rio que nasce nas montanhas e corre sempre para o mar. Nenhum homem pode mudar o rumo dessa corrente. Tentá-lo seria desafiar a lei natural. Tal como os Acoma, muitos de vocês conheceram a má sorte. Assim como os Acoma, peço-lhes que se juntem a nós para mudarmos o curso da tradição, tal qual as tempestades por vezes fazem com que o rio trace um novo leito.

A garota fez uma pausa, com os olhos velados pelos cílios ao contemplar as próprias mãos. Aquele momento era fundamental, pois se qualquer um dos fora da lei se insurgisse contra suas palavras, ela perderia o controle da situação. O peso do silêncio era insuportável. Então, sem dizer palavra, Papewaio tirou o elmo; a tarja negra dos condenados que cobria sua cabeça ficou à vista de todos.

Lujan exclamou de espanto, sobressaltado como os demais ao ver um homem condenado à morte ocupando uma posição de honra no séquito de uma grande Senhora. Orgulhosa da lealdade de Papewaio, e do gesto que ele fizera para mostrar que a vergonha podia ser diferente da que a tradição ditava, Mara sorriu e pousou os dedos levemente no ombro de seu Líder de Ataques.

— Este homem me serve com orgulho. Não haverá entre vocês outros que fariam o mesmo? — Virou-se para o agricultor desprezado pelos Minwanabi. — Se o Senhor que venceu seu amo desejar outro agricultor, ele que venha buscá-lo — disse. — Os Minwanabi terão de lutar para levá-lo — acrescentou, fazendo um sinal para Keyoke e para seus guerreiros. — Nas minhas propriedades, você será um homem livre.

O agricultor deu um pulo para a frente soltando um grito quase selvagem de alegria.

— Jura por sua honra?

— Juro pela minha honra — respondeu Mara, e Keyoke fez uma reverência para assegurar sua lealdade às ordens dela.

O agricultor ajoelhou-se diante de Mara e apresentou-lhe os punhos cruzados, no tradicional gesto de vassalagem.

— Minha Senhora, sou seu súdito. Sua honra é a minha honra. — Com aquelas palavras, o agricultor anunciou a todos que daria a vida com a mesma prontidão que qualquer um de seus guerreiros em defesa do nome dos Acoma.

Mara assentiu com formalidade e Papewaio saiu de seu lado. Abriu caminho por entre a companhia de bandidos até chegar ao agricultor. Seguindo um ritual antigo, passou uma corda pelos pulsos do homem, depois removeu os nós simulados, atestando que um homem cujo destino poderia ser a escravidão era, em vez disso, aceito como um homem livre. Um barulho agitado fez-se ouvir quando uma dúzia de outros homens se juntaram à volta deles. Ajoelharam-se e formaram um círculo ao redor de Papewaio, impacientes para aceitarem a oferta de Mara e a esperança de uma nova vida.

Keyoke destacou um guerreiro para reunir os trabalhadores que haviam acabado de jurar lealdade; deveriam ser acompanhados por guardas Acoma até a propriedade, onde Jican lhes atribuiria alojamentos e trabalho nos campos.

O restante da companhia de bandidos observou com a esperança dos desesperados quando Mara retomou a palavra.

— Vocês que são fora da lei, quais foram seus crimes?

Um homem baixo, pálido devido a alguma doença, falou com a voz rouca.

— Eu falei mal de um sacerdote, Senhora.

— Eu escondi cereais do coletor de impostos para ter o que dar de comer aos meus filhos! — gritou outro.

A lista de pequenos delitos desenrolou-se até Mara ter confirmado que Lujan falara a verdade ao afirmar que ladrões e assassinos não tinham lugar em sua companhia. Virou-se para os condenados e disse:

— Vocês podem partir ou podem ficar a meu serviço como homens livres. Na qualidade de Governante dos Acoma, concedo-lhes o perdão dentro dos limites de minhas terras.

Embora a anistia imperial estivesse fora de alcance para qualquer Governante, Mara sabia que nenhum ministro do Governo Imperial levantaria objeções quanto ao destino de um reles operário que praticamente nem existia, embora aquilo jamais fosse chegar a seus ouvidos.

Os homens que obtiveram perdão sorriram diante da sagacidade da Senhora e correram até Papewaio para fazerem o juramento. Ajoelhavam-se de bom grado. Como trabalhadores dos Acoma, poderiam ter de enfrentar as ameaças dos inimigos de Mara, mas o perigo associado ao serviço de uma grande casa era preferível à sua desgraçada existência de fora da lei.

As sombras da tarde estendiam-se por debaixo das árvores; uma luminosidade dourada trespassava os pontos em que os galhos eram mais finos. Mara observou as fileiras exaustas do grupo e seu olhar caiu finalmente sobre Lujan.

— Vocês, soldados sem Senhor, escutem atentamente. — Fez uma pausa, à espera de que o clamor de júbilo dos operários recém-recrutados diminuísse enquanto se afastavam pelo caminho. Delicada quando comparada com a silhueta musculosa de Papewaio, Mara enfrentou o olhar dos súditos mais implacáveis e desalinhados das forças de Lujan. — Ofereço-lhes algo que nunca nenhum guerreiro na história do Império teve: uma segunda oportunidade. Quais de vocês me acompanharão até a minha propriedade para remodelar esta honra... ajoelhando-se diante do bosque sagrado e prestando juramento ao natami dos Acoma?

O silêncio abateu-se sobre o lugar por um instante e parecia que nenhum homem se atreveria a respirar. Então, começou a confusão. Alguns se puseram a fazer perguntas e eram silenciados por outros que diziam saber as respostas. Mãos encardidas apunhalaram o ar para enfatizarem argumentos da lei e pés pisaram a terra enquanto homens agitados se levantavam de um pulo e corriam até a carroça de Mara.

Papewaio deteve o ímpeto desembainhando a espada e, apressando-se a intervir, Keyoke gritou uma ordem.

Fez-se silêncio; aos poucos, os bandidos acalmaram-se. Novamente em silêncio, esperaram que seu líder falasse.

Respeitando a vigilância de Papewaio, Lujan fez uma cuidadosa reverência diante da garota que ameaçava perturbar a vida que conhecia.

— Minha Senhora, suas palavras são... surpreendentes... generosas para além da compreensão. Mas não temos mestres que nos libertem do serviço anterior. — Algo semelhante à rebeldia brilhou em seus olhos.

Mara percebeu e tentou compreender. Embora tivesse aquela esperteza e astúcia própria dos bandoleiros, e fosse até mesmo bonito sob a capa de sujeira, o fora da lei comportava-se como alguém sob ameaça; e, subitamente, a moça percebeu o porquê. Aqueles homens, pura e simplesmente, não tinham um objetivo, vivendo o dia a dia, sem esperança. Se ela conseguisse que agarrassem o destino nas próprias mãos e jurassem fidelidade aos Acoma, teria a seu serviço guerreiros de um valor inestimável. Tinha, porém, de fazê-los acreditar uma vez mais.

— Vocês não têm a quem servir — disse delicadamente para Lujan.

— Mas fizemos um juramento... — Sua voz era pouco mais do que um murmúrio. — Nunca ninguém fez uma oferta como esta. Nós... Quem de nós pode saber o que é honrado? — Lujan parecia suplicar, como se desejasse que Mara lhe dissesse o que era correto; e o resto da companhia olhava para seu líder à espera de respostas.

Sentindo-se subitamente como a inexperiente noviça de Lashima com apenas os dezessete anos que tinha, Mara virou-se para Keyoke em busca de auxílio. O velho guerreiro não a desiludiu. Embora sentisse o mesmo desconforto de Lujan em relação àquele abuso da tradição, manteve um tom de voz calmo.

— Um soldado deve perecer no serviço de seu mestre ou perder a honra, assim está convencionado. Todavia, conforme minha Senhora salienta, se o destino ditar o contrário, nenhum homem tem o direito de questionar o desejo dos deuses. Se os deuses não quiserem que sirvam aos Acoma, seu desagrado certamente cairá sobre esta casa. Minha Senhora assume esse risco, em nome dela e no de vocês. Com ou sem os favores dos céus, todos nós morreremos. Porém, os ousados dentre vocês desafiarão o infortúnio... — Fez uma longa pausa antes de acrescentar: — E morrerão como soldados.

Lujan esfregou os pulsos, pouco convencido. A ira dos deuses traria a total destruição. Pelo menos, como um miserável fora da lei, a existência que teria de suportar durante o resto da vida poderia expiar sua incapacidade para morrer com seu amo, talvez até garantisse à sua alma um lugar mais elevado quando tivesse de enfrentar a Roda da Vida.

Enquanto os bandidos espelhavam o nervosismo de seu líder, completamente divididos em seu íntimo, Papewaio coçou a cicatriz e disse pensativo:

— Eu sou Papewaio, Primeiro Líder de Ataques dos Acoma. Nasci para prestar serviço a esta casa, mas meu pai e meu avô eram próximos de primos que prestavam serviço aos Shinzawai, aos Wedewayo, aos Anasati... — Fez uma pausa e, como nenhum homem se pronunciou, mencionou o nome de várias outras casas.

Lujan permaneceu imóvel, com os olhos semicerrados, quando um homem às suas costas falou:

— Meu pai serviu a Casa dos Wedewayo, onde vivi antes de me juntar ao serviço do Senhor dos Serak. Seu nome era Almaki.

Papewaio assentiu e pensou rapidamente.

— Esse Almaki era primo de Papendaio, que era meu pai?

O homem balançou a cabeça, mostrando-se desiludido.

— Não, mas eu o conheci. Aquele era chamado de Almaki Pequeno, e meu pai, Almaki Grande. Mas outros primos de meu pai serviram nessa casa.

Papewaio chamou o homem com um aceno e conversaram tranquilamente durante vários minutos longe dos ouvidos de Mara. Após um animado intervalo, o bandido esboçou um largo sorriso e o Líder de Ataques virou-se para sua Senhora com uma reverência respeitosa.

— Minha Senhora, este é Toram. Seu tio era primo de um homem que casou com uma mulher que era irmã da mulher que casou com o sobrinho de meu pai. Ele é meu primo, e digno de prestar serviço aos Acoma.

Mara ocultou um sorriso atrás da manga. Papewaio e Toram, um homem obviamente inteligente, haviam se aproveitado de um simples fato da cultura tsurani. Segundo a tradição, os segundos e terceiros filhos de soldados gozavam da liberdade para prestarem serviço em outras casas além daquelas em que haviam nascido. Ao tratar aquele guerreiro cinzento como um jovem, Papewaio contornara com habilidade a questão da honra levantada por Lujan. Quando Mara recuperou o decoro, disse simplesmente:

— Papewaio, chame seu primo para trabalhar conosco, se ele assim o desejar.

Papewaio agarrou Toram pelo ombro com familiaridade.

— Primo, está convocado a prestar serviço para os Acoma.

O homem ergueu o queixo com um orgulho reencontrado e anunciou inequivocamente a sua aceitação:

— Eu aceito!

As suas palavras criaram alvoroço entre os fora da lei, e os homens aglomeraram-se em torno de uma dúzia de soldados Acoma e começaram a dizer os nomes de seus familiares. Mara voltou a disfarçar um sorriso. Qualquer tsurani de origem nobre, ou qualquer soldado, conhecia várias gerações de sua genealogia, bem como de seus primos, tias e tios, a maioria dos quais nunca tinha chegado a conhecer pessoalmente. Quando dois tsurani se encontravam pela primeira vez, dava-se início a uma intrincada indagação sobre a saúde dos familiares, até haver uma permuta de histórias e os dois desconhecidos saberem qual deles ocupava uma posição mais elevada na escala social. Era quase impossível que, após uma breve troca de impressões, não se descobrisse um laço de sangue remoto, o que permitiria que os guerreiros cinzentos fossem chamados para o serviço.

Mara permitiu que Papewaio lhe oferecesse a mão para poder descer da carroça. Os bandidos juntaram-se aos montes em volta de diferentes soldados, gritando alegremente perguntas e respostas à medida que se determinava o parentesco de cada um. Lujan balançou a cabeça pensativo e encarou Mara com os olhos iluminados por emoções fracamente dissimuladas.

— Minha Senhora, seu ardil para nos capturar foi engenhoso e... eu teria orgulho em servi-la... Isso... — Acenou com a mão para o alvoroço de homens entusiasmados. — Isso ultrapassa minha compreensão. — Quase perdendo o controle das emoções, desviou o olhar por um instante, engoliu em seco, e depois voltou a encarar Mara, com um semblante que recuperara a inexpressividade própria dos tsurani, embora mantivesse um brilho nos olhos. — Não sei se... é correto, mas aceitarei seu serviço de bom grado e tornarei minha a honra dos Acoma. Entrego-lhe minha vida, Senhora. E se a minha vida for curta, será uma boa vida, por poder usar novamente as cores de uma casa. — Endireitou-se, sem qualquer indício de libertinagem. Analisou Mara durante bastante tempo, com os olhos fixos nos dela. Suas palavras lhe causaram uma enorme impressão que duraria para sempre devido à sua sinceridade. — Espero que o destino poupe minha vida, Senhora, para que possa ficar a seu lado, pois acho que é uma estrategista no Jogo do Conselho. — Em seguida, quase perdendo o controle, seus olhos umedeceram-se e seu rosto abriu-se num sorriso. — E acho que o Império nunca mais será o mesmo.

Mara manteve-se em silêncio enquanto Lujan fazia uma reverência e se afastava para ir comparar parentescos com os soldados Acoma até encontrar uma afinidade, por mais distante que fosse. Depois, com a autorização de Keyoke, enviou mensageiros ao acampamento para chamar para a nascente o que restava de seus homens. Os últimos a chegar aparentavam diferentes estados de incredulidade. Mas assim que viram a Senhora sentada na carroça de thyza como se presidisse uma sessão à sombra dos pilares da sua mansão, o ceticismo perdeu intensidade. Convencidos, enfim, pela exuberância dos camaradas que já tinham jurado fidelidade ao serviço dos Acoma, passaram a pronunciar listas de primos e familiares até que, também eles, recuperassem a honra de prestar serviço a uma casa.

A tarde passou, as árvores que ocultavam a orla da ravina lançavam longas sombras sobre a clareira. O calor diminuiu; brisas tardias traziam uma fragrância silvestre, enquanto os galhos acima da caravana balançavam inquietos. Satisfeita com os acontecimentos do dia, Mara observou um bando de pássaros gaguin mergulhando para apanhar os insetos que a brisa levava. Quando as aves terminaram a refeição e voaram rápida e estridentemente para o sul, ela percebeu como estava cansada e faminta.

Como se lesse seus pensamentos, Keyoke fez uma pausa ao lado de Mara.

— Minha Senhora, devemos partir se quisermos chegar em casa antes do anoitecer.

Mara assentiu, desejando almofadas macias em vez dos ásperos sacos de thyza. Como estava farta dos olhares de homens famintos, a privacidade da liteira pareceu-lhe subitamente convidativa.

— Partamos então, Comandante das Forças Armadas — disse num tom de voz suficientemente alto para que os homens a ouvissem. — Temos aqui soldados Acoma que gostariam de um banho, de uma refeição quente e de descansar em casernas onde a neblina não umedeça seus cobertores. — Nem mesmo Mara conseguiu evitar que seus olhos se umedecessem ao ouvir o grito de puro prazer que emanou da boca dos bandidos. Homens que havia pouco estavam prontos para lutar contra ela, ansiavam agora por defendê-la. Em silêncio, a garota agradeceu a Lashima. Aquela primeira vitória fora fácil; mas contra o poderio dos Minwanabi, e a inteligência ardilosa dos Anasati, seu sucesso futuro seria difícil, caso fosse possível.

Ao ser empurrada para trás quando os escravos levantaram a liteira, Mara sentiu-se sem energia. Soltou um profundo suspiro de alívio. Todas as dúvidas e o receio suprimido durante os confrontos armados e a negociação com os bandidos vieram à tona na privacidade de suas cortinas. Até aquele momento, não se atrevera a admitir como tivera medo. Seu corpo estremeceu com arrepios inesperados. Consciente de que a umidade estragaria a seda delicada de sua túnica, fungou e reprimiu uma desesperada vontade de chorar. Lano ridicularizava suas explosões emocionais quando criança, provocando-a ao afirmar que ela não era tsurani — embora as mulheres não tivessem de conter as emoções do mesmo modo que os homens.

Recordando as piadas do irmão e o fato de nunca ter visto o pai revelar qualquer incerteza, quaisquer dúvidas ou receios, fechou os olhos, mergulhando num exercício para se acalmar. A voz da sacerdotisa que fora sua preceptora no Templo de Lashima pareceu ecoar em sua mente: "Aprenda a natureza do próprio ser, aceite todos os aspectos do próprio ser, e então o domínio pode começar. Renunciar ao próprio ser é renunciar a todo o resto."

Mara fungou outra vez. Agora o seu nariz também escorria. Afastando as mangas para que não sofressem as consequências, admitiu a realidade em silêncio. Ficara aterrorizada, principalmente quando pensara que os bandidos poderiam atacar suas propriedades enquanto os procurava nas montanhas.

Mara repreendeu-se outra vez: não é assim que uma Governante age! Depois compreendeu a origem de seus sentimentos: não sabia como deveria agir uma Governante. Como não fora instruída para governar, não passava de uma garota do templo lançada no meio da disputa mais mortal do Império.

Mara recordou algo que o pai lhe ensinara quando pequena: as dúvidas servem apenas para prejudicar a capacidade de uma pessoa agir de forma resoluta; e no Jogo do Conselho, hesitar era morrer.

Para evitar a fraqueza, Mara espiou por uma fenda das cortinas os soldados Acoma recém-recrutados. Apesar das roupas imundas, os semblantes abatidos, os braços magros como gravetos e os olhos de animais assustados, aqueles homens eram soldados, e Mara reconhecia neles uma qualidade que falhara em observar anteriormente: aqueles fora da lei, até mesmo o irreverente Lujan, haviam tido tanto medo quanto ela. Mara achou isso desconcertante, até que considerou a emboscada pela perspectiva deles. Apesar de estarem em menor número, os guerreiros Acoma eram soldados experientes, devidamente armados e em boa forma física. Alguns daqueles guerreiros cinzentos não tinham uma refeição decente havia mais de ano. E suas armas não passavam de um estranho aglomerado de espadas e punhais que tinham sido jogados fora, roubados ou toscamente fabricados. Apenas alguns tinham algo parecido com um escudo e nenhum deles usava armadura. Não, pensou Mara, muitos daqueles homens tristes e desesperados deviam ter pensado que alguns dos membros da irmandade iriam morrer naquele dia. E todos deviam ter temido essa sorte.

Os homens marchavam sem perceber que sua Senhora os observava. Seus rostos revelavam várias outras emoções, entre elas esperança e o receio de falsa esperança. Mara deixou-se afundar nas almofadas, concentrando-se no desenho colorido das tapeçarias da liteira. Como conseguira subitamente perceber todas aquelas coisas no rosto dos homens? Teria seu medo desencadeado dentro de si algum tipo de sabedoria que ela não compreendia? Em seguida, como se seu irmão Lanokota estivesse sentado ao seu lado, a recordação de sua presença preencheu seus pensamentos. Se fechasse os olhos, conseguiria ouvi-lo murmurar: "Você está crescendo, irmãzinha."

Subitamente, Mara não conseguia mais conter as lágrimas. O choro deixara de ter origem no pesar; vinha agora de um prazer semelhante à alegria que sentira quando Lano vencera os jogos de verão em Sulan-Qu. Naquele dia, Mara e o pai tinham dado vivas como aldeões, sem darem importância às exigências do estatuto social e do decoro por um instante; só que agora suas emoções eram dez vezes mais intensas.

Ela vencera. Saboreara sua primeira vitória no Jogo do Conselho e a experiência a deixara empolgada, fizera-a ansiar por algo mais e maior. Pela primeira vez na vida, percebia por que razão os grandes Senhores lutavam, e até davam a própria vida, pela possibilidade de ganharem honradamente.

Sorrindo por detrás dos traços deixados pelas lágrimas, permitiu que o movimento da liteira relaxasse seu corpo. Ninguém que ela tivesse de enfrentar na invisível mesa de jogo da política tsurani saberia daquele movimento, pelo menos diretamente ou em um futuro próximo. Apesar da traição dos Minwanabi ter reduzido a guarnição da Casa Acoma a cinquenta soldados, ela controlava agora a lealdade de mais de duzentos e cinquenta. Visto que havia guerreiros cinzentos espalhados por esconderijos por todo o Império, poderia aproveitar e recrutar mais. Se conseguisse ganhar mais uma semana ao enviar a caixa com a pena e a corda para o Senhor dos Minwanabi, poderia ter quinhentos ou mais soldados para defendê-la da próxima ameaça. Mara sentia-se extremamente feliz. Conhecera a vitória! E duas vozes faziam-se ouvir em sua memória. Uma era a da sacerdotisa que dizia: "Criança, tema a tentação do poder e do triunfo, pois todas essas coisas são transitórias." Mas a impetuosa voz de Lano incitava-a a desfrutar de suas conquistas: "Aproveite a vitória enquanto pode, Mara-anni. Aproveite-a enquanto pode."

Mara recostou-se, cansada demais para descansar a mente. À medida que os escravos a carregavam para casa através das sombras profundas do pôr do sol, sorriu ligeiramente na privacidade da liteira. Embora soubesse que as esperanças, na sua situação, continuavam a ser praticamente nulas, ia seguir o conselho de Lano. A vida deve ser saboreada enquanto dura.

As rodas da carroça rangeram e viraram e as needra ofegaram, enquanto a poeira levantada pelos homens tornava o ar ocre e dourado. A intensidade do sol diminuiu lentamente até o crepúsculo enquanto a inusitada caravana de Mara com a sua companhia eclética de homens armados percorria o caminho que levava à propriedade dos Acoma.

...

Os archotes na entrada principal da casa grande iluminavam um pátio abarrotado de gente. A chegada dos trabalhadores sem mestre que haviam partido primeiro deixara Jican e sua equipe totalmente atarefados, enquanto distribuíam refeições, aposentos e trabalhos a todos. Quando a caravana de Mara voltou ao cair da noite com os guerreiros maltrapilhos e famintos de Lujan, o hadonra ergueu as mãos para o céu e suplicou aos deuses que pusessem fim a um dia de trabalho interminável. Com fome e resignado enquanto ouvia uma bela bronca de sua esposa por não estar em casa na hora de colocar os filhos para dormir, Jican mandou ordens para o cozinheiro preparar outro caldeirão de thyza, e cortar carne fria e frutas. Em seguida, sendo mais baixo do que a maioria de seus subordinados e tendo de compensar essa diferença assumindo uma postura incansavelmente enérgica, o hadonra iniciou a tarefa de tomar nota dos nomes e de registar quais precisavam de roupas e sandálias. Enquanto Keyoke começava a dividir os recém-chegados em companhias, Jican e seus ajudantes destacaram uma equipe de escravos para varrer e esvaziar os quartéis e ir buscar cobertores para as camas. Sem receber instruções formais de ninguém, Lujan assumiu o cargo de oficial, tranquilizando ou provocando os colegas quando necessário para ajudar sua companhia a se ajustar ao novo ambiente.

Nacoya chegou agitada em meio àquele caos de homens surrados e de carroças de needra, com as presilhas tortas em seu cabelo. Olhou de relance para a reles companhia de Lujan e dirigiu-se imediatamente para a liteira de Mara. Determinada, abrindo caminho entre a multidão, chegou até a liteira no exato instante em que Papewaio ajudava a Senhora a se levantar das almofadas. Dolorida pela viagem sentada e um pouco zonza pela luz das tochas, Mara observou aquele momento de silêncio em que seu Líder de Ataques a entregou aos cuidados de Nacoya. A linha invisível que separava o domínio do guarda-costas do da ama era como a linha que separa o interior da casa do exterior.

Nacoya acompanhou sua Senhora até seus aposentos, um passo atrás dela, como ditavam as regras. Assim que transpuseram a soleira da porta, a velha ama sinalizou para que as criadas se retirassem. Depois, com o semblante obscurecido pelas sombras vacilantes lançadas pelas lamparinas a óleo, fechou a tela com firmeza.

Enquanto Mara fazia uma pausa para tirar os conjuntos de pulseiras e joias que usara para parecer fútil durante seu plano, a ama dirigiu-se a ela num tom ríspido.

— A que se deve este súbito regresso? E quem são todos aqueles maltrapilhos?

Mara atirou um broche e um colar de jade para dentro de um cofre fazendo barulho. Depois da tensão e do perigo, e da inebriante euforia do sucesso, os modos acusativos da ama levaram-na a ranger os dentes; fazendo um esforço para se controlar, tirou os anéis dos dedos, um a um, e relatou com detalhes o plano que executara para reabastecer a guarnição dos Acoma. Quando o último adorno caiu com um estalo sobre o monte, Nacoya levantou a voz:

— Você se atreveu a arriscar o futuro dos Acoma para executar um plano tão fútil? Minha menina, você sabe o que colocou em risco? — Mara voltou-se para enfrentar Nacoya e deparou com o semblante da ama ruborizado e as mãos entrelaçadas. — Se algum daqueles bandidos tivesse atacado, seus homens teriam morrido para defendê-la! E para quê? Para que uma escassa dúzia de guerreiros ficasse para defender a casca vazia desta casa quando os Minwanabi atacassem? Quem teria defendido o natami? Nem Keyoke, nem Papewaio. Eles teriam morrido! — Quase histérica de tão zangada, a anciã balançou a cabeça. — Você poderia ter sido violentada por todos eles! Poderia ter morrido! — A voz de Nacoya atingiu uma grande intensidade, como se não conseguisse conter a raiva. — Em vez desta... aventura irresponsável, devia... devia ter cuidado dos detalhes de um casamento adequado. — Nacoya esticou-se, agarrou Mara pelos braços e começou a sacudi-la, como se ela continuasse a ser uma criança. — Se insiste nessa teimosia inconsciente, seus pretendentes irão se limitar ao filho de algum comerciante de fertilizantes que almeja comprar um nome para a família, enquanto assassinos e ladrões de needra protegem sua propriedade!

— Basta! — Sobressaltada com a inflexibilidade de seu tom de voz, Mara afastou a anciã; e a aspereza de seus modos cortou a investida de Nacoya como uma foice corta a grama. A anciã interrompeu os protestos. Quando parecia prestes a recomeçar, Mara falou de novo: — Basta, Nacoya. — Seu tom era intenso e implacável, mal escondendo a raiva. Mara encarou a velha ama. Aproximou-se dela até estarem a poucos centímetros uma da outra e então disse: — Eu sou a Senhora dos Acoma! — Suas palavras espelhavam pouco da ira de momentos antes; acalmando-se um pouco, Mara examinou o semblante da mulher que a criara desde a infância. — Mãe de meu coração — disse, resoluta —, de todos quantos me servem, você é a mais amada. — Depois, estreitou os olhos e a raiva voltou às suas palavras. — Mas *nunca* se esqueça de que você me serve. Se alguma vez voltar a me tocar dessa maneira ou a se dirigir a mim com esses modos, Nacoya, seja quando for, eu mando espancá-la como se fosse um escravo da cozinha. Entendeu?

Nacoya hesitou por um instante e depois baixou lentamente a velha cabeça. Mechas de cabelo desgrenhado mexeram-se na nuca quando se ajoelhou, rígida, diante de Mara, até os velhos joelhos tocarem o chão.

— Peço o perdão de minha Senhora.

Pouco tempo depois, Mara inclinou-se para a frente e passou os braços em volta dos ombros de Nacoya.

— Mais antiga e mais querida companheira, o destino inverteu nossos papéis. Há apenas alguns dias eu era uma noviça do templo e você, minha professora e mãe. Agora tenho de governá-la, tal como o meu pai. Você me serve melhor partilhando sua grande sabedoria. No fim, porém, apenas eu devo escolher que caminho seguir. — Abraçando com força a velha mulher, Mara acrescentou: — E caso duvide, lembre-se de que não fui capturada por bandidos. Pape e Keyoke não morreram. Fiz uma boa escolha. Meus planos foram bem-sucedidos e agora recuperamos algumas das coisas que tínhamos perdido.

Nacoya manteve-se em silêncio, depois murmurou:

— Tem razão.

Mara libertou a anciã e bateu palmas duas vezes. Criadas apressaram-se a atender os desejos da Senhora enquanto a idosa se levantava. Ainda trêmula por força da bronca, Nacoya disse:

— Minha Senhora, tenho autorização para me retirar?

Mara levantou o queixo enquanto a criada começava a desapertar o colarinho de sua túnica.

— Sim, anciã, mas venha me ver depois do banho. Temos muito que falar. Pensei bastante nos seus conselhos. Chegou a hora de tratar dos preparativos para um casamento.

Nacoya arregalou os olhos negros. Dada a súbita obstinação de Mara, tal concessão revelara-se uma surpresa absoluta.

— Seu desejo é uma ordem, minha Senhora — disse, e fazendo uma reverência, afastou-se, deixando as criadas entregues ao seu trabalho. Na penumbra do corredor, a anciã endireitou a coluna com alívio. Finalmente, Mara aceitara seu papel de Governante. E embora a veemência da bronca que lhe dera a tivesse abalado bastante, a responsabilidade daquela criança que tinha de gerenciar a honra de seus antepassados trouxe-lhe um sentimento de profunda satisfação. A velha ama gesticulou para si mesma. Se a prudência não era uma das virtudes de Mara, pelo menos herdara a extraordinária audácia e a coragem do pai.

Uma hora depois, a Senhora dos Acoma se levantou da banheira. Duas criadas envolveram o seu corpo reluzente em toalhas enquanto outra abria os biombos que separavam a banheira de madeira do resto dos aposentos. Tal como todas as grandes Casas Tsurani, o número e o tamanho das divisões era meramente uma questão do modo como os biombos e as portas eram posicionados. Fazendo correr outra porta de tela, era possível chegar ao quarto de dormir de Mara a partir do escritório; sem que fosse necessário sair dos aposentos centrais.

O ar continuava quente. Mara escolheu sua túnica de seda mais fina, que mal lhe cobria a coxa; era quase transparente e não tinha bordados pesados. O dia deixara-a bastante cansada, e ansiava por simplicidade e relaxamento. Mais tarde, nas horas mais frescas da noite, vestiria uma túnica mais comprida e mais grossa. Porém, na presença das criadas e de Nacoya, Mara podia usufruir da ousada, mas confortável, túnica informal.

De acordo com as ordens de sua Senhora, uma criada afastou um biombo que dava para uma pequena parte do jardim interno, sempre disponível para os exercícios de reflexão e meditação de Mara. Ainda que uma dúzia de criados pudessem passar pelo pátio central, a inteligente disposição de arbustos e árvores anãs proporcionava uma fresta de verde em que a sua passagem não incomodava.

Nacoya apareceu quando Mara se sentou diante da abertura. Em silêncio, e manifestando indícios de ansiedade, a garota fez sinal para que a ama se sentasse a seu lado. Depois, esperou.

— Minha Senhora, trouxe-lhe uma lista de alianças apropriadas — começou Nacoya.

Mara não desviou os olhos da porta e seu único movimento foi um leve virar de cabeça enquanto uma criada penteava seus longos e úmidos cabelos. Presumindo que tinha autorização para prosseguir, Nacoya desenrolou o pergaminho entre as mãos enrugadas.

— Minha Senhora, se queremos sobreviver às artimanhas dos Minwanabi e dos Anasati, devemos escolher nossos aliados com cuidado. A meu ver, temos três opções. Podemos nos aliar a um nome antigo e honrado cuja influência tenha entrado em declínio. Ou podemos escolher um marido de uma família que seja poderosa e abastada há pouco tempo, mas que almeje honra, tradição e aliança política. Ou então podemos procurar uma família que esteja disposta a uma aliança, porque o nome de sua família poderia acrescentar ambição no Grande Jogo.

Nacoya fez uma pausa para dar a Mara a chance de responder, mas a jovem continuou a fitar as sombras do jardim, com uma tênue careta que lhe franzia o semblante. A criada acabou de penteá-la, arrumou o cabelo de Mara num rabo-de-cavalo, fez uma reverência e saiu.

Nacoya esperou. Como Mara continuava sem reação, limpou a garganta, depois abriu o pergaminho com um desespero oculto.

— Eliminei as famílias que são poderosas, mas que não têm tradição — disse. — Seria melhor um casamento com um filho de uma casa que, por sua vez, tenha aliados poderosos. Como isso significa possíveis envolvimentos com aliados dos Minwanabi e, especialmente, com os Anasati, restam-nos poucas casas efetivamente aceitáveis. — Voltou a observar Mara, mas a Senhora dos Acoma parecia ouvir apenas os chamados dos insetos que despertavam zunindo após o pôr do sol.

Quando os criados fizeram suas rondas para acenderem as lamparinas, Nacoya reparou que o rosto de Mara estava mais carregado. A anciã endireitou o pergaminho com um movimento intencional.

— De todos os que provavelmente estariam interessados, as melhores escolhas seriam…

Subitamente, Mara falou:

— Nacoya, se os Minwanabi são a casa mais poderosa do Império, qual outra tem melhores relacionamentos políticos?

Nacoya colocou a lista no colo.

— Os Anasati, sem dúvida. Se o Senhor dos Anasati não existisse, esta lista seria cinco vezes mais extensa. Aquele homem forjou alianças com mais de metade dos poderosos do Império.

Mara assentiu com o olhar perdido, como se observasse algo que apenas ela conseguia ver.

— Já decidi.

Nacoya inclinou-se para a frente em expectativa, subitamente receosa. Mara nem pegara a lista, nem analisara os nomes que Nacoya ditara ao escriba. Ela virou-se e fitou incisivamente o rosto de Nacoya.

— Casarei com um filho do Senhor dos Anasati.

4

Plano

O gongo soou.

As notas ecoaram pela extensão do grande salão dos Anasati. Enfeitado com estandartes de guerra ancestrais, o salão tinha um cheiro forte de madeira velha e encerada e de gerações de intriga. O teto de ladrilhos abobadado lançava sombras tão profundas que o salão permanecia sombrio mesmo com as velas acesas. O próprio salão absorvia os ecos, a ponto de a corte e a criadagem, à mesa e em torno dela, parecerem meras estátuas silenciosas e de movimentos tênues.

Ao fundo de um longo corredor central de tapeçarias, sobre um imponente palanque, estava sentado o Senhor dos Anasati vestido em trajes formais. Sob o peso opressor do turbante cerimonial, o suor reluzia em sua testa; suas feições ossudas não revelavam qualquer sinal de desconforto, embora suas vestes fossem sufocantes sob o calor do meio-dia. Uma dúzia de faixas vermelhas e amarelas dificultavam-lhe a respiração, enquanto os laços que sobressaíam como asas engomadas em suas costas cingiam seus ombros; a cada vez que se mexia, os criados tinham de correr para endireitá-los. Em uma das mãos, segurava um enorme cetro trabalhado, cujas origens tinham se perdido no tempo, uma insígnia da supremacia daquele Governante. Sobre o colo repousava a ancestral espada de aço — uma relíquia cuja importância era superada apenas pelo natami da família — transmitida de pai para filho desde os dias da ponte dourada e da Fuga, quando as nações chegaram pela primeira vez a Kelewan. Agora, seu peso se abatia cruelmente sobre joelhos cansados, um incômodo que tinha de suportar junto com todos os acessórios cerimoniais do cargo enquanto aguardava a chegada da recém-coroada Governante dos Acoma. O salão era agora um autêntico forno, pois a tradição mandava que todos os biombos permanecessem fechados até a entrada formal do pretendente.

Tecuma, Senhor dos Anasati, inclinou um pouco a cabeça, e seu Conselheiro-Mor, Chumaka, apressou-se ao seu lado.

— Quanto tempo? — murmurou o senhor, com impaciência.

— Já não falta muito, mestre. — O leal conselheiro fez uma reverência como um nervoso roedor e explicou: — O gongo soou três vezes, quando a liteira de Mara chegou ao portão exterior, durante a entrada na casa principal, e agora ao passar pelo portão do pátio. Soará pela quarta vez quando ela chegar à sua augusta presença, Senhor.

Entediado pela imobilidade, quando o que lhe agradaria seria ouvir música, o Senhor dos Anasati perguntou:

— Ponderou sobre meu pedido?

— É claro, meu Senhor. Seu desejo é uma ordem. Planejei vários insultos apropriados para dar como resposta à presunção da cadela dos Acoma. — O conselheiro umedeceu os lábios. — Pedir seu filho Jiro para consorte... bem, essa é boa! — acrescentou. O Senhor dos Anasati lançou um olhar de curiosidade sobre o conselheiro, o que fez com que a sua toga cerimonial inclinasse para a esquerda. Os criados correram em bando para deixá-lo arrumado outra vez. Chumaka prosseguiu com o comentário: — Brilhante, ainda que tivesse a mais remota esperança de sucesso. Um casamento com qualquer um de seus filhos os obrigaria a uma aliança com os Acoma. Além de isso esgotar seus recursos para protegê-los, a bruxa ainda poderia dedicar todos os seus esforços ao Senhor dos Minwanabi.

O Senhor dos Anasati franziu os lábios com desagrado mal disfarçado ao ouvir aquele nome ser pronunciado.

— Eu próprio a desposaria se achasse que ela tem a mais ínfima possibilidade de vencer aquela jaguna no Jogo do Conselho. — Fez uma careta ao dizer o nome daquele animal necrófago malcheiroso; depois, apertou o cetro com força ao pensar em voz alta: — Mas o que ela espera conseguir? Deve saber que eu nunca permitiria que se casasse com Jiro. Os Acoma são a única família mais antiga do que a minha, depois das

Cinco Grandes Famílias. Se eles caíssem e também uma das Cinco Grandes…

Chumaka concluiu aquele desejo que seu Senhor sempre proferia:

— …os Anasati seriam uma das Cinco Grandes Famílias.

Tecuma concordou.

— E um dia, algum de nossos descendentes ascenderia ao posto de Senhor da Guerra. — Olhou de relance para a esquerda, onde seus três filhos esperavam num degrau um pouco mais baixo.

O que estava mais perto do pai era Halesko, herdeiro do manto dos Anasati. A seu lado estava Jiro, o mais inteligente e hábil dos três, já preparado para desposar a filha de qualquer um dos muitos grandes Senhores, talvez até mesmo uma filha do Imperador, conferindo assim aos Anasati outro poderoso laço político. E ao seu lado sentava-se, desajeitadamente, Buntokapi, limpando absorto a sujeira das unhas.

Analisando o semblante estúpido de seu filho mais novo, o Senhor dos Anasati murmurou para Chumaka:

— Você acha que a providência a faria aceitar o Bunto?

As finas sobrancelhas do conselheiro ergueram-se.

— Nossos informantes indicam que ela pode ser uma garota inteligente, ainda que inexperiente, mas pedir Bunto em casamento seria… revelar mais inteligência do que eu esperaria, Senhor.

— Inteligência? Em pedir Bunto em casamento? — Tecuma contorceu-se incrédulo, fazendo com que seus laços caíssem, o que originou um segundo movimento de criados alvoroçados. — Perdeu o juízo?

— O Senhor poderia ficar tentado a concordar — disse o conselheiro, contemplando o apático terceiro filho.

Com um olhar de mágoa, o Senhor dos Anasati suspirou.

— Acho que teria de recusar, não é?

O Conselheiro-Mor estalou a língua entre os dentes.

— Até Bunto lhe conferiria poder político demais. Pense bem; se o cão dos Minwanabi matasse Bunto acidentalmente ao tentar destruir os Acoma… Lembre-se da bagunça que ele fez quando enviou aquele assassino hamoi.

O Senhor dos Anasati assentiu.

— Sim, eu seria obrigado a exercer minha vingança sobre sua família. Foi uma pena o Minwanabi não ter sido bem-sucedido no assassinato de Mara, mas acho que isso já era esperado: o sujeito é pior do que uma jaguna; tem a sutileza de uma needra-macho dentro de um curral de procriação. — Tecuma mexeu-se numa tentativa de encontrar uma posição mais confortável e os laços oscilaram. Quando os criados começaram a se aproximar, estacou, mantendo a compostura. — Não me importaria de me sujeitar ao pai dela... Sezu estava sempre ávido por se aproveitar de mim sempre que podia. Mas isso estava de acordo com as regras do jogo. Esta coisa de rixas entre famílias... — Balançou a cabeça, e o pesado turbante escorregou; ele mal conseguiu segurá-lo. Chumaka esticou a mão e o ajeitou delicadamente enquanto Tecuma prosseguia. — E ter este trabalho todo para humilhar sua fedelha, parece-me uma perda de tempo. — Olhou à sua volta no salão abrasador. — Pelos deuses, todos estes músicos, e nem uma nota de entretenimento — disse.

Sendo uma pessoa extremamente preocupada com os detalhes, a ponto de se tornar pedante, Chumaka disse:

— Os músicos devem estar preparados para tocar a melodia de entrada formal, Senhor.

O Senhor dos Anasati suspirou, exasperado. Sua frustração se devia apenas parcialmente à monotonia do conselheiro.

— Estava apreciando aquela série de novas melodias que os músicos compuseram este mês. Agora perdi o dia todo. Talvez pudessem tocar alguma coisa até a chegada da Mara.

Chumaka balançou a cabeça de leve enquanto o suor escorria pela ponta de seu nariz.

— Meu Senhor, se não cumprirmos escrupulosamente a etiqueta, a Senhora dos Acoma lucrará com o insulto. — Embora fosse genuinamente mais paciente do que seu mestre, até ele começava a pensar no que levaria o séquito da garota a demorar tanto tempo para atravessar o pátio central. — Vá ver o que está causando esta demora — ordenou num murmúrio ao criado mais próximo.

O criado fez uma reverência e saiu discretamente por uma porta lateral. Logo voltou com seu relatório.

— A Senhora dos Acoma está sentada à porta, mestre.

Perdendo finalmente as estribeiras, Chumaka murmurou:

— Então, por que ninguém faz soar o gongo para ela entrar?

O criado olhou desconfortavelmente para a entrada principal, que ainda estava sob a guarda costumeira dos porteiros cerimoniais.

— Ela se queixou do calor e ordenou que lhe levassem toalhas úmidas e aromáticas. Pediu também bebidas frescas para ela e seu séquito.

Quer se refrescar antes de comparecer, mestre — murmurou, com um gesto de impotência.

Chumaka observou a corte dos Anasati, cujos membros se sentavam havia mais de uma hora esperando naquele sufocante calor do meio-dia num salão fechado. Reconsiderou mentalmente a opinião que tinha sobre Mara. O atraso poderia ser uma inteligente manipulação, calculada para atiçar a ira de um oponente, dando a ela uma vantagem.

— Bem, quanto tempo pode demorar para beber um copo de água? — perguntou Tecuma.

— Meu Senhor, o pedido da Senhora nos pegou desprevenidos — respondeu o criado. — Demoramos algum tempo para preparar bebidas para um séquito tão numeroso.

O Senhor dos Anasati trocou olhares com seu Conselheiro-Mor.

— Quão numeroso é o séquito? — indagou Chumaka.

O criado enrubesceu; como não recebera instrução, não sabia contar até mais de vinte. Fez, contudo, o melhor que pôde para responder.

— Ela trouxe cinco criadas pessoais e uma velha com alguma patente. Vi dois oficiais com elmos emplumados.

— O que significa pelo menos cinquenta guerreiros. — Tecuma inclinou-se para seu Conselheiro e falou num tom de voz tão baixo e rápido que mais parecia um sibilar. — Pensei que houvesse me informado que toda a sua guarnição fora reduzida a menos de cinquenta guerreiros.

Chumaka piscou.

— Meu Senhor, nosso espião na Casa dos Minwanabi informou-nos de que a batalha em que Sezu e o filho morreram aniquilou as principais forças dos Acoma.

O criado se mostrou desconfortável por conseguir ouvir a conversa, mas Chumaka ignorou o fato.

— Então a Senhora dos Acoma se atreve a trazer com ela todas as forças que lhe restam?

Desejando obviamente estar em outro lugar, o criado respondeu:

— Meu Senhor, o hadonra disse que ela trouxe mais. Para nossa vergonha… — Ao ver que o Senhor dos Anasati se retraía diante da sugestão de que a falta de preparativos lançasse desonra sobre sua casa, o criado apressou-se a modificar o relato — …vergonha para seus pobres criados, é claro, meu Senhor, ela foi forçada a deixar outros cem guerreiros num acampamento às portas da propriedade de meu Senhor, pois não dispúnhamos de alojamento para eles.

Para alívio profundo do criado, Chumaka sinalizou para que saísse, à medida que a disposição do Senhor dos Anasati mudava: de despeito, diante de uma possível desonra por causa da criadagem, para alarme, perante as implicações do que acabara de saber.

— O Comandante das Forças Armadas dos Acoma — desenhou um pequeno círculo com a mão enquanto tentava lembrar-se do nome —, Keyoke, é um guerreiro experiente, não é nenhum tolo. Se Mara quis ser acompanhada por cento e cinquenta guerreiros, devemos partir do princípio de que o dobro desse número está guardando suas propriedades. A guarnição de reserva de Sezu devia ser muito mais numerosa do que pensávamos. — Seus olhos espelhavam uma irritação crescente, e depois estreitaram-se com um indício de desconfiança. — Ou nosso espião está a serviço dos Minwanabi ou então é um incompetente. Uma vez que foi você quem me convenceu a aceitar um espião não nascido nesta casa para uma posição de confiança tão delicada, deixo-lhe a responsabilidade de abrir um inquérito. Se estamos sendo traídos, devemos saber logo. — O calor e o desconforto já eram suficientemente ruins, mas Tecuma lembrou-se dos gastos e das dificuldades que tivera de enfrentar para colocar aquele espião na casa do Senhor dos Minwanabi. Fitou seu Conselheiro-Mor. — É evidente que sua decisão pode nos ter levado por um caminho errado.

Chumaka limpou a garganta. Fez de conta que se refrescava com um leque decorativo, de modo a esconder os lábios de quem os conseguisse ler.

— Meu Senhor, não se precipite em seu julgamento. Aquele agente já nos prestou um serviço confiável no passado e está extraordinariamente bem colocado. — Fez uma pausa exagerada e passou a língua pelos dentes. — É muito mais provável que a Senhora Mara tenha arranjado uma maneira de ludibriar o Senhor dos Minwanabi, o que explicaria por que nosso agente forneceu informações erradas. Enviarei outro agente. Ele voltará com uma confirmação de minhas suspeitas ou com a notícia de que um traidor está morto.

Tecuma assentiu, como uma asamortal irritada cujas penas eriçadas voltam lentamente à posição de descanso. Naquele instante, enfim, soou o gongo pela quarta vez. Os criados que aguardavam no interior do salão abriram as portas da corte, enquanto Chumaka entoava o antigo ritual de boas-vindas a um pretendente.

— Damos boas-vindas à nossa casa, como à luz e ao vento, ao calor e à chuva, a você que traz a vida a nosso salão. — Estas palavras eram uma formalidade ancestral que não refletia nada do que os Anasati efetivamente sentiam em relação aos Acoma. No Jogo do Conselho, as formalidades deviam ser sempre cumpridas. Uma ligeira brisa balançou os estandartes. O Senhor dos Anasati soltou um suspiro de alívio quase audível. Chumaka elevou o tom de voz de modo a ocultar o lapso de seu mestre. — Entre, pretendente, e diga-nos qual é seu desejo. Nós lhe oferecemos bebida e comida, calor e conforto. — Chumaka sorriu consigo ao dizer estas últimas palavras. Naquele dia, ninguém precisava ou desejava mais calor, e Mara sem dúvida encontraria pouco conforto na presença do Senhor dos Anasati. Voltou a atenção para a comitiva que entrava no salão.

Ao ritmo do rufar de um único tambor, carregadores de túnicas cinzentas transpuseram a soleira da porta mais afastada do tablado do Senhor. A liteira chata e aberta que transportavam estava repleta de almofadas altas; sobre elas, sentava-se Mara, impassível. Os músicos tocaram a melodia de recepção à pretendente. Enquanto a melopeia irritantemente simples se repetia, a corte dos Anasati examinou a frágil garota que portava o manto de uma das mais ilustres famílias do Império e que se fazia transportar à frente de um séquito vestido de modo impressionante. Tal como seu anfitrião, ela estava trajada conforme mandava a tradição, com os cabelos negros arrumados no alto da cabeça e presos por presilhas decoradas com conchas e pedras preciosas; o rosto aparentemente equilibrado sobre um rígido colar de contas. A túnica formal estava engomada em dobras, e ostentava enormes laços do verde dos Acoma e mangas que chegavam ao chão. Apesar da maquiagem e das pesadas vestes bordadas, a garota parecia imperturbada pela pompa e pelo calor.

À esquerda de Mara, mas um passo atrás, seguia Nacoya, vestindo agora o manto de Conselheira-Mor dos Acoma. À direita da pretendente marchavam três oficiais, com as armaduras reluzindo intensamente devido ao verniz e ao polimento recente. Os elmos ostentavam magníficas plumas. Com eles, entrou uma companhia de cinquenta guerreiros, também esplêndidos com suas armaduras polidas. Marchavam de ambos os lados da liteira de Mara.

Os soldados pararam em formação rigorosa diante do tablado, um toque de verde entre o vermelho e o amarelo dos Anasati. Um oficial permaneceu com os soldados, enquanto os outros dois acompanharam a liteira de Mara três degraus acima até o estrado. Quando chegaram ali, os escravos pousaram a carga, e dois Governantes confrontaram-se: um homem magro e irritado e uma garota frágil que vinha barganhar sua própria sobrevivência.

Chumaka prosseguiu com a formalidade das saudações.

— Os Anasati dão as boas-vindas à sua ilustre convidada, a Senhora dos Acoma.

Nacoya respondeu, conforme mandava a tradição:

— Os Acoma agradecem ao nosso mui digníssimo anfitrião, o Senhor dos Anasati. — Apesar de sua idade, a anciã suportava bem a opressão das vestes formais e do calor. Sua voz era clara, como se seu posto natural fosse o de Conselheira e não de ama.

Terminada a troca de saudações cerimoniosas, Tecuma foi direto ao assunto do encontro.

— Temos seu requerimento diante de nós, Senhora dos Acoma. — Ouviu-se um burburinho entre os cortesãos que assistiam, pois as palavras de Tecuma eram um tanto insultuosas; dizer que o pedido de casamento era um requerimento deixava implícito que a posição social de Mara era inferior, e que cabia a ele recompensá-la ou puni-la.

Porém a garota que estava sobre a liteira cerimonial respondeu sem hesitar. Escolheu um tom e uma frase habitualmente utilizados para fazer uma encomenda a um comerciante.

— Fico satisfeita em saber que não terá dificuldade em dar resposta às nossas necessidades, Senhor Tecuma.

O Senhor dos Anasati endireitou-se um pouco. Aquela garota era sagaz e não se deixara intimidar com a recepção. Não obstante, o dia prometia ser longo e quente, e quanto mais depressa aquele assunto ridículo fosse resolvido, mais depressa poderia aproveitar uma piscina fresca, talvez com alguma música durante o banho. Todavia, mesmo diante de um inimigo confesso, era necessário observar as cortesias. Gesticulou com impaciência com o cetro.

Chumaka respondeu com um sorriso doce e uma reverência quase imperceptível.

— Nesse caso, o que a Senhora dos Acoma propõe? — Se o pai de Mara fosse vivo, Sezu teria conduzido as negociações em nome do filho ou da filha. Mas, na qualidade de Governante, cabia a ela negociar todos os casamentos de sua casa, até o próprio, desde a contratação dos mediadores matrimoniais que iniciavam o contato, até o encontro com o Senhor dos Anasati.

Nacoya fez uma reverência, um movimento tão superficial que transparecia o insulto da resposta.

— A Senhora dos Acoma deseja...

— Um marido — interrompeu Mara.

Ouviu-se um alvoroço entre os presentes, logo refreado até sobrar apenas uma ávida atenção. Todos haviam esperado que aquela presunçosa Governante dos Acoma solicitasse um consorte, um que, aos olhos da lei, não pudesse partilhar o governo.

— Um marido? — Chumaka ergueu as sobrancelhas, francamente curioso com o rumo dos acontecimentos. Era evidente que a proposta também surpreendera a Conselheira-Mor dos Acoma, pois a anciã fitou surpresa a garota por um instante antes de recuperar a compostura formal. Chumaka quase podia adivinhar o rumo dos acontecimentos, mas não tinha certeza, o que lhe causava um desconforto como uma coceira em um lugar inacessível.

Mara respondeu em seu próprio nome, e sua voz pareceu insignificante no espaçoso salão dos Anasati.

— Sou jovem demais para uma responsabilidade tão pesada, meu Senhor. Estava prestes a me tornar uma sacerdotisa de Lashima quando esta terrível honra caiu sobre mim. A minha ignorância não deve se transformar em um perigo para os Acoma. Plenamente consciente dos meus atos, procuro um filho dos Anasati que volte comigo. Depois de nos casarmos, ele será o Governante dos Acoma.

O Senhor dos Anasati ficou sem palavras. De todos os pedidos possíveis, aquele ele não previra. De um momento para o outro, a garota exonerava-se do poder, e também transferia o controle de sua família para os Anasati, que se encontravam entre os inimigos políticos mais antigos de seu pai. Tão inesperado fora o pedido, que um coro de murmúrios irrompeu entre os presentes. Recuperando logo a compostura, o Senhor dos Anasati silenciou a corte com um olhar tenaz e um ligeiro aceno do cetro.

Fitou intensamente o rosto da garota que procurava a mão de um de seus filhos, depois disse abruptamente:

— Quer transmitir sua honra para minha casa, Senhora. Posso saber por quê?

Os cortesãos dos Anasati aguardaram impassíveis pela resposta. O único movimento no salão era um súbito reflexo cintilante da luz que entrava pela porta e se espelhava nas vestes adornadas com pedras preciosas. Ignorando a luminosidade, Mara baixou os olhos como se estivesse envergonhada.

— Minha posição é fraca, Senhor Tecuma. As terras dos Acoma continuam sólidas e férteis, mas eu não passo de uma garota com poucos recursos. Se minha casa está fadada a se tornar um poder menor, pelo menos posso escolher aliados. O maior inimigo de meu pai era o Senhor dos Minwanabi. Isso não é segredo. A paz que reina entre o senhor e ele é uma questão de tempo. Mais cedo ou mais tarde haverá um confronto. — Suas pequenas mãos entrelaçaram-se sobre o colo, e sua voz subiu de tom, obstinada. — Estou disposta a me aliar a quem possa, um dia, destruir o homem responsável pela morte de meu pai!

O Conselheiro-Mor virou-se para o Senhor dos Anasati de modo que ninguém presente no salão conseguisse ver seu rosto. Com toda a certeza, pelo menos um dos guardas dos Acoma deveria ser um espião capaz de ler lábios. Murmurou ao ouvido do Senhor Tecuma:

— Não acredito em uma palavra do que ela diz, meu Senhor.

Tecuma inclinou a cabeça e respondeu entre os dentes:

— Nem eu. No entanto, se esta moça aceitar Jiro como Senhor dos Acoma, eu ganho uma grande casa como aliada vitalícia, meu filho ascende a um posto que eu nunca poderia sonhar, e ela tem razão: mais cedo ou mais tarde, haverá um confronto final com Jingu dos Minwanabi. Se destruirmos os Minwanabi, um filho meu será Senhor de uma das Cinco Grandes Famílias.

Chumaka balançou a cabeça num ínfimo movimento de resignação. Seu Senhor pensava que um dia descendentes daquelas duas casas poderiam concorrer ao posto de Senhor da Guerra. Tecuma continuou seu raciocínio:

— Além disso, ela não será nada além de uma esposa de Governante. Seu marido ditará as políticas dos Acoma. Não, Chumaka, seja qual for o estratagema de Mara, estamos diante de uma oportunidade boa demais para ignorar. Não creio que esta garota seja inteligente o bastante para nos ludibriar quando Jiro governar os Acoma.

Tecuma olhou de relance para os três filhos e viu Jiro examinar Mara com interesse. A julgar pela intensidade de sua expressão, o segundo filho considerava o posto e a garota intrigantes; como jovem sensível que era, receberia de braços abertos um enlace matrimonial. Naquele instante, o rapaz procurou o olhar do pai e acenou afirmativamente. A expressão de Jiro era ávida demais e seu aceno muito empolgado para o gosto de

Tecuma. O rapaz sabia que o poder estava muito próximo de seu alcance e cobiçava-o abertamente. Tecuma quase suspirou; Jiro era jovem e iria aprender. No entanto, havia uma nota dissonante em tudo aquilo que não era do agrado do ancião. Por um instante, considerou a possibilidade de mandar a garota embora, deixando-a à vontade implacável dos Minwanabi. Mas a ambição o impediu. A possibilidade de seu filho subir a um posto até então impensável, aliada ao prazer de ver a filha de um velho inimigo sob rédeas curtas, enfim, de joelhos, derrubou o último vestígio de dúvida. Sinalizando para o conselheiro se afastar, o Senhor dos Anasati virou-se para encarar Mara.

— Fez uma escolha sensata, minha filha. — Ao tratá-la por "filha", selou, diante de testemunhas e de forma irrevogável, que aceitava a oferta de matrimônio. — Quem deseja desposar?

Nacoya mal conseguia esconder a indignação, e o vigoroso movimento de seu leque não conseguia refrescar seu rosto nem ocultar o furioso tremor da mão perante tal traição. Mara sorriu. Parecendo uma criança cujos pais afastaram os pesadelos com demônios durante a noite, permitiu que dois oficiais a ajudassem a se levantar. Segundo mandava a tradição, tinha de escolher o noivo naquele momento. Tecuma dos Anasati não desconfiou de nada quando sua futura nora se levantou da liteira. Menosprezou a súbita agitação de seu Conselheiro-Mor quando a garota seguiu na direção de Jiro, o volumoso vestido cerimonial permitindo-lhe apenas pequenos passos. A luz refletiu nas joias do capuz quando passou diante das almofadas onde os três filhos estavam sentados com a indumentária da corte. Halesko e Buntokapi observavam o irmão com diferentes expressões, a de Halesko transparecia algo como orgulho, enquanto o mais jovem denotava uma franca indiferença.

Mara realizou a reverência formal de uma garota prometida e avançou um passo. Sem hesitar, colocou a mão no ombro do terceiro filho do Senhor dos Anasati e disse:

— Buntokapi dos Anasati, deseja ser Senhor dos Acoma?

— Eu sabia! — murmurou Chumaka. — Assim que ela desceu da liteira, eu sabia que seria Bunto. — Voltou suas atenções para Nacoya, que continuava a esconder o rosto com o leque, mas cujos olhos já não faiscavam de raiva, e não revelavam qualquer emoção. Chumaka sentiu uma súbita ferroada de incerteza. Teriam todos subestimado tanto assim a garota? Recuperando a compostura, voltou a atenção para seu Senhor.

No lugar de honra, acima da silenciosa e surpresa corte dos Anasati,

Tecuma continuava sentado com um sentimento de perda. Seu corpulento terceiro filho levantou-se e caminhou desajeitadamente até o lado de Mara com um sorriso presunçoso de autocongratulação estampado no rosto. O Senhor dos Anasati gesticulou para que Chumaka se apressasse a ir até ele, e quando o Conselheiro-Mor o fez, murmurou em seu ouvido:

— O que é isso? Por que Bunto?

Chumaka respondeu em voz baixa:

— Ela procura um marido que possa controlar.

Tecuma franziu o cenho com um desagrado tempestuoso.

— Tenho de impedi-la.

— Meu Senhor, não é mais possível. O ritual já está avançado demais. Para anular o acordo prévio, deve matar a Senhora e todos os seus guerreiros neste exato instante. Devo lembrá-lo — acrescentou, parecendo que seu colarinho ficara de repente apertado demais ao contemplar os cinquenta guardas Acoma a apenas alguns passos de distância — de que seus soldados estão no exterior do edifício. Mesmo que sobrevivesse a um banho de sangue dessa natureza, o que me parece improvável, perderia toda a honra.

A última observação o abalou, pois Tecuma reconheceu a realidade da situação. Ainda que acabasse naquele instante com a existência de Mara, não lhe restaria uma posição moral; sua palavra deixaria de ter qualquer valor no Conselho, e colocaria a perder seu considerável poder por nada. Ruborizado de raiva, sussurrou, irritado:

— Se ao menos aquele idiota do Minwanabi tivesse matado a cadela no mês passado! — Depois, quando Mara olhou para ele com aparente inocência, tentou se recompor. — Devemos fazê-la provar do próprio veneno e aproveitar a vantagem, Chumaka. Jiro continua livre para fazer uma aliança sólida, e Bunto... — Não terminou a frase. — Nunca pensei que chegaria tão longe. Agora, será o Senhor de uma Grande Casa. Esta moça pode ter conseguido um marido dócil, mas ela não passa de uma virgem inexperiente da Ordem de Lashima. Buntokapi será seu soberano, Governante dos Acoma, e ele é meu filho. Pela honra dos Anasati, ele fará o que eu mandar.

Chumaka observou o improvável par voltar pelo palanque. Esforçou-se para ocultar seu desagrado quando Buntokapi dobrou as pernas tortas e se sentou desajeitadamente ao lado de Mara na liteira dos Acoma. Sua expressão obtusa e tediosa mudara para uma que jamais alguém vira nele; os lábios do rapaz franziam-se com uma soberba que beirava a arrogância. Algo havia muito adormecido em Buntokapi despertava, aquela mesma ânsia de poder que Jiro havia demonstrado instantes antes. Só que para Buntokapi não se tratava de um sonho, mas de algo a seu alcance. A julgar por seu olhar e pela súbita autoconfiança que transparecia em seu sorriso, era evidente que preferia dar a vida a deixar escapar aquela possibilidade de poder.

— Espero que tenha razão, meu Senhor — sussurrou o Conselheiro-Mor a Tecuma.

Desgrenhado sob as elaboradas camadas de suas vestes, o Governante dos Anasati ignorou o comentário. Porém, ao longo de todas as formalidades, e enquanto o séquito de Mara completava o rito matrimonial e abandonava o salão, Chumaka observou os laços nas costas da elaborada roupa de seu mestre tremerem de raiva. O Conselheiro-Mor dos Anasati sabia que mesmo embrulhada em um pano sufocante, a asamortal não é menos perigosa.

Nacoya lutava contra o cansaço. A idade e a tensão haviam tornado o dia extremamente longo. A demorada e vigorosa viagem, associada ao calor que se fazia sentir no grande salão e ao choque do comportamento inesperado de Mara, deixara a velha ama no limite das suas forças. Contudo, ela era uma tsurani, e uma Acoma, e agora também Conselheira-Mor; preferia desmaiar e ser carregada antes de desonrar sua casa ao pedir licença para se retirar.

O banquete tradicional de noivado era suntuoso, digno dos filhos dos Anasati. Porém a ocasião foi estranhamente contida, pois ninguém sabia exatamente o que estava sendo celebrado. Mara estivera silenciosa durante o início do festim, não dizendo nada de importante a quem quer que fosse. Seus oficiais, Keyoke, Papewaio e Tasido, permaneciam sentados numa pose rigidamente formal, sorvendo pouco ou nenhum vinho de sa. Pelo menos, pensava Nacoya, a brisa noturna soprava. Agora, o grande salão estava mais ameno, não sufocante como se apresentara ao longo do dia.

As atenções recaíam sobre a mesa onde os Acoma estavam sentados. Todos os convidados presentes eram servidores ou aliados dos Anasati, e todos tentavam compreender as implicações da escolha de Mara para marido. À primeira vista, a garota dera o controle da sua casa em troca da garantia de segurança, uma jogada que ninguém aplaudiria, mas que não era totalmente desprovida de honra. Embora os Acoma fossem ficar dependentes dos Anasati durante muitos anos, no futuro um jovem Senhor dos Acoma poderia ascender e agarrar sua oportunidade no Jogo do Conselho, forjando novas alianças; por ora, o nome Acoma obteria a proteção de que necessitava para prosseguir. Mas para aquela geração de criados dos Acoma, o casamento de Mara era uma amarga admissão de fraqueza. Sentindo frio, apesar do calor de verão, Nacoya puxou um xale de franjas por cima dos ombros.

Olhou de relance para a cabeceira da mesa e observou Tecuma. O Senhor dos Anasati também se mostrara reservado durante a festa, bastante melancólico para um homem que acabara de infligir um impensável golpe sobre um antigo rival. Apesar do fato de Buntokapi ficar à frente do governo dos Acoma ser um enorme avanço no Jogo do Conselho, parecia tão preocupado quanto Nacoya em relação ao casamento, mas por diferentes motivos. Percebera que seu filho lhe era um desconhecido.

Nacoya mudou o foco de sua atenção. Buntokapi parecia ser o único conviva que efetivamente se divertia, após uma hora durante a qual, embriagado, repetira com insistência aos irmãos que eles não eram melhores do que ele. Gritara por cima da mesa na direção de Jiro que, a partir daquele momento, o segundo filho teria de prestar vassalagem a um terceiro filho sempre que se cruzassem. A julgar pelo sorriso sentido e gélido do rosto do irmão mais velho, essas ocasiões não seriam muitas. À medida que a noite avançava, Buntokapi acalmou-se e resmungou em voz alta com a cabeça sobre o prato, quase estático devido à ingestão de vinho de sa durante o jantar e de aguardente de acamel depois.

Nacoya balançou a cabeça de leve. Jiro contemplara demorada e rispidamente Mara após a primeira proclamação de superioridade do irmão; à medida que o jantar avançava, tornava-se evidente que a garota arranjara outro inimigo. Naquela tarde, Jiro poderia ter pensado por um momento que viria a ser Senhor dos Acoma, mas essa breve convicção fora o suficiente para fazê-lo se sentir traído e para sentir que Buntokapi vestia um manto que, por direito, era dele. Não significava que a frustração de Jiro nascia de suas expectativas não concretizadas. Culpava Mara. Quando Tecuma mandara os criados trazerem vinho de sa para os convidados, Jiro mal molhara os lábios. Saíra na primeira oportunidade, sem que isso fosse considerado insultuoso. Extenuada, Nacoya voltou outra vez as atenções para a cabeceira da mesa.

Tecuma contemplou longa e rispidamente Buntokapi, depois falou em voz baixa com Mara, que olhou de relance para o futuro marido e acenou em concordância. Buntokapi piscou, fazendo um esforço para acompanhar a troca de impressões, mas era óbvio que estava bêbado demais para perceber. Tecuma falou com Chumaka, que fez um sinal para dois criados. Quando o ar fresco da noite permitiu a Nacoya recuperar o fôlego, dois criados robustos levaram o futuro Senhor dos Acoma para a cama. Mara aguardou o momento oportuno, depois pediu licença para se ausentar. Tecuma assentiu bruscamente e toda a comitiva se levantou em reverência à futura noiva.

Os músicos, que tinham tocado durante a noite, executaram a ária apropriada enquanto Mara se despedia dos convivas. Quando se levantava com os outros membros da comitiva dos Acoma, Nacoya reparou na aproximação de Chumaka.

— Partirão em breve? — indagou.

Nacoya assentiu.

— Amanhã. Minha Senhora deseja voltar imediatamente para nossas propriedades de modo a dar início aos preparativos para o casamento e para a chegada do novo Senhor.

Chumaka estendeu as mãos para indicar que isso não representava um problema.

— Mandarei um escriba trabalhar durante a noite. Os documentos matrimoniais estarão prontos para serem assinados antes de sua partida. — Deu meia-volta para ir embora, e então disse algo de rara sinceridade: — Para o bem de todos nós, espero que a sua Senhora não tenha cometido um erro.

Pega desprevenida, Nacoya optou por não fazer um comentário direto. Em vez disso, disse:

— Só posso esperar que os deuses queiram abençoar esta união.

Chumaka sorriu.

— É claro, tal como todos nós. Então, até amanhã?

Nacoya anuiu e virou-lhe as costas, apontando para que os dois criados a acompanhassem. Enquanto um servo dos Anasati a conduzia para seus aposentos, pensou nas inesperadas palavras de Chumaka e passou a refletir se ele não teria razão.

A poeira girava sob os pés dos guerreiros em marcha enquanto o séquito dos Acoma avançava lentamente para se juntar aos demais soldados no acampamento ao lado da ponte que marcava a fronteira das propriedades dos Anasati. Nacoya mantivera-se em silêncio desde que se juntara a Mara nas almofadas do enorme palanquim. Fossem quais fossem os planos da Governante, ela não os divulgara a ninguém, e Nacoya decidiu não fazer perguntas. Ainda que ocupasse o cargo de Conselheira-Mor, não podia intervir a menos que lhe fosse solicitado; todavia, uma velha ama podia dar vazão às suas preocupações. Recordando imagens da grosseria de Buntokapi no banquete da noite anterior, Nacoya dirigiu-se num tom ríspido à sua pupila:

— Espero que consiga controlá-lo, Senhora.

Ao despertar de seus pensamentos, os olhos de Mara focaram-se.

— O quê? Ah, sim, Bunto. Ele é como uma needra-macho farejando as fêmeas na época do acasalamento, Nacoya. Tem o cérebro entre as pernas. Acredito que ele seja exatamente o homem de que precisamos para alcançar nossas aspirações.

Nacoya murmurou entre os dentes. Depois que superara o choque da escolha de Mara, a anciã sentiu que havia um plano maior. Mara não estava simplesmente cedendo o controle de sua família aos Anasati em troca de preservar o nome dos Acoma. Desde o estratagema com os bandidos nas montanhas, a garota passara a confidenciar-lhe apenas aquilo que achava que Nacoya deveria saber. Aparentemente, quase de um dia para o outro, a inocente e protegida garota do templo demonstrara que já não era mais criança. Embora Nacoya tivesse dúvidas e receios quanto à ingenuidade teimosa da garota em relação aos homens, Mara já revelara de maneira convincente que era uma agressiva jogadora no Jogo do Conselho.

Nacoya analisou as virtudes e as fragilidades, os padrões e os poderes dos jogadores, tendo em conta o novo compromisso de sua Senhora. E o que observara em Buntokapi deixara-a convencida de que sua adorada Mara poderia tê-lo subestimado. Havia algo no terceiro filho dos Anasati, algo perigoso que Nacoya não sabia muito bem como definir. Temendo a sorte de sua bem organizada casa sob a égide de tal Governante, foi despertada de sua reflexão pela voz de Mara.

— O que está acontecendo?

Nacoya afastou as cortinas. Olhando de esguelha para se proteger do brilho do sol da tarde, vislumbrou soldados Acoma em formação ao longo do caminho onde tinham montado o acampamento. Porém, nenhum estava preparado para marchar; em vez disso, estavam virados de frente uns para os outros em dois grupos, separados por alguma distância.

— Problemas, lamento informar — respondeu Nacoya, de forma branda.

Mara ordenou que sua própria escolta parasse. Afastou o tecido fino e autorizou que Keyoke fosse investigar.

Com uma rapidez que desmentia a idade, o Comandante das Forças Armadas abandonou a ponta do cortejo e dirigiu-se para os soldados Acoma. Os dois grupos aproximaram-se dele, com vários homens tentando falar ao mesmo tempo. Keyoke ordenou silêncio, e as vozes calaram-se imediatamente. Depois de fazer duas perguntas de maneira ordenada, voltou até onde Mara estava.

— Surgiram alguns problemas durante a nossa ausência, Senhora. Saberei da história completa em um momento.

O vapor dançava no ar acima do caminho. Keyoke fez perguntas, recebeu respostas rápidas e não demorou para escolher três homens. Fez com que marchassem apressadamente até o palanquim de sua Senhora. Mesmo sob a sujeira e os reluzentes fios de suor, Mara conseguia ver as marcas das batalhas em seus rostos.

— Este é Selmon, minha Senhora. — Keyoke indicou um homem que vestia uma túnica rasgada e tinha os nós dos dedos ensanguentados.

— Eu sei. — A expressão de Mara encontrava-se oculta pela profunda sombra das cortinas. — Um dos recém-chegados. — Utilizava a expressão "recém-chegados" para se referir a todos aqueles que havia pouco tempo ainda eram guerreiros cinzentos. — Como só tínhamos três oficiais, você lhe concedeu o posto de Líder de Patrulha.

Keyoke pareceu satisfeito com o fato de Mara conhecer o modo como coordenava os soldados, mas nem por um instante desviou a atenção dos três soldados.

— Selmon pareceu-me à altura do desafio, mas talvez tenha me enganado.

Mara avaliou os outros dois homens. Um deles, Zataki, já conhecia havia anos; quando era criança, ele chegara a brincar com ela e com Lanokota. Mara lembrava-se de que era nervoso e aventurou-se a adivinhar a origem do problema.

— Zataki, Selmon deu uma ordem e você se recusou a obedecê-lo.

Zataki ergueu o queixo.

— Minha Senhora, esse tal de Selmon ordenou que fizéssemos a primeira vigia enquanto ele e seus companheiros descansavam e comiam após a longa marcha do dia.

Mara observou o terceiro homem.

— E você é... Kartachaltaka, outro recém-chegado. Você foi contra a desobediência de Zataki.

Kartachaltaka endireitou-se.

— Minha Senhora, ele e os outros se acham melhores do que nós e nos deixam as tarefas menos agradáveis sempre que podem.

Mara voltou as atenções para Selmon.

— Você tomou o partido deste homem?

Keyoke apressou-se a responder:

— Não, minha Senhora. Ele simplesmente tentou intervir e evitar o conflito. Ele agiu corretamente.

Mara levantou-se das almofadas. Sem esperar pela ajuda de Keyoke, desceu do palanquim e encarou os dois homens que tinham brigado.

— De joelhos! — ordenou. Embora batesse nos ombros dos dois homens, a frágil garota de túnica amarela e sandálias não deixou qualquer dúvida de que era a maior autoridade dos Acoma.

Ouviu-se o tilintar das armaduras quando os dois homens se ajoelharam imediatamente em posição de submissão.

— Venham até mim! — gritou Mara para os outros soldados. — Todos vocês.

— Em formação! — gritou Keyoke.

Em poucos segundos, todo o contingente se alinhou em direção a Mara, e os dois soldados continuaram ajoelhados com as costas voltadas para os companheiros.

— Qual é o castigo justo para estes dois? — perguntou Mara dirigindo-se a Keyoke.

Keyoke falou sem remorso:

— Minha Senhora, estes homens devem ser enforcados sem demora. — Mara levantou a cabeça quando cruzou o olhar de Keyoke. Não esperara que a punição fosse tão violenta. O Comandante das Forças Armadas coçou o maxilar com o polegar deliberadamente.

Avisada pelo gesto de Keyoke que sua decisão poderia gerar graves consequências, Mara fitou Papewaio, que olhava em frente com uma expressão impassível. Depois, quase imperceptivelmente, assentiu uma vez, indicando que estava de pleno acordo com o veredito de Keyoke.

Mara sentiu algo esfriar dentro de si. Sabia que se não agisse pronta e inequivocamente, poderia ocorrer uma cisão entre os homens que a serviam havia anos e os recém-chegados ao serviço dos Acoma. Agindo com frieza, dirigiu-se aos soldados. Sua voz transparecia uma raiva mal controlada.

— Nesta guarnição, não há homens mais favorecidos! Não há "recém-chegados". Não há uma "velha guarda". Só há soldados Acoma que vestem o verde do nosso clã. Todos vocês juraram obediência e lealdade até a morte ao serviço da Casa dos Acoma.

Percorreu decididamente as fileiras, contemplou um rosto rude após outro, até ter olhado nos olhos de todos os homens.

— Conheço alguns de vocês desde a infância. Outros estão conosco há poucas semanas, mas todos têm a mesma responsabilidade de vestir o verde dos Acoma com honra. Acabei de me comprometer a conceder este nome a terceiros, no intuito de garantir que os Acoma continuarão a viver, e mais do que viver... que vão prosperar um dia! — Seu tom de voz subiu, revelando claramente sua fúria a todos os soldados presentes. — Quem quer que se desonre vestindo o verde dos Acoma desonra os Acoma... — e depois, num tom de voz sussurrante e implacável, acrescentou: — ... desonra a mim.

Enquanto os homens permaneciam em formação, seus olhos se mexiam apreensivos ao mesmo tempo que observavam Mara virar-se de repente para confrontar os dois que haviam brigado. Baixou a cabeça e dirigiu-se a Zataki.

— Um oficial de patente superior à sua, nomeado pelo seu Comandante das Forças Armadas, deu-lhe uma ordem. A sua única opção era obedecer!

O homem caiu para a frente, encostando a testa à poeira amarelada do chão. Não proferiu nenhuma palavra em sua defesa e sua Senhora voltou-se para Kartachaltaka.

— E você atacou um irmão soldado em serviço! — disse.

O soldado repetiu o gesto de obediência plena de Zataki diante de sua Senhora. As pulseiras tilintaram em seus pulsos; forjadas em metal nobre, eram a herança deixada pelo Senhor dos Anasati, e o fato de tal riqueza ser usada como adorno lembrou aqueles homens que se ajoelhavam diante dela qual era a sua posição. Prostraram-se no chão, suados, enquanto sua Senhora se dirigia ao Comandante das Forças Armadas. — Estes dois homens são culpados de traição à honra dos Acoma. Enforque-os.

No mesmo instante, Keyoke deu instruções a soldados para que os executassem. Por um mínimo instante, Mara conseguiu ler algo nos olhos dos dois condenados: um tremor de medo. Não de medo da morte, pois ambos os guerreiros teriam de bom grado recebido a morte sem hesitar; era o medo de serem condenados à vergonhosa morte dos escravos: o enforcamento. Ao perderem a honra de guerreiros, ambos sabiam que na próxima volta da Roda da Vida retornariam num nível inferior, como criados ou, talvez, como escravos. Depois, a máscara apropriada dos tsurani regressou. Enfrentariam adequadamente a mais pérfida de todas as mortes e só poderiam esperar alguma clemência quando seus espíritos fossem presos à Roda.

Mara parou diante da liteira, imóvel, uma estátua de autocontrole forjado a ferro, enquanto os soldados faziam os condenados marcharem até uma enorme árvore de galhos maciços. Despiram rapidamente a armadura dos dois e amarraram suas mãos atrás das costas. Sem cerimônia ou oração final, fizeram nós corrediços e ajeitaram as cordas sobre os galhos da árvore. Passaram-nas pela cabeça dos homens e foi dado o sinal. Meia dúzia de soldados puxou com força, na tentativa de quebrar o pescoço dos dois e assim lhes garantir uma morte rápida e misericordiosa. O pescoço de Zataki partiu-se com um sonoro estalido e seus pés se moveram uma vez, ele estremeceu um instante, depois ficou balançando inerte. A morte de Kartachaltaka foi mais dolorosa, pois foi lentamente estrangulado, esperneando e balançando, mas, no fim, também ficou pendurado inerte como um fruto amargo.

— Keyoke, para casa — ordenou Mara com uma voz que não transparecia qualquer emoção.

De repente, o Sol parecia brilhante demais. Subjugada pela morte que ordenara, Mara chegou na beira do dossel do palanquim, mantendo-se firme para não transparecer fraqueza a seus soldados. Fez sinal a um dos escravos, que lhe trouxe uma bebida de água adoçada com frutos. Sorveu lentamente, esforçando-se para recuperar a compostura, enquanto Keyoke ordenava aos homens em formação que voltassem para casa.

Nacoya mantivera seus conselhos no abrigo da liteira, mas ao ver Mara imóvel, indagou:

— Minha senhora?

Mara devolveu o copo vazio ao escravo.

— Já vou, Nacoya. Temos de partir. Há muito que fazer no mês que antecede o casamento. — Sem dizer outras palavras, subiu na liteira. Quando os carregadores se abaixaram para voltar a pegar seu fardo, recostou-se nas almofadas ao lado de Nacoya e seu silêncio melancólico regressou. Keyoke ordenou que marchasse e os soldados assumiram posição, antes, depois e dos dois lados do palanquim, aparentando serem outra vez um único grupo.

Mara começou a tremer, com os olhos arregalados e distantes. Sem proferir uma palavra, Nacoya passou o braço sobre os ombros da garota. Os tremores continuaram quando o séquito dos Acoma começou a marcha, até que Mara estremeceu tão violentamente que Nacoya teve de abraçá-la. Em silêncio, a muito jovem Senhora dos Acoma virou o rosto para o ombro de sua ama e sufocou seus soluços.

Ao se aproximarem da fronteira da propriedade, Mara pensou nas dificuldades que enfrentava. Trocara apenas algumas palavras com Keyoke e Nacoya desde que ordenara a execução dos dois soldados. Mara sabia que deveria ter previsto o conflito entre os antigos guerreiros cinzentos e os sobreviventes da guarnição de seu pai.

Sentindo-se culpada por não haver pensado nisso, afastou a cortina da liteira e chamou o seu Comandante das Forças Armadas.

— Keyoke — disse, assim que ele chegou ao seu lado —, por que Selmon ordenou aos soldados mais antigos que fizessem a primeira vigia, em vez de enviar um grupo misto?

Se ficou surpreso com a pergunta de sua Senhora, não revelou qualquer indício.

— Minha Senhora, Selmon errou ao tentar não antagonizar os soldados mais antigos. Pensou que, ao fazerem a primeira vigia, poderiam usufruir de um repouso ininterrupto que duraria da refeição até a vigia da manhã, e que ficariam felizes com isso. Zataki era um jovem temperamental, e se algum de nós estivesse lá… — indicou a si mesmo, Papewaio e Tasido, os três oficiais que haviam acompanhado Mara à casa grande dos Anasati — nada disso teria acontecido. — Fez uma pausa ao ponderar sobre o que diria em seguida. — Porém, Selmon não agiu mal. O conflito alastrou-se a um combate aberto entre facções, mas ele conseguiu aplacar todos os ânimos exceto dos dois que foram castigados.

Mara assentiu.

— Quando chegarmos em casa, promoverei Selmon a Líder de Patrulha. As nossas forças atingiram um ponto em que necessitam de mais oficiais.

Em seguida, Mara tomou uma daquelas decisões rápidas e resolutas que estavam conquistando o respeito daqueles que a serviam.

— Promova também dois dos melhores homens de sua guarda antiga. Escolha os melhores soldados dentre os mais antigos de nossa família, talvez Miaka, e torne-o Líder de Ataques. Promova também um dos recém-chegados. Aquele tratante do Lujan era o Líder de Ataques dos Kotai. Se não encontrar outro candidato mais apto, promova-o.

Keyoke encolheu os ombros, pois não enxergava nenhum candidato melhor entre os recém-chegados. Mara mostrou seu agrado.

— Quero acabar rapidamente com esses esquemas e alianças — acrescentou. — Não haverá favoritos. — Keyoke concordou com a cabeça e seu semblante duro revelou um tênue esboço de sorriso, sua máxima expressão de aprovação. — Em breve, precisarei de homens ao meu lado que obedeçam sem hesitar — acrescentou, quase como se falasse consigo. — Não posso permitir que algo interfira em meus planos.

Estava obviamente ocupada com as responsabilidades do governo. Keyoke apressou o passo até a ponta da coluna, pensando que a garota estava se tornando bastante parecida com o pai.

À medida que a liteira de Mara avançava pelos pastos de needra dos Acoma, ela se sentiu otimista pela primeira vez desde que deixara o Templo de Lashima. Tinha os pensamentos confusos. Não iria debater suas ideias com ninguém, nem mesmo com Nacoya ou Keyoke. Suas ideias transformavam-se em estratagemas, o início de um plano de mestre que caminhava para além da simples sobrevivência, até uma ambição que a deixava atordoada.

Com o passar do tempo, Mara esperava que seus planos tivessem de ser alterados de modo a se adaptarem às mudanças: alterações de poder e alianças não previstas no Jogo do Conselho. De muitas maneiras, a determinação vinha antes dos meios e do método; faltavam-lhe anos de aprendizagem antes que aquilo que ela designava mentalmente de Grande Plano pudesse dar frutos. Mas o casamento com Buntokapi era o primeiro pequeno passo. Desde que deixara as terras dos Anasati, encontrara esperança, e a poderosa sedução dos novos sonhos.

Quando o palanquim balançou ao subir o caminho que levava à grande casa, deixou de pensar nos assuntos práticos. Luzes pontilhavam as sombras do crepúsculo, mais do que os acontecimentos normais poderiam justificar. Sob a luz, Mara vislumbrou talvez uns oitenta homens reunidos à porta da cozinha, muitos deles comendo em tigelas. Lujan andava entre eles falando e gesticulando expansivamente. À medida que o séquito se aproximava, alguns dos desconhecidos pararam a refeição e se levantaram. Os outros continuaram a comer, embora todos parecessem ansiosos.

Mara olhou de relance para Nacoya, mas a anciã dormia, embalada pelo calor e pelo balançar da liteira ao longo da tarde. Quando baixaram o palanquim, Lujan aproximou-se, fazendo uma reverência cortês enquanto Keyoke ajudava Mara a descer. Antes que ela conseguisse formular alguma pergunta, o antigo chefe dos bandidos disse:

— Minha Senhora, estes são todos homens de valor, pelo menos na medida em que consigo avaliar tais coisas. Todos gostariam de entrar para seu serviço.

— Soldados? — Mostrando-se imediatamente interessado, Keyoke largou a mão de Mara.

Lujan tirou o capacete, e o brilho das lamparinas refletiu-se como faíscas em seus olhos esquivos.

— Infelizmente, apenas alguns, Comandante das Forças Armadas. Mas os demais são armeiros, sapateiros, construtores de carroças e outros artesãos especializados, bem como dois agricultores.

— Ótimo, pois não me restam muitas terras para atribuir a novos agricultores. E quantos são soldados?

— Trinta e três. — Lujan deu um passo ao lado com a graciosidade digna de um dançarino e não de um guerreiro. Ajudou Nacoya, que acabara de acordar, a descer do palanquim, mas sem desviar a atenção da sua Senhora. Mara fez alguns cálculos.

— Com estes homens, nossa guarnição contará com mais de trezentos soldados. Nossa situação deixa de ser de impotência, e passa a ser apenas de desespero.

— Precisamos de mais soldados — concluiu Nacoya, mordaz. Foi arrastando os pés na direção da casa, mais rabugenta do que o habitual, devido ao sono.

Lujan passou o elmo da mão direita para a esquerda.

— Minha Senhora, arranjar mais homens será difícil. Convocamos todos os guerreiros cinzentos que estavam a uma distância razoável das suas fronteiras. Para encontrarmos mais, teremos de abandonar estas terras e viajar.

— Mas você sabe onde procurá-los — declarou Mara, com os olhos fixos nas mãos que continuavam a se entreter com o capacete.

Lujan devolveu-lhe um sorriso gaiato.

— Minha Senhora, sofro de uma escassez de humildade, eu sei, mas vivi em todos os antros de bandidos, daqui até Ambolina, desde a queda da Casa dos Kotai. Sei onde procurar.

— De quanto tempo precisa?

Um brilho malicioso passou por seus olhos.

— Quantos homens deseja recrutar, minha Senhora?

— Mil. Dois mil seria melhor.

— Ah, minha Senhora, para recrutar mil homens precisaria de três ou quatro meses. — O elmo imobilizou-se enquanto Lujan ponderava. — Se pudesse levar comigo alguns homens de confiança, talvez conseguisse reduzir esse período para seis semanas. Dois mil...?

As pulseiras de Mara tilintaram quando ela gesticulou com impaciência.

— Tem três semanas. Os recrutas devem ser trazidos aqui, fazer o juramento e estar integrados às nossas forças dentro de um mês.

O sorriso de Lujan transformou-se numa careta.

— Pela Senhora eu enfrentaria desarmado cavaleiros thun, mas o que me pede é um milagre.

A sombra da noite cobriu o rubor de Mara, mas ela revelou um fervor pouco comum ao chamar Papewaio. No instante em que seu Líder de Ataques completou a reverência, ela disse:

— Encontre alguns homens de confiança para Lujan. — Em seguida, observou o antigo fora da lei, avaliando-o. — Escolha soldados antigos e recém-chegados. Talvez algum tempo viajando juntos os convença de que têm mais em comum do que o contrário. — Em seguida, acrescentou: — Escolha homens que você acha que possam vir a causar problemas.

Lujan não pareceu afetado pela ideia.

— Homens problemáticos não são novidade para mim, minha Senhora. — Seu sorriso alargou-se. — Antes de ascender a oficial, atrevo-me a confessar que eu próprio era um deles.

— Não duvido — comentou Keyoke. Imóvel na escuridão, todos o haviam esquecido. O antigo líder dos bandidos sobressaltou-se um pouco, mas se conteve no mesmo instante.

— Deve viajar o mais depressa e o mais longe que puder durante doze dias, Lujan — ordenou Mara. — Recrute o máximo possível de homens de confiança. Depois volte. Se não conseguir dois mil, traga duzentos, e se não conseguir duzentos, traga vinte, mas que sejam bons guerreiros. — Lujan assentiu, depois fez uma reverência perfeita que lhe valeu um sorriso da parte de Mara. — Agora, mostre-me os que conseguiu esta noite.

Lujan acompanhou Mara e Keyoke até o local onde os homens malvestidos estavam sentados. Todos se levantaram quando a Senhora dos Acoma se aproximou, e vários ajoelharam-se. Aos olhos daqueles que tinham conhecido as dificuldades da vida à margem da lei, ela parecia uma princesa imperial com suas joias e roupas finas. Os mais rudes escutaram respeitosamente enquanto Mara repetia a proposta que fizera a Lujan e a seus seguidores no caminho das montanhas; e assim como três outros grupos desde então, quase sessenta trabalhadores especializados levantaram-se para aceitar alojamento e o trabalho delegado por Jican. Mara sorriu ao constatar o brilho nos olhos de seu hadonra enquanto este pensava em como poderia transformar a mão de obra em alto lucro; precisariam de novos ferreiros se Lujan conseguisse recrutar os tão esperados novos guerreiros. A multidão diminuiu e parte da confusão também, à medida que os trabalhadores seguiam Jican.

— Minha Senhora, estes trinta e três guerreiros são bastante experientes e estão dispostos a prestar juramento diante do natami dos Acoma — anunciou Lujan, referindo-se aos homens que restavam.

— Explicou-lhes tudo?

— Atrevo-me a dizer que tão bem quanto qualquer outra pessoa, à exceção da Senhora, evidentemente. — Como Keyoke ofegou reprovando, Mara voltou-se para ver se o antigo líder dos bandidos zombava dela; não era o caso, pelo menos não de maneira aberta. Subitamente, ciente da estranha atração que aquele homem exercia sobre ela, reconheceu nele a mesma característica manhosa que adorava em seu irmão, Lanokota. Sua provocação fez com que o sangue lhe subisse à face. Limpou apressadamente a testa como se o calor a fizesse transpirar. Aquele homem não era de seu sangue nem um Senhor de patente igual à dela; sem saber bem como reagir após meses de isolamento no templo, dedicou-se com firmeza à tarefa que se impunha. Todos os homens estavam aptos, ainda que malnutridos, e pareciam corajosos, à exceção de dois que permaneciam sentados e um pouco afastados. Um deles trocou olhares com Lujan.

— Conhece esse homem? — indagou Mara.

Lujan soltou uma gargalhada.

— De fato, conheço, Senhora. Este é Saric, meu primo, que serviu o Senhor dos Tuscai. Antes de abandonar as propriedades dos Kotai, era meu companheiro mais íntimo.

— Ele é um soldado hábil? — perguntou Mara numa tentativa de responder a Lujan com uma provocação.

Lujan arreganhou os dentes e seu primo devolveu-lhe um sorriso igualmente rasgado.

— Minha Senhora, ele é um soldado tão hábil quanto eu.

— Nesse caso, está resolvido. — Mara deu uma palmada no elmo que continuava a balançar no pulso de Lujan e ao qual chamavam de vaso de soldado, tal era a sua ausência de enfeites. — Eu ia pedir a você que entregasse esse elmo a seu primo e usasse um com a pluma de oficial. Keyoke tinha ordens para promovê-lo a Líder de Ataques, mas uma vez que vai estar ausente durante três semanas, é preferível promover seu primo em seu lugar.

— Bem, ele é quase tão hábil quanto eu, Senhora — disse Lujan sem perder o sorriso. Depois, falou num tom um pouco mais sério. — Se me permite, gostaria de levá-lo comigo. Não quero desrespeitar nenhum outro soldado da guarnição, mas não há nenhum outro homem que gostaria mais de ter ao meu lado com uma espada. — Em seguida, seu tom de voz tornou-se outra vez alegre. — Além disso, é preferível que o grupo seja composto apenas por desordeiros.

Mara não resistiu. Pela primeira vez desde a morte de Lano, o cenho franzido desapareceu totalmente de seu semblante, e revelou um sorriso surpreendentemente adorável à luz da lamparina.

— Nesse caso, é melhor pedir sua pluma a Keyoke, Líder de Ataques. — E virou-se para o recém-chegado. — Bem-vindo, Saric.

O homem baixou a cabeça.

— Minha Senhora, sua honra é a minha honra. Com a ajuda dos deuses, morrerei guerreiro, não em breve, espero, e a serviço de uma beleza como a sua, morrerei feliz.

Erguendo as sobrancelhas, Mara olhou de relance para os dois homens.

— Vejo que a lisonja é de família, bem como uma certa atitude informal para com os superiores. — Em seguida, fez sinal para o outro homem que estava sentado com Saric. Vestia roupas simples e sandálias de couro. Tinha um corte de cabelo indefinido, diferente do corte curto dos guerreiros, dos cachos dos comerciantes, ou do cabelo desgrenhado dos trabalhadores. — Quem é este?

O homem levantou-se enquanto Saric explicava.

— Este é Arakasi, minha Senhora. Também prestava serviço ao meu Senhor, embora não fosse soldado.

O homem era de estatura mediana e tinha feições regulares. Porém, seus modos não mostravam a altivez dos guerreiros nem o respeito dos trabalhadores. Subitamente hesitante, Mara indagou:

— Nesse caso, por que você não acompanhou os artífices e os trabalhadores?

Os olhos negros de Arakasi brilharam ligeiramente, talvez de satisfação, mas seu semblante permaneceu inexpressivo. Depois mudou. Embora mal tenha se mexido, seu comportamento era outro; inesperadamente, pareceu um distante e confiante estudioso. Foi então que Mara reparou em algo que deveria ter visto de imediato: sua pele não estava, de modo algum, bronzeada como a dos trabalhadores. Suas mãos revelavam alguma força, mas não as espessas almofadas de calos criadas pela labuta com ferramentas ou armas.

— Minha Senhora, eu não sou agricultor.

Algo deixou Keyoke em estado de alerta, pois não hesitou em interpor-se entre a sua Senhora e o desconhecido.

— Se não é agricultor nem soldado, o que você é? Comerciante, marinheiro, homem de negócios, sacerdote?

— Minha Senhora — respondeu Arakasi, quase sem perceber a intervenção de Keyoke —, no meu tempo, fui tudo isso. Certa vez, fui um convidado de seu pai, disfarçado de sacerdote de Hantukama. Já assumi a identidade de soldado, de comerciante, de mestre de escravos, de cafetão, de pescador, até de marinheiro e pedinte.

Isso explicava algumas coisas, pensou Mara, mas não todas.

— A quem você devia lealdade?

Arakasi fez uma reverência brusca, com a graça e a destreza de um nobre.

— Fui servo do Senhor dos Tuscai, antes de os malditos Minwanabi terem-no matado em batalha. Eu era o Mestre de seus Espiões.

Mara arregalou os olhos, apesar de tentar se controlar.

— Mestre dos Espiões?

O homem endireitou-se, com um sorriso que não era irônico.

— Sim, Senhora. Há um motivo, acima de qualquer outro, para que me queira a seu serviço: meu falecido Senhor dos Tuscai gastou a maior parte de sua fortuna criando uma rede de informantes, rede essa que eu supervisionava, e que contava com agentes em todas as cidades do Império e espiões em muitas grandes casas. — Baixou o tom de voz, num misto de relutância e orgulho. — Essa rede ainda existe.

Subitamente, Keyoke coçou o queixo com força usando o polegar.

Mara limpou a garganta, fitando Arakasi com interesse; sua aparência parecia mudar de um instante para o outro.

— Essas coisas não devem ser ditas do lado de fora. — Olhou ao redor. — Ainda estou coberta de poeira da viagem, e desde o meio-dia não faço uma pausa para me refrescar. Vá ao meu encontro em meus aposentos dentro de uma hora. Até lá, Papewaio cuidará de suas necessidades.

Arakasi fez uma reverência e foi juntar-se a Papewaio, que indicou ao Mestre dos Espiões que o seguisse até a casa de banho ao lado dos quartéis.

Deixada com Keyoke e na presença de trinta e três guerreiros sem Senhor, Mara permaneceu envolta em pensamentos.

— O Mestre dos Espiões dos Tuscai — disse, após um intervalo em silêncio. — Meu pai sempre disse que o Senhor dos Tuscai sabia mais do que lhe era devido por direito aos olhos dos deuses — acrescentou, virando-se para Keyoke. — Havia quem brincasse e dissesse que ele tinha um mago com uma bola de cristal escondida num cofre embaixo de seu escritório. Acredita que este tal de Arakasi era o segredo?

Keyoke não deu uma resposta direta.

— Tenha cuidado com ele, minha Senhora. Um homem que serve como espião não faz bom uso da honestidade. Fez bem em mandá-lo embora com o Pape.

— Leal Keyoke — disse Mara com afeto na voz. Inclinou a cabeça sob a luz do archote e indicou o grupo de maltrapilhos que aguardavam seu comando. — Acha que consegue que esses homens prestem juramento ao natami esta noite, e ainda sobre tempo para um banho e para o jantar?

— Tenho de conseguir. — O Comandante das Forças Armadas encolheu os ombros ironicamente, algo que nele era raro. — Só os deuses sabem como cheguei a esta idade trabalhando tanto. — Antes que Mara conseguisse responder, gritou um comando, e como soldados treinados que eram, os homens esfarrapados que se aglomeravam no pátio obedeceram no mesmo instante.

5

Negociação

A tarde deu lugar à noite.

Luzes suaves ardiam no quarto de Mara. Os biombos exteriores tinham sido abertos para deixar entrar a brisa; a luz da lanterna bruxuleou e dançou. A Senhora dos Acoma mandou os criados saírem, ordenando a um deles que lhe trouxesse chocha. Durante o momento a sós com Nacoya antes de os outros aparecerem, Mara retirou as caras pulseiras oferecidas pelo Senhor dos Anasati. Despiu o sujo vestido de viagem e passou um pano úmido pelo corpo; um banho completo teria de esperar até depois do encontro com Arakasi.

Nacoya permaneceu em silêncio enquanto Mara se refrescava, mas seus olhos nunca se desviavam de sua jovem Senhora. Nenhuma delas abriu a boca. A reprovação que Mara vislumbrou naqueles velhos olhos revelava tudo: a garota mostrara-se inexperiente e insensata, talvez até de um modo perigoso, ao aliar-se a Buntokapi. Ele podia parecer ter raciocínio lento, mas era um guerreiro poderoso, e apesar de ser apenas cerca de dois anos mais velho do que ela, fora criado em meio ao Jogo do Conselho enquanto Mara ficara resguardada no Templo de Lashima.

Assim que Mara se envolveu numa delicada túnica amarela, a criada voltou com a chocha. Fez um gesto permitindo que a escrava colocasse a enorme bandeja no centro da mesa baixa, saindo logo depois. Mara assentiu na direção de Nacoya, indicando à anciã que deveria preparar taças e guardanapos.

Os seus dois oficiais e o forasteiro chegaram na hora marcada. Mara observou o recém-chegado com atenção, enquanto ele fazia uma reverência e se sentava entre Keyoke e Papewaio. O estilo de Arakasi era impecável; os modos perfeitamente adequados às vestes que passara a usar em vez dos farrapos de pedinte. Mara percebeu de repente que já havia visto sua camisa vermelha com franjas antes; aquela peça de roupa era a preferida de Papewaio, que só a vestia em dias de festa. Mara refletiu sobre o significado dele a ter emprestado a Arakasi. Na hora que se passara desde que haviam se encontrado no pátio, o antigo Mestre dos Espiões dos Tuscai devia ter causado uma ótima impressão ao Primeiro Líder de Ataques dos Acoma. Era bastante aconselhável a Mara, como antes fora a seu pai, que confiasse inteiramente nos instintos de Papewaio em relação às pessoas.

Estimulada por essa confiança, perguntou:

— Lujan falou do que fazemos aqui?

Arakasi assentiu.

— Saiu para procurar mais guerreiros cinzentos para alistar. — Fez uma pausa antes de prosseguir: — Mas a cada vez que recruta alguém, a chance de haver espiões infiltrados aumenta muito. Logo, não se poderá confiar em ninguém que venha aqui.

— Você mesmo pode ser um deles — interrompeu Nacoya.

— Velha mãe, não ganho nada em mentir. — Arakasi encarregou-se do bule de chocha, usurpando o papel de Nacoya como criada com uma facilidade impressionante. Encheu com respeito a taça de Mara, e depois as de Nacoya, Keyoke e Papewaio, antes da sua. — Se eu fosse espião de outra casa, teria tão somente me alistado e enviado uma mensagem ao meu mestre relatando sua situação desesperada. Então viriam os assassinos, provavelmente no meio do próximo grupo de recrutas. Suas suspeitas se tornariam então meramente ilusórias, pois seria assassinada junto com sua Senhora. — Colocou o bule de lado. — E se não visse aqui uma oportunidade para mim e para meus agentes, eu teria me passado por um lavrador, fugiria durante a noite e nunca mais os incomodaria.

Mara assentiu.

— Sua lógica é difícil de contestar. Agora, diga-nos o que precisamos saber sobre você.

O forasteiro respondeu com franqueza:

— Tive a responsabilidade, durante mais de vinte anos, de estabelecer e supervisionar uma rede de espiões espalhada pelo Império. Está tão grande agora quanto as maiores do planeta, incluindo a do Senhor da Guerra. Tenho até agentes trabalhando com outros Mestres de Espiões, sem nunca terem atuado, a postos, para um dia de grande necessidade...

Ao ouvir isto, Keyoke inclinou-se para a frente.

— A aniquilação de sua antiga casa não foi uma necessidade suficientemente grande?

Arakasi não se deixou abalar pela aspereza de Keyoke.

— Nenhum de meus agentes poderia ter ajudado meu mestre ou evitado o destino final. Nem mesmo este que mencionei. Ele trabalha com o Chanceler Imperial, na equipe do Senhor da Guerra. — Nem Keyoke conseguiu evitar o espanto. O Mestre dos Espiões prosseguiu: — O meu mestre era um homem de visão, mas de pouca riqueza. Tão grande era seu empenho em reunir informações, que não conseguiu usá-las com discernimento. Talvez se eu não tivesse sido ambicioso em minhas exigências... — Arakasi colocou de lado sua taça de chocha quase sem fazer barulho. — Se os Minwanabi não tivessem crescido perigosamente para além do alcance de meu Senhor em lhes antecipar cada passo, talvez hoje em dia os Tuscai pudessem figurar entre as famílias mais poderosas do Império. — Suspirou com a mágoa. — Mas, como diz o ditado, "o que poderia ser não é nada além de cinzas espalhadas ao vento". O ataque foi simples e direto. Os guerreiros de meu mestre foram subjugados pela força bruta. Desde então aprendi que meus agentes de pouco servem se não for possível enfrentar as informações que conseguem recolher.

Keyoke mal tocou em sua taça de chocha. Seus olhos brilharam acima do vapor.

— Então, por onde andam agora os seus agentes?

Sem hesitar, Arakasi fitou Mara.

— Minha Senhora, não revelarei quem são. Se a ofendo, peço perdão. Ainda devo muito àqueles que outrora serviram o meu mestre e não vou expô-los a mais perigo. Caso nos contrate, deveremos exigir concessões idênticas às prestadas pelo meu Senhor dos Tuscai.

Mara percebeu o olhar de advertência de Keyoke e respondeu com um leve aceno.

— Quais seriam? — perguntou prontamente, e aguardou com interesse a resposta de Arakasi.

— Vou supervisionar meus mensageiros e contatos e só eu saberei o nome dos agentes e como contatá-los; só lhe será revelado onde estarão infiltrados.

Keyoke colocou de lado com violência sua taça de chocha, em um movimento que chegou muito perto de ser uma demonstração de raiva.

— São exigências inaceitáveis!

— Comandante das Forças Armadas — disse Arakasi —, não quero tornar difícil a negociação. Posso não ter servido meu mestre tão bem quanto desejaria, mas protejo aqueles que tão fielmente trabalharam em nome dele... de modos tão perigosos para eles quanto uma batalha é para um soldado. Um espião morre de vergonha quando é enforcado. Meus homens arriscam tanto a vida como a honra por um mestre que não trairão. Asseguro-me de que, aconteça o que acontecer, o mestre deles vai traí-los. — Confrontado com expressões de incerteza, assentiu e reforçou a sua ideia. — Quando os Minwanabi esmagaram os Tuscai, interrogaram meu mestre... — Dirigindo um olhar sombrio a Mara, suavizou o tom de voz. — Não é necessário descrever cada detalhe. Sei destas coisas apenas porque um de meus homens foi dado como morto e conseguiu observar durante algum tempo antes de fugir. O torturador de Jingu foi eficaz. Meu mestre não teria sido capaz de guardar para si as informações, apesar de ser um homem corajoso. Minha Senhora, pense bem: caso deseje os meus serviços e os serviços daqueles que trabalharam para mim, terá de ter fé em nós.

— E se não tiver?

Arakasi ficou muito quieto, com as mãos visíveis para não exibir qualquer sinal de ameaça. Lentamente, voltou as palmas para cima, um sinal de resignação.

— Então, voltarei às colinas.

Mara inclinou um pouco a cabeça. Naquele momento, o homem, enfim, mostrava um sentimento verdadeiro. Voltar a vestir as cores de uma casa era mais importante do que ele próprio admitiria. Preocupada em não envergonhá-lo, Mara perguntou simplesmente:

— E depois?

Arakasi encolheu os ombros.

— Minha Senhora, trabalhei disfarçado de várias formas para proteger a minha identidade. Sei consertar uma carroça, tocar flauta, escrever e fazer contas. Sou também um talentoso pedinte, verdade seja dita. Conseguirei me virar, não duvide disso.

Keyoke fitou-o com um olhar penetrante.

— Acho que você pode conquistar alguma posição e viver confortavelmente, se o desejar. Portanto, o que fazia no bosque com os salteadores?

Arakasi voltou a encolher os ombros, como se não tivesse importância aquela desconfiança diante do que o motivava.

— Mantinha-me em contato com Saric e com os outros homens dos Tuscai. Fiz, muitas vezes, negócios em nome deles nas cidades, recorrendo a meu engenho e talento. E por intermédio deles, conheci Lujan e o bando dele. Tinha acabado de chegar ao acampamento do Saric quando veio o chamado de Lujan. Achei que era melhor vir ver que estranho negócio era este. — Inclinou a cabeça na direção de Mara. — Devo dizer que aprecio o modo como dobra a tradição para fazê-la servir a seus interesses, Senhora — acrescentou.

— Só quando é necessário, Arakasi — respondeu Mara —, mas sem nunca quebrá-la. — Fitou o homem por um momento. — De qualquer modo, ainda não disse por que não abandonou sua rede. Penso que teria sido mais seguro, quando seu mestre morreu, se todos tivessem simplesmente desaparecido do mapa e seguido em frente com suas vidas.

Arakasi sorriu.

— Mais seguro, sem dúvida. Até mesmo os contatos irregulares que mantive nos últimos quatro anos colocaram em risco alguns de meus homens. Mas, pela nossa honra, mantivemos a rede viva. — Fez uma pausa antes de prosseguir. — Nossas razões são parte de minhas condições para aceitar entrar a seu serviço. E só poderá escutá-las se decidir que fecharemos um acordo.

Keyoke ia falar, mas optou por um simples movimento de cabeça; ninguém tinha o direito de negociar com a Soberana dos Acoma naqueles termos. Mara olhou de relance para Nacoya, que acompanhava a conversa com atenção, e depois fitou Papewaio, que assentiu uma vez, transmitindo a Arakasi seu aval silencioso.

Mara inspirou fundo.

— Acho que entendo a sensatez de suas exigências, Mestre dos Espiões. Mas o que acontecerá à sua rede se a adversidade persegui-los?

— Meus agentes dispõem de meios para verificarem regularmente como estão uns e outros. Se uma needra decidisse descansar no local onde eu tiro uma soneca, acabando assim com minha carreira, um outro agente se apresentaria à Senhora no prazo de um mês. — Arakasi assumiu um tom mais sóbrio. — Ele apresentaria provas que não poderiam ser contestadas, e a Senhora poderia confiar nele como confiaria em mim.

Mara assentiu.

— Confiar, contudo, é a verdadeira dificuldade. Nenhum de nós seria louco a ponto de baixar as defesas tão depressa.

— Naturalmente.

Uma brisa leve fez as chamas das lamparinas tremerem e por um instante a sala foi invadida por sombras. Nacoya fez um gesto instintivo para afastar desastres e o desagrado dos deuses. Mas Mara estava absorta demais com preocupações para dar atenção a superstições.

— Se eu concordar com suas condições, você aceitará o serviço?

Arakasi fez uma ligeira reverência dobrando-se pela cintura, num gesto gracioso.

— Desejo servir uma casa como qualquer outro soldado, Senhora, mas há mais uma coisa. Mantemos a rede intacta por questões de honra. Após a queda da Casa dos Tuscai, eu e aqueles que para mim trabalharam fizemos um juramento. Não aceitaremos nenhum serviço que nos obrigue a quebrá-lo.

— E que juramento é esse?

Arakasi fitou Mara diretamente nos olhos, refletindo assim uma fúria intensa, impossível de disfarçar por mais que se esforçasse. E respondeu num tom neutro:

— Queremos nos vingar do Senhor dos Minwanabi.

— Entendo. — Mara recostou-se em suas almofadas, na esperança de que não fosse facilmente perceptível a emoção que sentia em sua alma. — Ao que parece, temos um inimigo em comum.

Arakasi assentiu.

— Por enquanto. Sei que os Acoma e os Minwanabi estão em guerra, mas os laços políticos mudam com frequência...

Mara ergueu a mão, calando-o.

— Os Acoma têm uma rixa de sangue com os Minwanabi.

Arakasi ficou quieto e olhou para a sola gasta da sandália enfiada sob o joelho. Seu silêncio era tão profundo que todos na sala se sentiram congelar. Ali estava um homem com uma paciência aparentemente sem limites, como a serpente em uma grande árvore, capaz de se esconder em um galho, imperceptível, à espera incansável da passagem da presa, para então atacar com uma fúria sem limites. Quando Arakasi, por fim, se mexeu, Mara constatou que aquela conversa começava a desgastar o autocontrole do espião. Apesar de todos os seus talentos e experiência, o Mestre dos Espiões tinha as mesmas emoções conflituosas dos soldados e criados maltrapilhos que iam conversar com ela: era capaz de aceitar um segundo começo, apenas com o objetivo de voltar ao poder. No entanto, sua voz não revelou qualquer indício de perturbação.

— Caso decida aceitar nossos serviços, eu e meus homens juraremos lealdade aos Acoma.

Mara assentiu. Subitamente, o rosto de Arakasi revelou animação.

— Então, minha Senhora, vamos começar para tirarmos vantagem da velocidade. Antes de vir para as colinas, passei uma temporada no Norte, com um amigo da Casa dos Inrodaka. É um boato comum entre os trabalhadores que a oeste, ao lado das fronteiras arborizadas daquelas propriedades, uma colmeia de cho-ja gerou uma nova rainha.

— E a notícia não foi divulgada? — questionou Mara, já interessada.

Arakasi gesticulou que não.

— O Senhor dos Inrodaka é um homem calmo; recebe poucos convidados e nunca sai de suas terras. O tempo, porém, é curto. Os colhedores de frutas logo vão levar a informação até o rio. A novidade se espalhará então rapidamente pelo Império, mas por ora a Senhora é a única Governante que sabe que uma nova Rainha dos Cho-ja irá procurar um lar em breve. Ela terá pelo menos uns trezentos guerreiros ao seu serviço — e com um toque de humor acrescentou —, e se conquistar a lealdade dela, terá certeza de que nenhum deles é um espião.

Mara levantou-se.

— Se isso for verdade, temos de partir antes do amanhecer. — Conquistar uma colmeia para as propriedades dela seria uma dádiva divina. Os cho-ja podiam ser muito estranhos, mas revelavam-se aliados ferozes e leais. A nova Rainha poderia iniciar seu enxame com trezentos soldados, cada um deles equivalendo facilmente a dois tsurani, mas com o passar dos anos o número poderia crescer para diversos milhares; e tal como Arakasi apontara, nenhum deles seria um agente de casas inimigas. Mara dirigiu-se a Keyoke: — Tenha soldados a postos dentro de uma hora para abrir caminho. Ao nascer do dia, iniciaremos a viagem até a colmeia. — Quando o Comandante das Forças Armadas partiu, ela voltou suas atenções para Arakasi. — Você irá nos acompanhar. Papewaio arranjará criados e cuidará para que sejam satisfeitas as suas necessidades.

Mara sinalizou que o encontro terminara. Quando seus conselheiros se ergueram para sair, Nacoya puxou Arakasi pela manga.

— A garota não conhece nada dos cho-ja. Como vai conseguir negociar?

Demonstrando-se cortês, sem o mínimo esforço, Arakasi pegou a mão da anciã e encaminhou-a para a porta como se fosse uma tia-avó muito querida.

— O envio de uma nova rainha é algo muito raro, ninguém estaria preparado para negociar. A Senhora dos Acoma deve simplesmente adaptar-se a quaisquer exigências da nova rainha.

Quando os dois desapareceram no corredor, Mara mal conseguiu conter o entusiasmo. Todos os pensamentos relativos a seu casamento iminente foram eclipsados por aquelas novidades; dispor de uma colmeia em suas terras era uma honra inigualável e uma fonte de poder militar. Além de serem guerreiros incríveis, os cho-ja eram mineradores, capazes de descobrir metais e pedras preciosas enterrados nas profundezas da terra, com os quais seus artesãos conseguiam forjar joias de uma delicadeza transcendente. Os estranhos insetoides guardavam também o segredo da confecção da seda, o tecido sofisticado e macio apreciado pelos que viviam no eterno calor do Império. Foram travadas guerras para controlar o comércio da seda, até que uma lei imperial determinou que nenhuma guilda ou senhor poderia monopolizá-lo. Qualquer Senhor que conseguisse obter seda, passaria então a poder comercializá-la.

Os produtos dos cho-ja eram valiosos e as exigências deles, simples: cereais e artigos de pele. Por esse motivo, famílias seriam capazes de matar para conquistar uma colmeia para as suas terras. E dentre todas as colmeias conhecidas no Império, os cho-ja raramente anunciavam uma rainha; não era em toda geração humana que surgia uma.

Porém, Mara tinha de convencer a nova rainha a migrar para as terras dos Acoma. Se falhasse, representantes de outras casas tentariam fazê-lo, até a rainha receber uma oferta que lhe agradasse. E como Arakasi frisara, o que despertaria a atenção de uma criatura tão estranha quanto um cho-ja permanecia um mistério.

Lujan e sua companhia partiram para as colinas à procura de recrutas, despercebidos por entre a multidão de criados reunindo mantimentos para a escolta prestes a partir para negociar com a nova rainha dos cho-ja.

Mara deixou seus aposentos muito antes do amanhecer. Os pastores ainda não haviam conduzido as needra em direção aos pastos e a névoa permanecia suspensa sobre os prados reluzentes de orvalho. Protegida da umidade por uma capa de tecido escuro, aguardou em frente a uma liteira sem decorações com Jican ao seu lado. Sua ardósia estava toda preenchida com anotações e ele mantinha o estilete a postos enquanto Mara ditava instruções de última hora. De repente, ela mordeu o lábio, nervosa.

— Por todos os deuses, o entusiasmo quase me fez esquecer!

Jican ergueu as sobrancelhas.

— Minha Senhora?

— Os convites para o casamento. — Mara balançou a cabeça, frustrada. — Nacoya lhe indicará os versos rituais adequados. Ela saberá ainda melhor do que eu quem deverá ser convidado e quem poderá ser ignorado. Não se esqueça de lhe pedir em meu nome para supervisionar todos os requisitos que eu esqueci.

Jican lançou uma pergunta enquanto tomava notas apressadamente:

— E o festival de gado do verão, minha Senhora? Os animais a serem leiloados devem ser previamente registrados na Guilda dos Criadores.

— Até agora, você tem se saído bem — disse Mara, consciente de que já não dispunha de tempo. — Confio em seu julgamento.

Keyoke chegou com um grupo de guerreiros de elite, e Papewaio e Arakasi já estavam à espera, enquanto conversavam, perto dali.

Os homens reuniram-se com a silenciosa eficiência dos veteranos e não demorou para o último deles assumir sua posição. Keyoke aproximou-se, vestindo sua armadura escura e funcional, adequada para viagens discretas em terras inóspitas. Seu capacete de oficial exibia uma única pequena pluma e sua espada cerimonial enfeitada fora substituída por uma preferível para o combate.

Parando diante de Mara, Keyoke fez uma reverência.

— Minha Senhora, os homens estão prontos. Seus carregadores ficaram com os mantimentos, e os batedores já partiram. À sua ordem, estamos prontos para ir.

Mara dispensou Jican com votos de prosperidade e bons negócios. Em seguida, entrou na liteira e recostou-se nas almofadas.

— Ordene aos homens que comecem a marchar — indicou.

Quando os carregadores seminus se curvaram para levantá-la e colocá-la nos ombros, ela sentiu um súbito acesso de medo. Não se tratava de uma visita de estado formal a outro Senhor, mas sim de uma cartada audaciosa para obter vantagem sobre todos os outros estrategistas no Jogo do Conselho; tal ousadia implicava riscos. Conforme o grupo contornava uma pequena colina, Mara viu sua casa ficar para trás e pensou se voltaria a vê-la outra vez.

Liderada por Arakasi, a comitiva dos Acoma deslocou-se rápida e discretamente ao longo de caminhos rurais secundários. A cada dia que passava, Mara percebia sinais cada vez mais evidentes de tensão no comportamento dos soldados. Os tsurani nunca se tornavam indisciplinados na presença de seu Senhor ou Senhora, mas em marchas anteriores ela ouvira conversas em voz baixa, brincadeiras e piadas ao redor de fogueiras. Agora, no entanto, os homens mantinham-se em um silêncio só quebrado em caso de extrema necessidade e, mesmo assim, por murmúrios. Seus rostos, em geral animados, não passavam de máscaras inexpressivas de guerreiros tsurani.

No terceiro dia aguardaram escondidos até o cair da noite e depois avançaram com pressa na escuridão para evitar que alguém os visse, enquanto mastigavam pão de thyza e tiras de carne seca de needra. Ao nascer do dia seguinte, infiltraram-se ainda mais nas terras de um Senhor vizinho, passando diversas vezes ao lado de patrulhas de soldados daquelas terras. Keyoke manteve seus homens por perto e evitou todo tipo de contato. Até um Senhor menor poderia arriscar-se a atacar intrusos se entendesse que seus homens poderiam subjugar Mara e seus cinquenta guardas. Se qualquer outro Senhor soubesse da desova da rainha, um ataque não seria apenas uma possibilidade, mas uma certeza.

Mara sentia-se constantemente cansada, incapaz de descansar, não só por causa da viagem sem paradas e do medo, mas também pela expectativa. Conquistar aquela nova colmeia seria mais significativo para a sobrevivência dos Acoma do que uma dúzia de inspiradas conspirações no Conselho Supremo.

Mais quatro dias se passaram, todos eles cansativos. O grupo dormia em horas estranhas, pois as noites eram usadas para evitar patrulhas, ou para avançar com dificuldade por grandes prados abertos ou plantações de thyza localizadas em pequenos charcos, nas margens dos inúmeros afluentes do rio Gagajin. Em tais momentos, os escravos ficavam para trás, para endireitarem as plantas de modo a ocultar os vestígios da passagem. Ao nascer do nono dia, Mara sentou-se na terra com os soldados e comeu queijo e biscoitos. Chamou Keyoke e Arakasi para se sentarem com ela.

Ambos recusaram partilhar sua comida, pois já antes haviam ingerido a mesma ração fria. Ela avaliou o rosto deles, um marcado, enrugado como couro, familiar e leal como o nascer do sol, e o outro parecendo pouco mais do que uma ilusão, uma máscara para personificar a personagem adequada ao momento.

— Já atravessamos três propriedades, todas bem guardadas. Contudo, nenhuma patrulha fez soar o alarme. Devo acreditar nas extraordinárias capacidades de meu guia e de meu Comandante das Forças Armadas, ou é sempre tão fácil para um grupo de soldados armados invadir as propriedades do Império?

— Trata-se de uma questão pertinente, Senhora. — Arakasi observou-a com o que pareceu o indício de respeito. — Não é preciso uma rede de espiões para perceber que Keyoke é considerado um oficial de respeito. Sua experiência é reconhecida em todo o Império.

Keyoke inclinou a cabeça na direção do Mestre dos Espiões em forma de cumprimento.

— Nós não teríamos conseguido prosseguir tão bem sem as indicações de Arakasi. Ele tem um conhecimento impressionante das terras rurais mais isoladas, algo que será valorizado pelos Acoma futuramente.

Mara percebeu aquela aceitação tácita de Arakasi. O Mestre dos Espiões sentou-se exibindo a expressão profunda de um soldado, uma postura que lhe pareceu natural. A capacidade do homem de assumir a aparência que lhe convinha conforme as necessidades era algo que deixava Mara um pouco incomodada.

— Diga-me com sinceridade — pediu ela —, acha que seria assim tão fácil conduzir uma companhia armada através das terras dos Acoma?

Arakasi riu, um som surpreendente num acampamento sem um pingo de humor.

— Minha Senhora, digo que não com toda a certeza. Keyoke é amplamente admirado por seus conhecimentos na arte da guerra. Conhece os perigos das patrulhas regulares e constantes. É prudente e astuto, mesmo quando dispõe de poucas tropas. — Com um olhar respeitoso lançado ao Comandante das Forças Armadas, acrescentou: — Sobretudo quando dispõe de poucas tropas. É difícil a um homem transpor as terras dos Acoma, quanto mais uma força militar.

Keyoke aproveitou uma brecha na fala do espião.

— Você disse "difícil", não "impossível".

Arakasi concordou.

— É verdade.

— Os guerreiros cinzentos de Lujan pareceram se adaptar bem às nossas needra — comentou Mara.

Arakasi não conseguiu evitar um sorriso.

— Mais uma vez, de fato é verdade, mas ele tinha uma vantagem: eu lhe disse quando e onde atacar.

Keyoke ficou perigosamente imóvel.

— Creio que temos algo a discutir. — Fez um gesto, indicando o desejo de se retirar. — Minha Senhora?

Mara negou o pedido.

— Há alguma propriedade no Império tão bem guardada onde nenhum forasteiro ou bandido possa passar despercebido?

— Apenas uma — respondeu Arakasi, aparentemente indiferente à ira de Keyoke. — A do Senhor dos Dachindo, bem longe a leste.

Mara sorriu, como se tivesse conquistado um pequeno triunfo.

— Agora sim, Keyoke, você e Arakasi têm algo para discutir.

Ficou observando os dois homens se erguerem e se afastarem, conversando em voz baixa, com as cabeças bem próximas no amanhecer cheio de neblina. Por mais que Keyoke pudesse se ofender com as lacunas insinuadas em sua defesa, Mara sabia que a sabedoria prevaleceria. Ele aproveitaria quaisquer informações que o Mestre dos Espiões pudesse fornecer para melhorar a proteção das terras de sua Senhora. Confiante de que antes de seu casamento as terras dos Dachindo não seriam mais a única propriedade intransponível, mandou uma escrava trazer seu pente. Nos últimos minutos antes de a companhia voltar à trilha, dedicou-se à missão sempre impossível de tentar desembaraçar seus longos cabelos sem a ajuda de uma criada.

O dia tornou-se cada vez mais quente. Os soldados marcharam sem queixas, através de uma paisagem que aos poucos se alterava. As planícies baixas costuradas por prados e pântanos deram lugar a colinas de florestas coroadas com rochedos. As árvores que se viam eram velhas e retorcidas, veladas por trepadeiras jovens e espinhosas. Contudo, quanto mais difícil se tornava o caminho, mais os homens se animavam. Avançaram em um bom ritmo e, conforme a luz do sol incidia de forma mais oblíqua sobre o caminho, os viajantes atingiram a fronteira mais distante das terras dos Inrodaka. Arakasi solicitou uma parada. Enquanto os soldados mudavam da armadura de combate para uma armadura polida e envernizada, ele disse:

— Temos de abandonar esta trilha e cortar caminho por este cume até outro ali à frente.

Apontou para uma passagem estreita na mata, pouco mais do que uma trilha de caça, que levava mais para cima na direção da floresta ainda mais densa.

Keyoke fez uma pausa enquanto trocava de roupa, com o elmo emplumado ainda mal colocado.

— Pensei que os cho-ja fizessem suas colmeias em prados ou vales.

Arakasi limpou o suor da testa. A luz esmaecia rapidamente e pareceu preocupado em chegar ao destino antes do cair da noite.

— É quase sempre assim; pelo menos nunca ouvi falar de uma colmeia que não ficasse a céu aberto. — Apontou para a trilha. — Mais adiante, o bosque é menos denso. Há um vale com um campo a cerca de trezentos metros mais à frente. É o lugar que procuramos.

Mara escutou por acaso.

— Então essa tal colmeia antiga não está nas terras dos Inrodaka?

— Não, mas mesmo assim há uma espécie de tratado. — Arakasi apontou para o norte, onde a floresta era ainda mais selvagem e densa. — Estas terras pertenceram outrora a uma propriedade maior, já nem se sabe há quantos anos. Quando esse Senhor, fosse ele quem fosse, caiu, suas posses foram divididas pelos conquistadores, os Inrodaka entre eles. Esta área não foi reclamada. Não são terras muito boas. É rica em madeira, mas de difícil corte, e só há dois ou três campos para pastagem, todos sem trilhas que liguem aos pastos na planície. Ainda assim, os cho-ja aceitam os Inrodaka como seus senhorios sem se preocuparem muito com isso. O modo de pensar deles é muito estranho. — E prosseguiu, enquanto encaminhava os soldados pela trilha: — A partir daqui devemos ser cautelosos, mas contidos. Podemos ser desafiados por soldados cho-ja. Não devemos lutar. Com uma nova rainha na colmeia, até os guerreiros mais experientes devem estar tensos e agressivos. Podem simular um ataque, mas ninguém deve erguer a espada, caso contrário todos nós seremos chacinados.

Mara consultou Keyoke e depois aprovou a ordem do Mestre dos Espiões. Dispostos numa fila de um verde brilhante, iniciaram a subida. A trilha inclinava-se abruptamente para cima, passando de maneira sinuosa por afloramentos rochosos recortados. Tornou-se impraticável viajar na liteira e, mesmo a pé, Keyoke teve de ajudar Mara nas subidas mais íngremes. Não eram caminhos em zigue-zague feitos para humanos, mas caminhos destinados apenas às kumi, as cabras de seis patas de Kelewan, e aos ágeis cho-ja. Os carregadores foram os que mais sofreram, suados e resmungando sob o peso que suportavam, enquanto outros arrastavam a liteira vazia com grande esforço.

O sol brilhava quente sobre as costas dos soldados. Estranhos pássaros das montanhas voavam do alto das árvores diante da aproximação do grupo e o bosque cerrado fervilhou de caça. Fascinada com aquela visão absolutamente nova e estranha, Mara nem pensou em se queixar de seus pés doloridos.

Logo após o meio-dia, ouviu-se um grito vindo da patrulha que seguia na dianteira. Keyoke segurou o braço de Mara e a encaminhou rapidamente para a frente da fila, onde uma dúzia de guerreiros cho-ja estavam parados com lanças cruzadas sobre a parte superior de seus corpos, a postos, mas não com uma postura ameaçadora. Negros e brilhantes, com seis membros articulados e corpos segmentados como os dos insetos, pareceram a Mara todos iguais, como se feitos a partir do mesmo molde de um artesão. Ela observou os estranhos seres e sentiu-se tremendamente desamparada.

— São guerreiros da colmeia antiga — observou Keyoke. — Não nos atacarão, a não ser que demos um pretexto.

As palavras de Keyoke ajudaram-na a se manter serena. Aguardou, tensa, tal como sua escolta, enquanto o Comandante das Forças Armadas avançava e fazia uma saudação, com seu braço erguido dobrado pelo cotovelo e a palma virada para a frente.

— Honra para sua colmeia.

O cho-ja mais próximo falou numa voz surpreendentemente inteligível:

— Honra para sua casa, homens dos Acoma. Quem está falando? A colmeia deve ser informada de sua presença.

— Sou Keyoke, Comandante das Forças Armadas dos Acoma.

O líder cho-ja retribuiu a saudação. Quando se moveu, Mara reparou no modo como o seu corpo era segmentado, um abdômen traseiro grande com quatro patas de três articulações e um tórax superior menor levemente parecido com o humano, com dois braços quase humanos também. O corpo era revestido por quitina e cada antebraço tinha uma saliência natural que parecia tão afiada quanto a ponta de uma espada. Sobre a cabeça via-se um elmo obviamente manufaturado pelos tsurani. O rosto lá dentro era oval, com enormes olhos multifacetados sobre duas fendas que faziam as vezes de nariz. O maxilar e a boca de um cho-ja tinham um aspecto surpreendentemente humano, embora suas vozes fossem monótonas e agudas.

— Sou Ixal't, Líder de Forças Militares do Segundo Comando da colmeia Kait'lk.

— Agora me recordo. — Keyoke relaxou aos poucos, como se estivesse na presença de um velho conhecido. — Você serviu durante a invasão das Terras Altas de Thuril. — Aquilo explicava como o cho-ja reconhecera as cores dos Acoma. Ele fez um sinal a Mara para que se colocasse a seu lado.

— Esta é a Senhora dos Acoma. Veio para negociar com sua nova rainha.

Olhos semelhantes a metal brilharam brevemente sobre a garota ao lado de Keyoke. E então o cho-ja fez uma imitação razoável de uma reverência humana.

— Bem-vinda, Senhora. Sua chegada é oportuna. Os novos guerreiros estão inquietos. Esta incubação é abundante e estamos superpovoados. Pode passar, e que os deuses abençoem esta negociação.

O cho-ja logo se desviou do caminho e permitiu ao grupo tsurani que continuasse a subir a trilha. Mara estava curiosa com a inesperada maestria de seu Comandante das Forças Armadas.

— Keyoke, não sabia que você entendia os cho-ja.

— Conheço os soldados deles, tanto quanto é possível a um humano. Já servi com alguns, há muitos anos... quando seu avô liderou muitas casas em uma batalha contra a Confederação do Leste. — Se o velho soldado sentia o peso dos anos, não o demonstrou, pois escalava o íngreme caminho sem o mínimo sinal de esforço.

— O cho-ja pareceu nos acolher com satisfação.

— Minha Senhora, aqueles eram soldados velhos e muito bem disciplinados — alertou Arakasi. — Keyoke agiu bem dirigindo-se ao oficial deles. Mas daqui em diante, e até chegarmos à colmeia, temos de ser cautelosos. Muitos jovens guerreiros foram incubados para proteger a nova rainha enquanto ela viaja. Esses serão indisciplinados e agressivos; rápidos em gerar violência até a rainha ficar em segurança em sua nova colmeia.

Keyoke afastou um galho afiado do caminho.

— Você fala como alguém que conhece os cho-ja, Arakasi — disse.

O Mestre dos Espiões desviou-se do galho quando este se agitou.

— Ninguém conhece os cho-ja. Mas uma vez me escondi de assassinos Minwanabi durante uma semana numa colmeia cho-ja. Aprendi algumas coisas sobre eles. Faz parte da minha natureza fazer perguntas sobre as coisas que não compreendo quando surge a oportunidade.

Mara estava intrigada. Mesmo quando o terreno passou a ser adequado para viajar de novo na liteira, preferiu prosseguir a pé.

— Fale-me então dos cho-ja, Arakasi. Como eles são?

— Os mais velhos são tão estáveis quanto as estações do ano, Senhora. Os mais jovens são imprevisíveis. São chocados numa espécie de creche. Uma dúzia de fêmeas menores, conhecidas como rirari, limitam-se a pôr ovos. — O termo pertencia ao tsurani arcaico e significava uma rainha de segunda categoria, ou duquesa. — Mas os ovos são inférteis. A rainha os engole inteiros e os leva para uma espécie de câmara dentro de seu corpo que os fertiliza, dentre outras coisas.

— Outras coisas? — questionou Mara.

— Como é costume entre os cho-ja, quando a Rainha está sendo servida por um macho reprodutor, ela determina o sexo e a função de cada ovo, ou deixa-o infecundo. Pelo menos, foi isso que me contaram.

— Podem escolher essas coisas? — quis saber Mara. — Conte-me mais.

— Os machos cho-ja são mais ou menos divididos em três grupos: os reprodutores, os trabalhadores e os soldados. Os trabalhadores ou são inteligentes ou fortes, artesãos ou animais de carga, em função das necessidades da colmeia. Os soldados também podem ser tanto fortes como inteligentes. Os reprodutores são estúpidos, mas têm uma única tarefa: acasalar com a Rainha. — Arakasi olhou para o lado e verificou que Mara continuava ouvindo interessada. Alguns soldados que estavam mais próximos também prestavam atenção no Mestre dos Espiões. — Assim que a Rainha se instala na câmara real, nunca mais sai de lá. Os trabalhadores a alimentam constantemente, enquanto as rirari lhe passam ovos. Lá, ela é servida pelos machos reprodutores. Cada um deles acasala com ela durante horas, quase até a exaustão, quando então é substituído por outro. Verá quando formos apresentados à velha Rainha.

— Fascinante. — Mara fez uma pausa, quase sem fôlego, pois a trilha tornara-se íngreme de novo. — E a mais nova?

— Não sei muito em relação às fêmeas — admitiu Arakasi. — Mas enquanto são jovens, todos os machos são livres para brincar e crescer, um pouco como as crianças humanas… só que, um dia, estes jovens cho-ja que estão brincando como crias das needra, despertam, conscientes de que chegou a hora de servir. Só quando nasce uma nova Rainha, os soldados são incubados e entram precipitadamente na maturidade. Isso gera, temo, guerreiros agressivos e imprevisíveis. Enfurecem-se com facilidade e apenas a nova Rainha consegue forçá-los à obediência imediata.

Arakasi calou-se, pois a trilha levara ao cume de uma pequena elevação, para depois descer abruptamente em direção a um vale sob uma dobra entre colinas. Através dos galhos arqueados de duas árvores ulo, viram um campo aquecido pelo sol. A grama esmeralda apresentava-se tão bem aparada que não poderia ser natural.

Arakasi apontou.

— A colmeia fica ali, atrás daquelas árvores.

Keyoke ordenou aos soldados que se dispusessem em colunas. A companhia avançou em formação de ataque, com a Senhora protegida no meio.

Quando a escolta chegou ao limite da floresta de árvores ulo, o coração de Mara começou a bater mais forte devido à excitação. Entre as pontas afiadas das lanças dos guerreiros, viu a extremidade do campo, onde se erguia um vasto monte, tão antigo que pequenas árvores já tinham crescido sobre ele. De um dos lados era visível uma entrada, com arcos de pedra delicadamente entalhados. No caminho de terra batida que levava para o interior, centenas de cho-ja entravam e saíam às pressas da colmeia, entregues a tarefas que só eles conheciam.

Mara deteve-se e ordenou aos escravos que lhe trouxessem a liteira. Poderia ter ficado extasiada demais para subir ao cume, mas iria encontrar-se com as Rainhas dos Cho-ja como uma Senhora de uma grande casa. Assim que os carregadores colocaram de novo as varas da liteira sobre os ombros, Keyoke e Arakasi marcharam a seu lado. Então todos se puseram a postos. Um dos soldados levou uma trombeta de guerra aos lábios e fez soar um toque de apresentação. Em seguida, o Comandante das Forças Armadas dos Acoma ordenou à escolta de Mara que saísse logo da sombra das árvores para a luz do sol.

No começo, tudo permaneceu igual. Os trabalhadores cho-ja continuaram empenhados em suas tarefas como faziam, até os humanos entrarem no vale. Então, de repente, uma dúzia de vultos emergiu de trás da lateral direita da colmeia. Avançaram como uma manada de needra assustada por um relâmpago, com os pés batendo na grama.

— Guerreiros — informou Arakasi. — Mantenha os homens a postos: pode ser que esta investida não passe de uma encenação.

Suando um pouco sob a armadura, Keyoke fez um sinal a seus homens. Nenhum deles apontou armas, embora muitos tenham, provavelmente, questionado a sensatez daquela ordem, uma vez que os cho-ja investiam a toda a velocidade. Aproximaram-se mais, até os soldados conseguirem ver os raios de sol brilhando nas pontas afiadas como lâminas de seus antebraços. Então, quando se aproximaram o suficiente para atacar, os cho-ja desviaram no último instante. Com um som semelhante a uma gargalhada humana, correram em direção à colmeia.

Mara, nitidamente aliviada, observou-os enquanto partiam.

— São tão velozes... Como conseguimos subjugá-los?

Arakasi limpou a testa e fez um sorriso complacente.

— Isso nunca aconteceu, Senhora. Os humanos se fixaram em locais que os cho-ja nunca desejaram, até que as Rainhas viram suas colmeias cercadas. Então, foi mais fácil para as duas facções estabelecerem acordos em vez de lutar. São necessários soldados qualificados para enfrentar uma força de cho-ja e sobreviver. Quando ficam irritados, são assassinos eficazes.

Enquanto a comitiva prosseguia a sua caminhada firme rumo ao monte, apareceram cada vez mais cho-ja. Logo, centenas passaram por ambos os lados, alguns com cestos presos ao tórax, outros usando cintos com ferramentas penduradas. Extremamente curiosa com tal dinamismo, Mara espiou pela cortina da liteira.

— Arakasi, esta colmeia é de tamanho normal?

— É um pouco maior do que a média, Senhora, mas não muito.

— Quantos cho-ja vivem lá dentro?

Arakasi respondeu sem hesitar.

— Entre vinte e vinte e cinco mil.

Mara ficou abismada. Diante dela, estendia-se uma cidade num lugar selvagem.

— Quantos viajarão com a nova Rainha?

— Não faço ideia. No passado, acho que as colmeias se dividiam quando a pressão populacional se tornava excessiva. — Arakasi encolheu os ombros. — Agora, não há uma lógica visível na decisão de gerar uma nova rainha, pois, apesar de estarem continuamente procriando, os cho-ja controlam a quantidade de habitantes das colmeias. Talvez a velha

Rainha tenha de gerar um ovo sozinha a cada geração. Talvez seja por acaso que surge uma nova rainha. Não faço ideia.

De perto, o monte assemelhava-se a uma colina simétrica com laterais íngremes. Os soldados apertaram a formação, pois o caminho tornou-se cada vez mais movimentado. Ali, a grama dera lugar a uma terra fina continuamente agitada por pés em movimento. Diversas vezes, grupos de jovens cho-ja aproximaram-se da comitiva de Mara. Apontavam e olhavam com olhos metálicos e proferiam frases que pareciam gargarejos em sua própria língua, mas os adultos pouca atenção prestavam aos visitantes. Um grupo de trabalhadores passou apressado, transportando fardos de lenha grandes o bastante para exigirem cinco humanos para carregá-los, embora um único cho-ja fosse suficiente para a tarefa.

Foi então que surgiu um grupo de jovens guerreiros correndo na direção da comitiva de Mara. Os trabalhadores saíram da frente deles, com os fardos oscilando e os maxilares produzindo estalos que representavam um estranho sinal de apreensão. Em uma questão de segundos, os tsurani se viram cercados. Keyoke ordenou que parassem. A poeira girou no ar e as bases das lanças tocaram a terra na postura formal de soldados em descanso, apesar de os cho-ja parecerem prontos para entrar em ação. Não havia ninguém armado ou protegido por capacetes ao estilo dos guardas que estavam no cume. Mas com seus corpos poderosos e naturalmente encouraçados e as pontas afiadas como lâminas de seus antebraços, eram ainda assim oponentes temíveis.

Arakasi permaneceu em posição ao lado da liteira quando Keyoke avançou. O Comandante das Forças Armadas mal tinha chegado à cabeça da coluna quando um cho-ja investiu. Com a inquietante capacidade de sua raça de passar de um movimento veloz para uma absoluta imobilidade, deteve-se a poucos centímetros de Keyoke, e ficou ali tremendo, como se estivesse ansioso por lutar. No entanto, quando o cho-ja deixou de fazer gestos provocativos, Keyoke elaborou uma cautelosa reverência de cortesia.

— Somos dos Acoma — anunciou —, minha Senhora deseja falar com sua Rainha.

O guerreiro cho-ja permaneceu imóvel enquanto o constante movimento de trabalhadores passava por ambos os lados. Tensos e silenciosos, os soldados acoma aguardavam por qualquer vestígio de ameaça, enquanto Arakasi aconselhava Keyoke.

— Acho que estes guerreiros não entendem tsurani. Este aqui ainda nem é adulto. Podemos ser obrigados a nos defender. — Controlado, mas sem cerimônias o Mestre dos Espiões baixou o tom de voz. — Se o da frente atacar, os outros podem ajudá-lo. Se o provocarmos, certamente farão isso. Ataque apenas aqueles que atacarem primeiro, pois alguns podem aparecer para nos ajudar.

Keyoke agradeceu com um minúsculo aceno. Mara viu sua mão apertar de leve o punho da espada. Contudo, não fez nenhum movimento para desembainhá-la, mesmo quando a criatura inclinou a cabeça para observar melhor o combatente com a armadura reluzente. O tempo passou muito devagar em meio a grande tensão; até que chegou outro cho-ja, ainda maior. Mara aguardou, nervosa, assim como sua escolta, enquanto o recém-chegado abria caminho entre o amontoado de jovens guerreiros. Parou ao lado daquele que confrontara Keyoke e gritou o que deve ter sido uma ordem numa aguda linguagem de estalos. Vários dos jovens presentes nas imediações abaixaram os membros superiores e partiram apressadamente, mas foram mais os que ficaram, incluindo o que bloqueou o caminho.

Sem aviso, o cho-ja maior estendeu o braço e agarrou o jovem pelo meio do corpo. Travou os membros em um aperto imóvel e por um momento os dois cho-ja ficaram colados um ao outro, tensos, resmungando intensamente enquanto a quitina rangia. O primeiro cho-ja cambaleou; perdendo o equilíbrio, caiu no chão, onde se sacudiu em um momento de pânico. O mais velho apoiou uma perna sobre o jovem cho-ja, mantendo-o preso por um instante, e depois recuou, permitindo que o jovem ficasse de joelhos. Assim que voltou a se erguer, ele deu a volta e fugiu, e o último dos jovens guerreiros o acompanhou.

O cho-ja que ficou produziu um estalo de desculpas e fez uma saudação.

— Honra seja feita à sua casa, humanos. — Keyoke retribuiu a saudação, enquanto o cho-ja retomava a palavra. — O jovem não está habituado a ver humanos. Estava pronto para atacar e os outros teriam seguido se eu não o tivesse derrubado.

Em voz baixa, mas de modo a que todos pudessem ouvir, Arakasi disse:

— Os cho-ja são bastante vulneráveis quando estão caídos no chão. São extraordinariamente ágeis e têm muito medo de serem derrubados.

— Isso é verdade — concordou o cho-ja. — Quando puxei o jovem e o deitei ao chão, percebeu que eu era melhor do que ele e não me desafiou. Sou Ratark'l, um soldado dos Kait'lk. — Fez uma reverência no estilo humano e depois indicou aos outros que o seguissem. — Não conheço suas cores, humanos, mas posso ver que não pertencem aos Inrodaka. Os homens de lá usam a cor que não pode ser vista, que vocês chamam de vermelho.

— Somos dos Acoma. — Keyoke apontou para a liteira de Mara. — Esta é a minha Senhora. Ela governa os Acoma. Viajou de longe para conhecer sua Rainha.

O cho-ja deu a volta e pareceu perturbado.

— O meu conhecimento de sua língua parece-me agora inadequado. Sei o que são Senhores. O que é uma Senhora?

Keyoke respondeu com uma imitação de um gesto cho-ja de respeito.

— É nossa Governante.

O cho-ja praticamente se empinou. Seus olhos brilharam quando, com um respeito até então não demonstrado, inclinou a cabeça em direção à liteira onde Mara permanecia escondida.

— Governante! Nunca vira uma de suas Rainhas, humano. Devo me dirigir logo à minha Rainha e avisá-la de sua presença.

O cho-ja virou as costas de maneira abrupta e saiu em disparada por entre a multidão de comerciantes em direção à entrada da colmeia. De algum modo desorientado pelos seus modos bruscos, Keyoke voltou-se para Arakasi.

— Que conclusões você tira disso?

Arakasi encolheu os ombros e indicou que a comitiva deveria retomar a marcha rumo à colmeia.

— Acho que a guarnição daqui nunca viu uma mulher tsurani antes. Apenas os comerciantes e os enviados do Senhor dos Inrodaka vieram aqui. É bem possível que esta seja a primeira vez, pelo que podem se lembrar, que uma Governante vem conversar com a Rainha de uma colmeia. A novidade pode se revelar interessante.

Keyoke deteve a marcha.

— Será perigoso?

Arakasi ponderou por um momento.

— Provavelmente não, embora não possa ter certeza, com os jovens guerreiros assim tão ansiosos por se mudarem para uma nova colmeia. Ainda assim, nunca ouvi falar de cho-ja maltratando visitas. Por ora, penso que estaremos a salvo.

Mara falou do interior da liteira:

— Não quero saber dos riscos, Keyoke. Se não conseguirmos uma aliança com a nova Rainha...

Keyoke olhou de relance para sua Senhora. Assim como Nacoya, ele tinha a noção de que Mara conspirava e planejava e não aceitava conselhos de ninguém. Mas, ao contrário da ama, ele se limitava a aceitar aquele fato. O Comandante das Forças Armadas assentiu com a cabeça emplumada e retomou a aproximação à colmeia. Quando os soldados chegaram à entrada, uma guarda de honra avançou para recebê-los; dois guerreiros cho-ja vinham na frente com elmos emplumados com uma aparência semelhante à dos oficiais tsurani. Apesar de não ter sido dada nenhuma ordem, no mesmo instante o fluxo de cho-ja transportando mensagens e carga reordenou a entrada e saída deles por aberturas menores do outro lado da entrada principal. O séquito dos Acoma deteve-se diante da guarda de honra. Depois que a poeira assentou, o cho-ja que estava à frente fez uma reverência, dobrando-se pela junção de seus dois tórax.

— Sou Lax'l, Comandante das Forças Armadas da colmeia Kait'lk.

Keyoke retribuiu com outra reverência.

— Sou Keyoke e sou o Comandante das Forças Armadas dos Acoma. Honra seja feita à sua colmeia.

— Honra seja feita à sua casa, Keyoke dos Acoma.

Keyoke apontou para a liteira.

— Lá está Mara, a Governante dos Acoma.

— Um de nossos guerreiros anunciou que uma Rainha humana veio pedir uma audiência. — disse Lax'l com atenção. — É ela?

— Sim, ela é jovem, mas será a mãe dos Senhores dos Acoma — esclareceu Arakasi, antes que Keyoke fosse capaz de responder.

Todos os cho-ja da guarda de honra soltaram de repente um grito penetrante. Toda a atividade em volta da entrada cessou. Por alguns minutos, ninguém se mexeu, nem humano nem cho-ja. Depois, o Comandante das Forças Armadas dos Cho-ja fez uma pequena reverência, como se fosse uma needra ajoelhada. Em seguida, todos os outros cho-ja ao redor, mesmo os que carregavam fardos, imitaram-no. Acima do ruído que produziram ao se levantar outra vez para retomar suas atividades, Lax'l disse:

— Damos boas-vindas à Rainha humana em sua visita à colmeia Kait'lk. Nossa Rainha será informada imediatamente de sua chegada. Comunicaremos também o motivo de sua presença, se o permitir.

— Permito— disse Mara prontamente. Como pareceu inevitável que aquilo ia demorar, autorizou os carregadores a apoiarem a liteira no chão, embora tivesse permanecido escondida atrás das finas cortinas. — Informe a sua Rainha que viemos pedir a honra de negociar que a colmeia da nova Rainha seja erguida nas terras dos Acoma.

Ao ouvir isso, o cho-ja ergueu a cabeça, com um antebraço levantado de espanto.

— As novidades viajam velozes pelo Império. A jovem Rainha ainda é pouco mais do que uma recém-nascida, logo não está pronta para se aventurar acima do solo.

Mara mordeu os lábios; o tempo era crítico, com a data do casamento marcada e a propriedade vulnerável diante de sua ausência. Nacoya e Jican eram competentes, mas não poderiam impedir os inevitáveis relatórios de espiões inimigos indicando que ela viajava numa missão secreta. A cada dia que passava fora, aumentavam os riscos de ataque a uma guarnição ainda perigosamente pouco protegida. Agindo por impulso e movida por uma ambição dinâmica e intuitiva, Mara afastou as cortinas para o lado.

— Comandante das Forças Armadas dos Cho-ja — disse ela, antes que Arakasi ou Keyoke pudessem aconselhá-la a fazer outra coisa —, se a nova Rainha não pode se encontrar comigo lá fora, eu irei conversar com ela, caso assim permita sua Governante.

Arakasi endireitou-se, chocado, e Keyoke deteve no ar a mão com que ia coçar o queixo. O pedido fora presunçoso: nenhum deles poderia saber como o cho-ja reagiria. Por um instante, os guerreiros prenderam a respiração, enquanto o cho-ja ficou tremendo de forma idêntica à do jovem guerreiro que fora repreendido por tê-los atacado minutos antes.

Mas Lax'l mostrou-se mais desconcertado do que zangado.

— Senhora Rainha, não lembramos de um humano já ter solicitado tal coisa. Espere aqui enquanto vou averiguar. — Deu a volta e entrou com pressa na colmeia.

Keyoke baixou o braço devagar.

— Foi uma jogada perigosa, Senhora. Se a Rainha não ficar feliz com seu pedido, seus guerreiros estarão em número duzentas vezes inferior ao oponente.

— No entanto, o oficial cho-ja não pareceu ofendido — comentou Arakasi —, apenas espantado. — Balançou a cabeça, num gesto que poderia ser interpretado como admiração.

Apesar disso, Keyoke manteve os soldados em alerta. Com as armas à mão, todos aguardaram pelo regresso do comandante dos cho-ja.

Lax'l saiu da escuridão atrás da entrada. Fez uma reverência, com a cúpula polida de sua cabeça quase raspando na terra.

— Nossa Rainha sente-se honrada com seu desejo de visitar o coração da colmeia para ver sua filha. Permitirá sua entrada com um oficial, cinco soldados e tantos trabalhadores quanto necessitar. Senhora dos Acoma, entre prontamente, pois minha Rainha aguarda para saudá-la na grande câmara.

Mara fez um sinal atrás das cortinas e um Keyoke um tanto quanto atrapalhado escolheu Arakasi e mais quatro homens para seguir Lax'l. Então, o Comandante das Forças Armadas ordenou aos demais guardas que ficassem à vontade enquanto sua Senhora estivesse ausente. Rapidamente, Mara, seus acompanhantes e seus guardas entraram na ladeira, sendo engolidos de imediato pela escuridão do túnel.

Mara reparou primeiro nos cheiros e na umidade da terra, e também em outro aroma, um odor de nozes picante que só poderia vir dos cho-ja. O arco grande sobre o qual passaram estava repleto de entalhes de extrema sensibilidade, decorado com preciosas incrustações de metais e pedras preciosas. Mara imaginou as manifestações de deleite de Jican se a propriedade dos Acoma conquistasse artesãos capazes de efetuar tais trabalhos. Então as sombras tornaram-se mais profundas quando o túnel começou a descer, para longe da luz direta da entrada. Atrás das finas cortinas, Mara ficou praticamente cega, até seus olhos se acostumarem à escuridão.

O Comandante das Forças Armadas seguiu velozmente à frente com a reconhecida rapidez de sua raça. Os humanos caminharam com energia para conseguirem acompanhá-lo, e a respiração ofegante dos escravos era estranhamente amplificada enquanto carregavam a liteira por uma série de rampas, no que mais parecia um labirinto. Os túneis haviam sido escavados no solo e depois revestidos com uma curiosa mistura que se moldava às rochas. Os sons ecoavam com facilidade naquela substância, emprestando um tom fantasmagórico aos rangidos das armaduras e das armas. O grupo penetrou ainda mais nas profundezas, entre curvas que serpeavam aparentemente sem padrão. Estranhos globos de luz tinham sido colocados nos cruzamentos para formarem ilhas luminosas entre longas extensões de trevas. Mara observou com atenção aqueles globos, espantada por descobrir que não continham óleo nem chamas. Tentava imaginar como poderiam gerar aquele brilho, quando sua liteira foi empurrada pela constante multidão de cho-ja envolvidos em suas tarefas. A maioria voltava-se para observar por um instante os humanos antes de seguir seus caminhos.

Assim que o terceiro cruzamento ficou para trás, Mara meditou sobre os diferentes cho-ja que estavam por perto. Os guerreiros pareceram-lhe uniformemente fortes, com um enorme tórax inferior, ombros largos no tronco superior e uma altura maior que o dobro dos tsurani mais altos. Os trabalhadores eram nitidamente mais baixos, troncudos e mais serenos. Mas ela vira outros, mais ágeis do que os trabalhadores, e, contudo, menos impressionantes do que os guerreiros. Quando perguntou a Arakasi quem eram, ele respondeu:

— Artesãos, Senhora.

O caminho tornou-se mais inclinado à medida que foram descendo para o interior da colmeia. Os cruzamentos tornaram-se mais frequentes e o cheiro dos cho-ja era cada vez mais intenso. Em certo momento, a passagem tornou-se mais ampla, dando lugar a uma enorme caverna de cujo teto pendiam inúmeros globos. Mara abriu as cortinas da liteira de fora a fora e olhou admirada e deslumbrada. Pendurados no teto de cada túnel que dava acesso à câmara, havia pequenos cho-ja, com o tamanho de crianças humanas de cinco anos. Em suas costas, batiam asas transparentes enérgicas, em um movimento indistinto sob a tênue iluminação. Cada uma das criaturas parecia pousar por um ou dois minutos e depois retomava o voo pelo mesmo tempo. As constantes mudanças geravam um zumbido com alternâncias de ritmo quase musicais. Arakasi reparou no espanto de Mara e explicou o que aquilo representava.

— Estas devem ser as trabalhadoras fêmeas.

— Pensei que tivesse dito que só conhecia os machos — comentou Mara.

— Nunca as vi antes — reconheceu ele —, mas apenas as fêmeas têm asas.

Lax'l revelou ter um ouvido muito apurado, pois voltou-se para trás, encarando Mara e a respectiva escolta.

— Seu conselheiro está certo, Senhora Rainha. Aquelas que vê lá em cima são fêmeas estéreis; são praticamente irracionais e vivem apenas para se moverem pelo ar nos túneis e câmaras mais profundos. Seria quase irrespirável aqui embaixo se não fosse o trabalho delas. — Conduziu velozmente o grupo dos Acoma através da caverna, dobrou uma curva e entrou numa passagem baixa, que logo se transformou numa rampa que seguia para cima. Os escravos que transportavam Mara respiravam com grande dificuldade. Mara pensou em ordenar uma mudança de turno prematura, mas o túnel se abriu de repente para aquilo que só poderia ser a câmara da Rainha.

A Rainha dos Cho-ja era enorme, com uns dez metros de comprimento da cabeça até a ponta de seu segundo tórax. Escura, de um negro quase polido, estava deitada sobre uma elevação de terra e pela aparência atrofiada de suas pernas, Mara percebeu que nunca saíra dali. Pingentes requintados adornavam partes de sua anatomia e, entre eles, atarefados trabalhadores podiam ser vistos limpando seu corpo enorme e cuidando, dedicados, para lhe proporcionar todo o conforto e lhe suprir todas as necessidades. Bem acima dela, e montado sobre seu tórax, estava empoleirado um macho corpulento, cujo corpo era igual ao dos soldados e a cabeça era pequena como a de um trabalhador. Agitava-se por cima da Rainha em movimentos ritmados. Arakasi inclinou a cabeça.

— Um macho reprodutor, minha Senhora — explicou. — Há sempre um deles com a Rainha. — Uma dúzia de machos cho-ja estavam dispostos atrás dela, alguns usando elmos com plumas, outros sem ornamentos; todos aguardavam a chegada do grupo dos Acoma num silêncio disciplinado. Do outro lado da câmara, versões menores da Rainha estavam deitadas de barriga para baixo, e ao redor de cada uma delas havia auxiliares que corriam aqui e ali. Arakasi apontou para elas e murmurou a Mara para lhe explicar: — Rirari, suponho, as rainhas inferiores que depositam os ovos.

Lax'l indicou que deveriam aguardar e depois avançou com rapidez, produzindo uma série de estalos bem audíveis. O silêncio instalou-se na câmara, embora os trabalhadores permanecessem empenhados em suas tarefas. Os carregadores pousaram a liteira de Mara no chão e, com a ajuda de Keyoke, ela saiu de dentro. Já sem a proteção das finas cortinas, sentiu-se pequena, quase perdida, numa câmara pelo menos quatro vezes maior do que o grande salão dos Anasati; assim tão perto, a dimensão da Rainha era opressiva. Mantendo a compostura com grande esforço, Mara ergueu-se enquanto uma escrava de sua comitiva a vestia com um casaco. Esforçou-se ao máximo para não recuar quando a estranha Rainha a fitou com atenção. Os olhos escuros e multifacetados não refletiram qualquer expressão. Mara resistiu com uma aparente demonstração de calma, embora seus joelhos tivessem começado a tremer quando sua acompanhante recuou. Então, a Rainha dos Cho-ja falou numa voz surpreendentemente delicada e fina, considerando que era emitida de uma criatura tão grande.

— É a Rainha humana?

Mara fez uma breve reverência, e as joias de sua manga brilharam sob a luz tênue.

— Sou Mara, a Governante dos Acoma. Nós não temos Rainhas, ao contrário de vocês, mas governo minha casa do mesmo modo que faz com sua colmeia.

A Rainha produziu um som. Suas feições de quitina permaneceram imóveis, mas por seus modos parecia se divertir. O ruído que emitia era semelhante a uma gargalhada humana.

— Sei que sua espécie não se reproduz como a nossa, Mara dos Acoma. Já me contaram sobre seus estranhos acasalamentos. Sou muito velha, mas entre os humanos só ouvi falar de Senhores Governantes. Como você assumiu o comando, e não os homens que a acompanham?

Mara explicou que uma mulher só subia ao poder em uma família nobre quando não havia herdeiros homens. A Rainha ouviu e só falou quando Mara terminou.

— Vocês, os humanos, são muito estranhos. Muitas vezes pensamos no que os leva a combaterem tanto. Mas estou divagando. A nova Rainha, minha filha, está ansiosa por conhecer uma Rainha humana, especialmente uma que se aventura debaixo do solo em respeito aos costumes de nossa espécie.

A velha Rainha entoou então um assobio alto e sibilante e dois trabalhadores cho-ja avançaram. Entre eles, apresentaram o menor cho-ja que o grupo humano já vira. Mara olhou demoradamente antes de perceber.

— Esta é a nova Rainha?

— Assim como fui outrora. Irá crescer e dentro de semanas será suficientemente grande para governar; poucos meses depois, vai começar a reproduzir.

A jovem Rainha observou Mara, rodeando-a para vê-la melhor. Pareceu movimentar-se com uma graciosidade não vista antes em nenhum outro cho-ja; seus passos eram fluidos, ágeis, até. Não fez nenhum dos movimentos rápidos que Mara observara nos trabalhadores e nos soldados. E mesmo quando falava na língua cheia de estalos de sua espécie, seus olhos brilhantes e multifacetados não deixavam de incidir sobre Mara. A matriarca cho-ja disse:

— Nossa jovem nasceu conhecendo nossa língua, pois isso lhes é ensinado enquanto se desenvolvem no ovo. Já a sua língua deve ser aprendida depois de sair do ovo. Durante algum tempo, minha filha será ainda incapaz de conversar com você.

A avaliação da jovem Rainha fez com que a pele de Mara ficasse arrepiada, o que a deixou envergonhada; ainda assim, manteve-se firme e aguardou. A jovem Rainha terminou a sua inspeção e quebrou o silêncio. A velha Rainha respondeu rapidamente e depois traduziu em tsurani.

— Ela disse que seu aspecto é estranho… assustador. — Depois, dirigiu-se especificamente a Mara. — Embora você seja menos assustadora do que os machos.

Mara acenou de leve com a cabeça na direção da nova Rainha.

— Por favor, diga-lhe que a acho adorável. — A observação não era uma adulação vã; embora com o tempo a jovem Rainha fosse crescer até ser monstruosamente igual à mãe, naquele momento suas feições eram delicadas e agradáveis. Ao contrário dos machos azulados, sua pele era de um tom castanho-avermelhado e escuro e mostrava características que Mara só poderia considerar femininas.

A velha Rainha traduziu e a nova Rainha fez um ruído, aparentemente de prazer. Mara prosseguiu.

— Viemos propor um tratado. Teríamos todo o prazer em convidar esta nova Rainha e seus seguidores para erguerem uma colmeia em nossas terras. Gostaríamos de iniciar as negociações assim que fosse possível.

— Não entendo — respondeu a velha Rainha —, as negociações já começaram.

Mara sentiu uma pontada de preocupação. O objetivo da visita viera rápido demais para que pudesse assimilar e não se sentia preparada, naquele momento, apenas com os conselhos de Arakasi.

— Estou exausta devido a esta viagem de tantos dias. Seria permitido que eu saísse para descansar um dia antes de abordarmos tais assuntos?

A velha Rainha repetiu a pergunta e escutou a resposta da jovem Rainha.

— Minha filha diz que ouvirá agora a sua proposta.

Mara olhou para Arakasi, que sussurrou:

— Se sair agora, pode ofendê-la e perder todas as chances de voltar a falar com ela.

De repente, Mara sentiu-se cansada. A excitação de chegar à colmeia animara-a na última hora, mas naquele momento sentia-se prestes a desmaiar. A tensão de lidar com a jovem Rainha somada ao ritmo avassalador da última semana havia obscurecido seu discernimento. Contudo, não teve outra alternativa a não ser seguir em frente. Mara indicou que colocassem no chão uma almofada de sua liteira. Sentou-se do modo mais formal que conseguiu e abriu as negociações.

— O que sua filha deseja para ir viver nas terras dos Acoma?

A jovem Rainha agachou-se à maneira cho-ja sobre as quatro patas, mantendo ereto o tórax, com os braços cruzados de um modo muito semelhante aos humanos. Fixou seus enormes olhos em Mara e falou. A velha Rainha traduziu:

— Minha filha deseja saber se a terra de suas propriedades é úmida ou seca.

Mara respondeu sem hesitação.

— Temos de ambas. As terras Acoma são vastas e ricas, temos desde pântanos próprios para cultivo de thyza até florestas. Temos também pradarias que se elevam até as colinas, muito semelhantes às que rodeiam esta colmeia.

A jovem Rainha escutou a tradução da mãe, respondendo em seguida:

— Minha filha instalaria seus seguidores num local ao lado de uma fonte de água limpa, mas não onde o solo fosse úmido demais. Pretende também que o local seja distante da floresta, pois as raízes tornam mais difícil a escavação dos túneis mais elevados. A câmara principal deve ser rapidamente escavada, para que ela não corra o risco de ficar acima do solo por mais tempo do que o necessário.

Mara conferenciou com Keyoke.

— Podemos disponibilizar o pasto de needra mais baixo, a oeste do rio. Os escravos podem liberar novas terras ao leste para a manada.

Quando o Comandante das Forças Armadas assentiu, dando seu aval, Mara disse:

— Informe sua filha de que oferecemos uma pequena colina de terra, cercada por um campo aberto, a curta distância de água pura e limpa. Mas a terra fica acima da margem mais elevada do rio e permanece seca, mesmo durante as chuvas mais intensas.

A velha Rainha e a nova envolveram-se numa discussão. A língua cho-ja cheia de estalos e assobios pareceu mais eficiente do que as palavras humanas; ou então aqueles seres estranhos trocavam informações usando recursos complementares à linguagem. Mara aguardou, bastante nervosa em seu interior.

De repente, ecoou pela câmara grande da colmeia um assobio estridente. A comitiva de Mara ficou em alerta e a conversa da velha Rainha com a filha foi abruptamente interrompida. Temendo que a perturbação pudesse anunciar algum perigo, Keyoke colocou a mão no punho de sua espada.

Mas Arakasi agarrou o antebraço do Comandante das Forças Armadas.

— Desembainhe a arma assim tão próximo de duas Rainhas e seremos abatidos imediatamente — sussurrou-lhe. A velha Rainha não deu sinais de estar assustada, mas os machos ao seu lado se ergueram, ficando semiagachados, em uma postura de combate que os deixou a postos para atacar prontamente. Antebraços semierguidos tremeram de leve quando extremidades de quitina afiadas como lâminas foram apontadas a Keyoke. O velho comandante já vira cho-ja em ação; aqueles estavam a um passo de atacar. No mesmo instante, largou o sabre e os soldados em frente à velha Rainha retornaram à posição agachada. Ela não fez comentários. Arakasi soltou um suspiro reprimido e tentou acalmar os outros.

— Se surgir algum perigo, estes guerreiros irão nos proteger, assim como protegem a Rainha deles. — Keyoke assentiu ao perceber a lógica, mas manteve-se próximo de sua Senhora.

No dossel, a velha Rainha esticou um antebraço com um estalo; e em resposta à sua ordem, Lax'l levantou-se de seu lugar a seus pés e saiu apressado.

Ao vê-lo, Mara pensou se, caso necessitasse, seria possível se mover na velocidade dos cho-ja. Como mensageiros, eles não podiam ser rivalizados, e isso despertou a lembrança de uma rima infantil recitada por Nacoya que terminava assim: "Os cho-ja são os primeiros a trazer novidades e frutas prematuras." Proferida como se fosse um absurdo e encarada pelos humanos como coisa de criança, Mara ponderou se afinal a rima não teria um fundo de verdade.

Lax'l voltou antes de ela averiguar melhor a ideia. Trocou assobios e estalos rápidos com sua matriarca; e as palavras seguintes da velha Rainha baniram de vez todos os devaneios de Mara sobre contos infantis.

— Senhora Rainha dos Acoma — disse a líder dos cho-ja —, informaram-me que um Senhor de sua espécie viajou até a colmeia para competir pelos favores da nova Rainha.

6

Cerimônia

Mara ficou rígida.

Desânimo, desilusão e raiva emergiram ao mesmo tempo, e, então, o medo tomou conta de tudo. De uma maneira ou de outra, alguém tomara conhecimento da incubação da Rainha.

Se a novidade se espalhara indiscriminadamente pela região, mais de uma família poderia estar viajando rumo à colmeia na colina. Aquele que estava lá em cima à espera seria apenas o primeiro de muitos. Apesar de aquilo não indicar nada de bom mesmo na eventualidade de a notícia não ter se espalhado por todo lado, era provável que o Senhor dos Inrodaka tivesse convidado algum amigo especial para ser o primeiro a tentar conquistar a colmeia da nova Rainha. Com certeza, ele não ficaria muito feliz ao deparar com intrusos em suas terras, deslocando-se furtivamente para ultrapassarem seu aliado. Com ou sem a aceitação da jovem Rainha, Mara enfrentaria um retorno para casa através das terras de um Senhor hostil que sabia de sua presença. E o que era ainda mais assustador, algum agente dos Minwanabi poderia ter sabido da passagem de Mara e enviado uma mensagem de alerta a seu mestre. Talvez o próprio Jingu estivesse lá em cima à espera para falar com a jovem Rainha.

Mara inspirou profundamente, com a preocupação de não mostrar às Rainhas a sua aflição. Tinha a garganta seca como areia, mesmo enquanto lembrava a si própria uma lição de sua mãe: "O medo é uma morte lenta, filha. Mata aos poucos."

Demonstrando estar calma, Mara fitou a velha Rainha.

— Honrada Governante — disse ela —, tenha em conta que estou fortemente empenhada em conquistar a lealdade desta nova colmeia. As terras dos Acoma são ricas e vastas e nenhum outro Senhor do Império superará minha proposta.

No dossel, a velha Rainha arquejou pelas fendas que faziam as vezes de nariz, o equivalente dos cho-ja a uma gargalhada.

— Lealdade? Governante dos Acoma, esse é um conceito que não é partilhado pelos da minha espécie. Trabalhadores, guerreiros, rirari, todos agem segundo sua natureza, pois, sem a colmeia, nada há mais. Uma Rainha é a única árbitra de uma colmeia e estabelecemos os nossos contratos comerciais em função dos melhores termos que conseguirmos obter. Servimos invariavelmente a melhor oferta.

Mara ficou sem palavras diante de tal revelação. Por mero acaso, a Rainha revelara algo que nenhum tsurani no Império adivinhara. A sociedade tsurani sempre acreditara que os cho-ja eram superiores a determinadas falhas humanas. Mas, afinal, o que se acreditava ser um inabalável sentido de honra, se revelara uma forma mais grosseira de negociar sem escrúpulos. Aqueles cho-ja não passavam de uma raça de mercadores. Sua lendária lealdade estava à venda e talvez sujeita a uma renegociação caso os cho-ja recebessem uma proposta mais tentadora de um Senhor rival. Um dos suportes da estrutura de poder do Império era bem mais vulnerável do que se poderia pensar, pois nunca antes ocorrera a alguém testar a lealdade dos cho-ja contatando a colmeia instalada nas terras de outro Senhor. Em meio ao desânimo, Mara percebeu uma vantagem: enquanto nenhum outro Governante do Império soubesse da verdade, poderia usar tal informação a seu proveito — isso se sobrevivesse para tanto.

— Keyoke. — Mara inclinou-se por cima das almofadas e fez um sinal para que o Comandante das Forças Armadas se aproximasse. — Estes guerreiros que nos acompanham devem jurar silêncio absoluto. — Manteve-se completamente inexpressiva. — Não deve ser permitido aos escravos revelarem o que acabamos de escutar aqui — acrescentou. Nada mais seria dito, mas o velho guerreiro percebeu que ela acabara de sentenciar a morte de oito homens. Ele, por seu turno, sussurrou algo a Arakasi e, com uma expressão indecifrável, o Mestre dos Espiões assentiu uma vez, indicando que asseguraria que isso fosse tratado.

Mara endireitou-se e dirigiu-se à velha Rainha:

— Então, vamos negociar.

Excitada com o que viria a acontecer, a velha Rainha trinou para demonstrar sua alegria.

— Mandarei informar ao outro Senhor humano de que há uma oferta concorrente.

A Rainha deu ordens aos trabalhadores cho-ja que aguardavam. Estes pertenciam à classe dos menores e mais inteligentes artesãos. Mara esperou pacientemente enquanto eles saíam apressados. Entraram outros trabalhadores na câmara, visivelmente estabelecendo um dispositivo de mensagens, dado que o recém-chegado Senhor preferira negociar na superfície, ao modo tradicional dos tsurani. Mara resolveu aproveitar todas as vantagens de que dispunha.

A primeira mensagem de cima chegou e, depois de ter se comunicado por estalos com o mensageiro e com a jovem Rainha, a matriarca da colmeia inclinou a cabeça na direção de Mara.

— Seu rival também possui belas pradarias que permanecem sem umidade todo o ano, ao lado de água boa e livre de raízes de árvores. Diz também que o solo dele é arenoso e fácil de escavar. — Fez uma pausa e conferenciou com sua filha. — Senhora dos Acoma — acrescentou —, minha filha recém-nascida quer saber se deseja melhorar a sua proposta.

Mara resistiu ao impulso de torcer os dedos nas pontas da almofada.

— Tenha a amabilidade de dizer à sua filha que o solo arenoso pode ser fácil de escavar, mas também deixa infiltrar água e tende a desabar com facilidade.

Satisfeita consigo mesma, a velha Rainha respondeu com sua estranha gargalhada.

— Nós sabemos, Senhora dos Acoma. Achamos divertido que um humano possa presumir saber mais sobre túneis do que um cho-ja. Ainda assim, um solo arenoso não representa para nós um problema.

Mara pensou depressa.

— São os melhores mineradores do mundo; contudo, providenciarei escravos para ajudar nas escavações de forma que a espera de sua filha na superfície seja o mais breve possível. Uma centena de meus guerreiros fará a guarda do local e meu próprio pavilhão irá resguardá-la do sol até que seus aposentos no subsolo estejam prontos. — Mara engoliu em seco. — Além disso, para cada dia que ficar na superfície, será presenteada com vinte cestos de frutas e thyza colhida em meus campos, de modo que seus trabalhadores possam permanecer cheios de vigor sem precisarem procurar alimento.

A velha Rainha fez a tradução através de estalos e a jovem Rainha respondeu. Pouco depois, um mensageiro abriu caminho com pressa até a superfície. Levemente suada naquele calor apimentado, Mara conseguiu não demonstrar impaciência. As negociações poderiam prosseguir em um ritmo muito lento, pensou, mas o mensageiro regressou inesperadamente depressa.

Quando as novas condições foram relatadas à sua filha, a velha Rainha traduziu para Mara.

— Se algum túnel ruir, seu rival diz oferecer um conjunto de quartos em sua casa grande para a Rainha e seus acompanhantes eleitos até que seus novos aposentos sejam reconstruídos.

Algo na voz da Rainha possibilitou a Mara uma revelação. Apesar de seu fluente tsurani, a Rainha era um ser estranho com necessidades estranhas. Havia poucos valores em comum; ao reproduzir a oferta rival, a Governante dos Cho-ja poderia não estar indicando sua preferência, mas sim incitando os Governantes humanos a oferecerem cada vez mais. Mara esforçou-se para ser o mais sensata possível.

— Isso é uma tolice. O que poderia levar sua filha a desejar viver numa residência tsurani? O meu pavilhão se revelaria bem mais confortável.

A velha Rainha respondeu prontamente:

— Isso é verdade. Mas ele também oferece quarenta e cinco quilos de jade e o mesmo em metal precioso para pagar os artesãos de minha filha.

Mara estremeceu um pouco sob seus trajes finos. Os artigos anunciados eram uma verdadeira fortuna. Seu rival lá em cima só podia ter uma determinação tremenda, para elevar a oferta daquela maneira tão cedo. A inteligência por si só não lhe bastaria e Mara imaginou Jican esfregando as mãos enquanto ela refletia se a riqueza dos Acoma bastaria como contraproposta.

A voz de Mara revelou-se pouco segura quando falou:

— Ilustre Rainha, diga à sua filha que as grandes casas são apropriadas apenas para trabalhadores e soldados, não para Rainhas. Melhor do que isso, serão túneis que nunca desmoronem. Diga também que metais preciosos e jade são inúteis sem ferramentas para trabalhá-los; assim sendo, o que desejariam os cho-ja: pedras e metais preciosos que podem encontrar com mais facilidade do que qualquer minerador humano ou ferramentas capazes de transformá-los em peças belas e valiosas, para serem negociadas com humanos em troca de algo que os cho-ja verdadeiramente desejem ter? Cobrirei a oferta do outro Senhor em valor, mas com coisas que os cho-ja não consigam por si mesmos: ferramentas e pele de needra de igual valor e madeiras trabalhadas em resina. — Parou por um momento e depois prosseguiu: — Assim como armas e armaduras para seus guerreiros.

— Uma oferta generosa — comentou a velha Rainha. Seus olhos reluziram intensamente enquanto fazia a tradução, como se estivesse apreciando a disputa entre os Governantes humanos. A conversa foi pontuada por trinados de prazer.

Tensa e cansada, Mara fechou os olhos. Os recursos dos Acoma corriam o risco de serem totalmente exauridos e a oferta que acabara de fazer cairia pesadamente sobre os artesãos trazidos por Lujan, armeiros cujo trabalho ainda não fora avaliado. E os cho-ja se sentiriam insultados caso os trabalhos fossem de baixa qualidade, podendo até ficar furiosos.

O mensageiro regressou logo. Trocou breves estalidos com a Rainha matriarca e a filha soltou uma série de altos trinados.

Mara temeu o que poderia revelar a tradução; com certeza a felicidade da filha da Rainha significava uma concessão magnânima por parte do senhor rival.

A velha Rainha terminou a conversa com o mensageiro. Imóvel como uma estátua de obsidiana, declarou:

— Governante, o Senhor na superfície informou ter reconhecido as cores dos Acoma nos guerreiros que aguardam ao lado da entrada da colmeia. Alega conhecer seus recursos e diz ainda que não lhe será possível garantir aquilo que acabou de propor.

Os olhos de Mara estreitaram-se diante do olhar reluzente da Rainha.

— Ele não diz a verdade. — Fez uma pausa, conteve a fúria cortante e perigosa e levantou-se da almofada. — Esse Senhor não sabe o que diz.

— Não compreendo — comentou a Rainha, indiferente à ira de Mara.

Mara lutou para se controlar.

— Os cho-ja conhecem em detalhes todas as colmeias e tudo o que nelas ocorre?

A Rainha, perplexa, moveu subitamente os antebraços.

— Tudo o que acontece numa colmeia é do conhecimento de todas as Rainhas. — Fez uma prolongada pausa, zumbindo suavemente para a jovem Rainha logo em seguida. Então voltou a dirigir a palavra a Mara: — É evidente que o modo de ser dos humanos é bem diferente do nosso.

Mara lambeu os lábios e sentiu o sabor do suor. A tensão não deveria induzi-la a agir de maneira impensada. Bem fundo sob a terra, com apenas seis guerreiros a postos para protegê-la das mais rigorosas defesas da colmeia, um simples gesto mal calculado poderia ser fatal.

— Sou a Governante dos Acoma — disse Mara, com cautela. — Digo que não há casa no Império que se atreva a ter a pretensão de conhecer a dimensão de meus recursos! Esse Senhor rival negocia sem honra e sua acusação é um insulto à minha casa. — Avançou um passo, com o medo disfarçado pelo porte orgulhoso de seus antepassados, e encarou diretamente a jovem Rainha. — Senhora dos Cho-ja, eu negocio com boa-fé. Saiba que, como uma Acoma, dou mais valor à minha palavra do que à minha vida.

A espera enquanto suas palavras eram traduzidas ameaçou derrubá-la, mas Mara aguentou, com as mãos bem apertadas uma na outra. A jovem Rainha observou a visitante humana com uma curiosidade penetrante, enquanto a velha Rainha dava instruções a seus mensageiros. O desafio de Mara a seu rival invisível na superfície trouxe à tona questões de honra e poderia ocorrer derramamento de sangue dentro da colmeia. Combatendo um ataque de pânico, Mara praguejou para si mesma. O fato de desconhecer a identidade de seu rival deixava-a em desvantagem.

Ouviu-se um fraco ruído quando apareceu o mensageiro seguinte. A velha Rainha escutou-o e depois falou:

— Senhora Governante, o Senhor lá em cima reconhece que foi a raiva quem falou. Talvez você tenha armeiros que possam cumprir aquilo que prometeu, mas ele diz que todo o Império tem conhecimento de que a riqueza dele é maior do que a dos Acoma. Pela jovem Rainha, ele cobrirá quaisquer ofertas que a Senhora Mara possa fazer, caso minha filha opte pelas terras dele para instalar sua nova colmeia.

O barulho das pulseiras de jade interrompeu o silêncio que se gerou quando Mara se endireitou.

— Quem se atreve a dizer que tem uma riqueza superior à minha?

— O Senhor dos Ekamchi — esclareceu a Rainha.

Mara olhou de soslaio para Arakasi, pois só conhecia vagamente aquele nome. O Mestre dos Espiões deixou seu lugar na comitiva e sussurrou baixinho:

— É o amigo mais próximo de Inrodaka. É um homem rico, um

pouco mais que a Senhora, penso eu. O exército dele é pequeno, embora provavelmente tenha trazido uma escolta maior do que a nossa. Lembro-me dele como um homem gordo, que nunca esteve em combate e que provavelmente não tem um pingo de coragem.

Mara assentiu. A prontidão com que o Senhor dos Ekamchi se retratou por sua pretensão de conhecer os recursos dos Acoma pareceu revelar a hesitação de um homem pouco seguro de si. Apegando-se ao conselho implícito de Arakasi, Mara disse:

— Quanto mais tempo esperarmos, mais perdemos a vantagem de que dispomos. Acho que tenho de ser ousada.

O Mestre dos Espiões ostentou um sorriso passageiro enquanto fazia uma reverência e voltava a seu lugar. Simulando um tom de confiança à voz, Mara dirigiu-se à jovem Rainha:

— Filha da Rainha dos Cho-ja, afirmo neste momento que os Acoma cobrirão qualquer oferta feita por esse fanfarrão arrogante que está lá em cima. Todos os bens materiais que ele oferece, eu igualarei em valor para sua colmeia. Prometo também que flores bem-cheirosas serão entregues todos os dias da primavera, de modo que os prazeres da vida na superfície não sejam esquecidos por vocês enquanto a Senhora cuida de seus súditos. Farei com que tapeçarias de cores bonitas sejam confeccionadas pelos nossos melhores tecelões, para que seus aposentos estejam sempre agradáveis, e essas tapeçarias serão mudadas a cada estação, para que não se canse delas. E irei conversar com a Senhora para discutir os assuntos do Império e para que possa compreender melhor os assuntos dos humanos. Peço que escolha agora uma propriedade para abrigar sua colmeia.

O silêncio se impôs. Os trabalhadores auxiliares pareceram ficar um pouco tensos quando a Rainha matriarca iniciou sua tradução, com cada estalo e assobio vivamente enfatizados. Mara ficou à escuta e prendeu a respiração, enquanto a seu lado Keyoke e Arakasi, ambos com um ar severo, trocavam sinais indicando estarem a postos. Sua Senhora apresentara uma proposta audaciosa e ninguém poderia saber qual seria a reação da estranha cho-ja.

As duas Rainhas conferenciaram. Tensa, sofrendo devido à pressão do momento, Mara sentiu os minutos se estenderem como as cordas de uma gikoto esticada demais por um músico nervoso. Teve de recorrer a todas as lições de autocontrole que lhe haviam sido ensinadas no templo para conseguir suportar aquela cruel expectativa. Estava rodeada pelos rostos de seus servidores; via desde a expressão familiar e enrugada de

Keyoke e de cada um de seus soldados, até o semblante enigmático de Arakasi. Sentiu um arrepio ao imaginar qual seria seu destino caso a Rainha dos Cho-ja decidisse de modo desfavorável aos Acoma; se o negócio fosse acertado com o Senhor dos Ekamchi, ela teria inimigos à sua espera na superfície. Quaisquer vantagens que tivesse conquistado ao entrar na colmeia estariam irremediavelmente perdidas; em último caso, sua ousadia poderia implicar sua morte, pois nenhum homem sabia o que indicava a tradição daquela raça para com seus convidados.

Então, sem aviso, os olhos multifacetados da velha Rainha se voltaram para os humanos. Mara permaneceu imóvel enquanto era anunciada a decisão:

— A filha da Rainha já decidiu. Ela anuncia que levará sua colmeia para a propriedade de Mara dos Acoma.

Lax'l fez um gesto. O mensageiro saiu às pressas pela última vez para anunciar a derrota ao Senhor dos Ekamchi. Keyoke e Arakasi trocaram leves sorrisos de alívio, enquanto Mara cobriu rapidamente o rosto com ambas as mãos para abafar um riso triunfal. Seu instinto estava correto. Os Acoma iriam obter uma rara e preciosa vantagem para os anos seguintes.

Com o cansaço obliterado pelo entusiasmo e pela curiosidade, Mara questionou:

— Se me é permitido perguntar, por que sua filha optou pelas terras dos Acoma, quando as ofertas eram tão similares?

As Rainhas trocaram impressões antes de a mais velha responder.

— Minha filha gosta de você. Você disse que ela é bonita.

— Eis algo que nunca passaria pela cabeça de um homem — refletiu Arakasi —, nem as Rainhas dos Cho-ja são imunes a elogios.

— É verdade — comentou Keyoke.

A velha Rainha inclinou a cúpula polida da cabeça na direção de Mara.

— E ambas consideramos uma grande cortesia o fato de você ter vindo ao subsolo negociar em vez de recorrer a mensageiros, pois foi a primeira da sua raça a fazê-lo.

Arakasi quase riu alto, dirigindo-se a Keyoke em seguida:

— Isso só aconteceu porque a maioria dos Senhores não poria o pé na casa de ninguém sem ser primeiro convidado a entrar. Parece que a civilidade tsurani é vista como falta de cortesia pelos cho-ja.

O Comandante das Forças Armadas mostrou-se menos animado.

— As espadas ainda podem vir a determinar o resultado deste encontro — relembrou ao Mestre dos Espiões, apontando com um movimento do polegar as forças nada amistosas que aguardavam na superfície.

Mara nada disse sobre os comentários de seus servidores, pois olhava para a velha Rainha.

— Pelo que entendi, o séquito da jovem Rainha será pequeno.

A velha Rainha fez um gesto com o antebraço.

— É verdade, patrona da colmeia de minha filha. Dei à luz trezentos guerreiros, duzentos dos quais foram amadurecidos com excelência para acompanhá-la, enquanto os outros cem seguirão quando crescerem. Entregarei a ela duas rirari, dois machos reprodutores e setecentos trabalhadores.

Mara pensou no assunto. A presença dos cho-ja na propriedade dos Acoma se revelaria um problema até mesmo para o mais audacioso dos inimigos, pois ninguém saberia que os guerreiros cho-ja eram jovens e difíceis de controlar.

— Normalmente, quanto tempo seria necessário para a nova colmeia começar a fazer comércio?

A velha Rainha contraiu as mandíbulas, como se adivinhasse a intenção de Mara.

— Normalmente, dois ou três anos.

O cansaço voltou em ondas entorpecentes. A mente de Mara vacilou e ela se obrigou a focar em algo que a velha Rainha dissera antes.

— Gostaria de fazer uma oferta para que fossem enviados com sua filha mais trabalhadores e guerreiros. — Esforçando-se por ocultar seu cansaço, Mara recuou com firmeza até a liteira. Entrou e fez um sinal para um escravo, indicando que ele devia segurar as cortinas de modo que ela pudesse ver as duas Rainhas. Acomodada sobre suas almofadas e com a esperança de não parecer abatida demais, Mara disse: — Discutirei os termos.

— Isso é bastante sábio — respondeu a Rainha. — Os jovens guerreiros são intratáveis: serão necessários soldados mais velhos e mais experientes para colocar logo ordem na nova colmeia.

O coração de Mara bateu de alegria; ela compreendera os comentários da velha Rainha sobre a natureza dos cho-ja. Atrás dela, Keyoke murmurou seu espanto.

— Eles se prestam a negociar seus próprios súditos!

A velha Rainha mostrou ter o ouvido mais apurado do que seria de esperar.

— Apenas a colmeia interessa, Comandante das Forças Armadas. E eu sou a colmeia — salientou. — Aqueles que eu vender, servirão sua Senhora como serviriam a mim. Ela será a nova Rainha deles.

— Desejo apenas que sua filha tenha uma colmeia mais forte o mais rápido possível — declarou Mara. — Compro trabalhadores e guerreiros como uma oferenda para ela.

A velha Rainha assentiu.

— É muito generoso de sua parte. Levarei isso em conta quando estabelecer meu preço.

Mara demorou um momento para consultar seus conselheiros. Em seguida, assegurando-se de que seus ombros não estavam caídos, dirigiu-se à Rainha.

— Necessito de vinte de seus guerreiros, Majestade. Irei também solicitar artesãos.

Keyoke endireitou-se, surpreso.

— Achei que quisesse apenas guerreiros, minha Senhora.

Mara assumiu uma postura distante, algo que começara a fazer com frequência; à medida que a posição dos Acoma se estabilizava, esforçava-se para planejar o futuro. Cada vez mais, seguia seus próprios pensamentos. Mas um velho e estimado conselheiro merecia uma explicação.

— Devido a meu noivado com o filho dos Anasati, nossa posição está segura por enquanto. Com o tempo, esta jovem Rainha poderá gerar mais guerreiros. Mas o maior talento deles não é inato, penso eu. Quero que fabriquem seda.

A Rainha matriarca elevou-se o máximo que seu segmento traseiro imóvel permitia.

— Terá de pagar bem caro para que lhe sejam entregues artesãos capazes de fabricar seda.

Mara retribuiu com uma pequena reverência, para que sua ousadia não se tornasse ofensiva.

— Qual é o preço?

A Rainha acenou com seus compridos membros dianteiros.

— Cem sacas de thyza por cada trabalhador.

— De acordo — respondeu Mara sem hesitar. — Peço-lhe cinco desses trabalhadores.

Mas a velha Rainha produziu uma série de severos estalos ao perceber a velocidade com que Mara concordava com seus termos.

— Deve também entregar mil espadas, mil capacetes e mil escudos, que devem ser enviados assim que você chegar à casa.

Mara franziu o cenho. Como Jican era um bom gestor, ela dispunha de meios para comprar o que não havia armazenado.

— De acordo. — O negócio era complexo, mas justo; com o tempo, um florescente comércio de seda serviria para pagar muitas vezes aqueles custos. Mara estava ansiosa por contar as novidades a Jican e Nacoya. — Quando a Rainha parte?

A matriarca conferenciou com a filha, respondendo em seguida:

— Não antes do outono.

Mara inclinou a cabeça em um gesto respeitoso.

— Assim sendo, partirei de madrugada para preparar nossas obrigações com vocês. Meus trabalhadores tomarão as providências para mudar as needra de local e para que o campo seja aparado e preparado, de modo que a Rainha, sua filha, seja bem recebida ao chegar.

A Rainha matriarca fez um gesto de despedida.

— Então vá, Mara dos Acoma. Que seus deuses a brindem com prosperidade e honra, pois lidou com graciosidade com nossa espécie.

Mara respondeu profundamente aliviada:

— E que sua colmeia continue a crescer em prosperidade e honra.

Lax'l avançou para conduzir os humanos à superfície e a Rainha virou seus olhos brilhantes para o lado, envolvendo-se outra vez nos assuntos da colmeia e nas complexas decisões da procriação. Pronta para se deixar levar pelo cansaço e tremendo um pouco devido ao tempo sob tensão contínua, Mara deixou-se afundar nas almofadas de sua liteira. Fez um gesto e sua companhia preparou-se para partir. Durante a subida à superfície, quis rir em voz alta e depois chorar. As sementes agora plantadas poderiam vir um dia a dar belos frutos, pois obtivera meios para expandir ainda mais a já impressionante base financeira de Jican. O comércio de seda no Sul ainda não era uma indústria estabelecida. A seda do Norte variava em qualidade e disponibilidade. Mara não sabia como convencer aquela jovem Rainha a transformar a produção de seda numa grande especialidade de sua colmeia, mas iria encontrar uma forma. Produzida ao lado dos maiores mercados do Sul, a seda dos Acoma poderia um dia dominar o mercado.

Então, enquanto seus carregadores a levavam pelos escuros e odoríferos túneis da colmeia cho-ja, sua euforia passou. Havia menos de duas semanas para dar conta dos elaborados preparativos exigidos pelo casamento de duas grandes casas. Embora os esforços da noite anterior pudessem ajudar no crescimento da riqueza dos Acoma, logo essa riqueza teria de ser entregue a outro, ao filho de um de seus inimigos mais implacáveis. Mara meditou profundamente na privacidade de sua liteira; dentre todas as suas ações desde a morte do pai e do irmão, seu casamento com Buntokapi era a que trazia mais riscos.

O último cruzamento ficou para trás; contudo, o túnel não escureceu. Entre as finas cortinas de sua liteira, Mara percebeu os arcos da entrada da colmeia, com a luz do dia brilhando intensamente. As negociações com as Rainhas dos Cho-ja tinham durado toda a noite. A garota sentiu os olhos arderem enquanto se adaptavam à luz cada vez mais intensa e sentiu a cabeça girar devido ao cansaço. Satisfeita por se recostar e cochilar enquanto Keyoke orientava a escolta e preparava os escravos e os guerreiros para a longa marcha de volta para casa, não percebeu problemas até sua liteira dar um solavanco ao parar. Logo ouviu o ruído de armas sendo desembainhadas.

Assustada, Mara ficou muito quieta. Estendeu a mão para abrir as cortinas, precisamente no momento em que uma voz estranha bradava em fúria:

— Vocês! Ladrões! Preparem-se para responder por seus crimes!

Desperta devido ao medo e à fúria, Mara afastou de repente a fina cortina para o lado. Keyoke e os guerreiros Acoma estavam a postos com as espadas na mão, prontos para se defenderem. Para além deles encontrava-se o Senhor dos Inrodaka, de cabelo branco desgrenhado, rosto corado e furioso após uma noite ao relento. Rapidamente, Mara avaliou sua comitiva. Contou uma companhia completa de soldados, duzentos pelo menos, e nem todos vestiam o vermelho dos Inrodaka. Pelo menos metade tinha a armadura púrpura e amarela dos Ekamchi.

O velho Senhor projetou o queixo para a frente e apontou para a espada ornamental de sua família.

— Senhora dos Acoma! Como se atreve a cruzar as terras dos Inrodaka! Sua audácia ultrapassa sua força, para pesar e vergonha de seu nome. Irá pagar bem caro por ter roubado a colmeia da Rainha filha.

Mara acolheu a acusação com um frio olhar contemplativo.

— Fala sem pensar, e, mais do que isso, sem honra. — Fitou o homem gordo ao lado do Inrodaka, pressupondo que se tratasse do Senhor dos Ekamchi. — As terras ao redor desta colmeia permanecem sem dono;

mande seu hadonra verificar nos arquivos em Kentosani, caso duvide de mim. E os cho-ja não são escravos de ninguém. Escolhem com quem pretendem negociar. E chamar de ladrão a quem negocia de boa-fé é um insulto que requer um pedido de desculpas!

Ambos os Senhores fitaram a Governante dos Acoma. Poderia parecer uma jovem tomada por um acesso de raiva, mas cara a cara com os homens armados e competentes que aguardavam por sua ordem para desembainharem as espadas e obterem suas desculpas, ambos perderam um pouco de sua fúria. No entanto, não se acovardaram diante da inesperada ousadia de Mara. O Senhor dos Inrodaka cuspiu de indignação e seu companheiro ergueu o punho cerrado. Os gestos grosseiros teriam sido cômicos não fosse pelas fileiras reluzentes de guerreiros com armas atrás deles.

— Você me ofendeu, fez com que eu quebrasse um laço de fé com um aliado de confiança — vociferou Inrodaka. Contudo, pareceu mais inclinado a falar do que a lutar. — Prometi aos Ekamchi direitos exclusivos para negociar com a Rainha filha e, traiçoeiramente, você, Acoma, ficou a par de meus segredos!

Mara compreendeu então. O homem suspeitava que os Acoma tinham um agente em sua casa. Arakasi fora durante diversas semanas convidado dos Inrodaka; se alguém o reconhecesse, aquilo resultaria em um combate. Mara arriscou um olhar discreto que terminou numa piscadela de confusão. O Mestre dos Espiões desaparecera. Olhando com mais atenção e cuidado, percebeu sua presença entre os soldados, mas mesmo ali ela teve dificuldade em vê-lo. Sendo mais um entre as fileiras dos Acoma, estava a postos para enfrentar quaisquer problemas, mas o capacete apresentava-se levemente inclinado sobre a ponte do nariz e o queixo projetado para a frente, fazendo com que seu maxilar parecesse mais anguloso do que o habitual. Com certeza, passaria despercebido. Aliviada, esforçou-se para evitar um conflito.

— Meu Senhor, não aceito ser considerada responsável por ter causado uma quebra nos compromissos que assumiu. Os cho-ja guiam-se por seus próprios pensamentos. Quanto a saber de seus segredos, "os cho-ja são os primeiros a trazer novidades e frutas prematuras". Caso tivesse se dado ao trabalho de perguntar, eles lhe teriam dito que uma colmeia conhece os negócios de todas as outras. Saindo ou não de suas terras, as novidades estariam ao alcance de qualquer um por todo o Império. Fui, pura e simplesmente, a primeira a entrar em ação. Não poderia me deter, meu Senhor. E por fim, desde quando os Acoma têm de cumprir as vontades dos Inrodaka?

O Senhor dos Inrodaka arrepiou-se. Seu aliado, o Senhor dos Ekamchi, parecia estar prestes a encerrar o assunto e partir. Contudo, a honra impediu-o quando Inrodaka disse:

— Por tudo isso, sua criança insolente, não irá sair com vida de minhas terras.

Mara absorveu a ameaça com um silêncio orgulhoso e firme. Não podia tentar escapar, pois tal covardia seria a vergonha absoluta de seus antepassados. Apesar de todo o medo que lhe atormentava o coração, viu que seus homens estavam a postos, sem darem sinal de medo diante das chances que tinham contra os outros. Ela assentiu uma vez na direção de Keyoke.

O Comandante das Forças Armadas indicou aos guerreiros dos Acoma que erguessem as armas enquanto, mais parecendo um reflexo imperfeito num espelho, os comandantes Inrodaka e Ekamchi ordenaram a seus homens que se preparassem.

Em meio ao barulho das lâminas e rangidos das armaduras, Mara sentiu sua pulsação acelerar. Tentou negociar uma última vez.

— Não queremos conflitos, especialmente tendo em conta que nada fizemos para que tenhamos de nos defender.

A resposta do Inrodaka cortou com acidez o ar da manhã.

— Não partirá sem uma luta.

Na iminência de dar início a um derramamento de sangue, Mara encarou o velho irado, enquanto sussurrava furiosamente a Keyoke:

— Poderíamos nos atrever a contar com a aliança da jovem Rainha?

Keyoke manteve o olhar fixo nas forças oponentes.

— Minha Senhora, a velha Rainha governa esta colmeia e a aliança dela é com os Inrodaka. Quem sabe como reagirão os soldados dela se a jovem Rainha for ameaçada? — E prosseguiu, cerrando com força a mão no punho da espada. — Duvido que já tenha acontecido um confronto como esse na longa história do Império.

Enquanto falava, uma boa centena de velhos e experientes soldados cho-ja apareceu vinda da entrada da colmeia. Carapaças pretas e antebraços afiados brilharam sob a luz do sol quando se interpuseram entre as fileiras humanas. Dezenas de outros surgiram de repente vindos da terra, no exato instante em que Lax'l avançava meia dúzia de passos até os dois Senhores furiosos.

— Os Acoma e sua Governante são convidados de nossa Rainha e do Senhor dos Inrodaka, seu aliado. Nenhum de vocês pode trazer um conflito à nossa colmeia. Se ambos os exércitos abandonarem o terreno, nenhum sangue será derramado.

Furioso, o Senhor dos Inrodaka ergueu o queixo.

— Mas sua colmeia serve minha casa há três gerações!

— Aliados — repetiu Lax'l. Seus olhos brilharam com algo que deveria ser raiva, pensou Mara, apesar de sua voz se apresentar calma. — Tal como mencionou a Senhora dos Acoma, os cho-ja não são escravos de ninguém. Vão embora agora. — Para deixar clara a determinação deles, outro comandante dos cho-ja surgiu das imediações da colmeia, para assumir posição atrás das forças dos Inrodaka e dos Acoma. Uma força idêntica aparecia atrás dos soldados de Mara.

Inrodaka olhou para ambos os lados, onde mais duzentos guerreiros cho-ja se aproximavam com os membros em posição de ataque. Sua ira atenuou-se, mesmo antes de se voltar para ver o Senhor dos Ekamchi já fazendo sinal para suas forças se retirarem. Mara observou que Inrodaka nem sabia bem o que sentir diante da obrigatoriedade de partir. Havia muito tempo era conhecido como alguém que evitava conflitos e todo aquele aparato fora provavelmente para agradar seu aliado mais do que por se sentir de fato ultrajado.

A fraqueza subjugou a Senhora dos Acoma, pois as noites sem dormir e a tensão tinham derrubado sua firme força de vontade. Permitiu a si mesma deixar-se cair para trás sobre as almofadas enquanto Lax'l virava-se para falar com Keyoke.

— Comandante das Forças Armadas, minha companhia vai escoltá-los até os limites das propriedades dos Inrodaka com uma centena de guerreiros.

Keyoke gesticulou e, sobre o som dos homens embainhando de novo as espadas, perguntou:

— Você estará entre os vinte que formarão a nova colmeia?

— Estarei. — Lax'l fez uma estranha expressão facial, talvez o equivalente cho-ja de um sorriso. — Uma vez que vocês se esforçaram imensamente para assegurar a segurança de sua filha, a velha Rainha brindou-lhes com seus melhores soldados. Outro assumirá meu cargo aqui, e eu serei o Comandante das Forças Armadas da nova colmeia. — E prosseguiu, parecendo querer completar seu pensamento: — Creio que a Senhora dos Acoma conquistou aquilo que vocês, tsurani, chamam de afeto da velha Rainha.

Cansada até os ossos, Mara ainda conseguiu fazer uma pequena reverência de agradecimento.

— A jovem Rainha não precisa de você agora?

O Comandante das Forças Armadas Cho-ja recorreu a seus membros para indicar que não.

— A jovem Rainha é mais vulnerável quando está crescendo, então nem mesmo a nossa presença acalmará a agressividade dos jovens guerreiros, nem o deveria fazer. Assim que chegarem à nossa nova colmeia, ensinaremos a eles o necessário para que se tornem bons guerreiros.

Assim que as forças dos Inrodaka e dos Ekamchi se retiraram através de um pequeno monte e desapareceram de vista, Keyoke convocou os homens para o longo retorno à casa. Quando o último soldado ficou a postos, ele olhou para sua Senhora.

— Minha Senhora?

Mara indicou que podiam partir, mas solicitou a Arakasi que caminhasse ao lado de sua liteira. Ele apareceu, com um ar esgotado e empoeirado, como os outros homens, a não ser pelo brilho triunfal evidente em seu olhar. Incentivada pelo orgulho do dever cumprido por ele demonstrado, Mara falou em voz baixa enquanto a coluna avançava:

— Saiu-se melhor do que a encomenda, Arakasi. Não só demonstrou o valor de seus conselhos como sua sabedoria se revelou altamente benéfica para os Acoma. De quanto tempo necessita para reativar sua rede?

A satisfação do Mestre dos Espiões espalhou-se pelo seu rosto até ele mostrar um genuíno sorriso. Fez uma pequena reverência à sua nova Senhora.

— Um ano, Senhora, se não tiver dificuldades.

— E se houver dificuldades?

— Um ano e meio. — O Mestre dos Espiões fez uma longa pausa. — Mais, se a Senhora assim necessitar — acrescentou.

Mara olhou para ambos os lados, certificando-se de que não havia nenhum homem marchando perto o bastante para escutá-los.

— Esta noite, quando acamparmos, quero que parta para começar a procurar seus agentes. Volte no prazo de um ano às nossas terras. Caso precise entrar em contato, nosso sinal será a frase "os fabricantes de seda da jovem Rainha", entendido?

Arakasi respondeu com um ligeiro aceno, um gesto dissimulado com um ajuste da tira de seu capacete.

— Se não voltar para jurar sobre o natami dos Acoma, não estarei obrigado a servir às ordens da Senhora dos Acoma até me sentir pronto a fazê-lo. — E acrescentou mordazmente em seguida: — Nem às ordens do Senhor dos Acoma.

— Você entende. — Mara cerrou os olhos e deteve uma forte emoção. Os deuses foram generosos em permitir que aquele homem fosse suficientemente esperto para adivinhar suas intenções em relação a seu futuro marido.

Arakasi comentou em voz baixa.

— Buntokapi pode não partilhar nosso entusiasmo pelo nosso juramento, Senhora.

Mara assentiu, tremendamente aliviada por aquele homem se revelar um aliado e não um inimigo. Se Jingu dos Minwanabi colocasse a mão em um homem talentoso como Arakasi... mas o cansaço não serviria para afastar os resquícios de receios infundados. Com esforço, a Senhora focou-se no presente.

— Assim que voltar, veremos em que ponto estão as coisas. Se tudo tiver progredido como espero, poderemos então avançar com nossos planos em relação a Jingu dos Minwanabi.

Arakasi inclinou ligeiramente a cabeça em direção à liteira de Mara.

— Jurei-lhe lealdade do fundo do coração, minha Senhora. Rogo aos deuses que me concedam a oportunidade de, um dia, fazer um juramento mais formal diante do testemunho dos Acoma. — Olhou em volta para o verde profundo e denso da floresta. — Este me parece um local tão bom quanto qualquer outro para partir. Que os deuses a protejam, Senhora dos Acoma.

Mara agradeceu-lhe e ficou em silêncio quando Arakasi virou as costas e se embrenhou no bosque. Keyoke olhou para trás e viu-o partir. Se o Comandante das Forças Armadas dedicou algum pensamento à sua súbita partida, optou por nada comentar, limitando-se a dar atenção a seus guerreiros e aos perigos da marcha de volta à casa. Mara recostou-se, com as últimas palavras de Arakasi dando voltas e voltas em sua cabeça. Acrescentou uma oração para que o desejo dele se concretizasse: pois se ele sobrevivesse e não fizesse um juramento diante do natami, isso significaria que ela morrera ou que Buntokapi se tornara o Senhor dos Acoma de forma plena, sem que ela pudesse controlá-lo.

...

As criadas esperaram pela sua Senhora. Sentada sobre almofadas nos aposentos que ainda considerava como sendo de seu pai, Mara abriu os olhos.

— Estou pronta — anunciou.

Mas no fundo de seu coração, sabia não estar preparada para o casamento com o terceiro filho dos Anasati, e nunca estaria. Com as mãos segurando firmemente uma na outra, aguentou quando suas criadas iniciaram o tortuoso processo de pentear seu cabelo e prendê-lo com fios e fitas no penteado tradicional das noivas. As mãos das mulheres trabalharam com delicadeza, mas Mara não conseguiu ficar quieta. Cada torção e puxão ao prender uma mecha dava-lhe vontade de se contorcer como uma criança.

Como sempre, Nacoya pareceu ler seus pensamentos.

— Minha Senhora, neste dia os olhos de todos os convidados estarão postos em você, por isso, deverá encarnar o orgulho do legado dos Acoma.

Mara cerrou os olhos, como se pretendesse se esconder. Sentiu uma agitação na boca do estômago, algo muito semelhante a dor. O orgulho do legado dos Acoma a havia conduzido a circunstâncias que a mergulharam bem fundo num pesadelo; cada vez que dominava uma ameaça, seguia-se outra. Pensou mais uma vez se teria agido com sensatez ao escolher Buntokapi como marido. Ele poderia ser mais facilmente influenciado do que seu bem cotado irmão Jiro, mas também poderia se revelar mais teimoso. Se não pudesse ser controlado, seus planos para o ressurgimento do poder dos Acoma nunca seriam concretizados. O que já não seria a primeira vez que acontecia. Mara parou com as especulações vãs: a escolha estava feita. Buntokapi seria o Senhor dos Acoma. Então corrigiu-se em silêncio: ao menos, por algum tempo.

— A Senhora poderia virar a cabeça? — Mara obedeceu, espantada com o calor da mão da criada em seu rosto. Seus próprios dedos estavam gelados enquanto pensava em Buntokapi e em como poderia lidar com ele. O homem que tomaria o lugar de seu pai como Senhor dos Acoma não tinha a sabedoria ou a inteligência do Senhor Sezu, nem a graça, o encanto e o irresistível senso de humor de Lano. Nas poucas ocasiões formais em que Mara observara Buntokapi desde que este chegara para o casamento, ele lhe parecera um homem bruto, lento na percepção de qualquer sutileza e óbvio em suas paixões. Prendeu a respiração e dominou um calafrio. Não passava de um homem, lembrou a si mesma; embora seu treinamento no templo a tivesse levado a conhecer pouco os homens, teria de recorrer à sua perspicácia e seu corpo para controlá-lo. Para o grande Jogo do Conselho, representaria o papel de esposa sem amor, assim como o haviam feito inúmeras mulheres de grandes casas antes dela.

Tensa com sua própria determinação, Mara suportou os cuidados das cabeleireiras enquanto a confusão e os gritos que passavam pela fina tela dos biombos indicaram que os criados preparavam o grande salão para a cerimônia. No exterior, as needra berraram e as carroças rodaram, carregadas de decorações e bandeirinhas. As tropas da guarnição estavam dispostas, vestindo armaduras completas e reluzentes de tão polidas, com as armas embrulhadas em faixas de tecido branco para simbolizar a alegria da união de sua Senhora. Convidados e seus respectivos séquitos encheram a estrada, com suas liteiras e criados de colete formando um mar colorido em contraste com a grama ressequida dos campos. Foi concedido um dia de folga a escravos e trabalhadores para poderem desfrutar da festa; suas gargalhadas e cantorias chegaram aos ouvidos de Mara, sentada, emocionada e abandonada a seus temores.

As criadas retocaram a última fita de seu cabelo e, suavemente, colocaram no lugar as últimas mechas cintilantes. Sob os caracóis de cabelo negro, Mara parecia uma boneca de porcelana, com cílios e sobrancelhas tão finas quanto as de uma obra-prima de um pintor de templos.

— Filha de meu coração, nunca esteve tão bela — comentou Nacoya.

Mara sorriu de modo mecânico e levantou-se, enquanto as costureiras largavam os trajes brancos simples e lhe aplicavam uma leve camada de pó de arroz para mantê-la seca durante a demorada cerimônia. Outras preparavam o pesado vestido de seda bordada reservado às noivas dos Acoma. Enquanto as velhas mãos enrugadas das mulheres alisavam a roupa por cima de seus quadris e abdômen liso, Mara mordeu os lábios. Com a noite, as mãos de Buntokapi tocariam seu corpo onde desejasse. Contra sua vontade, começou a suar um pouco.

— O dia está ficando quente — murmurou Nacoya. Um brilho de reconhecimento iluminou seus olhos enquanto acrescentava um pouco mais de pó de arroz onde precisava. — Kasra, vá buscar para sua Senhora um copo de vinho de sa fresco. Ela está pálida e o casamento ainda nem começou.

Mara, furiosa, respirou fundo.

— Nacoya, sou capaz de me virar muito bem sem vinho. — Fez uma pausa, frustrada, enquanto as mulheres encaixavam as rendas em sua cintura e na parte inferior do peito, restringindo-lhe temporariamente a respiração. — Além disso, tenho certeza de que Bunto beberá o suficiente por nós dois.

Nacoya fez uma reverência com um formalismo irritante.

— Um rosto levemente corado cai bem, Senhora. Mas os maridos não querem saber de suor. — Mara optou por ignorar as palavras dúbias de Nacoya. Ela sabia que a velha ama estava preocupada com a criança que amava acima de todas as outras.

No exterior, os sons do trabalho intenso indicaram a Mara que sua casa se exauria para cumprir as tarefas de última hora. A nata do Império e uma lista de convidados quase esmagadora se reuniriam no grande salão, sentados de acordo com a respectiva posição. Como aqueles que ocupavam postos mais altos na hierarquia seriam os últimos a serem conduzidos às suas almofadas, a disposição dos convidados tornou-se um assunto complexo e demorado de resolver que se iniciara muito antes do amanhecer. Os casamentos tsurani eram realizados pela manhã, pois se acreditava que dava azar formalizar tal união na parte final do dia. Isso obrigara os convidados de estatuto mais baixo a se apresentarem na propriedade dos Acoma antes do amanhecer; alguns haviam chegado até quatro horas antes de nascer o dia. Músicos e criados com refrescos entretinham aqueles que se sentavam primeiro, enquanto o sacerdote de Chochocan abençoara a Casa dos Acoma. Naquele momento, deveria estar vestindo suas nobres túnicas do ofício, enquanto longe de todos, um sacerdote vermelho de Turakamu esquartejava uma cria de needra.

As criadas levantaram o casaco de mangas bordadas com aves shatra trabalhadas em ouro raro. Mara se virou agradecida. Enquanto as assistentes arrumavam suas rendas, foi poupada de ver Nacoya verificando todos os detalhes do vestido. A anciã estava em seu limite desde que Mara optara por garantir o poder de Buntokapi sobre os Acoma. O fato de Mara ter tomado tal decisão na esperança de executar seu plano a longo prazo, de nada valeu para reconfortar Nacoya, quanto mais com guerreiros Anasati acampados nos quartéis e com um dos mais vigorosos inimigos dos Acoma vivendo em grande estilo nos melhores aposentos de hóspedes da casa. E com sua voz agressiva e modos simples, Buntokapi não oferecia conforto a uma criada que em breve estaria sujeita a todos os seus caprichos. E ela própria também teria de fazê-lo, recordou Mara desconfortável. Tentou se imaginar na cama com aquele rapaz com pescoço de touro sem se arrepiar... mas não conseguiu.

Incitada pelo toque de uma criada, Mara sentou-se enquanto suas sandálias cerimoniais enfeitadas com pedras preciosas eram calçadas. Outras criadas instalaram presilhas de conchas adornadas com esmeraldas em seu arranjo de cabelo. Tão impaciente quanto a cria de needra que era perfumada para o sacrifício — para que Turakamu não prestasse atenção aos presentes no casamento —, a garota chamou um bardo para tocar em seus aposentos. Se tinha de suportar o tédio de se vestir, pelo menos a música poderia servir para não se cansar com seus próprios pensamentos. Se o destino lhe traria problemas durante o casamento com Buntokapi, logo descobriria. O músico foi levado com os olhos vendados; nenhum homem poderia olhar para uma noiva até que ela iniciasse sua procissão rumo ao casamento. Ele ficou muito quieto e optou por tocar uma melodia relaxante em sua gikoto, o instrumento de cinco cordas que era mais comum nas composições musicais tsurani.

Quando foram apertadas as últimas fitas e botões e o último fio de pérolas foi enrolado em seus pulsos, Mara ergueu-se das almofadas. Escravos de olhos vendados foram conduzidos aos aposentos, transportando sua liteira cerimonial e Mara subiu no palanquim aberto construído exclusivamente para as bodas dos Acoma. A estrutura estava cheia de flores e videiras de koi para dar sorte; os carregadores usavam grinaldas no cabelo. Assim que levantaram a liteira e a apoiaram nos ombros, Nacoya se colocou entre eles e beijou suavemente Mara na testa.

— Está linda, minha Senhora, tão bela quanto sua mãe na manhã em que desposou o Senhor Sezu. Sei que ela teria orgulho em vê-la, se estivesse viva. Espero que encontre tanta felicidade no casamento quanto ela e que seja abençoada com crianças que perpetuem o nome dos Acoma.

Mara assentiu, distraída. Assim que as criadas avançaram para conduzir os carregadores através do biombo, o bardo que ela chamara interrompeu sua canção e, tímido, calou-se. Franzindo a testa, a garota repreendeu a si mesma pela falta de atenção. Não fora cortês com o músico, pois se afastara sem um elogio. Conforme a liteira saía dos aposentos para entrar no primeiro corredor vazio, Mara apressou-se em mandar Nacoya dar algo ao homem, uma pequena oferenda para compensar seu orgulho ferido. Então, entrelaçando os dedos com força para ocultar o nervosismo, resolveu ficar mais atenta. Uma grande casa não prospera se sua Governante se preocupa apenas com os assuntos mais relevantes. Frequentemente, a capacidade de lidar com detalhes de pouca importância permitia encontrar o rumo da grandiosidade. Por isso o Senhor Sezu sempre advertia Lano quando este negligenciava os artesãos para treinar mais os guerreiros.

Mara sentiu-se estranhamente distante. O longínquo barulho dos preparativos e a chegada de convidados conferiu um ar fantasmagórico aos corredores esvaziados para a passagem de sua liteira. Para onde quer que olhasse, não via ninguém, embora sentisse a presença de pessoas por todo o lado. Sem ninguém por perto, chegaram ao corredor principal e saíram da grande casa para o pequeno jardim de meditação. Ali, Mara teria de passar uma hora sozinha em reflexão, enquanto se preparava para deixar sua infância e aceitar o papel de mulher e esposa. Guardas Acoma com armaduras cerimoniais cuidadosamente preparadas vigiavam ao redor do jardim, para protegê-la e assegurar que ninguém a interromperia. Ao contrário dos carregadores, não usavam vendas, mas estavam voltados para as paredes, com ouvidos atentos, em alerta, mas sem desafiarem a sorte olhando para a noiva.

Mara desviou seus pensamentos da cerimônia iminente, procurando em vez disso desfrutar um momento de calma, um pouco da serenidade que encontrara no templo. Pisou o chão de maneira graciosa, ajustando o vestido enquanto arranjava as almofadas ali deixadas para ela. Banhada pelo dourado pálido do amanhecer, observou a água brincar sobre o arco da fonte. Gotas caíam dali, com uma beleza intrínseca, até se estilhaçarem murmurantes na água mais abaixo. Sou como essas gotas, pensou a garota. Seus esforços ao longo da vida se misturariam, no final, com a duradoura honra dos Acoma; e conhecesse ela a felicidade ou a infelicidade como esposa de Buntokapi, isso não teria importância quando seus dias terminassem, desde que o sagrado natami permanecesse na clareira. E desde que os Acoma resguardassem seu lugar ao sol, sem serem sobrepujados por nenhuma outra casa.

Curvando a cabeça no silêncio brilhante do orvalho, Mara orou com seriedade a Lashima, não pelos seus dias perdidos da infância, ou pela paz que desejara durante o período em que serviu o templo. Pediu, ao contrário, força para aceitar como marido o inimigo de seu pai e que o nome dos Acoma pudesse se elevar de novo no Jogo do Conselho.

7

Casamento

Nacoya fez uma grande reverência.

— Minha Senhora, está na hora.

Mara abriu os olhos, sentindo um calor excessivo para aquela hora do dia. O frescor da manhã ainda mal começara a desaparecer e suas vestes já apertavam seu corpo. Olhou para cima para onde estava Nacoya, na frente da liteira enfeitada com flores. Só mais um momento, pensou Mara. Contudo, não se atreveu a se demorar. Aquele casamento já seria suficientemente complicado por si só, e não se arriscaria ao mau agouro de não ter completado a cerimônia antes do meio-dia. Mara levantou-se sem ajuda e entrou na liteira. Indicou que estava pronta e Nacoya ordenou a partida. Os escravos retiraram as vendas para que se iniciasse a procissão nupcial. Os guardas que cercavam o jardim se voltaram todos ao mesmo tempo e saudaram sua Senhora quando os carregadores ergueram a liteira e iniciaram o trajeto até o altar cerimonial.

Os pés descalços dos escravos não fizeram barulho enquanto transportavam Mara para o salão coberto de telhas. Keyoke e Papewaio aguardavam na entrada e deixaram passar a liteira para depois a seguirem, a uma distância cautelosa. Havia criados alinhados nas portas do corredor, espalhando flores para que sua Senhora fosse feliz e saudável na maternidade. Entre as portas, estavam dispostos os guerreiros, e todos os homens a saudaram fervorosamente quando passou. Alguns não conseguiram conter as lágrimas. Aquela mulher era para eles mais do que apenas sua Senhora; aos que foram guerreiros cinzentos, ela proporcionou uma nova vida, contra todas as expectativas. Mara poderia abdicar da lealdade deles em favor de Buntokapi, mas teria sempre seu afeto.

Os carregadores detiveram-se do lado de fora das portas cerradas do salão cerimonial enquanto duas donzelas devotadas a Chochocan prendiam véus coloridos na cabeça de Mara. Depositaram em suas mãos uma coroa com fitas enroscadas, penas de shatra e junco de thyza, para representar a interdependência do espírito e do corpo, da terra e do céu, e da sagrada união entre marido e mulher. Mara pegou com cuidado o aro, com medo de que suas mãos úmidas pudessem estragar as fitas de seda. As plumas de shatra listadas de marrom e branco revelavam seus tremores quando quatro meninas elegantemente vestidas cercaram sua liteira. Eram todas filhas de aliados dos Acoma, amigas que Mara conhecera na juventude. Apesar de os respectivos pais poderem manter um certo distanciamento político, naquele dia específico elas eram de novo suas amigas próximas. Seus sorrisos calorosos no momento em que se formou a procissão nupcial não conseguiram aplacar a apreensão de Mara. Poderia estar entrando no salão grande como Governante dos Acoma, mas sairia de lá como esposa de Buntokapi, igual a todas as outras mulheres que não eram herdeiras, um adorno para promover a honra e o bem-estar de seu Senhor. Após uma breve cerimônia em frente ao natami na clareira sagrada, ela perderia todo o seu poder, salvo aquele concedido por seu marido.

Keyoke e Papewaio colocaram a mão nas argolas da porta de madeira e puxaram-na. Em silêncio, os painéis pintados abriram-se por completo. Soou um gongo. Músicos tocaram flautas e os carregadores retomaram a marcha. Mara piscou, debatendo-se para conter as lágrimas. Manteve a cabeça erguida sob os véus, enquanto era transportada diante dos olhares de seus maiores seguidores e das famílias mais poderosas do Império. A cerimônia que uniria seu destino ao de Buntokapi dos Anasati chegara a um ponto sem retorno.

Vistos pelos véus coloridos, para Mara, os convidados ali reunidos pareciam sombras. As paredes e o chão de madeira cheiravam a cera fresca e resina, misturando-se com o odor das flores que os escravos levavam pelas escadas para um dossel com franjas erguido em duas camadas. Colocaram a liteira sobre o andar mais baixo e retiraram-se, deixando-a aos pés do Sumo-Sacerdote de Chochocan e três acólitos, enquanto suas aias se sentaram em almofadas ao lado das escadas. Tonta com o calor e a fumaça opressora do incenso do turíbulo do sacerdote, Mara tentou prender a respiração. Embora não conseguisse ver através do altar dos sacerdotes, sabia que, por tradição, Buntokapi entrara ao mesmo tempo no salão pelo lado oposto, numa liteira adornada com decorações de papel que representavam armas e as insígnias heráldicas. Então, ele se sentaria ao seu lado e ela, à direita do sacerdote. As vestes dele deveriam ser tão ricas e trabalhadas quanto as dela e seu rosto estaria oculto por uma grande máscara emplumada, concebida exclusivamente para casamentos por algum antepassado bem antigo dos Anasati.

O Sumo-Sacerdote ergueu as mãos, com as palmas viradas para o céu, e entoou as palavras de abertura.

— No princípio, não havia nada além do poder da mente dos deuses. No princípio, formaram com seus poderes as trevas e a luz, o fogo e o ar, a terra e o mar, e por fim o homem e a mulher. No princípio, os corpos separados de homem e mulher recriaram a unidade do pensamento dos deuses a partir dos quais tinham sido criados, assim como as crianças geradas entre eles, para glorificar o poder dos deuses. Neste dia, tal como no princípio, estamos aqui reunidos para confirmar a unidade da vontade dos deuses, através dos corpos terrenos destes jovens.

O sacerdote baixou as mãos. Um gongo soou e um coro de rapazes entoou um cântico que descrevia as trevas e a luz da criação. Então, em meio ao ranger das sandálias e o roçar das sedas, brocados e vestes adornadas de joias, os convidados ali reunidos ficaram de pé.

O sacerdote retomou seu cântico e Mara resistiu à tentação de levantar a mão e coçar o nariz. A pompa e a formalidade da cerimônia levaram-na a recordar um incidente ocorrido na infância, quando ela e Lano voltavam para casa após um casamento similar ao que estava prestes a enfrentar. Quando eram crianças, brincavam de noivos: Mara se sentava nas tábuas queimadas pelo sol de uma carroça de thyza, com o cabelo coberto de flores akasi; Lano usava uma máscara nupcial de argila e penas, e o "sacerdote" era um escravo idoso que as crianças importunaram, obrigando-o a vestir um manto para a ocasião. Com pesar, Mara apertou os dedos; a coroa cerimonial que agora tinha nas mãos era real, não uma imitação feita de grama e videira. Se Lanokota estivesse vivo para estar ali presente, ele teria zombado dela e brindado à sua felicidade. Mas Mara sabia que, no fundo, ele estaria chorando.

O sacerdote entoou outra passagem e o gongo soou. Os convidados voltaram a se sentar nas almofadas, enquanto os acólitos no altar acendiam velas aromáticas. O cheiro intenso encheu o salão, enquanto o Sumo-Sacerdote recitava as virtudes da Primeira Esposa. Assim que enunciou todas — castidade, obediência, educação, limpeza e fecundidade —, Mara dobrou-se e tocou com a testa no chão. Quando se endireitou, um acólito vestido de púrpura com os pés e as mãos tingidos retirou um a um os véus de Mara, o branco para castidade, o azul para obediência, o rosa para educação, até sobrar apenas um fino véu verde para a honra dos Acoma.

O tecido transparente continuava a coçar, mas pelo menos Mara conseguia ver o que a rodeava. Os Anasati sentavam-se ao lado do noivo no altar, assim como os Acoma permaneciam sentados atrás de Mara. Em frente ao dossel, os convidados estavam dispostos por posição hierárquica. O branco e o dourado do traje do Senhor da Guerra era o que brilhava mais intensamente; ele estava sentado bem perto do lugar onde a cerimônia se realizaria, com a esposa ao lado trajando um vestido de brocado vermelho com plumas turquesa costuradas. No meio da profusão de cores usadas pelos convidados, duas figuras com túnicas completamente negras destacavam-se como duas aves noturnas pousadas em um jardim florido. Dois Grandes da Assembleia de Magos tinham acompanhado Almecho ao casamento do filho de seu velho amigo.

A posição seguinte deveria ser ocupada pelos Minwanabi, mas a ausência de Jingu foi perdoada pelos Anasati por causa da contenda de sangue existente entre os Minwanabi e os Acoma. Apenas numa cerimônia de Estado, como a coroação de um Imperador ou o aniversário de um Senhor da Guerra, as duas famílias poderiam estar presentes sem conflitos.

Atrás do séquito do Senhor da Guerra, Mara reconheceu os Senhores dos Keda, dos Tonmargu e dos Xacatecas; juntamente com os Oaxatucan de Almecho e os Minwanabi, compunham as Cinco Grandes Famílias, as mais poderosas do Império. Na fila seguinte, estava sentado o Senhor dos Shinzawai, Kamatsu, com o rosto de Hokanu, seu segundo filho, elegantemente voltado para o lado. Assim como os Acoma e os Anasati, os Shinzawai figuravam logo atrás das Cinco Grandes Famílias em termos hierárquicos.

Mara mordeu o lábio, enquanto as folhas e as penas de sua coroa cerimonial tremiam. Acima, o Sumo-Sacerdote prosseguiu seu discurso monótono, descrevendo então as virtudes do Primeiro Marido, enquanto os acólitos dispunham colares de pérolas sobre as espadas de papel da liteira de Bunto. Mara viu as plumas vermelhas e brancas de sua máscara nupcial baixarem conforme tomava conhecimento de todas as qualidades enumeradas: honra, força, sabedoria, virilidade e bondade.

O gongo voltou a soar. O sacerdote conduziu seus acólitos numa oração de bênção. Mais rápido do que Mara acreditou ser possível, suas aias se ergueram e ajudaram-na a sair da liteira. Bunto também se levantou, e com o sacerdote e os acólitos entre eles, desceu do altar e fez uma reverência aos convidados. Em seguida, numa pequena procissão que incluía o pai de Buntokapi, o Senhor dos Anasati, e Nacoya, como Conselheira-Mor dos Acoma, o sacerdote e os acólitos acompanharam a noiva e o noivo pelo salão e através do átrio em direção à entrada do bosque sagrado.

Ali, os criados fizeram uma reverência e descalçaram as sandálias de Mara e de Buntokapi, para que seus pés pudessem entrar em contato com a terra e com os antepassados dos Acoma no momento em que a Senhora cedesse seus direitos herdados de soberania ao seu futuro marido. Naquela hora, o sol já subira o suficiente para aquecer o que restava do orvalho. O calor intenso do caminho de pedras pareceu surreal sob as solas dos pés de Mara e o reluzente pássaro canoro da árvore ulo pareceu-lhe um detalhe de um sonho infantil. Contudo, sentiu o aperto firme e estável de Nacoya em seu braço; não se tratava de nenhum sonho. O sacerdote entoou outra oração e de repente ela se viu avançando ao lado de Buntokapi, uma boneca cheia de joias ao lado da imponente plumagem da máscara nupcial dele. O sacerdote fez uma reverência ao seu deus e, afastando-se de seus acólitos, do Senhor dos Anasati e da Conselheira-Mor dos Acoma, seguiu o casal até a clareira.

Assumindo rigidamente seu papel, Mara não se atreveu a olhar para trás; se o ritual o tivesse permitido, teria visto as lágrimas de Nacoya.

A procissão passou pela velha e confortável sombra do antigo ulo e à luz do sol avançou por entre os arbustos em florescimento, muros baixos e pontes curvas que ligavam ao natami dos Acoma. Inexpressiva, Mara recordou os passos que dera não muitas semanas antes, quando transportara as relíquias para cumprir o luto do pai e do irmão. Mas não pensava neles, para evitar que seus espíritos desaprovassem o casamento com um inimigo para lhes assegurar a herança. Nem olhou para o homem ao seu lado. Os pés dele se arrastavam, revelando seu desconhecimento do caminho. Sua respiração era pesada e ruidosa por detrás das feições brilhantes vermelhas e douradas da máscara nupcial. Os olhos da caricatura olharam para a frente numa solenidade inflexível, enquanto os olhos do homem se voltavam para ambos os lados, captando os detalhes daquilo que em breve seria seu por direito.

Um sino soou ao longe, indicando que o casal deveria meditar em silêncio. Mara e seu noivo fizeram uma reverência diante da cabeça pintada do deus na cancela cerimonial e pararam à beira da lagoa. Já não havia vestígios da presença de assassinos profanando a grama, mas um gazebo erguido pelos sacerdotes de Chochocan projetava sombra sobre o natami. Após uma sessão de oração e meditação, o sino voltou a soar. O sacerdote avançou e pousou as mãos nos ombros dos noivos. Abençoou o casal, borrifou-os suavemente com água da lagoa e depois parou, em silêncio, enquanto eram proferidos os votos.

Mara fez um esforço para se acalmar, embora o exercício aprendido com as irmãs de Lashima nunca tivesse lhe parecido tão difícil. Numa voz firmemente ponderada, proferiu as palavras de renúncia a seu direito hereditário como Governante dos Acoma. Suando, manteve-se firme quando o sacerdote afastou o véu verde e o queimou no braseiro ao lado da lagoa. Ele molhou o dedo, tocou na cinza quente e desenhou símbolos nas palmas e nos pés de Buntokapi. Em seguida, Mara ajoelhou-se e beijou o natami. Descansou com a cabeça encostada na terra que guardava os ossos de seus antepassados, enquanto Buntokapi dos Anasati jurava dedicar sua vida, honra e espírito eterno ao nome Acoma. Então, ajoelhou-se ao lado de Mara, que terminou o ritual com uma voz que lhe soou como a de uma estranha.

— Aqui descansam os espíritos de Lanokota, meu irmão; Senhor Sezu, meu legítimo pai; Senhora Oskiro, minha legítima mãe: que sejam testemunhas de minhas palavras. Aqui jazem as cinzas de meus avôs, Kasru e Bektomachan, e das minhas avós, Damaki e Chenio: que sejam testemunhas de meus feitos.

Tomou fôlego e conseguiu não vacilar enquanto recitava a longa lista de antepassados até o Patriarca dos Acoma, Anchindiro, um soldado comum que combateu o Senhor Tiro dos Keda durante cinco dias num duelo, antes de conquistar a mão de sua filha e o título de Senhor, colocando assim sua família como próximo nome na hierarquia das Cinco Grandes Famílias do Império. Até Buntokapi fez uma reverência respeitosa, pois apesar do formidável poder de seu pai, a linhagem Anasati não era tão antiga quanto a dos Acoma. O suor deslizou pela gola de Mara. Com dedos miraculosamente estáveis, arrancou uma flor de sua coroa e a depositou em frente ao natami, simbolizando o retorno de seu corpo à terra.

Ouviu-se de novo o sino. Uma nota lúgubre. O sacerdote entoou mais uma oração e Bunto proferiu as frases rituais que o ligavam irrevogavelmente ao nome e à honra dos Acoma. Então Mara passou-lhe a faca cerimonial e ele espetou sua própria carne de modo a fazer jorrar sangue, que se transformou em gotas empoeiradas no solo. Em laços de honra mais fortes do que a carne, de afinidade anterior, mais fortes do que a memória dos próprios deuses, Buntokapi assumiu o título de Senhor dos Acoma. O sacerdote retirou a máscara nupcial Anasati vermelha e dourada; e o terceiro filho de um inimigo dos Acoma dobrou-se e beijou o natami. Mara olhou de lado e viu os lábios de seu noivo se curvarem para formar um sorriso arrogante. Então suas feições foram ocultadas quando o Sumo-Sacerdote de Chochocan colocou a máscara nupcial verde dos Acoma sobre os ombros do novo Senhor.

Mara nem se lembrava de ter se levantado. A procissão à entrada da clareira passou numa mancha difusa, um sonho ao som do trinado dos pássaros. Criados esperaram para lavar seus pés com terra e substituir as sandálias enfeitadas com pedras preciosas. Ela aguentou enquanto o Senhor dos Anasati fazia uma reverência formal a seu anfitrião, o novo Senhor dos Acoma, e não chorou quando Nacoya assumiu seu lugar um passo atrás do ombro de Buntokapi. Encantada pelo reflexo intenso da luz do sol nas vestes do sacerdote, ela seguiu para o salão principal, para concluir as formalidades da cerimônia nupcial.

Estava mais quente no salão. As senhoras importantes agitavam leques de penas pintadas e os músicos que as haviam entretido limpavam marcas de suor de seus instrumentos, enquanto criadas ajudavam a noiva e o noivo a entrarem em suas liteiras, para em seguida erguerem-nos à altura do Sumo-Sacerdote e de seus acólitos. Vestindo um manto enfeitado com preciosas lantejoulas de prata, ouro e cobre, o Sumo-Sacerdote invocou o onipresente olho de Chochocan, o Bom Deus. O gongo soou quando cruzou os braços sobre o peito e um rapaz e uma moça subiram no altar, cada um carregando uma gaiola de juncos entrançados. Lá dentro, estavam empoleirados dois pássaros kiri, um macho e uma fêmea, com suas asas listadas de preto e branco, com pintas do verde dos Acoma.

O sacerdote abençoou as aves e os acólitos aceitaram as gaiolas. Então, erguendo o cetro cerimonial que tinha no bolso da manga, o sacerdote invocou seu deus para que abençoasse a união de Buntokapi e Mara. O silêncio se impôs na sala e os leques se imobilizaram nas mãos das senhoras. Desde os nobres com terras de posição inferior, até a presença enfeitada com pedras preciosas do Senhor da Guerra, todos esticaram o pescoço para observar quando o sacerdote bateu com o cetro nas gaiolas.

Os juncos separaram-se com aquele tratamento, libertando os pássaros para voarem, juntos na alegria, concedendo uma boa sorte àquela união, ou separados, para angústia do casal presente nas liteiras, pois muito se investira para obter os favores de Chochocan.

Nacoya fechou os olhos, com suas velhas mãos cerradas sobre um amuleto que trazia pendurado ao pescoço. Bunto olhou com sua expressão oculta pela máscara nupcial pintada; mas sua noiva olhava fixamente, sem que ninguém percebesse, para o vazio, como se o ritual no bosque a tivesse levado a perder o interesse em tudo.

Soou o gongo e os criados deslizaram os biombos de papel que cercavam o salão.

— Que este casamento seja abençoado com a visão do firmamento — entoou o sacerdote.

Os acólitos inclinaram as gaiolas, empurrando os pássaros de seus poleiros. A fêmea piou furiosa e bateu as asas, enquanto o macho saltava para o ar e encenava uma série de círculos sobre a multidão ali reunida, para depois descer rapidamente em direção à companheira. Tentou pousar no poleiro ao lado da fêmea, mas esta se inchou e bateu as asas furiosa, bicando-o sem piedade. O macho retraiu-se e depois se reaproximou, mas a fêmea saiu voando em disparada, com as pontas das asas pintadas formando uma mancha verde difusa nas sombras. Com um grito alto, voou rapidamente para a liberdade, e desapareceu, em um vislumbre de penas claras sob a luz do sol. O macho agarrou-se com firmeza ao poleiro vazio. Suas penas abaixaram e ele sacudiu a cabeça contrariado. Com todos imóveis na sala em um silêncio de expectativa, arrumou as penas da cauda com o bico e saltou para cima da gaiola, onde se aliviou. Após ter decorrido um minuto de tensão, o Sumo-Sacerdote fez um movimento com o dedo, um gesto pequeno, mas nitidamente irritado. Um acólito envergonhado enxotou o macho. Todos os olhos caíram sobre ele, enquanto descrevia círculos apáticos, até aterrissar num canteiro de flores logo em frente à porta e começar a bicar à procura de larvas.

Brocados e plumas agitaram-se como uma onda por todo o salão. O Sumo-Sacerdote limpou a garganta, e seu cetro caiu sobre uma mão enrugada. Enfim, olhando de relance para Bunto, que estava com as costas muito tensas, disse:

— Louve a bondade de Chochocan e preste atenção à sua lição. Que sob sua liderança, possa este casal encontrar a piedade, a compreensão e o perdão. — Voltou a limpar a garganta. — O presságio nos indica que este casamento requer diplomacia, pois como homem e mulher, este Senhor e esta Senhora devem sempre lutar pela unidade. Esse é o desejo dos deuses.

Seguiu-se uma pausa tensa enquanto os acólitos e os convidados aguardavam que o sacerdote prosseguisse. Mas tornou-se evidente que ele não diria mais nada e o gongo soou. Um assistente retirou a máscara nupcial de Buntokapi. Ele fitou Mara, que pareceu aflita, embora tivesse os olhos ligeiramente fechados; um leve franzir de cenho perturbara a linha de suas sobrancelhas.

— Troquem as coroas — incitou o sacerdote, parecendo preocupado com a possibilidade de o casal se esquecer.

Bunto inclinou a cabeça e Mara colocou sobre seu cabelo escuro a coroa cerimonial, já um pouco murcha. A coroa escorregou um pouco quando ele se endireitou. Ela sentiu o cheiro de vinho em seu hálito quando ele se dobrou para coroá-la também. Mara franziu ainda mais a testa; durante sua hora de meditação, exigia a tradição que o noivo partilhasse uma taça de vinho com seus amigos solteiros, para lhes dar boa sorte, assim como esposas. No entanto, aparentemente Bunto e os amigos tinham esvaziado a garrafa cerimonial, e possivelmente mais uma ou duas. Aborrecida com aquilo, Mara mal prestou atenção às palavras do sacerdote quando os declarou marido e mulher por toda a vida mortal. Nem percebeu que aquela parte formal da cerimônia terminara até deparar com os convidados brindando ruidosamente e declarando votos de felicidade aos noivos com papéis dobrados com cuidado, formando uma tempestade colorida.

Mara exibiu um sorriso forçado. Chegara a hora em que todos os convidados apresentavam suas homenagens, fosse em forma de obras de arte, recitais ou composições musicais. Alguns seriam elaborados e caros, patrocinados pelos grandes senhores e pelos políticos poderosos do Império. Corria o rumor de que o Senhor da Guerra importara uma companhia de teatro, incluindo trajes e palco. Mas a representação só aconteceria após alguns dias, pois os primeiros a apresentarem suas homenagens eram os das classes mais baixas.

Retirando um papel colorido da parte da frente de sua camisa, Buntokapi esquivou-se do tédio das primeiras atuações, alegando a necessidade de se aliviar e de vestir uma roupa mais confortável. Segundo a tradição, ele não poderia se deitar com sua esposa até o último dos convidados ter oferecido seu tributo; e os pesados trajes de casamento a ocultavam o bastante para que observar as escravas se tornasse um entretenimento mais agradável.

Mara assentiu com cortesia ao seu Senhor.

— Devo permanecer aqui, meu marido, até que o último dos nossos convidados tome conhecimento da gratidão dos Acoma por sua apresentação.

Buntokapi fungou, convencido de que ela o evitava de propósito. Ele a veria mais tarde; entretanto, tinha uma festa à sua espera, com boa música e boas bebidas e a oportunidade de ver seus irmãos se curvarem diante dele pela primeira vez, pois passara a ser Senhor dos Acoma. Sorrindo sob sua coroa nupcial torta, Buntokapi bateu palmas para que seus escravos o levassem do salão.

Mara permaneceu no salão, apesar de a maioria dos convidados de seu casamento ter seguido o exemplo de seu Senhor. O sol subiu ao meio-dia e o calor já se fazia sentir nos longínquos pastos de needra. Os convidados de estatuto mais elevado se retiraram para seus aposentos e ordenaram aos criados que fossem buscar bebidas frescas e roupas novas. Em seguida, parecendo pássaros coloridos, foram se banquetear com sorvetes de jomach fresca e vinho de sa, enquanto aguardavam pelo conforto do frescor da noite.

Porém, no salão fechado e abafado, os de posição inferior permaneceram firmes em seus lugares, enquanto artistas contratados ou familiares talentosos atuavam, cantavam ou recitavam em homenagem ao casal Acoma. Em um casamento menor, a noiva e o noivo poderiam assistir às primeiras atuações por cortesia, mas nas casas maiores os eventos verdadeiramente espetaculares aconteciam mais tarde e os casais costumavam deixar os eventos dos primeiros dias para que seus criados de folga pudessem se divertir.

Contudo, Mara permaneceu presente durante o primeiro turno de apresentações: um malabarista com mais talento para comediante, dois cantores, um ilusionista — cuja magia consistia apenas em truques ágeis com as mãos — e um poeta que fez dormir o convidado que lhe trouxera, fazendo-o roncar ruidosamente durante a recitação. Ela aplaudiu com boa vontade todos os atos e, se não os honrou lançando uma das flores da sua liteira, permaneceu atenta até o intervalo. Os artistas que iriam atuar em seguida resistiram firmemente, certos de que ela sairia para se juntar ao banquete. No entanto, em vez de chamar os carregadores da liteira, disse às criadas que lhe trouxessem uma travessa de comida leve e bebidas. Uma onda de murmúrios de surpresa percorreu os convidados.

O gordo mercador de Sulan-Qu, na primeira fila, corou e escondeu-se atrás do leque de sua esposa. Nem em sonhos se atrevera a imaginar que a Senhora dos Acoma estaria presente para assistir à atuação de seu filho tocando flauta. O rapaz tinha um ouvido péssimo, mas a mãe estava radiante de orgulho. Mara permaneceu no dossel, bebendo suco fresco de jomach. Assentiu graciosa quando o jovem flautista fez uma reverência e escapou logo, quase tropeçando em sua ânsia de dar espaço para o ato seguinte. Mara sorriu diante do embaraço do pai e de sua esposa e percebeu que, apesar do tédio de ter de suportar aquela música, caso algum dia precisasse de um favor daquele mercador, bastaria pedir.

Mesmo depois de um grupo de mímicos, de um homem com cães treinados, de uma ave canora liendi e de mais dois poetas, a grande Senhora não mostrou descontentamento. Premiou o segundo dos poetas com uma flor, atirada com destreza para seu chapéu. E o pintor que lhe sucedeu fez com que ela risse com seus desenhos cômicos de um bando de needra-macho investindo sobre um guerreiro. Quando, no segundo intervalo, chamou criadas para despirem seu traje exterior, para ficar mais confortável no calor da tarde, os convidados de escalão inferior murmuraram que aquela Senhora se mostrava mais generosa e atenciosa do que qualquer outra no Império. Os artistas pressentiram seu interesse e deram um novo fôlego a suas homenagens. E à medida que as criadas, obedecendo à Senhora, distribuíam bebidas e lembranças em gratidão aos convidados cujas homenagens haviam sido apreciadas, parte do formalismo foi posto de lado. Quando o vinho começou a fazer efeito, as línguas mais ousadas sussurraram que a Senhora era excelente e merecedora da honra de seus antepassados.

Mara escutou tais comentários e sorriu de leve. Quando começou o terceiro intervalo, ordenou às criadas que desapertassem os nós justos demais de seu enfeite de cabeça e que penteassem seu longo cabelo agora solto em suas costas. Enquanto a coroa nupcial murchava ao lado dos seus joelhos, sentou-se para escutar a próxima rodada de apresentações, e a seguinte, para júbilo de todos os que atuaram para alegrá-la. Com o decorrer da tarde, o ambiente foi ficando cada vez mais quente no salão, e apareceram mais convidados para verificar o que mantinha a Senhora dos Acoma tão entretida.

O noivo surgiu por volta do fim da tarde, andando de modo meio hesitante e falando alto demais. Buntokapi subiu ao dossel, acenando com uma caneca de vinho de sa, e exigiu saber por que a esposa ficara tanto tempo no salão; o Senhor da Guerra e os outros convidados dos Acoma estavam festejando. Estaria ela evitando seu marido ficando sentada entre trovadores vulgares e oficiais de segunda categoria?

Mara inclinou a cabeça num silêncio submisso, e olhou em seguida para cima nos olhos do marido. Ele cheirava a bebida e a suor. Ainda assim, ela conseguiu sorrir.

— Meu Senhor, Camichiro, o poeta, vai ler agora, e apesar de seu trabalho ser recente demais para alcançar a fama, seu patrono, o Senhor dos Teshiro, tem a reputação de saber reconhecer um gênio. Por que não fica, para celebrar a apresentação de um novo talento?

Bunto endireitou-se, de braços cruzados, sem se importar com as gotas que manchavam seu punho esquerdo caindo de sua caneca. Diante da inocência serena de uma esposa cujas vestes impediam qualquer visão e pego de surpresa pelo orgulho radiante de Camichiro e do Senhor Teshiro, resmungou. Contrariar os elogios da esposa seria de extrema indelicadeza. Suficientemente sóbrio para se afastar antes de se comprometer com suas obrigações de anfitrião, Buntokapi fez uma reverência e comentou:

— Mais tarde terei tempo para poesia. Outros de nossos convidados iniciaram um jogo de chiro e apostei nos vencedores.

O Senhor dos Acoma retirou-se do salão. Sua Senhora chamou os criados para servirem mais uma rodada de vinho aos artistas; e por ter permanecido, apesar da vontade do noivo, conquistou a admiração de seus convidados menos importantes. O mercador e seu desastrado filho flautista não economizaram aplausos, seguidos de perto pela exuberante e muito maquiada mulher do poeta Camichiro. Entre as pessoas comuns de Sulan-Qu, não era segredo que ela era a amante do Senhor Teshiro e que seus encantos atrevidos tinham garantido o patrocínio da família.

O sol se pôs e as aves shatra voaram. A continuação das atividades em homenagem ao casamento foi adiada para o dia seguinte, enquanto os cozinheiros faziam pratos exóticos decorados com símbolos de papel para dar sorte. Lamparinas foram acessas e música foi tocada. Ao cair da noite, acrobatas com tochas se apresentaram. Mara sentou-se ao lado do marido até ele bater palmas para que as escravas iniciassem a dança de véus. Já exausta, a Senhora dos Acoma retirou-se para uma cabana cerimonial especial de papel pintado, onde se despiu e se banhou, e deitou-se, tendo demorado muito tempo para adormecer.

A manhã despertou empoeirada e seca, sem nenhum sinal de brisa. Os criados trabalharam durante a noite para preparar as festividades do novo dia e as flores akasi estavam reluzentes, regadas por jardineiros vestidos com batas, que agora cortavam hortaliças para os cozinheiros. Mara levantou-se e, escutando os resmungos do marido através do fino biombo que dividia a cabana nupcial, presumiu corretamente que ele estava de ressaca. Enviou a mais bela de suas escravas para cuidar dele; depois, pediu chocha para si mesma. Com o ar fresco da manhã ainda presente, deu um passeio pelos arredores. Em breve, chegariam às terras dos Acoma a Rainha Cho-ja e seus companheiros de colmeia. As defesas já não seriam críticas. De certa forma, aquele pensamento permitiu que ela descansasse. Com a competência de Jican para cuidar dos bens da família, e com a propriedade segura, poderia concentrar todas as suas forças em lidar com o Senhor com quem se casara. Lembrou-se da gargalhada estridente de uma mulher e da voz de Bunto, chorosamente exigente, antes que ele adormecesse e começasse a roncar em um sono que durou até o amanhecer. De sobrancelhas franzidas e com os lábios tensos, Mara orou pedindo força a Lashima.

Terminou a meditação a tempo de ver um servo com um estandarte liderando uma pequena procissão rumo ao salão grande. O segundo dia de homenagens ao casamento estava prestes a começar e, contrariamente ao costume, Mara destacou criados para a servirem em sua liteira. Iria assistir a todas as apresentações e apesar de não estar prevista antes do fim da tarde a apresentação de algum convidado de hierarquia semelhante ou superior à sua, iria assegurar-se de que todas as atuações até lá seriam recompensadas. Com Buntokapi como Governante, os Acoma necessitariam de toda a boa vontade que ela pudesse inspirar.

O vento apareceu na tarde do dia seguinte; sombras de nuvens correram sobre os pastos de needra e o céu a leste ameaçou chover. No entanto, apesar do risco de seus adornos se molharem, os convidados dos Acoma se sentaram a céu aberto, presenciando o número de encerramento.

Para espanto de todos os que assistiam, o Senhor da Guerra pagou do próprio bolso uma representação do Teatro Imperial Jojan. Este era o teatro oficial da nobreza, enquanto o povo preferia ver os grupos de teatro Segumi, mais grosseiros e irreverentes, que faziam turnês pelas zonas rurais. O Imperial Jojan, entretanto, tinha os melhores atores do reino, e servia de campo de treinos para a companhia Imperial Shalo-Tobaku, que atuava unicamente para o Imperador e seus parentes mais próximos. A peça se chamava *Senhor Tedero e os Sagunjan*, uma das dez clássicas sobatu, literalmente "o grande estilo", a antiga forma de ópera.

Deleitando-se com a brisa fresca e apreciando cada momento que lhe permitisse adiar seu encontro com o marido na cama nupcial, Mara tentou se concentrar no final iminente. Os atores eram excepcionais, interpretando com dedicação suas falas, apesar da brisa que empurrava para o lado as plumas dos trajes. Uma pena que a peça fosse rebuscada demais, pensou a Senhora dos Acoma, cujo gosto incluía as sobatu. Preferia as Grand Do, cujos ornamentos do cenário ambulante eram de mau gosto, mesmo aos olhos dos tsurani.

Então, no auge da ópera, quando o Senhor Tedero foi à caverna para libertar o velho Neshka das garras dos terríveis Sagunjan, duas figuras vestidas de preto entraram no salão. Por si só, a presença dos Grandes já seria algo marcante, mas os dois magos geraram ilusões. Em vez do tradicional Sagunjan de papel, dentro do qual um cantor e diversos ajudantes de teatro se encaminhavam para o palco, foi gerada uma ilusão de aspecto espantoso. Um Sagunjan com três metros e meio até o ombro, todo revestido de escamas douradas e soprando chamas vermelhas, emergiu da entrada pintada de forma a parecer uma caverna. Uma maravilhosa voz de barítono emanou de suas terríveis presas e embora todos no salão tivessem noção de que o cantor seguia sozinho, ninguém conseguiu vê-lo. Até Mara se deixou levar pela visão, esquecendo todas as preocupações. Então a espada de Tedero caiu e a ilusão do Sagunjan se dissipou em névoa, até desaparecer. Tradicionalmente, uma sobatu terminava com uma reverência formal feita pelo elenco para agradecer os aplausos; contudo, o clímax da ópera gerou uma ruidosa aclamação e um bater de palmas vigoroso, mais comum no teatro de rua. Como todos puderam ver, a expressão do Senhor da Guerra se transformou em um raro sorriso quando sentiu a glória gerada por sua companhia de teatro e seus amigos magos. Mara suspirou suavemente, com pesar pela última reverência dos atores. Assim que as cortinas com lantejoulas se fecharam, ou que tentaram fazer com que fechassem, pois a brisa se tornara um forte vento, resignou-se com o inevitável.

— Agora, esposa — ouviu Buntokapi dizer em seu ouvido —, chegou a hora de nos retirarmos.

Mara endireitou-se por instinto, com um sorriso apropriado estampado no rosto como se fosse uma pintura.

— Seja feita sua vontade, meu marido.

Mas até um cego teria percebido sua relutância. Buntokapi riu. Com um grito embriagado de triunfo, ergueu-a em seus braços.

Os convidados aplaudiram. Consciente da força opressora dos braços que a ergueram, Mara tentou aplacar seu coração palpitante. Iria aguentar, teria de aguentar, para manter o nome dos Acoma. Aconchegou o rosto no tecido empapado de suor da gola do marido e permitiu que ele a levantasse do dossel. A multidão lançou uma chuva de papéis de boa sorte e fertilidade enquanto ele a transportava pela multidão até a trilha que seguia para a estrutura pintada com cores vivas da cabana nupcial.

Keyoke e Papewaio tinham assumido a posição de guardas de honra no final da trilha. Buntokapi passou por eles como se fossem criados comuns e transpôs a soleira para entrar na meia-luz prateada que brilhava através das paredes de junco. O criado e a aia que estavam de serviço lá dentro fizeram uma pequena reverência quando seus mestres apareceram. Buntokapi colocou Mara de pé. Ao ouvir uma espécie de resmungo, a aia endireitou-se e fechou a entrada. O criado permaneceu imóvel em um canto, pronto para servir seu Senhor.

A cabana fora arrumada durante o dia. O biombo que dividia os aposentos do casal foi retirado e substituído por uma ampla e requintada esteira de dormir coberta por lençóis de seda, encostada à parede virada para o leste, pois o amanhecer simbolizava o início. No centro jazia um conjunto de almofadas e uma mesa baixa e vazia. Mara avançou trêmula para as almofadas em frente à mesa. Manteve os olhos voltados para baixo quando Bunto se sentou à sua frente.

— Chame o Sacerdote de Chochocan — ordenou o Senhor dos Acoma. Prendeu o olhar excitado e intenso em Mara, enquanto o criado saltava obediente do canto.

O sacerdote apareceu sozinho, transportando uma bandeja sobre a qual estava uma garrafa de cristal com vinho dourado tura, dois cálices também de cristal e uma vela num castiçal de cerâmica com pedras preciosas. Ergueu a bandeja na direção do céu, entoando uma bênção, e depois a colocou na mesa entre marido e mulher. Com um olhar que pareceu desconfiado, olhou para ambos: a Senhora com as mãos tremendo descontroladamente e o jovem Senhor visivelmente impaciente. Então, resignado, acendeu a vela.

— Que a sabedoria de Chochocan os ilumine. — Desenhou um símbolo com giz em volta do castiçal e ergueu o vinho para a bênção. Encheu os dois cálices e colocou-os em frente aos noivos. — Que a bênção de Chochocan preencha seus corações. — Rabiscou mais símbolos com giz ao redor de cada cálice e da garrafa de cristal que estava pela metade. — Bebam, filhos dos deuses, e conheçam seus Senhores no Céu como ordenado. — O sacerdote fez uma reverência e, com um alívio quase perceptível, abandonou a cabana nupcial.

Buntokapi acenou com a mão e os criados se retiraram. O biombo de papel fez um estalo ao fechar, deixando-o a sós com a noiva num abrigo que tremia diante das rajadas de um vento cada vez mais intenso.

— Finalmente, minha esposa, você me pertence. — Ergueu o cálice depressa demais e derramou vinho, apagando um dos símbolos. — Olhe para mim, minha Senhora. O sacerdote preferiria que bebêssemos juntos.

Uma rajada de vento sacudiu os biombos, fazendo chocalhar toda a cabana. Mara fez um movimento, mas depois pareceu se controlar. Estendeu a mão e ergueu o cálice.

— Ao nosso casamento, Buntokapi.

Bebeu um pequeno gole enquanto seu Senhor sorvia o vinho até a última gota. Esvaziou então o resto da garrafa em seu copo e também bebeu tudo. As primeiras gotas de chuva caíram pesadas sobre o teto da cabana nupcial quando ele colocou de lado o copo e a garrafa.

— Mulher, vá buscar mais vinho.

Mara colocou seu cálice na mesa, dentro das marcas de giz desenhadas pelo sacerdote. Um trovão ecoou ao longe e o vento cessou, sendo substituído por uma tempestade.

— Seja feita sua vontade, marido — disse ela suavemente, levantando a cabeça em seguida para chamar um criado.

Bunto lançou-se para a frente. A mesa balançou, espalhando o vinho em meio ao ruído de líquido e vidro caindo. O chamado dela se transformou em um grito quando o punho pesado do marido atingiu seu rosto.

Ela caiu para trás, atordoada, no meio das almofadas, e a chuva que caía tamborilou em seus ouvidos como sangue bombeando. Sentiu a cabeça dar voltas e a dor turvou seus sentidos. Furiosa e chocada, ainda assim Mara conseguiu manter o orgulho dos Acoma. Ficou deitada respirando pesadamente quando viu a sombra de seu marido. Inclinando-se para a frente de forma que seu corpo tapasse a luz atrás dele, apontou para Mara.

— Eu ordenei que você buscasse. — Falou num tom grave e ameaçador. — Veja se entende, mulher. Se eu lhe pedir vinho, você irá buscá-lo. Você nunca mais entregará essa tarefa, ou outra qualquer, a um criado sem minha permissão. Se eu lhe pedir alguma coisa, Senhora, você a fará. — Voltou a se sentar, com as feições agressivas enfatizadas pela meia-luz. — Você acha que sou idiota. — Seu tom revelou um ressentimento havia muito escondido. — Todos vocês acham que sou idiota: meus irmãos, meu pai e agora você. Pois bem, não sou. Com Halesko e, especialmente, com Jiro por perto, foi fácil parecer estúpido. — Parou e soltou uma gargalhada amarga e sinistra. — Mas já não tenho mais de parecer idiota! Seu casamento deu origem a uma nova ordem. Eu sou o Senhor dos Acoma. Nunca se esqueça disso, mulher. Agora, vá buscar mais vinho!

Mara fechou os olhos.

— Sim, meu marido — disse numa voz que custou para manter estável.

— Levante-se! — Bunto encorajou-a com a ponta do pé.

Resistindo à vontade de tocar a bochecha inchada e vermelha, Mara obedeceu. Tinha a cabeça inclinada na perfeita imagem de obediência de esposa, mas seus olhos escuros refletiam algo bem diferente quando se dobrou sobre os pés de Buntokapi. Então, ainda mais controlada do que estivera quando renunciara a seus direitos de soberana dos Acoma, ergueu-se e foi buscar vinho em uma arca ao lado da porta.

Buntokapi observou-a endireitar a mesa e depois pegar o copo e enchê-lo. Como era jovem, e bastante ansioso, ficou olhando os seios de Mara subirem e descerem sob o tecido fino de seu traje diurno; não percebeu, portanto, enquanto bebia, o ódio no olhar dela. E quando terminou o vinho e atirou o cálice para o lado, segurou com suas mãos suadas aquela barreira de seda. Empurrou sua nova esposa para as almofadas, bêbado e excitado demais para se importar com qualquer coisa.

Mara suportou as mãos dele sobre sua carne nua. Não se debateu e não gritou. Com uma coragem semelhante à que seu pai e seu irmão teriam demonstrado nos campos de batalha dos bárbaros em Midkemia, aguentou sem lágrimas o que veio em seguida, apesar da vontade de Bunto em machucá-la. Ficou deitada durante longas horas sobre lençóis amarrotados e encharcados de suor, ouvindo o martelar da chuva e o ronco do marido. Inexperiente e cheia de dores e contusões, pensou em sua mãe e na ama, Nacoya; e pensou se a primeira noite delas com um homem teria sido diferente. Então, virando as costas para o inimigo com quem se casara, fechou os olhos. O sono não veio. Mas se seu orgulho sofrera severamente, a honra dos Acoma permaneceu intacta. Não gritou nem uma vez.

O dia amanheceu estranhamente silencioso. Os convidados do casamento já tinham partido, e as despedidas haviam sido feitas pelo Senhor dos Anasati e por Nacoya em nome dos recém-casados. Criados abriram os biombos da cabana nupcial, deixando entrar um sopro de ar fresco e úmido que transportou os chamados dos pastores que levavam o gado para os distantes campos para pastar. Mara inalou o aroma da terra úmida e das flores e imaginou o brilho dos jardins com a camada de poeira do verão já varrida. Tinha o costume de se levantar cedo, mas indicava a tradição que na manhã seguinte ao casamento ter sido consumado não deveria sair da cama antes do marido. Naquele momento, mais do que nunca, sentiu-se irritada com a inatividade, pois ela lhe proporcionava muito tempo para pensar, sem que pudesse distrair-se das muitas dores que sentia no corpo. Mexeu-se e remexeu-se, enquanto Bunto continuava a dormir, totalmente alheio a tudo.

O sol ergueu-se e a cabana nupcial ficou mais abafada. Mara chamou um criado para que abrisse totalmente os biombos e assim que o sol do meio-dia incidiu sobre as feições grosseiras de seu marido, ele gemeu. Muito séria, Mara fitou-o enquanto ele se virava para as almofadas, murmurando uma ordem brusca para que fechassem os biombos e as cortinas. Antes que tudo ficasse escuro outra vez, ela viu que sua pele estava esverdeada e que suava muito no pescoço e nos pulsos.

Docilmente, sabendo que ele estava com a maior ressaca de todas, disse:

— Meu marido, está indisposto?

Bunto gemeu e mandou que ela fosse buscar chocha. Também suando ao recordar dos abusos dele, Mara levantou-se e foi buscar um bule fumegante. Depositou uma taça quente na mão trêmula de seu Senhor. Como estivera em infusão toda a manhã, provavelmente estaria forte demais para ser considerada boa para beber, mas Buntokapi bebeu até esvaziar a taça.

— Você é bem pequena — comentou ele, comparando sua mão com grandes dedos com a mão delicada dela. Então, rabugento devido à dor de cabeça, estendeu a mão e beliscou o mamilo dela ainda inchado.

Mara conseguiu evitar se esquivar, mas foi difícil. Agitando o cabelo sobre os ombros, para que o calor das mechas soltas cobrisse os seios, ela disse:

— O que deseja, meu Senhor?

— Mais chocha, mulher. — Como se parecesse envergonhado com sua própria grosseria, observou-a encher a taça outra vez. — Ah, até parece que uma manada de needra parou aqui para depositar seus dejetos na minha boca. — Fez uma careta e cuspiu. — Ajude-me enquanto me visto e depois chame as criadas para que tragam thyza e jomach.

— Sim, marido — disse Mara. — E depois? — Pensou nostalgicamente nas sombras frescas do escritório do pai, e em Nacoya.

— Não me encha, mulher. — Bunto levantou-se, massageando suavemente a cabeça. Espreguiçou-se nu na frente dela, com seus joelhos a poucos centímetros do nariz dela. — Você vai supervisionar os assuntos da casa, mas apenas quando eu não precisar mais de você.

As sombras dos panos ocultaram o arrepio de Mara. Desolada com o papel que tinha de desempenhar, empenhou-se em aguentá-lo; mas a bebida e a festa enfraqueceram o desejo de seu marido. Ele largou a taça vazia em cima dos lençóis e pediu a sua túnica.

Mara trouxe as roupas e ajudou-o a enfiar as mangas de seda pelos braços grossos e cheios de pelos. Então, sentou-se entediada enquanto os criados traziam água para o banho do seu Senhor. Depois de terem passado uma esponja por suas costas largas até a água esfriar na tina, ele autorizou que ela se vestisse. Os criados trouxeram pão e frutas, mas apenas ela pôde servi-lo. Observando-o enfiar jomach na boca, com sumo escorrendo por seu queixo, tentou imaginar como pudera o sensato Senhor dos Anasati criar tal filho. Então, olhando para além de seus modos rudes, para seus olhos dissimulados, percebeu com um arrepio de puro pânico que ele também a observava com atenção. Como se fosse um predador. Mara constatou que sua insistência em afirmar que não era idiota podia não ser apenas conversa. Sentiu-se afundar. Se Buntokapi fosse simplesmente esperto, como o Senhor dos Minwanabi, haveria formas de controlá-lo. Mas se fosse igualmente inteligente... Sentiu um calafrio só de pensar.

— Você é muito esperta — Buntokapi acabou dizendo. Acariciou o pulso dela com um dedo pegajoso, quase como se de repente tivesse se tornado amoroso.

— Minhas qualidades não são notáveis ao lado das do meu Senhor — sussurrou Mara. Ela beijou os nós de seus dedos, para distraí-lo.

— Você não come — observou ele. — Fica apenas pensando. Não aprecio isso numa mulher.

Mara cortou uma fatia de pão de thyza e a segurou nas mãos.

— Com sua permissão, meu Senhor?

Buntokapi sorriu quando ela deu uma dentada; o pão pareceu-lhe sem sabor na língua, mas ela mastigou e engoliu para agradá-lo. Rapidamente entediado ao ver o desconforto dela, o filho do Senhor dos Anasati chamou alguns músicos.

Mara fechou os olhos. Precisava tanto de Nacoya que até sentia dor. Contudo, como esposa do Governante, nada mais poderia fazer além de aguardar que ele estivesse satisfeito, pois pedira aos músicos que tocassem uma balada e agora discutia com eles nuances da quarta estrofe. O dia foi ficando mais quente e, com as cortinas fechadas, a cabana nupcial ficou abafada. Mara resistiu e foi buscar vinho quando seu marido se cansou da música. Penteou seus cabelos e amarrou os laços de suas sandálias. Depois, a pedido dele, dançou até o cabelo ficar ensopado e sentir o rosto latejar devido ao esforço. Precisamente quando pareceu que seu Senhor passaria todo o dia na cabana nupcial, ele se levantou e rugiu chamando os criados para lhe prepararem a liteira. Passaria o resto da tarde nos quartéis inspecionando as fileiras e treinando os guerreiros Acoma, anunciou.

Mara desejou que a paciência de Lashima caísse sobre Keyoke. Definhando devido ao calor e à tensão, seguiu o marido deixando a cabana e penetrando no sol ofuscante da tarde. Atrapalhada, esqueceu a guarda de honra que a aguardava e, por isso, a maçã do rosto machucada estava à mostra quando se apresentou diante de Papewaio e Keyoke. Anos de treino severo permitiram que observassem aquele sinal de vergonha sem se denunciarem. Mas a mão imperturbável de Keyoke apertou o cabo de sua lança até os nós dos dedos ficarem brancos e Papewaio cravou os dedos dos pés nas solas de suas sandálias. Se qualquer outro homem além do Governante provocasse aquelas marcas em sua Mara-anni, teria morrido antes de dar um passo. Mara saiu para o dia mais brilhante e limpo que os deuses poderiam conceber; mas ao passar por seus antigos servidores, sentiu a fúria deles como se fossem nuvens negras pairando sobre suas costas.

A cabana nupcial já queimava antes de ela chegar à grande casa. Segundo a tradição, a construção deveria ser incendiada para honrar a passagem sagrada de mulher e homem a esposos. Depois de atirar a tocha ritual na soleira, Keyoke virou-se em silêncio para os aposentos dos guardas, à espera das ordens de seu Senhor. A expressão de Papewaio era firme como pedra lascada. Com uma ferocidade intensificada pelo silêncio, viu o papel e os juncos, em volta das almofadas sujas e dos lençóis emaranhados, explodirem em chamas. Nunca antes se sentira tão feliz em ver algo queimando, pois ao fitar a violência do fogo, quase conseguiu esquecer o machucado no rosto de Mara.

Nacoya não estava no escritório. Irritada, Mara recordou que também ali o casamento implicara a alteração da ordem das coisas tal como ela as conhecia. O escritório do mestre passara a pertencer a Buntokapi, o novo Senhor dos Acoma. Dali em diante, nenhum aspecto da organização da casa seria mais igual. Jican iria tratar de seus assuntos na ala reservada aos escriturários, como antes, mas ela já não poderia recebê-lo. Sentindo-se cansada apesar de seus dezessete anos, Mara recolheu-se na sombra do ulo de seu jardim particular. Não se sentou, optando por se recostar na casca macia da árvore enquanto um mensageiro se apressava a procurar Nacoya.

A espera pareceu se prolongar eternamente e a água caindo na fonte não a ajudou a se acalmar. Quando Nacoya enfim apareceu, sem fôlego, e com o cabelo despenteado, apesar das presilhas, Mara não conseguiu fazer nada além de fitá-la em um triste silêncio reprimido.

— Minha Senhora? — A ama avançou hesitante. Prendeu a respiração ao perceber o machucado no rosto de Mara. Sem abrir a boca, a idosa ergueu os braços. Não demorou para que a Senhora dos Acoma não passasse de uma menina assustada chorando em seus braços.

Nacoya afagou os ombros de Mara, que soluçava sem parar.

— Mara-anni, filha do meu coração — murmurou. — Vejo que não foi gentil, esse Senhor com quem você se casou.

Por um instante, o rumor lamentoso da fonte encheu a clareira. Então, mais depressa do que Nacoya esperava, Mara se recompôs e falou com uma voz espantosamente firme:

— O homem com quem casei pode ser um Senhor. Mas o nome

Acoma sobreviverá a ele. — Fungou, levou a mão ao machucado que tinha no rosto e dirigiu um olhar de dolorosa súplica à sua antiga ama. — E, mãe do meu coração, até dar à luz, devo encontrar forças para conviver com coisas que levariam meu pai e meu irmão às lágrimas.

Nacoya deu uma palmada nas almofadas debaixo do ulo, encorajando Mara a se sentar. Suas velhas mãos proporcionaram conforto à jovem, enquanto um criado trazia uma bacia de água gelada e panos macios. Mara se recostava nas almofadas e Nacoya molhava seu rosto. Depois, penteou seus cabelos negros, brilhantes e emaranhados, tal como fazia quando a Senhora era uma criança; enquanto cuidava de seus cabelos, falou, bem baixinho, ao ouvido da sua Senhora:

— Mara-anni, a noite passada não lhe trouxe alegria, isso eu sei. Mas compreenda em seu coração que o homem que você desposou é jovem, tão impetuoso quanto uma needra-macho em sua terceira primavera. Não deve julgar todos os homens pela experiência que teve com ele. — Fez uma pausa. Deixou nas entrelinhas o fato de Mara ter menosprezado seus conselhos, e em vez de aprender a conhecer os homens recorrendo a um encontro com algum gentil homem do Boa Vida, preferiu ser teimosa. Nacoya passou água gelada sobre os machucados de sua Senhora. O preço daquela teimosia fora cruelmente cobrado.

Mara suspirou e abriu os olhos inchados. Dirigiu à ama um olhar carregado de incerteza dolorosa, mas sem arrependimento. Nacoya colocou o pano de lado, afastou a bacia e assentiu em uma aprovação meditativa. Aquela garota podia ser jovem, e pequena, e ingênua, mas possuía a dureza do Senhor Sezu, seu pai, no que dizia respeito aos assuntos de família. Iria aguentar e o nome Acoma perduraria.

Mara puxou sua túnica diurna e se retraiu levemente quando o tecido raspou nos mamilos doloridos.

— Mãe de meu coração, os modos dos homens são estranhos para mim; preciso muito de conselhos.

Nacoya brindou-a com um sorriso que continha mais astúcia do que prazer. Inclinou a cabeça para um lado e, após um momento de reflexão, retirou as presilhas do cabelo e começou cuidadosamente a prendê-los outra vez. Ao observar os gestos comuns, e até familiares, das mãos enrugadas da ama, Mara descontraiu-se um pouco. Depois da noite vinha sempre o dia, por mais que fossem escuras as nuvens que ocultavam a lua. Deu atenção a Nacoya quando esta começou a falar, tão baixinho que só ela poderia ouvir:

— Filha, o Império é grande, e são muitos os Senhores e mestres cuja ambição lhes endurece o coração com crueldade. Criados desafortunados sofrem muitas vezes sob o jugo de tais homens. Mas a sabedoria floresce da adversidade. Os criados aprenderam, tal como você deve fazer, que os códigos de honra podem ser uma faca de dois gumes. Cada palavra tem dois sentidos e cada ato, múltiplas consequências. Sem comprometer a lealdade ou a honra, um criado pode transformar a vida de um soberano cruel num verdadeiro inferno.

Mara observou as escuras folhas do ulo, com padrões denteados enquadrando pequenas janelas de céu.

— Como você, Keyoke e Jican, no dia em que Papewaio me resgatou da Seita dos Hamoi — murmurou sonhadora.

Para responder, teria de beirar a traição. Com o rosto endurecido e em silêncio, Nacoya limitou-se a inclinar a cabeça. Depois, falou:

— Vou convocar a parteira para falar com a Senhora. Ela possui a sabedoria da terra e explicará como engravidar o mais rápido possível. Então seu Senhor não incomodará seu sono com seu desejo, e o nome dos Acoma será assegurado por um herdeiro.

Mara endireitou-se sobre as almofadas.

— Obrigada, Nacoya. — Afagou a mão da idosa e levantou-se. Mas antes de Mara se virar para ir embora, a ama olhou profundamente para os olhos da garota. Percebeu a mesma dor e medo; mas viu também o brilho calculista ali latente desde a morte do Senhor Sezu. Fez então uma reverência, rapidamente, para ocultar o quanto estava ficando emocionada; e enquanto observava Mara caminhar em direção a seus aposentos, Nacoya piscou e chorou.

As cinzas da cabana nupcial se apagaram, foram dispersadas pelo vento e o pó levantou, pois o tempo tornou-se quente e seco. Os dias cresceram, até o verão passar da metade.

Foram abatidas needra para a festa de Chochocan e os homens livres vestiram seus melhores trajes para a tradicional bênção dos campos, enquanto sacerdotes queimavam efígies de papel para simbolizar o sacrifício em prol de colheitas abundantes. Buntokapi conseguiu ficar sóbrio para a cerimônia, sobretudo por Mara ter ordenado aos criados que misturassem água em seu vinho. Se a companhia de seu marido a desgastava, nada em seu comportamento o revelava. Apenas suas aias pessoais sabiam que as covas em redor de seus olhos eram ocultadas por maquiagem e que as roupas em seu corpo franzino por vezes escondiam hematomas.

Os ensinamentos das irmãs de Lashima aliviaram seu espírito. Foi buscar conforto nos conselhos de sua parteira e aprendeu a aliviar um pouco o desconforto quando o marido a chamava para a cama. Em algum momento entre a festa do solstício do verão e a lua cheia seguinte, Kelesha, a deusa das noivas, abençoou-a, pois ela engravidou. A ignorância de Buntokapi em relação às mulheres foi de extrema utilidade, pois acatou a ideia de que já não poderiam unir-se como marido e mulher até o nascimento da criança. Sem resmungar muito, permitiu que ela se mudasse para os aposentos que outrora haviam pertencido à sua mãe. Os quartos eram sossegados e cercados por jardins; a voz alta de Buntokapi não chegava até ali, o que era bom, porque sentia-se doente durante horas todas as manhãs e dormia em horários estranhos.

A parteira sorriu abertamente e passou óleo doce sobre a barriga e os seios de Mara para amaciar a pele que dilatava com a sua criança.

— Carrega um menino, minha Senhora, juro pelos ossos da minha mãe.

Mara não sorriu em resposta. Deixada de lado por Buntokapi no que dizia respeito às decisões e envergonhada com o modo como ele tratava os criados, a Senhora da casa parecia se encolher em si mesma. Mas sua resignação era apenas superficial. Falava todos os dias com Nacoya, que lhe contava o disse me disse da criadagem. Quando estava fora de casa, na liteira, apreciando o ar fresco matinal do outono, Mara questionava Papewaio até ele, de brincadeira, se queixar de falta de fôlego para responder mais. Mas apesar de adaptada ao papel de mulher submissa, nenhum detalhe importante relativo aos Acoma lhe escapou.

Cansada da massagem, Mara ergueu-se de seu catre. Uma criada passou-lhe uma túnica leve, que ela vestiu, apertando-a em volta de uma barriga que começava a se arredondar. Suspirou ao pensar no pai do bebê e nas mudanças que seu modo de governar impusera na propriedade. Buntokapi ganhou o respeito dos guerreiros através de demonstrações de força bruta e de ocasional esperteza que os deixara desconfiados. Ao decidir de repente realizar treinos de combate ou ao escolher um soldado qualquer para acompanhá-lo à cidade sem levar em conta se o soldado já tinha algum dever previamente estabelecido, lançou regularmente o caos na guarnição. Seu hábito de alterar as ordens já dadas obrigou Keyoke a se esforçar para compensar as mudanças. Jican começou a passar cada vez mais tempo nos pastos de needra mais remotos com sua ardósia. Mara conhecia suficientemente bem o administrador para perceber seu crescente descontentamento em relação ao novo Senhor. Nitidamente, Buntokapi tinha pouca aptidão para as questões mercantis. Assim como muitos filhos de Senhores poderosos, achava que sua riqueza era inesgotável, sempre disponível para todas as suas necessidades.

No meio do outono, as manadas de needra foram conduzidas para as estradas e levantaram nuvens de pó quando as crias do ano anterior foram levadas para currais de engorda e dali para o abate. As crias mais jovens eram castradas ou selecionadas para reprodução ou então conduzidas aos pastos onde o capim é mais alto para crescerem. Mara sentiu a passagem do tempo como uma criança à espera da celebração da idade adulta, com cada dia arrastando-se penosamente.

O marasmo sumiu com a chegada dos cho-ja. O enxame apareceu sem aviso; um dia, o campo oriental deixado sem uso para que o ocupassem estava vazio e no dia seguinte havia trabalhadores atarefados com um empenho repleto de energia. Surgiram montes de terra ao longo da cerca. O fato de a mensagem da Rainha ter vindo endereçada a Mara ofendeu Buntokapi. No meio de seu longo discurso, ele percebeu que aqueles cho-ja tinham vindo da colmeia da propriedade do Senhor dos Inrodaka. Calculou que a oferta de Mara pela lealdade deles deveria ter sido feita entre o pedido de casamento e a cerimônia, pois seus olhos se estreitaram de um modo que sua Senhora aprendera a temer.

— Você é mais esperta do que meu pai imaginou, mulher. — Então, olhou de soslaio para a barriga de Mara e sorriu sem humor. — Mas terminaram seus dias de viajar às pressas e na surdina. Agora, sou eu quem manda, e cabe a mim comandar os cho-ja.

Mas como fora Mara quem negociara com os cho-ja em nome dos Acoma, a Rainha só se dirigiria a ela, até que o novo Senhor se dispusesse a renegociar em seu nome. Contudo, as atividades com os guerreiros pareciam sempre mais importantes. Se a jovem esposa passava cada vez mais tempo nas câmaras recentemente escavadas da Rainha bebendo chocha e conversando, Buntokapi mal reparava nisso, concentrado em apostar em combates em Sulan-Qu. Isso era algo que Mara agradecia, pois suas conversas com a jovem Rainha eram um alívio diante do tédio da vida caseira. Aos poucos, aprendeu os modos de uma raça estranha.

Compensando os deslizes de Buntokapi, a relação que estava cimentando poderia acrescentar riqueza aos Acoma nos próximos anos.

Ao voltar à superfície, para terras que haviam passado a ser de Buntokapi, Mara percebeu que começara a gostar de governar. Reduzida ao papel secundário de mulher e esposa, sentia-se irritada e contava os dias para o inverno. Após a queda das chuvas da primavera, nasceria sua criança e os Acoma teriam um herdeiro. Até lá, teria de esperar; e a espera era dura.

Mara tocou sua barriga, sentindo a vida no interior. Se a criança fosse um menino, e se fosse saudável, então seu marido teria razões para tomar cuidado, pois no Jogo do Conselho até os mais poderosos poderiam se revelar vulneráveis. Mara fizera promessas aos espíritos do pai e do irmão, e não descansaria enquanto a vingança não fosse total.

8

Herdeiro

O bebê chutou.

Mara arregalou os olhos por um instante e depois relaxou, pondo de lado os pergaminhos que estivera revendo para, com um leve sorriso, acariciar sua barriga redonda. A criança estava prestes a chegar. Sentiu-se pesada como uma needra, embora Nacoya continuasse a insistir que não ganhara o peso que devia. Mara remexeu-se em seu catre num esforço vão para encontrar uma posição mais confortável. Rezou à deusa da fertilidade para que os esforços da velha parteira antes da gravidez lhe tivessem assegurado um filho. Que fosse um menino, para que não tivesse de encorajar o marido a tentar novamente lhe dar um herdeiro para os Acoma.

O bebê voltou a chutar, vigorosamente, e Mara perdeu o ar. Fez sinal para que a solícita criada que a acompanhava se afastasse e voltou a pegar os pergaminhos. A criança dentro dela já parecia impaciente, como se quisesse abrir caminho à força para a vida, com seus pés e suas mãos minúsculas. Ele, pensou Mara, e um sorriso se formou em seus lábios. Só poderia ser um filho, para chutar assim com tanta força ainda no ventre. Aquele que conduziria sua casa à grandiosidade. Seria o Senhor dos Acoma.

Um grito vindo de fora interrompeu os devaneios de Mara. Assentiu e a criada abriu o biombo na mesma hora, deixando entrar uma brisa quente, com o cheiro seco da poeira dos campos. Mara ainda tentou segurá-los, mas foi tarde demais, e os pergaminhos com a lista de sucessos de Jican na comercialização dos primeiros artigos dos cho-ja deslizaram para o chão. Praguejou, mas não por causa dos relatórios — seu mensageiro já os reunia de novo. Do outro lado do pasto aparado, para além do biombo, marchava um grupo de guerreiros, com um exuberante Buntokapi na liderança. O cabelo dele estava ensopado de suor e tinha a túnica esgarçada, algo que ela poderia esperar depois de uma semana de caçadas. E, como de costume, ele visitaria os aposentos dela depois de limpar as armas, mas antes de se banhar. Mara suspirou. Os dias tinham sido tranquilos sem a presença do seu Senhor. Preparou-se, então, para a confusão.

Conforme os caçadores se aproximavam, Mara gesticulou. Duas criadas se curvaram e a ajudaram a se levantar desajeitadamente. Misa, a mais bela, já tinha as mãos suadas; Mara ficou com pena. A presença de seu marido deixava as garotas frequentemente nervosas, pois ele poderia arrastar qualquer uma delas para seu quarto. Pelo menos, sua gravidez a libertara daquela responsabilidade odiosa. Com uma súbita malícia, Mara anotou mentalmente para pedir a Jican que comprasse escravas feias da próxima vez que Bunto o enviasse a leilões de meninas.

Os caçadores chegaram à trilha de pedrinhas. Os tinidos de seus utensílios pareceram soar mais alto, conforme seus modos e vozes se suavizavam diante da presença da Senhora. No entanto, o grande entusiasmo não diminuiu, e Buntokapi não era dos mais contidos. Estava com o cheiro da floresta. Mara viu manchas de sangue seco em suas mangas. Ele acenou e depois apontou por cima do ombro, como um artista que revela sua obra de arte. Os escravos que o seguiam transportavam uma comprida vara, na qual estava pendurado um fardo emaranhado de pelo manchado de laranja e cinza. Mara afastou-se do apoio de suas criadas ao reconhecer a faixa branca ao redor dos olhos e o focinho com presas de um sarcat. O mortal predador noturno vagava pelas florestas tropicais a sudoeste da propriedade. Temivelmente veloz, a criatura era um poderoso assassino, um terror para os pastores porque as needra domésticas eram uma presa fácil e os sarcat não temiam os humanos. Mara reparou então numa flecha de listas verdes do Senhor cravada na criatura, logo atrás das enormes mandíbulas. Pela posição da flecha, calculou que Buntokapi tivesse ficado na frente do bicho diante de uma investida, para depois abatê-la com um único disparo. Era um feito notável. Apesar de sua índole, Buntokapi revelava grande coragem e um talento formidável com o arco.

Olhando a caça e o sorriso largo do marido, por um momento Mara quase conseguiu esquecer que se tratava de um homem sem qualquer sensibilidade. Não apreciava poesia, a não ser que fosse obscena. Seu gosto musical beirava a vulgaridade — trovadores de segunda e canções folclóricas —, sem paciência para a elegância do teatro ou da ópera Grand Do. Ele não apreciava arte a não ser que o tema fosse erótico. Contudo, na caça excedia-se e já não era a primeira vez que Mara lamentava que Tecuma tivesse estado ocupado demais com Halesko e Jiro para treinar esse seu terceiro filho. Por mais que desprezasse Buntokapi, ele tinha muito potencial não lapidado. Se tivesse sido ensinado de maneira a se enquadrar no modo de ser dos Anasati, poderia ter se tornado um homem interessante. Mas seu lamento durou apenas até Buntokapi chegar à grande casa.

Exibiu-se de modo exagerado, um tanto embriagado pelo vinho de vagens tanlo tomado durante a volta para casa. Cheirando a lenha queimada, suor e ao que quer que tenha comido no desjejum, apoiou-se na soleira da porta de seus aposentos e acenou aos escravos, que depositaram o corpo do sarcat aos pés de Mara.

— Deixem-nos — ordenou a seus guardas.

Assim que os guerreiros partiram, endireitou-se com as mãos nos quadris.

— Então, o que acha, minha esposa? — gritou. — É uma bela fera, não é?

Mara inclinou a cabeça, contendo educadamente sua repulsa. A presa fedia tanto quanto o caçador, com insetos zumbindo e aglomerando-se nos olhos e na língua frouxa, enquanto a carcaça e a flecha sujavam o chão recém-encerado. Ansiosa por se ver livre daquilo, assim como daquele homem, tentou ser lisonjeira.

— Meu Senhor mostra grande coragem e talento ao derrotar tal fera. Vaqueiros do Sul cantarão seus feitos, Bunto.

Seu marido sorriu, embriagado.

— O que me interessa o que cantam vaqueiros malcheirosos, hein? Acho que a cabeça ficará bonita sobre a escrivaninha onde está agora pendurado aquele estandarte desbotado.

Mara conteve o protesto instintivo para evitar a ira de Buntokapi. Apesar de o estandarte ser uma das mais velhas relíquias de vitória dos

Acoma e embelezasse o escritório do Senhor dos Acoma havia séculos, Buntokapi não queria saber das tradições. Mudava as coisas a seu bel-prazer, na maioria dos casos com uma malícia perversa para deixar claro que ele era o Governante. Mara sentiu uma inesperada pontada de tristeza, ao pensar que o desespero a fizera embarcar naquele casamento.

— Mulher! — atirou Buntokapi, interrompendo o pensamento de Mara. Ela fez uma reverência submissa, embora a gravidez tornasse aquele gesto um tanto bizarro. — Quero a cabeça deste sarcat empalhada e colocada sobre a minha escrivaninha em meu escritório. Cuide disso! Tenho de ir tomar banho. — Então, endireitando-se por ter se lembrado subitamente de algo, espiou a escuridão do quarto e apontou um dedo para Misa. — Garota, venha comigo. Preciso de alguém para lavar minhas costas, e a minha criada está doente.

A bela aia saiu do lado de sua Senhora. Todos sabiam que sua tarefa seria mais íntima do que meramente ensaboar as costas de seu mestre. Partiu, resignada, quando Buntokapi deu a volta e saiu a passos largos, deixando sua presa gotejante sobre a soleira, já morta havia um dia e em pleno estado de decomposição. Mara tentou controlar a náusea. Em seguida, com uma postura tão frágil quanto porcelana, chamou o rapazinho que servia de mensageiro e que estava escondido em um canto. Buntokapi costumava esbofeteá-lo simplesmente por estar em seu caminho.

— Kedo, vá chamar dois escravos da cozinha para que levem isto para a cabana do açougueiro. Diga ao ajudante que faz os troféus que deve preparar a cabeça. Quando estiver pronta, mande entregar no escritório de meu Senhor para que seja pendurada onde ele indicar. — Mara reprimiu mais um dos pequenos lamentos que faziam parte de seu cotidiano desde que se casara. Dirigiu-se então à aia que permanecera com ela. — Juna, vá e dobre com cuidado o estandarte sobre a escrivaninha e traga-o para mim. Farei com que seja guardado em segurança.

O mensageiro partiu batendo as sandálias, e então a aia seguiu. Mara encaixou um fio de cabelo atrás da orelha e voltou a se concentrar nos documentos. Buntokapi que se entretivesse com as criadas e com a caça e brincasse de ser guerreiro; as obsessões dele o mantinham ocupado e isso era positivo. Isso, assim como a reclusão da gravidez, deram-lhe a possibilidade de estudar os documentos comerciais que chegavam todos os dias. Dentro do que Buntokapi lhe permitia, Mara continuou a tratar dos assuntos dos Acoma. E ela aprendeu. A cada dia que passava, sabia mais sobre o que conferia grandeza de verdade a uma casa.

— Será que temos mapas recentes? — questionou-se em voz alta.

— Minha Senhora? — inquiriu a aia que ficara com ela.

Mara limitou-se a olhar intensamente para o ponto indeterminado entre seus pergaminhos e a mandíbula retorcida do sarcat. Da próxima vez que seu Senhor fosse caçar, ou quando fosse a Sulan-Qu visitar as casas de jogo ou as mulheres do Boa Vida, iria procurar mapas nos gabinetes do pai. Então, chocada, recordou a si mesma que aqueles aposentos já não pertenciam a seu pai; estavam nas mãos de um marido que era seu inimigo.

O vinho se esparramou, vermelho e viscoso no linho, quando a taça de chifre atirada por Buntokapi balançou e caiu ruidosamente sobre os talheres. Ele piscou uma vez, parecendo espantado com a própria força, mas nem por isso sua raiva diminuiu.

— Mulher, pare de me atormentar!

Sua voz poderosa fez tremer as chamas das luminárias. Mara se sentou tranquilamente em frente ao marido, que momentos antes cantava desajeitado acompanhando um par de trovadores.

— Não percebe que estou gostando desta atuação? Não anda sempre atrás de mim querendo que eu leia poesia e ouça música? Como posso ouvir se está sempre me aborrecendo?

Mara escondeu uma careta. A avaliação pouco criteriosa de Buntokapi apoiava-se no fato de uma das intérpretes musicais ser a filha encorpada da outra; o tecido justo de suas vestes e a grande porção de carne à vista devido à roupa curta e ao decote amplo sem dúvida pareceram ter acrescentado encanto à pobre cantoria delas. Mas a administração da propriedade não podia esperar e com amargor Mara ergueu o rolo de pergaminho que desviara do caminho do vinho derramado.

— Meu Senhor, estas decisões não podem esperar...

— Esperarão se eu assim o disser! — O berro de Buntokapi levou o criado que tinha chegado com trapos e uma bacia a apressar a limpeza. — Agora, cale-se, mulher.

Mara sentou-se em silêncio a seu lado enquanto o criado terminava de limpar o vinho e saía às pressas. Corado, Buntokapi acenou para as cantoras para que voltassem a tocar e tentou se concentrar na canção que a moça interpretava. Mas a presença discreta e imóvel de Mara o irritavam como poucas coisas eram capazes.

— Mas o que está acontecendo? — perguntou em seguida, irritado.

As intérpretes hesitaram e começaram, indecisas, a última estrofe; Mara passou em silêncio um rolo a Buntokapi e assim que seu vestido se mexeu, ele percebeu que ela tinha outros seis. Olhou rapidamente para o primeiro.

— Estas são coisas e contas da casa — comentou. — Por que me incomoda com isso? — Lançou um olhar furioso à mulher, sem prestar atenção nas intérpretes que aguardavam desesperadamente sua permissão para se calarem. Como ele não se manifestou, continuaram cantando, sem harmonia.

— Esta é sua propriedade, marido — afirmou Mara, conclusiva. — Ninguém pode gastar um cinti de sua riqueza sem sua permissão. Alguns dos mercadores de Sulan-Qu enviaram pedidos educados, mas veementes, para que fossem pagos.

Buntokapi coçou a virilha enquanto lançava um olhar carrancudo para aquelas contas.

— Mulher! — As artistas interromperam a atuação e ele se viu gritando no meio do silêncio absoluto. — Temos fundos para pagar? — Olhou em volta, como se surpreso com o próprio grito.

— Claro, marido.

Ele baixou então o tom de voz.

— Então, pague a ele. — Sua expressão tornou-se mais sombria. — E por que vem me importunar com esses assuntos? Onde está Jican?

Mara apontou para os rolos.

— Ordenou-lhe que não lhe enviasse essas coisas, esposo. Ele obedece, mas evitá-lo não ajuda a resolver as pendências.

A irritação de Buntokapi transformou-se em raiva.

— Então minha esposa tem de me encher como um escrivão! E suponho que tenho de dar minha aprovação cada vez que algo precise ser feito, certo?

— É sua propriedade — insistiu Mara. Ela ficou olhando, muito tensa, enquanto aguardava por uma abertura para sugerir que ele lhe entregasse a gestão da casa.

Mas, em vez disso, ele suspirou com uma compreensão que ela nunca vira.

— É verdade. Suponho ser necessário lidar com essas chatices. — Seu olhar recaiu na encorpada tocadora de vielle e depois girou de novo na direção da barriga proeminente de Mara. O contraste o incentivou. — Deve ter cuidado para não se cansar demais, mulher. Vá para a cama.

Se tenho de analisar os rolos, vou manter aqui estas artistas para me entreterem até tarde.

— Marido, eu… — Mara deteve-se, percebendo de repente, quando Buntokapi se levantou, que cometera um erro. Ele a pegou pelos ombros e a ergueu bruscamente. As mãos dela aconchegaram a barriga por instinto, para proteger a vida lá dentro. O gesto evitou a violência do marido, mas não conteve sua fúria.

As artistas fitaram, geladas de espanto, quando os dedos de Buntokapi se fecharam, retorcendo dolorosamente a carne dela.

— Mulher, já lhe avisei. Não sou idiota! Esses registos serão verificados, mas quando eu quiser. — A fúria dele pareceu crescer, alimentando-se de si mesma, até se tornar algo palpável dominando a atmosfera da sala. A luz do luar pareceu sumir atrás dos biombos e as artistas puseram de lado seus instrumentos, assustadas. Mara mordeu os lábios, paralisada com o aperto do marido como uma gazen diante de um relli. Ele a sacudiu para lhe recordar sua força. — Escute-me, mulher. Devia ir para a cama. E se alguma vez passar pela sua cabeça contrariar minha vontade, vou mandá-la para longe!

Afrouxou o aperto dos dedos e Mara desabou por completo sobre os joelhos quando foi trespassada por uma pontada de medo. Escondeu o que sentia atrás de uma reverência suficientemente baixa como a de uma jovem escrava e encostou a testa ao chão ainda pegajoso devido ao vinho.

— Imploro pelo perdão de meu marido. — As palavras eram fervorosamente sinceras; se Buntokapi achasse adequado fazer valer seu direito de Governante diante de uma esposa problemática e ela fosse enviada para casa com uma pensão e duas criadas, os negócios dos Acoma nunca mais passariam por suas mãos. A família que era o orgulho de seu pai se tornaria o que aquele homem grosseiro bem entendesse, sem esperança de escapar à servidão dos Anasati. Com medo de tremer, com medo até de respirar, Mara aguardou imóvel, com uma máscara no rosto para esconder o terror que invadia sua alma. Tivera a esperança de aborrecer Buntokapi com gastos que ele não compreendia, encorajando-o a passar para suas mãos o controle e a liberdade de fazer avançar alguns planos. Em vez disso, quase causara um desastre.

Buntokapi observou-a com repugnância endireitando as costas, até que a perspectiva do que havia por entre as vestes da tocadora de vielle o distraiu. Agora verdadeiramente aborrecido e chateado com a pilha de pergaminhos que aguardavam sua atenção, afastou a esposa com a ponta do pé.

— Já para a cama, mulher.

Mara levantou-se, desajeitada, com o alívio eclipsado pela raiva que sentiu de si mesma. A pressão que exercera sobre o marido se devia em parte à irritação por ela e os assuntos dos Acoma serem considerados menos importantes do que os seios saltitantes de uma jovem trovadora. Mas o resultado de seu descontrole quase deixara o futuro dos Acoma nas mãos de um inimigo bruto. Dali em diante teria de ser extremamente cautelosa, extremamente esperta, e contar com uma boa dose de sorte. Com uma sensação de pânico, ansiou pelos conselhos de Nacoya; mas a idosa já dormira havia algum tempo e então, mais do que nunca, Mara não se atreveu a desobedecer a ordens diretas de seu Senhor enviando um criado para acordá-la. Frustrada e mais insegura do que jamais se sentira na vida, Mara ajeitou a túnica enrugada sobre os ombros. Abandonou a sala com o porte derrotado de uma esposa castigada e servil. Mas assim que a música recomeçou a soar alta e desagradável atrás dela e o olhar de Buntokapi logo recaiu de novo no decote da tocadora de vielle, sua mente começou a dar voltas e voltas. Iria aguentar; iria encontrar uma forma de explorar as fraquezas do marido, até seus avassaladores desejos carnais. Se não o fizesse, tudo estaria perdido.

— Mulher? — Buntokapi se coçou. Suas sobrancelhas franziram sobre um pergaminho que estava em cima de sua escrivaninha.

— Sim, Bunto? — Mara concentrou-se em sua costura, em parte porque agulhas e linhas ganhavam vida própria em suas mãos, sempre se enrolando em nós, mas principalmente porque deveria passar a imagem de submissão e obediência. Desde o incidente com as artistas e as contas da casa, Buntokapi passara a adverti-la ao menor indício de desobediência. E como as escravas sussurravam pelos cantos, ele com frequência via as coisas de acordo com seu próprio estado de espírito. Mara espetou a agulha numa peça de roupa para o filho ainda não nascido, embora a qualidade de seu trabalho mal pudesse ser considerada aceitável. Nenhum herdeiro dos Acoma vestiria aqueles trapos. Mas se Buntokapi achava que a costura era um passatempo apropriado para sua esposa grávida, ela deveria jogar aquele jogo, exibindo pelo menos uma expressão de entusiasmo.

O Senhor dos Acoma ajeitou os joelhos salientes sob a escrivaninha.

— Estou respondendo à carta de meu pai. Escute: "Querido Pai, como vai? Venci todas as minhas lutas nos quartéis de Sulan-Qu. Estou bem. Mara está bem". — Olhou para ela com uma rara expressão de concentração estampada no rosto. — Está boa, não está? O que devo dizer agora?

Mara respondeu dissimulando mal a irritação:

— Por que não pergunta como estão seus irmãos?

Sem perceber o sarcasmo, Buntokapi assentiu, com uma expressão de aprovação.

— Senhor!

O grito vindo de fora quase fez com que Mara espetasse o próprio dedo. Afastou para o lado a agulha metálica, enquanto Buntokapi se dirigia correndo até a porta. Outro grito ansioso foi dado, e, sem esperar pelos criados, Buntokapi abriu o biombo para se deparar com um soldado coberto de suor e poeira.

— O que está acontecendo? — quis saber Buntokapi, imediatamente menos irritado, pois questões de armas e de guerra eram-lhe mais acessíveis do que escrever cartas.

O guerreiro fez uma reverência com toda a pressa e Mara reparou que ele trazia as sandálias bem apertadas: percorrera uma longa distância para entregar a mensagem. Deixando de lado sua postura submissa, escutou quando o soldado se recompôs e falou:

— O Líder de Ataques Lujan manda avisar que uma grande força de bandidos avança pela estrada de Holan-Qu. Ele está a postos na pequena nascente abaixo da passagem, para atacá-los caso tentem passar, pois acha que se preparam para nos atacar de surpresa.

Buntokapi assumiu logo o comando.

— Quantos são? — E com uma presença de espírito e uma consideração que nunca demonstrara pelo pessoal da casa, indicou ao mensageiro exausto que se sentasse.

Mara murmurou a um criado que servisse água ao homem, enquanto ele afundava na almofada e se recompunha.

— É uma força muito grande, mestre. Talvez o equivalente a seis companhias. Certamente são bons guerreiros.

Bunto balançou a cabeça.

— Tantos? Podem se revelar perigosos. — Voltou-se para Mara. — Tenho de deixá-la imediatamente, minha esposa. Nada tema. Voltarei.

— Que Chochocan o proteja — disse Mara, inclinando a cabeça em seguida, como deve fazer uma esposa diante de seu Senhor. Mas nada conseguiria fazer com que se acovardasse diante dos perigos que aquilo representava. Assim que Buntokapi ultrapassou bruscamente o biombo, ela espiou por entre as pálpebras o mensageiro coberto de pó, que por sua vez fez uma reverência a seu mestre. Era jovem, mas marcado por cicatrizes e experiente em batalha. Mara recordou-se do seu nome, Jigai, outrora um membro bem cotado do grupo de Lujan. Mostrou um olhar duro, indecifrável, ao erguer a cabeça para aceitar a água trazida pela criada. Mara disfarçou uma pontada de incerteza. Como aquele homem e seus companheiros se sentiriam enfrentando homens que, talvez, tenham sido seus amigos? Nenhum dos recém-chegados enfrentara em batalha um inimigo dos Acoma até então; o fato de o primeiro encontro deles os colocar frente a frente com guerreiros cinzentos gerava uma ansiedade perigosa de se lidar.

Ela observou frustrada os soldados dos Acoma correndo em frente à casa grande para se colocarem em formação, cada um deles comandado por um Líder de Patrulha, todos sob o pulso firme de Keyoke. À sua direita, ficava Papewaio, que, como Primeiro Líder de Ataques, assumiria o comando caso o Comandante das Forças Armadas fosse derrubado em combate. Mara não conteve sua admiração, pois os soldados dos Acoma comportavam-se como guerreiros tsurani. Os que haviam sido criminosos misturaram-se imperceptivelmente com aqueles que desde sempre se dedicaram aos Acoma. Suas dúvidas diminuíram. Graças à segurança gerada pelos guerreiros da Rainha Cho-ja, apenas a companhia de Tasido ficaria de guarda na propriedade. Distraidamente, Mara pensou nos benefícios de recrutar em breve mais homens para as cores dos Acoma. Com mais guerreiros, o comando seria dividido, com Papewaio e outros Líderes de Forças Militares, então os Acoma teriam duas guarnições... Um grito interrompeu seu pensamento. Buntokapi apareceu de repente em seu campo de visão, com os criados que o seguiam ocupados encaixando a armadura em seu corpo sólido. Enquanto seu Senhor assumia a liderança encabeçando a coluna, Mara recordou a si mesma que aquele não era mais o exército. Não era mais assim. Seus pensamentos se voltaram para si mesma.

Os últimos homens tomaram seus lugares, apressados pela voz de Buntokapi. Completamente blindado e usando uma bainha enfeitada para sua espada de combate favorita, o geralmente desengonçado Senhor dos Acoma estava parecendo um típico guerreiro tsurani: ombros largos, duro, com pernas capazes de transportá-lo durante quilômetros a um ritmo firme, sobrando energia suficiente para combater o inimigo. Intratável e bruto em tempos de paz, Buntokapi estava treinado para a guerra. Despachou energicamente suas ordens.

Mara escutava tudo da porta de seus aposentos, orgulhosa do espetáculo no pátio de armas. Então sentiu chutes do bebê. Ela estremeceu com a força do impacto. Quando diminuíram, a guarnição dos Acoma já saíra apressada da propriedade. Quatrocentas pessoas de armadura verde reluziam ao Sol enquanto seguiam pela mesma ravina onde Mara montara a armadilha que levara Lujan e seus salteadores a se colocarem a seu serviço.

Rezou em silêncio para que aquele confronto ao lado da nascente tranquila e sussurrante fosse vencido pelos Acoma, como da outra vez.

Nacoya apareceu espontaneamente para ajudar a confortar sua Senhora. A confusão não escapou de seus velhos ouvidos e, como lhe era típico, trouxe rumores obtidos com os soldados, coisas que a jovem mulher aspirava saber, mas que não tinha como obter. Depois de ter ordenado a um criado que fosse buscar frutas geladas e ter encaminhado Mara de volta para as almofadas, as duas mulheres acomodaram-se à espera. Já se passou, mais ou menos, metade da manhã, pensou Mara, olhando para o relógio cho-ja colocado na mesa sobre a qual o marido estivera escrevendo havia poucos minutos. Em pouco tempo, fez o cálculo. A patrulha deveria ter avistado os batedores dos bandidos no início da manhã e localizado o grupo percorrendo a passagem elevada.

Refletindo sobre os tempos e as localizações contidas nas informações fragmentadas trazidas por Nacoya, Mara esboçou um leve sorriso. A discussão que levara Arakasi e Keyoke até a colmeia cho-ja gerara resultados. Entre outros assuntos, o Mestre dos Espiões mencionara a necessidade de uma vistoria na parte ocidental da propriedade, pois os bandidos poderiam se infiltrar facilmente nas montanhas, evitando, sob o manto da escuridão, as patrulhas dos Acoma, para depois descerem à luz do dia. A partida à meia-noite da patrulha de Lujan assegurava que, ao amanhecer, os homens estivessem alto o bastante nas colinas sobre as terras dos Acoma para rapidamente detectarem sinais de atividade de salteadores. E o astucioso ex-bandido conhecia todos os esconderijos possíveis entre as fronteiras dos Acoma e Holan-Qu.

Sentindo-se de repente cansada, pois sua gravidez a exauria, Mara petiscou fatias de frutas doces, ouvindo o som da marcha firme dos soldados em direção às colinas, trazido pelo ar da manhã. O relógio cho-ja fez um tique-taque suave e o ruído dos passos pesados tornou-se cada vez mais distante, até Mara mal conseguir saber se ainda era audível ou se não passava de imaginação.

Ao meio-dia, Mara serviu-se de chá de ervas e pediu pão torrado e compota de vagem, com frutas e kaj sung — uma taça de thyza cozida a vapor com pequenos pedaços de peixe do rio, legumes e frutos secos. Ansioso por agradar, o chefe de cozinha apresentou os pratos à sua Senhora, mas Mara só beliscou uma ou outra coisa.

Consciente de que a preocupação de Mara tinha pouco a ver com o cansaço, Nacoya disse:

— Senhora, nada tema. O Senhor Buntokapi regressará são e salvo.

Mara lhe lançou um olhar severo.

— Que assim seja. — E em um momento de distração, Nacoya percebeu uma pontada de raiva e determinação atrás da máscara de calma que ela usava antes. — Se ele morrer agora, tudo será em vão... — Atenta, Nacoya avaliou os olhos da garota, mas Mara desviou o olhar. Certa de que estava pensando algo que ia além da sua compreensão, mas suficientemente sagaz para adivinhar seu alcance, a idosa sentou-se relaxada. A idade brindara-a com o dom da paciência. Se a jovem Senhora dos Acoma optara por conspirar sozinha, então que assim fosse. Os planos mais perigosos poderiam se destruir antes de serem levados a cabo caso fossem partilhados, mesmo com as pessoas que mais se amava e de maior confiança. Nacoya observou, mas sem revelar o medo que apertava seu coração. Compreendeu. Era uma tsurani. E sob o teto de um mestre, a palavra dele era lei.

Com um gesto, Buntokapi ordenou que a companhia de soldados parasse e estreitou os olhos contra a luz quando dois soldados dos Acoma se aproximaram correndo, destacando-se contra um sol cortado ao meio pelo horizonte. Exaustos, empoeirados, mas altivos apesar do cansaço, os homens fizeram uma saudação e o que estava mais próximo deu o relatório:

— Senhor, os bandidos acamparam no pequeno vale mais baixo, do outro lado do cume onde aguarda o Líder de Ataques Lujan. Ele acha que vão avançar antes do nascer do dia.

Buntokapi virou-se sem hesitações para Keyoke.

— Paramos aqui. Envie dois homens descansados para chamar Lujan.

O Comandante das Forças Armadas passou a ordem do Senhor e depois ordenou às colunas que descansassem. Os homens saíram das fileiras, retirando os capacetes e sentando-se na beira da estrada, mas sem acenderem fogueiras para não revelar a presença do grupo aos salteadores.

Buntokapi afrouxou o elmo com um suspiro audível. Era tão pesado quanto útil e estava enfeitado à maneira tsurani de modo a refletir os feitos da vida de um homem. Tinha sido recentemente adicionada uma faixa de pele de sarcat em volta da borda, complementando a cauda flutuante de pelo de zarbi pendurada no topo. Tais troféus pareciam grandiosos em desfiles, mas o jovem Senhor descobriu, para sua desgraça, que cada grama acrescentada se tornava um custo após um longo dia de marcha. Libertou a armadura em volta da cabeça e com os nós dos dedos ajeitou o cabelo escuro para cima.

Então agachou-se, recostando-se num afloramento rochoso ao lado da trilha onde o aguardavam seus oficiais.

— Keyoke, como é esse vale sobre o qual estavam falando?

O comandante se agachou e com a ponta do punhal traçou um mapa tosco na terra.

— É assim, Senhor. O caminho para Holan-Qu fica mais estreito num pequeno monte, dando para uma pequena clareira no vale ao lado da nascente. Logo em seguida há outra colina que dá depois nesta trilha, a cerca de dez quilômetros daqui. — Forneceu os dados sem mencionar a emboscada que a Senhora montara para levar Lujan e seus homens a entrarem ao serviço dos Acoma.

— É um bom local para montar uma armadilha — murmurou Buntokapi, coçando uma picada de inseto.

Keyoke nada disse. Aguardou pacientemente, de um modo que apenas Mara teria compreendido, enquanto seu Senhor desapertava o cinto da espada e se espreguiçava.

— Ainda assim, devemos esperar pelo relatório de Lujan. Acorde-me quando ele chegar. — Buntokapi pôs os braços atrás da cabeça e fechou os olhos.

Disfarçando um olhar de desespero, Papewaio levantou-se. Keyoke imitou-o.

— Vou posicionar sentinelas, Senhor — anunciou.

Buntokapi resmungou em aprovação e os dois oficiais deixaram seu Senhor dormir. Depois de uma hora, um grito de uma sentinela anunciou a chegada ao acampamento de Lujan.

Buntokapi despertou sem que o chamassem. Sentou-se, coçando uma nova coleção de picadas de insetos, enquanto o empoeirado Lujan se apresentava à sua frente, batendo continência. O antigo bandido correra dez quilômetros e ainda assim não dava sinais de cansaço, exceto pelo fato de estar ofegante. Keyoke e Papewaio juntaram-se a ele enquanto Buntokapi pegava seu elmo, o colocava sobre o cabelo emaranhado e apontava secretamente para o esboço na terra.

— Mostre-me.

Lujan se abaixou e com sua adaga acrescentou detalhes ao mapa que Keyoke desenhara.

— Seis companhias de cinquenta homens vieram por três rotas diferentes até este vale, meu Senhor. Marcharam por aqui, aqui e aqui.

Buntokapi deteve-se com a mão suspensa sobre as marcas vermelhas em sua perna.

— Não subiram no vale mais alto, aquele com o pequeno lago?

— Não, Senhor — disse Lujan, hesitante.

Buntokapi gesticulou impaciente na escuridão crescente.

— O que foi? Fale!

— Há algo que... não está certo.

Buntokapi coçou a barriga, levantando a couraça com o polegar.

— Eles não se movimentam como bandidos, não é?

Lujan esboçou um leve sorriso.

— Não, parecem soldados experientes, do meu ponto de vista.

— Guerreiros cinzentos? — perguntou Buntokapi enquanto se erguia pesadamente.

— Talvez — respondeu Keyoke.

— Ah! — O tom de Buntokapi se tornou mais azedo. — Com certeza é Minwanabi, ou minha mãe pariu um filhote cabeça dura! — Em seguida, dirigiu-se aos oficiais veteranos que o acompanhavam. — Antes de casar, sabia da rixa entre Jingu e Acoma. E meu pai me alertou recentemente para esperar um ataque súbito. — Franziu o cenho. — Sou capaz de jurar que ele sabia desse ataque. — Buntokapi fez uma pausa demorada, mas não partilhou com os outros a que conclusão chegara. Sua voz revelou seu mau humor. — O Senhor Jingu acha que seus homens são os melhores do Império e que o Senhor de vocês não passa de um touro estúpido. E parece ter se tornado arrogante o bastante para se arriscar a irritar meu pai. Contudo, ele não é tão forte e arrogante a ponto de se atrever a exibir suas verdadeiras cores, certo? Temos de lhe mostrar que está errado nas duas primeiras premissas. — Riu com grosseria. — E certo na última. — Olhou para Keyoke. — Creio que você já tem um plano, não é, Comandante das Forças Armadas?

O rosto enrugado de Keyoke manteve-se inexpressivo quando colocou o punhal nas linhas que representavam o lugar onde o caminho ficava mais estreito naquele lado do vale.

— Acho que poderemos segurá-los aqui sem grandes problemas, meu Senhor.

Buntokapi passou os dedos pela borda de sua bainha.

— É melhor deixá-los subir o vale, enviar uma companhia atrás deles e encurralá-los aqui.

Na luz que se apagava rapidamente, Keyoke observou os desenhos, recordando todos os detalhes da área vistos em sua última patrulha. Com tranquilidade, aventurou-se a dar sua opinião.

— Se fizermos uma companhia passar de maneira furtiva ao lado do cume lá em cima, ela estará a postos ao amanhecer. Os bandidos se veriam impedidos de prosseguir e com um ataque rápido no vale, a partir daquele lado, iriam fugir correndo.

— Muito bom, mas acho que não vamos atacar. — Com um intenso olhar carrancudo, Buntokapi reforçou sua ideia. — Ficaremos sentados esperando tranquilamente, como passarinhos assustados, está bem? Eles passam à nossa frente, penetram na pequena clareira e nós saltamos e lançamos uma saraivada de flechas e pedras por cima deles, até cederem.

Lujan assentiu, convencido.

— De qualquer forma, vão fugir.

Buntokapi esfregou o queixo com um polegar atarracado enquanto pensava em todas as opções que tinha pela frente.

— Não, veja — disse por fim —, devemos atacar antes de eles chegarem ao segundo cume, para que pensem que foram apanhados pela nossa patrulha avançada. Mas a maioria de nossos homens estará à espera na retaguarda. — Sorriu abertamente exibindo uma cruel ansiedade. — Os bandidos vão achar que o grosso da guarnição dos Acoma está adiante, defendendo as fronteiras da propriedade. Irão correr pelo mesmo caminho por onde vieram, no meio de nossas flechas, em direção a nossos escudos e espadas. — Fez uma pausa. — Papewaio — prosseguiu —, vá com Lujan até a outra ponta do vale com... — fez um cálculo rápido — com cinquenta de nossos melhores arqueiros. Keyoke levará vinte arqueiros e irá se posicionar na passagem no cume mais alto, escondido de todos. — A ansiedade tornou-se ainda mais cruel. — Keyoke, quando os bandidos chegarem, faça com que os homens soltem gritos de guerra e batam com as armas e dancem para levantar poeira, para que o inimigo pense que são um exército. Se ainda assim avançarem, matem-nos. — Com o assunto resolvido, Buntokapi pôs o arco no ombro. — Os arqueiros ficarão acima dos bandidos para lhes atirar uma saraivada mortal. Será melhor que eu oriente esse grupo. — Keyoke assentiu, recordando os treinos no pátio em frente aos quartéis. Buntokapi poderia ser lento com a espada, mas era um verdadeiro demônio com o arco. Excitado, Buntokapi transmitiu a Papewaio as últimas ordens de modo a assegurar que nenhum inimigo ultrapassaria a linha de defesa.

Atrás da sombra de seu elmo, Keyoke admirou a audácia do plano com um olhar severo. Buntokapi esperava triunfar; e com as reviravoltas ousadas que o jovem Senhor dos Acoma introduziu, a força inimiga poderia muito bem ser derrotada.

Agachado sobre o cume, Buntokapi acenou para o arqueiro escondido do outro lado do vale. Mas os homens em movimento lá em baixo não viram seu sinal, pois a neblina matinal caíra sobre o vale como um lençol branco, ocultando tudo o que estivesse a mais de dez metros. O sol mal conseguiu pintar de vermelho a borda rochosa dos picos do leste e a névoa não iria desaparecer nas próximas horas. Os invasores estavam apenas começando a se agitar; um homem agachou-se para se aliviar, enquanto outros se lavavam na fonte, sacudindo o pó das mantas ou juntando lenha seca para preparar uma fogueira para o chá. Poucos tinham vestido as armaduras. Se havia sentinelas em posição, não se distinguiam dos guerreiros que esfregavam os olhos cheios de sono. Divertindo-se com a falta de preparo geral, Buntokapi riu discretamente, escolheu seu alvo — o homem agachado — e disparou. A flecha penetrou na carne e enfim, a batalha começou.

A primeira vítima caiu com um grito estrangulado. Instantaneamente, todos os arqueiros acoma dispararam seus arcos. Foram abatidos trinta salteadores antes de qualquer um deles conseguir reagir. Em seguida, a companhia de bandidos irrompeu como um enxame. Mantas esvoaçaram abandonadas e tachos rolaram sobre as fogueiras quando os homens sob ataque procuraram abrigo. Buntokapi riu cruelmente por entre dentes e soltou mais uma flecha. Atingiu seu alvo na virilha. O homem caiu, contorcendo-se e tropeçando num companheiro em fuga. Havia homens amontoados em uma área pequena e o pânico facilitou a chacina. Antes que seus comandantes pudessem restaurar a ordem, mais uns vinte já tinham sido abatidos. Vozes gritaram ordens de comando na clareira. Os arqueiros dos Acoma escolheram seus alvos com cada vez mais dificuldade à medida que os bandidos procuravam abrigo atrás de árvores caídas, rochas grandes ou até depressões rasas. Mas, mesmo assim, as flechas encontraram alvos.

Uma ordem de um oficial levou os salteadores a se dirigirem para a fronteira dos Acoma. A empolgação de Buntokapi se tornou feroz. Provavelmente, o bandido em comando achou que se deparara com uma patrulha cuja intenção era conduzir seus homens de volta para as colinas. Os bandidos que conseguiram se reagrupar e obedecer alcançaram a sombra da segunda colina, apenas para serem detidos por gritos e pelo rangido de armaduras. Cinco homens na vanguarda tombaram com flechas quando os arqueiros de Keyoke entraram no combate. Os soldados que seguiam à frente pararam atrapalhados. Mais uma dúzia foi abatida antes que os da retaguarda compreendessem que estavam em apuros e um oficial ordenasse a retirada.

A luz do sol tocou a névoa, pintando tudo de vermelho quando os trinta arqueiros iniciais deram seguimento ao ataque mortal a partir do cume da colina. Atrapalhados, e sendo dizimados, os invasores se retiraram pelo estreito desfiladeiro. Eufórico, Buntokapi calculou que um terço deles jazia morto ou ferido no chão. Manteve seu rápido ritmo de disparo e calculou que outro terço seria derrubado antes que as vítimas em retirada deparassem com os soldados Acoma que aguardavam na retaguarda. Contudo, bem antes de ficar sem alvos, Buntokapi esgotou seu suprimento de flechas. Frustrado pela sua incapacidade de matar, agarrou uma pedra enorme e apontou para um homem que estava atrás de um afloramento rochoso. Recuou um passo e lançou a pedra, tendo sido recompensado com um grito de dor vindo de baixo. Incendiado pelo calor da luta, procurou mais pedras.

Outros arqueiros sem flechas juntaram-se a ele e então uma saraivada de pedras choveu sobre os salteadores. Do leste, levantou-se uma poeira ao longo da trilha, acompanhada pelo som de homens gritando. Keyoke e seu grupo davam a impressão de que o "exército" dos Acoma avançava com força. Diversos salteadores começaram a fugir assustados, enquanto os mais aterrorizados orientaram uma fuga generalizada para o oeste. Buntokapi lançou sua última pedra, que sibilou ao descer. Inflamado pela expectativa de vitória e de glória, desembainhou a espada e gritou:

— Acoma!

Os homens que o acompanhavam seguiram sua investida pelo íngreme vale. As pedras que eram soltas sob seus pés chocalharam pela encosta com seus corpos ruidosos. Uma névoa úmida e fria os envolveu assim que puseram o pé na clareira, e iniciou-se a debandada. Quase duas centenas de salteadores jaziam mortos ou agonizantes no solo, enquanto a oeste os sobreviventes corriam na direção dos escudos, lanças e espadas dos homens que os aguardavam sob o comando de Papewaio e Lujan.

Buntokapi apressou-se, com suas pernas curtas pisando furiosamente conforme corria para chegar à batalha antes de o último inimigo ser atingido. Deparou com um homem de olhar desesperado vestindo uma simples túnica. A espada e o escudo completamente redondo que transportava fizeram Buntokapi se lembrar de seu próprio escudo, abandonado em algum lugar nas rochas no meio de toda aquela excitação. Amaldiçoou-se pelo descuido, mas nem por isso deixou de atacar o salteador gritando "Acoma! Acoma!" com uma alegria quase juvenil.

O salteador preparou-se para manejar a espada, mas, com um golpe, Buntokapi afastou a arma levantada. Lançou-se com violência no escudo, apostando mais na força e na corpulência do que no risco de enfrentar um espadachim potencialmente melhor do que ele. O homem caiu e Buntokapi pegou sua espada, projetando-a para baixo com ambas as mãos numa estocada que esmagou o escudo do homem e quebrou o braço que o segurava. O salteador caiu para trás com um grito.

Buntokapi rechaçou uma fraca tentativa de golpe. Sorrindo loucamente, deu o golpe fatal e seu oponente caiu com um grito gorgolejante. O Senhor dos Acoma limpou a lâmina e foi correndo atrás de seus arqueiros, que o tinham seguido no impetuoso ataque até o vale.

Do oeste, os sons da batalha rugiram mais alto. Empolgado, entusiasmado e cheio de força e audácia, Buntokapi escalou a passagem por entre as rochas. A névoa se desvanecia, um lençol dourado através do qual armaduras e espadas ensanguentadas reluziam contra a folhagem. A retirada dos salteadores desembocou sobre um grupo de soldados acoma. Papewaio dispusera homens ajoelhados com escudos, com arqueiros atrás e lanceiros ao lado. Nenhum dos vinte salteadores chegou às suas linhas e quando Buntokapi começou a lutar pesadamente para se juntar a eles, viu os últimos inimigos morrerem nas pontas das compridas lanças. O bosque em volta silenciou, sinistro e calmo. Mesmo quando abriu caminho em volta dos corpos grotescamente espalhados e ouviu, pela primeira vez, os gemidos dos feridos e dos agonizantes, a excitação de Buntokapi não diminuiu. Analisou por um instante a carnificina gerada por seu plano e fixou o olhar na pluma de um oficial.

Papewaio estava de pé com os braços cruzados, supervisionando os cuidados a um soldado ferido.

Buntokapi abriu caminho com os ombros em meio aos presentes.

— E então?

— Meu Senhor. — Quase não desviando os olhos do soldado ferido, Papewaio fez uma saudação com a espada. — Eles hesitaram quando viram nossas linhas... foi o erro deles. Se tivessem prosseguido a investida, nossas baixas teriam sido piores. — O homem no chão gemeu quando apertaram a atadura ao redor do braço. — Não tão apertado — disse Papewaio, aparentemente se esquecendo da presença de seu Senhor.

Mas Buntokapi estava extasiado demais com a vitória para se incomodar com esse lapso.

— Quantas baixas? — perguntou, apoiado na espada.

Papewaio olhou para cima, pela primeira vez concentrado.

— Ainda não sei, mas algumas. Olhe, o Comandante das Forças Armadas está chegando. — Voltou-se dando instruções rápidas quanto ao modo de cuidar do guerreiro ferido, e depois seguiu o Senhor dos Acoma.

Lujan juntou-se a eles quando encontraram Keyoke, todo empoeirado devido ao seu trabalho na clareira e com as plumas molhadas de orvalho. Os oficiais transmitiram suas informações com poucas palavras e o coração de Buntokapi inchou de orgulho. Deu uma valente palmada no ombro de Keyoke.

— Viu? Eles cederam e nós chacinamos os cães, como eu disse. Ah! — Franziu a testa, mas não foi de descontentamento. — Há prisioneiros?

— Acho que uns trinta, meu Senhor — respondeu Lujan, com uma voz singularmente baixa, em contraste com o tom animado de seu Senhor. — Alguns sobreviverão tempo suficiente para se tornarem escravos. Não sei dizer quais eram oficiais, pois nenhum usava capacete. — Refletiu demoradamente. — Nem cores de nenhuma casa.

— Bobagem! — cuspiu Buntokapi. — São cães Minwanabi.

— Pelo menos um era. — Lujan apontou para um homem que jazia morto a cerca de cinco metros. — Aquele eu conhecia... — Deteve-se a tempo de evitar revelar sua estranha origem — de antes de vestir as cores de sua casa. É o irmão mais velho de um amigo de infância e serviu com os Kehotara.

— O animalzinho de estimação preferido dos Minwanabi! — Buntokapi brandiu sua espada suja como se a presença de um soldado dos vassalos de Jingu comprovasse seu argumento.

Lujan saiu do raio de alcance do movimento, sorrindo de leve.

— Era um homem mau. Pode ter se tornado um criminoso.

Buntokapi agitou a espada em frente ao rosto de Lujan, nitidamente sem ânimo para piada.

— Este não foi um ataque de salteadores! Aquele amante de cães do Jingu acha que os Acoma são fracos e governados por uma mulher. Bem, agora ele já sabe que tem pela frente um homem. — Girou sobre si mesmo, brandindo sua arma no ar. — Vou enviar um mensageiro a Sulan-Qu para pagar uma rodada nas tavernas das docas. Em poucos dias, Jingu saberá que o cutuquei.

Buntokapi baixou a espada fazendo-a sibilar. Olhou para o sangue seco e, após refletir, enfiou a espada na bainha enfeitada. Um escravo trataria de poli-la mais tarde.

— Resolveremos isso em casa — afirmou, com um entusiasmo que não foi partilhado por seus oficiais. — Estou sujo feito um porco e faminto. Partiremos já! — E começou a marchar abruptamente, deixando que Keyoke, Papewaio e Lujan organizassem os homens, arranjassem as liteiras para os feridos e apressassem as companhias para a estrada em direção à propriedade. O Senhor dos Acoma desejava voltar para casa antes do jantar e a sua companhia de soldados cansados pouco o preocupava. Poderiam descansar assim que estivessem de volta aos quartéis.

Enquanto os homens se apressaram a formar colunas, Papewaio olhou para o Comandante das Forças Armadas. Cruzaram o olhar um instante e ambos partilharam do mesmo pensamento. Aquele homem impetuoso, pouco mais do que um rapaz, era perigoso. Assim que se separaram para cuidar de seus deveres, rezaram em silêncio pela Senhora Mara.

...

As horas passaram e as sombras se tornaram menores. O sol subiu até seu auge enquanto os pastores de needra voltavam dos campos para a refeição do meio-dia e os criados e escravos se dedicavam às suas tarefas como se nada de mal pudesse acontecer. Mara descansou, tentando ler, mas sua mente se recusava a se concentrar na organização rebuscada das terras e dos negócios dirigidos pelas dúzias de grandes Senhores e pelas centenas de pequenos Senhores do Império. Certa noite, um mês antes, achou ter reconhecido um padrão na forma como as terras mais distantes da propriedade estavam dispostas e depois, após horas de estudo aprofundado, concluiu que aquilo era uma ilusão. Mas tal suposição dera origem a outra ideia: o local onde ficavam as terras arrendadas de uma família, mesmo aquelas que pareciam insignificantes, poderia ser um fator tão importante quanto qualquer outro nas nuances do Jogo do Conselho.

Mara pensou sobre aquela nova perspectiva durante o calor da tarde. O sol se pôs e no ar mais fresco da noite ela se sentou para apreciar uma refeição prolongada e silenciosa. Os criados estavam preocupados, o que não era comum na ausência do Senhor. Sentindo sua gravidez como um fardo, Mara retirou-se cedo para dormir. Os seus sonhos foram agitados. Acordou diversas vezes durante a noite, com o coração batendo em disparada e os ouvidos se esforçando para escutar o retorno dos homens: mas em vez de passos ritmados e de armaduras rangendo, o silêncio da noite continha apenas o suave mugido das needra e o cricri dos insetos noturnos. Ela não fazia ideia de como tinham se saído contra os salteadores na montanha; sabia somente que a paz na propriedade se mantinha incólume. Pouco antes do amanhecer, adormeceu num sono profundo e opressor.

Acordou com o sol no rosto, pois abrira o biombo durante a noite devido à insônia. A criada da manhã esquecera-se de fechá-lo e o calor já a fazia suar. Mara ergueu-se sobre as almofadas e sentiu-se subitamente doente. Sem esperar por uma criada, apressou-se, com vontade de vomitar, para o cômodo onde fazia as necessidades noturnas. A criada percebeu sua indisposição e correu para levar-lhe panos úmidos. Viu então sua Senhora voltando aos seus lençóis e foi correndo chamar Nacoya.

Quando chegou à porta, Mara deteve-a.

— Nacoya já tem preocupações demais — disse e apontou mal-humorada para o biombo aberto. A criada apressou-se a fechá-lo, mas a sombra não ajudou. Mara deixou-se cair para trás, lívida e suando. Passou o dia nervosa, incapaz de se concentrar nos assuntos comerciais que até então sempre lhe haviam despertado o interesse. O meio-dia chegou, sem que os homens voltassem. Mara começou a ficar preocupada. Teria Buntokapi sido morto por um salteador? Teriam vencido a batalha? A espera a deixou exausta, atormentando sua mente com dúvidas nebulosas. Atrás do biombo, o sol alcançou seu apogeu e Nacoya apareceu com a refeição do meio-dia. Grata por sua indisposição ter passado, Mara conseguiu comer um pouco de fruta e alguns bolos doces.

Depois da refeição, a Senhora dos Acoma deitou-se para descansar durante o calor da tarde. Não conseguiu dormir. Conforme as sombras das folhas se alongavam lentamente ao longo dos biombos, ouviu os sons no exterior diminuírem de intensidade, pois os trabalhadores começavam a se recolher para suas cabanas. Aos escravos não era permitida esta pausa do meio-dia, mas quando possível, o trabalho desempenhado do meio-dia às quatro da tarde era mais leve.

A espera arrastou-se penosamente; até os cozinheiros estavam preocupados. Ao longe, Mara escutou um criado repreender um escravo por alguma tarefa mal desempenhada na copa. Impaciente com o silêncio, levantou-se e, quando Nacoya apareceu para lhe perguntar se necessitava de algo, respondeu mal-humorada. O silêncio tomou conta do quarto. Mais tarde recusou a companhia de músicos ou poetas. Nacoya levantou-se então e foi para outro lado cuidar de outras tarefas.

Então, quando as sombras pintaram as colinas de púrpura, o som do retorno dos soldados chegou à casa grande. Mara prendeu a respiração e reconheceu as vozes que entoavam bem alto uma canção. Algo dentro dela se despedaçou. Lágrimas de alívio escorreram por seu rosto, pois se o inimigo tivesse triunfado, teriam aparecido com gritos de guerra ao atacarem os demais soldados da propriedade. Se Buntokapi tivesse sido morto ou os soldados dos Acoma rechaçados, os guerreiros teriam voltado em silêncio. Em vez disso, o vigoroso coro de vozes naquele calor de fim de tarde anunciava uma vitória para os Acoma.

Mara levantou-se e indicou aos criados que abrissem a porta para o pátio de armas. Cansada, mas já relaxada, esperou com uma das mãos no batente da porta enquanto as companhias dos Acoma apareciam com suas armaduras verdes brilhando recobertas por uma camada de pó. As plumas dos oficiais haviam caído devido à batalha, mas os homens marchavam com um passo uniforme e seu canto enchia o lugar. As palavras até podiam ser dissonantes, pois havia muitos versos novos; contudo, tratava-se de uma vitória dos Acoma. Tanto velhos soldados como antigos bandidos cantavam com alegria, pois a batalha os unira firmemente. O feito era saboroso, após a dor que caíra sobre aquela casa um ano antes.

Buntokapi dirigiu-se rapidamente à sua mulher e lhe fez uma pequena reverência, uma formalidade que surpreendeu Mara.

— Minha esposa, triunfamos.

— Estou muito contente, meu marido. — Ele ficou espantado com o fato de a resposta ter sido sincera. A gravidez pareceu esgotá-la, pois não parecia bem.

Estranhamente envergonhado, Buntokapi relatou o que acontecera.

— Cães dos Minwanabi e Kehotara vestindo-se como guerreiros cinzentos tentaram se organizar no caminho que passa por nossas terras. Pretendiam atacar-nos à primeira luz do dia, enquanto todos dormiam.

Mara assentiu. Ela planejaria um ataque assim.

— Eram muitos, meu Senhor?

Buntokapi retirou o capacete pegando uma das correias e atirou-o para um criado que estava à espera. Coçou vigorosamente o cabelo ensopado com ambas as mãos, mostrando um sorriso rasgado.

— Ah, é bom me livrar disso. — Depois, avaliou sua esposa, que permaneceu ao lado da entrada. — O quê? Muitos? — perguntou e ficou pensativo. — Bem mais do que eu esperaria... — Gritou por cima do ombro chamando Lujan, que estava dispensando os homens com Keyoke. — Líder das Forças de Ataque, quantos eram, afinal de contas, os atacantes?

A resposta flutuou alegremente sobre a confusão no pátio.

— Trezentos, meu Senhor.

Mara reprimiu um arrepio. Colocou a mão na barriga, onde sentiu o bebê se mexer.

— Trezentos mortos ou capturados — reiterou Buntokapi com orgulho. E depois, como se tomado por uma lembrança, gritou de novo para o pátio. — Lujan, quantos homens perdemos?

— Três foram mortos, três estão morrendo e cinco foram gravemente feridos. — A resposta foi apenas um pouco menos exaltada, e levou Mara a concluir que os recrutas de Lujan lutaram bem.

Buntokapi sorriu para sua Senhora.

— O que acha disso, minha esposa? Esperamos escondidos por cima deles, lançamos uma saraivada de flechas e pedras sobre suas cabeças, e depois os empurramos contra os nossos escudos e espadas. Seu pai não teria feito melhor, certo?

— Sim, meu marido. — Custou-lhe admitir aquilo, mas era verdade.

Buntokapi não desperdiçara os anos em que treinara como soldado. E por um instante fugaz, o habitual desdém e a repulsa foram substituídos por orgulho pelas ações do marido na defesa dos Acoma.

Lujan atravessou o pátio, acompanhado por um soldado chamado Sheng. As dificuldades do dia não causaram nenhum dano em sua confiança galante e ele sorriu ao saudar sua Senhora antes de fazer uma reverência e interromper seu mestre que se vangloriava.

— Senhor, este homem tem algo importante a dizer.

Depois de ter sido autorizado a falar, o soldado bateu continência.

— Senhor, um dos prisioneiros é meu primo, e eu o conheço bem. É filho da irmã da mulher do irmão do meu pai. Não é um guerreiro cinzento. Está às ordens dos Minwanabi.

Mara endireitou-se um pouco e prendeu a respiração disfarçadamente quando Buntokapi respondeu em voz alta:

— Ah! Eu bem disse. Tragam esse cão aqui.

Houve uma agitação por todo o pátio e um guarda atarracado saiu do meio dos soldados. Empurrou um homem com as mãos amarradas atrás das costas e atirou-o ao chão aos pés de Buntokapi.

— Você trabalha para Minwanabi?

O prisioneiro recusou-se a responder. Esquecendo a presença de sua mulher, Buntokapi chutou-o na cabeça. Apesar do ódio que sentia pelos Minwanabi, Mara estremeceu. A sandália de Buntokapi, enfeitada com esporas, voltou a atingir o rosto do homem e ele rolou, cuspindo sangue.

— Você trabalha para Minwanabi? — repetiu Buntokapi.

Mas o homem não iria admitir nada. Era leal, pensou Mara, enojada. Jingu dificilmente enviaria homens fracos numa empreitada arriscada como aquela, pois toda sua postura e honra dependia de não ser considerado responsável pela tentativa de ataque. Contudo, a verdade nunca poderia ser totalmente protegida. Outro soldado acoma aproximou-se e contou uma história parecida: diversos outros guerreiros cinzentos eram nitidamente minwanabi, ou membros de casas vassalas a Jingu, como os Kehotara. Buntokapi chutou o homem que estava no chão várias vezes, mas nada obteve além de um olhar de ódio rancoroso. Buntokapi acabou se cansando.

— Este louco ofende o solo dos Acoma — disse. — Enforquem-no.

E ergueu os olhos brilhantes para Keyoke.

— Enforquem todos. Não precisamos de escravos e os cães não são lá grandes trabalhadores. Pendurem-nos à beira da estrada e ponham um sinal para indicar que este é o destino que aguarda quem quer que passe pelas terras dos Acoma. Depois, deixe que os Líderes de Patrulha se desloquem até a cidade. Faça com que comprem vinho nas tavernas e que bebam pelos homens dos Acoma que derrotaram os Minwanabi.

Com uma expressão inflexível, Keyoke nada disse. Buntokapi estava insultando tremendamente o Senhor dos Minwanabi ao enforcar publicamente seus soldados. Os prisioneiros de guerra deveriam ser mortos com honra, pela espada, ou deveriam ser mantidos como escravos. Apenas quando as rixas já eram antigas e amargas, um homem afrontava assim seu inimigo. Vangloriar-se daquela forma em público era um convite a retaliações ainda mais graves, e talvez a aliança com os Anasati não bastasse para protegê-los. Mara compreendeu o que estava em jogo. Se Jingu se inflamasse o suficiente, o próximo ataque poderia ser conduzido não por trezentos homens vestidos de guerreiros cinzentos mas sim por três mil soldados com armaduras pretas e laranja descendo sobre terras dos Acoma como um enxame. Mara viu Keyoke coçar o queixo com o polegar e percebeu que a preocupação dele era semelhante. Tinha de tentar convencer seu marido do contrário.

— Meu Senhor. — Mara tocou na manga ensopada de Buntokapi. — Eles são apenas soldados cumprindo ordens de seu mestre.

Um olhar selvagem, espantosamente astuto, formou-se nos olhos de Buntokapi.

— Estes? — Sua voz calma era algo novo, e, o mais arrepiante, verdadeiro. — Ora, não passam de guerreiros cinzentos, bandidos e salteadores, minha esposa. Você me ouviu perguntar a ele se era dos Minwanabi, não ouviu? Se ele tivesse respondido, teria lhe dado uma morte honrosa com minha própria espada. Mas não passa de um criminoso, que deve ser enforcado, haha! — E depois sorriu abertamente, e gritou para os homens no pátio: — Cumpram minhas ordens.

Os soldados dos Acoma apressaram-se a trazer cordas e os prisioneiros foram levados pelo caminho de cascalho que dava para as árvores na beira da Via Imperial. Um artesão confeccionaria um símbolo para tornar pública a vergonha deles e, ao pôr do sol, o último já teria sido enforcado.

Os soldados que não tinham o que fazer se dispersaram para os quartéis. Buntokapi entrou na casa grande sem descalçar as sandálias e suas solas com esporas arrancaram lascas da madeira delicada enquanto dava voltas e chamava os criados aos berros. Tomando nota mentalmente para pedir a um escravo para lixar e polir o chão, Mara voltou às suas almofadas. O marido não a dispensou quando os criados chegaram, e foi obrigada a permanecer ali enquanto lhe retiravam a armadura exterior.

Esticando seus enormes ombros enquanto lhe era retirada a couraça, o Senhor dos Acoma disse:

— Esse Senhor dos Minwanabi é um louco. Pensa que, me matando, ofende meu pai, para depois voltar a atenção para você, minha esposa, uma simples mulher. Ele não sabe que tipo de soldado enfrenta, ah! Que sorte a sua ter escolhido a mim e não Jiro. Meu irmão é esperto, mas não é um guerreiro.

Uma vez mais, aquela luminosidade selvagem apossou-se dos olhos de Buntokapi e Mara viu algo além da mera astúcia. Foi obrigada a concordar com o comentário de Buntokapi feito na noite de núpcias. Aquele homem com quem se casara não era idiota.

Com jeito, Mara tentou moderar a impetuosidade dele.

— Os Acoma efetivamente têm sorte por hoje terem sido liderados por um soldado, meu Senhor.

Buntokapi inchou-se todo ao escutar o elogio. Virou de costas, passando a última peça da armadura a seu ajudante. Fitou seus dedos manchados, percebendo de repente o cansaço acumulado nos dois últimos dias.

— Vou tomar um longo banho, minha esposa, e depois me juntarei a você para nossa refeição da noite. Não irei à cidade. Os deuses não apreciam orgulho em excesso e talvez seja melhor não tripudiar de Jingu mais do que já o fiz.

Dirigiu-se ao biombo e deixou que a brisa suave da noite secasse seu suor. Mara observou-o, em silêncio. O tronco largo e as pernas arqueadas formavam uma silhueta cômica em contraste com o céu amarelo do fim do dia, mas aquela visão só fez com que ela se arrepiasse. Quando Buntokapi saiu, ela olhou para a pilha nojenta de roupas e sandálias que deixara amontoada no chão. Seus pensamentos se tornaram bastante sombrios e não percebeu a entrada de Nacoya, que se curvou ao seu lado. A anciã sussurrou, com uma voz parecida com um assobio surdo.

— Se vai matá-lo, não demore, Senhora. Ele é bem mais esperto do que pensava.

Mara limitou-se a assentir. Em seu íntimo, contava as horas. Mas não o faria antes do seu bebê nascer. Não antes.

...

— Mara!

O grito reverberou pela casa. A Senhora dos Acoma levantou-se com a ajuda das aias. Já estava no meio de seu aposento quando a porta se abriu e Buntokapi entrou, vermelho de raiva. Ela se curvou imediatamente.

— Sim, Bunto.

Ele levantou uma mão gorda e agitou uma pilha de papéis, cada uma das folhas coberta com filas minúsculas de números.

— O que é isso? Encontrei-as empilhadas na minha escrivaninha quando acordei. — Avançando com os pés batendo pesados no chão, parecia uma needra-macho enraivecida, uma semelhança reforçada por seus olhos injetados de sangue por ter passado a noite entretido com alguns amigos.

Diversos soldados jovens, segundos e terceiros filhos de famílias leais aos Anasati, apareceram para uma visita enquanto iam para a Cidade das Planícies. Conversaram noite adentro, pois suas casas reuniam guarnições para uma campanha na primavera contra os bárbaros no mundo de Midkemia, no outro lado do Portal mágico. A guerra entrava em seu terceiro ano e histórias de riquezas incitaram casas politicamente neutras a juntarem-se à Aliança Bélica. Tais mudanças levaram a Facção Bélica e a conservadora Facção Imperial a entrar em conflito pelo domínio do Conselho Supremo. O Senhor dos Minwanabi era um apoiador dedicado da Facção Bélica, liderada pelo Senhor da Guerra, e o Senhor dos Anasati era a figura principal da Facção Imperial, um posto de elevado prestígio, pois era limitado a quem tinha laços de sangue com o Imperador.

Sem a boa educação de seus primos imperiais, Buntokapi atirou as folhas para cima da mulher.

— O que eu deveria fazer com essas coisas todas?

— Marido, são os registros de contas mensais da casa, o orçamento trimestral, relatórios de seus administradores e inventários de propriedades distantes — ela baixou os olhos para ver o que mais havia espalhado a seus pés —, e uma previsão da pele de needra que será necessária para o próximo ano.

— Mas o que eu deveria fazer com isto? — Buntokapi ergueu os braços, desesperado. Como terceiro filho, esperava-se dele um guerreiro de carreira, assim como Keyoke e Papewaio, ou que se casasse com a filha de algum mercador rico à procura de uma aliança com uma casa poderosa.

Como excedera as melhores expectativas de seu pai, sua preparação para governar uma casa grande era inexistente.

Mara agachou-se, pois a gravidez tornava impraticável que se dobrasse, e com uma paciência notável começou a juntar os pergaminhos espalhados.

— Deve ler estes relatórios. Tem de aprová-los, reprová-los, ou corrigi-los, e depois deve enviá-los de volta para o membro indicado do pessoal de sua casa, Bunto.

— E Jican?

— Dará conselhos, marido. — Mais uma vez ela aguardou pela oportunidade de liberá-lo de algumas responsabilidades, mas ele apenas disse:

— Muito bem, depois de comer, diga ao hadonra para ir a meu escritório. — Sem mais palavras, arrancou a papelada das mãos da mulher e saiu.

Mara fez um sinal ao seu mensageiro.

— Procure Jican.

O hadonra apareceu ofegante em resposta a seu chamado. Tinha manchas de tinta nas mãos e, pelo que Mara soube, seu mensageiro o encontrara na ala dos escriturários, na ponta extrema da casa. Quando terminou a reverência, Mara disse:

— Jican, meu Senhor solicita seus conselhos em muitas questões de negócios relativas aos Acoma. Por favor, vá conversar com ele depois que ele se banhar e comer.

O hadonra bateu levemente o nó do dedo enegrecido, controlando com dificuldade seu descontentamento por ter de falar com o lerdo Buntokapi.

— Compreendo, Senhora.

Mara fitou-o com bom humor.

— Meu Senhor é inexperiente em comércio, Jican. Talvez seja melhor que lide com cada tema lenta e detalhadamente.

A expressão de Jican não se alterou, mas seus olhos pareceram se iluminar.

— Sim, Senhora.

Mara retribuiu com um sorriso velado.

— Leve o tempo que for necessário. Acho que terá assunto suficiente para discutir durante toda a noite, e talvez até o nascer do dia.

— Naturalmente, Senhora. — O entusiasmo de Jican cresceu ainda mais. — Darei ordens para não ser incomodado enquanto o Senhor Buntokapi necessitar de minha ajuda.

O hadonra sempre fora perspicaz. Mara exaltava sua competência, embora nunca demonstrasse o que sentia.

— Isso é bom, Jican. Como meu Senhor demonstra interesse nas questões da administração da casa, leve consigo todos os documentos que achar que ele possa precisar estudar.

— Sim, Senhora — respondeu Jican, com uma voz que dissimulava prazer.

— É só isso. — Mara acenou para dispensá-lo e depois ficou refletindo, procurando mentalmente outros assuntos que precisariam ser apresentados ao marido. No entanto, quanto mais conspirava, mais tinha medo. O caminho que escolhera era perigoso. Nenhuma lei ou pessoa poderia protegê-la se desse um passo errado. A luz do sol sobre o biombo pintado de repente pareceu-lhe adorável. Mara fechou os olhos e recitou para si mesma os ensinamentos das irmãs de Lashima durante o que lhe pareceu bastante tempo.

Mara retraiu-se ao ouvir a pesada mão de Buntokapi batendo na carne. Outro escravo ostentaria um rosto ferido ou um olho enegrecido na manhã seguinte. Preparada para a inevitável investida, foi sem surpresa que viu o biombo de seus aposentos ser aberto para o lado sem que ninguém batesse avisando. Mesmo quando não estava zangado, raramente Buntokapi empregava a cortesia que sua posição exigia.

— Mara — começou, prestes a explodir de raiva, e Mara praguejou em seu íntimo quando ele entrou, com suas sandálias de combate riscando o chão pela segunda vez naquela semana. Por sorte, os escravos que cuidavam do chão não tinham o direito de se queixar. Buntokapi deteve-se, suando sob a pesada armadura. — Passei dias com esses assuntos importantes que Jican alega que tenho de cuidar pessoalmente! Saio pela primeira vez esta semana para treinar meus soldados e quando já estou cansado do sol, a primeira coisa que descubro é mais... disto! — Atirou no chão uma pesada pilha de documentos. — Estou entediado! Quem verificava tudo isso antes de eu chegar?

Mara baixou os olhos com modéstia.

— Eu, marido.

A raiva de Buntokapi foi substituída por espanto.

— Você?

— Antes de pedi-lo em casamento, eu era a Governante. — Mara expressou-se com leveza, como se o assunto fosse de pouca importância. — A administração da propriedade era um dever meu, como agora é seu.

— Droga! — A frustração de Buntokapi era indisfarçável. — Devo supervisionar até o mais minúsculo dos detalhes? — Arrancou o capacete da cabeça e chamou os auxiliares. Um criado apareceu à porta. — Traga-me uma túnica — ordenou Buntokapi. — Não fico nem mais um momento com esta armadura. Mara, ajude-me.

Mara ergueu-se desajeitada e foi ajudar o marido, que estava parado com os braços estendidos para a frente. Tocando nele o mínimo possível, pois estava imundo, desapertou as fivelas que prendiam a couraça do peito e das costas.

— Se desejar, o Senhor poderia delegar algumas dessas tarefas. Jican é capaz de se encarregar das operações do dia a dia. Eu posso dar minha opinião se estiver ocupado demais.

Buntokapi retirou as couraça envernizada pela cabeça e suspirou de alívio. Desacostumada a levantar peso, Mara debateu-se com a peça, até que o marido estendeu uma das mãos e atirou a pesada armadura no chão. Enfiou o gibão leve pelos ombros e falou por detrás de uma camada fina de tecido.

— Não. Quero que cuide de nosso filho.

— Ou filha — respondeu Mara, irritada pelo fato de uma esposa poder cuidar da casa como uma criada, mas não poder cuidar do registro de contas. Ajoelhou-se e desapertou as grevas verdes de couro das panturrilhas peludas do marido.

— Bobagem, vai ser um menino. Se não for, teremos de tentar de novo, hein? — e lhe lançou um olhar lascivo.

Mara não mostrou a repulsa que sentiu, e limitou-se a desapertar as sandálias de tiras cruzadas, que estavam imundas, assim como os grandes pés que protegiam.

— Como meu Senhor desejar.

Buntokapi despiu sua túnica curta. Nu a não ser por uma tanga, levou inconscientemente a mão à virilha para se coçar.

— De qualquer modo, vou autorizar Jican a tomar decisões sobre os negócios de que se encarregou desde a morte de seu pai. — O criado chegou com a túnica limpa e o Senhor dos Acoma rapidamente a vestiu sem sequer tomar banho. — O hadonra é competente. E ainda pode vir a me ajudar com as decisões importantes. Agora, planejo passar um tempo em Sulan-Qu. Vários amigos meus...

Parou, espantado, quando Mara se agarrou de repente ao tecido de sua própria túnica. Durante toda a manhã tivera contrações moderadas, mas aquela fora intensa, e deixou-a branca. Enfim, chegara a hora.

— Bunto!

O normalmente rude e bruto Buntokapi estava, subitamente, encantado e assustado.

— Está na hora?

— Acho que sim. — Ela sorriu calmamente. — Chame a parteira.

Solícito pela primeira vez na vida, Buntokapi afagava furiosamente a mão de Mara a ponto de deixar marcas quando chegou a parteira, com Nacoya logo atrás. As duas enxotaram-no com uma rispidez que nenhum marido no Império toleraria. Buntokapi saiu como um cachorrinho com o rabo entre as pernas, olhando por cima do ombro ao ir embora.

Passou a hora seguinte andando de um lado para outro no escritório enquanto aguardava o nascimento do filho. Quando se passaram duas horas, pediu vinho e algo para comer. O fim de tarde deu lugar à noite, ainda sem novidades do quarto onde acontecia o parto. Era impaciente e sem ter onde descarregar a tensão, bebeu e comeu, e depois bebeu outra vez. Após o jantar, chamou músicos e quando suas interpretações falharam em acalmar seus nervos, mandou preparar o banho quente que negligenciara durante a tarde.

Num raro assomo de respeito, decidiu dispensar a companhia de uma garota. Brincar na cama pareceu-lhe desapropriado enquanto a esposa dava à luz seu herdeiro, mas um homem não poderia ficar sem algum conforto. Buntokapi berrou ao mensageiro que fosse buscar um jarro grande de aguardente de acamel. Daquilo não abdicaria, mesmo quando as criadas afastaram os biombos e encheram sua banheira com água quente. Aguardaram com sabão e toalhas. Buntokapi despiu suas vestes e deu palmadas em sua barriga crescente. Resmungou para si mesmo algo sobre a necessidade de praticar mais com a espada e o arco, para se manter em forma, enquanto fazia deslizar seu corpo imenso para dentro da água. Um homem mais fraco teria ficado arrepiado, mas Buntokapi limitou-se a se sentar. Tirou uma taça de aguardente da mão de uma criada e a bebeu de um trago.

As criadas entregaram-se ao trabalho com uma cautela nervosa. Nenhuma delas queria ser agredida por deixar saltar inadvertidamente espuma de sabão para a taça destampada e estragar a aguardente.

Bunto embriagou-se durante o banho. Distraído, murmurou uma canção enquanto as criadas o ensaboavam. Enquanto as mãos delas massageavam seus músculos firmes e o calor o deixava sonolento e excitado, deleitou-se no banho e logo cochilou.

De repente um grito interrompeu o sossego. Bunto endireitou-se na banheira, entornando a aguardente e salpicando as criadas com água e sabão. Com o coração aos saltos, tateou à procura de uma arma, praticamente à espera de ver as criadas correrem para se abrigar enquanto homens com armaduras respondiam a um chamado. Em vez disso, estava tudo tranquilo. Olhou para os músicos, que aguardavam uma ordem sua para tocar, mas assim que abriu a boca para falar, outro grito rasgou o silêncio.

Então percebeu. Mara, a magra e miúda Mara, estava tendo seu filho. Soou outro grito e a dor que revelou não se parecia com nada que Buntokapi já tivesse ouvido em sua curta vida. Homens feridos em batalha soltavam gritos altos e furiosos e os gemidos dos feridos eram graves e piedosos. Mas aquele som... aquilo refletia a agonia de alguém atormentado pelo próprio Deus Vermelho.

Buntokapi pegou sua aguardente. Uma fúria negra estampou-se em seu rosto quando constatou que a taça desaparecera. Uma criada a trouxe imediatamente de volta, tornou a enchê-la e a depositou nas mãos de seu mestre. Buntokapi esvaziou a taça e depois ordenou:

— Vá ver se algo de errado está acontecendo com minha esposa.

A criada saiu correndo e Buntokapi indicou a uma outra que enchesse de novo sua taça. O som do sofrimento de Mara encheu a noite por longos momentos. A criada voltou pouco depois.

— Mestre, Nacoya diz que está sendo um parto difícil.

Buntokapi assentiu e bebeu mais, sentindo o aconchego entorpecente da aguardente erguer-se de seu estômago. Voltou a ouvir um grito, seguido de um soluço baixo. Desesperado, o Senhor dos Acoma berrou acima do barulho:

— Toquem algo animado e alto.

Os músicos iniciaram uma marcha. Buntokapi esvaziou a aguardente. Irritado com os gritos de Mara que interrompiam a música, atirou a taça e pegou o jarro. Levou-o aos lábios e tomou um grande gole.

Começou a sentir a cabeça girar. Os gritos pareceram chegar até ele como inimigos em enxame, incapazes de serem detidos por um escudo. Buntokapi bebeu até turvar os sentidos. Seus olhos brilharam com felicidade e ele se sentou com um sorriso estúpido até a água começar a esfriar. O mestre continuou a não dar sinais de pretender sair do banho e as criadas apressaram-se a aquecer mais água.

Trouxeram-lhe mais aguardente e depois de um tempo, Buntokapi, Senhor dos Acoma, mal conseguia ouvir a música, quanto mais os gritos implacáveis de sua esposa franzina que se debatia para dar à luz.

Em algum momento, a madrugada pintou de prata os biombos de seus aposentos. Cansada pela noite sem dormir, Nacoya abriu a porta do escritório e espiou lá dentro. Seu Senhor estava recostado dormindo na água fria da banheira, com sua grande boca aberta roncando. Um jarro vazio de aguardente rolou no chão, caído de sua mão flácida. Três músicos haviam adormecido sobre seus instrumentos e as criadas do banho estavam de pé como soldados derrotados, com as toalhas amarrotadas penduradas nas mãos. Nacoya fechou com força o biombo, e seu rosto enrugado demonstrou um profundo desgosto. Que grata se sentiu pelo Senhor Sezu não estar vivo para saber que seu sucessor, Buntokapi, Senhor dos Acoma, jazia ali naquele estado enquanto a mulher sofria tanto para lhe dar um filho e herdeiro saudável.

9

Armadilha

Um grito soou.

— Mara!

A fúria de Buntokapi rompeu a tranquilidade da manhã, parecendo a investida de uma needra-macho. Mara retraiu-se. Olhou instintivamente para o berço a seu lado. O pequeno Ayaki ainda dormia, imóvel, apesar do berro do pai. Os olhos estavam firmemente fechados e os membros encorpados ligeiramente entrelaçados na roupa de cama. Após dois meses de rugidos de Buntokapi, a criança já era capaz de se manter dormindo durante uma tempestade. Mara suspirou. O menino era de fato filho de seu pai, de corpo atarracado e com uma cabeça tão grande que fez com que ela desejasse a morte durante o parto. O parto difícil esgotara Mara de tal modo que ela antes não achara possível. Apesar de ter apenas dezoito anos, sentia-se uma velha, sempre cansada. E a primeira visão que teve do filho deixou-a triste. Secretamente, tivera a esperança de ter um filho ágil e bonito, como seu irmão Lano fora quando era bebê. Em vez disso, Buntokapi dera-lhe um pequeno brutamontes rosado e cabeçudo, com um rosto enrugado como o de um velho. Desde a primeira vez que encheu os pulmões de ar, demonstrou ser capaz de competir com o pai numa briga de gritos; logo se mostrou carrancudo. No entanto, enquanto Ayaki dormia, Mara não podia deixar de amá-lo. Ele também é meu filho, pensou, e o sangue de seu avô corre em suas veias. Os traços que herdou dos Anasati seriam pouco a pouco removidos e os dos Acoma seriam alimentados. Não seria igual ao pai.

— Mara! — O grito de irritação de Buntokapi soou muito próximo e logo o biombo do quarto da criança foi aberto com brutalidade. — Aqui está você, mulher. Corri a casa inteira procurando você. — Buntokapi aparecera com um olhar carrancudo como uma nuvem em tempestade.

Mara fez uma reverência serena, satisfeita por deixar de lado seus bordados.

— Tenho ficado com nosso filho, marido.

A expressão de Buntokapi suavizou-se. Dirigiu-se ao berço onde estava o filho, inquieto pela chegada do pai. Buntokapi estendeu a mão para baixo e por um momento Mara temeu que ele fosse agitar o cabelo preto do menino, como fazia com cães de caça. Mas, em vez disso, sua mão gorda endireitou suavemente a coberta enroscada nas pernas minúsculas. O gesto fez com que Mara sentisse um súbito afeto por Buntokapi, mas ela varreu esse sentimento de imediato. Apesar de ele usar o manto dos Acoma, Buntokapi era um filho dos Anasati, o segundo maior inimigo dos Acoma, logo depois dos Minwanabi. Isso era algo que Mara sabia do fundo do coração. E em breve surgiria a época de mudança.

Exagerando em seu sussurro, ela perguntou:

— Ayaki dorme sempre profundamente. O que deseja, marido?

— Tenho de ir a Sulan-Qu... ah... tratar de negócios. — Buntokapi endireitou-se ao lado do berço com um desinteresse fingido. — Não voltarei esta noite, e talvez nem na próxima.

Mara concordou, sem deixar de reparar na pressa com que o marido saía pelo biombo. Não era preciso muito para adivinhar que ele não tinha negócios em Sulan-Qu. Durante os dois últimos meses, o interesse dele nos negócios diminuíra, até se tornar visivelmente negligente.

Assim que Jican retomou o controle da administração dos Acoma, manteve sua Senhora bem informada. Buntokapi continuava se divertindo com a administração dos guerreiros feita por Keyoke: quais homens eram alistados e em que postos. Ela até conseguia influenciar alguns pequenos assuntos da administração da casa, mas não mais do que isso; Mara nada podia fazer quanto a isso, pelo menos por uns tempos.

Olhou com aversão para seus bordados, satisfeita pelo fato de, na ausência de Buntokapi, não precisar se dedicar àquilo só pelas aparências. Cada vez mais precisava de tempo para pensar e planejar o futuro. A natureza desconfiada do marido em parte a ajudou. Consciente, com seu modo lento, de que o talento de Mara para o comércio era superior ao seu, Buntokapi limitara-se a verificar se a mulher não se apoderava do controle da administração da casa. Nunca imaginou que ela administrara a guarnição com tanta habilidade antes de se casarem. Em consequência disso, nunca lhe passou pela cabeça questionar outras práticas estranhas que havia na propriedade, como o fato de Papewaio usar um lenço negro na cabeça. E apesar de seus interesses na arte da guerra, Buntokapi nunca se tornou próximo dos homens. O legado deles não lhe despertava interesse; caso contrário, teria descoberto que guerreiros cinzentos vestiam o verde dos Acoma. Com certeza lhe faltava a imaginação para perceber esse tipo de mudança na tradição, pensou Mara, antes de se deter abruptamente. Mesmo em reflexões, não deveria ser descuidada. Várias vezes ele demonstrara que era mais do que um simples guerreiro.

Ainda assim, lhe faltava astúcia. Ao escutar suas gargalhadas ressoantes no pátio onde passava em revista as tropas enquanto reunia os guerreiros para sua escolta, Mara tentou imaginar o que o incitara a ser tão grosseiramente subversivo. O aborrecimento poderia levá-lo a Sulan-Qu no calor do meio-dia, para se banhar com outros soldados e contar histórias e talvez para lutar e jogar... ou para se enroscar com uma mulher do Boa Vida.

Buntokapi voltara à cama de Mara logo após o parto, mas agora que os Acoma tinham um herdeiro, ela já não se sentia obrigada a desempenhar o papel de boa esposa. Os abraços firmes e babados a repugnavam, e ela permanecia imóvel, não partilhando em nada de seu entusiasmo. Na primeira noite, ele pareceu não notar, mas na segunda ficou zangado.

Na terceira queixou-se amargamente de sua falta de interesse e na quarta noite bateu nela, para depois dormir com uma de suas aias. Desde então, enfrentara os avanços dele sem reação, até ele começar a ignorá-la.

Mas Buntokapi ia à cidade pela terceira vez em dez dias e Mara estava intrigada com suas motivações. Pediu a Misa que abrisse o biombo e assim que a liteira do marido e sua pequena escolta de guerreiros saíram velozes trotando pela pequena rua de acesso à Via Imperial, mandou seu mensageiro chamar Nacoya.

A anciã demorou para responder ao apelo, mas não demonstrou falta de respeito em sua reverência.

— A minha Senhora chamou?

— O que leva nosso Senhor Bunto tantas vezes à cidade ultimamente? — questionou Mara. — O que dizem os mexericos da criadagem?

Nacoya olhou com intensidade para Misa, aguardando ao lado dos biombos para o caso de sua Senhora desejar algo. Tendo percebido que a resposta da ama não deveria ser escutada pelas criadas, Mara mandou Misa ir buscar a refeição do meio-dia. Assim que ela saiu, Nacoya suspirou.

— É o que você previu. Seu marido arranjou uma casa na cidade para poder receber uma mulher.

Mara recostou-se.

— Ótimo. Temos de encorajá-lo a ficar na cidade o máximo de tempo possível.

O rosto de Nacoya iluminou-se de curiosidade.

— Filha de meu coração, sei que algumas coisas aconteceram e nunca serão recuperadas, mas sou ainda a única mãe que conheceu. Não quer me contar o que tem em mente?

Mara sentiu-se tentada. Mas seu plano para recuperar o controle da casa se pautava em trair o seu Senhor. Embora Nacoya já tivesse deduzido a intenção de Mara de se livrar de Buntokapi, seu plano era arriscado demais para ser revelado.

— É tudo, velha mãe — disse Mara com firmeza.

A ama hesitou e depois assentiu e fez uma reverência, deixando Mara olhando para o bebê, que começara a se agitar no berço. Mas o bem-estar de Ayaki era algo que estava naquele momento bem distante de seus pensamentos. O fato de seu Senhor ter uma mulher na cidade proporcionava-lhe precisamente a oportunidade de que Mara precisava. Esperando que os deuses estivessem enfim olhando por ela após tanto tempo, começou a ponderar as opções daquele novo desenvolvimento quando o choro vivo de Ayaki a despertou. Mara levou o bebê irritado ao peito e retraiu-se quando o menininho a mordeu com força no mamilo.

— Ai! — exclamou, surpresa. — Você é sem dúvida filho de seu pai. — O bebê acalmou-se quando começou a mamar, e Misa voltou com uma bandeja. Mara comeu sem vontade, com a mente num plano mais arriscado do que sua velha ama poderia adivinhar. A aposta era alta. Um passo em falso e perderia todas as chances de reconquistar o título de Governante; na verdade, se fracassasse, a honra sagrada de seus antepassados poderia cair em vergonha, sem direito a perdão.

Mara serviu-se de uma caneca de chocha e descontraiu-se quando Gijan, filho do Senhor Detsu dos Kamaiota, fez uma reverência educada. O gesto ocultou uma grande impaciência, mas nem seu temperamento crítico poderia abalar a hospitalidade da jovem esposa. Ela o deixara confortável nas almofadas mais refinadas, levara-lhe uma refeição leve e mandara informar no mesmo instante a seu marido que um velho amigo aparecera inesperadamente e estava esperando para cumprimentá-lo.

Gijan andou de um lado para outro, admirando os anéis que tinha nas mãos. Tinha as unhas excessivamente limpas e joias espalhafatosas, mas era comedido em todo o resto.

— E onde está o Senhor Buntokapi?

— Cuidando de alguns negócios na cidade, creio eu. — Mara não exibiu a raiva que uma esposa jovem e bonita poderia sentir diante da ausência do marido. Consciente de que o convidado de Buntokapi a avaliava com atenção, agitou uma das mãos de repente.

— Sabe que essas coisas estão fora de meu alcance, Gijan, embora eu deva dizer que ele passa muito tempo longe de casa.

Gijan estreitou os olhos, admirando suas peças de jade sem disfarçar. Mara sorveu sua chocha, já certa de que aquele convidado fora espiar em nome dos Anasati. Não restavam dúvidas de que o Senhor Tecuma desejava obter informações sobre como seu terceiro filho estava se saindo como Senhor dos Acoma. Enviara um mensageiro bonito, talvez com a esperança de que o contraste com Buntokapi incentivasse uma jovem esposa a falar abertamente. Após uma breve pausa, o jovem nobre disse:

— Então esse patife está negligenciando as tarefas?

— Oh, não, Gijan. — Para evitar que seu sogro bisbilhotasse ainda mais os assuntos dos Acoma, Mara fez uma série de elogios ao marido. — Mais do que tudo, o Senhor Buntokapi é tremendamente rigoroso em sua atenção aos detalhes. Passa horas na escrivaninha.

A fachada polida do Senhor Gijan se desfez em incredulidade.

— Bunto? — Consciente de ter revelado o que sentia em relação ao novo Senhor dos Acoma, fechou sua boca aberta. — Claro — acrescentou —, Bunto sempre foi muito cuidadoso.

Mara reprimiu um sorriso. Ambos mentiam descaradamente e os dois estavam cientes disso; mas um convidado não poderia questionar a palavra de uma anfitriã sem levantar complexas questões de honra.

Com o assunto em torno da gestão de Buntokapi definitivamente encerrado, a manhã decorreu com conversas educadas. Mara mandou servir pão de thyza e peixe, o que ajudou a abrandar o interrogatório de

Gijan até o mensageiro dela enfim voltar da cidade. Vestido apenas de tanga e sem fôlego devido à corrida, ajoelhou-se perante Mara.

— Minha Senhora, trago um recado do Senhor dos Acoma.

— O que deseja meu marido? — perguntou ela, bem-disposta.

O escravo mal tinha limpado a terra dos pés antes de se apresentar; ainda ofegante devido à caminhada.

— Meu Senhor Buntokapi pede imensas desculpas por estar ausente quando seu querido amigo Gijan dos Kamaiota vem visitá-lo. No momento, no entanto, não pode voltar à propriedade e gostaria que Gijan fosse encontrá-lo em Sulan-Qu.

Gijan assentiu na direção do jovem escravo exausto.

— Diga a meu criado para preparar a liteira. — Depois, sorriu para Mara. — Se a minha Senhora não tiver objeções. — Mara retribuiu o sorriso, como se sua presunção ao dar uma ordem ao escravo dela fosse apenas mais um direito de um homem na presença de uma mera esposa. Como as coisas eram diferentes quando era Governante! E em breve iriam de novo mudar; isso foi o que desejou quando ordenou à criada que retirasse a bandeja. Depois, viu Gijan, leve e elegante, se dirigir para a porta da casa grande.

Enquanto aguardava no corredor que a escolta do visitante se reunisse, ela dispensou o mensageiro e intimamente sentiu-se aliviada. Temera que Buntokapi pudesse retornar. Embora a viagem da propriedade até a cidade levasse duas horas a pé, um mensageiro correndo podia ir e voltar em metade daquele tempo. De liteira, Gijan só chegaria a Sulan-Qu ao pôr do sol. Sem dúvida, Gijan também adorava jogar, e por isso muito dificilmente Buntokapi sujeitaria seu amigo de infância a uma viagem de retorno durante a noite. Dados, cartas e apostas iriam manter os dois na cidade durante a noite, o que era uma pequena bênção divina. Mara já sentia prazer em sua ausência, mas era uma liberdade que não se atreveria a apreciar demais, pois a impaciência seria sua ruína.

Gijan fez uma pequena reverência para se despedir.

— Quando cumprimentar seu marido, transmitirei meu agrado pela sua hospitalidade, Senhora Mara. — Ele sorriu, de repente encantador, e Mara percebeu que aquele jovem estava pensando se ela não era mais uma esposa negligenciada pronta para um romance.

Formal e distante, ela fechou abruptamente o biombo. Não precisava perder tempo repelindo os avanços de jovens apaixonados. O que Bunto lhe mostrara em termos de sexo a convencera que pouco precisava de homens. Se alguma vez viesse a desejar a companhia de um amante, ele não teria nada a ver com aquele nobre tonto e vaidoso que estava de partida para se encontrar com Bunto para uma noite de jogo, vinho e prostitutas. Assim que a liteira partiu, Mara ouviu um choro vindo do quarto da criança.

— Homens — resmungou baixinho, e se apressou a ir dar atenção ao filho. O menino precisava dela. Preocupada, Mara o entregou a Nacoya, que não perdera seu jeito para lidar com crianças. Assim que a idosa começou uma brincadeira com os dedos dos pés e das mãos da criança, Mara pensou em qual seria a reação de Buntokapi à visita de Gijan.

Na tarde seguinte, pareceu que ela lera a sua mente. Usando suas vestes de luta e ainda reluzente com o óleo e o suor do exercício, Buntokapi coçou os pelos do peito.

— Quando alguém perguntar por mim e eu estiver na cidade, não perca tanto tempo enviando mensagens, mulher. Limite-se a encaminhá-los para minha casa na cidade.

Mara balançou mais uma vez Ayaki em seu joelho, erguendo as sobrancelhas em dúvida.

— Casa na cidade?

Como se fosse um assunto de menor importância, Buntokapi respondeu por cima dos gritos de alegria de seu filho.

— Mudei-me para aposentos maiores em Sulan-Qu. — Não deu justificativas, mas Mara percebeu que ele montara a casa para poder se encontrar com sua amante, uma mulher chamada Teani. Pelo que Mara conseguia se lembrar, o Senhor Sezu nunca sentira necessidade de montar uma casa na cidade. Embora fosse uma prática bastante comum entre outros senhores cujas propriedades ficavam em locais remotos. Por mais que os negócios mantivessem Sezu na cidade, ele sempre voltava para casa e dormia sob o mesmo teto que a família. Se Mara pretendesse encarar as coisas com benevolência, Buntokapi mal passava de um garoto, apenas dois anos mais velho do que ela, desprovido de sensatez. Enquanto ela se sentava ao lado do irmão, escutando as lições sobre governo dadas por seu pai, Bunto fora um rapaz negligenciado e sozinho que passara seu tempo de forma melancólica, ou na companhia de soldados grosseiros. A própria frieza dela não o aborrecia, antes o encorajava a voltar aos velhos hábitos de procurar os prazeres que lhe agradavam. Ainda assim, Mara não escolhera aquele marido por querer alguém determinado e resoluto, como seu pai. Agora, os planos dela exigiam que encorajasse seu temperamento complacente e irritável, embora no limite esse caminho pudesse se revelar perigoso.

Ayaki protestou de forma ensurdecedora pela última vez e se agarrou aos colares dela. Afastando o aperto da garganta, Mara simulou indiferença diante da indulgência do marido.

— Como quiser, meu Senhor.

Bunto retribuiu com um de seus raros sorrisos e Mara, esquivando-se de um golpe do punho minúsculo de Ayaki, pensou brevemente na amante, Teani. Que tipo de mulher poderia fazer um brutamontes como o marido dela perder a cabeça? Mas a expressão de felicidade de Buntokapi desapareceu quando, com um senso de oportunidade irrepreensível, Jican apareceu com uma dúzia de pergaminhos nas mãos.

— Meu Senhor, pela graça dos deuses, seu retorno é bem-vindo. Tenho uma papelada relacionada com assuntos de suas propriedades mais longínquas que precisam da sua aprovação imediata.

Com um grito próprio de quem se sente cercado, Bunto disse:

— Bem-vindo! Tenho de voltar esta noite à cidade.

Saiu pomposamente de perto de Mara sem se dar ao trabalho de se despedir, mas a sua esposa pareceu nem se importar. O olhar dela estava preso no rosto rosado do filho enquanto este, babando, tentava concentrado enfiar suas contas de âmbar na boca.

— Um dia seu apetite será sua desgraça — avisou ela de modo brando, mas se falava do marido ou do filho, só os deuses saberiam. Depois de salvar suas joias, Mara sorriu. A amante, Teani, dera outra reviravolta no tecido de ideias que começara a ser costurado quando os guerreiros cinzentos juraram fidelidade a ela. Chegara a hora de iniciar a educação de Buntokapi no que era efetivamente necessário para gerenciar os negócios dos Acoma.

Sozinha na sombra fresca do quarto do bebê, Mara consultou o registro em cera iniciado em segredo durante o último mês. Ninguém a interromperia. Nacoya saíra com Ayaki e a escrava que mudava as cobertas do berço não sabia ler.

Pensativa, Mara mordeu a ponta de seu estilete. A cada dia que Buntokapi visitava sua casa na cidade, ela lhe enviava pelo menos um criado ou Jican com relatórios de menor importância para ele assinar. A partir das dúzias de relatos que ela pacientemente reuniu, concluiu que o marido levava uma rotina muito uniforme. Quando estava em Sulan-Qu, Buntokapi levantava-se no meio da manhã, mas nunca depois da terceira hora após o nascer do sol. Dirigia-se então a uma região pública de treinos onde guardas mercenários e guerreiros cujos mestres estavam na cidade se reuniam para praticar lutas. Buntokapi preferia as lutas corpo a corpo e o arco a duelos de espadas, mas, com uma disciplina que surpreendeu Gijan, passara a se dedicar às três atividades. Sua habilidade como espadachim se desenvolveu, mas continuava a preferir a companhia de soldados comuns à de outros senhores que ocasionalmente faziam uso do local. Ao meio-dia tomava banho, mudava de roupa e começava o caminho de volta para a casa da cidade; depois disso, dedicava cerca de duas horas ao trabalho enviado da propriedade por Mara. Sua amante, Teani, raramente saía da cama antes do meio da tarde e a paciência dele para os negócios desaparecia assim que ela despertava. Com um charme que até o mensageiro mais velho descreveu com admiração, ela seduzia então Buntokapi para sua cama até praticamente a hora de se levantar para o jantar. Então o casal ia ao teatro ver comédias, às tabernas ouvir trovadores ou a casas de jogo, apesar de Teani não ser rica e não ter nada além do que lhe era dado. Ela tinha um prazer perverso em incitar seu amante a apostar, e, se ele perdesse, corria o rumor de que os olhos dela faiscavam ainda mais intensamente.

Mara franziu a testa. Muitos criados tinham sido ameaçados e esbofeteados para poder extrair aquelas informações — o último mensageiro a transportar um documento ao Senhor Buntokapi fora severamente espancado —, mas numa situação como aquela, um rapaz escravo era insignificante. Coisas piores poderiam acontecer se o homem com quem casara continuasse a ser o Senhor dos Acoma.

Um grito furioso de Ayaki ecoou pelo corredor atrás do biombo, seguido por uma censura de Nacoya. Se a criança tivesse se sujado, o quarto do bebê em breve seria palco de uma pequena confusão. Ayaki debatia-se como um jovem harulth sempre que alguém tentava trocar suas fraldas. Suspirando com uma mistura de tolerância e desespero, Mara enfiou a ardósia encerada debaixo de um velho mapa de pergaminho e retomou seu estudo do Império. As fronteiras e as propriedades ali retratadas já estavam um pouco desatualizadas, tendo sido desenhadas quando era uma menininha. Mas as tintas apresentavam-se ainda bem visíveis e a maior parte das propriedades dos principais Senhores do Império estavam nitidamente assinaladas. Uma vez que Buntokapi detestava tudo o que tinha a ver com palavras em papel, nunca daria pela falta daquele mapa em seu escritório. O único uso que ele dava a um mapa era procurar locais para caçar.

Conforme o choro de Ayaki se aproximava, Mara reparou logo num fato importante: o Senhor dos Zalteca, um vizinho de menos importância, mas dono de uma olaria muito próspera, usou uma faixa de terra entre suas propriedades e a Via Imperial que aparentemente pertenciam ao Senhor dos Kano, que vivia bem longe ao leste, perto de Ontoset. Mara achou aquilo um pouco divertido. Se outras famílias usurpavam daquela forma os direitos de propriedade, esse conhecimento poderia ser útil mais tarde. Iria questionar Arakasi sobre o assunto quando ele voltasse e tal ideia a levou a uma constatação: faltava apenas uma semana para ela e Buntokapi celebrarem o primeiro aniversário de casamento. O Mestre dos Espiões deveria estar de volta à propriedade a qualquer momento.

Mara ficou apreensiva, exatamente no momento em que Nacoya apareceu com Ayaki berrando em seus braços.

— O seu filho seria um perfeito guli — disse a idosa, referindo-se às criaturas peludas semelhantes aos trolls dos contos infantis; eles assustavam suas vítimas até a morte com gritos horrorosos.

Mara limitou-se a assentir. Pensando que sua Senhora ficara surda, Nacoya chamou a escrava que estava arrumando o berço para ajudá-la a cuidar do herdeiro dos Acoma, que berrou até ficar com o rosto vermelho e fazer doer os ouvidos de todos. Mara acabou se levantando. Dobrou-se sobre o bebê e agitou suas contas para entretê-lo. Assim que os gritos de Ayaki foram substituídos por risos em mais uma de suas imprevisíveis mudanças de humor, ela voltou a mergulhar em seus pensamentos.

Ela teria de evitar, de algum modo, que Arakasi ficasse sob poder de Buntokapi. Seu bruto marido iria apenas desperdiçar aquela rede de informações, ou pior, colocá-la à disposição de seu pai, o que seria um poder perigoso demais nas mãos do Senhor dos Anasati. A necessidade obrigou Mara a ser audaciosa. Deveria preparar-se imediatamente para a chegada de Arakasi, para que a lealdade dele permanecesse sua. Revendo mentalmente a agenda do marido, Mara dirigiu-se de modo rude à escrava que se dedicava a limpar as pernas nuas de seu filho.

— Vá chamar Jican.

Nacoya ergueu as sobrancelhas.

— No quarto do bebê? — perguntou, espantada, embora sua Senhora tivesse ignorado o atrevimento.

— O assunto não pode esperar.

Sem demora, Mara liberou a escrava das fraldas sujas e começou a limpar o traseiro imundo do filho.

Jican apareceu, sem deixar transparecer nenhuma surpresa. Fez uma grande reverência enquanto sua Senhora atava uma tanga limpa ao redor do filho.

— Há documentos que meu marido deva olhar?

— Minha Senhora, há sempre documentos aos quais o Senhor da casa deve dedicar alguma atenção — respondeu Jican, mal conseguindo conter sua repulsa ao ouvir falar do Senhor dos Acoma. Inclinou-se respeitosamente, envergonhado com o modo como suas palavras se revelaram quase insultuosas ao insinuar que Buntokapi negligenciava suas responsabilidades. Ao apoiar Ayaki no ombro, Mara percebeu o desconforto de seu hadonra.

— Então, acho que seria bom enviar um escriba à casa da cidade de meu marido três horas após o meio-dia — sugeriu num tom dócil como mel.

Jican conteve sua curiosidade.

— Se considera isso apropriado, Senhora, assim será feito.

Mara dispensou-o e reparou que Nacoya também a fitava com um olhar astucioso.

— Você está surda, mãe do meu coração — disse baixinho a Senhora dos Acoma. — E negócios nunca são tratados no quarto do bebê.

A ama fez de imediato uma reverência, tentando entender o que se passava na cabeça da sua Senhora; mas toda a extensão daquele plano teria apavorado a idosa muito mais do que ela poderia imaginar. *Também eu estou com medo*, pensou Mara, e em silêncio imaginou se a Deusa da Sabedoria escutaria as preces de uma esposa que conscientemente provocava um marido já conhecido por seu mau temperamento.

Buntokapi levantou a cabeça das almofadas amarrotadas e molhadas de suor. Os biombos estavam completamente fechados, mas as decorações em tons de vermelho, marrom e ocre não conseguiram bloquear o sol da tarde no jardim que estava do outro lado. Um brilho dourado derramou-se pelo quarto, esquentando os lençóis emaranhados e a forma adormecida da amante Teani. O Senhor dos Acoma fitou sua coxa arredondada e os lábios grossos que desenhavam um sorriso. Ela, sim, era uma mulher, pensou. Nua, fazia-o ficar sem fôlego, de um modo que a delicadeza de Mara nunca conseguira. Sentiu paixão pela mulher assim que se casaram, mas depois de se ter deliciado com os talentos de Teani, percebeu que o que sentira por Mara era apenas o desejo de dominar a filha de uma grande família — e de corrigir sua experiência limitada com mulheres antes de se tornar um Senhor. Assim que foi pai, tentou desempenhar as funções de marido, mas Mara deitava-se imóvel como um cadáver, e que homem poderia se manter interessado por uma mulher que não oferecia diversão?

Os estranhos interesses intelectuais de Mara, a paixão dela por poesia e o fascínio pela colmeia da Rainha Cho-ja eram uma constante dor de cabeça para Buntokapi. Sua amante era bem diferente. Apreciando-a em silêncio, observou com atenção as pernas compridas de Teani. Uma dobra dos lençóis ocultava seus quadris e suas costas, mas um volumoso cabelo ruivo-dourado, raro no Império, escorria por seus ombros como uma porcelana fina. O rosto de Teani estava virado para o outro lado, mas Buntokapi imaginou sua perfeição: a boca carnuda e sensual capaz de provocá-lo até a loucura, o nariz reto, as maçãs do rosto salientes e os olhos quase âmbar que atraíam olhares de admiração de todos os homens quando passavam de braço dado. O poder de atração dela reforçava a virilidade de Buntokapi, que ficava excitado só de observar sua respiração suave. Olhando de esguelha, enfiou a mão debaixo dos lençóis para procurar seus seios firmes e redondos. Alguém escolheu aquele momento para bater à porta.

Os dedos exploradores de Buntokapi se fecharam.

— Quem é? — Seu berro irritado fez com que Teani girasse para o outro lado, quase sentada, ainda tonta de sono.

— Hum? — murmurou ela, piscando os olhos. Uma sacudida da cabeça libertou um rio de cabelos soltos e a luz brilhou calorosa em seus seios. Buntokapi lambeu os lábios.

Ouviram a voz abafada de um criado chamando do outro lado da divisória.

— Mestre, um mensageiro de seu hadonra traz documentos.

Buntokapi pensou, por um momento, em se levantar, mas Teani ergueu-se apoiada nos cotovelos e seus mamilos se realçaram. O aperto na virilha acentuou-se. Seu movimento transformou-se numa espécie de rolar que levou sua cabeça a acomodar-se naquelas convidativas almofadas de carne. Os lençóis caíram para o lado. Ele fez cócegas com os dedos na barriga nua de Teani e ela soltou risadinhas. Aquilo fez com que Buntokapi se decidisse. Rendido ao desejo, gritou:

— Diga a ele para voltar amanhã!

Do outro lado do biombo, o criado hesitou.

— Mestre — disse, timidamente —, já é o terceiro dia seguido que lhe diz para voltar mais tarde.

Movendo-se habilmente sob as mãos dele, Teani sussurrou no ouvido de Buntokapi e depois mordiscou o lóbulo de sua orelha.

— Diga para ele voltar pela manhã! — gritou Buntokapi. Lembrou-se, então, que de manhã tinha um combate com um Líder de Ataques de Tuscalora. — Não, diga-lhe que venha ao meio-dia e que traga os documentos. Agora vá!

Buntokapi aguardou, rígido devido à irritação, até que ouviu o criado partir apressado. Suspirando diante das responsabilidades de seu cargo, decidiu entregar-se aos prazeres; caso contrário, o trabalho seria um fardo que o trituraria todo. Assim que o maior de seus prazeres começou a morder seu ombro, entendeu que estava na hora da diversão. Num misto entre uma gargalhada e um resmungo, o Senhor dos Acoma puxou para si a concubina.

Já tarde na manhã seguinte, Buntokapi percorreu a pé as ruas de Sulan-Qu, muito contente consigo mesmo. Derrotara facilmente o Líder de Ataques de Tuscalora e ganhara uma boa quantia, trinta centúrios, o que para ele era insignificante desde que se tornara Governante; ainda assim era um bom dinheiro para tilintar na bolsa de qualquer um. Acompanhado por sua escolta, dois jovens guardas dos Acoma que partilhavam a paixão dele pelas lutas, deixou as ruas principais cheias de gente e dobrou a esquina para sua casa da cidade. Sua disposição sumiu de imediato, pois seu hadonra estava sentado na escada da entrada, com dois criados carregados com sacos de couro completamente abarrotados de pergaminhos.

Levantaram-se pequenas nuvens de pó quando parou de repente.

— O que foi agora, Jican?

O pequeno hadonra levantou-se prontamente e fez uma reverência com um respeito que de algum modo mostrava tédio.

— Disse ao meu mensageiro para encontrá-lo ao meio-dia, Senhor. Como tenho outros assuntos para tratar na cidade, achei que poderia entregar pessoalmente estes documentos.

Buntokapi deixou escapar o ar por entre os dentes e se lembrou tarde demais das palavras que proferira através do biombo durante sua farra com Teani após a hora do almoço. Lançou um olhar carrancudo a seu hadonra e depois acenou aos escravos que carregavam os sacos com os documentos.

— Muito bem, levem-nos para dentro.

Logo, as escrivaninhas, duas bandejas de comida e quase todo o espaço disponível no chão ficaram atulhados de pergaminhos. Buntokapi verificou página após página até seus olhos começarem a arder por observarem com atenção minúsculas colunas de números, ou listas e listas de inventários. As almofadas ficaram cada vez mais comprimidas e molhadas com seu suor, até que começou a sentir os pés dormentes. Desesperado, Buntokapi levantou-se e reparou que a luz do sol tinha atravessado todo o jardim. A tarde caía.

Infatigável, Jican passou-lhe mais um documento. Buntokapi forçou os seus olhos lacrimejantes a se focarem.

— O que é isso?

— Está aí escrito, Senhor. — Jican bateu levemente com um dedo no título.

— Estimativas de excrementos de needra? — Furioso, Buntokapi atirou a folha no ar. — Por todos os deuses do firmamento, que absurdo é este?

Jican permaneceu imperturbável diante da ira de seu Senhor.

— Não é absurdo nenhum, mestre. Em cada estação devemos estimar o peso das fezes, para avaliarmos se há adubo suficiente para os campos de thyza ou se é necessário importar. Quando há excedentes podemos vendê-los a outras fazendas.

Buntokapi coçou a cabeça. Naquele instante, a divisória que dava para o quarto de dormir foi aberta. Teani apareceu à porta, inadequadamente envolvida numa túnica com pássaros da paixão vermelhos bordados. Os bicos dos seios estavam nitidamente marcados no tecido e o cabelo caía com sensualidade sobre um ombro deixado nu de propósito.

— Bunto, quanto tempo vai demorar? Devo me vestir para o teatro?

O sorriso declaradamente sedutor deixou Jican, que a olhava fixo, vermelho dos pés à cabeça. Teani soprou-lhe um beijo zombeteiro, mais de sarcasmo do que de diversão; a frustração deixou Buntokapi com uma raiva ciumenta.

— Nem mais um minuto! — rugiu para seu hadonra. — Pegue esta lista de estrume de needra, seus registos de peles arruinadas pela umidade e bolor, as estimativas da reparação do aqueduto até os campos superiores e os relatórios com a lista dos estragos provocados pelo incêndio no armazém em Yankora e entregue tudo a minha esposa. De agora em diante, não virá aqui a não ser que eu o chame. Entendido?

O rubor de Jican transformou-se numa palidez amarelada e trêmula.

— Sim, mestre, mas...

— Não há mas nem meio mas! — Buntokapi cortou o ar com a mão. — Esses assuntos podem ser tratados por minha esposa. Quando eu pedir, entregue-me um resumo do que anda fazendo. Daqui para a frente, se algum criado dos Acoma aparecer aqui com um documento sem que eu tenha solicitado, penduro a cabeça dele na minha porta! Isso ficou claro?

Com a lista das estimativas de estrume de needra protetoramente colada ao peito, Jican fez uma pequena reverência.

— Sim, mestre. Todos os assuntos dos Acoma deverão ser encaminhados à Senhora Mara e relatórios serão preparados apenas quando solicitado. Nenhum criado deverá trazer documento algum a não ser que peça.

Buntokapi piscou, como se não soubesse se era exatamente essa a sua intenção. Aproveitando-se de sua confusão, Teani abriu a parte da frente da túnica para deixar entrar ar fresco. Não trazia nada por baixo. Dada a agradável pressão sanguínea que sentiu na virilha, Buntokapi perdeu todo o interesse em deixar aquele ponto mais claro. Com um impaciente aceno de mão, dispensou Jican e depois pisou nas pilhas crepitantes de pergaminho para abraçar sua amante.

Jican reuniu os registros de contas amassados com uma velocidade alucinada. Em silêncio, enquanto o casal se retirava para o escuro quarto de dormir, amontoou cuidadosamente os pergaminhos e colocou-os arrumados dentro dos sacos de transporte bem amarrados antes de passar aquele pesado fardo aos criados. Assim que saiu pela porta principal da casa, onde o aguardava uma escolta de soldados dos Acoma, ouviu as gargalhadas de Buntokapi. Os pacientes criados não conseguiram distinguir, no momento, qual era o mais feliz entre aqueles dois homens.

A propriedade acomodou-se calmamente na rotina do pico do verão. As moças deixaram de apresentar hematomas pela manhã; os subordinados de Keyoke perderam o ar atormentado; e o assobio de Jican quando voltava dos pastos das needra para pegar seus estiletes e pergaminhos voltou a ser um modo confiável de saber as horas. Consciente de que aquela calma não passava de uma ilusão, o resultado temporário das prolongadas ausências do marido, Mara debateu-se com a tendência em se tornar complacente. Apesar do golpe de sorte, não poderia esperar que a cortesã Teani entretivesse Buntokapi para sempre. Teriam de ser dados outros passos, cada um deles mais perigoso do que o anterior. À caminho de seus aposentos, Mara escutou um gritinho de risadas de bebê.

Sorriu para si mesma. Ayaki crescia como uma erva daninha, forte e sorridente a partir do momento em que começara a se sentar. Chutava com suas pernas grossas como se estivesse impaciente por andar e Mara pensou se, e quando esse momento chegasse, a velha Nacoya conseguiria lidar com ele. Anotou mentalmente que deveria procurar uma ajudante mais jovem para a ama, de modo a que a turbulenta criança não levasse seus velhos ossos ao limite. Com isso em mente, Mara entrou em seus aposentos e depois se deteve de repente entre um passo e outro. Imóvel, nas sombras, estava sentado um homem, com sua túnica esfarrapada e empoeirada pintada com os símbolos de um sacerdote mendicante da Ordem de Sularmina, o Escudo dos Fracos. Ela ficou muitíssimo perturbada com o fato de ele ter conseguido burlar as defesas de Keyoke, as idas e vindas da criadagem, e chegar à privacidade de seus aposentos. Mara inspirou profundamente para gritar e pedir ajuda.

O sacerdote antecipou o que ela ia fazer e, numa voz inegavelmente familiar, disse:

— Saudações, minha Senhora. Não pretendo perturbar seu sossego. Devo partir?

— Arakasi! — O ritmo intenso do coração de Mara se acalmou e ela sorriu. — Fique, por favor! Seja bem-vindo. Seu aspecto, como sempre, me surpreende. Os deuses foram benevolentes com seus esforços?

O Mestre dos Espiões se esticou, tomando a liberdade de desatar os cordões que prendiam seu capuz. Quando o tecido deslizou para seu colo, ele sorriu.

— Fui bem-sucedido, Senhora. Toda a rede foi reativada e tenho muitas informações a transmitir a seu marido.

Mara piscou. Sua alegria se esvaiu e apertou as mãos na cintura.

— Ao meu marido?

Percebendo os pequenos sinais de tensão em sua postura, Arakasi falou com cautela:

— Sim, durante minhas viagens, chegaram-me aos ouvidos a notícia de seu casamento e do nascimento de seu filho. Jurarei fidelidade ao natami dos Acoma, se seu acordo comigo for honrado. Então, devo revelar tudo ao Senhor dos Acoma.

Mara já previra aquela situação. Apesar de todo o seu plano, a lealdade de Arakasi era motivo de grande apreensão. Todas as suas esperanças poderiam se ver reduzidas a pó. Se o marido não se atrapalhasse como uma needra-macho nas sutilezas do Jogo do Conselho, e deixasse os Acoma serem atacados pela violência e pela sede de poder de Senhores cujos segredos tivessem sido indiscretamente usados, poderia entregar os talentos do Mestre dos Espiões ao seu pai. Então, os inimigos dela, os Anasati, se tornariam fortes o bastante para que nenhuma outra família pudesse se sentir em segurança. Mara tentou desesperadamente agir como se aquele assunto não tivesse importância. Com o tempo correndo contra ela, a aposta estava assustadoramente elevada.

Deu uma olhada rápida no relógio dos cho-ja colocado na escrivaninha e viu que ainda era cedo, tinham passado apenas três horas desde a aurora. Começou a fazer uma série de cálculos.

— Acho que deveria descansar — disse a Arakasi. — Aproveite o tempo até o meio-dia para relaxar e para tomar banho e, após a refeição do meio-dia, cuidarei da cerimônia para que preste juramento de lealdade ao natami dos Acoma. Depois, deve partir para Sulan-Qu, para que se apresente ao meu Senhor Buntokapi.

Arakasi observou-a com atenção, seus dedos mexendo continuamente no manto de sacerdote que colocara no colo.

— Pode comer aqui comigo — acrescentou Mara, sorrindo em seguida da forma terna de que ele se lembrava.

O casamento, portanto, em nada mudara seu modo de ser. Arakasi ergueu-se e fez uma reverência completamente inadequada às vestes que usava.

— Como queira, Senhora. — E partiu, com passos silenciosos, para tomar banho no quartel.

Depois disso, tudo aconteceu muito rápido. Sentado em almofadas sentindo a brisa que passava pelo biombo, Arakasi bebeu chá quente de ervas aromáticas e de flores de árvores frutíferas. Apreciando a vivacidade de espírito de Mara, falou do estado do Império. A Guerra Thuril que terminara havia uns anos levara a uma perda de prestígio do Senhor da Guerra e da Facção Bélica. A Facção da Roda Azul e a Facção pelo Progresso haviam-se unido para forçar uma mudança na política imperial, até a descoberta do mundo alienígena de Midkemia, povoado por bárbaros e rico em metais preciosos de uma forma inimaginável até para o mais louco dos poetas. Lá, batedores tinham descoberto metais em abundância, obviamente trabalhados por seres inteligentes, e depois abandonados, uma riqueza suficiente para manter uma propriedade durante um ano. Poucos relatórios se seguiram, pois a campanha do Senhor da Guerra contra esses bárbaros barrou a saída de todo o tipo de informação. Desde a morte de seu pai e de seu irmão, Mara perdera o rastro das guerras que se desenrolavam para além do Portal. Ultimamente, apenas os que haviam servido a nova Aliança Bélica sabiam o que se passava no mundo bárbaro — ou partilhavam os saques.

Os bem posicionados agentes de Arakasi tinham acesso a esses segredos. A guerra ia bem para o Senhor da Guerra e até os membros mais relutantes da Facção da Roda Azul tinham se unido para invadir Midkemia. Com um entusiasmado raramente demonstrado quando estava disfarçado, Arakasi contou a Mara em poucas palavras o que se passava, mas pareceu relutante em discutir detalhes com alguém que não fosse o Senhor dos Acoma.

Mara, por seu lado, nada mais mostrou do que sua máscara de esposa obediente; o chá foi bebido até a borra e o enorme apetite de Arakasi pareceu ter sido satisfeito. O olhar que lançou ao relógio na parede pareceu casual o bastante quando disse:

— O dia está passando. Não seria melhor cuidarmos de seu juramento de lealdade ao nosso serviço para que possa conversar com meu marido em Sulan-Qu?

Arakasi inclinou a cabeça e levantou-se, com sua apurada atenção percebendo um ligeiro tremor na voz de Mara. Analisou seus olhos, animados por uma evidente determinação em suas profundezas escuras. O episódio com as Rainhas Cho-ja instilara nele um profundo respeito por aquela mulher. Conquistara sua confiança e, por isso, aceitara jurar a sua lealdade e a sua honra a um Senhor desconhecido.

A cerimônia foi simples, e curta, e a única estranheza foi o fato de Arakasi também ter jurado em nome de seus agentes. Mara achou estranho considerar que os Acoma tivessem servidores leais cujos nomes lhe fossem desconhecidos, mas que, ainda assim, estivessem dispostos a dar a vida pela honra de mestres com quem nunca tinham falado. A elevada oferenda de Arakasi e o receio de que seu sacrifício e o de seus homens pudesse ser desperdiçado ameaçaram gerar lágrimas nos olhos dela. Bruscamente, Mara voltou-se para questões práticas.

— Arakasi, quando visitar meu marido... vá disfarçado de criado. Diga-lhe que quer discutir o carregamento de pele de needra para os fabricantes de tendas de Jamar. Ele saberá se é seguro falar com você. Há criados na casa da cidade que estão há pouco tempo a nosso serviço, e por isso meu Senhor pode se mostrar cauteloso. Ele dará instruções sobre o que deve fazer.

Arakasi inclinou a cabeça e saiu ao lado dela. Conforme a luz oblíqua atravessava a viela de acesso à Via Imperial, Mara mordeu o lábio, com profundas esperanças. Se calculara bem as coisas, a chegada de Arakasi coincidiria com o momento de paixão de Buntokapi nos braços de Teani. Era provável que o Mestre dos Espiões deparasse com uma recepção bem diferente da que esperaria — a não ser que seu marido se sentisse muitíssimo tolerante. Preocupada, entusiasmada e assustada com as frágeis chances de suas esperanças se concretizarem, Mara dispensou o poeta que convocara. Em vez disso, passou a tarde meditando, pois a beleza das palavras dele seria desperdiçada diante de seu desconcentrado estado de espírito.

As horas passaram. As needra foram recolhidas após um dia de pastagem e os shatra voaram, anunciando a noite. Assim que o chefe dos jardineiros acendeu as lamparinas na entrada do pátio, Arakasi regressou, ainda mais sujo do que se apresentara naquela manhã e com pés visivelmente doloridos. Apresentou-se perante Mara no momento em que as criadas espalhavam almofadas para que ela se instalasse confortavelmente. Mesmo na escuridão dos aposentos, era bem visível a grande marca vermelha em seu rosto. Mara dispensou silenciosamente as aias. Mandou o mensageiro buscar comidas frias, uma bacia e panos para uma limpeza leve. Depois, convidou o Mestre dos Espiões a se sentar.

O som do bater das sandálias do mensageiro foi diminuindo conforme percorria o corredor. A sós com sua Senhora, Arakasi fez uma reverência formal.

— Minha Senhora, o Senhor escutou minha saudação codificada e depois teve um acesso de fúria. Bateu em mim e berrou que qualquer assunto que eu tivesse para discutir, deveria ser tratado com Jican ou com a Senhora. — Mara aguentou inexpressivamente o olhar penetrante dele. Pareceu concentrada, na expectativa, e, depois de alguns minutos, Arakasi prosseguiu. — Uma mulher estava lá e pareceu... preocupada. Seja como for, seu marido é um excelente... ator. Ou então não atuava de forma alguma.

Mara manteve uma expressão de inocência.

— Muitos dos deveres da administração desta casa foram passados a mim pelo meu marido. Afinal de contas, eu era Governante antes dele chegar.

Arakasi não se deixou enganar.

— "Quando o Jogo do Conselho entra em casa, um criado sábio não entra no jogo" — citou ele. — Por uma questão de honra, devo fazer exatamente o que ordena meu Senhor e deverei pressupor que as coisas são o que parecem ser até que prove o contrário. — Seu olhar tornou-se então glacial, mesmo sob o manto de sombras do anoitecer. — Mas sou leal aos Acoma. Meu coração é seu, Mara dos Acoma, pois me deu cores para vestir. Contudo, por uma questão de honra, devo obediência a meu legítimo Senhor. Não o trairei.

— Você diz aquilo que um servo leal diria em nome de sua honra, Arakasi. Não esperava outra coisa. — Mara sorriu, inesperadamente satisfeita pelo aviso de seu Mestre dos Espiões. — Tem alguma dúvida quanto aos desejos de meu marido?

Um escravo com a bandeja de comida chegou. Arakasi respondeu depois de, com gratidão, se servir de um pastel de ave jiga.

— Na verdade, teria, caso não tivesse visto a mulher com quem ele estava... falando, quando apareci.

— O que quer dizer com isso? — Mara aguardou, impaciente, enquanto ele mastigava e engolia.

— Teani. Eu a conheço. — Arakasi explicou-se, sem mudar de tom. — É uma agente do Senhor dos Minwanabi.

Mara sentiu um calafrio percorrer seu corpo. Suficientemente tranquila para que Arakasi não reparasse em sua perturbação, retomou a palavra após uma longa pausa.

— Não diga nada disso a quem quer que seja.

— Certo, Senhora. — Arakasi aproveitou o intervalo para comer com avidez. As viagens que fizera o deixaram magro e já percorrera muitos quilômetros desde o amanhecer. Sentindo-se culpada por também ele ostentar as marcas da ira de Buntokapi, Mara permitiu que ele terminasse a refeição antes de lhe solicitar um relatório completo.

Depois disso, sua excitação a fez se esquecer do cansaço dele. Ouviu com entusiasmo enquanto Arakasi revelava em poucas palavras a intriga e as complexidades das políticas do Império, assim como várias histórias engraçadas. Ela nascera para aquilo! Conforme a noite passava e a lua se erguia atrás dos biombos, imagens e padrões começaram a se formar em sua mente. Interrompeu-o com perguntas e a velocidade de seu poder dedutivo fez nitidamente que Arakasi esquecesse seu próprio cansaço. Enfim, tinha uma Senhora que apreciava as nuances de seu trabalho; dali em diante, o entusiasmo dela iria aguçar seus talentos. Na medida em que os homens de sua rede de agentes trabalhassem pela ascensão dos Acoma, conheceriam um orgulho nunca antes sentido quando trabalharam para o Senhor dos Tuscai.

Escravos apareceram para cuidar das lamparinas. Assim que a luz brilhou no rosto do Mestre dos Espiões, Mara reparou na alteração dos modos de Arakasi. Aquele homem era um verdadeiro tesouro e seus talentos, uma honra para a Casa dos Acoma. Mara ouviu noite afora as informações que ele trouxera, despedaçada por dentro sem que ele percebesse, apesar de sua perspicácia. Obteve, finalmente, naquele momento, as ferramentas de que precisava para entrar no jogo e descobrir uma forma de se vingar pelo pai e pelo irmão contra os Minwanabi. Mas não poderia dar nenhum passo, nem recorrer a nenhuma informação, enquanto Buntokapi fosse Senhor dos Acoma. Quando Arakasi por fim partiu, Mara sentou-se com um olhar ausente voltado para os ossos de ave jiga espalhados na bandeja. Deixou-se meditar e não adormeceu até de madrugada.

Os convidados chegaram no dia seguinte no final da manhã. Com os olhos vermelhos por ter dormido pouco, Mara observou as sete liteiras que se dirigiam à casa grande. As cores das armaduras da escolta eram conhecidas e não lhe causaram alegria. Com um suspiro de resignação, Mara indicou à sua criada que lhe trouxesse uma túnica adequada para receber as visitas. Deixara para segundo plano o descontentamento com aquilo que arruinaria uma bela manhã. A honra e a hospitalidade dos Acoma deveriam ser mantidas. Quando a primeira liteira chegou à entrada do pátio, Mara, acompanhada por três criadas, já aguardava para receber o primeiro visitante. Nacoya surgiu vinda de outra porta e juntou-se à sua Senhora assim que a primeira visita se ergueu de suas almofadas.

Mara fez uma reverência com toda a formalidade.

— Meu Senhor Chipaka, quanta honra!

O homem velho e mirrado piscou os olhos cansados e tentou ver quem lhe dirigira a palavra. Como era surdo, as palavras de Mara também lhe haviam escapado. Aproximando-se mais da jovem que tinha por perto, semicerrou os olhos e falou em voz alta:

— Sou o Senhor Chipaka dos Jandawaio. Minha esposa, minha mãe e minhas filhas vieram visitar seus mestres, menina.

Ele confundira Mara com uma criada. Contendo o riso com dificuldade, a Senhora dos Acoma ignorou o deslize. Falou diretamente no ouvido do idoso.

— Sou Mara, esposa do Senhor Buntokapi, meu Senhor. A que devo a honra de sua visita?

Mas o velho dirigira a atenção para a mulher frágil e idosa, que parecia ter uns cem anos, que era tratada com tanto cuidado quanto um ovo incrustado de joias na mais exagerada das liteiras. Mara ordenou às criadas que a fossem ajudar, como um gesto de respeito, pois os carregadores estavam todos sujos de pó da estrada. A velhinha nem agradeceu. Mirrada e bicuda, a ponto de parecer uma ave depenada, limitou-se a se agachar entre os dois criados que a levantavam. Mais três mulheres vieram das outras liteiras, cada uma delas uma réplica mais jovem da avó, igualmente petulantes apesar da tranquilidade matinal; estavam vestidas de uma maneira muito caprichosa. Reunindo-se ao redor da idosa, começaram imediatamente a tagarelar. Mara dominou seu descontentamento, mas aquela invasão punha à prova sua paciência.

O velhote arrastou-se até ela, sorrindo e dando uma palmada em seu traseiro. Mara saltou para a frente, piscando os olhos de espanto e de repulsa. Mas o velhote pareceu não querer saber se incomodava.

— Não pude vir ao casamento de sua Senhora, menina. Minhas propriedades ficam perto de Yankora, logo ficam muito longe e minha mãe estava doente. — Apontou para a delicada mulher, que olhava fixamente para o vazio, enquanto suas netas não paravam de insultar a inépcia dos criados que seguravam a velhinha. No meio daquele galinheiro de jigahen, surgiu mancando a mulher que viajara na liteira de trás. Estava usando vestes sharsao bordadas e atrás de seu rebuscado leque em movimento, Mara viu um rosto da mesma geração do Senhor Chipaka. Entendeu que se tratava da Senhora dos Jandawaio.

O velho puxou insistentemente a manga da Senhora dos Acoma.

— Como estávamos passando ao norte a caminho da Cidade Sagrada, ancoramos nosso barco em Sulan-Qu, e viemos visitar seu Senhor... ah, sim, é esse o nome. Sou um velho amigo do pai dele, sabe? — O velho piscou o olho para Mara. — Minha esposa costuma dormir profundamente, entende? Apareça mais tarde à noite, menina. — Tentou afagar o braço de Mara de uma maneira que pretendeu ser sedutora, mas a mão dele era de tal forma entrevada que errou o alvo.

Um brilho perverso passou pelos olhos de Mara. Embora aquele Senhor fosse deselegantemente safado e seu bafo cheirasse a dentes podres, mal conseguiu conter a alegria.

— Deseja ver o Senhor dos Acoma? Então, meu Senhor, temo que deva voltar à cidade, pois no momento meu Senhor Buntokapi está hospedado na casa que tem lá.

O ancião piscou, inexpressivo. Amavelmente, Mara repetiu mais alto o que dissera.

— Oh, ora, sem dúvida. A casa da cidade. — O velho lançou de novo um olhar mal-intencionado a Mara. Em seguida, balançou abruptamente a cabeça e gesticulou para sua comitiva.

As mulheres, ainda conversando, não ficaram indiferentes quando os escravos se reuniram em volta das liteiras. Os carregadores que tinham transportado a velhota miúda mudaram de repente de rumo e levaram sua desajeitada carga de novo para suas almofadas. O velho gritou, sobrepondo-se aos resmungos dela.

— Vamos lá. Vamos embora, mãe, temos de voltar à cidade.

As garotas e sua mãe, em um tom uniforme e bem audível, contestaram amargamente a ideia de regressar às liteiras. Sorriram de modo afetado e demoraram-se, esperando que a Senhora dos Acoma os convidasse para uma refeição rápida, mas o surdo Senhor Chipaka não prestou atenção ao barulho. Como parecia ter pressa em se encontrar com o Senhor Buntokapi, Mara optou por não atrasar sua partida. Quando a matriarca e sua prole já estavam bem instaladas nas liteiras, graciosamente, ela pôs à disposição deles um escravo mensageiro para orientá-los no caminho até a casa da cidade, de modo que a visita ao Senhor não sofresse mais atrasos desnecessários.

O Senhor dos Jandawaio acenou distraído e arrastou os pés até a liteira que partilhava com a mãe. Segurando as cortinas com as mãos, deteve-se.

— E diga à sua Senhora que lamento não tê-la visto, menina — disse.

— Assim farei, meu Senhor — respondeu Mara, agitando levemente a cabeça.

Os escravos dobraram-se com os músculos reluzindo de suor para erguerem as liteiras.

— Minha Senhora, o Senhor Bunto vai ficar furioso — comentou Nacoya assim que a procissão seguiu de novo a pé pela viela.

Mara observou a partida da comitiva enquanto fazia cálculos rápidos e precisos. Se a velha matriarca dos Jandawaio suportasse apenas uma caminhada lenta, as visitas de Buntokapi chegariam uma hora depois de ele ter voltado à cama de Teani.

— Espero que sim, Nacoya — murmurou Mara, entusiasmada.

Então voltou aos seus aposentos, onde os mapas e os documentos aguardavam um estudo mais apurado. Nacoya a fitou espantada, pensando no que poderia levar a jovem Senhora a incitar a ira do brutamontes com quem casara.

Três dias mais tarde, ignorando a presença de Nacoya e dos outros criados, Buntokapi entrou nos aposentos de Mara sem ter sido anunciado. Ao ver suas sandálias empoeiradas, Mara piscou instintivamente. Mas aquele par era apenas para caminhar, logo não tinha as esporas usadas em combate ou no campo de treinamento.

— Nunca deveria ter permitido que aquele velho louco e sua ninhada de jigahens fossem à minha casa da cidade — atirou prontamente o Senhor dos Acoma. O seu tom de voz fez com que que as criadas se encolhessem nos cantos.

Mara baixou o olhar, tanto para ocultar que se divertia por Buntokapi ter chamado as mulheres do Senhor dos Jandawaio de aves domésticas como por puro recato.

— Meu marido está insatisfeito?

Com um suspiro de irritação, Buntokapi baixou-se na esteira à frente dela.

— Mulher, aquele velho louco era amigo do meu avô. Ele está praticamente senil! Metade das vezes acha que meu pai é seu velho amigo de infância e que eu sou o Tecuma dos Anasati. E a mãe dele é ainda pior, praticamente um cadáver que ele arrasta para onde quer que vá. Por todos os deuses, mulher, ela deve ter quase um século. E a única coisa que faz é olhar fixamente, babar e destruir as esteiras onde se senta. E o

Senhor Chipaka está sempre falando com ela; todos eles falam com ela, a mulher, as filhas e até os criados! Ela nunca responde, mas eles acham que sim! — A voz dele se elevou conforme o relato da visita o deixava ainda mais nervoso. — Agora quero saber quem foi a criada desmiolada que os mandou até minha casa da cidade! Tudo o que o Chipaka conseguia lembrar era que ela tinha um peito grande!

Mara reprimiu um sorriso, mas com muita dificuldade. O míope Senhor Chipaka até poderia ter achado os seios de Mara grandes, pois seu nariz ficara a centímetros deles enquanto conversavam. Confuso com o fato de sua esposa ter corado e ter parecido que riu dele, Buntokapi berrou até fazer tremer a madeira do batente das portas.

— E ele apalpou minha… criada. Na minha frente, estendeu a mão e… a beliscou!

Nervoso demais para se conter, Buntokapi ficou de pé de um salto. Agitou as mãos no ar, falando sem parar até suar:

— E ficaram dois dias! Durante dois dias tive de ceder meus aposentos àquele velho louco e à mulher. A minha… criada, Teani, teve de se alojar numa estalagem lá perto. O velho tarado não tirava as mãos de cima dela.

Mara sentou-se e começou deliberadamente a provocá-lo.

— Oh, Bunto, deveria ter permitido que ele levasse a garota para a cama. Não passa de uma criada e se o velho Senhor ainda tiver capacidade de fazer isso apesar da idade, pelo menos a diversão o teria mantido ocupado.

Buntokapi ficou ainda mais vermelho.

— Na minha casa, nunca! Se encontrar essa vaca estúpida que mandou Jandawaio ir se encontrar comigo em Sulan-Qu, eu próprio tratarei de esfolar suas costas.

A resposta de Mara soou dócil em contraste com a gritaria do marido.

— Bunto, a ordem era de que, se alguém aparecesse, deveria ser encaminhado para sua casa da cidade, e não para ficar aguardando aqui. Com certeza Jican informou todos os criados disso e qualquer um deles teria feito o mesmo.

Buntokapi parou de andar de um lado para outro, com um pé suspenso no ar como uma ave shatra. A pose teria sido engraçada se não estivesse furioso.

— Bem, cometi um erro. Daqui em diante, não devem enviar ninguém à minha casa da cidade sem meu consentimento prévio!

Sua voz de trovão despertou Ayaki, que se agitou em suas almofadas. Aparentemente preocupada, Mara voltou-se para seu bebê.

— Ninguém?

A interrupção de seu filho deixou Buntokapi ainda mais nervoso. Gritou por todo o quarto agitando as mãos no ar.

— Ninguém! Se aparecer alguém do Conselho Supremo, devem me esperar!

O bebê começou a chorar.

— Mas certamente isso não se aplica a seu pai, não é? — perguntou Mara com a testa levemente franzida.

— Chame uma criada para levar essa criança daqui! — rugiu Buntokapi. Gesticulou furioso para Misa, que se apressou a tirar o bebê dos braços de Mara. Buntokapi deu um vigoroso chute numa almofada, fazendo-a voar até o lago dos peixes no jardim logo atrás do biombo. Depois prosseguiu como se não tivesse sido interrompido: — Meu pai me acha idiota e acredita que faço tudo o que ele quer. Por mim, pode ir mijar no rio! Os Acoma não estão sob o poder dele! — Buntokapi deteve-se, com o rosto já profundamente congestionado. — Não, não quero que ele suje meus peixes. Diga-lhe que siga a corrente até sair dos limites de minhas terras, e depois, sim, pode mijar no rio!

Mara escondeu as mãos no tecido de sua túnica.

— Mas, com certeza, se o Senhor da Guerra...

Buntokapi a interrompeu.

— Se o Senhor da Guerra em pessoa aparecer aqui, nem ele deve ser enviado à minha casa da cidade! Está claro? — Mara fitou o marido completamente chocada. A ira de Bunto duplicou. Depois de ter sido reprimido durante dois dias pelo Senhor dos Jandawaio, seu mau humor era impressionante. — Até Almecho pode muito bem esperar o tempo que me agradar. Se ele não desejar esperar aqui, pode se sentar no curral das needra, se preferir. E se eu não voltar no dia em que ele aparecer, por mim pode dormir no estrume das needra, e você pode dizer a ele que eu falei isso.

Mara encostou a testa no chão, no que mais pareceu uma reverência de escrava.

— Sim, meu Senhor.

A mesura confundiu o marido, ansioso por socar alguma coisa e encontrar algo para direcionar sua raiva.

— E outra coisa: todos esses mensageiros que insiste em enviar. Quero que isso acabe. Venho o bastante para casa para supervisionar a gestão de minhas propriedades. Não preciso de criados me incomodando durante o dia. Está claro?

Ele se dobrou de repente, agarrando e erguendo sua mulher pela gola. Ela respondeu constrangida, respirando com dificuldade devido aos dedos dele.

— O Senhor não deseja ser perturbado e é para parar com todas as mensagens.

— Exato! — bradou Bunto. — Quando estou descansando na cidade, não quero ser perturbado por razão alguma. Se me aparecer algum criado enviado por você, vou matá-lo antes de que ele possa me transmitir o recado, entendeu? — Sacudiu-a de leve.

— Sim, meu Senhor. — Mara debateu-se debilmente, com seus chinelos suspensos no ar. — Mas há um assunto...

Buntokapi empurrou-a com violência para trás e ela caiu nas almofadas.

— Basta! Não quero ouvir mais nada.

Corajosamente, Mara ergueu-se.

— Mas, marido...

Bunto atacou-a com violência com o pé, atingindo a bainha do vestido de Mara. As roupas rasgaram-se e ela se agachou, protegendo o rosto com as mãos.

— Eu disse que já chega! — gritou ele. — Não ouvirei nem mais uma palavra! Jican deve cuidar de tudo. Vou voltar imediatamente à cidade. Não me incomode por nada deste mundo! — Com um último chute na direção de Mara, girou e saiu empinado do quarto. Assim que o som de seus passos diminuiu, foi possível escutar o choro de Ayaki ao longe.

Após uma pequena e prudente pausa, Nacoya correu até sua Senhora. Ajudando-a a se levantar e tremendo de medo, disse:

— A Senhora não disse nada a seu marido sobre a mensagem do pai dele.

Mara coçou o hematoma cada vez mais vermelho em sua coxa.

— Você viu, Nacoya. O Senhor meu marido não me deu oportunidade de transmitir a mensagem.

Nacoya relaxou e assentiu com um sorriso amargo.

— Sim, isso é verdade, minha Senhora. O Senhor Buntokapi na realidade não lhe deu oportunidade de falar.

Mara ajeitou a túnica rasgada, olhando com atenção para o pergaminho enfeitado que fora entregue naquela manhã, anunciando a iminente chegada do sogro e de seu companheiro de viagem mais majestoso, Almecho, o Senhor da Guerra dos Tsuranuanni. E depois sorriu, esquecendo-se de seus machucados diante do absurdo das ordens do marido.

10

Senhor da Guerra

Os criados entraram correndo.

Tão ansiosa quanto o resto dos criados da casa diante daquela visita iminente, Nacoya procurou sua Senhora em corredores ocupados com atividades de última hora. Pintores passavam pincéis depois de restaurarem os biombos e escravos se amontoavam indo e vindo das cozinhas com comida e bebida especialmente importadas para agradar o paladar dos convidados. Nacoya vagou pelo meio da confusão, resmungando. Os ossos dela eram velhos demais para andar por ali com pressa. Desviou-se de um carregador que trazia uma quantidade enorme de almofadas e encontrou finalmente sua Senhora no jardim particular. Mara estava sentada sob uma árvore de frutas jo, com o filho dormindo ao lado num berço e com as mãos apoiadas no tecido de uma manta na qual ela bordara animaizinhos para Ayaki. Pelo trabalho que ainda faltava, Nacoya percebeu que sua Senhora não pegara na agulha durante boa parte da tarde. Já não era a primeira vez que a velha ama tentava imaginar em que a garota estava pensando; e como se tornara seu hábito desde que Buntokapi assumira o governo, ela fez uma reverência sem nada perguntar.

— Traz notícias de nossos visitantes? — questionou Mara com calma.

— Sim, Senhora. — Nacoya olhou com atenção, mas não detectou sinais de nervosismo na jovem recostada nas almofadas. Tinha o cabelo escovado de tal maneira que se via um brilho preto. Estava preso para trás com simplicidade e elegância, enfeitado com pedras preciosas. O vestido dela era esplêndido, mas sem ser exagerado, e os olhos que ergueu para Nacoya apresentavam-se pintados de negro, o que os tornava indecifráveis.

A velha ama falou em um tom rude:

— O séquito dos Anasati já chegou às fronteiras das terras dos Acoma. Seu mensageiro indica que são quatro liteiras, duas dúzias de criados e duas companhias de guerreiros, uma sob o estandarte dos Anasati e a outra dos Brancos Imperiais. Seis são oficiais, com direito a instalações particulares.

Mara dobrou a manta inacabada com um cuidado exagerado e a colocou ao lado.

— Creio que Jican tenha tratado de tudo.

Nacoya fez um gesto de concordância.

— Ele é um excelente hadonra, Senhora. Adora seu trabalho e não precisa ser supervisionado, algo que meu Senhor certamente aprecia, já que passa a vida cuidando de seus negócios na cidade.

Mara não respondeu à provocação. Em vez de partilhar as coisas com sua confidente mais próxima, a Senhora dos Acoma optara por deixá-la de lado. Em seguida chamou abruptamente sua criada com um bater de palmas e pediu que Ayaki fosse devolvido aos cuidados da sua ama diurna. Uma outra criada foi buscar a manta enfeitada com joias que era o traje adequado para receber convidados da categoria do Conselho Supremo. Mara manteve-se imóvel enquanto a ajeitavam e prendiam os fechos, com uma expressão indecifrável. Assim que ficou pronta para se encontrar com o Senhor da Guerra, o Senhor Almecho, e Tecuma, Senhor dos Anasati, parecia uma garota com o traje de uma grande Senhora, salvo por seu olhar, duro como pedra.

Keyoke, Jican e Nacoya estavam a postos para saudar a comitiva prestes a chegar. Keyoke usava uma armadura cerimonial, decorada com arabescos e completamente inadequada para combate, ainda que fosse muitíssimo bonita. Sua armadura formal era completada por um elmo emplumado e uma espada com enfeites. Papewaio, seu oficial ajudante, também vestia uma armadura esplêndida. Todos os homens da guarnição que não estavam de sentinela compareceram bem-vestidos para saudar os visitantes, com o verniz verde da armadura brilhando sob o sol do fim de tarde. Sem exceção, colocaram-se orgulhosos em posição de sentido assim que o mais avançado dos Guardas Imperiais marchou entre cercas recém-pintadas e jardins plantados para a ocasião. As liteiras no centro do cortejo aproximaram-se da casa e Mara juntou-se aos principais criados. Desde criança observara a chegada de visitas de Estado ao lar de seu pai e aquela rotina era-lhe familiar; mas nunca antes suara nas palmas das mãos com o decorrer das formalidades.

O som do bater dos pés em marcha ecoou pela entrada do pátio assim que a primeira companhia de soldados entrou. Os Brancos Imperais do Senhor da Guerra vinham na vanguarda, já que ele tinha o posto mais importante. Keyoke deu um passo à frente e dirigiu uma reverência ao oficial emplumado no comando. Então, com autorização de Mara, orientou os convidados oficiais para seus aposentos. Um destacamento de guarda-costas de elite permaneceu atrás para servir seu mestre. Sentindo a garganta seca, Mara reparou que o Senhor Almecho conservara consigo seis soldados, ou seja, todos a que tinha direito de acordo com seu estatuto. De um modo mais claro do que se tivesse falado, o Senhor da Guerra mostrou que sua chegada não se tratava de uma honra para os Acoma mas sim um favor a seu aliado Tecuma, o Senhor dos Anasati. Com um leve gesto, Mara indicou a Papewaio que não se movesse; sua presença com a armadura cerimonial passava a imagem de que ela não se acovardava diante de homens com estatuto superior. Os Acoma não tolerariam desrespeitos.

— Senhora — murmurou Nacoya de um modo imperceptível aos demais —, por favor, em nome dos deuses, aja com cautela. A coragem é uma escolha perigosa para uma Senhora na ausência de seu Governante.

— Pensarei nisso — sussurrou Mara, embora seu rosto não mostrasse sinais de que tivesse sequer dado ouvidos ao aviso.

Em seguida chegaram as demais liteiras, reluzindo graças aos metais preciosos. Os carregadores do Senhor da Guerra usavam faixas bordadas, escurecidas pelo suor e pela poeira da estrada. Seus criados usavam coletes enfeitados, todos em um mesmo padrão de cores. Depois, surgiu o vermelho e o amarelo dos Anasati, atrás dos quais marchava a guarda de honra de Tecuma; seus criados também usavam trajes suntuosos, pois o Senhor dos Anasati, como muitos tsurani, procurava destacar sua superioridade com exibições públicas.

Mara avaliou os enfeites de metal que retiniam e brilhavam no palanquim Anasati; se seus escravos escorregassem e deixassem cair a carga no rio, os belos trajes de seu sogro fariam com que ele afundasse como uma pedra, pensou ela, divertindo-se de forma sinistra. Mas seu rosto permaneceu impassível enquanto seus convidados transpunham a entrada do pátio, e a sombra cobria o esplendor dos enfeites cheios de joias e dos trajes envernizados vermelhos e amarelos.

Os carregadores pousaram as liteiras e se afastaram velozes para o lado, enquanto os criados se apressavam em abrir as cortinas e ajudar seus mestres a se levantarem. Posicionada entre seus servidores, Mara deixou passar o intervalo adequado, dando tempo aos convidados para se levantarem e arrumarem as roupas e a dignidade antes de a saudarem. Como o Senhor da Guerra era um homem atarracado, e seu vestuário incluía túnicas com faixas bordadas em complexos padrões representando batalhas, seus criados ficaram um bom tempo ocupados. Mara percebeu que o Senhor dos Anasati esticava o pescoço para espiar a confusão ao redor. A ausência de Buntokapi gerou uma expressão severa e irritada antes de o protocolo suavizá-la. Mara calculou que atrás do leque que Tecuma agitava em frente ao queixo, ele sussurrara furiosamente a Chumaka, seu Conselheiro-Mor. O aperto profundo que ela sentia na boca do estômago intensificou-se.

— Minha Senhora, fique atenta! — Nacoya falou baixinho.

Mara desviou o olhar do inimigo de seu falecido pai e verificou que Kaleska, o Conselheiro-Mor do Senhor da Guerra, avançava para fazer uma reverência.

Ela retribuiu o gesto.

— Sejam bem-vindos à Casa dos Acoma. — O Senhor da Guerra avançou atrás dele, rodeado por seus soldados e criados. — Como estão? — perguntou Mara, recitando assim automaticamente o tradicional cumprimento. E prosseguiu, desejando alegria e bem-estar aos seus convidados. Mas, enquanto trocava cortesias, percebeu o espanto do Senhor Almecho, que também reparara na ausência do Senhor dos Acoma. Mara indicou por gestos aos seus criados que abrissem as portas para a casa grande. O Senhor da Guerra trocou olhares com o Senhor dos Anasati; então, como se ecoasse a inquietação de seu mestre, Chumaka, o Conselheiro-Mor dos Anasati, puxou nervosamente a sua roupa.

Mara fez outra reverência e recuou um pouco, permitindo aos convidados que entrassem para o conforto da casa. Aguentou submissa enquanto passavam, exceto quando o Senhor Tecuma questionou furioso em meio a sussurros onde estava Buntokapi. Com um grande senso de oportunidade, ela ergueu o pulso para ajustar o broche que prendia sua túnica; o retinir das pulseiras de jade serviu de modo eficaz para se sobrepor à pergunta. E como a voz de trovão do Senhor da Guerra exigiu bebidas frescas a uma criada, ele não conseguiu perguntar de novo sem ser notado. Parecendo irritado, Tecuma seguiu seus companheiros de viagem para o amplo salão. Lá, Mara indicou aos músicos que tocassem enquanto passavam bandejas de frutas fatiadas para refrescar os convidados.

Uma vez lá dentro, Nacoya envolveu Kaleska e Chumaka numa conversa intrincada sobre o estado lastimável de determinadas estradas do Império, principalmente aquelas que dificultavam o comércio dos Acoma. Exagerada, Mara assegurou-se de que seus criados cuidavam direito do bem-estar do Senhor da Guerra e depois, com astúcia, apelou à vaidade do homem pedindo que explicasse a origem de todos os desenhos de sua faixa. Como muitos haviam sido obtidos em combate por seus antepassados e o mais recente se devia à vitória sobre um senhor bárbaro durante um ataque do outro lado do Portal, o relato demorou a ser contado.

Uma luz avermelhada passou pelos biombos. Terminado seu primeiro cálice de vinho, Tecuma espumou de raiva em silêncio. Nitidamente, a ausência do filho o deixava envergonhado, pois o objetivo da visita era fazer a apresentação do neto, uma tradição ritual pela qual o Senhor da casa devia passar.

Tecuma sabia tão bem quanto Mara que a conversa do Senhor da Guerra era apenas uma forma amável de ganhar tempo, adiando comentários sobre a ausência de Buntokapi, talvez para poupar um importante aliado da vergonha de ter de arranjar desculpas. Almecho precisava do apoio da Facção Imperial em sua Aliança Bélica, e tudo o que pudesse criar obstáculos entre seus interesses e os dos Anasati deveria ser politicamente evitado. Cada minuto decorrido deixava os Anasati cada vez mais em dívida com o Senhor da Guerra em virtude da gentileza deste, algo de que o próprio Chumaka tinha consciência. Ele disfarçou a irritação comendo, sem reparar que as frutas haviam sido mergulhadas em bebidas alcoólicas de excelência e que os criados encheram novamente a travessa por três vezes em uma hora.

O relato do Senhor da Guerra arrastou-se até o sol se pôr. Sorrindo e distribuindo cumprimentos com uma cara de pau inacreditável, Mara bateu palmas. Criados apareceram correndo para abrir os biombos a tempo de mostrar o esplendor do voo das aves shatra no final do dia.

Seus piados cristalinos semelhantes ao som de flautas conseguiram calar a conversa por um minuto e quando o fenômeno por fim terminou, chegaram mais criados para conduzir os convidados até um requintado jantar cerimonial. Até então, a hospitalidade de Mara fora nitidamente uma distração desesperada e feita para remediar a situação.

— Onde está meu filho? — quis saber Tecuma, por entre os dentes. Seus lábios formaram um sorriso glacial quando o Senhor da Guerra olhou em sua direção.

Mara piscou um olho, como se estivesse falando com um parceiro conspirador.

— O prato principal é um dos preferidos de Buntokapi, mas azeda se esperarmos muito tempo. Os cozinheiros trabalharam o dia todo para agradá-los, e as aves jiga e a carne de needra foram condimentadas com molhos raros. A mais bela de minhas criadas, Merali, irá indicar seus lugares. Ela levará também uma bacia, caso precisem lavar as mãos.

Suando, e furioso por algo que encarou como conversa vazia de uma menina, o Senhor dos Anasati permitiu-se ser levado para jantar. Reparou, com os olhos semicerrados, que o Senhor da Guerra dava sinais de inquietação; naquele momento ficou satisfeito por Mara ter se dado ao trabalho de chamar sacerdotes para abençoar a refeição e pelos músicos dela tocarem muito bem, embora alto demais, segundo manda o protocolo.

Mal provou o que fora elogiado como o prato preferido de Buntokapi. Quando Chumaka aproveitou para perguntar por quanto tempo pretendia ser levado por aquela mentira, quase se engasgou com a comida. Mara colocou a faca de lado e fez um sinal para Nacoya, que por sua vez assentiu na direção de um criado que estava ao lado da porta. Os músicos tocaram uma melodia extravagante e desarmônica e dançarinas que vestiam pouco mais do que tiras de véu rodopiaram por entre as mesas.

Embora a atuação delas tenha sido brilhantemente provocadora, aquilo de nada valeu para ocultar o fato de Buntokapi dos Acoma não estar à vista, apesar de seu pai e a mais majestosa personagem do Conselho Supremo gastarem seu tempo em sua mesa de jantar.

O Senhor Tecuma aproveitou o momento em que as bailarinas davam voltas e reviravoltas e terminavam sua atuação. Levantou-se, quase pisando, na pressa, na barra de sua própria túnica e gritou por cima das últimas notas:

— Minha Senhora Mara, onde está seu marido Buntokapi?

Os músicos pararam de dedilhar as cordas, exceto uma vielle mais demorada, que soltou uma nota solitária antes de seu dono agarrar firmemente o arco. O silêncio desceu sobre a sala e todos os olhares se voltaram para Mara, que por sua vez fitou as iguarias que seus cozinheiros prepararam com esforço, mas que ela obviamente mal provara. Não disse nada; e o Senhor da Guerra baixou a colher ruidosamente.

Com uma leve cortesia, ela olhou diretamente para o sogro.

— Meu Senhor, perdoe-nos. Explicarei tudo, mas tais palavras sairão melhor depois de os criados trazerem vinho.

— Não! — Almecho bateu com suas pesadas mãos sobre a mesa. — Senhora, isso já se arrastou demais! Seu jantar é de um requinte perfeito e as dançarinas são muito talentosas, mas nós, que visitamos sua casa, não seremos tratados como bobos. Deve mandar chamar seu Senhor para que ele se explique.

A expressão de Mara não deixou transparecer nada, mas ficou extremamente pálida. Nacoya parecia tremer como vara verde e o Senhor dos Anasati sentiu o suor aparecer sob seu colarinho.

— E então, garota? Mande chamar meu filho, para que meu neto possa ser apresentado!

A resposta de Mara foi proferida com o devido respeito.

— Pai de meu marido, perdoe-me, mas não posso fazer o que pede. Permita que meus criados sirvam vinho e a seu tempo meu marido irá se explicar.

O Senhor da Guerra voltou um olhar sombrio para Mara. No começo, encarara o atraso de Buntokapi como uma espécie de brincadeira com um velho aliado. Mas com o decorrer do dia, a espera e o calor esgotaram toda a sua paciência. Dessa vez, Tecuma dos Anasati não se atreveu a aceitar a sugestão da garota sem passar vergonha, pois nitidamente o empenho dela sugeria que algo estava errado. Engolir as desculpas dela seria um sinal de fraqueza, algo grave diante do importante membro do Conselho Imperial. Se Buntokapi estivesse bêbado, a ponto de ter perdido suas capacidades, essa vergonha seria menor do que a que incorreria caso desrespeitasse o pai e os visitantes ocultando-se atrás de sua mulher.

— Estamos esperando — disse Tecuma, num tom uniforme e mortal.

Evidentemente nervosa, mas, ainda assim, engenhosa, Mara respondeu:

— Sim, pai do meu marido, isso é verdade.

Os músicos colocaram seus instrumentos de lado e as dançarinas abandonaram a sala. Quando se tornou dolorosamente evidente que a Senhora dos Acoma não pretendia dar explicações, o Senhor dos Anasati foi de novo forçado a intervir.

— O que pretende dizer com "isso é verdade"? — perguntou Tecuma, parecendo reprimir a vontade de gritar.

O desconforto de Mara tornou-se mais evidente.

— Meu marido quis que esperassem por ele — esclareceu, sem olhar o sogro nos olhos.

O Senhor da Guerra pousou a sobremesa doce que estava beliscando e não disfarçou seu ar confuso, resultado de um diálogo bizarro e do vinho.

— Buntokapi quis que esperássemos por ele? Então ele tinha noção de que chegaria tarde para nos saudar? — Almecho suspirou, como se tivessem retirado um fardo de seus ombros. — Então, mandou dizer que estava atrasado e pediu que nos entretivesse até que pudesse aparecer, certo?

— Não exatamente, meu Senhor — disse Mara, cada vez mais corada.

Tecuma inclinou-se para a frente.

— Então, o que ele disse exatamente, Mara?

Como um gazen caçado por uma serpente, Mara começou a tremer.

— Suas palavras exatas, pai de meu marido?

Tecuma bateu com as mãos na mesa e todos os pratos saltaram com um ruído estrondoso.

— Exatamente!

Chumaka notou tarde demais o estado de nervosismo de seu Senhor e começou a piscar como uma ave noturna pega por uma luz brilhante. Mesmo embriagado, percebeu que algo estava errado. Seus instintos vieram à tona. Debruçando-se para a frente, tentou alcançar a manga de seu mestre. A manobra o desequilibrou. Viu-se cair e soltou um suspiro de alívio pouco digno.

— Meu Senhor...

Os olhos de Tecuma permaneceram fixos em sua nora. Mara respondeu, sendo a imagem perfeita de uma inocência nervosa:

— O Senhor meu marido disse: "Se o Senhor da Guerra aparecer, pode muito bem esperar o tempo que eu quiser."

Chumaka enterrou o punho nas almofadas bordadas, detendo-se antes de puxar a manga de Tecuma. De mãos atadas, viu o rosto de Tecuma perder lentamente toda a cor. Chumaka olhou em volta pelo salão, onde não havia um único movimento, e observou a reação de Almecho em meio ao vapor fino que se erguia de uma dúzia de pratos refinados.

O Senhor da Guerra de todos os tsurani ficou sentado sem se mexer, com suas feições paralisadas cada vez mais rosadas. Toda a sua propensão para a tolerância desapareceu quando seus olhos se tornaram carvões em brasa devido a uma raiva quase descontrolada, e a sua resposta foi cortante como um sílex afiado:

— E o que mais disse de mim o Senhor dos Acoma?

Mara gesticulou impotente e lançou um olhar desesperado a Nacoya.

— Meus Senhores, eu... eu não me atrevo a falar. Imploro para que aguardem pelo meu marido, para que ele responda por si. — Muito direita, pequena e pateticamente frágil em suas roupas formais, a garota pareceu perdida nas almofadas sobre as quais estava sentada. A imagem dela evocava compaixão; só que isso era algo que o Jogo do Conselho não permitia. No momento em que uma criada se aproximou dela apressada com uma bacia para molhar sua testa com uma toalha ensopada, o Senhor da Guerra lançou um olhar furioso a Tecuma dos Anasati.

— Pergunte-lhe por onde anda seu filho, Senhor, para que eu possa enviar um mensageiro imediatamente para convocá-lo a se apresentar diante de nós. Se ele tinha a pretensão de me insultar, que o faça em minha presença.

Mara dispensou a criada. Ela se recompôs com a formalidade de um guerreiro tsurani enfrentando uma sentença de morte, embora tal domínio tivesse sido visivelmente difícil.

— Meu Senhor, Buntokapi está em sua casa na cidade de Sulan-Qu, mas nenhum mensageiro pode ir até lá, pois essa foi uma ordem explícita. Jurou matar o próximo criado que fosse incomodá-lo.

O Senhor da Guerra levantou-se imediatamente.

— O Senhor dos Acoma está em Sulan-Qu? Enquanto nós esperamos o tempo que ele quer? E o que, você nos dirá, ele espera que façamos nesse meio-tempo? Fale, Senhora, e não deixe de nos contar nenhum detalhe!

Tecuma também se ergueu, como uma serpente pronta a investir.

— Que absurdo é esse? Com certeza meu filho... nem Bunto pode ser assim tão grosseiro.

O Senhor da Guerra o calou com um gesto.

— Deixe a Senhora dos Acoma falar por seu marido.

Mara inclinou a cabeça. Seus olhos pareceram brilhar, com as delicadas sombras da maquiagem realçando sua palidez. Com uma rígida cerimônia, formou um triângulo com os polegares e os outros dedos, o sinal ancestral que indicava que sua honra teria de ser comprometida por ordem de um superior. Todos os que estavam presentes na sala perceberam que as novidades trariam vergonha. Os sacerdotes que haviam abençoado a refeição se levantaram em silêncio e saíram. Os músicos e criados fizeram fila para seguirem-nos e logo o espaço abrigava apenas os convidados, seus conselheiros e a guarda de honra do Senhor da Guerra. Papewaio permaneceu imóvel atrás do ombro da Senhora dos Acoma como se fosse um ícone de um templo, e Nacoya, também muito quieta, manteve-se à espera do outro lado. Mara falou com tranquilidade:

— A minha língua não comprometerá a honra desta casa. A minha Conselheira-Mor estava presente quando Buntokapi deu suas ordens. Ela responderá por ele, e por mim. — Apontou debilmente na direção de Nacoya.

A idosa levantou-se e depois fez uma reverência extremamente respeitosa. Os criados a haviam ajudado a se vestir para a ocasião e pela primeira vez desde que Mara se lembrava, os alfinetes que prendiam seu cabelo branco estavam todos em ordem. Mas o humor dessa observação se dissipou assim que a velha ama falou:

— Meus Senhores, juro pela minha honra que a Senhora diz apenas a verdade. O Senhor dos Acoma proferiu tais palavras tal como ela as reproduziu.

Com a paciência esgotada para tanta demora, apesar do que exigia a cortesia, o Senhor da Guerra de Tsuranuanni centrou sua irritação em Nacoya.

— Vou repetir: o que mais o Senhor dos Acoma disse?

Nacoya olhou inexpressiva para a frente e respondeu com uma voz que se manteve baixa e calma:

— Meu Senhor Buntokapi disse: "Se ele", referindo-se ao Senhor Almecho, "não desejar esperar aqui, pode se sentar no curral das needra, se preferir. E se eu não voltar no dia em que ele aparecer, por mim pode dormir no estrume de needra."

O Senhor da Guerra parou como se tivesse sido esculpido em pedra, com toda a sua raiva o deixando quase sem saber o que fazer. Um longo e penoso minuto decorreu antes que ele voltasse a falar com Tecuma.

— Seu filho escolhe uma destruição rápida. — A luz brilhou nas joias do colar de Almecho e sua voz soou em um tom ameaçador. Praticamente começou a gritar cada vez mais alto devido à sua enorme fúria. Tal como uma asamortal de listras vermelhas voando bem alto antes de mergulhar para empalar sua presa, virou-se para enfrentar o pai do homem que o insultara. — Seu arrogante e mimado filho está pedindo uma herança de cinzas. Vou clamar pela honra do clã. Os Oaxatucan marcharão e esmagarão os ossos dos Acoma no próprio terreno em que pisam. Depois, espalharemos sal na terra de seus antepassados para que nada cresça no solo dos Acoma enquanto perdurar a memória dos homens!

Tecuma fitou inexpressivamente o conjunto de guloseimas congeladas. O peito de shatra pintado nos pratos pareceu zombar dele repetidamente, pois as palavras grosseiras de Buntokapi, que ele próprio obrigou a esposa a reproduzir, afastaram as questões políticas na mesma hora. Agora, o que estava em jogo era uma questão de honra. Mais do que qualquer outra coisa, o código implícito da civilização tsurani poderia se revelar perigoso demais.

Se Almecho convocasse os Oaxatucan, sua família, para lutar numa questão de honra, todas as demais famílias do Clã Omechan seriam obrigadas a apoiar tal ataque, assim como todos os membros do Clã Hadama deveriam corresponder, por uma questão de honra, ao chamado dos Acoma. O dever de prestar ajuda por causa de um juramento era o principal motivo pelo qual se evitavam declarações abertas de guerra: muitos conflitos eram conduzidos e resolvidos no âmbito do Jogo do Conselho. Isso porque, mais do que qualquer outra contenda, a guerra aberta entre clãs levava o Império ao caos — e a estabilidade dentro do Império era a primeira obrigação dos Grandes.

Iniciar uma guerra de clãs era um convite à ira da Assembleia de Magos. Tecuma fechou os olhos. O aroma de carnes e molhos o deixou indisposto; em vão, reviu mentalmente a lista de respostas adequadas, enquanto Chumaka permanecia furioso a seu lado. Ambos sabiam que Tecuma estava num beco sem saída. Almecho era um dos poucos Senhores do Império que dispunha tanto do poder como da natureza para iniciar uma guerra aberta entre clãs. E pelo que ditava a tradição, Tecuma e as outras famílias do Clã Hospodar seriam forçadas a se manter de lado e a observar imparcialmente a batalha sangrenta; seu próprio filho e neto seriam eliminados e ele nada poderia fazer para evitar.

Os molhos de vinho nos pratos de repente pareceram-lhe uma representação do banho de sangue que em breve poderia ser derramado sobre a Casa dos Acoma. Pela saúde de seu filho e de seu neto, a guerra deveria ser evitada. Controlando sua vontade de gritar, Tecuma falou calmamente:

— Meu Senhor Almecho, lembre-se da Aliança. Uma guerra aberta entre clãs implicaria o fim de nossas conquistas no mundo bárbaro. — Fez uma pausa para que os outros pudessem assimilar suas palavras, e depois recorreu a outro assunto para dissipar a ira do Senhor da Guerra: o principal subcomandante da força invasora do Senhor da Guerra no mundo bárbaro era sobrinho do Senhor dos Minwanabi, e se houvesse necessidade de eleger um novo Senhor da Guerra no Conselho Supremo, a pretensão de Jingu dos Minwanabi à sucessão seria reforçada, pois o exército invasor já estava sob o comando de sua família. — Os Minwanabi, em particular, ficariam satisfeitos em ver outra pessoa sentada no trono branco e dourado — recordou.

Almecho permaneceu bastante vermelho, mas a loucura que inundava seu olhar se dissipou.

— Minwanabi — disse, praticamente cuspindo. — Terei de sofrer muito para manter esse comedor de bosta em seu lugar. Mas seu filho vai ter de rastejar para obter meu perdão, Tecuma. Farei com que ele se deite de barriga para baixo e rasteje sobre excrementos de needra para vir implorar por perdão aos meus pés.

Tecuma fechou os olhos, como se estivesse com dor de cabeça. O que quer que tenha levado Bunto a proferir aquelas instruções destrutivas fora algo feito sem pensar e não uma tentativa declarada de causar a própria ruína e a de sua família. Sofrendo devido à vergonha e à tensão, voltou-se para Mara, que não se mexera desde que o Senhor Almecho lançara as suas ameaças sobre sua casa.

— Mara, não quero saber que ordens Buntokapi deixou em relação ao envio de mensageiros. Chame sua liteira e os carregadores e informe seu esposo que o pai dele exige sua presença aqui.

A noite caía do outro lado dos biombos, mas nenhum criado se atrevera a entrar para acender as lamparinas. Na semiescuridão do crepúsculo, Mara se mexeu e lançou um olhar declarado de súplica a seu sogro. Em seguida, como se qualquer gesto a deixasse exausta, assentiu em direção à Nacoya.

— Meu Senhor Tecuma — disse a idosa —, meu mestre Buntokapi também disse o que devíamos fazer prevendo seu pedido.

Tecuma sentiu seu coração se afundar.

— O que ele disse?

Nacoya respondeu sem fazer drama:

— Meu Senhor dos Acoma disse que caso o Senhor seu pai aparecesse e desejasse vê-lo, deveríamos dizer para mijar no rio, mas longe das terras dos Acoma, para não sujar seus peixes.

Houve um momento de profundo silêncio. Espanto, raiva e choque absoluto transformaram o rosto magro de Tecuma. Então a imobilidade foi interrompida pelo riso explosivo do Senhor da Guerra.

— Para não sujar seus peixes! Ah! Gosto disso. — Lançando um olhar carregado para o Senhor dos Anasati, Almecho disse: — Tecuma, seu filho insultou o próprio pai. Acho que a minha necessidade de compensação será satisfeita. Só há uma forma de Buntokapi reparar seu erro.

Tecuma assentiu com rapidez, grato pelas sombras cada vez mais intensas ocultarem seu pesar. Ao insultar publicamente o próprio pai, Buntokapi renunciara definitivamente à sua honra. Assim, ou deveria expiar sua vergonha se suicidando, ou Tecuma deveria renunciar a todos os laços de sangue e provar que sua lealdade acabara destruindo o filho deserdado assim como toda a sua família e dependentes. O que começara sendo uma luta política entre Tecuma dos Anasati e Sezu dos Acoma, resolvida com a morte deste último, poderia se tornar uma rixa de sangue, equiparável somente à já existente entre os Minwanabi e os Acoma. Para reparar a honra de pai pelas transgressões do filho, o Senhor dos Anasati seria obrigado não só a matar Buntokapi, como também ao recém-nascido herdeiro dos Acoma, o neto que nunca vira. Só de pensar naquilo ficou sem saber o que dizer.

Percebendo o dilema de Tecuma, Almecho falou suavemente em meio à escuridão cada vez mais presente:

— Seja como for, já perdeu seu filho. É melhor que ele opte pelo caminho honrado e escolha morrer pelas próprias mãos. Perdoarei os insultos dele se assim fizer, e não me vingarei de seu neto Acoma. Nossa aliança não será prejudicada, Tecuma. — Não havia mais nada a dizer. Voltando as costas a Mara, Nacoya e ao Senhor dos Anasati, o Senhor da Guerra fez um sinal à sua guarda de honra. Os seis soldados vestidos de branco deram-lhe atenção no mesmo instante, e depois se viraram e acompanharam seu Senhor para fora do salão de jantar.

Gelado pelo espanto, Tecuma demorou a reagir. Olhou concentrado para sua refeição ainda inacabada. Foi Chumaka quem de repente tomou as rédeas dos acontecimentos, enviando ordens aos quartéis indicando aos guerreiros que deveriam se preparar para partir. Escravos buscaram a liteira do Senhor dos Anasati e lamparinas dentro do pátio espalharam sua luz na construção. Tecuma por fim se mexeu. Tinha o maxilar rígido e o olhar sem vida quando fitou a Senhora dos Acoma.

— Vou a Sulan-Qu, esposa de meu filho. E pela saúde do neto que não conheci, que os deuses brindem Buntokapi com uma coragem proporcional à sua tolice.

Partiu com uma dignidade que doeu ver. Assim que desapareceu nas sombras do salão, o prazer de Mara foi subjugado por um intenso arrepio de medo. Montara uma armadilha astuciosa; agora as mandíbulas iriam se fechar, segundo a vontade dos deuses. Pensando em Bunto, naquele momento já meio embriagado e rindo a caminho de suas diversões noturnas nos salões de jogos com Teani, Mara estremeceu, chamou os criados e pediu mais luz.

O semblante de Nacoya pareceu envelhecido sob a luz reforçada das lamparinas.

— Você aposta bem alto no Jogo do Conselho, minha Senhora. — Dessa vez, não a censurou veementemente por correr riscos de mais, pois Buntokapi nunca caíra no gosto dos dependentes dos Acoma. E a ama era tsurani o bastante para apreciar o desconforto de um inimigo, embora em consequência disso seu próprio sofrimento pudesse vir a se revelar terrível.

A própria Mara não se sentiu vitoriosa. Abalada, cansada com a tensão de meses consecutivos de manipulação, apoiou-se na presença imperturbável de Papewaio para se recompor de sua agitação interior.

— Diga aos criados para limparem esta bagunça — ordenou, como se a louça cerimonial tivesse sido utilizada numa refeição comum. Então, como se impelida por um instinto primitivo, dirigiu-se em passo acelerado aos aposentos de Ayaki para verificar se o menino dormia em segurança em seu catre. Sentada na escuridão ao lado de seu bebê, viu nas feições de seu filho o reflexo do pai e, apesar de todos os motivos que Buntokapi lhe dera para odiá-lo, ainda assim sentiu uma tristeza profunda e melancólica.

Mara esperou nos aposentos de Buntokapi, passando uma noite inquieta no quarto que outrora pertencera ao Senhor Sezu, mas que passara a refletir os gostos e as preferências de alguém que, por via do casamento de sua filha, lhe sucedera. Agora, a continuação dos Acoma dependia da honra daquele homem; pois se Buntokapi se mantivesse fiel ao juramento feito sobre o natami dos Acoma, optaria pela morte pela espada e pouparia sua casa de uma retaliação. No entanto, se a lealdade de seu coração permanecesse com os Anasati, ou se a covardia o desviasse da honra para uma vingança maldosa, poderia optar pela guerra e levar Mara e o filho à ruína junto com ele. Então o natami cairia nas mãos de Almecho e o nome Acoma seria destruído pela vergonha e esquecido.

Mara rolou agitada para o lado e afastou os lençóis emaranhados. Uma luz cinzenta brilhou através do biombo e apesar de os pastores de needra ainda não estarem se preparando para sair para os campos, o nascer do dia era iminente. Sem esperar pela ajuda das criadas, Mara levantou-se e vestiu uma túnica. Tirou Ayaki do berço e, silenciando seu choro, entrou apressada e sozinha no corredor.

Uma enorme sombra se moveu, praticamente debaixo de seus pés. Mara recuou, apertando com força o bebê; depois, reconheceu o couro que envolvia o punho da espada de Papewaio. Devia ter passado a noite sentado do lado de fora de seus aposentos.

— Por que você não está no quartel com o Keyoke? — perguntou Mara, com o alívio intensificando seu tom.

Papewaio fez uma reverência, sem se sentir ofendido.

— Keyoke sugeriu que eu ficasse ao lado de sua porta, Senhora. Alguns rumores chegaram na caserna, através de criados que escutaram os guardas de honra do Senhor da Guerra falando entre eles. A raiva dos poderosos nunca deve ser encarada levianamente e eu aceito a sabedoria de tal conselho.

Mara ia replicar com veemência, mas lembrou-se do assassino e deteve-se. Pensando melhor, percebeu que Keyoke e Papewaio estavam tentando alertá-la, sem quebrarem a lealdade. Anteriormente, haviam previsto a possibilidade de Buntokapi voltar para casa durante a noite enfurecido. Se o tivesse feito, a raiva dele poderia tê-lo levado a se tornar violento contra ela, um ato vergonhoso, mas não raro para aquele homem temperamental, jovem e habituado a lutar e a lidar diariamente com armas. Se isso tivesse acontecido, e um guerreiro se atrevesse a se intrometer entre sua Senhora e seu Senhor juramentado, a vida de Papewaio teria sido condenada de imediato, com toda a sua honra subjugada em um único golpe. Contudo, Pape empunhara sem hesitação sua espada. A lembrança do que ocorrera no casamento ainda não desaparecera.

Se fizesse algo contra Mara, o Senhor Buntokapi morreria num piscar de olhos. E nenhuma desonra que recaísse sobre o criado responsável por esse ato poderia deter a garra do Deus Vermelho.

Mara sorriu, apesar da tensão.

— Você já foi agraciado com um lenço negro uma vez, Pape. Mas caso opte por desafiar a ira dos deuses uma segunda vez, estarei presente na clareira da meditação o dia todo. Mande meu Senhor ir até lá se ele chegar em casa e não preparar a guarnição dos Acoma para a guerra.

Papewaio inclinou a cabeça, intimamente satisfeito com a aceitação tácita por parte de sua Senhora de que ele a protegesse. Mudou seu posto para a entrada em arco da clareira da meditação e lá permaneceu até a madrugada ser substituída pelo nascer do sol e a manhã brilhar sobre as férteis propriedades dos Acoma.

O calor do meio-dia chegou e partiu em meio a um silêncio abafado, como quase sempre acontecia. A lagoa sagrada refletia um quadrado de céu sem nuvens com borda de pedra e a folhagem das trepadeiras dos arbustos ao redor. Ayaki dormia em seu cesto sob a árvore ao lado do natami dos Acoma, alheio aos perigos que ameaçavam sua jovem vida. Incapaz de imitar sua tranquilidade inocente, Mara meditou e deu pequenas voltas. Mesmo a disciplina adquirida no templo não conseguiu afastar pensamentos sobre Buntokapi, em cujas mãos caíra o destino de tudo o que dizia respeito aos Acoma. Como nascera Anasati, mas jurara defender a honra de antepassados que haviam sido inimigos de seu pai, não havia como saber para onde se voltaria sua verdadeira lealdade. Através das artimanhas de Mara, seu afeto se voltara apenas para sua concubina, Teani; e tanto Keyoke, como Nacoya e Jican, o detestavam pelos seus excessos. A casa grande fora seu domínio e sua residência, mas a casa de Sulan-Qu era seu lar. Mordendo o lábio, Mara parou ao lado do natami, onde jurara levar adiante o nome do seu pai havia menos de dois anos. Montara então uma intrincada armadilha, cujos laços eram esse juramento e a concepção de honra dos tsurani. Fundações frágeis sobre as quais depositava a esperança; apesar de todos os seus defeitos, Buntokapi não era nenhum idiota.

As sombras se dilataram e se esticaram e os pássaros li começaram a cantar no ar um pouco mais fresco da tarde. Mara sentou-se à beira da lagoa sagrada e passou os dedos por uma flor arrancada de um arbusto ali perto. As pétalas eram claras, extremamente frágeis; assim como ela, podiam ser feridas e esmagadas com o aperto de uma mão. Os criados poderiam ser levados a acreditar que ela se retirara para a clareira sagrada para orar pela salvação diante da vergonha trazida àquela casa por seu marido. Na verdade, ela dirigira-se ali para fugir do medo evidente nos olhos de todos eles, pois se o Senhor dos Acoma optasse pela guerra, também seus destinos estariam em jogo. Alguns poderiam morrer em combate, e esses seriam os mais sortudos. Outros poderiam perder a honra sendo enforcados e muitos se tornariam escravos; alguns poucos poderiam escapar para as colinas e se tornarem salteadores e guerreiros cinzentos. Se o natami fosse roubado, todos cairiam na desgraça dos deuses.

As sombras estenderam-se mais e a flor murchou na mão de Mara, envenenada pelo sal de seu suor nervoso. Ayaki despertou em seu berço. No início, satisfeito por bater com as mãos gorduchas nos insetos que voavam para se alimentar nas flores que tinha por cima da cabeça, mas depois ficou inquieto. A hora de sua refeição do meio-dia passara havia muito tempo. Mara jogou fora a flor e se levantou. Arrancou um fruto maduro de uma das árvores jomach decorativas e o descascou para seu filho. O menino acalmou-se enquanto mastigava a fibra doce. Só então Mara ouviu os passos que se aproximaram por trás.

Ela não se virou. Com Papewaio de guarda no portão da clareira, não deveria ser nenhum assassino. Os sacerdotes de Chochocan não entravam sem pedir permissão; os jardineiros não trabalhavam enquanto os Senhores estavam lá; e mais ninguém poderia entrar sem escapar a uma sentença de morte. A única pessoa que poderia percorrer aquele caminho àquela hora era o Senhor dos Acoma. O fato de ele chegar discretamente em casa vindo de sua residência em Sulan-Qu só poderia indicar a Mara uma coisa: já estivera com o pai e já carregava o peso da humilhação de ter caído em desgraça diante dos olhos do Senhor da Guerra e por ter insultado sua casa natal.

Mara levou à boca do faminto Ayaki o último pedaço de jomach. Ciente de que tinha as mãos tremendo, limpou vaidosa os dedos pegajosos assim que Buntokapi chegou à ponta mais distante da lagoa sagrada.

Ele parou, com as sandálias despejando uma fina camada de pedrinhas sobre a água. Os reflexos se despedaçaram em centenas de ondas e os pássaros li se calaram nos galhos acima.

— Esposa, você é como uma víbora pusk da selva, cujas manchas, quando descansa, são belas o bastante para serem confundidas com uma flor, mas que bruscamente ataca com sua mordida fatal.

Mara voltou-se com relutância, com os dedos manchados de vermelho devido ao sumo de jomach, e fitou o rosto do marido.

Ele viera correndo da cidade, sem sua liteira oficial, pois sua feição larga estava branca devido a uma camada de pó da estrada. Usava uma túnica simples, provavelmente a mesma que estava vestindo quando as batidas de seu pai na porta o fizeram sair da cama; ela também se apresentava coberta de pó, o que escondia as manchas de vinho que estragaram os enfeites de um de seus pulsos. O olhar de Mara seguiu a corda com nós de seu cinto, o couro bem gasto de sua espada e o pedaço de peito musculoso revelado entre a gola aberta de sua túnica. Viu as marcas da paixão de Teani ainda bem evidentes na pele acima da clavícula e em seus lábios tensos. Por fim, fitou-o nos olhos, que mostravam uma mistura de raiva frustrada, confusão infantil e ansiedade.

Inconsciente de que aos olhos do marido, ela era bela e, de um modo estranho, intocável, Mara fez uma reverência. Todas as únicas palavras que lhe ocorreram pareciam inadequadas.

Buntokapi olhou fixamente para ela com uma intensidade de dar dó.

— E como a víbora pusk, minha esposa, seu veneno faz o coração parar. Jogou o Jogo do Conselho com a perícia de um mestre. Como poderia saber o lado que eu escolheria: o dos Anasati, ao qual estou vinculado por laços de sangue e nascimento, ou o dos Acoma, cuja honra jurei preservar?

Mara quis se mostrar descontraída, mas sua voz tremeu um pouco.

— A família Acoma tem uma honra muito antiga. Nenhum Senhor com esse nome viveu em vergonha.

Buntokapi avançou bruscamente, transpondo com facilidade a extensão da lagoa cerimonial. Impondo-se sobre a forma esguia de sua mulher, dobrou-se e agarrou-a pelos pulsos.

— Posso alterar isso, mulher orgulhosa. Com um único golpe, poderia reduzir ao pó a honra de seus antepassados.

Forçada a olhar para seus olhos furiosos, para sentir a força de um homem de quem nunca gostara, Mara precisou se esforçar muito para se manter firme. Passou um minuto sob aquela pesada ameaça. Depois, as picadas dos insetos que se alimentavam nas flores inspiraram Ayaki a rir espontaneamente. Buntokapi olhou para baixo e reparou nas marcas deixadas por seu aperto na pele de Mara. Piscou, envergonhado, e a largou. Ao observar, ela achou que algo vital escorria dele. Então, ele se endireitou e em seu rosto estampou-se um olhar que ela nunca vira antes.

— Talvez eu estivesse errado, no dia em que casamos — disse Buntokapi. — Talvez eu seja tão estúpido quanto você, meu pai e meus irmãos sempre acharam. Mas pelo meu filho, morrerei corajosamente como um Acoma.

Mara inclinou a cabeça. De repente, teve de lutar para conter as lágrimas. Por um breve momento viu o homem que seu marido poderia ser se tivesse sido criado com o amor e o carinho que foram dedicados a seus irmãos mais velhos. O Senhor dos Anasati pouco fizera para desenvolver o potencial de seu terceiro filho, mas ela se aproveitara das fraquezas de Buntokapi até obter o que desejava. Mara sentiu uma dor dentro de si quando deveria sentir-se vitoriosa; em vez disso, foi assolada por uma onda de tristeza. Pois naquele exato momento ela percebeu que o potencial de grandeza de Buntokapi, algo como um resquício de luz do sol entre as nuvens, muito em breve seria desperdiçado com sua morte.

Mas a força do momento durou apenas um segundo. Buntokapi a agarrou pelo braço com a força bruta de um guerreiro e puxou-a de forma rude para o seu lado.

— Venha, esposa. Tire seu filho do berço. Antes de o sol se pôr, ambos verão o que é necessário para morrer como um Senhor dos Acoma.

Irrefletidamente, Mara protestou:

— A criança, não! Meu Senhor, ele é muito pequeno para compreender.

— Silêncio. — Buntokapi empurrou-a rudemente e perturbado com seu grito, Ayaki começou a chorar. — Morro pela honra de meu filho — salientou o Senhor dos Acoma por cima do choro do filho —, parece-me correto que ele se lembre. Assim como você. — Fez uma pausa, com os lábios curvados de maldade. — Você deve testemunhar aquilo que forjou. Se deseja participar do Jogo do Conselho, mulher, deve ter noção de que as peças que manipula são de carne e osso. Para no futuro se lembrar, se continuar a jogar este Jogo.

Mara pegou Ayaki, disfarçando sua tensão para não preocupar o filho. Quando os passos de Buntokapi indicaram que abandonara o bosque, ela parou, debatendo-se com uma forte necessidade de chorar. Achou que compreendera os riscos de sua posição durante o sofrimento que se seguiu ao assassinato de seu pai e de seu irmão. Mas Buntokapi acabara de lhe mostrar o alcance de sua ignorância. Sentindo-se humilhada, e inexplicavelmente suja, apertou Ayaki em seus braços. A ordem de seu marido deveria ser obedecida. De algum modo, teria de descobrir uma forma de aguentar o fruto final e amargo de seu triunfo. Se não o fizesse, teria os Minwanabi esperando com planos para arruiná-la, de modo tão impiedoso quanto eram seus planos de derrubar Buntokapi e, ao mesmo tempo, ficar a salvo da perfídia dos Anasati.

Os soldados dos Acoma estavam rigidamente esperando numa praça, com as plumas dos elmos oficiais inclinadas pela leve brisa que às vezes soprava antes de o sol se pôr. Keyoke e Papewaio estavam à espera no meio da formação, assim como outros soldados enviados pelos Anasati para servirem de testemunhas. No meio deles, com as vestes vermelhas do ritual, amarradas com uma faixa verde, Buntokapi ergueu uma espada igualmente vermelha, a mais afiada que os armeiros tsurani conseguiram produzir.

Fora da praça, mas com uma vista livre devido a uma pequena elevação do terreno, Mara mudou Ayaki de ombro. Desejou que os procedimentos terminassem. Ayaki estava bem desperto e brincalhão, colocando suas mãozinhas no cabelo e no vestido dela, e tagarelando bem alto, numa altura que poderia ser ouvida pelos guerreiros com armaduras coloridas e envernizadas. Como tudo o que dizia respeito aos tsurani, a morte tinha um elemento cerimonial. Buntokapi ficou parado como uma estátua no centro da praça, segurando a espada que o penetraria nas mãos, enquanto Keyoke recitava uma lista das honrarias que conquistara como Senhor dos Acoma. A lista foi bem pequena: uma batalha e uma dúzia de combates. Mara engoliu em seco, consciente, como nunca, de quão jovem era seu marido. Os rostos tsurani envelheciam lentamente, e por isso fora fácil esquecer que Buntokapi tinha pouco mais de vinte anos, ou seja, era mais velho do que ela apenas dois anos.

De postura reta, imóvel, como um verdadeiro guerreiro, apesar de suas pernas arqueadas, não demonstrou fraqueza, mas algo em seu olhar refletiu a desesperada determinação de que precisava para ultrapassar aquele momento. Mara voltou a engolir em seco e gentilmente retirou os dedos de Ayaki de seu lóbulo. Ele gritou, rindo, pronto para mais brincadeiras.

— Quieto — disse Mara, séria.

Na praça, Keyoke terminou seu discurso e fez uma profunda reverência.

— Parta com honra, Senhor dos Acoma — disse. — Permita que todos os homens recordem sem qualquer vergonha seu nome.

Quando se endireitou, todos os guerreiros retiraram o elmo ao mesmo tempo. A brisa afastou mechas úmidas de cabelo de seus rostos suados. Olhos inexpressivos observaram a espada de Buntokapi sendo erguida acima de sua cabeça.

Mara voltou a engolir em seco, com os olhos ardendo devido às lágrimas salgadas. Tentou pensar em Lano, deitado e ensanguentado, de pernas e braços abertos sob os cascos de cavalos bárbaros. Mas a visão de Buntokapi ali, de pé sob o sol débil, com sua espada erguida em homenagem aos deuses da vida, era algo real demais para ser esquecido. Salvo por sua brutalidade na cama e por seu temperamento explosivo, não fora um marido opressor — se Mara tivesse usado a mesma manipulação para moldá-lo em vez de destrui-lo... Não, ordenou a si própria, não poderia se arrepender agora. Recorreu à disciplina que aprendera no Templo de Lashima e baniu tais pensamentos da mente. Inexpressiva, observou Buntokapi virar a espada e apontar para a própria barriga.

Ele não proferiu suas últimas palavras. Mas os olhos que fitaram Mara estavam cheios de ironia e de uma estranha admiração misturadas com o triunfo de saber que ela teria de conviver com aquele momento para o resto de seus dias.

Antes de o sol se pôr neste dia, ambos verão o que é necessário para morrer como um Senhor dos Acoma, ele dissera a ela no bosque. Mara cerrou instintivamente os punhos sobre as roupas de Ayaki quando Buntokapi baixou a cabeça. Mãos grandes, desajeitadas num corpo de mulher, mas capazes em combates e na guerra, se fecharam sobre o couro com fitas vermelhas da espada. O sol cada vez mais baixo brilhou no suor de seus pulsos. Os nós dos dedos se apertaram. Ele deu um passo brusco e se lançou para a frente. O botão do punho da espada bateu com precisão no solo. A lâmina atravessou seu corpo. Mãos e punho bateram no osso de seu peito e ele grunhiu, com o corpo endurecido de agonia.

Não gritou. O suspiro soltou-se de seus lábios enquanto a vida escapava de seus dedos e de sua boca. Quando os espasmos musculares diminuíram, até praticamente pararem, virou a cabeça. Lábios sujos de terra e sangue formaram uma palavra que nenhum homem escutou, com os olhos baços voltados para a mulher e a criança que estavam de pé na pequena colina acima.

Ayaki começou a chorar. Mara suavizou o aperto exagerado com que segurava aquele corpo infantil. Pela dor no peito, percebeu que prendera a respiração. Inspirou com muita dificuldade. Então, misericordiosamente, fechou os olhos. Mas a imagem do corpo esparramado do marido pareceu permanecer gravada por dentro de suas pálpebras. Não ouviu Keyoke pronunciar a morte do Senhor dos Acoma, com toda a honra: em vez disso, foi atormentada pelas frases proferidas por Buntokapi no bosque. Se deseja participar do Jogo do Conselho, mulher, deve ter noção de que as peças que manipula são de carne e osso. Para no futuro se lembrar, se continuar a jogar este Jogo. Confrontada por uma onda crescente de implicações, Mara não reparou nos homens que recolocaram o elmo e fizeram uma reverência ao morto. O tempo e os acontecimentos pareceram se congelar no momento da morte de Buntokapi, até que Nacoya a agarrou com força pelo cotovelo e, com determinação, a levou na direção da casa grande. A anciã não abriu a boca, o que foi uma bênção, embora Ayaki tivesse chorado pelo que pareceu uma eternidade.

Assim que vestiu os trajes de luto, Mara retirou-se, não para seu quarto de dormir, como teria preferido Nacoya, mas para o cômodo voltado a oeste, aquele que outrora servira de escritório ao seu pai. De lá observou as aves shatra percorrendo o céu brilhante do crepúsculo. Mas aquele tom vermelho serviu apenas para lembrá-la dos trajes de Buntokapi e da espada ensanguentada que tirara sua vida. Quando o sol se pôs, os criados acenderam as lamparinas de vidro e fecharam os biombos para impedir de entrar o orvalho. Mara observou o cômodo que, quando criança, considerara o coração do império financeiro do pai; o aposento privado já não era o mesmo. A escrivaninha estava lotada de documentos relacionados com os jogos e apostas de Buntokapi: a maioria deveria ser de dívidas, como Mara percebera pelo ar irritado de Jican nas últimas semanas. As telas exibiam novas pinturas, mais ao gosto do último Senhor. Elas substituíram as cenas de caça que o bisavô de Mara encomendara. As novas mostravam lutadores e cenas de guerra e uma, ao lado da escrivaninha, representava uma mulher de cabelo ruivo.

Com nojo, Mara mordeu o lábio. No começo, pensou em restaurar a decoração para aquela que conhecera quando o pai e Lano ainda estavam vivos. Mas naquele momento, ainda com o pó dos quartéis nos pés e com o suicídio de Buntokapi bem presente na mente, decidiu outra coisa. A infância dela já ficara para trás. Agora, para que o nome Acoma sobrevivesse, teria de aceitar as mudanças dentro de si, pois o Jogo do Conselho era bom para os fortes; os fracos pereciam ou caíam em trevas e desonra.

Alguém bateu hesitantemente no biombo. Mara assustou-se e se virou.

— Entre — disse.

Jican passou às pressas pelo biombo. Pela primeira vez em semanas, não transportava nem documentos nem registros de needra; nada trazia nas mãos e, entre grande agitação, fez uma reverência e tocou com a testa no chão aos pés da Senhora dos Acoma. Espantada, Mara disse:

— Hadonra, por favor, fique de pé. Não estou de modo algum infeliz com você ou com o modo como desempenhou seus deveres às ordens de meu falecido marido.

Mas Jican limitou-se a tremer e a se dobrar ainda mais, um exemplo de completo tormento prostrado sobre os requintados ladrilhos.

— Minha Senhora, peço-lhe perdão.

— Por que razão? — Confusa e tentando deixar o criado à vontade, Mara recuou e se acomodou nas almofadas onde ela e o hadonra haviam discutido demoradamente no passado as finanças da propriedade. — Jican, por favor, levante-se e seja claro.

O hadonra levantou a cabeça, mas continuou de joelhos. Esforçou-se para mostrar a sobriedade típica dos tsurani, mas não conseguiu nada além do que parecer retraído.

— Minha Senhora, eu trago vergonha aos Acoma. Por mais que me empenhe, não consigo... — Interrompeu-se e engoliu em seco, incomodado. — Minha Senhora, tenha piedade de mim, pois não sinto o pesar que deveria sentir pela morte do grande Senhor. Ele faleceu com honra e bravura e merece toda a nossa consideração. Todavia, para ser honesto, nada consigo sentir além de alívio.

Mara baixou os olhos, incomodada com a aflição do hadonra. Mexeu num bordado que se soltara do canto de uma de suas almofadas e pensou sobriamente que ela própria não sentia verdadeiro pesar pela perda de Buntokapi. Mas o choque diante da realidade de ter apostado tão alto deixara-a abalada, desequilibrada e confusa. Podia até sentir a consciência pesada pelo que fizera, mas não sofria nenhum dos tormentos de lealdade, motivados por questões culturais, que eram demonstrados pelo homem que tinha à sua frente. Refletiu se aquilo poderia ser prejudicial a seu espírito.

O hadonra remexeu-se desconfortável e Mara compreendeu que devia reagir, nem que fosse apenas para proferir algumas palavras de conforto nas quais genuinamente não se via capaz de acreditar.

— Jican, todos sabem que você sofreu grandes atribulações devido às ordens do meu falecido marido. Ele não apreciava suas virtudes e não prestou atenção à sabedoria de seus conselhos. Você o serviu lealmente.

Agora, ele não é mais seu mestre e digo que deve usar os punhos vermelhos do luto. Aja de modo igual, pois a tradição deve ser respeitada, mas confie em seu coração. Se não consegue sentir pesar, deve pelo menos honrar a memória de Buntokapi.

Jican curvou-se bem baixo, com seus modos nervosos refletindo um alívio profundo. Uma Senhora mais inflexível, ele sabia, poderia ter lhe ordenado que pusesse fim à sua existência. Mas com o tempo aprendera que Mara tinha uma visão mais ampla do que muitos Governantes em relação aos costumes e tradições. E mesmo seus maiores rivais deviam admirar a desenvoltura com que liquidara a ameaça dos Anasati.

Mara ficou sentada a sós durante muitas horas após a partida do hadonra. O que passava em seu coração era ainda mais indecifrável do que o que sentira seu servidor. Observou as lamparinas ardendo lentamente, refletiu e até cochilou um pouco. Sonhou várias vezes, com Lanokota vestido de vermelho e com o pai cravado de armas bárbaras. Às vezes seu corpo alterava-se para se transformar no de Buntokapi, e por vezes Lano jazia na terra enquanto Keyoke anunciava que morrera com toda a honra. Em outros momentos, sua mente ficava angustiada com o som do choro de Ayaki, que parecia durar para sempre. Acordou, suada e gelada, com a iminência do amanhecer. As lamparinas haviam se extinguido e a luz do luar brilhou nos biombos, produzindo padrões cinza-prateados nos ladrilhos do chão. Mara deixou-se ficar deitada e, em meio às suas emoções destroçadas, analisou aquilo que realmente interessava. Sentiu pena de Buntokapi, mas não se arrependeu de suas escolhas. O tempo passado no Templo de Lashima poderia em outros momentos ter preservado a paz e a pureza de espírito que conhecera na infância; mas tendo provado o poder e a emoção do Jogo do Conselho, percebeu então que nunca conseguiria abdicar daquilo.

A brisa fez os arbustos akasi farfalharem, levando o suave aroma das flores a se sobrepor ao cheiro de tinta e pergaminho. Mara se recostou nas almofadas, com os olhos semicerrados. Sozinha, concedeu ao marido a única homenagem de despedida em que acreditava: ele lhe mostrara um momento de grandeza naquela tarde na clareira. O pai dele desperdiçara aquele potencial e ela explorara as lacunas de Buntokapi, num ato egoísta em benefício próprio. Isso era algo que não podia mais ser alterado. Mas o futuro se estendia à sua frente como um pergaminho em branco. Mara poderia garantir que Ayaki seria educado de modo diferente, para que a coragem e a força de seu pai nunca se transformassem em teimosia. Outrora ela jurara que esvaziaria de Ayaki tudo o que ele tivesse de Bunto, para semear somente características dos Acoma. Agora percebia que Ayaki tinha dons de Buntokapi que apenas um tolo desperdiçaria. Amando-o e educando-o, e deixando-o desenvolver suas aptidões, poderia criar um filho dos Acoma que deixaria até mesmo os Anasati orgulhosos; e foi isso que jurou fazer.

11

Renovação

Mara escutou o barulho da água.

O minúsculo fio que corria da lagoa na clareira da meditação dos Acoma derramava-se suavemente depois de passar entre as pedras ao longo de seu curso. O vento soprava em rajadas pelos galhos das árvores, um som irregular que combinava com o temperamento inquieto de Ayaki. Ele olhou para a frente sem sorrir enquanto sua mãe erguia a urna contendo os restos mortais do pai dele. A cerimônia fúnebre revelara-se algo incompreensível à sua jovem mente; ele só percebeu que a brisa o deixara gelado e que sua mãe não quis que engatinhasse para brincar.

Mara não sentiu nem pena nem arrependimento quando depositou as cinzas de Buntokapi na cova sob o natami dos Acoma. O marido estava morto e o Senhor dos Anasati chorava por seu filho, mesmo sendo um tão pouco amado terceiro filho. A tristeza de Tecuma se duplicava, pois o fim de Buntokapi fora forçado por alguém que estava além de seu alcance; como mãe do único neto do Senhor dos Anasati, Mara estava livre de represálias. No entanto, a própria garota não se sentia vitoriosa. O vento soprou com intensidade, fazendo sua túnica esvoaçar. Mara estremeceu. Não deveria deixar-se cair numa onda de arrependimento. O que fora feito pertencia ao passado, e revelara-se necessário. Pensar de outro modo faria com que fosse atormentada por algo pior do que o espírito furioso de seu marido. Se permitisse que dúvidas ou incertezas crescessem dentro de si, arriscaria perder a capacidade de tomar decisões no futuro. Isso certamente colaboraria para que os Acoma fossem aniquilados pelas mãos dos inimigos, pois o Jogo do Conselho prosseguiria. O arrependimento teria de ser banido, apesar de sua momentânea dor, e a indecisão teria de ser mantida longe para sempre.

Pela segunda vez em menos de dois anos, Mara executou um ritual fúnebre. Só que agora, em vez de uma dor reprimida, havia tristeza. Sezu ensinara-lhe que a morte fazia parte da política, mas ela compreendera que tais formalidades eram apenas uma racionalização para justificar o assassinato. Essa constatação a deixou perturbada.

Mara procurou conforto numa oração silenciosa, dirigida ao espírito de seu marido. Buntokapi, pensou ela, se isso serve para descansar seu espírito, pelo menos você morreu com dignidade. Agora, não interessa quão breve foi sua vida, você foi digno do título de Senhor dos Acoma. Por tudo isso, vou honrá-lo. Que sua jornada em torno da Roda traga-lhe melhores recompensas na próxima vida.

Mara rasgou então sua roupa, fez um corte no braço e colocou as cinzas entre os seios. Ayaki remexeu-se agitado ao lado dela, tendo atirado longe as contas que Mara lhe emprestara para mantê-lo ocupado. Mara arrancou a manta do bebê e sujou seu minúsculo peito com as cinzas do pai. Ele olhou para baixo e fez uma careta. Duro como o pai, Ayaki não gritara quando Mara o beliscou; em vez disso, projetou seu lábio inferior e lançou-lhe um olhar carrancudo e bravo. Com a adaga cerimonial, Mara picou o antebraço da criança, gerando um choro de protesto, para completar o ritual. Colocou o braço de Ayaki sobre a lagoa, deixando seu sangue se misturar com o dela na água.

As lágrimas correram então livres. A sós e longe da avaliação de conselheiros e criados sempre presentes, Mara admitiu seu medo interior: não estar à altura da próxima rodada do Jogo do Conselho. A humilhação e a dor sofridas pelas mãos de Buntokapi, a dúvida e a angústia que orquestrara para sua queda e todos os perigos a ajudaram a superar o assassinato do pai e do irmão — mas tudo aquilo ainda poderia ser reduzido a nada, dissipado pelo sopro dos ventos, pelas circunstâncias e pela sorte política. Os Minwanabi nunca esqueciam seu ódio pelos Acoma. Às vezes Mara sentia-se desesperadamente indefesa.

Procurando a estabilidade das coisas práticas, vestiu Ayaki com o minúsculo traje cerimonial que ali fora deixado para ele. Em seguida, vestiu sua própria túnica branca, fez com que o filho parasse de chorar e o carregou até a entrada do bosque em meio ao vento da tarde.

O barulho logo a avisou da chegada de visitas. Ouviu-se o retinir de armaduras no pátio e a voz excitada de um criado ecoando acima do suspiro do vento nas folhas. Mara apertou os dedos ao redor do aconchego sólido proporcionado por Ayaki, um movimento de protesto. Tensa devido à apreensão, contornou a sebe e quase colidiu com a corpulência armada de Keyoke. O velho Comandante das Forças Armadas se posicionara em frente à entrada e pelas fivelas desapertadas Mara constatou que vestira às pressas a armadura cerimonial. Os visitantes, assim sendo, deveriam ser importantes.

— Anasati? — perguntou em voz baixa.

Keyoke assentiu bruscamente.

— Papewaio e Nacoya a aguardam, Senhora. E Lujan está supervisionando a preparação de duas companhias nos quartéis.

Mara exibiu um olhar carregado. Keyoke não teria se dado ao trabalho de mencionar tais precauções se Tecuma tivesse aparecido com intenções pacíficas; seus medos foram confirmados quando o Comandante das Forças Armadas ergueu deliberadamente uma das mãos e coçou o queixo com o polegar. Mara respirou fundo, esquivando-se quando Ayaki balançou brincando a mãozinha.

— Lashima recompensa sua intuição, Keyoke — murmurou ela. E a batida de seu coração acelerou assim que transpôs a sebe e se expôs.

O pátio estava ocupado por uma reunião com membros da corte, guerreiros e criados, todos empoeirados devido à viagem pela estrada e vestindo armaduras de serviço simples, não as do fantasioso estilo esmaltado utilizadas em visitas de estado. Formando uma bela mancha colorida com as cores de sua casa, além da plumagem fúnebre, o Senhor dos Anasati estava pacientemente sentado em sua liteira, com o conselheiro Chumaka à sua direita. O silêncio se impôs quando Mara se aproximou, com Nacoya e Papewaio seguindo-a um passo atrás. Os soldados Anasati assumiram uma postura formal e ficaram em formação quando a Senhora dos Acoma fez uma reverência o mais discreta possível, sem que ofendesse ninguém das fileiras de Tecuma.

— Bem-vindo, pai de meu marido.

— Saudações, filha — respondeu ele, ácido. — Vejo o filho de meu filho em seus braços. Posso olhá-lo?

Mara sentiu uma momentânea pontada de culpa. A apresentação de um neto deveria ter sido um momento de alegria, mas, em vez disso, naquele instante tenso de antagonismo implícito, Ayaki foi passado para os braços estendidos do avô. Enrolado em roupas malcheirosas e por joias ornamentais pontiagudas, o bebê contorceu-se, mas não chorou. Tecuma observou seu rosto obstinado e proclamou:

— É parecido com Bunto.

Mara assentiu em concordância.

Após um prolongado momento em que se dedicou a fazer carinho na criança, Tecuma a devolveu num silêncio glacial. Mara o entregou prontamente aos cuidados de Nacoya, que o aconchegou, como fizera com a mãe do rapaz após um ritual fúnebre anos antes.

— Leve meu filho para o quarto — instruiu a Senhora dos Acoma. Assim que a velha ama foi embora, Mara fitou a expressão hostil de seu sogro. — Ofereço-lhe a hospitalidade de minha casa.

— Não, filha. — Tecuma enfatizou a palavra. Toda a ternura desaparecera com a partida de Ayaki. — Não pisarei na casa da assassina de meu filho.

Mara quase se retraiu. Com um grande esforço, conseguiu responder de modo impassível:

— Seu filho tirou a própria vida, meu Senhor, para cumprir o que sua honra exigia.

Tecuma inclinou a cabeça uma vez, veloz, em forma de saudação.

— Sei disso, Mara. Mas também conheço meu filho. Apesar de sua inaptidão para Governante, até ele nunca se sujeitaria a insultar o Senhor da Guerra e seu próprio pai. Apenas você poderia ter feito com que isso acontecesse. — Algo semelhante a respeito tingiu brevemente seus modos. — Saúdo seu brilhantismo no Jogo do Conselho — e então a voz dele tornou-se dura como sílex —, mas por esta vitória manchada de sangue deverá pagar de forma idêntica.

Mara avaliou Tecuma e percebeu que a dor e a raiva o levavam a falar mais do que poderia se fosse em circunstâncias normais. Em seu íntimo, soube que precisaria tomar cuidado.

— Meu Senhor, limitei-me a obedecer às ordens por ele proferidas, diante de testemunhas.

Tecuma fez um aceno para contrariá-la.

— Basta. Já não interessa. Meu neto herdou o manto dos Acoma e deve assegurar um laço fiel entre minha casa e a dele. — Naquele momento, um homem deu um passo à frente, destacando-se do séquito dos

Anasati, um sujeito magro, com aparência predatória, olhos astutos e um cinto de cara pele esmaltada. — Esse é Nalgara — anunciou o Senhor —, que me representará até Ayaki ficar adulto.

Mara não fora pega desprevenida.

— Não, meu Senhor.

Tecuma estreitou os olhos.

— Não a ouvi dizer isso.

Mara não demonstrou fraqueza se justificando.

— O Senhor levará esse homem quando partir.

As armaduras chacoalharam por entre os guerreiros anasati quando estes colocaram as mãos nas armas, e o braço de Tecuma se agitou, pronto para dar o sinal de ataque.

— Mulher, você se atreve?

Na esperança de que Lujan tivesse tido tempo de aprontar suas companhias, Mara manteve-se inflexível.

— Não, meu Senhor. Eu exijo.

Tecuma deixou de lado toda a pretensão de ser educado.

— Eu devo decidir como será gerido o legado de Ayaki. Sou o Senhor dos Anasati.

— Mas estas são as terras dos Acoma — interrompeu Mara, com toda a raiva que sentia refletida em sua voz. — O meu Senhor dos Anasati parece se esquecer que seu filho era o Senhor dos Acoma. E os Acoma nunca foram, não são agora, nem nunca serão vassalos dos Anasati. Seu neto é o herdeiro legítimo do título de Senhor. Como sua mãe, sou de novo a Governante dos Acoma até ele se tornar maior.

O rosto de Tecuma contorceu-se de raiva reprimida.

— Mulher, não teste meus limites!

— Aparentemente, meu Senhor já está furioso, e por isso, nada que eu possa dizer terá grande influência. — Tentando ganhar tempo, Mara procurou por algum sinal de verde entre as fileiras armadas da guarda dos Anasati. Mas o séquito estava fechado demais para permitir que visse algum dos homens de Lujan. Não teve outra opção senão prosseguir: — Quando Bunto assumiu a soberania dos Acoma, deixou de ter quaisquer obrigações com os Anasati, exceto as que escolhesse, como deve saber, pois seu filho não poderia prestar juramento diante do natami dos Acoma caso o Senhor não o tivesse liberado de sua fidelidade. Mostre-me um documento, qualquer que seja, indicando-o como guardião de Ayaki diante da possibilidade de Bunto morrer e que negue meu direito de herança. Se assim for, me afastarei. Mas sem provas legais, o Senhor não é o Governante dos Acoma.

Um leve tremor nos lábios de Tecuma revelou uma frustração que ele não se atreveu a assumir.

Mara apressou-se em deixar bem marcado seu ponto de vista, antes que o confronto se tornasse violento.

— Não pertencemos ao mesmo clã, e por isso o Senhor não tem poder sobre os Acoma. Nem pode reclamar politicamente por nossa lealdade. Bunto não procurou alterar nossas alianças, portanto os Acoma continuam a pertencer à Facção do Olho de Jade, não à Imperialista. Aqui, o Senhor não tem autoridade, Tecuma. — Confiante, fez então um gesto com a mão e, para seu grande alívio, Lujan e três dúzias de soldados dos Acoma avançaram, prontos para defenderem sua Senhora. Na retaguarda do grupo de Tecuma, reuniram-se outros cinquenta soldados com armaduras de combate, prontos para entrar imediatamente em ação caso necessário. Mara terminou com um sorriso irônico. — Mais uma vez sou eu quem governa os Acoma, até Ayaki completar vinte e cinco anos.

O Senhor dos Anasati ia falar, mas seu conselheiro, Chumaka, o interrompeu.

— Meu Senhor, ela tem razão. Assim dita a lei.

Evidentemente contrariado, Tecuma fez uma longa pausa, com um olhar absorto enquanto meditava.

— E o que acontece ao menino se você morrer?

Mara respondeu num tom inabalável.

— Então Ayaki se tornará o Governante dos Acoma, como eu me tornei antes de meus vinte e cinco anos, estando ele preparado ou não.

Tecuma fez um gesto sutil, indicando que Mara era de novo uma mulher sozinha contra seus inimigos.

— O menino sem dúvida irá morrer.

Mas a ameaça não conseguiu abalar a jovem Senhora, que manteve a aparência desafiadora.

— Pelas mãos do Senhor dos Minwanabi, ou de qualquer outro que procure se impor matando os Acoma, talvez.

Tecuma reconheceu a derrota.

— Muito bem, filha. Deixou sua posição marcada. Devo me empenhar para que continue viva, pelo menos até Ayaki atingir a maioridade. Mas caso dê algum passo que eu entenda como uma ameaça aos Anasati...

— Não se atreva a me ameaçar em minha própria casa, pai de meu marido — avisou Mara. — Eu podia acabar com isso aqui e agora. — Apontou para Lujan e para os soldados prontos para reagir a uma ordem. As chances de Tecuma ser bem-sucedido eram poucas, com apenas duas dezenas de soldados para protegê-lo diante do eventual ataque de duas companhias. Caso continuasse a pressionar Mara, poderia ter uma morte rápida.

Mara observou as feições duras de seu sogro. — Não desejo de maneira alguma entrar em conflito com você, Tecuma. Suas divergências com meu pai eram estritamente políticas. — Com um suspiro mais eloquente do que suas palavras, ela balançou a cabeça. — Ambos sabemos que o que eu fiz também foi uma questão política. Se o Senhor morresse aqui... Jingu dos Minwanabi ficaria sem verdadeiros rivais no Jogo. Não, não lhe peço que seja meu aliado. Só não o desejo como inimigo.

Tecuma relaxou e baixou o punho que erguera. Observou Mara com atenção.

— Minwanabi... sim. Ele já se acha poderoso o bastante para avançar contra mim. — O Senhor dos Anasati suspirou, reconhecendo, enfim, a força tranquila na postura de Mara. — Talvez você se revele capaz de fazer a diferença. — Balançou a cabeça. — Eu a subestimei. Talvez Jingu faça o mesmo.

Após um minuto de silêncio, fez uma reverência para anunciar sua partida.

— Muito bem, Mara. Tem minha palavra: enquanto Ayaki viver, não irei me opor quando tentar incomodar os Minwanabi. Mas nada poderei garantir se os interesses dos Anasati entrarem em conflito com os seus. Muitas diferenças persistem entre nós. Mas assim que meu neto herdar o manto dos Acoma, verá que tenho boa memória. Se algo de mal acontecer a ele antes disso, sua vida não durará mais do que alguns minutos.

Bruscamente, Tecuma fez sinal à sua comitiva para que se preparasse para a viagem de retorno a Sulan-Qu. O vento fez esvoaçar as plumagens e correu entre os cabelos escuros de Mara enquanto ela observava o Senhor dos Anasati e seus seguidores se reunirem e saírem em marcha pelo pátio. A primeira parte de seu plano fora bem-sucedida. Por algum tempo, o segundo mais poderoso dos inimigos de seu pai estaria neutralizado; mais do que isso, tornara-se um relutante aliado. Não haveria muita gente no Império disponível para incitar a ira de Tecuma fazendo mal ao seu neto; apenas os Senhores dos Keda, dos Xacatecas e dos Minwanabi, e talvez mais um ou dois. A maioria se conteria, nem que fosse para impedir que o Senhor dos Minwanabi se tornasse poderoso demais. Como inimiga de Jingu, Mara era de valor, até mesmo para mantê-lo ocupado. E apesar da proteção obtida por parte de Tecuma, Mara tinha a noção de que a rixa familiar iria se manter. Limitara-se a obrigar o maior inimigo da família a agir com cautela. As tentativas de assassinato desastrosas acabariam, disso ela tinha certeza. Haveria ataques, mas pela primeira vez desde que Keyoke a fora buscar no templo, a Senhora dos Acoma sentiu que ganhara algum tempo. Teria então de ser cuidadosa na forma como o usaria.

Voltando sua atenção para as tarefas que tinha pela frente, Mara dispensou Lujan e seus guerreiros. Com Keyoke e Papewaio ao seu lado, voltou ao ar fresco e reconfortante de seu quarto. O primeiro ponto da agenda do dia seguinte seria uma viagem a Sulan-Qu, pois se a informação de Arakasi estivesse correta, uma espiã dos Minwanabi residia na casa dos Acoma que ficava naquela cidade. A concubina de Buntokapi, Teani, era um problema a resolver na primeira oportunidade.

O antigo Senhor dos Acoma evitara morar no bairro chique da cidade. O lado da rua onde se instalara era limpo e tranquilo, longe das barulhentas vias comerciais, mas ainda assim a uma curta distância a pé das arenas de luta. Mara saiu da liteira, com as sandálias esmagando suavemente as folhas de ulo, que caíam sempre que chegava a época dos meses secos. Acompanhada por uma comitiva que incluía Papewaio e Arakasi, subiu a ampla entrada cujos pilares tinham gravadas decorações de guerreiros em posição de combate. Um criado que lhe era desconhecido abriu o biombo e fez uma profunda reverência.

— Desejo as boas-vindas à Senhora dos Acoma.

Mara retribuiu a saudação com um ligeiro aceno de mão e atravessou a soleira até uma sombra tingida de vermelho pela luz do sol que se infiltrava no aposento. O ambiente estava impregnado por um aroma adocicado de especiarias, misturado com óleo de encerar mobília e perfume feminino. As quatro pessoas que compunham o pessoal da casa se ajoelharam, aguardando as ordens de Mara enquanto ela inspecionava os excelentes tapetes, uma estante de armas com conchas embutidas e arcas envernizadas e decoradas com pedras preciosas vermelhas. A casa que seu marido construíra na cidade era um ninho suficientemente acolhedor, reconheceu. Mas o gosto e a decoração do lugar haviam sido influenciados por uma mente que não era a de seu falecido marido. Buntokapi nunca teria instalado estátuas de ninfas feitas em mármore ao lado da entrada e as pinturas nos biombos eram de flores e pássaros graciosos, não das cenas de guerra que ele invariavelmente escolheria.

Mara aguardou até Papewaio e Arakasi se colocarem ao seu lado. A espada transportada pelo primeiro não estava visível e o segundo não ostentava as plumas de oficial, para disfarçar suas reais intenções; mas Mara acabou não precisando da orientação do Mestre dos Espiões para detectar a mulher que conquistara o coração de seu marido com o único intuito de espioná-lo para os Minwanabi. Apesar de Teani ter feito uma reverência submissa junto com os demais criados, nunca poderia ser tomada por outra pessoa senão pela amante de Buntokapi.

Mara observou o perfil dela e compreendeu a obsessão do marido. A concubina era uma mulher verdadeiramente bela, com uma pele imaculada e o cabelo mesclado de dourado e ruivo — embora Mara achasse que esse efeito fosse mais artificial do que natural. Apesar de ajoelhada, a seda fina das vestes da concubina adornavam um corpo adulto e macio, com seios salientes e bem formados, apesar de grandes, uma cintura pequena e lábios carnudos. O próprio corpo de Mara parecia o de um menino em comparação com aquele e ela ficou ressentida pelos piores motivos. Mara agradecera aos deuses por cada minuto que Buntokapi passara longe da propriedade; no entanto, a beleza estonteante da mulher que ele preferira a deixou irritada. Recordou o aviso que alguém lhe dera no templo: "Tema a vaidade e a falsa modéstia." Mara quase riu. Sim, sentia-se magoada e com o orgulho ferido. E, contudo, o destino revelara-se amável de uma forma estranha e inesperada.

Jingu dos Minwanabi enviara aquela mulher para dar continuidade ao seu plano de destruir os Acoma. Mas, em vez disso, Teani conseguira apenas distrair Buntokapi, permitindo que Mara concretizasse mais rapidamente seus planos. E o objetivo desses planos era fortalecer a Casa dos Acoma… e destruir a dos Minwanabi. Teani deveria voltar para seu mestre sem saber que fora desmascarada, para que Jingu pensasse que uma esposa ciumenta a banira.

Com prudência, Mara fez sinal a dois de seus soldados para que ficassem de guarda ao lado da porta. Então, andando na frente de seus guarda-costas, mas mantendo-se cuidadosamente longe do alcance de um golpe de faca, dirigiu-se à concubina ajoelhada.

— Como se chama?

— Teani, Senhora. — A mulher manteve os olhos voltados para baixo.

Mara não acreditou em seus modos servis.

— Olhe para mim.

Teani ergueu a cabeça e Mara percebeu uma leve agitação nos soldados que a olhavam. O rosto dourado em forma de coração da concubina emoldurava belos olhos, quase cor de âmbar. Tinha feições perfeitas e doces como o mel nas colmeias das abelhas-vermelhas. Mas, atrás de sua beleza, Mara viu algo que a levou a hesitar. Aquela mulher era perigosa, uma ameaça de valor idêntico ao de qualquer outra peça no Grande Jogo. Contudo, a Senhora dos Acoma não demonstrou ter chegado àquela conclusão.

— Quais são seus deveres?

— Servia como criada de seu marido, Senhora — respondeu Teani, ainda apoiada nos joelhos.

A Senhora dos Acoma quase riu com a mentira descarada da mulher. Chamar-se de criada estando calçada com sapatos de salto alto e vestindo uma túnica mais cara do que qualquer uma das de Mara, salvo seus trajes cerimoniais, era um insulto à inteligência humana.

— Não me parece — disse bruscamente Mara.

Teani estreitou um pouco os olhos, mas nada disse. Então Mara compreendeu: por um breve instante a concubina pensou que seu papel de espiã fora descoberto. Para afastar qualquer suspeita, Mara questionou os demais criados.

— Quais são os seus deveres?

Havia um cozinheiro, um jardineiro e uma criada, o que Mara já sabia, pois Jican lhe contara. Ordenou aos três que fossem para a propriedade e que perguntassem ao hadonra quais seriam suas próximas funções. Eles saíram logo, satisfeitos por evitarem o confronto iminente entre a esposa e a amante do falecido Senhor.

Quando todos saíram exceto Mara, Teani e os soldados, a primeira disse:

— Acho que não precisaremos de seus serviços na casa grande.

A postura de Teani manteve-se admiravelmente inalterada.

— Desagradei minha Senhora?

Mara conteve a vontade de sorrir.

— Não, pelo contrário, você me poupou uma boa dose de dor, incômodo e irritação durante os últimos meses. No entanto, não sou tão aventureira em meus gostos quanto algumas Senhoras de grandes casas. Meu apetite não inclui pessoas de meu próprio sexo. — Olhou para a pálida marca que manchava a pele da clavícula de Teani. — Você parece ter partilhado o gosto de meu marido por... esportes de contato. Seus talentos seriam desperdiçados em minhas propriedades... a não ser que queira entreter meus soldados.

Teani sacudiu a cabeça, embora muito de leve; conseguiu não bufar de raiva e Mara se viu forçada a admirar sua contenção. Aquele era um insulto grave. Como prostituta ou amante, Teani teria certa legitimidade na sociedade tsurani. Outrora, havia pouca diferença na cultura tsurani entre a cortesã e a mulher de um Senhor. Se Mara tivesse morrido antes do marido, qualquer prostituta de Buntokapi poderia ter se instalado permanentemente na Casa dos Acoma. E se Teani sobrevivesse mais tempo do que a esposa e o mestre, teria, como amante de um Governante, determinados direitos e privilégios legais de sucessão. Uma mulher do Boa Vida era considerada uma artesã ou até uma artista na área do prazer. Mas uma mulher que seguisse um acampamento militar era alguém de classe baixa. Fora dos campos de batalha, as mulheres que seguiam os exércitos do Império eram enxotadas e desprezadas. E não tinham qualquer tipo de honra. Teani acabara de ser chamada de prostituta e, se as mulheres fossem guerreiras, Mara estaria naquele momento lutando pela própria vida.

A concubina limitou-se a lançar um olhar furioso a Mara. Debatendo-se com seu autocontrole o suficiente para ser convincente, apoiou a testa no chão, com o cabelo ruivo-dourado praticamente varrendo as pontas das sandálias de sua Senhora.

— Minha Senhora, acho que faz mau juízo de mim. Sou uma musicista talentosa, massagista competente e boa companhia para conversar. Conheço as sete formas de libertar um corpo de dores e sofrimento: através da pressão, de tapinhas, da fricção, de ervas, de fumaças, de agulhas e do realinhamento das articulações. Sei citar de cor passagens de sagas e sei dançar.

Não havia dúvidas de que a mulher detinha todos aqueles talentos, embora Buntokapi raras vezes deve ter aproveitado uma massagem ou canção antes de se entregar ao sexo. Mas Teani era também uma agente e, muito provavelmente, uma assassina treinada. Com Buntokapi morto, só precisaria de uma oportunidade para livrar de vez seu mestre Minwanabi de Mara e Ayaki, pondo fim à linhagem dos Acoma.

O medo diante das conspirações de Jingu levou Mara a responder duramente. Não permitindo a Teani a cortesia de se levantar, disse:

— Não terá então grande dificuldade em encontrar outro lugar para trabalhar. Uma criada abençoada com tais talentos pode facilmente conquistar o afeto de algum grande Senhor, que esteja ansioso por tê-la a seu lado. Em uma hora um agente vai fechar esta casa e prepará-la para venda, assim como todos os móveis. Pegue os presentes que meu marido possa ter dado a você e parta, pois o que me pertence ficará aqui. — Fez uma pausa e observou com desdém as belas curvas de Teani. — E, claro, nenhum lixo será deixado para o novo dono.

Mara deu a volta e passou pela porta, como se a concubina que ela dispensara fosse algo que nem valesse a pena reparar. Só o olhar atento de Arakasi viu Teani se acalmar depois da encenação para enganar sua Senhora. Uma expressão descarada de ódio tomou conta do rosto da jovem. Sua beleza se transformou em algo cruel, sombrio, retorcido e terrível de se olhar. E naquele momento Arakasi constatou que os insultos de Mara dos Acoma seriam cuidadosamente lembrados e vingados cada um.

Aproveitando a autoridade conferida por sua plumagem de oficial, o Mestre dos Espiões tomou a iniciativa e destacou dois guerreiros para ficarem de guarda de modo a garantir que as ordens da Senhora fossem cumpridas. Então, antes que Teani refreasse sua raiva o suficiente para se lembrar de sua expressão, saiu apressadamente pela porta.

Do lado de fora, enquanto ele se apressava para voltar a seu posto ao lado de sua Senhora, Mara perguntou:

— É ela?

Arakasi desapertou a tira que prendia seu elmo pelo pescoço para poder falar sem que mais ninguém o escutasse.

— Sem dúvida, minha Senhora. Teani é a espiã. Antes de chegar à cidade, era uma das preferidas do Senhor dos Minwanabi e partilhava regularmente sua cama. Não sei ainda por que razão ela espiava o Senhor Buntokapi, mas deve ter convencido seu mestre de que ele poderia servir a seus interesses. — Chegaram à liteira, com as folhas secas impedindo que ouvintes indesejados escutassem a conversa. Mesmo no lado mais tranquilo da rua, Arakasi não abdicou de sua cautela habitual. Enquanto ajudava Mara a acomodar-se nas almofadas, sussurrou: — O que fazia Teani antes de trabalhar para os Minwanabi é algo que nosso agente não sabe dizer. — Dirigiu um olhar expressivo para a casa de onde haviam saído. — Ficarei mais descansado quando meus homens tiverem a oportunidade de descobrir algo mais sobre ela, pois acho que fez uma inimiga,

Senhora. Só eu percebi a expressão no olhar dela assim que partiu. Era o olhar de uma assassina.

Mara encostou a cabeça, com os olhos semicerrados. Sabiamente, ou não, esqueceu o assunto, pois o passo seguinte de seu plano exigia toda a sua atenção.

— Se ela quer me matar por dever ou por motivos pessoais, o risco é o mesmo.

O seu corpo delgado endireitou-se em reação à sacudida provocada pelo movimento feito pelos escravos ao levantarem a liteira. Arakasi acompanhou-a a pé, com Papewaio seguindo do outro lado. Sobre as batidas dos pés em marcha, ele murmurou:

— Nisso está enganada, Senhora. Alguns podem hesitar quando desempenham seu dever, mas muitos não se importam de morrer para vingar uma ofensa, desde que o inimigo pereça com eles.

Mara mostrou um olhar zangado.

— Está sugerindo que agi mal?

Arakasi não vacilou diante do olhar firme dela.

— Sugiro que no futuro a minha Senhora pense melhor no que vai dizer.

Mara suspirou.

— Levarei seu conselho no coração. Se Keyoke estivesse comigo, provavelmente teria coçado energicamente o queixo com o polegar.

— É Papewaio quem tem esse hábito — comentou Arakasi, nitidamente confuso.

Sua Senhora sorriu.

— Sua observação é muito perspicaz. Um dia vou lhe explicar esse sinal de alerta. Agora, permita que voltemos para casa, oficial superior, pois o calor é cada vez mais intenso e há muitos assuntos ainda por tratar.

Arakasi bateu continência com elegância. Representando descaradamente o papel de um Líder de Ataques, pois todos os presentes sabiam de sua inaptidão no manejo da espada, ordenou aos guardas que cercassem a liteira que transportava a Senhora dos Acoma durante o retorno às suas propriedades.

Quando a tarde pintou sombras púrpura sobre o piso, outra liteira saiu pelo portão norte da cidade de Sulan-Qu. Assim que entrou na Via Imperial, os carregadores com o símbolo da Guilda dos Carregadores viraram na direção da Cidade Sagrada. Seguiram devagar, como se a cliente atrás das cortinas tivesse contratado o serviço para apreciar a paisagem e respirar um pouco de ar fresco do campo. Quando, após duas horas, ela ordenou uma parada para descansar, os carregadores reuniram-se numa depressão na beira da estrada a curta distância. Eram todos homens livres, membros da Guilda Comercial de Carregadores, contratados por quem precisava viajar, sem ter um séquito próprio de escravos para fazer o serviço. Como o descanso foi feito uma hora antes do contratado, comeram a refeição rápida que traziam em sacos presos à cintura e falaram baixinho com admiração sobre a mulher que os recrutara para aquela viagem. Não só era espantosamente bela, como lhes pagara bem por um trabalho que até ali se revelara excessivamente fácil.

Pouco tempo depois, um vendedor de potes saiu do fluxo de trânsito, com suas mercadorias balançando em molhos presos a uma vara comprida equilibrada sobre os ombros. Ele parou ao lado da liteira, aparentemente para recuperar o fôlego. Seu rosto angular estava vermelho de cansaço e tinha um olhar atento e vivo. Atraída pelo chocalhar de seus utensílios, a mulher por detrás das cortinas sinalizou para que se aproximasse. Fazendo de conta que observava um pote, ela disse:

— Estou satisfeita por ainda não ter chegado a Sulan-Qu. Teria complicado as coisas.

O comerciante limpou a testa com um trapo.

— O que aconteceu?

A mulher retorceu o belo lábio e deixou cair o pote com um forte estampido.

— Aquilo que eu temia. A vaca dos Acoma não me levou para a casa dela. Jingu foi um tolo em achar que ela o faria.

O vendedor de potes, que não era um mercador, concordou e examinou a peça à procura de rachaduras. Não tendo descoberto nenhuma, seus modos se suavizaram.

— O Senhor dos Minwanabi ouve seus próprios conselhos primeiro.

A mulher passou uma unha elegantemente feita por uma garrafa enfeitada com esmalte caro.

— Vou voltar para me encontrar com Jingu. Ele vai lamentar este contratempo em sua tentativa de infiltrar um agente na Casa dos Acoma, mas deve ter sentido saudades de mim. — Os lábios dela formaram um sorriso sonhador. — Nenhuma de suas outras garotas tem os meus... talentos.

O vendedor de potes falou de um modo seco:

— Ou talvez simplesmente não sejam tão tolerantes quanto você diante de abusos, Teani.

— Basta. — A concubina sacudiu o cabelo dourado e sua túnica se abriu. Um vislumbre do que havia por baixo levou o vendedor de potes a sorrir diante da contradição entre a espantosa beleza e a inesperada crueldade daquela mulher. Interpretando de modo errado a expressão dele como desejo masculino, e satisfeita com isso, Teani falou, recuperando sua atenção:

— Buntokapi não foi de grande utilidade para Jingu. Quem verdadeiramente manda é Mara, embora tenha sido esperta em não permitir que seu Senhor o descobrisse, a não ser quando já era tarde demais. Informe nosso verdadeiro mestre que devo voltar outra vez para a Casa dos Minwanabi para lhe enviar todas as informações que conseguir.

O mercador assentiu, passando os dedos sem calos sobre a vara de madeira.

— Isso é bom. Estou carregando estas malditas cerâmicas desde que saí hoje de manhã da barca fluvial de nosso mestre e estou satisfeito por acabar com essa farsa.

Teani focou-se nele, parecendo apreciar seu desconforto.

— Dê-me a garrafa —murmurou. — Os carregadores devem acreditar que lhe dirigi a palavra por alguma razão.

O homem desprendeu o artigo. O verniz reluziu de modo ofuscante sob a luz do sol quando o passou para a mulher, ostentando uma postura de clara ironia.

— Menos uma para carregar.

— Por que você veio pessoalmente?

O mercador fez uma careta, pois a vara era impiedosamente pesada e ele não conseguiu se mexer para se coçar.

— Não me atrevi a confiar a tarefa a ninguém. Quando a barca do mestre abandonou a cidade na noite passada, simplesmente subimos o rio remando alguns quilômetros e ancoramos. Ele supôs que ainda estava na casa da cidade; por isso, meu disfarce. Nenhum de nós previu que a Senhora Mara seria tão rápida em se desfazer da propriedade de Bunto na cidade, pois só ontem abandonou a clareira da meditação.

Teani olhou para onde os carregadores estavam sentados fofocando. Inclinou a cabeça na direção deles.

— Acho que é melhor mandar matar todos eles. Alguém pode falar deste encontro.

O mercador observou os oito homens.

— Vai ser complicado, mas será pior se nos arriscarmos e formos descobertos. Além disso, se você for atacada por assaltantes ao longo da via, a Guilda dos Carregadores não poderá culpá-la. Cuidarei de tudo pessoalmente antes que chegue às terras Minwanabi, para que possa correr para o aconchego dos braços de Jingu. Agora, falemos das ordens de nosso mestre: apesar de tudo o que aconteceu, nada deve ser feito à Senhora Mara.

Teani endireitou-se, muito surpresa.

— Mesmo depois de matarem Buntokapi?

— Assim ordena nosso mestre. Não devemos falar mais sobre isso. — Com uma genuína careta de repulsa, o mercador passou suas mercadorias barulhentas para o outro ombro.

Teani ficou sentada em silêncio quando ele partiu, com seu distanciamento profissional em conflito. Mara dos Acoma inspirava nela uma raiva e um ódio pessoal mais profundo do que qualquer outro que tivesse sentido antes. A concubina não se deu ao trabalho de analisar o motivo. Filha de uma mulher do Boa Vida e lançada nas ruas com apenas seis anos, sobrevivera sozinha graças à sua astúcia. Sua beleza fora do comum logo a colocou no centro das atenções dos homens e, várias vezes, escapara por um triz das mãos dos vendedores de escravos, apesar de não ter cometido nenhum crime que a fizesse merecer tal condenação; nas mais sórdidas vielas do Império, as delicadezas da lei poderiam ocasionalmente ser postas de lado em troca de dinheiro suficiente.

Teani descobriu cedo que a honra de alguns homens era negociável. Conheceu o abuso antes do amor e aos doze anos vendeu-se pela primeira vez, a um homem que a manteve em sua casa durante dois anos. Ele se revelara uma alma retorcida que sentia prazer em causar dor em quem era belo. No começo, Teani resistira, até o sofrimento a ter ensinado a ignorar o desconforto. Com o tempo, acabou matando o homem que a atormentava, mas a recordação da dor nunca a abandonou; tornou-se algo familiar, que ela compreendia. Depois disso, passou a recorrer à sua beleza e sagacidade natural para subir na vida, escolhendo um benfeitor atrás de outro, cada um mais rico e poderoso do que o outro. Durante sete anos serviu seu atual empregador, embora nunca na cama, como acontecera com os predecessores. Atrás de sua beleza suave e de suas paixões cruéis, esse Senhor vislumbrou o ódio visceral que motivava Teani; ela direcionara essas características contra seu inimigo, o Senhor dos Minwanabi, e ele nunca tentara que a relação de ambos fosse algo mais do que profissional. Assim, conquistara sua fidelidade, pois era o único diferente dentre todos os outros mestres.

Mas apenas Buntokapi mexera com ela de verdade. Antes dele, Teani nutrira pouco interesse pessoal por aqueles que assassinara ou com que dormira. Embora o Senhor dos Acoma tivesse sido um pouco como um javali porina num lamaçal, a ponto de até cheirar como um, com pressa em possuí-la, com o suor de suas lutas ainda impregnado no corpo, ainda assim ele a compreendera. Buntokapi dera-lhe a dor de que ela precisava para sobreviver, assim como o amor que nunca conhecera em seus vinte e oito anos de vida. Teani sentiu um leve calafrio ao recordar suas mãos arranhando sua pele macia no auge da paixão; ela cravara as unhas nas costas dele e até o ensinara a apreciar a dor. Mas Mara dos Acoma pusera fim a isso.

Os dedos de Teani apertaram o verniz brilhante da garrafa enquanto sentia a raiva crescer dentro de si. Buntokapi fora enganado de forma irremediável, arruinado por seu dom natural de privilegiar a honra em vez da vida. Teani não entendia a ideia de honra… mas rivalidade, isso era algo que conhecia muito bem.

Aquela cadela da mulher dele… inocente como um bebê, pensou Teani enojada. Como iria ser fácil fazer com que a fachada impassível da Senhora rachasse! Que prazer a concubina teria em humilhar Mara durante horas, talvez dias, antes de entregá-la a Turakamu. Teani lambeu os lábios, suando levemente na testa. O prazer de dominar a Senhora dos Acoma prometia ser mais satisfatório do que sexo com qualquer homem que tivesse conhecido. Mas o modo ignóbil como Mara a expulsara da casa impedira todos os seus planos imediatos de vingança. Teani passara a não ter outra alternativa além de retomar seu posto de espiã na casa grande de Jingu. O gordo Senhor dos Minwanabi a deixava revoltada e iria ser difícil aguentar sua adulação, mas ele e os Acoma eram inimigos jurados. Através dele, Teani iria procurar satisfazer seus desejos. Mara iria morrer, lenta e dolorosamente, ou na absoluta vergonha, caso não houvesse alternativa. Aquilo que seu verdadeiro mestre agora desejava não iria alterar em nada seu desejo. Teani já mudara de empregadores muitas vezes no passado.

Então, Teani atirou violentamente a garrafa nas almofadas e fez sinal aos carregadores para que prosseguissem. Assim que atravessaram a estrada, o corpo poderoso e rude do que seguia na frente chamou sua atenção. Tinha músculos esplêndidos, como um brutamontes. Excitada com a perspectiva de violência e vingança, Teani decidiu que iria parar numa clareira isolada ao longo da estrada. Iria se divertir um pouco; fosse como fosse, o homem e seus companheiros iriam morrer, e não usá-los para seu prazer seria um desperdício de carne de qualidade. Além disso, algumas marcas extras no rosto e no corpo convenceriam Jingu de que fora de fato molestada por bandidos, impedindo que ele desconfiasse. Assim, Teani arrepiou-se de excitação quando os carregadores ergueram a liteira e retomaram a viagem para a Cidade Sagrada.

Pela estrada em direção a Sulan-Qu, o vendedor de panelas se deteve fingindo contar o dinheiro que a Senhora fina lhe dera. Sob um chapéu de aba larga, viu a liteira partir, enquanto pensava em silêncio no que teria feito a mulher demorar tanto para chamar os carregadores. As fantasias mais prováveis de alguém como Teani não era algo agradável de imaginar. Resmungando com nojo, passou as panelas de um ombro para o outro. Fora ele que convencera seu Senhor dos talentos de Teani. Para além dos conhecidos na cama, seu trabalho confirmara se tratar de uma boa aposta. Mas, ultimamente, ela começara a revelar sinais de independência, uma tendência para interpretar as diretrizes de acordo com sua própria vontade.

Sozinho na estrada empoeirada, em meio ao ruído do tráfego em circulação, o falso mercador pensou se o acordo existente entre eles continuava estável. Acalmou sua incerteza com seu habitual modo prático: de uma maneira ou de outra, Teani só poderia gerar problemas aos Minwanabi. Se mudasse suas prioridades em termos de lealdade, na melhor das hipóteses, Jingu conquistaria um servidor pouco confiável. Além disso, caso se tornasse um problema, ela poderia ser afastada. Irritado com o peso da vara que mordia seu ombro, Chumaka, Conselheiro-Mor do Senhor dos Anasati, virou-se em direção a Sulan-Qu. Tiraria proveito da volta de Teani à grande casa dos Minwanabi. Apesar de ela ter surpreendido a todos aparecendo na casa de Buntokapi, Chumaka entendeu que o rumo dos acontecimentos se tornara ainda mais interessante. Seu mestre iria discordar, mas seu mestre acabara de perder um filho. Para Chumaka, isso pouco importava. Nunca gostara de Bunto, e, apesar de a garota dos Acoma ser mais esperta do que aparentava, os Minwanabi eram a verdadeira ameaça. As coisas se agitavam no Conselho Supremo e o Jogo se tornara mais intenso conforme prosseguia a campanha em Midkemia. Os avanços e os recuos da intriga sempre haviam feito acelerar a pressão sanguínea de Chumaka. Pelos deuses, como eu adoro a política, pensou ao percorrer a estrada. Praticamente alegre, começou a assobiar por cima do chacoalhar de suas louças.

Após retornar de Sulan-Qu, Mara convocou uma reunião. Seus conselheiros mais próximos se reuniram em seus aposentos enquanto a brisa do crepúsculo cobria os campos e as plantações de thyza da propriedade. Nacoya sentou-se à sua direita, com um lenço vermelho amarrado no topo da cabeça em respeito a Turakamu, para cujos domínios o falecido mestre passara. Foram colocados ao lado de todas as portas da casa grande cestos com junco vermelho, para assinalar o luto, de modo que o Deus Vermelho pudesse desviar os olhos dos que sofriam.

Mara vestia a túnica tradicional da mesma cor, mas seus modos não revelavam nenhum tipo de dor. Sentou-se ereta e altiva quando Jican, Keyoke, Papewaio, Lujan e Arakasi fizeram suas reverências e escolheram lugares sobre as almofadas dispostas em círculo no chão.

Quando o último deles se instalou, a Senhora dos Acoma olhou-os nos olhos, um a um.

— Todos sabemos o que aconteceu. Nunca mais ninguém precisa falar disso. Mas antes que deixemos que a memória do Buntokapi repouse eternamente, há algo que desejo dizer. A responsabilidade do que aconteceu e do que está para acontecer como consequência disso... está sobre meus ombros. Nenhum servidor dos Acoma precisa perder um momento que seja temendo ter agido sem honra. Se outros no Império sussurrarem pelos cantos falando de desonra, só eu devo suportar o peso dessa vergonha. — Dito isso, Mara encerrou todos os assuntos pendentes relativos à morte do marido. Ninguém jamais deveria pensar que traíra seu legítimo Senhor. Bruscamente, Mara voltou a atenção para outros assuntos. Embora o vermelho fosse uma cor de seu agrado, não se dirigiu a Keyoke de forma bem-humorada. — Temos de apressar o recrutamento de soldados. Os Minwanabi estão temporariamente de mãos atadas e temos de aproveitar a oportunidade para consolidar nossa posição.

O Comandante das Forças Armadas assentiu brevemente, com seus modos habituais.

— Isso é viável, se convocarmos todos os jovens filhos e todos eles responderem. Alguns irão responder ao apelo de outras casas. Os Senhores dos Minwanabi e dos Kehotara ainda estão tentando substituir os trezentos soldados que enviaram contra nós há alguns meses. Acho que conseguiremos alistar uns duzentos nos próximos dois meses; embora sejam inevitavelmente rapazes ainda sem treinamento. As outras três centenas que solicitou podem levar um ano para serem recrutadas.

Mara teria de se satisfazer com aquilo. Buntokapi deixara algumas dívidas significativas e Jican mencionara que seria preciso tempo para reestabelecer as contas da propriedade. Quando o recrutamento estivesse concluído, as finanças deveriam estar recuperadas o bastante para assegurar as despesas do treino dos novos guerreiros. E com a relutante aliança com os Anasati, poucos se atreveriam a atacar, e nenhum deles abertamente.

Como sempre, Nacoya interrompeu com um alerta.

— Minha Senhora, uma vez fortalecidos com novas alianças e maior guarnição, será preciso que dediquemos uma atenção especial a ataques furtivos.

Arakasi concordou.

— Senhora, no dia em que terminar seu luto oficial, certamente receberá convites de um novo casamento, trazidos por mediadores em nome de um ou outro candidato. Quando algum desses filhos honrados de casas nobres vier visitá-la, certamente haverá agentes dos Minwanabi entre o séquito.

Mara pensou no assunto com uma expressão carregada.

— Então, teremos de nos assegurar para que tais agentes não encontrem nada de valor para reportar a seus mestres.

A reunião prosseguiu, com Mara assumindo com confiança o antigo papel de Governante dos Acoma. Conforme a escuridão descia e as lamparinas eram acesas por escravos silenciosos, decisões foram tomadas e discutidas; no intervalo entre a chegada da noite e a meia-noite, foram conduzidos mais negócios do que durante todo o mandato de Buntokapi como Senhor dos Acoma. No final, Jican se levantou com um suspiro de nítida satisfação. E qualquer culpa ou alívio íntimo que os outros pudessem ter sentido com o falecimento de Buntokapi, ocultaram quando se levantaram para sair. Havia muitos problemas novos para enfrentar.

Quando Nacoya, que foi mais vagarosa, se preparou para se erguer das almofadas, Mara fez um gesto impulsivo para que ela ficasse. Os outros já tinham praticamente chegado à porta, mas se detiveram com respeito quando ela pediu uma última coisa. A Senhora exibiu um olhar malicioso ao avaliar os rostos de sua equipe cheia de expectativa.

— O que achariam se eu nomeasse oficialmente Nacoya como Conselheira-Mor permanente dos Acoma?

A velha ama ofegou sem disfarçar e Keyoke mostrou um raro sorriso.

— O cargo está vazio desde a morte de Jajoran — comentou Mara. Sua diversão aumentou quando Nacoya, que nunca ficava quieta, abriu e fechou a boca sem proferir palavra alguma, parecendo um peixe.

Arakasi foi o primeiro a responder, brindando a idosa com uma elegante reverência.

— A promoção e a honra combinam bem com sua idade, velha mãe.

Lujan fez um comentário jocoso, mas Papewaio já conhecia Nacoya desde que era um garotinho e lembrava-se bem de sua bondade. Sem nenhum decoro, levantou a idosa e rodopiou com ela pela sala.

— Vá e comemore — ordenou Mara à sua velha ama, acima do grito de prazer e espanto que ela dera —, pois nunca uma servidora dos Acoma mereceu tanto uma promoção.

— Primeiro, terei de sobreviver à experiência — disse Nacoya, sem fôlego. Papewaio pousou-a, delicadamente, como se ela fosse feita com o vidro dos cho-ja; e quando Keyoke, Arakasi e o sorridente Lujan se juntaram para abraçar a nova Conselheira-Mor, Mara constatou que não via tanta alegria em sua casa desde a morte de seu pai. Que Lashima me dê sabedoria para a alegria continuar, rezou ela; pois a ameaça dos Minwanabi não se extinguira, apenas fora forçada a recuar graças a uma aliança instável.

O tradicional período de luto terminou e os sacerdotes de Turakamu apareceram para queimar os juncos vermelhos que ficaram nos cestos ao lado das portas durante três semanas. A fumaça ainda pairava sobre os campos dos Acoma quando chegou o primeiro dos mediadores de casamentos e um dia depois já estavam empilhados no escritório três pedidos numa caligrafia caprichada com selos de cera. Satisfeita por usar uma cor que não o vermelho, Mara convocou Nacoya e Arakasi e analisou o pergaminho de cima. Uma expressão pensativa apareceu em seu rosto.

— Parece que nosso amigo, o lacaio preferido dos Minwanabi, tem um filho solteiro. O que sabem dele?

Sentado ao lado dela, Arakasi pegou o documento. O pergaminho fora perfumado e o aroma contrastou com o das flores akasi atrás do biombo.

— Bruli dos Kehotara. Seu pai, Mekasi, já tentou fazê-lo se casar duas vezes e ambas as cortes fracassaram. O rapaz é hoje em dia Líder de Patrulha no exército do pai, embora, aparentemente, não seja lá muito bom estrategista. Desde que assumiu o comando, sua companhia só recebeu como tarefa o serviço de guarnição. — O Mestre dos Espiões tamborilou no pergaminho, com um leve sorriso no rosto. — No entanto, não o consideraria um tolo. Podemos esperar que seja um disfarce para outro agente Minwanabi em seu séquito, ou ele próprio pode ser um assassino.

Mara voltou a pegar o pergaminho que entregara a Arakasi, com o lábio entre os dentes. Recusar-se a levar em conta o pedido de Bruli dos Kehotara seria uma admissão pública de fraqueza.

— Eles pretendem me envergonhar, ou me matar — frisou ela, mas o triste sentimento de medo no coração não se refletiu em sua voz. — Acho que deveríamos morder a isca e torná-la amarga.

Nacoya, ainda um pouco envergonhada em seu novo cargo de Conselheira-Mor, não fez comentários; mas Arakasi sentou-se praticamente imóvel.

— Isso pode se revelar arriscado, Senhora. O pai de Bruli, Mekasi, é um verdadeiro jogador, e não é dos bons. Perdeu o bastante para deixar suas propriedades terrivelmente hipotecadas. Seu filho é vaidoso e insiste em usar ou vestir apenas as peças mais caras e suas duas irmãs e o filho mais velho também são muito mimados. Seus gastos, somados às dívidas, quase arruinaram o pai. Os Minwanabi limparam as contas, mas não foi por caridade. Mas o que torna Mekasi dos Kehotara verdadeiramente perigoso é o fato de por tradição familiar ele estar juramentado ao código ancestral de Tan-jin-qu.

Mara apertou o pergaminho com força, pois não reparara naquele detalhe. O código de Tan-jin-qu — o nome era a designação antiga em tsurani para "perpétuo" ou "até a morte" — implicava que Mekasi unira os Kehotara aos Minwanabi numa antiga forma de vassalagem, quase esquecida e considerada anacrônica. Segundo ditava, não podia ser revogada, emendada ou modificada depois de estabelecida. Se Mekasi dos Kehotara jurara obediência ao Senhor dos Minwanabi, mataria seus próprios filhos sem hesitar se essa fosse a ordem de Jingu. Como alianças quebradas eram comuns no Jogo do Conselho, o Tan-jin-qu tornava os Kehotara tão dependentes como se integrassem a casa grande dos Minwanabi, até mais dependentes do que famílias do mesmo clã. A família só poderia negociar um recomeço quando Mekasi morresse e seu filho mais velho vestisse o manto de Senhor. Até lá, os Kehotara não podiam ser ameaçados, intimidados, comprados ou subornados para traírem os Minwanabi.

— Muito bem — disse Mara, endireitando os ombros com determinação —, devemos nos assegurar de que Bruli seja recebido de um modo adequado a seu posto. — Arakasi fitou intensamente sua Senhora.

Tentando parecer branda, pois a sugestão de Mara era relevante, Nacoya disse:

— Parto do princípio de que pretende conceder uma audiência a essa petição?

— Naturalmente — respondeu Mara em um modo que pareceu distante. — Não devemos nos precipitar a rejeitar esta abertura. Desejamos insultar alguém tão majestoso quanto o Senhor dos Kehotara?

— Então, a Senhora tem um plano. — Arakasi esboçou um sorriso.

Mara respondeu com muita seriedade:

— Não, mas terei, quando este lacaio do Jingu se apresentar... isto é, se seus agentes conseguirem reunir toda a informação que dispuserem sobre Bruli e sua família, antes da chegada de sua comitiva.

Obrigado a admirar a ousadia dela, Arakasi dobrou-se para a frente.

— Será trabalhoso. A Senhora terá de cobrir todas as despesas dos homens mais rápidos da Guilda dos Carregadores e estes terão de prestar juramento e assumir um vínculo, para que as mensagens não sejam interceptadas e para que ninguém consiga arrancar informações deles sob tortura.

— Naturalmente — respondeu Mara, embora isso fosse deixar Jican furioso. Homens dispostos a morrer pela integridade das mensagens que transportavam não poderiam ser contratados a não ser pelo metal frio. — Cuide disso imediatamente, Arakasi.

O Mestre dos Espiões levantou-se prontamente, e saiu com passos animados. Era para aquilo que sua rede servia! Uma jogadora audaciosa que não temia apostar alto; e o bônus estava no fato de o alvo de Mara ser um aliado dos Minwanabi. De repente, o dia pareceu-lhe perfeito.

A escuridão foi substituída pela luz quando abriram os biombos, deixando entrar o mediador de casamentos no grande salão dos

Acoma. Bruli dos Kehotara estava quase belo em sua armadura vermelha enfeitada de preto. Do dossel no topo do salão, sob o peso de seu enorme traje cerimonial, Mara logo viu que os agentes de Arakasi tinham sido fiéis em seu relato. O homem era tão vaidoso quanto um pássaro calley. E tinha bons motivos para ser; magro e musculoso, quando a maioria dos homens das três nações centrais do Império normalmente era atarracada, movia-se com a graciosidade de um bailarino. Seus olhos azuis produziam um raro contraste com seu cabelo quase preto e tinha um sorriso caloroso. Que ele a mataria com alegria, assim que a desposasse, era algo que não estava longe dos pensamentos de Mara enquanto ela avaliava com desejo o quanto Bruli era diferente de Bunto.

Parecendo ler seus pensamentos, Nacoya inclinou-se em sua direção e sussurrou em seu ouvido:

— Ele passaria mais tempo se admirando no espelho, filha, do que olhando para você.

Mara reprimiu um sorriso. Sua postura se manteve formal, quando deu as boas-vindas ao segundo filho dos Kehotara.

Dois guerreiros pouco atraentes desse clã acompanharam a liteira de Bruli, enquanto seis outros homens ficaram ao lado dos soldados Acoma. Mara teve certeza de que os membros da guarda de honra foram escolhidos por seu aspecto comum, para realçar as atraentes feições de seu mestre enquanto marchavam até a Senhora dos Acoma.

Um dos soldados avançou, agindo como Conselheiro-Mor de Bruli.

— Senhora Mara, tenho a honra de lhe apresentar Bruli dos Kehotara.

Nacoya retribuiu com a resposta tradicional.

— A Senhora Mara dá as boas-vindas a tão honrado visitante.

Naquele momento, entrou por uma porta lateral o vulto mirrado de um mensageiro. Transportava um testemunho com fitas brancas, assinalando a chegada de uma mensagem. Mara disfarçou seu esforço para não demonstrar alívio.

— Bruli — disse ela rapidamente —, é bem-vindo a nossa casa. Por favor, peça o que desejar a nossos criados. Eles cuidarão de tudo para que se sinta confortável. Agora, se me dá licença, a pressão dos negócios não pode continuar a ser ignorada pela Senhora dos Acoma. Voltarei a vê-lo... talvez amanhã?

Ela se ergueu, revelando uma elegância até então oculta pelo elaborado vestido cerimonial. Sua reverência não deu margem para que a questionassem e logo ela saiu pelo biombo lateral, deixando Bruli com a poesia que memorizara sem ser proferida e uma expressão de perplexidade no rosto.

Respeitando o que fora planejado, Nacoya assumiu discretamente o comando das operações. Sabendo que a vaidade era a grande fraqueza daquele jovem nobre, colocou-se ao lado de Bruli, pegando seu braço e afagando-o de um modo maternal.

Bruli endureceu o olhar, ainda fixo na porta pela qual Mara partira.

— Mãe da sabedoria, o comportamento da Senhora é quase um insulto. Que tipo de negócios são esses que não podem esperar pelas minhas humildes palavras de elogio? — Bruli fez uma pausa e tocou seu cabelo para se assegurar de que não o desarrumara quando retirara o elmo para fazer a reverência. — Com certeza algo mais fez com que a Senhora Mara me dispensasse tão abruptamente e com tanto desprezo. Diga-me, o que está errado?

Nacoya resistiu à vontade de rir enquanto conduzia o belo homem para um cômodo anexo já preparado com mesas de vinho e frutas.

— Jovem Senhor, venha se refrescar. Então contarei algo que não disse a mais ninguém, pois o considero bonito e educado. A Senhora Mara é jovem, apesar de já ser viúva. O pai, o irmão e o esposo dela foram todos guerreiros, excelentes guerreiros, mas foram tudo o que ela conheceu. Está cansada de homens de armadura. Se deseja obter os favores dela, volte imediatamente a Sulan-Qu e procure os melhores alfaiates. Peça-lhes que confeccionem belas túnicas de tecido macio e cores alegres. Acho que aparecer amanhã com o aspecto de um erudito ou poeta, e não de guerreiro, será a forma mais adequada para alterar a fria recepção dela às suas investidas.

Bruli franziu a testa ao pensar no assunto. Ser um guerreiro era o principal objetivo de qualquer tsurani, mas as mulheres eram capazes de ter gostos estranhos. Seus olhos azuis se iluminaram.

— Obrigado, velha mãe. Darei ouvidos a seu conselho. — Suspirou num tom de autocensura e aceitou o vinho oferecido por Nacoya. — Se fosse esperto, teria previsto isso. Naturalmente, agora tudo parece evidente. Voltarei amanhã e Mara poderá ver quão gentil eu posso ser, um homem refinado e gracioso, sem precisar de uma armadura ou de armas para deixar clara minha masculinidade. Obrigado.

Nacoya deu uma palmadinha na manga de Bruli, franzindo dissimuladamente a testa.

— E música, ao que me parece. Minha Senhora ficaria impressionada com qualquer homem que demonstrasse interesse pelas belas-artes. — Bruli assentiu e estendeu um copo vazio a um criado. — Muito obrigado, velha mãe. Creio que compreenderá o fato de eu não poder ficar. Se devo encomendar novas túnicas, devo partir já para Sulan-Qu.

— É um pretendente esforçado e merecedor da atenção da Senhora.

Nacoya bateu palmas para que os criados fossem buscar a liteira de Bruli e chamar seus oficiais. Depois, seguiu-se uma agitação cômica quando Bruli reordenou sua guarda de honra por ordem de altura, para que a imagem deles em marcha parecesse íngreme e harmoniosa. Quando ele abandonou a propriedade, Nacoya não conseguiu se conter, o que não lhe acontecia havia muito tempo. Atravessou o salão até a porta de acesso dos aposentos de Mara, curvada sobre si mesma de tanto rir. Então não conseguiu conter mais as gargalhadas. Levando a mão mirrada à boca, já irremediavelmente descontrolada, apressou-se a ir conversar com sua Senhora. Quem senão uma Governante teria sabido aproveitar a vaidade de Bruli e usar essa fraqueza para traçar um plano? Os Senhores Jingu dos Minwanabi e Mekasi dos Kehotara iriam aprender que as questões de honra nem sempre eram resolvidas com armas.

Ainda rindo entre os dentes, Nacoya entrou nos aposentos de Mara, onde Jican e Arakasi estavam já reunidos com a Senhora dos Acoma. Mara levantou o olhar de um rolo de pergaminho e reparou na mão que continuava comprimindo com força a boca da Conselheira-Mor.

— Parece satisfeita.

Nacoya sentou-se, devagar, com suas presilhas soltas e o cabelo deslizando para um dos lados.

— Se um inimigo pode ser enfrentado sem derramamento de sangue, que mal há em se divertir um pouco com isso?

O interesse de Mara tornou-se ainda maior.

— Então nosso plano está dando resultado, mãe do meu coração?

Nacoya respondeu com um vigoroso aceno.

— Penso que conseguirei manter Bruli ocupado por cerca de uma semana e poupar-lhe a necessidade de insultar os Kehotara. A ideia que discutimos parece promissora.

Mara assentiu, retomando sua conversa com Jican em seguida.

— Disse que Hokanu dos Shinzawai pediu permissão para visitar os Acoma?

O hadonra consultou o pergaminho que tinha em mãos, que ostentava uma bela caligrafia, mas não se tratava de um pedido de casamento exagerado.

— O Senhor dos Shinzawai manda avisar que seu filho irá passar por aqui em seu caminho entre a cidade natal deles, Jamar, e suas principais propriedades ao norte. Solicita autorização para que Hokanu a visite.

Mara recordava-se de Hokanu. Ela o vira no casamento, um homem profundamente atraente de sua idade. Não precisou da indicação de Nacoya para se recordar de que ele fora uma das escolhas da ama para ser seu consorte antes de optar por Buntokapi.

Ciente da expressão atenta de Arakasi, Mara pediu a opinião do Mestre dos Espiões.

— Pode se revelar útil alimentar o interesse de Hokanu. Os Shinzawai estão entre as famílias mais antigas e influentes do Conselho Supremo; o avô dele foi o Chefe de Guerra do Clã Kanazawai até se retirar e ser sucedido por Kamatsu. Dois chefes de guerra seguidos de uma mesma família mostram uma rara habilidade na política de clãs. E não são jogadores perversos do Jogo do Conselho, ao contrário, conquistaram seu lugar através de perícia e inteligência, sem rixas de sangue pelo caminho, e sem dívidas. E são a única grande família, além dos Xacatecas, que não é aliada ao Senhor da Guerra, aos Minwanabi ou aos Anasati. Mas fazem parte de uma conspiração da Facção da Roda Azul.

Portanto, Arakasi também achava que uma aliança por via do casamento seria benéfica para os Acoma. Mas o interesse de Mara era meramente político.

— Que conspiração?

— Não sei — respondeu Arakasi, com um gesto de frustração. — Meus agentes não estão bem colocados para obter informações do interior da Roda Azul. Calculo que estão prestes a dar um passo para atenuar a influência do Senhor da Guerra, uma vez que o sentimento da Roda Azul dentro do Conselho é de que Almecho dispõe de poder demais. Ainda assim, desde a invasão de Almecho ao mundo bárbaro, essa oposição praticamente deixou de existir. Até os Shinzawai deram apoio. Kasumi, o filho mais velho de Kamatsu, é o Líder de Forças Militares dos Kanazawai em Midkemia — o Mestre dos Espiões franziu a testa ao pronunciar o nome forasteiro — e enfrenta os exércitos de Crydee na província mais a oeste daquilo que os bárbaros chamam de Reino das Ilhas.

Mara ficava sempre assombrada com a quantidade de informação de que Arakasi era capaz de se lembrar, até mesmo de detalhes aparentemente triviais. Nunca tomava notas nem fazia listas; além das mensagens codificadas e disfarçadas como documentos comerciais comuns, nunca autorizava seus agentes a escreverem relatórios. E suas suposições intuitivas eram inquietantes.

— Acha que a Facção da Roda Azul mudou de aliança? — perguntou ela.

— Não. — Arakasi pareceu seguro do que dissera. — O mundo de Midkemia tem riquezas de mais para beneficiarem um único homem, e Kamatsu é um jogador muito astuto. Acho que a Roda Azul retirará seu apoio à Aliança Bélica no momento decisivo, deixando o Senhor da Guerra perigosamente próximo da queda. Se assim acontecer, a sequência de eventos se revelará interessante.

Mara reavaliou a nota do Senhor dos Shinzawai à luz dessas informações e relutantemente decidiu declinar. Seus planos em relação a Bruli e o estado complexo dos assuntos financeiros dos Acoma iriam impedi-la de honrar Hokanu com a hospitalidade que ele mereceria. Mais tarde, talvez, enviaria um convite para compensar a recusa que lhe faria agora.

— Jican, indique aos escribas que respondam com uma missiva cordial informando ao jovem filho do Senhor dos Shinzawai que não poderemos neste momento oferecer-lhe hospitalidade... A morte de meu Senhor mergulhou os negócios da propriedade num caos, e por isso pedimos humildemente compreensão. Assinarei eu mesma o pergaminho, pois Hokanu é alguém que não desejo de modo algum ofender.

Jican anotou em sua ardósia. Então franziu a testa com uma resignação mais acentuada do que o habitual.

— Senhora, é preciso resolver a questão das dívidas de jogo do falecido Senhor Bunto.

Cansada de ficar sentada, Mara levantou-se e vagou até o biombo que dava acesso ao jardim.

— Quanto ele perdeu? — perguntou, fitando as flores.

O hadonra respondeu sem hesitar, até parecendo que os números lhe tinham assombrado o sono durante noites.

— Sete mil centúrios de metal, vinte e sete dimis e sessenta e cinco cintis... e quatro décimos.

Mara virou-se para ele.

— Podemos pagar?

— Com certeza, mas isso limitará o fluxo de capital durante uma estação, até ser vendida a próxima colheita. — Jican pareceu profundamente afetado com aquela questão. — Deveríamos negociar alguns créditos.

No entanto, os artesãos cho-ja estavam começando a produzir pedras de jade prontas para serem comercializadas. O tempo em déficit deveria ser curto.

— Pague-lhes já — disse Mara.

Jican tomou de novo nota.

— Passemos então à questão da dívida do Senhor dos Tuscalora.

— Que dívida? — As terras dos Tuscalora faziam fronteira com as propriedades dos Acoma ao sul e, pelo que Mara sabia, já havia várias gerações que não tinham ligações comerciais.

Jican suspirou.

— Seu marido não era muito bom em jogos, mas nas lutas sabia onde apostar. Derrotou em quatro ocasiões o campeão dos Tuscalora, e todas as vezes o Senhor Jidu perdeu bastante. Apostou trinta centúrios no primeiro combate e pagou em pedras preciosas. O segundo combate valeu quinhentos centúrios e isso ficou registrado num contrato que desde então ele optou por não honrar, e as duas apostas seguintes foram de "o dobro ou nada". O campeão dele foi derrotado; durante uma semana não se falou de outra coisa em Sulan-Qu. Atualmente, o Senhor dos Tuscalora deve aos Acoma um total de dois mil centúrios.

— Dois mil! Isso aliviaria consideravelmente nossas finanças.

Jican encolheu os ombros.

— Se ele tiver meios para pagar. Enviei-lhe dois lembretes educados e não obtive resposta, provavelmente porque o Senhor exagerou nos créditos e não poderá pagar até as colheitas desta estação estarem prontas para o mercado.

— Envie uma mensagem convincente de minha parte exigindo a quantia. — Mara desviou o olhar por um instante, pensativa, para depois acrescentar algo: — Muito se perderá se alguém achar que ele pode se aproveitar do fato de uma mulher governar a Casa dos Acoma. Informe ao Senhor dos Tuscalora que exijo uma resposta imediata.

Jican assentiu. Mara autorizou sua saída e, a sós, pensou na sensação incômoda que surgira dentro dela em relação à dívida dos Tuscalora. Seu vizinho ao sul nunca se revelara incômodo, não era um aliado nem um inimigo. Mas seu exército era suficientemente grande para ameaçar a segurança dos Acoma se a questão da dívida originasse um confronto entre as duas casas. Mas não exigir o que era seu por direito se revelaria um convite a cochichos sobre a fraqueza dos Acoma em todos os mercados do Império. O Senhor dos Tuscalora era conhecido por seu temperamento instável e beligerante. Não gostava de recuar e por isso Buntokapi levara o homem tão longe naquela aposta. Mara esperava que pelo menos daquela vez Jidu dos Tuscalora provasse ser um vizinho sensato.

Mara leu o pergaminho, sentindo um aperto cada vez mais intenso na garganta de fúria e de medo considerável. Arakasi, Keyoke, Papewaio e Nacoya aguardaram em silêncio enquanto ela acabava de ler a mensagem de resposta do Senhor dos Tuscalora. Deixou-se ficar bastante tempo em silêncio, tamborilando no pergaminho.

— Não podemos ignorar isso — reagiu, por fim. — Keyoke, o que teria feito meu pai diante de uma mensagem destas?

— Neste momento, os homens já estariam se armando — respondeu o Comandante das Forças Armadas. Então, olhou com atenção para a filha de Sezu. — Ao seu comando, posso partir imediatamente, Senhora — acrescentou.

Mara suspirou na frente de seus quatro conselheiros mais próximos, não tentando sequer disfarçar o desconforto que aquilo lhe causara.

— Não posso tomar esta provocação e insulto como uma declaração de guerra, Keyoke. Se nos envolvêssemos num conflito com os Tuscalora, seria nosso fim.

Keyoke a fitou de igual para igual.

— Temos força para lutar contra eles.

Os olhos castanhos de Mara não se abalaram quando cruzaram com o olhar duro do Comandante das Forças Armadas.

— Mas a que custo? As forças dos Tuscalora não são assim tão inferiores a ponto de podermos atacar sem danos. — Ela balançou a cabeça. — Deveremos voltar ao ponto onde estávamos após a morte de meu pai e de Lano? Desta vez nossos inimigos não serão tão lentos em atacar. — Sua voz revelava cada vez mais frustração. — Tudo o que construí, tudo o que aguentei, será reduzido a nada.

Nacoya fez um gesto com sua velha mão para interromper.

— Então não faça nada, Senhora — recomendou. — A quantia não é assim tão elevada que valha a pena colocar a Senhora e Ayaki em risco. Lide com esse homenzinho ultrajante quando estiver mais bem preparada.

Mara permaneceu muito quieta.

— Não, devo fazer algo. Se deixarmos de lado essa dívida, será o mesmo que anunciar a todas as casas do Império que somos incapazes de reagir a um insulto à nossa honra. — Colocou o pergaminho numa mesa lateral, como se estivesse envenenado. — Deve haver uma resposta. Keyoke, prepare toda a guarnição para marchar à primeira luz do dia. Quero os homens a postos o mais próximo possível da fronteira com as terras dos Tuscalora sem chamar a atenção das sentinelas.

Keyoke inclinou a cabeça.

— O terreno lá não favorece um ataque. Precisaremos de vinte minutos para chegar à casa grande, se houver problemas.

Mara observou sombriamente o canteiro de flores atrás do biombo.

— Para mim não faria diferença um ataque durar cinco minutos ou cinco horas. Quando você chegar, já estarei morta. Não. Temos de fazer valer nossa vantagem com outras coisas que não apenas a força das armas.

Seguiu-se então uma discussão de táticas que se prolongou para muito além do anoitecer. Os criados serviram uma refeição que praticamente ficou intacta; até o apetite de Arakasi pareceu ter sumido. E no final, quando Keyoke e Papewaio esgotaram seus conhecimentos da arte da guerra, Mara sugeriu outro plano, um que oferecia uma esperança arriscada.

Nacoya calou-se e empalideceu. Papewaio ficou muito quieto coçando o queixo com o polegar, repetidamente, enquanto Keyoke apenas mostrava um ar carrancudo. Somente Arakasi percebeu de verdade o rancor de Mara quando dispensou seus conselheiros.

— Amanhã parto em viagem para confrontar o Senhor Jidu — anunciou —, e se os deuses estiverem zangados com os Acoma, então nossa ruína não será causada pelas conspirações dos Anasati ou pela traição dos Minwanabi, mas por um homem sem honra que procura renegar uma dívida.

12

Riscos

Mara franziu a testa.

Escondeu sua preocupação atrás de um leque de renda elaborada e disse que queria parar. Papewaio indicou isso ao outro oficial e aos cinquenta homens da comitiva e os carregadores baixaram a liteira na porta de entrada da casa grande dos Tuscalora.

Mara afastou as cortinas para o lado para conseguir ver melhor seu contrariado anfitrião. Jidu dos Tuscalora era um homem gordo, com o rosto e a papada em forma de lua e pálpebras com longos cílios femininos. Ambos os pulsos rechonchudos estavam cobertos por pulseiras de jade e o tecido volumoso de sua túnica apresentava-se enfeitado com conchas circulares. Ao se mexer, tilintava como um ferreiro e em volta dele pairava um perfume numa nuvem quase visível.

Jican instruíra Mara que os lucros de Jidu eram provenientes somente dos arbustos de chocha-la. A rara variedade de feijões chocha era usada no preparo da mais cara e desejada compota do Império e graças a uma anormal concentração de minerais em seu solo, os Tuscalora haviam sido abençoados com a plantação mais espantosa do Império. Se Jidu fosse provido de sabedoria para operar de modo organizado, teria sido um homem rico. Em vez disso, era apenas próspero.

Mas a inábil gestão da propriedade não era motivo para considerar o Governante dos Tuscalora incapaz. A reputação bélica do Senhor Jidu por mais de uma vez o levara a se envolver em banhos de sangue com seus vizinhos ao sul. Apenas a força dos Acoma, antes da morte de Sezu, apaziguara a natureza agressiva do homem. Mara fora encontrá-lo já prevendo problemas e na esperança de evitar um conflito. No momento em que saudava o Senhor Jidu, toda sua guarnição, exceto alguns guardas que permaneceram ao longo do perímetro exterior de sua propriedade, posicionava-se perto da fronteira dos Tuscalora. Se a questão fosse ser decidida em batalha, Tasido e Lujan liderariam um ataque combinado sobre os Tuscalora, enquanto Keyoke comandaria as reservas para proteger a grande casa. Se o plano de Mara fracassasse — caso estourasse uma batalha contra ela e os Acoma conseguissem se retirar a tempo de minimizar as baixas —, haveria ainda forças suficientes para manter Ayaki vivo até seu avô Anasati poder resgatá-lo. Mara deixou de lado aqueles pensamentos. Sob tais circunstâncias, ela estaria morta e tudo ficaria nas mãos dos deuses... ou de Tecuma, dos Anasati.

Avisado daquela visita por um mensageiro de suas sentinelas, o Senhor Jidu fez uma reverência sem sair da sombra de seu salão de entrada. Não se inquietou pelo fato de a guarda de Mara ter aparecido armada para combate, quando se encostou descontraidamente no batente da porta.

— Senhora Mara — disse —, sua chegada é uma alegria inesperada. A que devo a honra de sua visita? — Seu rosto tornou-se imediatamente impassível quando a Senhora dos Acoma ordenou que seus guardas ficassem à vontade ao redor da liteira. Ela tinha a nítida intenção de ficar, apesar de o Senhor dos Tuscalora ter visivelmente se esquecido da cortesia, pois não a convidou para entrar e se refrescar.

Enrijecida pelos olhos avaliadores do homem, Mara obrigou-se a ir direto ao assunto:

— Senhor Jidu, tenho em meu poder uma nota assinada pelo Senhor prometendo a quantia de dois mil centúrios em metal ao meu falecido marido. Nas últimas semanas, meu hadonra se comunicou diversas vezes com o seu a respeito desse assunto. Quando outro pedido, feito pessoalmente por mim, foi-lhe entregue, optou por responder com um insulto. Vim para falar desse assunto.

— Não sei se estou entendendo direito o que quer — disse o Senhor dos Tuscalora. Exagerado, lançou para o lado uma casca de fruta e, com um leve aceno, fez com que um de seus criados entrasse rapidamente na casa. No instante seguinte, o mensageiro saiu por uma passagem lateral, correndo sem dúvida até as instalações dos soldados.

— Quero isso — disse Mara com toda a firmeza que conseguiu reunir. — Quando diz que não se sente obrigado a responder à minha mensagem e que ficaria agradecido se eu parasse de "importuná-lo", insulta minha honra, Senhor Jidu. — Apontando um dedo acusador, ficou mais parecida com o pai do que poderia adivinhar. — Como se atreve a dirigir-se a mim como se fosse alguma peixeira no rio? Sou a Senhora dos Acoma! Não tolerarei esse tipo de tratamento por parte de homem nenhum! Exijo o respeito que me é devido.

O Senhor afastou-se do batente da porta, de um modo mais ágil. Dirigiu-se a ela como se falasse com uma criança:

— Senhora Mara — disse —, dívidas de apostas não costumam ser tratadas tão diretamente. Seu falecido marido compreendia isso.

Mara fechou abruptamente seu leque, certa de que o homem tentava ganhar tempo. No instante em que sua guarnição fosse chamada às armas, seu sarcástico ar paternal e prestativo terminaria. Ela engoliu em seco, amarga e decidida, e respondeu com o orgulho de seus antepassados:

— Meu falecido marido não governa mais os Acoma, mas posso lhe assegurar que se o Senhor Buntokapi tivesse recebido de modo tão rude uma exigência para que parasse de "importuná-lo", já teria desafiado o Senhor com a ponta da espada. Não pense que agirei diferente se não se desculpar imediatamente e sanar a dívida.

O Senhor Jidu empinou sua volumosa cintura como um homem que acabou de se erguer de um banquete. Observou Mara de forma intensa e sua autoconfiança a alertou antes do ruído de armaduras e armas de que um pelotão de soldados dos Tuscalora surgiria. Papewaio ficou muito tenso ao lado dela. Não eram simples guardas domésticos, mas soldados bem treinados e com experiência na defesa de suas fronteiras. Eles se posicionaram em ambos os lados da entrada, numa formação vantajosa: em caso de ataque, os arqueiros dos Acoma seriam forçados a disparar do alto, contra o sol.

Elevando-se o máximo possível para sua baixa estatura, o Senhor Jidu parou de acariciar a barriga.

— E se eu entender que sua exigência de pagamento é uma afronta, o que acontece, Senhora Mara? Ao me importunar por isso, deixa implícito que acha que eu não pagarei minha dívida. Acho que insultou a honra dos Tuscalora.

A acusação levou os soldados ao lado da porta a segurarem firme em suas espadas. A disciplina deles era impressionante. E dava para sentir a tensão no ar, em sua ânsia por atacar. Papewaio gesticulou para o séquito dos Acoma e a guarda com armaduras verdes da Senhora fechou-se de modo uniforme ao redor da liteira, com os escudos voltados para fora. Cercada por homens que suavam com coragem e determinação, Mara resistiu à tentação de esfregar suas mãos úmidas. Seu pai teria sentido o mesmo medo quando investiram no mundo bárbaro, sabendo que a morte o esperava? Esforçando-se para parecer calma, Mara olhou por entre as bordas dos escudos de seus guarda-costas e fixou o olhar no do Senhor dos Tuscalora.

— Então concordamos que temos um assunto por resolver.

O suor brilhou no lábio superior de Jidu, embora seu olhar não revelasse medo. Estalou os dedos e imediatamente sua fileira de soldados se preparou para atacar. Quase sem ser ouvido, Papewaio murmurou a seus homens que se mantivessem firmes. Mas seu calcanhar se arrastou de leve sobre o cascalho e Mara percebeu um leve ruído atrás da liteira. O arqueiro ali agachado, fora de vista para quem estava na grande casa, vira o sinal. Secretamente, ele esticou a corda de seu arco e Mara sentiu um medo que parecia uma pontada no coração. Papewaio se preparava para combater e seus instintos na guerra eram perturbadores. Ainda assim, a resposta de Jidu não a desencorajou.

— Fala com ousadia para alguém que está no coração das terras dos Tuscalora.

Mara ergueu-se da liteira e ficou imóvel à luz do sol.

— Se a honra dos Acoma não for recompensada, a resposta será sangue.

Os dois Governantes se observaram. O Senhor Jidu lançou um olhar aos cinquenta guardas de Mara. Seu próprio pelotão era três vezes superior e naquele momento suas reservas já deveriam estar armadas e aguardando ordens de seus Líderes de Ataques para se apressarem para as fronteiras da propriedade onde batedores já haviam reportado a presença de soldados com o verde dos Acoma. O Senhor dos Tuscalora baixou as sobrancelhas de um modo que levou seus criados a correrem para dentro da casa.

— O sangue derramado será o dos Acoma, Senhora! — E a mão gorda do homem se ergueu e deu o sinal de ataque.

As espadas foram desembainhadas e os arqueiros dos Tuscalora soltaram uma saraivada de flechas no instante em que as filas dianteiras se impulsionavam para a frente. Mara escutou gritos de guerra saídos da garganta de seus próprios guerreiros; então, Papewaio a empurrou para baixo e para o lado, deixando-a fora do alcance da linha de fogo. Mas ele não foi suficientemente rápido. Mara sentiu um baque nas almofadas da liteira; havia uma flecha tuscalora de pena azul-clara cravada na carne. Sentiu a visão se turvar, mas não gritou.

A tontura fez com que o céu parecesse girar sobre ela enquanto os escudos dos defensores se chocavam uns contra os outros, praticamente no instante em que o inimigo fechou seu ataque.

As armas se chocaram e os escudos retiniram. O cascalho foi espalhado pelos pés. Entre a névoa gerada pelo mal-estar, Mara concentrou-se no fato de o arqueiro Acoma que realmente importava não tivesse ainda desferido seu tiro.

— Pape, o sinal — disse, entre os dentes. Sua voz soou fraca a seus próprios ouvidos.

Seu poderoso Líder de Ataques não respondeu. Piscando para tirar o suor dos olhos, Mara espiou em meio à luz solar e ao turbilhão de espadas até descobrir seu elmo emplumado. Mas Papewaio não podia falar com ela, pois estava cercado de inimigos. Quando Mara o viu se esquivar de um golpe no pescoço, dois outros vestindo o azul dos Tuscalora saltaram por cima do companheiro que morria para o enfrentarem. Nitidamente, as ordens de Jidu haviam sido para abater o oficial dos Acoma, na esperança de que sua morte desorientasse a guarda de Mara.

Em meio à dor, Mara admirou o mérito de tal tática. Com o elevado número de recém-chegados às fileiras dos Acoma e poucos com experiência no campo de batalha, muitos daqueles homens lutavam lado a lado com companheiros que lhes eram desconhecidos. E diante do ataque implacável e concentrado dos melhores guerreiros de Jidu, até Papewaio foi severamente pressionado. Mara cerrou os dentes. Em poucos minutos o inimigo subjugaria sua guarda e, no entanto, o plano que traçara para evitar um massacre ainda não tinha sido posto em andamento.

Mara agarrou-se à lateral da liteira, mas até esse pequeno gesto levou a flecha cravada em seu braço a raspar no osso. Sentiu uma dor lancinante percorrer-lhe o corpo; lamentou-se com os dentes cerrados e lutou para não perder os sentidos.

Ouviram-se ruídos de lâminas raspando umas nas outras, aparentemente sobre a cabeça dela. Então um guarda Acoma caiu para trás, com sangue jorrando de uma fenda na armadura. Ele estremeceu, com os olhos abertos refletindo o céu. Seus lábios formaram então uma oração de despedida a Chochocan e sua mão soltou o punho da espada. Mara sentiu lágrimas escorrerem de seus olhos. Assim morrera seu pai e também Lano; e a ideia de o pequeno Ayaki ser atingido por uma espada inimiga a deixou cega de raiva.

Ela estendeu a mão e agarrou o punho umedecido por suor da espada do soldado caído. Usando a arma para se levantar, com muita dificuldade conseguiu ficar de joelhos. Sentiu o calor do sol brilhar em seu rosto e seus olhos se turvarem devido à dor. Com um profundo mal-estar, percebeu que uma flecha agourenta conseguira derrubar seu precioso arqueiro. Ele estava deitado gemendo com as mãos sobre a barriga. E a flecha que serviria de sinal para avisar Lujan e Tasido de que deveriam entrar em ação estava inutilmente caída a seus pés.

Mara gemeu. Sentiu gritos batendo contra os ouvidos e o choque das lâminas pareceu um rufar de tambor no Templo de Turakamu. Papewaio deu uma ordem e os Acoma aptos a combater fecharam as fileiras, vendo-se obrigados a recuar sobre os corpos ainda quentes de seus companheiros. Mara orou a Lashima pedindo forças e estendeu as mãos vacilantes até o arco do arqueiro abatido.

O arco de chifre era pesado e desajeitado e a flecha escorregava em suas mãos suadas. Ainda assim, Mara encaixou a flecha com grande determinação. A mão vacilou na corda e a flecha inclinou-se, deslizando. Conseguiu recuperá-la, mas o fluxo de sangue em sua cabeça turvou momentaneamente a sua visão.

Impeliu-se a prosseguir, recorrendo ao tato. A visão foi clareando aos poucos; outro homem caiu contra sua liteira, com o sangue formando linhas vermelhas no tecido branco. Mara esticou o arco e lutou com a fraqueza e a dor para lançar a flecha.

Seu esforço foi em vão. Uma agonia dilacerante prendeu seu ombro e abriu seus lábios em um grito que não conseguiu conter. Derramando lágrimas de vergonha, fechou os olhos e tentou de novo. O arco resistiu como se fosse de ferro. Uma série de tremores percorreu seu corpo e o mal-estar abafou sua consciência como se fosse feltro preto. Conforme os gritos dos homens e o chacoalhar de armas diminuíam em seus ouvidos, ela, imóvel, esforçou-se para envergar um arco que provavelmente a teria vencido mesmo que estivesse em perfeita saúde.

De repente, sentiu o apoio dos braços de alguém. Mãos firmes em volta dos ombros e fechadas com determinação nos dedos com que ela agarrava o arco e a corda. E, miraculosamente, a força de um homem uniu-se à dela e o arco inclinou-se, deteve-se e disparou.

Com um grito audível sobre o ruído da batalha, a flecha que daria o sinal saltou para o céu; e a Governante dos Acoma desmaiou no colo de um homem com uma perna ferida, um homem que, se não fosse pela astúcia dela, teria morrido como um criminoso condenado. Ele colocou o corpo esbelto da sua Senhora nas almofadas manchadas da liteira. Usou a faixa destinada a conter o próprio machucado para estancar o sangue que jorrava do ferimento causado pela flecha no ombro de Mara, enquanto ao redor dele os Tuscalora se empenhavam em vencer a batalha.

O Senhor Jidu ignorou as frutas geladas que tinha ao lado quando se inclinou com avidez sobre sua almofada. Fez sinal a um escravo para que agitasse ar fresco acima dele enquanto permanecia sentado observando a parte final da batalha na sua porta de entrada. Sobre sua testa pingava suor de excitação ao observar seu iminente triunfo — embora lhe parecesse mais demorado do que esperara. Muitos de seus melhores guerreiros sangravam sobre o caminho de pedrinhas, e não foram poucos os que caíram por ação daquele oficial Acoma de cabelos pretos que lutou com suas mãos encharcadas de sangue até os pulsos. Parecia ser invencível, com sua espada subindo e descendo com uma regularidade fatal. Mas os Tuscalora acabariam por triunfar, apesar da aptidão daquele oficial para matar. Uma a uma, as fileiras ao seu lado diminuíram, subjugadas pela superioridade numérica do oponente. Por um instante, Jidu pensou em ordenar que o capturassem, pois seu valor na arena recuperaria o custo daquela batalha. Contudo, imediatamente descartou aquela ideia. O melhor era acabar rápido com ele. Havia ainda a questão da outra força de soldados Acoma na fronteira, já atacando, sem dúvida, depois de ter sido lançada aquela flecha dando sinal. Pelo menos um arqueiro dos Tuscalora atingira a Senhora. Talvez ela estivesse naquele momento sangrando até a morte.

O Senhor Jidu serviu-se de uma bebida da bandeja. Sorveu demoradamente e suspirou na expectativa. A questão de sua dívida acumulada ao apostar com Buntokapi estava prestes a chegar a uma conclusão melhor do que poderia ter esperado. Talvez pudesse conquistar o natami dos Acoma, para enterrá-lo virado ao contrário ao lado dos ossos dos antepassados Tuscalora. Então o Senhor Jidu pensou em Tecuma dos Anasati, que nada sabia daquela batalha. Uma gargalhada agitou sua garganta gorda. Capturaria o fedelho dos Acoma e obrigaria Tecuma a se render! O menino em troca da retirada do apoio dos Anasati à Aliança Bélica! Jidu sorriu só de pensar nisso. Os acordos do Grande Jogo sopravam tanto para os fortes como para os mais fracos e qualquer aliado do Senhor da Guerra deveria ser repelido, pois a guerra inevitavelmente desviaria as verbas do comércio de chocha para os bolsos de armeiros e especialistas em armas.

Mas tudo dependeria daquela vitória e os soldados dos Acoma demonstravam uma alarmante relutância em morrer. Talvez, pensou Jidu, ele tivesse enviado gente demais para atacar as forças na fronteira. Ambos os lados já tinham sofrido perdas, mas agora as chances eram pouco melhores do que dois para um a favor dos Tuscalora. Mais uma vez, a pluma verde do oficial dos Acoma caiu para trás e o Primeiro Líder de Ataques dos Tuscalora gritou a seus homens para fecharem a formação. Apenas um punhado de soldados permanecia reunido ao redor da liteira de Mara com suas espadas girando em mãos fatigadas. O fim deles era certo.

Um mensageiro ofegante chegou naquele instante correndo à casa grande. O homem se ajoelhou aos pés de seu mestre.

— Senhor, as tropas dos Acoma entraram nos pomares e tacaram fogo nos pés de chocha. — Jidu uivou de raiva chamando seu hadonra; mas logo vieram novidades ainda piores. O mensageiro inspirou arquejando e concluiu seu relatório: — Dois Líderes de Ataques com uma força de trezentos homens assumiram posição entre as plantações incendiadas e o rio. Nenhum de nossos trabalhadores pode atravessar para combater o fogo.

O Senhor dos Tuscalora ergueu-se de um salto. Agora a situação estava crítica; os pés de chocha amadureciam muito lentamente e uma nova plantação não estaria pronta a tempo para produzir uma colheita boa o bastante para recuperar as perdas antes do fim de sua vida. Se os pés queimassem, os proveitos da colheita anual não bastariam para pagar aos credores. A ruína se abateria sobre a casa de Jidu, e a riqueza Tuscalora seria reduzida a cinzas.

Gesticulando para o exausto mensageiro exigindo que saísse da frente, o Senhor dos Tuscalora gritou para um de seus homens:

— Convoque os pelotões auxiliares dos quartéis. Envie-os para abrirem uma passagem para os trabalhadores!

O rapaz partiu em grande correria; e, de repente, o fato de a escolta de Mara estar praticamente derrotada perdeu toda a graça. A fumaça tornou o céu matinal negro e demoníaco, cheio de fuligem. Era evidente que o fogo fora cuidadosamente planejado. O Senhor Jidu quase bateu no segundo mensageiro, que chegara arquejando para relatar que em breve as plantações estariam tão queimadas que não poderiam ser recuperadas — a não ser que as forças dos Acoma pudessem ser neutralizadas para permitir que as brigadas de água chegassem ao rio.

Jidu hesitou, e depois fez sinal a um corneteiro.

— Anuncie a retirada! — ordenou amargamente. Mara obrigara-o a fazer uma escolha difícil: ou abdicava da honra e admitia que o fato de não realizar o pagamento era uma desonra, ou a exterminava em troca da destruição de sua própria casa.

O arauto soprou uma série de notas e o Líder de Ataques dos Tuscalora voltou-se boquiaberto de espanto. A vitória final estava iminente, mas seu mestre ordenava a retirada. A obediência prevaleceu e no mesmo instante mandou seus homens recuarem para longe da guarda dos Acoma.

Dos cinquenta soldados que tinham ido até as propriedades dos Tuscalora, menos de vinte permanecia diante da liteira salpicada de sangue da Senhora.

— Peço trégua — gritou Jidu.

— Envie um pedido formal de desculpas à Senhora dos Acoma — gritou o oficial com as plumas verdes, que estava de espada em riste pronto a retomar o combate. — Satisfaça a honra dela, Senhor Jidu, e os guerreiros dos Acoma baixarão as armas e ajudarão seus homens a salvar as plantações.

O Senhor dos Tuscalora apoiou-se sucessivamente em um pé e em outro, furioso por perceber que fora ludibriado. A garota na liteira planejara aquilo tudo desde o início. Que reviravolta cruel! Se Jidu demorasse para pensar no assunto, se ainda perdesse tempo enviando mensageiros para verificar a extensão dos estragos a fim de determinar se suas forças teriam uma esperança de resolver a situação, poderia perder tudo. Não lhe restava alternativa senão render-se aos caprichos dos Acoma.

— Reconheço a honra dos Acoma — berrou o Senhor Jidu, embora atormentado pela vergonha, como se tivesse ingerido uvas não maduras. Seu Primeiro Líder de Ataques instruiu, com relutância, que os guerreiros depusessem as armas.

Os guerreiros Acoma sobreviventes abriram a parede de escudos, cansados mas orgulhosos. Os olhos de Papewaio refletiram triunfo, mas assim que se voltou à liteira para partilhar a vitória com sua Senhora, suas feições suadas enrijeceram. Dobrou-se apressadamente, com a espada ensanguentada esquecida em sua mão; e num último e cruel momento, o Senhor dos Tuscalora rezou pela sua própria sorte. Se a Senhora Mara estivesse morta, os Tuscalora estariam arruinados.

Mara levantou-se, com dor de cabeça e o braço ardendo. Um soldado estava fazendo uma atadura com um pedaço de tecido rasgado da cortina da liteira.

— O que… — ela começou a dizer, debilmente.

O rosto de Papewaio de repente apareceu sobre ela.

— Minha Senhora?

— O que aconteceu? — perguntou, com uma voz fraca.

— Aquilo que a Senhora esperava, Jidu ordenou a retirada quando os campos foram ameaçados. — Ele deu uma olhada por cima do ombro, para seu pelotão, exausto e suado a postos. — Ainda estamos em perigo, mas acho que no momento a Senhora está com a vantagem. Mas precisa falar com Jidu, antes que as coisas piorem.

Mara assentiu e permitiu que Papewaio e outro soldado a ajudassem a se levantar da liteira. Foi obrigada a se agarrar ao braço de seu Primeiro Líder de Ataques enquanto avançava devagar pelo cascalho, ensopada de sangue, até o local onde estavam alinhadas as fileiras de seus soldados sobreviventes. Mara via tudo desfocado. Piscou várias vezes para ver melhor e sentiu um cheiro acre no ar. A fumaça dos campos incendiados foi arrastada pelo vento como um manto sobre a casa grande.

— Mara! — gritou desesperado Jidu. — Proponho uma trégua. Ordene a seus homens que se afastem de meus campos e admitirei que estava errado em não assumir as minhas obrigações.

Mara fitou o homem gordo e ansioso e friamente tentou obter proveito para os Acoma.

— O Senhor me atacou sem ter havido provocação. Acha que após sua admissão de erro, eu perdoaria a chacina de homens bons por causa do pagamento de uma dívida que já existia?

— Podemos tratar mais tarde de nossas desavenças — gritou Jidu, corando. — Meus campos estão em chamas.

Mara assentiu. Papewaio movimentou a ponta de sua espada e um outro soldado enviou para o alto mais uma flecha de sinalização. Mara tentou falar, mas foi dominada pela fraqueza. Murmurou a Papewaio, que por sua vez gritou:

— A minha Senhora diz que nossos trabalhadores apagarão o fogo. Mas nossos homens manterão suas posições com tochas acesas. Se algo de errado acontecer, os campos de chocha-la serão reduzidos a cinzas.

Jidu exibiu um olhar selvagem enquanto se debatia para pensar num modo de ainda obter alguma vantagem. Um mensageiro esfarrapado e cheio de fumaça apareceu correndo pela entrada do pátio.

— Senhor, os soldados Acoma rechaçaram nossos homens. Os auxiliares não conseguiram abrir caminho até o rio.

O Senhor dos Tuscalora perdeu a determinação. Resignado, afundou-se em suas almofadas e esfregou as mãos nos joelhos rechonchudos.

— Muito bem, Mara, aceito o inevitável. Submeto-me a seus desejos. — Dirigiu-se então a seu Primeiro Líder de Ataques. — Baixem as armas!

O Senhor dos Tuscalora olhou em frente constrangido, enquanto Mara mudava o pé de apoio para aliviar o ombro ferido. A Senhora dos Acoma recusara a oferta de Jidu para que seu curandeiro a tratasse; em vez disso, optara por uma atadura feita em campanha colocada por Papewaio. Soldados Acoma permaneciam em posição no campo de chocha-la e o Comandante das Forças Armadas dos Tuscalora confirmou o pior. Os Acoma poderiam incendiar de novo o campo antes que conseguissem expulsá-los.

Jidu suava e esforçou-se desesperadamente para fazer com que o assunto fosse encarado como um mal-entendido.

— Era um acordo entre homens, minha Senhora. Eu fiz muitas apostas com seu falecido marido. Às vezes ele ganhava, em outras, eu. Deixávamos acumular as quantias e quando eu ganhava uma aposta, a soma era deduzida. Se mais tarde eu por acaso obtivesse vantagem, deixava então que a dívida subisse. É... um acordo de cavalheiros.

— Bem, eu não aposto, Senhor Jidu. — Mara mostrou um ar carrancudo, lançando um olhar furioso sobre seu relutante anfitrião. — Acho que o melhor é tratarmos do pagamento... e da indenização pelos danos à minha honra. Hoje morreram soldados Acoma.

— Pede algo impossível! — O Senhor dos Tuscalora lançou ao ar suas mãos rechonchudas numa demonstração de angústia pouco típica para um tsurani.

Mara ergueu as sobrancelhas.

— Continua preferindo não honrar esta dívida? — Olhou de modo penetrante para os soldados Acoma, reunidos ali bem perto, com um arqueiro pronto a lançar outra flecha de sinalização.

Jidu olhou fixamente para as lantejoulas de concha que decoravam suas sandálias.

— Ah, minha Senhora... lamento causar tal incômodo. Mas as ameaças não podem alterar o fato de eu ser incapaz de saldar minha dívida neste momento. Naturalmente, cumprirei por completo minhas obrigações assim que as circunstâncias permitirem. Em relação a isso, tem minha palavra de honra.

Mara permaneceu muito quieta. A voz dela ostentava um tom duro e amargo quando disse:

— No momento, não estou inclinada a ser paciente, Senhor Jidu. Quando posso esperar o pagamento?

Jidu pareceu desconcertado.

— Sofri recentemente uma série de problemas pessoais, Senhora Mara — admitiu —, mas posso garantir com segurança que será recompensada quando a colheita deste ano for para o mercado.

Se for para o mercado, pensou Mara, mordaz. Recostou-se.

— A colheita de chocha-la não deverá ocorrer nos próximos três meses, Senhor Jidu. Espera que eu aguarde até lá por dois mil centúrios de metal... e pela minha indenização?

— Mas deve — exclamou lamentoso o Senhor dos Tuscalora. Fez um sinal, angustiado, para o homem pequeno e magro que estava sentado ao seu lado. Sijana, o hadonra dos Tuscalora, mexeu numa série de pergaminhos enrolados num apressado estudo das finanças da propriedade. Sussurrou furiosamente ao ouvido de seu mestre e fez uma pausa, à espera. O Senhor Jidu afagou a barriga com uma confiança renovada. — Na verdade, Senhora, dois mil centúrios podem ser pagos agora... mais quinhentos para compensar os danos que sofreu. Mas um único pagamento dessa dimensão impediria que eu expandisse a plantação no próximo ano. O Senhor Buntokapi compreendeu isso e prometeu aceitar um parcelamento favorável dos pagamentos, quinhentos centúrios por ano durante os próximos quatro anos... cinco anos para cobrir a indenização. — A concordância satisfeita do hadonra transformou-se em desânimo; um profundo rubor subiu pelo pescoço de Jidu quando percebeu que suas palavras contradiziam sua insistência inicial de que o pagamento da dívida teria de aguardar pelos proveitos de futuras apostas. Como Mara com certeza se aproveitaria daquela pequena, mas vergonhosa mentira, acrescentou logo: — Pagarei com juros, naturalmente.

Um pesado silêncio caiu, pontuado pela respiração pesada de Jidu e por um rangido quase imperceptível de uma armadura quando Papewaio trocou o peso de seus pés. Mara recorreu à sua mão boa para abrir o leque, numa postura venenosa e dócil.

— Tem coragem de argumentar como um agiota, enquanto há soldados Acoma mortos em frente à sua porta? Se meu falecido Senhor optou por oferecer condições para o pagamento da dívida, que assim seja. Prepare o documento e seguiremos essas condições.

Jidu piscou.

— Mas nosso acordo era verbal, Senhora Mara, uma promessa entre dois nobres.

O leque vibrou no ar quando Mara tentou refrear sua fúria.

— O Senhor não tem provas e ainda assim tenta barganhar?

Com seu campo como refém, Jidu tentou de novo apelar para a honra.

— Tem minha palavra, minha Senhora.

Mara retraiu-se. O Senhor dos Tuscalora criara uma situação em que ela só poderia acusá-lo de perjúrio, um insulto que nenhum governante ignoraria. A etiqueta exigia que a Senhora dos Acoma aceitasse o acordo, nada ganhando, desse modo, nos próximos três meses, e, então, receberia apenas um quinto do que era devido, ou, caso contrário, a inútil carnificina recomeçaria.

O leque ficou imóvel na mão dela.

— Mas esta dívida já venceu, Senhor Jidu — destacou. — A falha de seu hadonra em reconhecer nossas pretensões no devido momento gerou este impasse. Não tolerarei mais atrasos, seus campos serão incendiados.

— Qual é sua proposta? — perguntou ele, debilmente.

Mara colocou seu belo leque nos joelhos. Apesar de visivelmente debilitada pelo ferimento, avaliou bem a situação, oferecendo uma contraproposta antes que Jidu recuperasse o discernimento.

— Meu Senhor, há uma pequena faixa de terra pertencente ao Senhor entre meus pastos de needra mais a norte e mais a sul, cortada ao meio pelo leito seco de um regato.

Jidu assentiu.

— Sei de que terras a Senhora está falando. — Ele já propusera vender aquele mesmo lote ao pai de Mara em outra época; Sezu declinara, pois a terra não tinha utilidade. As margens do leito seco eram pedregosas e desgastadas e íngremes demais para serem cultivadas. Uma expressão astuciosa cruzou as feições do Senhor dos Tuscalora. — Precisa daquelas terras, minha Senhora?

Mara tamborilou no leque, enquanto pensava.

— Recentemente, cedemos o uso do nosso campo superior aos cho-ja. Ora, Jican pode achar que seria útil ligar os campos inferiores, talvez com uma ponte de tábuas grossas para que as crias de needra possam cruzá-las sem machucarem as patas. — Recordando uma anotação perdida que Sezu deixara escrita num canto de um mapa já muito gasto, Mara reprimiu um sorriso. Parecia estar fazendo um favor, quando acrescentou: — Senhor Jidu, estou disposta a cancelar sua dívida em troca das terras e de todos os benefícios que dela provenham. Além disso, deverá também jurar nunca mais levantar a mão contra os Acoma durante o resto de sua vida.

O velho hadonra endireitou-se, não disfarçando sua apreensão; sussurrou algo ao ouvido de seu mestre. O Senhor dos Tuscalora escutou-o, e depois sorriu a Mara.

— Desde que seja permitido acesso às carroças dos Tuscalora à Via Imperial, estou de acordo.

A Senhora dos Acoma reagiu com um gracioso sacudir de seu leque.

— Mas é óbvio que sim. Seus trabalhadores poderão levar as carroças pelo pequeno regato até a Via Imperial sempre que o desejarem, Senhor Jidu.

— Feito! — O rosto do Senhor Jidu abriu-se num sorriso. — Tem minha palavra! E de boa vontade. — Então, numa tentativa de fazer baixar a tensão, fez uma pequena reverência. — Saúdo também sua coragem e sabedoria, Senhora, e desejo que esta infeliz contenda tenha servido para unir mais nossas famílias.

Mara fez um sinal a Papewaio, que a ajudou a se erguer.

— Aceitarei seu juramento, Jidu. Vá buscar a espada de sua família.

Por um momento, sentiu-se de novo a tensão no ar, pois Mara exigira publicamente o mais sagrado dos juramentos em vez de uma simples garantia. Ainda assim, enquanto os campos dos Tuscalora não estivessem livres de guerreiros Acoma, o Senhor Jidu não se atreveria a protestar. Mandou um criado buscar a antiga espada de seus antepassados; era tão velha quanto qualquer outra no Império, feita de metal precioso embrulhado numa simples bainha de junco. Enquanto Mara e seu oficial olhavam para a frente, o Senhor dos Tuscalora agarrou com força o punho e pronunciou o juramento de honrar a promessa em nome de seus antepassados.

Enfim satisfeita, Mara fez um gesto a seus soldados. Eles a ajudaram a voltar à sua liteira manchada de sangue. O rosto dela pareceu pálido quando se recostou nas almofadas. Com muito cuidado, sua comitiva a ergueu sobre os ombros. Quando se prepararam para levar de volta a sua Senhora ferida, Mara se virou na direção do Senhor dos Tuscalora.

— A dívida foi saldada de forma justa, Jidu. Terei todo o gosto em dizer a quem perguntar que o Senhor dos Tuscalora é um homem honrado que assume seus compromissos sem vacilar. — Depois, acrescentou num tom convincente. — E que respeita suas promessas. Todos saberão que sua palavra é sagrada.

O Senhor dos Tuscalora permaneceu inabalável diante do sarcasmo dela. Subestimara-a e perdera uma boa porção de prestígio por causa daquele erro. Mas pelo menos aquela lacuna em sua honra não seria de conhecimento público, e agradeceu aos céus por essa pequena graça.

Quando o séquito dos Acoma se afastou a uma distância segura da Casa dos Tuscalora, Mara fechou os olhos e escondeu o rosto nas mãos. Alarmado, Papewaio aproximou-se da liteira.

— Correu um grande risco, minha Senhora. E, ainda assim, triunfou.

Mara respondeu de modo abafado entre as mãos.

— Morreram muitos homens corajosos.

Papewaio assentiu.

— Mas morreram como guerreiros, Senhora. Aqueles que conquistaram a honra sob o seu comando entoarão louvores diante dos deuses. — Depois, calou-se, pois a liteira pareceu estar tremendo. — Minha Senhora? — Papewaio olhou para ver o que afligira sua Senhora. Escondida atrás de suas mãos, Mara chorava de raiva. Papewaio deixou-a aliviar seu sofrimento a sós por uns momentos, antes de retomar a palavra: — Se o regato transbordar, o Senhor dos Tuscalora vai ter dificuldades em transportar suas colheitas para o mercado.

Mara baixou as mãos. Apesar dos olhos vermelhos e do rosto pálido, sua expressão sagaz era vitoriosa.

— Se Jidu for obrigado a chegar à Via Imperial através da passagem extensa ao redor do desfiladeiro, sua chocha-la ficará embolorada antes de chegar a Sulan-Qu. Isso atormentará o Senhor dos Tuscalora, pois duvido que seja capaz de pagar a taxa que irei impor para usar minha ponte. — Ela prosseguiu quando Papewaio olhou interrogativamente para sua Senhora. — Você ouviu Jidu jurar que nunca se oporia aos Acoma? Bem, já é um começo. Aquele cão gordo será meu primeiro vassalo. Ainda nesta estação, Pape, ainda nesta estação.

O Líder de Ataques prosseguiu a marcha ao seu lado, pensando no que aquela jovem já conquistara desde que ele acompanhara Keyoke ao templo para trazê-la de novo para casa. Mais uma vez, assentiu para si mesmo. Sim, Jidu dos Tuscalora se ajoelharia diante de Mara ou, então, perderia sua colheita. Assim eram os caminhos tortuosos do Jogo e Mara triunfara. Disso não havia dúvidas.

A liteira pintada em cores brilhantes posta em frente à porta do pátio da casa grande dos Acoma confirmou que Bruli dos Kehotara aguardava por Mara. Ela tentou conter sua irritação. Voltara da colmeia dos cho-ja, cuja Rainha em desenvolvimento lhe oferecera maravilhosos bálsamos para cuidar de seu ombro. Mara dispensou então os serviços dos carregadores e da escolta. Deveria pelo menos saudar Bruli pessoalmente antes de apresentar uma desculpa para se ausentar, caso contrário se arriscaria a insultar os Kehotara. O que, pensou Mara, deveria ser uma das razões que teria levado o Senhor dos Minwanabi a enviar aquele belo filho de seu lacaio à propriedade dos Acoma.

Misa, a mais bela de suas aias pessoais, estava à espera do lado de dentro da porta. Trazia um pente e uma escova e num dos braços via-se um casaco cheio de bordados em cores que serviriam para realçar os olhos escuros de sua Senhora. Reconhecendo o toque de Nacoya na preparação do comitê de boas-vindas, Mara submeteu-se sem protestos. Com um olhar um pouco carrancudo, ficou quieta enquanto as mãos experientes de Misa ajeitavam de modo eficaz seu cabelo num cacho preso com alfinetes enfeitados com joias. O casaco era apertado na frente com um conjunto de delicadas fitas, e ocultava a atadura branca colocada sobre a ferida no braço. Questionando o gosto de Nacoya, Mara balançou bruscamente a cabeça na direção de Misa para que se retirasse, encaminhando-se em seguida para o salão grande onde Nacoya, na ausência dela, entretinha o convidado.

O jovem filho dos Kehotara levantou-se e lhe dirigiu uma reverência formal quando ela entrou. Vestia uma túnica cara cheia de botões de safira, com o corte alto da bainha e das mangas proporcionando uma boa perspectiva de suas pernas e braços.

— Bruli, que prazer revê-lo. — Mara sentou-se nas almofadas em frente ao jovem, perplexa com sua imagem renovada. Ele era um homem muito belo. No seu íntimo, ela pensou que a maioria das donzelas ficaria lisonjeada, até ansiosa, para ser o foco das atenções daquele pretendente. Seu sorriso era radiante e o charme inquestionável. De certa forma, era uma pena que tivesse nascido numa casa nobre, pois facilmente poderia ser um mestre do Boa Vida e se aposentar rico com as recompensas conquistadas por partilhar seus encantos com clientes importantes.

— Minha Senhora, estou muito grato por poder vê-la de novo. — Bruli sentou-se, quase colocando as sandálias entre as panturrilhas. — Pressuponho que os negócios com seu vizinho correram bem?

Mara concordou, descontraída.

— Tratava-se apenas de uma pequena dívida entre Jidu e meu falecido Senhor Buntokapi que precisava ser saldada. O assunto foi resolvido.

Um brilho de interesse passou pelo olhar do jovem, contrastando com sua expressão preguiçosa. Lembrando-se de que o próprio Bruli poderia ser um agente dos Minwanabi, Mara mudou deliberadamente de assunto.

— Minha saída esta manhã me deixou com calor e exausta. Se quiser se juntar a mim, direi aos criados que levem bolos e vinho para o jardim. — Para permitir que sua tática surtisse efeito, valeu-se de mais um truque. — Encontrarei com o Senhor lá assim que vestir uma túnica mais confortável.

Nacoya assentiu quase imperceptivelmente, indicando a Mara que aquele adiamento se revelara oportuno. O jovem pretendente fez uma reverência. Enquanto um criado o conduzia para o exterior, a Conselheira-Mor dos Acoma aproximou-se rapidamente de sua Senhora; substituíra sua habitual impertinência por modos mais prestativos.

— Os cho-ja aliviaram sua dor?

— Sim. — Mara passou os dedos pelas fitas do casaco. — Muito bem, mãe do meu coração, pode me explicar o que essa coisa fútil e tola tem a ver com nossos planos para o jovem Bruli?

Nacoya arregalou os olhos com um prazer demoníaco.

— Ah, Mara-anni, você tem muito a aprender no que diz respeito aos homens! — Segurando-a com firmeza pela mão, arrastou-a até seus aposentos particulares. — Esta tarde, deve se esforçar para seduzi-lo, minha Senhora. Escolhi trajes apropriados para vestir após o banho.

Cruzando a soleira, Nacoya exibiu a excitação de uma conspiradora. Era possível ouvir os criados preparando o banho atrás de um pequeno biombo e diversas peças de roupa tinham sido cuidadosamente dispostas sobre o catre. Mara observou ceticamente o vestuário selecionado por sua conselheira.

— Nacoya, parece que faltam diversas peças.

Nacoya sorriu. Pegou a minúscula e atrevida túnica, comumente usada por senhoras na privacidade de seus aposentos. A nudez, por si só, não era algo reprovado socialmente. Adultos e crianças de ambos os sexos banhavam-se juntos, e usar uma pequena tanga para nadar era opcional. Mas, como a maioria das coisas que estavam envolvidas no ato de fazer a corte, a provocação era um estado de espírito. Usada no jardim na presença de um estranho, aquela pequena túnica se revelaria mais sedutora do que se Mara convidasse Bruli para nadar sem roupas com ela.

Nacoya passou seus dedos velhos pelo tecido transparente, com um ar subitamente muito sério.

— Para que meu pequeno plano funcione, Bruli deve ser motivado por algo mais do que apenas o desejo de agradar o pai. Se a desejar, fará coisas que normalmente não faria. Faça parecer que está flertando com ele sempre que possível.

Mara sentiu uma espécie de calafrio.

— Devo sorrir de modo afetado? — Voltou-se para o lado, passando o leque de renda a uma das criadas que chegara para levar suas vestes de viagem.

— Isso provavelmente não vai doer. — Nacoya dirigiu-se a um cofre e retirou de lá um frasquinho de vidro. Depois, murmurou suavemente uma melodia enquanto pulverizava o perfume; era uma canção antiga de corte que recordava de sua juventude. Mara saiu de detrás do biombo, envolta em toalhas macias. A idosa fez um gesto para dispensar as criadas e passou uma essência exótica pelos ombros e pulsos da garota, assim como entre os seios. Depois, retirou as toalhas; observando o corpo nu de sua Senhora, resistiu a uma vontade súbita de cair na risada.

— Você tem um corpo belo e saudável, Mara-anni. Se pudesse aplicar um pouco mais de graciosidade e elegância aos movimentos, ele perderia a cabeça num minuto.

Não sentindo tanta certeza assim, Mara voltou-se para o espelho, um presente de casamento caro de um chefe de clã. Em contraste com a pátina escura, uma leve luminosidade retribuiu seu olhar. O parto deixara poucas marcas em seu corpo, em consequência da aplicação constante de óleos especiais ao longo da gravidez. Os seios estavam ligeiramente maiores do que antes da concepção de Ayaki, mas sua barriga apresentava-se lisa como sempre fora. Depois de ter dado à luz, ela começara a praticar tan-che, a antiga dança de cerimônia que fortalecia o corpo, mantendo-o ágil. Mas Mara não demonstrava grande interesse por seu elegante corpo, especialmente depois de ter apreciado os encantos de Teani.

— Vou me sentir boba demais — confidenciou a seu reflexo no espelho. Apesar disso, permitiu aos criados que a vestissem com aquela túnica minúscula, com várias joias reluzentes e com uma faixa acima do tornozelo direito. Mangas escondiam a atadura no braço. Agora cantarolando em voz alta, Nacoya ficou atrás de sua Senhora e juntou seu cabelo no topo da cabeça. Prendendo-o com presilhas de marfim e de jade, deixou algumas mechas livres para que balançassem ao redor do rosto de Mara.

— Aqui está, os homens gostam desse penteado ligeiramente desarrumado. Faz com que se lembrem da aparência de uma Senhora pela manhã.

— Remelenta e com a cara inchada? — Mara quase começou a rir.

— Bobagem! — Nacoya, com um ar verdadeiramente zangado, agitou um dedo. — Ainda tem de aprender o que a maioria das mulheres sabe por instinto, Mara-anni. A beleza depende tanto da postura como do rosto e das formas. Se entrasse no jardim como uma Imperatriz, vagarosamente, movendo-se como se todos os homens que a vissem fossem seus escravos, Bruli ignoraria uma dúzia de belas bailarinas para levá-la para seu leito. Tão importante quanto gerenciar suas propriedades, este talento é necessário a uma Governante. Lembre-se disto: mova-se devagar. Ao se sentar, ou ao beber vinho, seja o mais elegante possível, como as mulheres do Boa Vida quando se mostram de modo pomposo nas varandas que dão para a rua. Sorria e escute Bruli como se tudo o que ele disser for espantosamente brilhante, e se ele fizer alguma brincadeira, pelo amor dos deuses, ria, mesmo que não tenha graça. E se sua túnica se abrir ligeiramente, deixe-o espiar um pouco antes de se cobrir. Quero que este filho dos Kehotara fique ofegante atrás de você como uma needra-macho no cio.

— É bom que seu plano valha a pena — disse Mara, enojada. Passou os dedos pelas voltas dos colares que tiniam. — Sinto-me um manequim de comerciante. Mas tentarei agir como a prostitutazinha do Bunto, a Teani, se você considera isso vantajoso. — Então sua voz tornou-se mais intensa: — Todavia, entenda isto, mãe de meu coração, não vou levar este pássaro calley para a cama.

Nacoya sorriu ao escutar a comparação com os pássaros emplumados que muitos nobres mantinham em gaiolas por sua beleza.

— Com certeza, ele é um calley, e nosso plano exige que ele nos exiba sua melhor plumagem.

Mara olhou para o céu, assentindo. Começou a se mover com seu andar abrupto, mas depois lembrou-se de se dirigir à porta com sua melhor imitação de uma mulher do Boa Vida. Tentando aparentar um ar lânguido ao se aproximar do jovem, Mara corou de vergonha. Ela achou que sua entrada foi exagerada a ponto de parecer tola, mas Bruli endireitou-se sobre as almofadas. Sorriu abertamente e ficou de pé de um salto, brindando a Senhora dos Acoma com uma reverência respeitosa; enquanto isso, seus olhos a devoravam.

Assim que Mara se instalou em suas almofadas, o jovem poderia ter servido ele mesmo o vinho dela, mas o criado, que na verdade se tratava de Arakasi, fez isso antes. O comportamento do Mestre dos Espiões não levantou suspeitas, mas Mara sabia que ele nunca permitiria que sua Senhora aceitasse um copo tocado por um vassalo dos Minwanabi. Consciente, de repente, de que Bruli parara de falar, Mara dirigiu-lhe um sorriso radiante. E depois, quase timidamente, baixou os olhos e fingiu um sério interesse. A conversa pareceu banal, sobre pessoas e acontecimentos aparentemente de pouca importância. Mas ela escutou os mexericos da corte e das cidades como se fossem temas fascinantes e riu com as tentativas de Bruli de ser engraçado. Arakasi orientou os escravos da casa, que entraram e saíram com bandejas de frutas embebidas em vinho. À medida que o hálito de Bruli cheirava cada vez mais a álcool, ele foi soltando a língua e suas gargalhadas ecoaram por todo o jardim. Tocou, uma ou duas vezes, no pulso de Mara com seus dedos e embora ela não estivesse nem um pouco embriagada, a docilidade dele provocou um calafrio que percorreu seu corpo. Futilmente, pensou se Nacoya teria razão; se poderia haver mais amor entre um homem e uma mulher do que os modos brutos de Buntokapi haviam demonstrado.

Mas suas barreiras internas permaneceram erguidas. Embora Mara considerasse tudo aquilo risível, por se sentir tão estranha na pele de uma mulher sedutora, se tentasse se manter imparcial, teria de reconhecer que

Bruli lhe parecera enfeitiçado. Ele não desviava os olhos dela. Em dado momento, quando fez um sinal a Arakasi para que servisse mais vinho, o vestido dela se abriu um pouco. Tal como Nacoya aconselhara, hesitou antes de fechá-lo. Bruli abriu bem as pálpebras e seus belos olhos pareceram presos à pequena curva de seu seio. Que estranho, pensou ela, que um homem tão atraente ficasse impressionado com tal coisa. Ele já deveria ter ficado com muitas mulheres; o que faria com que ela fosse mais do que um aborrecimento? Mas a sabedoria de Nacoya era antiga. Mara seguiu as dicas de sua conselheira e pouco depois permitiu que a bainha subisse mais um pouco.

Bruli ficou sem palavras. Sorrindo e bebericando vinho para esconder seus modos desajeitados, não conseguiu evitar olhar para aquela coxa que, lentamente, estava cada vez mais exposta.

Nacoya acertara. Para testá-lo ainda mais, Mara disse:

— Bruli, tenho de pedir permissão para me recolher. Mas espero que possa voltar aqui dentro de... — ela fez um beicinho, como se aquilo fosse muito difícil de dizer, até que sorriu — digamos, dois dias.

Levantou-se com toda a elegância possível, astuciosamente permitindo que sua túnica se abrisse ainda mais do que antes. Bruli ficou ainda mais corado. Para deleite de Mara, assegurou enfaticamente que voltaria conforme o desejo dela. Então, suspirou, como se dois dias fossem tempo de mais.

Mara abandonou o jardim, consciente de que ele a observava até desaparecer nas sombras da casa. Nacoya a esperou na primeira porta, com o brilho nos olhos revelando que observara durante o tempo que a conversa durara.

— Todos os homens têm o cérebro no meio das pernas? — inquiriu Mara. Franzindo o cenho, comparou o comportamento de Bruli com o que se lembrava dos modos rígidos do pai e com o charme libertino do irmão.

Nacoya afastou rudemente sua Senhora do biombo.

— A maioria, graças aos deuses. — Deteve-se diante da porta dos aposentos de Mara. — Minha Senhora — acrescentou —, as mulheres dispõem de poucos meios para governarem sua própria vida. Você tem a rara sorte de ser uma Governante. As demais vivem segundo os caprichos de nossos senhores, esposos ou pais e isso que você acabou de fazer é a mais poderosa arma que temos. Tema o homem que não deseje uma mulher, pois então irá vê-la somente como uma ferramenta ou como inimiga. — Quase maldosamente, afagou o ombro de Mara. — Mas nosso jovem calley está tão apaixonado, parece-me, quanto empenhando em agradar o pai. Agora vou correndo para alcançá-lo no pátio antes que ele parta. Tenho algumas sugestões para dar a ele quanto ao modo como irá conquistá-la.

Mara observou a idosa sair às pressas, com as presilhas do cabelo inclinadas precariamente para a esquerda. Balançando a cabeça diante das loucuras da vida, pensou no que Nacoya iria aconselhar àquele jovem tolo pretendente dos Kehotara. Então, achou que seria melhor pensar nisso durante um banho quente. Aquela exibição de charme feminino com o propósito de inflamar Bruli fizera com que se sentisse um pouco imunda.

13

Sedução

O rapaz arregalou os olhos.

Sentado em seu catre em frente ao biombo exterior, o mensageiro virou-se para sua Senhora com um olhar questionador. O rapaz era novo no cargo e Mara calculou que sua expressão indicasse que alguém impressionante estava na porta de entrada. Ela dispensou os novos guerreiros, ambos recrutados naquela mesma manhã. Eles pegaram seus arcos e quando chegou um criado para lhes mostrar os quartéis, Mara dirigiu-se ao novo mensageiro.

— É Bruli, dos Kehotara?

Novo, e ainda facilmente impressionável, o garoto escravo assentiu várias vezes. Mara espreguiçou-se rapidamente e ergueu-se em meio às pilhas de pergaminhos e registros. Então, também ela se espantou. Bruli aproximava-se da casa grande numa liteira decorada, nitidamente nova, com faixas de pérolas e conchas brilhando à luz da manhã. Vestira-se com roupas de seda, com bordados intrincados e um chapéu de minúsculas safiras, para realçar a cor de seus olhos. A vaidade Kehotara não acabava ali. Como se estivesse observando uma cena de um conto infantil, Mara reparou que os carregadores da liteira combinavam em altura e perfeição física; sem o ar esfarrapado e cansado do esforço, aqueles escravos pareciam jovens deuses, altos e musculosos, com o corpo coberto de óleo como atletas. Uma dúzia de músicos acompanhava a guarda de honra dos Kehotara. Tocaram alto e bom som as trombetas e as vielles para anunciar a chegada de Bruli.

Perplexa, Mara acenou a um criado para que arrumasse os documentos, enquanto Misa a ajudava a se ajeitar. Nacoya cuidava de suas próprias maquinações. Nas últimas três visitas, a Conselheira-Mor dos Acoma enxotara o rapaz, avisando-o da impaciência de sua Senhora diante de um pretendente que não exibia exageradamente sua riqueza. Por duas vezes Bruli jantou no jardim, com Mara sentindo-se outra vez um pedaço de carne em um açougue. Em todas as ocasiões, riu de alguma piada boba e simulou surpresa diante de alguma revelação sobre um ou outro Senhor do Conselho Supremo. Bruli mostrou-se feliz de verdade. Parecia totalmente apaixonado por ela. No último encontro, Mara havia permitido que ele expressasse sua paixão com um beijo de despedida, esquivando-se com destreza de um abraço quando as mãos dele se fecharam sobre seus ombros. Ele suplicara, mas ela fugira pela entrada, deixando-o excitado e confuso sob o luar difuso do jardim. Nacoya o vira se afastar em direção à liteira e voltara a seus afazeres com a certeza de que a frustração do jovem servira para atiçar seu desejo.

Perfumada e usando pequenos sininhos nos pulsos, Mara enfiou-se numa pequena e ousada túnica — Onde Nacoya as encontrava?, pensou. Misa ajeitou o cabelo de sua Senhora com as mãos e prendeu-o com presilhas de esmeralda e jade. Então, já completamente arrumada, Mara saiu com passos curtos e afetados para cumprimentar seu pretendente.

Quando por fim apareceu, os olhos de Bruli brilharam de admiração. Ele saiu meio atrapalhado de sua liteira, com as costas retas e o peso cuidadosamente equilibrado sobre as sandálias. Mara teve de segurar uma gargalhada; suas túnicas e seu penteado caro eram nitidamente pesados e desconfortáveis. Os laços nas mangas pareciam beliscar com intensidade e o cinto largo com costuras coloridas era com certeza apertado e quente. Contudo, parecia se sentir muito feliz com sua aparência. Sorriu radiante à Mara e permitiu que ela o conduzisse até a sombra fresca da casa grande.

Sentada num quarto com vista para o jardim com sua fonte, Mara pediu vinho, frutas e bolos. Como sempre, achava entediante conversar com Bruli; mas em sua habitual função de servir o vinho, Arakasi recolhera boas informações. O Mestre dos Espiões somara diversos comentários de Bruli a coisas que já sabia através de seus agentes. Mara nunca deixava de se espantar com a quantidade de informações que o Mestre dos Espiões era capaz de absorver entre as fofocas aparentemente triviais. Nas conversas particulares que se seguiam às visitas de Bruli, Arakasi desenvolvera algumas teorias interessantes sobre o que se passava no Conselho Supremo. Se as especulações dele estivessem corretas, logo a Facção da Roda Azul se retiraria unilateralmente da guerra no mundo bárbaro. A grandiosa campanha do Senhor da Guerra seria bastante prejudicada. Caso isso acontecesse, os Anasati, os Minwanabi e os outros aliados de Almecho com certeza seriam pressionados com a exigência de mais apoio. Mara pensou se Jingu intensificaria suas tentativas de eliminá-la antes de os Minwanabi serem forçados a empenhar suas energias no outro lado.

Bruli parou de tagarelar e Mara percebeu um pouco tarde que se perdera no que ele dizia. Preencheu o silêncio com um sorriso encantador, inconsciente de que essa expressão a deixava ainda mais bela. Bruli reagiu com um olhar entusiasmado. Seu sentimento era completamente verdadeiro e por um momento Mara imaginou o que sentiria em seus braços, em comparação com a infelicidade que suportara nos de Buntokapi. Arakasi dobrou-se então para dar um tapa em um mosquito e sua roupa esbarrou na travessa de vinho. O movimento inesperado assustou Bruli, que no mesmo instante levou a mão a uma adaga escondida no cinto. Em uma fração de segundo, o solícito pretendente transformou-se num guerreiro tsurani, com todos os músculos tensos e o olhar gelado. O momento sensível de Mara desapareceu num segundo. O homem poderia ter modos mais civilizados e ser mais encantador, ter um corpo e um rosto mais belos do que o brutamontes com quem se casara, mas seu coração era duro e exigente. Como Buntokapi, mataria ou machucaria por impulso, sem sequer pestanejar.

Perceber isso deixou Mara zangada; foi como se por um segundo tivesse ansiado por algo daquele homem — de qualquer homem. O fato de seu desejo ter se revelado uma esperança vã despertou nela um instinto irracional de revidar. Simulando desconforto diante do calor, Mara agitou a mão para se refrescar e depois abriu o corpete e expôs ostensivamente os seios. O efeito foi imediato. Os instintos bélicos do jovem se acalmaram, como as garras retráteis de um sarcat. Outro tipo de tensão se instaurou e ele se aproximou. Mara sorriu, com um brilho impiedoso no olhar. Os sininhos no pulso soaram em harmonia quando ela encostou, aparentemente por acaso, no braço do jovem.

— Não sei o que está acontecendo comigo, Bruli, mas acho este calor sufocante. Importa-se de tomar um banho?

Em sua pressa de se levantar, o jovem perdeu toda a compostura. Estendeu a mão a Mara e ela permitiu que ele a erguesse das almofadas sem antes ter fechado suas vestes. A túnica abriu-se ainda mais e Bruli deu uma olhada rápida e maliciosa nos seios pequenos, mas bem-feitos, e na promissora barriga lisa. Mara sorriu ao reparar no que ele prestava atenção. Com movimentos lentos e provocantes, voltou a prender o cinto, ao mesmo tempo que surgiram pequenas gotas brilhantes de suor na testa de Bruli.

— Você parece muito quente — comentou ela.

O jovem a fitou com uma legítima adoração.

— Estou sempre ardendo de paixão por você, minha Senhora.

Dessa vez, Mara encorajou seu atrevimento.

— Espere aqui um momento — disse, e, sorrindo de modo exageradamente convidativo, saiu à procura de Nacoya.

A idosa estava sentada fora de vista, logo atrás do biombo, com um bordado no colo. Mara reparou que, ao contrário do esperado, a costura estava nitidamente desalinhada. Grata por constatar que sua Conselheira-Mor não pediria explicações sobre o que acontecera no quarto ao lado do jardim, deu-lhe algumas instruções rápidas:

— Creio que nosso jovem galo jiga já está pronto para cantar. Mande preparar o banho. Quando eu dispensar os criados, deixe-nos quinze minutos a sós. Depois, envie meu mensageiro com uma mensagem urgente codificada e tenha Misa a postos. — Mara fez uma pausa, exibindo um ar de dúvida. — Disse que ela admirava o homem?

Nacoya assentiu pesarosa.

— Ah, filha, não se preocupe com Misa. Ela adora homens.

Mara assentiu e preparou-se para voltar a seu pretendente. Mas Nacoya agarrou-a pelo pulso, abafando o toque dos sininhos com sua palma enrugada.

— Minha Senhora, seja cautelosa. Seus guardas zelarão por sua segurança, mas está jogando um jogo perigoso. Tome cuidado. Avalie o quanto pode esticar a corda com Bruli. Ele pode se tornar apaixonado demais a ponto de ser impossível detê-lo. Pape acabaria matando-o por tentativa de violação e isso causaria um grande dano aos Acoma neste momento.

Mara pensou em sua pouca experiência com homens e optou pela prudência.

— Envie o mensageiro dez minutos depois de entrarmos.

— Vá agora. — Nacoya largou sua Senhora dando-lhe um tapinha na mão. A idosa sorriu atrás das sombras. Graças aos deuses não precisara mentir; Misa era a mais bela das criadas de Mara e seu apetite por homens atraentes era alvo de mexericos indiscretos entre a criadagem. Ela representaria seu papel com verdadeira alegria.

Os criados esvaziaram os últimos jarros de água fria na banheira, fizeram uma reverência e se retiraram, fechando os biombos. Mara soltou a mão de Bruli. Os sinos em seus pulsos tilintaram suavemente quando, com movimentos quase dançantes, desapertou o cinto e permitiu que a túnica deslizasse de seus ombros. Enfeites de contas ocultaram a cicatriz de seu ferimento e a seda sussurrou sobre a pele de mármore, deslizando pela cintura e pela curva do quadril. Enquanto suas vestes caíam ao redor dos tornozelos até o chão, Mara ergueu um pé descalço e depois o outro, libertando-se por fim das dobras. Subiu os degraus até o topo da banheira de madeira, lembrando-se de manter a barriga para dentro e o queixo levantado. Pelo canto do olho, vislumbrou Bruli livrando-se da roupa suntuosa; sua encenação com a túnica quase fez o jovem perder o decoro. Quando ele se libertou de sua tanga, ela testemunhou a prova do efeito que exercia sobre ele. Mara conteve-se para não rir, valendo-se de uma tremenda força de vontade. Quando excitados, os homens ficam muito idiotas.

Bruli espreguiçou-se. Confiante de que seu corpo era admirável, saltou para a banheira, submergindo os quadris esbeltos com uma expressão de satisfação, como se seu desejo fosse apenas se molhar. Mas Mara não se deixou enganar. Bruli esperara por aquele momento, desgastando-se com uma ansiedade profunda durante boa parte da semana. Abriu os braços, convidando Mara a se juntar a ele. Em vez disso, ela sorriu e pegou um frasquinho e um sabonete aromatizado. Os inestimáveis sinos metálicos retiniram com os movimentos dela enquanto despejava óleos perfumados na água. Formaram-se arco-íris ao redor do corpo atlético de Bruli. Ele fechou os olhos de prazer, enquanto os sinos passavam para trás dele e pequenas mãos começavam a ensaboá-lo.

— Seu toque é muito agradável — murmurou Bruli.

As mãos dela dissiparam-se como fantasmas. Os sinos retiniram uma cantoria e caíram em silêncio, e a água ondulou suavemente. Bruli abriu os olhos e deparou com Mara à sua frente, ensaboando seu corpo elegante com um desprendimento sensual. Lambeu os lábios, inconsciente da frieza evidente nos belos olhos dela. Pelo sorriso piegas que viu em seu rosto, Mara calculou que estava tendo sucesso em seu papel de mulher sedutora.

A respiração do homem tornou-se quase tão ofegante quanto a de Buntokapi. Sem se surpreender quando Bruli pegou outro sabonete e estendeu a mão para ajudá-la, Mara girou graciosamente e mergulhou na água até o pescoço. Espuma de sabão e arco-íris de óleo ocultaram suas formas e quando Bruli estendeu suas mãos fortes em sua direção, a Senhora antecipou-se com um sorriso.

— Não, permita-me. — Os óleos de banho cobriram a borda da banheira quando ela se colocou ao lado dele e enfiou a cabeça debaixo d'água de brincadeira. A jovem voltou à superfície cuspindo e rindo, e ele tentou agarrá-la. Mas Mara deslizara para trás. Para desespero de Bruli, ela começou lentamente a lavar cabelo dele. Bruli estremeceu de prazer ao imaginar aquelas mãos tocando outras partes do seu corpo. As mãos dela desceram um pouco de seu cabelo e passaram a fazer uma suave massagem no pescoço e nas costas dele. Bruli recostou-se, sentindo os bicos dos seios de Mara em seus ombros. Passou o braço por cima da cabeça para agarrá-la, mas as mãos esquivas dela deslizaram para a frente, acariciando sua clavícula e seu peito. Consciente do arrepio no corpo dele, Mara esperava que seu mensageiro aparecesse logo. Já estava ficando sem ideias para adiar as coisas e de um modo estranho que não previra, começou a sentir um aperto no ventre. A sensação a deixou assustada, pois as atenções de Buntokapi nunca a haviam deixado naquele estado. O sabão aromatizado encheu o ambiente com uma fragrância de flores e a luz do entardecer que passava por entre os biombos coloridos transformou a sala de banhos num local suave e agradável para amantes. Mas Mara sabia que poderia ser facilmente um lugar de matança, com Pape à espera com a mão no punho da espada, fora da vista, atrás do biombo. Aquele homem era um vassalo dos Minwanabi, um inimigo, e ela não podia se descontrolar.

Timidamente, esfregou a mão pela barriga de Bruli. Ele estremeceu e sorriu, no exato instante em que o biombo foi aberto para dar passagem ao ofegante mensageiro.

— Minha Senhora, peço perdão, mas seu hadonra enviou-lhe uma mensagem de extrema importância.

Mara simulou um olhar de desapontamento e ergueu-se para sair da banheira. As criadas se aproximaram rápidas com toalhas e Bruli, atormentado pelo desejo, olhou estupidamente para os últimos vestígios de pele nua desaparecerem entre as toalhas. Mara deu ouvidos à mensagem imaginária e voltou-se, sem ocultar sua mágoa.

— Bruli, tem de me desculpar, mas devo sair e cuidar de um assunto inesperado.

Ela mordeu o lábio, já com uma desculpa pronta caso ele perguntasse que assunto era esse, mas a mente dele estava tão turvada pela desilusão, que se limitou a questionar:

— E não pode esperar?

— Não. — Mara esboçou um gesto de impotência. — Receio que não.

A água agitou-se ruidosa quando Bruli se ergueu para contestar. Mara, solícita, apressou-se a ir até seu lado e obrigou-o a voltar ao banho.

— Seu prazer não precisa ser estragado. — Ela sorriu, mostrando-se uma anfitriã zelosa, e chamou uma de suas criadas. — Misa, Bruli não terminou o banho. Acho melhor que o ajude.

A mais bela das carregadoras de toalhas avançou e sem hesitar libertou-se de sua túnica e da roupa de baixo. Seu corpo era espantosamente delicado, mas Bruli a ignorou, limitando-se a olhar para Mara enquanto ela vestia suas roupas lavadas e deixava a sala. A porta fechou-se atrás dela. O filho do Senhor dos Kehotara bateu violentamente com o punho na água, fazendo barulho. Então, com relutância, observou a criada. Sua frustração desapareceu e foi substituída por um sorriso de desejo.

Mergulhou em meio à espuma e às manchas de óleos doces e agarrou-a pelos ombros. Escondida atrás da porta, Mara não esperou para ver o final, e fechou silenciosamente a leve abertura no biombo. Nacoya e Papewaio seguiram-na de perto ao longo do corredor.

— Você tinha razão, Nacoya. Comportei-me como uma imperatriz e ele mal reparou na Misa enquanto não saí.

Um fraco ruído ecoou da sala de banhos, acompanhado por um gritinho feminino.

— Parece que já reparou nela — arriscou Papewaio.

Nacoya sacudiu a mão, como se aquilo não fosse importante.

— A Misa só intensificará ainda mais o apetite dele. Agora vai arder de desejo em tê-la, filha. Acho que aprendeu mais sobre os homens do que aquilo que pensava. Ainda assim é bom que Bruli tenha permanecido sossegado em sua presença. Se Pape tivesse precisado matá-lo... — Não concluiu a frase.

— Bem, mas não precisou. — Irritável e estranhamente indisposta, Mara pôs fim à conversa. — Agora, vou embora e me trancarei no escritório. Avise-me quando Bruli acabar o serviço com Misa e partir. — Com um gesto, dispensou o Primeiro Líder de Ataques e a Conselheira-Mor. Apenas o mensageiro permaneceu ao seu lado, tentando imitar os passos longos de um guerreiro com suas pernas de garoto. Desta vez suas palhaçadas não a divertiram. — Chame Jican ao escritório — ordenou-lhe secamente. — Tenho planos para aquela terra que adquirimos do Senhor dos Tuscalora.

Mara avançou rápida e determinada, mas um guincho de risadas de criança derreteu seu aborrecimento. Ayaki despertara de seu cochilo do meio-dia. Sorrindo, Mara desviou-se na direção do quarto de bebê. A intriga e o grande Jogo do Conselho poderiam esperar enquanto visitava o filho.

Quando foi cortejar Mara novamente, Bruli dos Kehotara surgiu acompanhado por uma dúzia de bailarinas, todas especialistas em sua arte, rodopiando e saltando com uma espantosa graciosidade atlética, acompanhadas por um conjunto de músicos. A liteira que seguia aquele cortejo era também nova, adornada com metal e com bordados de pedras preciosas em forma de contas. Mara estreitou os olhos diante do brilho ofuscante da luz do sol e considerou que o estilo de seu pretendente aproximava-se da pompa característica do Senhor dos Anasati.

Ela sussurrou ao ouvido de Nacoya:

— Por que cada uma de suas entradas se parece mais com um circo?

A idosa esfregou as mãos.

— Disse a seu jovem pretendente que você apreciava um homem que consegue exibir orgulhosamente ao mundo sua riqueza, embora eu não tivesse sido tão óbvia.

Mara lançou um olhar cético à idosa.

— Como você sabia que ele lhe daria ouvidos?

Nacoya acenou descontraída para o jovem que se debruçou esperançoso em sua liteira, de modo a tentar vislumbrar a Senhora que fora cortejar.

— Filha, ainda não aprendeu? O amor pode transformar até o melhor dos homens num idiota.

Mara assentiu, enfim compreendendo por que razão sua antiga ama insistira para ela se passar por libertina. Bruli nunca poderia ter sido coagido a gastar tal fortuna simplesmente para satisfazer a vontade do pai. Naquela manhã, Arakasi recebera a informação de que o rapaz quase levara à falência a já debilitada posição financeira dos Kehotara. O pai dele, Mekasi, penaria caso se visse obrigado a apelar à boa vontade de Jingu para salvar sua honra.

— Aquele rapaz é capaz de gastar todo o dinheiro do pai para conseguir entrar no meio de suas pernas. — Nacoya balançou a cabeça. — Dá até pena. Ao menos, um pouco — comentou. — Colocar Misa em seu lugar funcionou: incrementou bastante o apetite dele por você. O idiota está perdidamente apaixonado.

O comentário da Conselheira-Mor praticamente se perdeu no meio da fanfarra de trombetas. Tocadores de vielle lançaram-se em um final harmônico conforme o grupo de Bruli subia os degraus para a casa grande e entrava no jardim. As bailarinas rodopiaram todas ao mesmo tempo, terminando num semicírculo de reverências diante de Mara no momento em que Bruli fez sua entrada. Seu cabelo negro apresentava-se cacheado e nos braços usava pesadas pulseiras esmaltadas e entalhadas. Aproximando-se de Mara, seu andar pomposo vacilou. Em vez da túnica reduzida que ele esperara, ela vestia uma túnica branca formal, com mangas compridas e uma bainha abaixo dos joelhos. Apesar de ter pressentido algumas dificuldades, conseguiu fazer uma reverência graciosa.

Mara indicou aos criados que se mantivessem afastados. Franziu levemente a testa, como se lutasse com um desgosto grande demais para ocultar.

— Bruli, acabei de compreender uma coisa — disse, baixando os olhos. — Tenho estado sozinha... e você é um homem muito atraente. Eu... eu não me comportei à altura. — Depois, terminou apressada: — Deixei que o desejo se sobrepusesse à razão e agora creio que me julga mais uma menina boba para adicionar à sua lista de conquistas.

— É claro que não! — interrompeu Bruli, preocupado. — Considero-a uma referência entre as mulheres, Mara. — Sua voz se suavizou, quase com reverência. — Mais do que isso, eu a amo, Mara. Nunca encararia uma mulher que desejo desposar como uma conquista.

A sinceridade dele desconcertou Mara por um momento. Apesar de sua beleza, Bruli não passava de um jovem guerreiro vaidoso, com pouco dom para pensar ou para a sabedoria.

Mara recuou quando ele lhe estendeu o braço.

— Gostaria de acreditar em você, Bruli, mas suas próprias ações negam suas palavras bonitas. Há duas noites achou minha criada uma boa substituta para... — Como a mentira veio fácil, pensou ela. — Estava pronta para me entregar a você, querido Bruli. Mas descobri que não passa de mais um aventureiro de coração, e eu uma pobre e simples viúva.

Bruli de repente ficou sobre um joelho, uma postura de servidão, e simultaneamente chocante pela sua espontaneidade. Começou por expressar seu amor com seriedade, mas Mara virou-lhe as costas de modo abrupto.

— Não suporto ouvir isto. Despedaça meu coração. — Fingindo uma dor grande demais para tolerar, saiu às pressas para o jardim.

Conforme o bater de suas sandálias se perdia pela casa, ele voltou a se levantar. Deparando com Nacoya a seu lado, gesticulou em uma confusão envergonhada.

— Velha mãe, se ela não me dá ouvidos, como provarei meu amor?

Nacoya cacarejou, compreensiva, e afagou o braço do jovem, conduzindo-o com destreza por entre os músicos e bailarinas até a sua liteira resplandecente.

— As garotas não são fortes, Bruli. Deve ser amável e paciente. Penso que um pequeno presente de vez em quando, com uma carta, ou, ainda melhor, um poema, poderão trazer de volta seu coração. Talvez um por dia, até que ela o chame. — Tocando nos bordados com veneração, Nacoya disse: — Teve Mara na mão, sabia? Se tivesse se refreado com aquela criada, ela com certeza teria aceitado ser sua esposa.

Bruli não conseguiu suportar a frustração.

— Mas eu achei que ela queria que eu ficasse com a garota! — Os anéis retiniram quando, irritado, agitou os braços. — Aquela criada na banheira sem dúvida não foi nada tímida e... não é a primeira vez que um anfitrião me disponibiliza uma criada para me divertir.

Nacoya representou o melhor que pôde seu papel de avó.

— Ah, pobre rapaz. Sabe tão pouco do coração de uma mulher. Aposto que nenhuma mulher que cortejou enviou suas criadas para aquecer seu leito. — Agitou o dedo sob o nariz dele. — Foi outro homem que o fez, certo?

Bruli olhou para o cascalho fino da trilha, obrigando-se a admitir que ela tinha razão. Nacoya assentiu vigorosamente.

— Viu? De certa maneira, foi um teste. — Ela prosseguiu quando os olhos dele começaram a se estreitar. — Não foi premeditado, tenha certeza. O que quero dizer é que, se tivesse se vestido e saído na mesma hora, minha Senhora teria sido sua assim que o pedisse. Agora...

Bruli atirou para trás seus cachos e suspirou.

— O que devo fazer agora?

— Como lhe disse... presentes. — Nacoya assumiu um tom de censura. — E acho que deve provar que sua paixão só corresponde ao verdadeiro amor. Dispense essas garotas que mantém na estalagem da cidade onde está hospedado.

Bruli endireitou-se, desconfiado.

— Há espiões! Como ela poderia saber que tenho duas mulheres do Boa Vida em meus aposentos na cidade?

Apesar de os agentes de Arakasi de fato o terem comprovado, Nacoya limitou-se a assentir, do alto de sua sabedoria.

— Viu só? Adivinhei! E se uma mulher velha e simples como eu é capaz disso, imagine minha Senhora. — Pequena e mirrada diante do orgulhoso guerreiro, encaminhou-o apressada para a entrada, onde sua liteira o aguardava. — Deve ir agora, jovem Senhor Bruli. Se seu desejo é conquistá-la, não deve ser mais visto conversando durante muito tempo comigo! Minha Senhora pode desconfiar de que estou lhe dando conselhos, e isso a desagradaria. Vá logo, e seja generoso em sua devoção.

O filho de Mekasi acomodou-se relutante em suas almofadas. Os escravos içaram as varas da liteira de cores berrantes até os ombros e, mais parecendo bonecos de corda, os músicos começaram a tocar o hino de retirada. As bailarinas rodopiaram em movimentos graciosos, até serem detidas por um grito choroso de seu mestre. As vielles arranharam e ficaram em silêncio, e um último e atrasado tocador de trombeta fez com que os machos mugissem nos pastos de needra. Que conveniente sua despedida ter vindo dos animais, pensou Nacoya quando numa triste marcha o cortejo dele partiu para Sulan-Qu. O sol quente do meio-dia fez murchar as grinaldas das flores na cabeça das bailarinas e dos escravos, e a Conselheira-Mor dos Acoma quase sentiu pena do jovem. Quase.

Os presentes começaram a chegar no dia seguinte. O primeiro foi um pássaro raro que tinha um canto perturbador, e trazia um bilhete com uma poesia de péssimo gosto. Nacoya leu-o depois de Mara tê-lo deixado de lado.

— A caligrafia está bem treinada — comentou. — Deve ter gasto alguns dimis contratando um poeta para escrever isto.

— Então desperdiçou o dinheiro. É horrível. — Mara acenou a um criado para que levasse dali o papel colorido que embrulhara a gaiola do pássaro. A própria ave saltou de poleiro em poleiro, cantarolando com grande empenho.

Nesse mesmo instante apareceu Arakasi, que fez uma reverência na entrada do escritório.

— Minha Senhora, descobri a identidade do agente dos Kehotara.

Em resposta, Mara ordenou aos escravos que levassem o pássaro para outro cômodo. Assim que seu trinado não mais se fez ouvir ao longo do corredor, ela perguntou:

— Quem é?

Arakasi aceitou seu convite para entrar.

— Um dos criados de Bruli foi muito rápido ao enviar uma missiva, avisando o pai dele de seus excessos, parece-me. Mas o estranho foi que outro escravo, um carregador, também abandonou a casa de seu mestre para se encontrar com um vendedor de legumes. A conversa deles não foi sobre os produtos e ele me pareceu mais um agente dos Minwanabi.

Mara enrolou um pedaço de fita no meio dos dedos.

— Foi feito algo quanto a isso?

Arakasi percebeu logo a ideia dela.

— O primeiro deles sofreu um infeliz acidente. A mensagem caiu nas mãos de outro vendedor de legumes que, por acaso, detesta Jingu. — O Mestre dos Espiões sacou um documento de dentro da túnica e o passou a Mara com um ar muito sério.

— Ainda cheira a trufas seshi — a Senhora dos Acoma comentou educada, para depois ler o bilhete. — Sim, isso comprova nossas suposições. E também sugere que Bruli não faz ideia da presença de um segundo agente em sua comitiva.

Arakasi franziu o cenho, como sempre fazia quando lia algo de ponta-cabeça.

— Se esses números estiverem corretos, Bruli está prestes a colocar em risco as finanças do pai. — O Mestre dos Espiões fez uma pausa para coçar o queixo. — Com a orientação de Jican, convenci muitos artesãos e mercadores a atrasarem suas contas até desejarmos que as enviem. Os Acoma se beneficiam de seu hábito de pagar à vista.

Mara assentiu em reconhecimento.

— Quanto benefício isso dá aos Kehotara?

— Pouco. Quanto tempo consegue um mercador financiar a corte de Bruli? Logo vão mandar a conta ao hadonra do Senhor dos Kehotara. Adoraria ser um mosquito para presenciar quando ele receber esse lote de contas.

Mara fitou com intensidade o Mestre dos Espiões.

— Você tem algo mais para revelar.

Arakasi, surpreso, ergueu as sobrancelhas.

— Já me conhece muito bem. — Mas o tom de voz dele indicava uma pergunta.

Em silêncio, Mara apontou para seu pé batendo suavemente na passadeira.

— Quando você termina, para de bater com o pé.

O Mestre dos Espiões quase sorriu.

— Feiticeira — disse, com admiração; e depois retomou em um tom sério. — A Facção da Roda Azul acabou de ordenar a todos os seus Comandantes das Forças Armadas que voltem de Midkemia, como suspeitamos que aconteceria.

Mara estreitou os olhos.

— Assim sendo, pouco tempo nos resta para lidar com este rapaz vaidoso e idiota. Dentro de poucos dias, o pai vai mandar chamá-lo, mesmo se não tiver descoberto o estado calamitoso de suas finanças. — Bateu aleatoriamente com o rolo de pergaminho enquanto pensava no passo seguinte. — Arakasi, fique atento a quaisquer tentativas de envio de um mensageiro a Bruli antes de Nacoya convencê-lo a me oferecer aquela liteira. E, velha mãe, assim que ele o fizer, diga-lhe que venha me visitar. — O olhar de Mara pairou demoradamente sobre os dois conselheiros. — E esperemos que seja possível lidar com Bruli antes que o pai ordene que ele me mate.

Bruli enviou um presente novo em cada um dos quatro dias seguintes. Os criados empilharam-nos num canto do escritório de Mara, até Nacoya comentar amarga que o cômodo estava parecendo um mercado. A quantidade de presentes acumulados era impressionante — túnicas suntuosas da mais fina seda, vinhos e frutas exóticas, importados por um bom preço no Império Central, pedras preciosas e ainda joias de metal. Por fim, no quinto dia, após a tarde em que ela mandara o jovem partir, chegou a fabulosa liteira. Mara ordenou então a Arakasi que fosse enviada a Bruli a segunda mensagem, interceptada um dia antes. O Senhor dos Kehotara recebera enfim notícias relativas aos excessos do filho e ordenara com firmeza que o rapaz voltasse imediatamente para casa. Em suas indicações, o velho patriarca furioso explicou com detalhes o que achava do comportamento irresponsável do filho.

Mara teria se divertido, se não fosse pela inquietação de Arakasi diante do modo como a notícia do incidente chegara ao Senhor dos Kehotara sem conhecimento de seu agente. O Mestre dos Espiões era muito orgulhoso e encarava qualquer falha, mesmo a menor delas, como uma traição pessoal. Além disso, descobrir o agente Minwanabi na comitiva de Bruli o deixara preocupado. Se havia dois agentes, por que não três?

Mas os acontecimentos se sucederam com uma rapidez que não possibilitou que investigassem mais. Bruli dos Kehotara voltou à casa grande dos Acoma e Mara mais uma vez arrumou-se com túnicas e maquiagem atrevidas para confundir ainda mais seu incômodo pretendente quando ele a brindou com uma reverência ao chegar. Os músicos estavam evidentemente ausentes, assim como as vestes suntuosas, as joias e o cabelo cacheado. Corado e inquieto, o jovem apressou-se nas formalidades das saudações. Sem se desculpar por seus modos bruscos, despejou tudo o que tinha a dizer.

— Senhora Mara, agradeço aos deuses por me receber.

Mara antecipou-se, parecendo não ter noção de que o ardor dele já não era completamente motivado pela paixão.

— Creio que eu tenha errado em relação a você, meu querido. — Olhou envergonhada para o chão. — Talvez você tivesse sido sincero... — Então, falou num tom de súplica. — Se ficar para a ceia, poderemos voltar a conversar.

Bruli respondeu com sincero alívio. Tinha uma conversa difícil pela frente e tudo seria mais fácil se Mara já simpatizasse de novo com ele. Além disso, se voltasse para casa com uma promessa de noivado, isso suavizaria a ira do pai. A riqueza dos Acoma era bem estabelecida e algumas dívidas com certeza poderiam ser pagas sem grandes problemas. Confiante de que tudo terminaria bem, Bruli aguardou enquanto Mara instruía Jican para que disponibilizasse aposentos para o séquito dele. Quando o filho do Senhor dos Kehotara foi levado embora, Mara voltou a seu escritório, onde era esperada por Arakasi, mais uma vez disfarçado de vendedor de legumes.

Mara só falou quando se assegurou de que havia privacidade.

— Quando pensa em partir?

Arakasi deteve seu passo, uma sombra sobreposta a outra, no canto escurecido pelo monte de oferendas de Bruli. A ave canora entoou belas notas incongruentes sobrepondo-se às palavras dele.

— Esta noite, Senhora.

Mara pousou um pano sobre a gaiola, reduzindo a melodia a uma série de trinados sonolentos.

— Pode esperar mais um ou dois dias?

Ele balançou a cabeça.

— Não mais do que a primeira luz de amanhã. Se não aparecer numa determinada estalagem em Sulan-Qu ao meio-dia, e em diversos outros locais ao longo da próxima semana, meu substituto entra em ação. Seria estranho se a Senhora passasse a ter dois Mestres Espiões. — Sorriu. — E eu perderia os serviços de um homem muito difícil de substituir. Se o assunto é assim tão importante, posso entregar-lhe outras tarefas e ficar aqui.

Mara suspirou.

— Não. Até lá já vamos ter acabado com essa imbecilidade com o rapaz Kehotara. Quero que informe a Keyoke quem é o agente Minwanabi na comitiva dele. E diga-lhe que esta noite dormirei nos aposentos de Nacoya. — A ave canora parou com seu trinado assim que ela se calou. — O que acha se esta noite eu colocar Pape e Lujan de vigia em meus aposentos?

Arakasi manteve-se em silêncio por um momento.

— Acha que o jovem Bruli vai visitá-la em sua cama durante a madrugada?

— Acho mais provável que um assassino da comitiva dele tente fazer isso. — Mara encolheu os ombros. — Tenho Bruli onde quero, mas se ele estivesse um pouco mais desconfortável, isso seria bom para nós. Se alguém vagar esta noite pelos corredores, creio que será útil se facilitarmos o caminho até meus aposentos.

— Como sempre, surpreende-me, Senhora. — Arakasi inclinou-se para a frente, num misto de ironia e admiração. — Farei com que suas instruções cheguem ao Keyoke.

Num movimento discreto, o Mestre dos Espiões desapareceu nas sombras. Sua partida foi silenciosa; passou pelo corredor sem ser visto sequer pela criada que apareceu para anunciar a Mara que a roupa e o banho estavam prontos, caso pretendesse refrescar-se antes do jantar.

Mas ainda faltava resolver um assunto. Mara mandou o mensageiro chamar Nacoya e depois informou a idosa de que Bruli deveria receber as mensagens atrasadas de seu pai. Na escuridão crescente do crepúsculo, acrescentou:

— Não se esqueça de lhe dizer que acabaram de chegar.

Um brilho malicioso iluminou o olhar de Nacoya.

— Posso eu mesma levá-las, Senhora? Gostaria de ver a cara dele ao recebê-las.

Mara riu.

— Sua velhinha terrível! Entregue as mensagens, com minha bênção. E não minta demais. As missivas atrasaram-se na cidade, o que é mais ou menos verdade. — Fez uma pausa, ocultando atrás do humor um instante de medo. — Acha que isso servirá para me poupar de sua pieguice durante o jantar?

Mas Nacoya já partira com sua missão e a única resposta que Mara obteve foi um chilreio sonolento da ave canora. De repente, arrepiou-se, sentindo necessidade de um banho quente para afastar da mente as implicações da jogada que estava prestes a concluir contra o Senhor dos Kehotara.

O óleo das lamparinas queimou devagar, espalhando uma luz dourada sobre os lugares à mesa. Pratos cuidadosamente preparados lançavam vapor ao redor de um enfeite de mesa com flores, e peixes frescos cintilavam em contraste com as camadas de frutas e hortaliças frescas. Era nítido que o pessoal da cozinha dos Acoma se esforçara para preparar um jantar romântico, embora Bruli estivesse sentado inquieto em suas almofadas.

Ele mexia aqui e ali na comida requintada que tinha no prato, mas a mente permanecia em outro lugar. Mesmo o acentuado decote da túnica de Mara não conseguiu animar seu espírito.

Enfim, fingindo confusão, a Senhora dos Acoma colocou seu guardanapo de lado.

— Ora, Bruli, você parece muito agitado. Há algo de errado?

— Minha Senhora? — O jovem olhou para cima, com os olhos azuis escuros pela aflição. — Não pretendo... incomodá-la com meus problemas, mas... — Corou e olhou para baixo, envergonhado. — Sendo muito franco, com minha avidez em conquistá-la, coloquei uma dívida grande demais sobre os ombros de minha casa. — Seguiu-se uma penosa pausa.

— Sem dúvida ficará desiludida comigo e arrisco-me a perder prestígio diante de seus olhos, mas o dever para com meu pai obriga-me a pedir um favor.

De repente, sem saber o que fazer para confortar Bruli, Mara respondeu mais seca do que pretendia.

— Que favor? — Suavizou o efeito pousando o garfo no prato e tentando mostrar uma expressão preocupada. — Naturalmente, se estiver ao meu alcance, poderei ajudá-lo.

Bruli suspirou, com sua infelicidade bem longe de acabar.

— Se em seu coração encontrar bondade para isso, eu preciso que alguns daqueles presentes... os que enviei... será que poderia devolvê-los? — Sua voz baixou e ele engoliu em seco. — Não seriam todos, mas talvez os mais caros.

Os olhos de Mara refletiram plenamente toda a sua compaixão.

— Acho que em meu coração conseguirei arranjar uma forma de ajudar um amigo, Bruli, mas a noite ainda é uma criança e os cozinheiros esforçaram-se muito para nos agradar. Por que não esquecemos esses problemas impertinentes e apreciamos nosso banquete? Amanhã, na primeira refeição do dia, poderemos resolver suas dificuldades.

Embora Bruli estivesse à espera de outra resposta, reuniu seu orgulho ferido e aguentou o resto da noite. Conversou com pouco entusiasmo e nitidamente sem alegria, mas Mara fingiu não reparar. Chamou um bardo para recitar poemas enquanto os criados trouxeram os pratos com doces e bebidas destiladas; no final, a bebida ajudou, pois o infeliz filho dos Kehotara acabou por se recolher. Nitidamente, evitou as investidas românticas para poder passar a noite em um sono descansado.

O nevoeiro deslizou sobre os pastos de needra, infiltrando-se nas cavidades como lenços de seda ao luar. Os pássaros noturnos piaram, em contraponto aos passos de uma outra sentinela; mas no quarto da Senhora havia um som intruso. Papewaio bateu com um pé nas costelas de Lujan.

— O que foi? — reagiu o outro com sono.

— A Senhora não ronca — sussurrou Papewaio.

Bocejando e mostrando uma expressão carrancuda pela dignidade ofendida, Lujan respondeu:

— Eu não ronco.

— Então, está imitando muito bem. — O Primeiro Líder de Ataques dobrou-se sobre a espada, um vulto em contraste com o biombo iluminado pelo luar. Ocultou seu divertimento, pois começara a gostar do antigo guerreiro cinzento. Apreciava em Lujan o fato de ser um excelente oficial, bem melhor do que jamais esperara, e também por sua maneira de ser se revelar tão distinta de seus próprios modos taciturnos.

De repente, Papewaio endireitou-se, alerta pelo som de passos no corredor. Lujan também escutara, pois interrompeu seu protesto. Em silêncio, os dois oficiais Acoma fizeram sinais um ao outro com as mãos e no mesmo instante entraram em acordo. Alguém que não desejava ter seus movimentos detectados aproximava-se do lado de fora no corredor. O estranho estava a poucos passos do biombo; mais cedo, Papewaio colocara um novo tapete em cada curva do corredor do outro lado do quarto de Mara; quem quer que se aproximasse da porta dela provocaria um ruído ao pisá-lo.

Aquele som foi a deixa deles. Sem abrir a boca, Lujan desembainhou a espada e assumiu posição ao lado da porta. Papewaio encostou sua lança na parede do jardim e desembainhou uma espada e uma adaga. A luz do luar cintilou no verniz quando se deitou ao lado da esteira de Mara, com as armas escondidas sob os lençóis.

Passaram longos minutos, até que o biombo que dava para o átrio ao lado do jardim deslizou silenciosamente para o lado. O intruso não hesitou e saltou pela abertura com a adaga em mãos. Dobrou-se em silêncio sobre o que achou se tratar do corpo adormecido da Senhora dos Acoma.

Papewaio rolou para a direita, colocando-se, agachado, em posição de combate, com a espada e a adaga prontas para reagir. Ouviu-se o choque de lâminas, enquanto Lujan se aproximava por trás para encurralar o assassino, de modo a evitar que este fugisse.

A tênue luz da lua o traiu, quando sua sombra se projetou à sua frente no chão. A lâmina do assassino cravou-se nas almofadas e penas de jiga voaram pelo ar, como se sementes estivessem sendo espalhadas num campo. Ele rolou para longe e ficou de pé num salto, vendo-se encurralado. Embora usasse as vestes de um carregador, reagiu com uma rapidez profissional e lançou a adaga em direção a Papewaio. O Líder de Ataques esquivou-se para o lado. Sem produzir ruído, o intruso lançou-se para a frente, contorcendo-se para evitar a espada que cortou o ar logo atrás. Bateu no biombo de papel e aterrissou na varanda já correndo a toda a velocidade.

— Ele está no jardim! — gritou Lujan, perseguindo-o.

Os guardas dos Acoma apareceram no mesmo instante correndo pelos corredores. Por todos os lados, abriram-se biombos e Keyoke dirigiu-se a passos largos para a confusão, dando ordens logo acatadas. Os guerreiros dividiram-se, batendo nos arbustos com as lanças.

Papewaio levantou-se e moveu-se para participar nas buscas, mas Keyoke tocou de leve em seu ombro.

— Ele escapou?

O Primeiro Líder de Ataques praguejou e logo respondeu, graças à sua vasta experiência, àquela que seria a pergunta seguinte do Comandante das Forças Armadas.

— Está escondido em algum lugar nas imediações, mas deve pedir uma descrição a Lujan. Ele tinha o luar a seu favor, e eu só vi uma sombra. — Fez uma pausa enquanto Keyoke mandava chamar o ex-bandido. Após um momento de reflexão, Papewaio acrescentou: — É de estatura média e canhoto. E o hálito dele cheira a picles de jomach.

Lujan concluiu a descrição:

— Usa a túnica e o cinto de corda de um carregador, mas as sandálias têm solas de couro macio, não são de pele dura de needra.

Keyoke dirigiu-se aos dois soldados mais próximos e deu algumas ordens concisas.

— Procure nos aposentos cedidos aos carregadores dos Kehotara. Descubra qual deles está faltando. É o nosso homem.

Um minuto mais tarde chegaram dois outros guerreiros carregando um corpo inerte entre eles. Tanto Papewaio como Lujan identificaram o assassino e ambos lamentaram que ele houvesse tido tempo de cravar sua segunda, e menor, adaga em seus órgãos vitais.

Keyoke cuspiu no corpo.

— É uma pena que tenha morrido honrado pela lâmina. Sem dúvida foi autorizado pelo seu mestre antes de aceitar a missão. — O Comandante das Forças Armadas mandou um homem chamar os outros envolvidos nas buscas. — Pelo menos, o cão dos Minwanabi admitiu o fracasso — acrescentou.

Mara deveria ser informada na mesma hora sobre o que aconteceu. De modo brusco, Keyoke acenou para o corpo.

— Livrem-se desta coisa imunda, mas guardem um pedaço para que ele possa ser identificado. — Terminou acenando para seus Líderes de Ataques. — Bom trabalho. Tirem o resto da noite para dormir.

Ambos os homens se entreolharam quando o Comandante Supremo das Forças Armadas dos Acoma se embrenhou na noite. Keyoke não fazia elogios com frequência. Lujan sorriu e Papewaio assentiu. Em silêncio, os dois homens se voltaram na direção da sala comunal dos soldados para partilharem uma bebida antes do bem merecido descanso.

Bruli dos Kehotara chegou para o desjejum parecendo destruído. Seu belo rosto estava inchado e seus olhos estavam vermelhos, como se tivesse passado a noite tendo pesadelos. No entanto, era mais provável que se atormentasse por ter pedido os presentes de volta do que por saber do assassino que se infiltrara em sua comitiva para chegar à grande casa dos Acoma; depois de ter se descontrolado no jantar, Mara duvidou que tivesse habilidade suficiente para fingir que não tivessem tentado matá-la.

Ela sorriu, sentindo até um pouco de pena dele.

— Meu caro amigo, parece indisposto. Não se sentiu confortável em seus aposentos esta noite?

Bruli buscou seu sorriso mais sedutor.

— Não, minha Senhora. Os aposentos que me reservou são muito bons, mas... — Ele suspirou e o sorriso murchou. — Estou apenas muito tenso. Em relação àquele assunto de que falei a noite passada, posso pedir-lhe boa vontade e paciência...? Se pudesse ajudar...

O ar cordial de Mara desapareceu.

— Não me parece que isso seja aconselhável, Bruli.

Destoando da tensão dos dois, o ar cheirava a pão de thyza fresco. Vagamente consciente de que o desjejum esfriava na mesa, Bruli prendeu o olhar no de sua anfitriã. Suas bochechas ficaram rosadas de um modo pouco comum num tsurani.

— Minha Senhora — começou ele —, parece não ter consciência do mal que me faz em negar esse pedido.

Mara não abriu a boca, mas fez um sinal a alguém que esperava atrás do biombo à sua esquerda. Ouviu-se o ranger de uma armadura e Keyoke entrou trazendo na mão a cabeça ensanguentada do assassino. Sem cerimônias, colocou o troféu na travessa diante do jovem pretendente.

— Você conhece este homem, Bruli. — Não se tratava de uma pergunta.

Chocado com um tom de voz que nunca escutara na Senhora dos Acoma, mas não com a atrocidade que descansava na travessa, Bruli empalideceu.

— Era um de meus carregadores, Senhora. O que aconteceu?

A sombra do oficial caiu sobre ele e o luminoso cômodo de repente pareceu ficar gelado. As palavras de Mara soaram frias como aço.

— Assassino, e não carregador, Bruli.

O jovem piscou, por um momento inexpressivo. E depois deixou-se abater, com uma mecha de cabelo preto cobrindo seus olhos. Foi difícil, mas confessou:

— O mestre de meu pai — disse, referindo-se a Jingu dos Minwanabi.

Mara concedeu-lhe uma pausa, enquanto indicava a seu oficial que se sentasse a seu lado. Quando Bruli se recompôs o suficiente para enfrentar seu olhar, ela assentiu.

— O homem era inquestionavelmente um agente dos Minwanabi, assim como você, em nome de seu pai.

Bruli conteve-se e não contestou, consciente de que isso seria em vão. O desespero abandonou seu olhar.

— Solicito uma morte de guerreiro, Mara — pediu.

Mara bateu com violência com os punhos na toalha da mesa.

— Uma morte de guerreiro, Bruli? — Riu amarga. — Meu pai e meu irmão eram guerreiros, Bruli. Keyoke é um guerreiro. Já enfrentei a morte e sou mais guerreira do que você.

Pressentindo algo que nunca vira numa mulher, o jovem ergueu-se desajeitado. Taças balançaram sobre a mesa. Diante do envolvimento dos Minwanabi, os sinistros restos do carregador passaram a ser duplamente significativos. Bruli sacou uma adaga que tinha na túnica.

— Não serei enforcado como um criminoso, Senhora.

Keyoke levou imediatamente a mão à espada para defender sua Senhora, mas assim que Bruli inverteu a adaga, apontando-a para o próprio peito, o Comandante das Forças Armadas percebeu que o filho dos Kehotara não tinha pretensão de atacar.

Mara ficou em pé, e falou num tom incisivo:

— Solte essa adaga, Bruli. — Ele hesitou. — Ninguém vai enforcá-lo — garantiu ela. — Você é um idiota, não um assassino. Será enviado para casa para explicar a seu pai o modo como essa aliança com Jingu colocou em risco a casa dele.

Mudo de vergonha, o belo pretendente recuou diante do impacto da declaração dela. Pouco a pouco, pensou em todas as implicações até chegar a uma conclusão inevitável: fora usado, implacavelmente, até mesmo seus sentimentos mais profundos haviam sido manipulados. Com toda a seriedade, sem nenhum resquício da habitual afetação, fez uma reverência.

— Eu a saúdo, Senhora. Fez com que eu traísse meu pai.

Se fosse dada liberdade à sua natureza impulsiva, provavelmente recuperaria sua honra ferida lançando-se sobre a espada assim que cruzasse a fronteira das terras dos Acoma. Mara pensou rápido; teria de se antecipar a isso, pois o suicídio dele só serviria para inflamar os Kehotara a apoiarem ainda mais o desejo do Senhor dos Minwanabi de fazer os Acoma desaparecerem do mapa. Ela conspirara, mas não pela morte dele.

— Bruli?

— Minha Senhora? — Ele atrasou sua partida mais por resignação do que por esperança.

Mara indicou a ele que se sentasse e ele assim o fez, meio rígido. O cheiro de comida o deixou um pouco enjoado e a vergonha era um fardo que carregava sobre os ombros.

Mara não conseguiu amenizar o sabor amargo da derrota; Buntokapi a ensinara a não se vangloriar na hora do triunfo. Falou com gentileza:

— Bruli, não me arrependo de fazer o que é necessário para proteger aquilo que me pertence. Mas não desejo causar dificuldades inconvenientes a você. O fato de seu pai servir o meu mais odiado inimigo não passa de uma triste sina que nasceu conosco. Não vamos entrar em contendas. Devolverei a maioria de suas oferendas exóticas em troca de duas promessas.

No meio de tantas reviravoltas, Bruli pareceu se recompor.

— Não trairei a honra dos Kehotara.

— Não pedirei isso. — Mara inclinou-se para a frente, com um ar muito sério. — Caso venha a suceder seu pai e seu irmão como Senhor dos Kehotara, peço-lhe que não abrace a tradição do Tan-jin-qu. Concorda em manter sua casa livre da vassalagem dos Minwanabi?

Bruli fez um gesto de desaprovação.

— São mínimas as probabilidades de que isso aconteça, Senhora Mara. — O irmão mais velho dele era o herdeiro e o pai tinha uma saúde de ferro.

Mara apontou para si mesma, como se isso servisse de resposta ao seu comentário. Quem, dentre todos os mortais, poderia saber o que reservava o destino?

Envergonhado pela esperança que iluminou sua alma, Bruli perguntou:

— E a segunda condição?

— Se vier a governar, faça-me um favor. — Mara expôs sua ideia com o cuidado de um diplomata. — Caso eu morra, ou deixe de usar o manto de Governante, sua promessa não passará a meu sucessor. Todavia, se eu estiver viva e você se tornar o Senhor dos Kehotara então uma vez, e só uma vez, deverá fazer o que eu ordenar. Posso pedir que me apoie em alguma ação, talvez no comércio ou talvez na guerra, ou no Jogo do Conselho. Concorde com isso, e ficará livre de futuras obrigações.

Bruli olhou de modo inexpressivo para a toalha de mesa, mas a tensão de sua postura traiu o fato de estar pesando suas possibilidades. Mara aguardou, imóvel, sob a luz do sol que passava pelo biombo. Acrescentara impulsivamente a segunda condição, para distrair o jovem de pensamentos suicidas; mas assim que se sentou e refletiu sobre o assunto, sua mente foi muito à frente; e pensou que acabara de abrir mais uma ampla via de possibilidades para vencer o Jogo do Conselho.

Sendo-lhe dada a possibilidade de optar entre a morte e a vergonha financeira de sua família, por um alívio diante de suas loucuras e uma promessa que poderia nunca ter de cumprir, Bruli foi rápido em decidir.

— Minha Senhora, falei de modo impulsivo. Sua proposta é difícil, contudo, optarei pela vida. Se os deuses me concederem o manto de governo dos Kehotara, farei como exige. — Levantou-se devagar, assumindo então uma postura de escárnio. — Mas como são remotas as possibilidades de eu herdar o manto em vez do meu irmão, você agiu como uma tola.

Odiando aquele momento por sua crueldade, Mara, em silêncio, gesticulou ao criado que esperava atrás do biombo. Ele fez uma reverência e depositou em suas mãos um papel com um selo rasgado.

— Isso chegou até nós, Bruli. Era para você, mas como seu pai achou conveniente enviar assassinos em sua comitiva, meu hadonra, em prol de minha segurança, optou por lê-lo.

O papel fora amarrado por fitas vermelhas, a cor dos Turakamu. De repente sentindo-se gelado, como nunca achara que fosse possível em sua vida, Bruli ergueu a mão, hesitante. O papel pareceu leve demais para transportar as notícias que leu escritas pela mão do chefe dos escribas de seu pai. Com o coração despedaçado por uma nova onda de dor, Bruli amassou o pergaminho com as mãos trêmulas. Com dificuldade, manteve o autocontrole.

— Mulher, você é um veneno, tão pequeno e mortífero quanto o dos escorpiões keti que se escondem sob as pétalas das flores. — Ela já sabia durante a negociação que o filho mais velho de Mekasi fora morto no mundo bárbaro, vítima da campanha do Senhor da Guerra. Montara a cilada para Bruli já sabendo que ele recebera o título de herdeiro. Agora a honra o impedia de quebrar a promessa.

Tremendo de raiva, Bruli fitou a mulher que outrora amara estupidamente.

— Meu pai é um homem forte, com muitos anos de vida pela frente, cadela Acoma! Dei-lhe minha palavra, mas você não viverá o bastante para vê-la cumprida.

Keyoke endireitou-se, pronto a colocar a mão na espada, mas Mara limitou-se a responder com um pesar cansado.

— Nunca duvide de que sobreviverei para acertar as contas. Pense nisso enquanto recupera os presentes que me enviou. Deixe-me apenas a ave canora, pois ela me lembrará de um jovem que me amou demais para ser sensato.

A sinceridade dela despertou recordações amargas e dolorosas. Com o rosto ardendo diante da intensidade de seus sentimentos antagônicos, Bruli disse:

— Despeço-me de você. Da próxima vez que nos encontrarmos, que o Deus Vermelho me conceda a bênção de vislumbrar seu cadáver.

Girou sobre os calcanhares, consciente de que todos os soldados Acoma ao alcance do ouvido estavam prontos para reagir ao insulto. Mas Mara colocou a mão no braço de Keyoke, em silêncio, enquanto o jovem partia. Os passos da comitiva dos Kehotara deixaram de se ouvir depois que cruzaram o pátio. Nacoya apareceu, toda desgrenhada, para ver o que acontecera, a boca reta revelando aborrecimento.

— Que jovem mais inconveniente — resmungou e, percebendo a rigidez de Mara, mudou na mesma hora o rumo da conversa. — Outra lição, filha: os homens ficam facilmente ofendidos quando mexem com o coração deles. É normal essas feridas demorarem a sarar. Pode ter ganhado esta rodada, mas conquistou ao mesmo tempo um inimigo mortal. Não há quem seja mais perigoso do que aqueles cujo amor se transformou em ódio.

Mara apontou com severidade para a cabeça do carregador morto.

— Alguém deve pagar pela conspiração dos Minwanabi. Quer Bruli encontre ou não outros interesses para entreter a mente, nós ganhamos. Bruli esbanjou riqueza suficiente do pai para deixar os Kehotara numa posição vulnerável. Jingu será solicitado para dar apoio financeiro, e se há algo que incomoda aquele jaguna, é prestar favores.

— Filha do meu coração, o destino raramente é algo assim tão simples. — Nacoya aproximou-se e, pela primeira vez, Mara olhou para cima e viu o rolo que ela tinha em suas velhas mãos. As fitas e o selo eram laranja e preto, cores que nunca pensara ver, em sua existência, debaixo daquele teto. — Isso acabou de chegar — disse a Conselheira-Mor. Com uma expressão relutante e reprimida, entregou o pergaminho à sua Senhora.

Mara desamarrou as fitas e quebrou o selo com as mãos tremendo descontroladas. Desenrolou ruidosamente o pergaminho, o que contrastou com o silêncio que imperava na sala. Mara leu, com um rosto tão inexpressivo quanto uma máscara de cera.

Nacoya prendeu a respiração; Keyoke tentou ficar confortável em sua postura imóvel de militar; Mara, por fim, ergueu os olhos.

Levantou-se, de repente com um aspecto fragilizado sob a luz do sol.

— Como vocês previram — disse, dirigindo-se aos dois servidores que havia mais tempo a acompanhavam —, o Senhor dos Minwanabi solicita minha presença numa celebração formal de aniversário do nosso augusto Senhor da Guerra.

A pele fraca de Nacoya perdeu a pouca cor que restava.

— Deve recusar — disse na mesma hora. Nenhum Acoma, havia infinitas gerações passadas, pisara no território dos Minwanabi, a não ser acompanhado por soldados preparados para a guerra. Entrar na própria casa de Jingu e conviver socialmente com os aliados dele era para Mara um convite para a morte. — Seus antepassados perdoarão a vergonha — concluiu Nacoya, com pouca convicção.

— Não! — A Senhora dos Acoma mordeu o lábio com força o suficiente para deixar a carne branca. — Corro o risco de insultar Almecho gravemente se recusar, e após esta traição por parte da Facção da Roda Azul, seu típico mau humor se revelará. — A voz dela sumiu, mas não foi possível saber se sumia por lamentar ter de enfrentar Jingu antes de se sentir pronta, ou se porque temia por sua própria segurança. A tensão tornou sua expressão indecifrável. — Os Acoma não devem se dobrar diante de ameaças. Irei ao covil do inimigo que mais anseia pela minha morte.

Nacoya protestou sem grande convicção e então virou as costas, desesperada. Despedaçada ao ver os ombros curvados de sua conselheira, Mara tentou, sem grandes esperanças, confortá-la:

— Mãe do meu coração, seja corajosa. Lembre-se de que se Turakamu levar minha alma, o Senhor dos Minwanabi não poderá triunfar a não ser que mate Ayaki. Acha que ele iria desafiar o poder conjunto dos Acoma e dos Anasati para assassinar meu filho?

Nacoya não soube o que responder, mas acabou balançando a cabeça. Seu coração, no entanto, indicou-lhe que Jingu estaria disposto a fazer isso para assistir à destruição de seus mais antigos inimigos. Na história do Jogo do Conselho, já fora feito pior, e por muito menos do que rixas de sangue entre duas famílias.

14

Aceitação

O mensageiro partiu.

Mara pressionou as mãos fechadas em cima da escrivaninha e desejou desesperadamente que ele voltasse. Não seria muito difícil que o comunicado que ele levava para a Guilda dos Carregadores causasse sua morte e a ruína dos Acoma. Mas a alternativa era viver sem honra, envergonhar seus antepassados e profanar o velho código de honra de sua casa. Mara espreguiçou-se um pouco para aliviar a tensão nas costas e depois chamou Nacoya, para comunicar à idosa que enviara uma aceitação formal ao convite dos Minwanabi.

Nacoya entrou com um semblante carregado, um sinal de que vira o mensageiro saindo da propriedade. A idade não turvara seu discernimento; já adivinhara que o cilindro de madeira selado que levava não trazia instruções assinadas por Jican para mercadores.

— Há muitos preparativos pela frente, Governante. — O comportamento da antiga ama era tudo o que se esperava de uma Conselheira-Mor; mas longos anos de intimidade não poderiam ser apagados com uma mudança de cargo. Mara percebeu seu mau humor e que por detrás dele, Nacoya sentia medo por sua Senhora e por todos que viviam nas terras dos Acoma e cuja vida estava ligada por juramento ao seu natami. Entrar na casa grande do Senhor dos Minwanabi era como desafiar um monstro e caminhar por entre os dentes de suas mandíbulas. Apenas os mais poderosos sobreviveriam e o valor dos Acoma no Conselho pouco se recuperara desde a morte do Senhor Sezu e de seu herdeiro.

Contudo, Mara não deu oportunidade à Conselheira-Mor de começar a recriminá-la. Já não era a garota inexperiente que abandonara o Templo de Lashima e estava determinada a não se deixar subjugar pelas ameaças dos Minwanabi. O pânico serviria apenas para entregar a vitória a Jingu e a impetuosidade dele poderia possibilitar a conquista de alguma vantagem inesperada para sua casa.

— Cuide do que for preciso para a viagem, Nacoya, e ordene às criadas que preparem minhas roupas. Alguém deve dizer a Papewaio que escolha os soldados de minha guarda de honra. Devem ser de confiança e terem provado seu valor em serviço, mas aqueles necessários a Keyoke em posições estratégicas de proteção às propriedades durante a minha ausência devem permanecer. — Andando de um lado para outro sobre o chão polido diante de uma estante de rolos de pergaminho, Mara deteve-se para contar os dias. — Arakasi já voltou?

Já se passara uma semana desde que Bruli e Arakasi haviam deixado as terras dos Acoma, o primeiro para lidar com a fúria do pai, o outro para manter discretamente a rede de informantes de sua Senhora. Nacoya endireitou uma presilha do cabelo que estava solta.

— Voltou há menos de uma hora, Senhora.

Mara virou-se com a testa franzida, muito concentrada.

— Falarei com Arakasi depois que ele se banhar e descansar. Mas mande chamar Jican. Há muitos assuntos para resolver antes de partirmos para as celebrações do aniversário do Senhor da Guerra.

Nacoya fez uma reverência na qual exibiu toda a sua relutância.

— Como queira, Senhora. — Ergueu-se em silêncio e saiu; no cômodo vazio, a não ser pela presença de alguns criados aguardando ordens, Mara observou o sol da tarde que embelezava os biombos do escritório. O artista pintara as cenas de caça dando-lhes vida magistralmente; em uma delas se via a elegância treinada de uma asamortal empalando duas velozes aves de caça. Mara sentiu um calafrio. Ela mesma sentindo-se pouco mais forte do que um pássaro, imaginou se alguma vez teria a oportunidade de encomendar de novo uma obra como aquela.

Então apareceu Jican, carregando debaixo do braço um monte de pergaminhos e de ardósias para fazer contas, assim como uma extensa lista de assuntos a resolver antes da partida dela. Mara esqueceu sua inquietação e obrigou-se a se concentrar nas questões comerciais. Uma nota com a escrita perfeita de Jican era particularmente perturbadora, pois ela era contra a ideia de adquirir escravos de Midkemia para limpar novos campos para as needra deslocadas pela colmeia cho-ja. Mara suspirou e esfregou a testa franzida.

Tensa demais para insistir em sua decisão, deixou a aquisição para depois do aniversário do Senhor da Guerra. Se sobrevivesse ao encontro nas terras dos Minwanabi, teria muito tempo para lidar com a insistência de Jican. Mas se Jingu dos Minwanabi percebesse suas ambições, toda a questão se revelaria inútil. Ayaki passaria a ter um regente Anasati ou seria morto, e os Acoma seriam absorvidos ou eliminados do mapa. Inquieta e irritável, Mara pegou a lista seguinte. Sentiria alívio quando Jican terminasse e partisse.

A tarde passou veloz quando Jican se despediu de sua Senhora. Sentindo-se fraca com a chegada da noite, Mara pediu frutas e bebidas geladas. Em seguida, mandou seu mensageiro chamar Arakasi e um criado para buscar o relatório atualizado com os detalhes da casa grande dos Minwanabi, desde a quantidade de ajudantes de cozinha até os nomes e origens de suas concubinas.

— Está tudo em ordem? — perguntou Mara assim que Arakasi apareceu.

— Minha Senhora, seus agentes estão bem. Contudo, tenho poucas coisas relevantes a acrescentar a este relatório, pois o corrigi antes do banho. — Inclinou ligeiramente a cabeça, aguardando ordens. Reparando que os rigores da viagem o haviam deixado magro e abatido, Mara apontou para as almofadas em frente à bandeja de frutas.

Assim que Arakasi se sentou, ela o informou da festa de aniversário do Senhor da Guerra na propriedade dos Minwanabi.

— Não podemos dar nenhum passo em falso — observou ela assim que o Mestre dos Espiões pegou um cacho de vagens de sa.

Mais calmo e sem sua pompa habitual, Arakasi tirou os frutos de seus talos um a um. Depois, suspirou.

— Coloque-me em sua guarda de honra, minha Senhora.

Mara prendeu a respiração.

— Isso é perigoso. — Fitou intensamente o Mestre dos Espiões, consciente de que a sede de vingança do homem era equiparável à sua. Se ele não perdesse sua prudência, procuraria dispor as peças em uma armadilha em busca da vitória.

— Haverá perigo, sem dúvida, Senhora. E haverá morte. — Arakasi espremeu uma vagem e o sumo escorreu pela palma de sua mão. — Mesmo assim, permita que eu vá também.

Lentamente, e com cautela, Mara expulsou a incerteza do coração. Inclinou a cabeça em concordância, embora, entre eles, tenha ficado implícito o fato de que Arakasi, provavelmente, iria tanto para morrer quanto para proteger a vida de sua Senhora. Embora soubesse se vestir como um guerreiro, o Mestre dos Espiões demonstrava pouco talento com as armas. O fato de ter solicitado acompanhá-la sugeria a astúcia extrema e a possível traição que deveria esperar do Senhor dos Minwanabi. Não lhe escapou que, se fracassasse, Arakasi poderia tentar por uma última vez satisfazer seu desejo enquanto tivesse Jingu ao alcance. Por ter conseguido a colmeia de cho-ja, e por tudo o que fizera pela segurança dos Acoma, era algo que ela lhe devia.

— Planejava levar Lujan... mas ele pode ser necessário aqui. — Keyoke, contrariado, acabara admitindo, com seu jeito rude, que Lujan era um oficial competente. E se Keyoke fosse obrigado a defender Ayaki... Mara desviou os pensamentos daquela ideia. — Vá até Pape — ordenou. — Se ele lhe der um cargo de oficial, você poderá ajudá-lo a selecionar os membros da minha comitiva. — Mara conseguiu exibir um sorriso fugaz antes de o medo voltar a dominá-la. Arakasi inclinou a cabeça. Mara bateu palmas para chamar os criados para que retirassem a bandeja com vagens estraçalhadas da sua frente.

Sob a luz cada vez mais fraca, Mara observou pela última vez o biombo. A espera por fim acabara e a asamortal se curvava sobre sua presa. Embora o Minwanabi fosse orgulhoso, ousado e forte, ela deveria agora procurar uma forma de derrotá-lo em seu próprio território.

As estradas, no fim do verão, ficavam secas, cheias de poeira levantada pelas caravanas, e bastante desagradáveis de percorrer. Após a curta marcha por terra até Sulan-Qu, Mara e seu séquito de cinquenta guardas de honra prosseguiram de barco até a propriedade dos Minwanabi. O barulho da cidade e das docas não afetou Mara; a nudez dos escravos mal fez com que virasse a cabeça, imersa, como estava, nas intrigas do inimigo. Assim que se acomodou com Nacoya nas almofadas sob um toldo, constatou que já não achava estranho ser a Governante da casa de seu pai. Os anos decorridos desde que estivera no Templo de Lashima tinham proporcionado muitas mudanças e desenvolvimentos; com eles chegou determinação suficiente para ocultar seus temores. Keyoke dispôs seus soldados a bordo como um reflexo desse mesmo orgulho. Então o capitão do barco iniciou seu cântico e os escravos soltaram as amarras e apoiaram-se em seus remos. A proa pintada da embarcação dos Acoma provocou uma ligeira ondulação quando se afastou das margens rumo à terras desconhecidas.

A jornada rio acima durou seis dias. Mara passou a maior parte do tempo concentrada e refletindo, enquanto os escravos empurravam o barco com varas em meio às extensões planas de lama e às plantações de thyza secas e com cheiro acre. Nacoya passou as tardes dormindo; à noite, deixava o abrigo das cortinas finas e dava conselhos maternais aos soldados, enquanto estes matavam mosquitos que apareciam em nuvens vindas das margens. Mara escutava tudo, beliscando uma fruta comprada de um vendedor numa barca; ela tinha noção de que a idosa não esperava voltar viva para casa. Efetivamente, cada pôr do sol pareceu-lhe precioso, quando as nuvens douradas se espalhavam sobre a superfície tranquila do rio e o céu escurecia velozmente até se transformar em noite.

Um pequeno afluente do rio principal passava pelas terras dos Minwanabi. Encharcados de suor devido ao calor matinal, os escravos fizeram avançar a lenta embarcação mercantil com suas varas na água pantanosa. Sob o olhar atento do capitão, manobraram pelo meio de uma aldeia miserável de casas suspensas em estacas, e habitadas por famílias de apanhadores de crustáceos. Para além daquele povoado, o rio se estreitava, com os bancos de areia sendo substituídos por águas mais profundas. Mara olhou para as colinas e para as margens com árvores muito bem aparadas. Então, o barco chegou a águas que só os mais antigos dos Acoma, em tempos muito remotos, haviam navegado, pois a origem da rixa de sangue com a linhagem de Jingu estava tão distante no passado que ninguém lembrava mais como se iniciara. Ali, a corrente tornou-se mais rápida conforme o leito se estreitava. Os escravos tiveram de se esforçar bastante para conseguir avançar e o ritmo diminuiu até quase ficarem parados. Mara esforçou-se para parecer calma à medida que a embarcação prosseguia rumo a um arco majestosamente pintado unindo uma margem à outra. Ele marcava os limites das terras dos Minwanabi.

Um soldado fez uma reverência ao lado das almofadas de Mara e apontou com a mão escurecida pelo sol para a estrutura em degraus que coroava o pórtico das orações.

— Reparou? Sob as pinturas, este monumento é uma ponte.

Mara assustou-se um pouco, pois aquela voz lhe era familiar. Observou o homem de perto e esboçou um leve sorriso diante da engenhosidade de seu Mestre dos Espiões. Arakasi misturara-se tão bem entre as fileiras de sua guarda de honra que ela praticamente se esquecera de que ele subira a bordo. Devolvendo a atenção ao pórtico das orações, Arakasi prosseguiu com a explicação:

— Em época de conflitos, dizem que os Minwanabi posicionam arqueiros com trapos e óleo para dispararem sobre qualquer embarcação que suba o rio. Uma excelente defesa.

— Nesta velocidade lenta em que avançamos, acho que ninguém poderia subir até o lago dos Minwanabi e sobreviver. — Mara voltou-se para a popa e deu uma olhada na corrente espumante. — Mas com certeza poderíamos fugir rápido o bastante.

Arakasi balançou a cabeça.

— Olhe para baixo, Senhora.

Mara debruçou-se sobre a amurada e viu um enorme cabo trançado amarrado entre os pilares do pórtico, poucos centímetros abaixo da quilha rasa do barco. Se surgissem problemas, um mecanismo no interior das torres poderia erguer o cabo, formando uma barreira contra qualquer embarcação que procurasse escapar.

— Esta defesa é tão letal para um barco em fuga como uma armada de ataque — explicou Arakasi.

— E seria bom eu levar isso em conta, não é? — Mara libertou seus dedos úmidos da barra da túnica. Tentando manter sua inquietação controlada, fez um educado gesto para indicar que o dispensava. — Seu aviso foi bem acatado, Arakasi. Mas não deve dizer nada a Nacoya, ou ela vai guinchar tão alto que perturbará o descanso dos deuses!

O Mestre dos Espiões ergueu-se com um resmungo que ocultou a vontade de rir.

— Não preciso dizer nada. A velha mãe vê facas debaixo da cama durante a noite. — Então, baixou o tom de voz. — Vi Nacoya revirando as almofadas e os cobertores umas seis vezes, mesmo depois de Papewaio ter inspecionado a roupa de cama dela.

Mara fez sinal para que partisse, incapaz de partilhar seu humor. Nacoya não era a única a ter pesadelos. Conforme o barco seguia, e a sombra do "pórtico das orações" caía sobre ela, sentiu um frio no corpo como se fosse o sopro de Turakamu.

O som que faziam ao passar ecoava nas fundações de pedra. A luz do sol brilhou então sobre ela, de uma forma intensa que a deixou cega. Mara olhou para o exterior de sua tenda de cortinas finas para se deparar com uma visão completamente inesperada.

A paisagem atrás era de cortar a respiração, tamanha sua beleza. Situada no fundo de um amplo vale, acima de um lago largo, a grande casa sobre a água parecia um lugar mágico de um conto infantil, com cada uma das construções revelando uma perfeição de estilo e de cor. O edifício central era de pedra, um palácio incrivelmente antigo edificado em cima de uma colina que se erguia do lago. Muros baixos serpenteavam a encosta por entre jardins suspensos e construções menores, muitas com dois ou três pisos. A propriedade dos Minwanabi era na verdade um verdadeiro povoado, uma comunidade de escravos e soldados, todos leais a Jingu. Que cidade magnífica, pensou Mara. E sentiu uma leve pontada de inveja por um inimigo tão implacável viver no meio de tanto esplendor.

As brisas vindas do lago refrescavam a casa mesmo durante os meses mais quentes e uma frota de pequenos barcos cor de laranja impelidos por varas pescava com redes, para que o Senhor dos Minwanabi pudesse jantar peixe koa recém-apanhado. Quando os escravos trocaram as varas por remos para que o barco atravessasse o lago, ocorreu a Mara um pensamento mais sério: o vale era como um gargalo de uma garrafa, de fácil defesa e ainda mais fácil de isolar. Como a planta venenosa que devorava insetos em seu interior, iludindo-os com aromas doces, a configuração daquele vale impedia qualquer intenção de uma fuga rápida e discreta.

Papewaio também percebera isso, pois indicou aos soldados que ficassem a postos assim que uma embarcação se aproximou. Aparecendo rapidamente, a grande barca transportava uma dúzia de arqueiros minwanabi, com um Líder de Patrulha no comando. Ele fez uma saudação e sinalizou para que alinhassem os remos.

— Quem visita as terras dos Minwanabi? — perguntou assim que as barcas se aproximaram.

Foi Papewaio quem respondeu:

— A Senhora dos Acoma.

O oficial dos Minwanabi bateu continência.

— Pode ir, Senhora dos Acoma. — E fez um sinal para seus remadores; em seguida, a barca Minwanabi retomou sua patrulha.

Nacoya apontou para três outras embarcações.

— Há companhias de arqueiros por todo o lago.

Nitidamente, não havia como escapar do lar do Senhor dos Minwanabi. Havia apenas a vitória ou a morte. Sentindo as palmas das mãos suarem, Mara resistiu ao impulso de limpá-las na túnica.

— Vamos depressa para a casa grande, Pape.

Papewaio acenou para o capitão da barca e os remadores retomaram o trabalho.

A barca dirigiu-se às docas e a propriedade dos Minwanabi revelou-se tão bela de perto como parecera da água. Todos os edifícios estavam delicadamente pintados, com os tons pastel impondo-se ao branco mais usual. Havia flâmulas com cores elegantes e lamparinas penduradas nos beirais dos telhados, balançando ao sabor do vento. O ar estava preenchido pelo som suave de sinos. Até as trilhas de pedrinhas entre os edifícios tinham sido embelezadas com sebes aparadas e flores. Mara calculou que o jardim do pátio dentro da propriedade deveria ser mais luxuoso do que qualquer um que conhecesse.

Os remadores Acoma guardaram os remos dentro do barco e um deles lançou uma corda a um trabalhador das docas, onde os aguardava uma comitiva de boas-vindas constituída por nobres. À frente estava Desio, o filho mais velho dos Minwanabi, coroado com um arranjo de cabeça cor de laranja e preto que indicava seu posto como herdeiro da casa.

Empregados de colete seguraram as outras amarras quando o barco bateu suavemente nas estacas. Os guardas da Casa dos Minwanabi estavam a postos e Desio deu um passo à frente para receber a liteira de Mara quando os escravos a carregaram para o cais.

O herdeiro dos Minwanabi inclinou rigidamente a cabeça, em uma imitação de reverência que beirava um insulto.

— Em nome de meu pai, dou-lhe as boas-vindas à festa em honra do Senhor da Guerra, Senhora dos Acoma.

Mara não se deu ao trabalho de erguer as cortinas de sua liteira. Observando as feições gordas e inchadas e detectando pouca inteligência nos olhos negros cor de ardósia, retribuiu com um aceno exatamente igual. Um longo silêncio se seguiu até que Desio foi obrigado a reconhecer a superioridade hierárquica de Mara.

— Como está, Senhora Mara?

Mara fez um leve aceno.

— Estou bem, Desio. Os Acoma estão felizes por honrar o Senhor Almecho. Diga a seu pai que agradeço as boas-vindas.

Desio ergueu o queixo, desesperado por ter de admitir sua inferioridade hierárquica. Era orgulhoso demais para aceitar uma réplica de uma garota que pareceu, através da fina cortina, ser pouco mais do que uma criança.

— A recepção para o banquete de boas-vindas começará na hora seguinte ao meio-dia — disse por fim. — Os criados indicarão seus aposentos.

— Os criados fazem as honras dos Minwanabi? — Mara sorriu docemente. — É algo que lembrarei, quando saudar o Senhor seu pai.

Desio corou. Para acabar com o constrangimento que se instalara, um Líder de Patrulha deu um passo à frente.

— Minha Senhora, se me permite, conduzirei seus soldados ao local que lhes foi destinado.

— Não permitirei isso — disse Mara a Desio. — Por tradição, é permitido que eu mantenha cinquenta soldados para minha proteção. Se seu pai deseja o contrário, partirei imediatamente, e ele poderá explicar minha ausência ao Senhor da Guerra. Diante de tais condições, creio que os Acoma não vão ser a única grande casa a dar meia-volta.

— Muitas famílias vieram homenagear Almecho. — Desio fez uma pausa para reprimir um sorriso de malícia. — Compreenda que se alojássemos dentro da casa todos os guardas de honra de todos os Senhores e Senhoras, a propriedade ficaria cheia demais como um campo de batalha. Almecho aprecia a tranquilidade. Para homenageá-lo, todos os soldados ficarão no topo do vale, onde está situada nossa principal guarnição. — Então, Desio encolheu os ombros de modo afetado. — Não há exceções. Todos serão tratados de modo igual.

— Então seu pai oferece sua honra como garantia? — replicou Nacoya sem hesitar.

Desio inclinou a cabeça.

— Obviamente. — Para obter tal concessão por parte de convidados naquela posição, era de esperar que o anfitrião garantisse em nome de sua honra a segurança de seus hóspedes. Se alguma violência contra qualquer um dos visitantes ocorresse sob tais condições, o Senhor Jingu dos Minwanabi só poderia acabar com sua vergonha pondo fim à própria vida. O herdeiro do manto dos Minwanabi dirigiu-se a um criado: — Mostre à Senhora, à sua Conselheira-Mor, às suas criadas e a seu guarda-costas os quartos preparados para os Acoma.

Estalou os dedos para um oficial com plumas cor de laranja ali presente.

— O Líder de Ataque Shimizu e um grupo de combatentes farão de tudo para que seus guerreiros fiquem bem instalados nos quartéis da guarnição principal.

Chocada e furiosa, mas não completamente surpresa por os Minwanabi terem dado um jeito de separá-la de sua guarda de honra, Mara lançou um olhar de confiança a Arakasi. Não iria quebrar a paz da hospitalidade gerando confusão, em especial pelo fato de muitos dos criados da casa terem cicatrizes de guerra sob as mangas flutuantes de seus casacos. Não, os Acoma não poderiam triunfar ali pela força, apenas a astúcia venceria, se houvesse sequer uma chance de sobrevivência. Com um olhar de aceitação, Mara escolheu Papewaio para ser seu guarda-costas. Então ela, Nacoya e o mais habilidoso de seus guerreiros seguiram obedientemente o criado para os aposentos reservados aos Acoma.

A casa grande dos Minwanabi era antiga, imune a incêndios e saques caídos no esquecimento e a guerras já quase esquecidas graças à sua localização alta no vale. O quadrado com um pátio interior presente na maioria das casas tsurani tinha sido alterado, com novas construções, expansões e muitas subdivisões ao longo dos anos. Descendo a encosta conforme anexos foram acrescentados, o coração da propriedade dos Minwanabi crescera ao longo de séculos até formar um labirinto de corredores, pátios e edifícios interligados, que aparentavam desordem. Quando Papewaio a ajudou a descer da liteira, Mara constatou com desânimo que precisaria de criados para guiarem-na para os quartos, pois iria demorar até se familiarizar com uma estrutura tão complexa.

Os corredores estavam cheios de curvas e cada pátio era semelhante ao anterior. Mara escutou murmúrios através de biombos semiabertos, alguns deles pertencentes a famílias ilustres do Império, embora a maioria lhe fosse desconhecida. Então as vozes pareceram diminuir e um profundo silêncio caiu no elegante corredor como se estivessem na selva sob os olhos de um predador que prepara um ataque. Quando o criado abriu o biombo de acesso a seus aposentos, Mara percebeu que Jingu pretendia matá-la. Caso contrário, por que razão a teria colocado em um canto tão obscuro e isolado da casa?

O criado dobrou-se numa reverência, sorriu e mencionou que havia criadas para servi-la se a Senhora dos Acoma ou sua Conselheira-Mor precisassem de ajuda com o banho ou para se vestirem.

— Minhas criadas são o suficiente — disse Mara, cáustica. Ali, mais do que em qualquer outro lugar, não desejava a presença de estranhos.

Assim que os carregadores colocaram no chão suas últimas bagagens, ela fechou o biombo. Papewaio não precisou de ordens para iniciar uma inspeção rápida e meticulosa nos aposentos. Nacoya, contudo, pareceu estar tremendamente chocada. Então Mara lembrou-se. Exceto pela pequena viagem quando apresentara o pedido de Mara para o noivado com o filho dos Anasati, a velha ama nunca saíra em toda a sua longa existência das propriedades dos Acoma.

Lembranças de Lano deram a Mara o bom senso para aguentar a situação. Assim que Papewaio concluiu que os quartos estavam seguros, ela o colocou de guarda à porta. Nacoya olhou para sua Senhora, com uma pontada de alívio no olhar.

— Com Jingu garantindo em seu nome a segurança dos convidados, acho que podemos esperar pela paz apropriada a uma cerimônia oficial.

Mara balançou a cabeça.

— Acho que o desejo turvou seu olhar astuto, velha mãe. Jingu oferece a vida dele como garantia contra a violência por parte de seu povo, e dos outros convidados. Só isso. Não dá garantias quanto a "acidentes". — Então, antes que o medo se apoderasse dela, ordenou a Nacoya que preparasse um banho e a aprontasse para o banquete e para o primeiro confronto com o Senhor dos Minwanabi em pessoa.

Ao contrário do salão grande dos Anasati, que era escuro, abafado e malcheiroso devido à cera velha, a sala de reuniões dos Minwanabi era grande e iluminada. Mara deteve-se na entrada parecida com uma galeria para admirar a vista antes de se reunir aos convidados que se juntavam mais abaixo como aves emplumadas. Construído numa cavidade natural no topo da colina, com entrada e dossel nas extremidades opostas, o próprio espaço era enorme. Um teto alto e radiante estava coberto de telas que se abriam para o céu, suspensas sobre o piso principal. Havia várias pequenas galerias de observação ao redor do salão, proporcionando uma vista do piso abaixo e, através de portas para varandas no exterior, o campo circundante. Pilares de pedra suportavam a árvore central enquanto um regato com fundo de seixos serpenteava em meio a árvores floridas, mosaicos de ladrilhos e um pequeno lago artificial sob o dossel. Muito tempo antes, os Minwanabi haviam patrocinado um arquiteto e um artista de genialidade incomum. E aqueles talentosos artistas deveriam ter servido uma das primeiras gerações de Senhores dos Minwanabi, pois as vestes mais vistosas da multidão eram aquelas usadas pelo Senhor e sua Senhora sob o dossel. Mara retraiu-se, menos impressionada do que a maioria dos tsurani pelo vestido verde e laranja da esposa. Mara quase chorou ao pensar em toda aquela beleza que a circundava desperdiçada nas mãos de um inimigo como Jingu.

— Os deuses devem ter abençoado esta casa com extrema riqueza — murmurou Nacoya. — Mas as divindades deixaram pouco espaço para o bom senso, diria eu. Pense na quantidade de insetos que essas aberturas viradas para o céu deixam entrar, isso para não mencionar o pó, a terra e a chuva.

Mara sorriu com paciência para a sua velha ama.

— Você seria capaz de tentar dar conselhos até mesmo a um ninho de víboras, não é? Além disso, tenho certeza de que os Minwanabi cobrem bem o telhado quando o tempo está ruim. A esposa do Jingu usa maquiagem de mais para poder se dar ao luxo de se molhar de repente.

Nacoya calou-se, depois de comentar que seus olhos já não eram assim tão bons, o que já se verificava desde que deixara de ser jovem. Mara deu um tapinha reconfortante na mão de sua conselheira. Então, resplandecente num vestido enfeitado com minúsculas pérolas e com laços verdes, iniciou sua descida até o piso principal. Papewaio seguiu-a vestindo uma armadura de cerimônia; embora escoltasse sua Senhora e a Conselheira-Mor para um evento social, avançou tão atento como se estivesse num campo de batalha. De muitas formas, as reuniões de Estado dos Tsurani eram até mais perigosas. Sob os bons modos e todos os adereços, as ambições eram outras; com a alteração das alianças no Jogo do Conselho, qualquer Senhor presente poderia se tornar um inimigo. Poucos hesitariam em causar danos aos Acoma, se tirassem proveito disso. E em território Minwanabi, Senhores que normalmente não se indisporiam com a casa de Mara poderiam aliar-se a ventos políticos mais favoráveis.

Simples em seus gostos, Mara nunca se deixava subjugar ou impressionar por demonstrações exageradas de riqueza. Suas vestes sóbrias reforçaram a ideia já formada pelos Senhores e Senhoras presentes na sala. A maioria a considerava uma jovem inexperiente que protegera sua casa por via do casamento com o mais poderoso dos Anasati. Mas, com Buntokapi morto, era de novo uma presa fácil. Mara ficou satisfeita em permitir que essa ideia errada persistisse enquanto passava diante deles; isso aumentava a chance de obter alguma informação, comentário ou observação que lhe fosse útil. Quando chegou aos pés da escadaria e abriu caminho na direção do dossel para saudar o Senhor dos Minwanabi, viu a expressão de seus pares e anotou mentalmente quem cochichava com quem. A postura que aprendera no templo serviu-lhe bem. Respondeu com educação quem a saudou, mas não se deixou levar por sorrisos doces e palavras calorosas.

Jingu dos Minwanabi reparou em sua aproximação com o interesse voraz de uma jaguna. Mara constatou que ele interrompera a conversa com seus conselheiros assim que ela iniciara a subida dos degraus para aceitar as boas-vindas dele. O momento também a levou a parar, pois pela primeira vez olhou no rosto do inimigo mais antigo de sua família. O Senhor dos Minwanabi era um homem corpulento. Nitidamente já não usava armadura desde a juventude, mas a esperteza e a malícia continuavam brilhando em seu olhar. Usava pulseiras de pérolas e ornamentos de conchas pendurados no colar, resplandecente devido ao suor que ensopava seu pescoço. Sua reverência de saudação foi apenas um pouco inferior àquela devida a uma Senhora de sua posição.

— Minha cara Senhora dos Acoma — disse ele, com uma voz tão grossa e escorregadia quanto sua aparência —, estamos extremamente gratos por ter escolhido se unir a nós em honra do Senhor da Guerra.

Consciente de que os olhares de todos os nobres se voltavam para ver como ela reagiria àquela descortesia, Mara respondeu num tom educado, com sua própria reverência revelando-se discreta e curta.

— Agradecemos ao Senhor dos Minwanabi por seu amável convite.

Irritado com a postura de Mara, Jingu chamou alguém que estava atrás de seu dossel.

— Aqui está alguém que acho que você conhece. — Então seus lábios contorceram-se e formaram um sorriso faminto de expectativa.

A Senhora dos Acoma não mostrou nenhum tipo de reação ao ver a mulher que respondeu ao chamado. A presença de Teani na casa grande dos Minwanabi era algo previsto por Arakasi; já havia muito tempo que ele informara Mara de que a concubina era uma agente de seus inimigos. Mas o fato de a antiga amante de Buntokapi ter se insinuado no círculo mais íntimo foi algo que deixou Mara pensativa. A mulher talvez fosse mais esperta do que poderiam ter imaginado. Era obviamente uma favorita, envolta como estava em sedas e joias excepcionais, com um colar de metal raro no pescoço elegante. Mas seus enfeites e sua beleza não poderiam ocultar totalmente seu caráter horrível. O ódio por Mara brilhou em seus belos olhos, intensamente gélidos.

Destacar o aspecto de uma mulher da posição dela seria uma cortesia desnecessária muito facilmente interpretada como um sinal de fraqueza. Mara dirigiu suas palavras e sua atenção exclusivamente ao Senhor dos Minwanabi, que estava sentado à esquerda de Teani.

— Eu e minha conselheira acabamos de chegar de uma viagem extremamente longa e cansativa. Meu Senhor poderia nos mostrar nossos lugares, para que possamos petiscar algo antes do início do banquete e da festa?

Jingu arrumou a barra de sua veste com um peteleco de seu dedo rechonchudo. Então, pediu uma bebida fresca. Enquanto aguardava que os criados satisfizessem seu pedido, a mão dele acariciou distraída o braço de Teani, um gesto ignorado por sua esposa. Quando todos perceberam que ele só atenderia os desejos dos convidados Acoma depois de serem satisfeitos os seus, assentiu suavemente na direção de um criado.

— Acompanhe a Senhora Mara e seus criados até a terceira mesa a contar do fim, ao lado da entrada das cozinhas, para que o grupo dela possa ser servido bem rápido. — Sua barriga gorda agitou-se de leve quando riu abertamente com a engenhosidade de seu insulto.

Uma Senhora de posição poderia achar ofensivo tal local, mas para Teani aquele gesto não era suficiente. Perigosamente ressentida por Mara tê-la ignorado, resolveu interromper:

— Deveria colocar esta mulher ao lado dos escravos, meu Senhor. Todos sabem que a grandeza dos Acoma vem da boa vontade dos Anasati, e que até a proteção do Senhor Tecuma se desgastou após a morte de seu filho.

Aquela afronta era grave demais para ser ignorada. Ainda sem saber a possibilidade de responder diretamente a Teani, sem rodeios, Mara mordeu a isca que Jingu lançara.

— Meu Senhor dos Minwanabi, todos o conhecem por sua... generosidade, mas com certeza nem mesmo o Senhor encontraria benefício em manter a seu serviço as sobras de outro homem.

Jingu colocou um braço em volta dos ombros de Teani e puxou o corpo elegante dela para perto do seu.

— Confunde as circunstâncias, Senhora Mara. Esta mulher não foi abandonada por nenhum homem, trata-se apenas de uma amante que sobreviveu ao seu falecido mestre. Direi isso apenas uma vez: Teani é um membro valioso e querido de minha casa.

— Naturalmente. — Mara esboçou uma insignificante reverência de desculpas. — Dado seu famoso bom gosto, ela lhe servirá bem, Jingu. Na verdade, meu falecido marido não tinha motivo para se queixar — Mara olhou de modo rápido para Teani —, se bem que o gosto de Bunto não era nada sofisticado.

Os olhos de Teani faiscaram. O fato de Mara não ter feito o menor esforço para lhe responder diretamente o insulto, deixara a cortesã furiosa. O Senhor dos Minwanabi também não estava nem um pouco satisfeito; aquela menininha praticamente virgem do Templo de Lashima não mostrara qualquer indício de covardia diante do tratamento que lhe fora dado. Na verdade, aguentara firme aquela primeira troca de palavras. E como seu criado já estava ao lado dela e de sua comitiva para acompanhá-los até seus lugares, não restava alternativa polida a Jingu senão dispensá-la.

Para Mara, a comemoração decorreu muito lentamente. A comida, os músicos e as bailarinas eram os melhores, mas o lugar ao lado da cozinha era quente, barulhento e ocupado pelo ir e vir constante de criados. O calor e os cheiros dos alimentos fizeram com que Nacoya se sentisse enjoada e muito antes de ser servido o primeiro prato do banquete, Papewaio já parecia cansado. O incessante movimento de estranhos entrando e a saindo da cozinha o deixou no limite, em especial depois que começaram a passar as travessas, nas quais quase sempre havia utensílios que em mãos experientes poderiam se transformar em armas. Ele escutara quando Mara comentou com Nacoya sobre possíveis "acidentes". E embora fosse improvável que o Senhor dos Minwanabi tentasse orquestrar um crime naquele local público, o olhar rancoroso de Teani não parava de se voltar para Mara. O Líder de Ataques dos Acoma não baixou a guarda. Quando os requintados sorvetes servidos como sobremesa foram levados embora, Papewaio tocou de leve no ombro de Mara.

— Senhora, sugiro que se retire para seus aposentos antes que escureça. Os corredores são desconhecidos para nós e se esperar pelas indicações dos Minwanabi, o criado que indicarem pode ter outras instruções.

Mara voltou do que pareceu ser um longo período de reflexão. Mantinha o cabelo perfeitamente arrumado e continuava bem alerta, mas seus olhos traziam marcantes círculos negros que mostravam seu cansaço.

— Temos de encontrar uma forma de mandar uma mensagem aos quartéis, para que Arakasi saiba em que aposentos deve deixar suas mensagens caso seja necessário.

Papewaio respondeu em tom sombrio:

— Não podemos fazer nada sem nos arriscarmos a ser descobertos,

Senhora. Confie em Arakasi. Os agentes que o servem conseguem chegar até ele sem perigo, e, se necessário, ele próprio a encontrará.

Sem ser ouvida, devido ao raspar de talheres enquanto os criados limpavam o salão para uma exibição de acrobatas, Mara limitou-se a assentir. Deu um tapinha no braço de Nacoya e depois levantou-se para anunciar sua saída ao Senhor dos Minwanabi. A dor de cabeça que a atormentava era real e como o Senhor da Guerra só apareceria no dia seguinte, sua partida não seria considerada uma ofensa. Além disso, ela pretendia deixar a impressão de que era jovem, inexperiente e nada sutil. Uma retirada antecipada reforçaria essa impressão entre os convidados, assegurando-lhe talvez uma pausa para preparar uma defesa. Seria difícil a Minwanabi prosseguir com suas conspirações com todos os rivais esperando uma abertura para se afirmarem diante dele.

Mara mandou o criado que levou as travessas informar o Senhor a respeito de sua partida. Quando a novidade chegou ao dossel, e o sorriso rasgado e satisfeito enrugou a papada do grande Senhor, as cadeiras onde os Acoma tinham jantado já estavam vazias. Inchado com aquela pequena vitória, Jingu não reparou que Teani também desaparecera. Cansada de importunar seu mestre pedindo autorização para atormentar a Senhora dos Acoma, saiu para, sozinha, realizar seu objetivo, sabendo que a bebida e o entretenimento da noite saciariam o apetite de seu Senhor.

O lenço de seda azul que cobria os cabelos de Teani voou atrás dela enquanto percorria apressada um corredor secundário da casa grande dos Minwanabi. Não se preocupou em substituí-lo, nem parou para prender de novo a cascata de cabelos dourados que caiu sobre seus ombros. Os aposentos do Líder de Ataques Shimizu ficavam do outro lado do pátio seguinte e já não precisava se ocultar; a única pessoa que provavelmente andaria por ali àquela hora era o escravo encarregado de acender as lamparinas a óleo. Teani esquivou-se pelo último biombo com um sorriso dissimulado. Naquela noite o escravo sairia mais tarde, pois estava ocupado em satisfazer os pedidos dos convidados de Jingu. O velho jaguna era mesquinho com seu pessoal. Na cabeça do grande Senhor, a política vinha sempre em primeiro lugar, algo que por vezes incomodava seus oficiais de patente mais elevada.

Dourada sob a luz do luar que inundava o pátio, Teani parou para desapertar a gola do vestido. Soltou o tecido o suficiente para revelar uma boa e provocadora extensão do colo, e um sorriso fez brilhar seus dentes brancos. Naquela noite, se fosse habilidosa, a cabra magricela dos Acoma morreria. Que agradável seria ouvir seus gritos!

Do outro lado do pátio, o biombo dos aposentos de Shimizu estava entreaberto. A luz do lampião brilhava, projetando a silhueta distorcida de um homem de costas arqueadas sobre as almofadas com um frasco nas mãos. Está bebendo outra vez, pensou Teani, e tudo porque ela demorara no grande salão, insistindo, sem sucesso, que Jingu iniciasse de novo o plano para executar Mara. A concubina desejava ter o prazer de realizar tal tarefa. O fato de seu Senhor não se dar ao trabalho de delegar essa tarefa a Teani não lhe deixara outra alternativa que não fosse iludi-lo.

Lançando o cabelo por cima dos ombros agora quase nus, a concubina retomou seu caminho em direção ao biombo aberto. Entrou tão silenciosamente que, por um instante, o homem de cabelo escuro nem reparou. Teani aproveitou esse momento para observá-lo.

Shimizu, Primeiro Líder de Ataques dos Minwanabi, era conhecido entre seus colegas soldados como um homem extremamente leal, de crenças ferozes e muito franco. Seus reflexos ágeis e uma capacidade de avaliação quase infalível no campo de batalha valeram-lhe uma promoção quando ainda era bastante novo; seu rosto era jovem para o cargo, sem rugas a não ser de cicatrizes adquiridas no desempenho de sua função. Sua única imperfeição era ser muito instável, logo explodia sem aviso prévio. Tinha os olhos fundos, o que tornava difícil perceber seu humor, exceto quando bebia. Pela petulância de seu bico, Teani distinguiu frustração — birrenta e explosiva, característica de homens contrariados por uma amante. Teani congratulou-se por seu trabalho bem feito. Sabia que aquele homem por dentro era louco por seu corpo e tinha a tendência juvenil de confundir desejo com amor. Pelo suor que brilhava em seu peito musculoso, Teani percebeu que poderia dispor dele à vontade, uma ferramenta perfeita para satisfazer seus caprichos, como antes haviam sido muitos outros, homens ou mulheres.

Exceto Mara. A Senhora dos Acoma escapara dela. Por isso, Teani mostrou seu melhor sorriso e, por trás, ergueu a mão para tocar o ombro suado de Shimizu.

Ele se assustou violentamente e com as mãos agarrou e desembainhou a espada que tinha sempre perto do joelho. A lâmina silvou ao sair da bainha, preparada para matar, mesmo ao reconhecer sua amada. A ponta encostou na seda macia e parou, quase fazendo seu sangue jorrar.

— Mulher! — Shimizu ficou branco, e depois corou de raiva, tanto pelo atraso de Teani como por sua entrada furtiva. Assim que se recompôs, reparou num brilho estranho no olhar dela. Tinha os lábios entreabertos, como se a espada tivesse sido um amante para abraçar. Os mamilos dela enrijeceram quando inspirou fundo, excitada com o roçar de uma lâmina afiada encostada em sua carne. Ao reconhecer seus gostos bizarros, as boas-vindas dele tornaram-se um pouco menos entusiasmadas; embainhou a espada com uma expressão de repulsa. — Você é louca, mulher, doente da cabeça. Podia tê-la cortado ao meio.

Mas a raiva e a repulsa sempre duravam pouco. Quando Teani levantou o rosto, com os seios realçados na túnica, Shimizu baixou a cabeça com uma expressão faminta e saboreou seu beijo, mais quente devido ao leve toque de morte. Ela o decifrara como se fosse um enigma. Cada toque pareceu derretê-lo até os ossos. Incapaz de conter sua ânsia de recebê-la calorosamente, colocou os dedos nos laços que prendiam seu vestido.

— Pode ficar, meu amor? Diga-me que Jingu está ocupado com os convidados e que esta noite você não precisa voltar ao leito dele.

Teani passou a língua pela orelha de Shimizu antes de responder, com o hálito quente sobre seu pescoço:

— Jingu não me espera em seus aposentos — mentiu. Então, enquanto aguardava que os dedos dele agarrassem com mais insistência suas roupas, afastou-o. — Mas esta noite não posso ficar.

Shimizu franziu o cenho, e, de repente, sob a luz do lampião, a olhou de modo severo.

— Por que não? Vai para outro lugar qualquer partilhar seu afeto?

Teani riu, mergulhando-o na dúvida por alguns segundos antes de deixar cair a túnica dos ombros e exibir seus belos seios. Shimizu esforçou-se por se manter firme, mas não conseguiu desviar o olhar.

— Não amo mais ninguém, meu belo guerreiro. — Assumiu um tom mais sombrio com uma ponta suficiente de sarcasmo para deixá-lo um pouco em dúvida. — São assuntos de governo que esta noite me afastam de você. E agora, você vai desperdiçar o tempo que nos resta ou… — E gemeu, mordendo suavemente suas próprias palavras.

No entanto, dessa vez, controlou-se o suficiente para que ele não se dispersasse em seus pensamentos. As mãos de Shimizu apertaram com força a pouca seda que cobria seu corpo e seu tom tornou-se mais enérgico.

— Então por que você demorou tanto para vir se encontrar comigo?

Numa demonstração de irritação, Teani de repente sacudiu para trás seu cabelo com mechas cor de mel.

— Você é muito desconfiado. Tem medo de que sua espada não baste para satisfazer uma mulher? — Ela se afastou, tanto para irritá-lo como para proporcionar uma vista melhor sobre seu corpo seminu.

Shimizu franziu a testa e colocou as mãos em seus ombros. Mas Teani já estava com seu corpo macio encostando nele. Os dedos dela deslizaram com habilidade até a elevação visível na túnica dele, que ficou tenso de prazer quando ela passou as unhas pela parte de dentro de sua coxa.

— E ainda por cima uma espada tão poderosa — murmurou ela, com os cílios se abaixando e fazendo bico. Sorriu. — Meu Senhor dos Minwanabi me reteve com uma série de ordens cansativas. Parece que ele quer ver morta a cabra dos Acoma, e fui escolhida para cuidar do trabalho sujo.

Mas no instante em que suas mãos encontraram o alvo do modo que ele mais gostava, Shimizu recuou. Teani percebeu que se arriscara demais, ou que errara na forma como expusera as coisas. Curvou-se de imediato, com o cabelo deslizando pelas coxas dele e com a língua provocando sua carne. Shimizu levou um momento para reagir. Depois apertou as mãos sobre as costas dela e, num tom sonhador, disse:

— É muito estranho que meu Senhor tenha dado tais instruções, meu amor.

O interesse de Teani aguçou-se. Endireitou-se e levou as mãos às sandálias dele para desamarrá-las.

— Por todos os deuses, precisa sempre usar esporas dentro de casa?

Shimizu mexeu-se com impaciência, mas a concubina continuou a se dedicar aos laços. Um mamilo enrijecido roçou na parte interior do joelho dele. Deixou-o tão louco que ele respondeu sem pensar sua pergunta atrevida:

— Por quê? Meu Senhor disse-me ontem que a garota dos Acoma deveria morrer, mas que antes pretendia acabar com toda a sua alegria. Queria aterrorizá-la, explicou, eliminando todos os criados e servidores dela para que, quando atacasse, ela se visse completamente sozinha. — Shimizu parou então e corou, consciente de que falara demais. Entrelaçou a mão no cabelo vermelho-dourado, afastando Teani da sandália já desapertada. — Acho que você está mentindo, mulher. Não vai matar Mara, mas sim passar a noite com outro.

Os olhos de Teani cintilaram, em parte por entusiasmo, pois a violência a excitava, mas também pelo fato de os homens serem tão estupidamente previsíveis. Ela não negou a acusação, e optou por provocá-lo ainda mais.

— O que o leva a pensar que menti?

Shimizu a prendeu pelos pulsos, puxando impetuosamente o corpo dela contra o seu.

— Acho que você mentiu porque recebi ordens para encenar, amanhã à noite, um falso ataque de um ladrão, fazendo com que Papewaio, Líder de Ataques dos Acoma, apareça morto na porta de Mara. Então, se as ordens não foram canceladas, como o Senhor dos Minwanabi teria pedido a você que entregasse a garota a Turakamu esta noite?

Estimulada e satisfeita pelo modo ridiculamente fácil como inflamara seu ego e o levara a revelar seu segredo, Teani ergueu o queixo, desafiadora.

— Como poderia saber o que move os grandes homens? — Olhou-o nos olhos para se assegurar de que seu desejo permanecia inflamado. — Meu amor, você sente ciúmes além do que é racional. Será que vamos ter de chegar a uma espécie de acordo para acabar com isso que sente? Ficarei aqui com você esta noite e digo a Minwanabi que tentei, sem sucesso, atingir Mara dos Acoma com minha faca. Mas em troca, deve restaurar a minha honra matando amanhã a garota, quando for matar Papewaio.

Shimizu não respondeu, mas manteve Teani bem perto de si. Mexeu impacientemente os dedos, libertando-a da túnica. Ela não trazia roupa por baixo e pelo modo fervoroso como ele despiu suas próprias vestes, a concubina percebeu que o tinha na mão. A preocupação dele foi resposta o suficiente. Satisfaria o desejo dela no dia seguinte, para se certificar de que naquela noite ela seria dele, e só dele. Shimizu confundiu o arrepio de prazer com paixão. Assim que a tomou nos braços, seus pensamentos passaram a ser apenas de amor, mas a bela cortesã com quem estava reagiu com sangue-frio, pois seu propósito era assegurar-se de que Mara, a Senhora dos Acoma, iria perecer com uma lâmina cravada no coração.

Mara despertou indisposta após uma noite longa e inquieta. Suas criadas perceberam sua tensão. Em silêncio, ajudaram-na a se vestir e a enfeitar seu cabelo com fitas de seda, enquanto Nacoya resmungava como sempre fazia nas primeiras horas da manhã. Inquieta demais para esperar pela refeição oferecida pelo pessoal da Casa dos Minwanabi, Mara ordenou a Papewaio que se apressasse com seu ritual matinal de afiar a espada, e logo em seguida sugeriu um passeio pelas margens do lago. Isso fez sua Conselheira-Mor se afundar num silêncio sombrio.

Mas até Mara ter a noção da dimensão dos riscos que corria, preferiu evitar qualquer padrão preestabelecido. Antes de ter a oportunidade de se misturar com os convidados, e observar quais as alianças fortes e quais as que haviam enfraquecido, não tinha esperança de conseguir avaliar quão poderoso o Senhor dos Minwanabi se tornara.

Mara respirou fundo, tentando apreciar o ar puro e o reflexo do sol na água. A brisa provocou uma leve ondulação nas águas pouco profundas e os botes de pesca balançaram nos ancoradouros à espera das mãos que iriam pegar nos remos. Contudo, a calmaria vivida no lago mostrou-se pouco reconfortante. Consciente de que os passos de Nacoya não eram tão dinâmicos quanto deveriam ser, Mara acabou sugerindo que voltassem.

— Essa é uma atitude sensata, Senhora — disse Nacoya num tom que sugeriu que a Senhora não deveria caminhar em locais onde a areia e o orvalho estragariam os laços de seda de suas sandálias. Mas a repreensão da idosa não tinha nada de espirituosa. Seu olhar era triste e sentia um vazio imenso ali tão longe das terras dos Acoma. Assim que virou as costas à casa palaciana do Senhor dos Minwanabi, com seus jardins, bandeiras e convidados perigosamente reunidos, Papewaio pegou-lhe pelo braço e acalmou-a sem pedir permissão.

A recepção de boas-vindas a Almecho, o Senhor da Guerra, começou no meio da manhã, embora sua chegada só estivesse prevista para a tarde. Quando Mara chegou à cerimônia, a maioria dos nobres do Império já se reunira, cheios de plumas e joias e sonhos ambiciosos. O Jogo do Conselho penetrava em todos os aspectos da vida tsurani, embora o caso mais evidente fossem os assuntos de Estado. Os convidados poderiam passear sob tendas enfeitadas, comer pratos refinados, fofocar e contar histórias de grandes feitos do passado, ou ocasionalmente fazer apostas ou negociações, mas todos os Senhores presentes observavam seus pares com olhos atentos, para ver quem caía nas graças de quem e, especialmente, quem permanecia no seu canto, em silêncio ou, acima de tudo, ausente. Mara avaliou os rostos e as cores de cada casa, assim como o resto, consciente de que também era observada. O Senhor dos Techtalt e seu filho saudaram-na com um leve aceno, sinal de que muitos adiariam a oportunidade de serem vistos com ela até a posição dos Acoma se estabilizar.

Mara, com habilidade, fez com que a questão parecesse insignificante, conduzindo Nacoya para uma mesa e mandando um criado buscar bebidas e comidas variadas. Teve o cuidado de pedir apenas alimentos que vira nos pratos de outros convidados, e quando a comida chegou, ela e a Conselheira-Mor foram vistas comendo bem, como se o nervosismo não perturbasse seu apetite. Papewaio percebeu isso, e teria sorrido se isso lhe fosse permitido pelo protocolo, tendo em conta o que se esperava de um guarda de honra. Mara prestou atenção até mesmo nos detalhes menos importantes. Tamanho era seu estresse, que somente por ter perdido o desjejum a nervosa Nacoya pôde ser convencida a comer. Aquilo não passou despercebido aos convidados que a olhavam. Alguns assentiram num espanto disfarçado, enquanto outros murmuravam pelos cantos. Outros ainda não prestaram atenção nos Acoma, envolvidos em suas próprias conspirações.

Mara ouviu o Senhor dos Xacatecas rir baixinho; dissera algo que levou o terceiro filho da Família Ling a se retrair e a empalidecer. A prole e primos dos Xosai pareceram estar por todo o lado e a mulher nortenha do Senhor dos Kaschatecas flertava sem pudores com o Conselheiro-Mor dos Chilapaningo. Ele parecia tão rígido quanto pele de needra curada; provavelmente ficara aterrorizado com as atenções que ela lhe dedicava; ela falava depressa demais e agarrou sua manga com tanta força que o impediu de pedir licença para sair.

Mara passou os olhos pela multidão ali reunida, reparando na grande variedade de estilos e cores das casas. Dividiu os convidados em duas categorias: os que eram aliados ou sem força suficiente para desafiá-la e os que eram ameaças ou que desejavam se vingar dela. Como os Minwanabi pertenciam agora às Cinco Grandes Famílias de Tsuranuanni, todas as casas poderosas do Império enviaram um representante. Mara viu os Keda, os Tonmargu e os Oaxatucan, cada qual com seu círculo de bajuladores. Os Senhores menos importantes mantinham-se a distância, ou, lisonjeiros, tentavam obter favores. O enfeite de cabeça púrpura do Senhor dos Ekamchi inclinou-se sobre seu Conselheiro-Mor, enquanto as vestes vermelhas dos Inrodaka contrastavam com os trajes de dois criados cujo colete Mara não reconheceu. Tendo estudado os convidados presentes, sentiu um súbito calafrio. Em nenhum lugar viu túnicas vermelhas e amarelas.

Como se tivesse pressentido sua inquietação, Nacoya afastou os ossos de jiga que tinham sobrado de sua refeição.

— Não vejo o Senhor dos Anasati — disse, sem rodeios. — A não ser que os deuses o tenham atrasado, minha filha, você e seu jovem filho correm grande perigo.

Nacoya não discorreu sobre o óbvio: a ausência de uma família proeminente tinha significado político, o que significava, para dizer o mínimo, que a promessa de Tecuma de proteger os Acoma pelo bem-estar de Ayaki não serviria de nada se ele ou seu filho mais velho não estivessem presentes. Sem a proteção dos Anasati, Mara dispunha apenas de cinquenta guerreiros, alojados em quartéis longe de seu alcance. A frieza da saudação dos Techtalt ganhou, então, um novo significado; aparentemente a descortesia de Buntokapi em relação ao Senhor da Guerra prejudicara mais do que Mara previra o nome dos Anasati. O perigo que ela corria cresceu proporcionalmente a isso. O Senhor dos Minwanabi poderia se achar forte o bastante para eliminar os Acoma, e depois vencer a guerra com Tecuma quando este enviasse exércitos para defender o título de Ayaki.

— Você não deveria ter aceitado este convite — sussurrou Nacoya.

Mara fez um gesto brusco de negação. Nem mesmo o fato de que agora duas casas corriam perigo poderia mudar sua determinação. Sobreviveria e transformaria a derrota em vitória se a sorte lhe emprestasse as armas adequadas. Mas a ausência de um aliado de quem dependia a preocupou o suficiente para não reparar que Teani chegara tarde à recepção, com um ar misterioso de quem se sentia satisfeita consigo mesma, sempre que olhava de soslaio para Mara. A Senhora dos Acoma nem reparou na chegada do Senhor dos Ekamchi, e por isso não se levantou da mesa a tempo de evitá-lo quando ele apareceu, mal-intencionado, ao seu lado.

— Bom-dia, Senhora dos Acoma. Que surpresa constatar que não trouxe nenhum de seus novos guerreiros cho-ja para assegurar seu bem-estar.

Mara inclinou rigidamente a cabeça, percebendo uma ousadia pouco comum nos modos daquele homem rechonchudo.

— Meu bem-estar está na luz do sol, Senhor dos Ekamchi. E não me falta proteção com Papewaio ao meu lado.

O Senhor dos Ekamchi fez uma careta, pois ele tinha bons motivos para se lembrar da coragem e habilidade do Primeiro Líder de Ataques dos Acoma. Ainda assim, teve determinação para insistir, revelando a Mara que tinha conhecimento de alterações de alianças que ainda não haviam chegado aos ouvidos dela. Imitando inconscientemente seu pai, ela optou pelo caminho menos seguro e continuou a conversa, antes que a mesma voltasse a ser abordada em condições ainda mais desfavoráveis.

— Talvez tenha falado ultimamente com Tecuma dos Anasati?

— Ah! — O Senhor dos Ekamchi foi pego de surpresa. Ainda assim, seus olhos refletiram seu ar triunfal assim que se recompôs. — Lamento ter de informar que seu anfitrião, o Senhor dos Minwanabi, não convidou Tecuma dos Anasati para a festa. Não quis recordar ao Senhor da Guerra de incômodos recentes, ou seja, da descortesia em relação a esse homem valoroso feita pelo filho dos Anasati que se casou com a Acoma.

— Buntokapi morreu de forma honrada — destacou Mara com acidez. — O Senhor rebaixa-se ao falar mal de quem já se foi. — As palavras dela foram um aviso e um desafio à honra dos Ekamchi caso o assunto não se esgotasse naquele momento.

O Senhor que a insultara retirou-se lançando mais uma farpa.

— Ainda assim, sei que Tecuma não teria vindo, mesmo que as circunstâncias o tivessem permitido. Seja como for, está ocupado, já que um ataque à sua mais rica caravana de mercadorias dizimou seus defensores. Perdeu seus bens, assim como duas centenas de guerreiros, diante de um cruel bando de ladrões. — O Senhor dos Ekamchi sorriu, pois sabia, assim como Mara, que aquela carnificina não fora feita por salteadores. Alguma das grandes casas agira destemidamente contra os Anasati e de todas elas apenas uma tinha uma contenda de morte contra os Acoma, a mesma casa que forçara Tecuma a uma aliança indesejada.

— Reze aos deuses pela saúde de seu filho — escarneceu o Senhor dos Ekamchi.

Ele se afastou e Mara perdeu a oportunidade de responder. Ficou chocada com o fato de um Senhor tão insignificante se atrever a insultá-la, mas isso serviu também para lembrar-lhe que, aos olhos dos mais reles inimigos, a morte dela era considerada certa.

15

Chegada

O Senhor da Guerra apareceu.

Uma fanfarra de flautas anunciou sua entrada. Vestia uma túnica dourada com faixas brancas, ofuscante sob a luz do sol. Em contraste, dois vultos vestidos de preto surgiram caminhando ao lado dele. Ao vê-los, os convidados fizeram silêncio absoluto na mesma hora. Até o Senhor dos Minwanabi hesitou antes de saudar o homem mais poderoso depois do Imperador. Quando Jingu deu um passo à frente para fazer sua reverência, seus modos revelaram-se prudentes e cheios de respeito ao invés de serem exagerados, como de hábito. A presença dos Grandes vestidos de negro tinha muitas vezes esse efeito nas pessoas. A mente dos magos era indecifrável e seu comportamento, inquestionável. Viviam fora dos limites da lei e a única missão deles era servir o Império. O fato de Almecho ter levado dois deles à celebração de seu aniversário não foi ignorado por nenhum de seus convidados; nenhuma conspiração estava segura e nenhuma aliança seria completamente confiável diante da presença de algo selvagem como a magia em meio a eles. Alguns sussurraram que Almecho conquistara diversos dos Mantos Negros para sua causa; outros disseram que grande parte da política do Senhor da Guerra estava sendo decidida na Cidade dos Magos.

Mara observou os procedimentos das saudações formais de um local discreto em um dos cantos. Ficou de certa maneira aliviada por ver os

Grandes ao lado de Almecho, pois a atenção dos convidados seria então direcionada para algo que ia além de sua situação difícil... pelo menos durante um tempo. Sentia-se cansada de lidar com as observações ácidas dos outros convidados e farta de ver o Senhor dos Ekamchi mencionando repetidamente a ausência de Tecuma. Os Grandes projetariam longas sombras sobre a interação da intriga; poderiam pôr em jogo as artes mágicas, ditar uma sentença rápida sem apelo — a palavra deles era a lei. Poderiam exterminar Jingu em sua própria casa se entendessem que ele ameaçava o Império, e Desio se limitaria a se curvar e a dizer a frase ritual: "Seu desejo é uma ordem, Grande."

No entanto, por tradição, os Grandes mantinham-se alheios ao Jogo do Conselho; alguma outra coisa levara os dois magos até ali. Mara sorriu para si própria. Não importava qual fosse a razão de sua aparição, o resultado era uma faca de dois gumes: os inimigos dela tinham outras preocupações, mas os Minwanabi ficavam mais à vontade para eliminá-la, pois as atenções dos convidados estariam focadas em outro lugar.

Contudo, enquanto Mara refletia sobre todas aquelas implicações, os convidados começaram a se reunir; cada família, de acordo com a hierarquia, prestaria uma homenagem ao Senhor da Guerra. Em breve seria solicitado a Mara e Nacoya que saíssem da escuridão de seu canto, pois o nome dos Acoma era um dos mais antigos do Império, o primeiro depois das Cinco Grandes Famílias originais. Ainda assim, a Senhora demorou-se, enquanto os Keda e os Tonmargu se juntavam à sua frente. Então, quando o Senhor dos Xacatecas avançou a passos largos, ela infiltrou-se na multidão.

— Vá devagar — indicou a Nacoya. Enquanto outras famílias avançavam em grupos de filhos, filhas, parentes por afinidade e primos, com cada um dos familiares de sangue tendo direito a guarda de honra, seu contingente consistia em apenas uma Conselheira-Mor e Papewaio. Outros Senhores e seus conselheiros não repararam na presença dela até passar por eles, uma vez que a grandeza e o poder raras vezes avançavam sem fanfarra. Mara conseguiu ouvir com frequência partes de conversa de modo a captar a essência de suas preocupações, antes que percebessem sua proximidade. Mais de um grupo de pessoas identificou os Grandes como os mesmos que arquitetaram o apoio na Assembleia de Magos para a campanha de Almecho no mundo bárbaro. Entretanto, muitos outros magos vieram a ser vistos na companhia de Almecho, passando a ser conhecidos como os "mascotes do Senhor da Guerra". Os capuzes ocultavam os rostos, tornando difícil reconhecer quem eram os dois feiticeiros ali presentes. Se fossem Ergoran e seu irmão Elgahar, mais do que uma conspiração de um Senhor poderia sofrer uma reviravolta.

Quando os Xacatecas iniciaram suas reverências de apresentação, Mara respondeu às indicações maternais de Nacoya e dirigiu-se ao dossel. Kamatsu dos Shinzawai e o seu filho ficaram atrás dela quando subiu os degraus; então os Xacatecas partiram e ela se viu diante de Almecho e de seu anfitrião, Jingu dos Minwanabi.

Os Grandes permaneceram num dos lados, com sua hierarquia social única mantendo-os fora do alcance de qualquer formalidade na cerimônia de boas-vindas. Mas assim que iniciou sua reverência, Mara conseguiu ver com nitidez um deles e, sob o capuz negro, reconheceu o nariz em gancho e os lábios finos de Ergoran. O Senhor da Guerra pegou sua mão quando ela se ergueu, com um leve indício de sarcasmo estampado no sorriso assim que retomou as saudações tradicionais. Por certo não esquecera o último encontro, quando ela respeitosamente reproduzira as palavras de Buntokapi a respeito dos currais de needra. A etiqueta não permitia que ele trouxesse o assunto à tona, uma vez que o ritual suicida eliminara a mancha da honra dos Acoma. Mas nada impedia o Senhor da Guerra de começar uma troca de palavras que causava desconforto social a Mara.

— Senhora Mara, que inesperado prazer. Estou muito grato por constatar que é tão corajosa quanto seu pai... para entrar neste ninho de relli. — Sem soltar sua mão, e afagando-a com uma atenção condescendente, voltou-se para Jingu dos Minwanabi. Seu anfitrião estava parado de pé reprimindo a raiva, tão incomodado com o último comentário quanto Mara. — Jingu, você não está planejando estragar minha festa de aniversário com derramamento de sangue, não é? — O Senhor dos Minwanabi mostrou-se ainda mais transtornado ao negar, atrapalhado, mas Almecho interrompeu-o, dirigindo a palavra a Mara. — Minha Senhora, deixe seu guarda-costas dormindo em sono leve à sua porta. Jingu sabe que se tentar matá-la, irá me deixar muito zangado. — Desviou o olhar para seu anfitrião. — Sem contar que garantiu a seus convidados que nada lhes aconteceria e não seria útil eliminá-la se depois tivesse de abdicar de sua própria vida, não é?

O Senhor da Guerra riu. Naquele instante, Mara percebeu que, para aquele homem, o Grande Jogo não passava disso: um jogo. Se Jingu conseguisse matar a Senhora dos Acoma de uma maneira que o livrasse publicamente de responsabilidades, o Senhor da Guerra não só não ficaria ofendido, como, em silêncio, o aplaudiria por sua engenhosidade. Mesmo se Jingu fracassasse, para Almecho toda aquela situação se tornaria um belo entretenimento. Mara sentiu as costas encharcadas de suor. Tremeu apesar de todo o esforço para se controlar e, muito perto, o segundo filho dos Shinzawai sussurrou algo aos ouvidos do pai. Almecho estreitou os olhos; Mara deve ter ficado pálida, pois o Senhor da Guerra apertou sua mão.

— Não fique nervosa, passarinho. Jingu pode surpreender a todos nós e se comportar direitinho. — Exibiu um amplo sorriso. — As apostas indicam que você tem uma pequena chance de sair viva daqui no fim da festa — acrescentou.

Continuou sem ter a intenção de soltá-la, mas, antes de se divertir mais à custa dela, uma voz educada intrometeu-se na conversa:

— Meu Senhor Almecho... — Era Kamatsu dos Shinzawai. Bastante experiente em termos de intrigas na corte, o antigo Chefe de Guerra do Clã Kanazawai mudou o tema da conversa com uma simpatia que poucos dos presentes poderiam ter igualado. — Há apenas uns minutos, a Senhora Mara me alertou de que não tive a oportunidade de apresentar-lhe o meu filho mais novo no casamento dela.

Almecho distraiu-se o suficiente para Mara se libertar de seus dedos. Ela se desviou um pouco para a esquerda e, sem perder o ritmo, Kamatsu imitou o movimento dela. Almecho, para ser educado, não teve outra escolha senão cumprimentar o Senhor dos Shinzawai, que estava à sua frente. Um jovem atraente acompanhava o pai. Kamatsu sorriu.

— Posso apresentar-lhe meu segundo filho, Hokanu?

O Senhor da Guerra franziu o cenho, por um momento sem saber o que fazer. Inclinou a cabeça na direção de Hokanu, mas antes de seu famoso mau humor lhe permitir que inventasse um comentário desdenhoso, Kamatsu prosseguiu:

— O irmão mais velho dele, Kasumi, o senhor já conhece. Com certeza se lembra, Almecho... ele é o Líder de Forças Militares do segundo exército do Clã Kanazawai, em sua campanha.

Mais uma vez os comentários aduladores impediram o Senhor da Guerra de reagir com algo mais do que um resmungo educado. Os dois Shinzawai se encaminharam para o dossel, obrigando os que estavam atrás a avançarem na direção do Senhor da Guerra. Quando Almecho lançou um último olhar sobre Mara, Kamatsu disse:

— Não tomaremos mais seu tempo, Senhor, pois há muita gente à espera para saudá-lo. Que o sorriso dos deuses brilhe sobre sua festa de aniversário.

O Senhor da Guerra não teve outra alternativa além de enfrentar o resto dos convidados. A essa altura, Mara já recuperara de alguma forma a compostura. Agradeceu em seu íntimo aos deuses por ter se recomposto e, grata, inclinou a cabeça na direção do Senhor dos Shinzawai. Kamatsu se afastava da fila de boas-vindas, mas retribuiu com um leve menear de cabeça. Seu comportamento refletiu algo que ela não vira desde que transpusera as fronteiras das terras dos Minwanabi: solidariedade. O Senhor dos Shinzawai poderia não ser um aliado, mas também não era um inimigo. Arriscara-se muito ao interromper as piadas de Almecho, mas o fizera com grande coragem. Enquanto o pai partia, Mara viu o filho demorar-se, com seus olhos negros a seguindo. Ela brindou o jovem com um sorriso sutil, mas não se atreveu a verbalizar seu agradecimento, caso contrário o Senhor dos Minwanabi poderia pensar que os Acoma e os Shinzawai tinham pactuado contra ele. Nacoya puxou insistente sua manga, apressando-a a se dirigir a um canto relativamente obscuro.

— Você tem de abandonar este lugar, Mara-anni — disse a Conselheira-Mor assim que tiveram um momento a sós. Enquanto Papewaio se colocava entre sua Senhora e o conjunto dos convidados, ela reforçou a ideia. — Aqui não há aliados, com o Senhor da Guerra fazendo pouco caso dos Acoma. Se ficar, perderá a vida, e Keyoke terá de enfrentar uma guerra para proteger Ayaki. É preferível a vergonha da fuga do que correr o risco de perder o natami.

Mara sentou-se numa almofada bordada e lutou contra o cansaço que pesou em seus ombros.

— Não podemos partir agora.

— Garota, nós precisamos! — Em sua maior demonstração pública de medo, a idosa desabou perto dos joelhos de sua Senhora. — A sobrevivência dos Acoma está em risco.

Mara afagou com carinho a mão da sua Conselheira-Mor.

— Mãe do meu coração, não podemos fugir deste confronto. Não apenas nossas chances no Jogo desabariam o suficiente para nos transformarmos no alvo da chacota de Almecho, como suspeito que nunca escaparíamos com vida. Se de algum modo conseguíssemos escapar pelas fronteiras das terras Minwanabi, ficaríamos expostos ao ataque aberto de "bandidos", sem que isso comprometesse Jingu. Aqui, com as garantias dele, temos uma chance de preservar nossa vida.

— Não conte com isso, Senhora — disse Nacoya, amarga. — Jingu dos Minwanabi nunca teria trazido até aqui a filha de Sezu se pensasse em deixá-la escapar. Para você, este lugar é um ninho de espinhos venenosos, recheado com uma centena de armadilhas mortais. Mesmo com os favores dos deuses, não será possível evitar todos.

Mara endireitou-se, começando a se irritar.

— Ainda me considera uma menina, velha mãe. Isso é um erro. Nem as ameaças de Jingu, nem o escárnio do Senhor da Guerra me levarão a envergonhar meus antepassados. De alguma forma, seja por astúcia ou através de jogadas políticas, escaparemos desta armadilha e triunfaremos.

Embora, por dentro, se sentisse tão assustada quanto Nacoya, Mara conseguiu proferir aquelas palavras com convicção. A mulher mais velha ouviu e sentiu-se reconfortada, enquanto do outro lado do salão, Hokanu dos Shinzawai observava o comportamento corajoso de Mara dos Acoma. Ela tinha uma coragem admirável para alguém tão jovem. Se os Minwanabi a desejavam morta, o plano teria de ser cuidadosamente articulado, pois aquela garota era de fato a filha de seu pai.

Depois daquele episódio, a tarde arrastou-se entediante. Jingu dos Minwanabi providenciara músicos, acrobatas e uma farsa em um ato no estilo Segumi. No entanto, mesmo com os Grandes do Senhor da Guerra assistindo, o apreço dos tsurani pelas artes não conseguiu eclipsar totalmente o interesse nas questões políticas. Diversos Senhores haviam alimentado a esperança de explorar o fato de Almecho ter aumentado seu poder com as guerras no mundo bárbaro. Mas, com os dois magos que controlavam todas as passagens entre Kelewan e Midkemia sentados como sombras da meia-noite entre eles, até os Senhores mais audaciosos não se atreveram a procurar obter apoio para suas tramas. Mara escutou muitas expressões de lamento pelo fato de Almecho exibir seus laços com os Grandes naquela que deveria ser uma celebração em sua honra.

Assim que as cortinas se fecharam após as últimas reverências dos atores, Desio dos Minwanabi subiu na plataforma de madeira erguida para a representação da peça. Seus passos ecoaram surdamente nas tábuas quando se dirigiu ao centro do palco, de braços erguidos pedindo silêncio. As cabeças se voltaram para ele e os sussurros se calaram. Desio baixou as mãos agitando as rendas dos punhos e deu um comunicado:

— Batedores Minwanabi vieram informar que tivemos problemas no rio. Um grupo de piratas nos atacou, vindo do Norte. Foram roubadas e incendiadas duas barcas ao lado das fronteiras desta propriedade. — Um murmúrio varreu o salão, até que todos se silenciaram quando o herdeiro dos Minwanabi deu mais informações. — O Senhor Jingu escutou o pedido do Senhor da Guerra para que a celebração de seu aniversário não fosse manchada de sangue. Dessa forma, ordenou que fosse levantada a corrente por baixo do pórtico das orações, cortando a passagem fluvial para o lago. Qualquer barca que tente passar vindo do rio será incendiada aos olhos de todos e quaisquer convidados que pretendam abandonar mais cedo esta festa devem nos informar de sua pretensão, para que os guerreiros permitam sua saída. — Desio terminou com uma reverência respeitosa e um sorriso dirigido à Senhora dos Acoma. Então, os acrobatas ocuparam o lugar em que ele estivera no palco, e a festa do Senhor da Guerra foi retomada.

Mara conseguiu não demonstrar sua irritação com aquele último golpe dos Minwanabi. Desio não só conseguira fazer com que qualquer tentativa de saída se revelasse um ato de covardia, como se desculpou de antemão caso algum convidado fosse abatido no rio para além de seus portões. Nem um mensageiro poderia ser enviado às terras dos Acoma sem que Jingu ficasse sabendo. Mara olhou de soslaio para Papewaio e percebeu por seus olhos cansados que ele compreendera; nem Keyoke poderia ser avisado. As apostas estavam mais altas do que qualquer um de seus conselheiros pudera ter previsto. Se ela morresse, o mais provável era que atacassem Ayaki antes que a notícia de seu falecimento chegasse às terras dos Acoma.

Um velho amigo de seu pai, Pataki dos Sida, passou ao lado de sua mesa e educadamente dirigiu-lhe uma reverência. Falando de maneira que só ela e Nacoya pudessem ouvir, disse:

— Seria prudente de sua parte ordenar a seu guarda-costas que descansasse.

— Seu conselho é sensato, meu Senhor. — Ela sorriu e tentou mostrar uma expressão menos cansada. — Mas já sugeri o mesmo mais cedo e Papewaio alegou que não precisava dormir.

O idoso Senhor assentiu, consciente, como todos os outros, de que a dedicação do guerreiro não era exagerada.

— Seja cautelosa, filha de Sezu — avisou Pataki —, Almecho não nutre grande admiração por Jingu. Apreciaria que a ambição dos Minwanabi fosse contida, mas precisa do apoio deles em sua guerrazinha no mundo bárbaro. Se Jingu conseguir matá-la sem desonra, Almecho nada fará contra ele. — O Senhor dos Sida olhou por um instante para o dossel onde jantavam os convidados de honra. — Ainda assim — acrescentou, pensativo —, se Jingu for pego quebrando seu juramento de segurança diante dos convidados, Almecho teria todo o gosto em assistir ao ritual de suicídio. — Pataki sorriu, como se estivessem brincando. — Muitos aqui apostaram no destino dos Acoma, minha Senhora. Mas nenhum agirá contra a Senhora, a não ser os Minwanabi. Pelo menos sabe quem é seu inimigo.

De repente entusiasmada, Mara retribuiu com um respeitoso aceno.

— Acho que sei também quem é meu amigo, Senhor Pataki.

O velho riu, fazendo de conta que era em resposta a um comentário espirituoso.

— Os Sida e os Acoma lidaram honradamente uns com os outros ao longo de muitas gerações. — Olhou de relance para a sua mesa, onde tinha dois netos sentados à espera. — Seu pai e eu até chegamos a mencionar, ocasionalmente, a possibilidade de uma aliança. — Seus velhos olhos brilharam de esperteza. — Gostaria de pensar que a Senhora e eu, um dia, poderemos conversar sobre esse assunto. Agora devo voltar para minha família. Que os deuses a protejam, minha Senhora.

— E que os deuses protejam os Sida — retribuiu Mara.

Nacoya encostou-se em Mara para sussurrar a seu ouvido.

— Pelo menos há aqui alguém igual a seu pai.

Mara assentiu.

— Ainda assim, nem mesmo ele estenderá a mão quando Jingu agir. — Os fracos eram conhecidos por morrerem em público sem causar indignação a quem observava, desde que respeitadas as formalidades. Os Minwanabi iriam atacar, só restava saber quando.

Para além dos biombos abertos, o anoitecer lançou sombras sobre a margem e o lago brilhou como uma folha de prata martelada sob a luz crepuscular. Estrelas salpicaram o zênite, uma de cada vez, enquanto escravos com pavios e frascos de óleo acendiam lamparinas. Logo, a escuridão total cairia e então o perigo seria ainda maior. Mara acompanhou os outros convidados até o salão de banquetes, esforçando-se para parecer que estava alegre. Mas no fundo do coração ansiava por ser guerreira, para lutar com armadura e espada até que a morte a encontrasse ou a seus inimigos; caminhar com medo entre uma multidão que sorria e dissimulava era como desatar um nó de cada vez, até que a dignidade se transformasse numa máscara para ocultar a loucura.

A refeição servida por Jingu dos Minwanabi para honrar o Senhor da Guerra havia sido preparada por alguns dos melhores cozinheiros do Império; todavia, Mara comeu sem saborear em pratos decorados com delicados enfeites de metal. Esforçou-se por comer para acalmar os nervos tensos de Nacoya, mantendo-se atenta ao fato de Papewaio lutar para não dormir onde estava. Sem precisar perguntar, percebeu que ele permanecera de guarda na noite anterior sem descansar, e embora fosse um homem resistente, com uma mente perspicaz e uma grande força de vontade, não se poderia esperar que mantivesse seu olhar vigilante por muito mais tempo. À primeira oportunidade, Mara retirou-se da festa com seus companheiros.

Sombras negras projetadas por capuzes fundos tornaram invisíveis as expressões dos Grandes, mas seus olhos seguiram Mara quando esta se ergueu. À direita deles, Almecho exibiu um largo sorriso, dando uma cotovelada nas costelas do Senhor dos Minwanabi. E de todos os cantos do salão, olhares de desdém se voltaram para a Senhora dos Acoma que ajudava sua velha conselheira a ficar de pé.

— Desejo-lhes bons sonhos — murmurou Desio dos Minwanabi, quando o pequeno grupo se ausentou do salão.

Mara sentiu-se cansada demais para responder. Logo em seguida, quando o Senhor dos Ekamchi a deteve na entrada para mais uma punhalada nas costas, Papewaio viu os ombros dela se endireitarem. A ideia de sua Senhora voltar a ser desrespeitada por aquele homenzinho gordo inflamou o temperamento do guerreiro. Antes de Mara ter a oportunidade de falar, e antes que os outros convidados percebessem a situação, Papewaio agarrou o Senhor dos Ekamchi pelos ombros e afastou-o à força pela porta de entrada, para longe de todos. O Senhor dos Ekamchi ofegou, espantado. Então, suas bochechas rechonchudas estremeceram devido ao ultraje.

— Pela ira dos deuses! — praguejou quando o enorme guerreiro impôs-se diante dele. — Seu brutamontes ignorante, acredita que pode encostar a mão em mim sem sofrer com as consequências?

Atrás dele, seus próprios guarda-costas fizeram as armas chacoalharem, mas não conseguiram passar pelo corpo gordo de seu mestre para chegarem até Papewaio. A toda aquela idiotice, o Líder de Ataques dos Acoma respondeu com uma pura indiferença:

— Se voltar a incomodar minha Senhora, farei mais do que apenas encostar a mão no Senhor — avisou. — Encostarei a mão com violência!

Precipitado, Ekamchi ordenou a seus guardas que desembainhassem as espadas, mas eles se contiveram porque Papewaio poderia ferir seu mestre muito antes de conseguirem agir.

— Afaste-se — disse Mara incisivamente ao Senhor que lhe impedia a passagem. — Nem você se atreveria a manchar de sangue a festa de aniversário do Senhor da Guerra, Techachi dos Ekamchi.

O gordo Senhor ficou ainda mais vermelho.

— Um servo encostar as mãos em um homem da minha posição implica uma sentença de morte — queixou-se.

— Entendo — disse Mara, assentindo com um ar sério.

Papewaio levantou o elmo, exibindo a fita negra da vergonha em volta de sua testa. E sorriu. O Senhor dos Ekamchi ficou branco como a cal e afastou-se, murmurando uma desculpa esfarrapada. Não poderia exigir a execução de um homem já condenado; e se ordenasse a seus guardas que atacassem, só proporcionaria ao maldito uma morte digna pela lâmina. Sem saber o que fazer, e odiando ainda mais Mara por causa disso, voltou de novo para o banquete.

— Vá depressa, velha mãe — sussurrou Mara a Nacoya. — Estes corredores não são seguros.

— Acha que seus aposentos não são uma armadilha? — questionou a idosa, mas mesmo assim apressou-se, obedecendo o pedido de sua Senhora.

No entanto, como Mara calculara, a privacidade e a tranquilidade serviram plenamente para restaurar a confiança de Nacoya. Depois de ter colocado vestes mais confortáveis e já acomodada sobre almofadas, a idosa começou friamente a dar instruções à sua Senhora sobre como sobreviver numa corte hostil.

— Deve colocar lamparinas do lado de fora, em frente a cada um dos biombos — insistiu. — Dessa forma, um assassino que tente entrar projetará uma sombra no papel, e você poderá vê-lo chegar. Além disso, as luzes no interior devem ser colocadas entre você e as janelas, para que sua própria silhueta não apareça a quem quer que esteja escondido lá fora.

Mara assentiu, permitindo sabiamente que Nacoya continuasse a divagar. Ela aprendera aquele truque das lamparinas com Lano e antes de entrar nos aposentos indicara a uma de suas criadas para colocá-las em posição. Logo, ela e a idosa sentaram-se banhadas pela luz, com o corpo obstinado de Papewaio de guarda à entrada. Sem nada que a distraísse, Mara sentiu-se pressionada por suas próprias preocupações e confidenciou à sua Conselheira-Mor:

— Nacoya, e quanto aos cinquenta guerreiros instalados nos quartéis? A promessa de segurança dos Minwanabi não inclui nossa comitiva e temo que a vida deles esteja em perigo.

— Acho difícil. — A confiança da idosa pegou Mara de surpresa depois de um dia inteiro atacada por incertezas.

Mara conteve o nervosismo.

— Mas seria muito fácil orquestrar a morte deles. Uma alegação falsa de que uma praga de febre de verão irrompera nos quartéis... bastaria a suspeita dessa doença para que os corpos fossem incinerados. Ninguém poderia provar como os nossos soldados morreram...

Nacoya pegou os pulsos de Mara.

— Você está preocupada com as coisas erradas, Mara-anni. Os Minwanabi não vão se incomodar com a vida de seus guerreiros. Minha Senhora, se ele derrubar você e Ayaki, todos os homens que vestem o verde dos Acoma irão se tornar guerreiros cinzentos, sem mestres e amaldiçoados pelos deuses. Creio eu, esse destino adequa-se mais aos interesses de Jingu. — A Conselheira-Mor resolveu então fazer uma pausa. Procurou os olhos de sua Senhora, mas os encontrou fechados. — Mara, escute-me. Há outros perigos à espreita, como uma relli enroscada nas trevas. Deve prestar atenção em Teani. — Nacoya endireitou-se, porém não deu mostras de pretender se retirar. — Eu a observei o dia todo e ela não tirou os olhos de você enquanto esteve de costas para ela.

Mas Mara estava cansada demais para se manter acordada. Apoiada sobre um cotovelo em cima das almofadas, deixou sua mente vagar à vontade. Nacoya observou-a com seus olhos experientes e percebeu que a garota chegara ao limite da sua resistência. Não lhe deveria ser permitido adormecer, pois se um assassino atacasse, deveria estar pronta para apagar a lamparina e retirar-se logo para o canto que Papewaio indicara, para que ele não acertasse o alvo errado com sua espada.

— Você prestou atenção? — perguntou Nacoya, ríspida.

— Sim, mãe do meu coração. — Mas com o próprio Senhor da Guerra se divertindo com a situação dos Acoma, Teani era a última das preocupações de Mara. Ou assim pensou ela, enquanto a luz projetava sombras mortais sobre os baús onde estavam guardados seus vestidos e joias. Como Lano ou seu pai, o Senhor Sezu, teriam mantido a honra dos Acoma numa situação como aquela? Mara exibiu um semblante severo, tentando adivinhar como aqueles que morreram devido à traição dos Minwanabi poderiam aconselhá-la. Mas nenhuma voz respondeu. No fim de contas, só lhe restava sua própria perspicácia.

Tal conclusão perturbou seu sono. Embora o instinto a incitasse a não descansar, sentia-se na verdade como uma criança fraca e cansada. Nacoya, que a criara desde a infância, não aguentou importuná-la mais. Em vez disso, ergueu-se das almofadas e vasculhou a roupa que estava nas arcas.

Mara já dormia profundamente quando a idosa retornou, com as mãos carregadas com uma coleção de lenços de seda transparente. Colocou-os perto da lamparina ao lado do catre, um último preparativo antes de ela própria sucumbir ao cansaço. O que tivesse de ser, seria. Duas mulheres, duas criadas e um guerreiro sobrecarregado de pouco serviriam contra toda a casa dos Minwanabi. Nacoya só desejou que o ataque ocorresse logo, para que Papewaio estivesse alerta o bastante para reagir.

Mas a noite decorreu sem incidentes. A anciã cambaleou a cabeça e adormeceu enquanto o guerreiro de guarda do outro lado do biombo lutava contra uma onda entorpecedora de cansaço. Com os nervos à flor da pele, detectou movimentos no jardim, vultos estranhos indicadores de perigos ocultos. Piscou, e os vultos revelaram-se repetidas vezes como sendo um arbusto ou uma árvore, ou simplesmente uma sombra movendo-se conforme a face acobreada da Lua diminuía ou brilhava atrás de uma nuvem. Papewaio cochilou em algumas ocasiões, endireitando-se assim que escutava um ruído.

Contudo, o ataque, quando ocorreu, o pegou dormindo. Mara despertou de repente, suando, confusa, e sem saber ao certo onde se encontrava.

— Cala? — murmurou, chamando a criada que normalmente a servia em casa.

Então, o terrível rasgar de papel e o som de madeira estalando a despertou totalmente. Corpos bateram no piso perto de suas almofadas. Então, ouviu um gemido de dor de um homem.

Mara rolou para longe de suas almofadas, chocando-se com Nacoya. A idosa acordou com um agudo grito de terror, enquanto Mara se movia desajeitada no escuro à procura do canto seguro que Papewaio preparara. Nacoya deteve-se. Suas mãos mexeram nos lençóis e os atirou em pânico para cima da lamparina. O fogo se atiçou na mesma hora, explodindo e expandindo-se nas trevas. Mara andou tropeçando até se deter, com as canelas batendo contra uma mesa de apoio que não lhe era familiar. No escuro, do outro lado do biombo rasgado, ecoavam sons horríveis e ásperos.

Já chorando, e rezando pela orientação de Lashima, Mara espiou pelo fogo que envolveu a lamparina. Viu Nacoya levantando uma almofada e lançando-a no biombo danificado, incendiando o papel rasgado.

As chamas cresceram, projetando uma luz dourada sobre a silhueta retorcida de um estranho, que se lançou sobre a entrada lutando com Papewaio. O Primeiro Líder de Ataques sentou-se sobre o homem, com as mãos em volta de sua garganta. Os lutadores pareciam semelhantes em tamanho e força, mas poucos poderiam igualar a fúria de Papewaio em combate. Ambos tentavam sufocar um ao outro. O rosto de Papewaio era uma máscara vermelha de dor, idêntica à de seu adversário. Então Mara assustou-se. Horrorizada, reparou na adaga cravada na abertura de braço da armadura de Papewaio.

Mesmo ferido, a força de Papewaio era enorme. Os dedos que agarravam sua garganta libertaram o aperto e a soltaram. Com um último movimento brusco, ele levantou a cabeça do assassino e depois puxou com ambas as mãos, fazendo estalar ruidosamente os ossos. Braços frouxos largaram a garganta de Papewaio e o corpo agitou-se com violência. Papewaio afrouxou as mãos e o cadáver caiu no chão, com o pescoço torcido num ângulo terrível. Sombras difusas se moveram no pátio mais atrás. Nacoya não esperou para ver de quem se tratava e gritou com o máximo de força que conseguiu reunir:

— Fogo! Acordem! Há um incêndio na casa!

Mara entendeu seu plano e a imitou. Na aridez do verão, uma grande casa tsurani poderia queimar até a fundação por causa de uma lamparina mal utilizada. E as chamas que Nacoya atiçara já consumiam com avidez a armação que suportava as telhas. Minwanabi, seus criados e convidados teriam de prestar atenção no fogo ameaçador. Iriam aparecer por ali, mas era mais provável que surgissem tarde demais para conseguirem fazer algo.

Conforme a luz se intensificava, Mara viu Papewaio procurar sua espada. Ele olhou por cima do ombro e desapareceu de vista, estendendo a mão para algo. Em seguida, ouviram-se ruídos que deixaram Mara paralisada de medo: o estalo de uma lâmina cortando a carne e um gemido de dor. Avançou, chamando por Papewaio. Orientada por um vislumbre de verde, viu seu guarda de honra girar sobre si mesmo e cair pesadamente. Atrás dele, flamejaram no escuro as plumas cor de laranja de um oficial dos Minwanabi. O Líder de Ataques Shimizu endireitou-se empunhando uma espada ensanguentada e em seus olhos Mara viu o olhar de um assassino.

Contudo, ela não fugiu. Atrás dele, viu o reflexo de luzes nas janelas. Os biombos deslizaram para o lado e figuras vestidas com túnicas saíram de seus aposentos, despertadas pelos gritos de Nacoya alertando-os do incêndio.

Salva pela presença de testemunhas, Mara confrontou o assassino de Papewaio:

— Você seria capaz de me matar na frente de todos os convidados e condenar seu legítimo Senhor à morte?

Shimizu olhou de relance para ambos os lados e viu os vultos que convergiam para o pátio. As chamas logo subiram até o telhado e aos gritos de Nacoya juntou-se um coro de outras vozes. O alarme espalhou-se veloz por toda a casa grande e logo todos os homens capazes apareceram no local com baldes.

A oportunidade de matar Mara lhe escapou. Shimizu podia amar Teani, mas a conduta de um guerreiro nunca poderia colocar uma cortesã acima da honra. Fez uma reverência e embainhou sua espada suja.

— Minha Senhora, apenas ajudei seu guarda de honra a lidar com um ladrão. A morte dele em serviço foi o desejo dos deuses. Agora, devemos fugir do fogo!

— Ladrão? — Mara até se engasgou com a palavra. A seus pés Papewaio jazia estendido no chão com uma adaga cravada no ombro. Aquele golpe nunca poderia tê-lo matado, mas o ferimento aberto no coração com certeza o matara.

Chegaram ao local do fogo os primeiros convidados aos gritos, e, sem dar mais atenção a Mara, o Líder de Ataques dos Minwanabi ordenou que os corredores fossem liberados. As labaredas já tinham atingido as estruturas de apoio nos cantos e exalaram uma fumaça branca devido ao verniz, enchendo o ar com um odor acre.

Nacoya abriu caminho entre os convidados, agarrada a alguns pertences, enquanto duas criadas chorosas arrastavam o baú maior para um lugar onde ficasse a salvo.

— Venha, filha. — Nacoya agarrou sua Senhora pela manga, tentando puxá-la pelo corredor até um lugar seguro.

As lágrimas e a fumaça irritaram os olhos de Mara. Resistiu ao esforço de Nacoya, gesticulando para que os criados dos Minwanabi que surgiram ajudassem. Nacoya praguejou, o que era raro fazer, mas sua Senhora se recusou a sair dali. Dois criados retiraram o baú das mãos das esforçadas criadas. Outros correram para resgatar do fogo em expansão o que restava dos pertences de Mara. Dois trabalhadores atarracados pegaram Nacoya pelo braço e a retiraram da zona de perigo.

Shimizu colocou a mão na túnica de Mara.

— Venha, Senhora. As paredes em breve vão desabar. — O calor do incêndio tornava-se insuportável.

Os carregadores de baldes iniciaram seu trabalho. A água chiou ao bater na madeira em chamas, mas do lado oposto ao quarto onde jazia o ladrão morto. As roupas dele tinham começado a queimar, eliminando todas as provas da traição em que estava envolvido. Mara reagiu apaticamente àquela fatalidade.

— Não saio daqui antes de retirarem o corpo de meu Líder de Ataques.

Shimizu assentiu. Sem revelar emoções, dobrou-se e colocou sobre os ombros o corpo do guerreiro que acabara de perfurar com uma espada.

Mara seguiu pelos corredores tossindo devido à fumaça enquanto um assassino carregava o corpo do valente Papewaio para o ar fresco da noite. Passou tropeçando por criados atrapalhados com baldes transbordando de água destinados a combater o fogo, de modo a evitar que a grande casa de seu mestre fosse consumida pelas chamas. Mara implorou aos deuses que a deixasse queimar, que deixasse queimar tudo, para que Jingu conhecesse um décimo da perda que ela sentira com a morte de Pape.

Ela queria ter chorado a morte do amigo fiel, mas no meio dos hóspedes sonolentos e desgrenhados, Jingu dos Minwanabi estava ali à espera, com os olhos brilhando devido à alegria pela vitória.

Shimizu colocou o corpo de Papewaio na grama fresca.

— Senhor, um ladrão, um de seus criados, procurou se aproveitar da confusão gerada pela presença dos convidados para escapar — disse. — Eu o encontrei morto pelas mãos do guarda de honra da Senhora dos Acoma, mas este valente guerreiro também acabou sendo derrubado. Encontrei isso perto do corpo. — Shimizu entregou um colar bastante discreto, mas confeccionado em metal muito caro.

Jingu assentiu.

— Isso pertence à minha esposa. O culpado deveria ser um criado da casa que surrupiou coisas de nossos aposentos enquanto jantávamos. — Com um sorriso malicioso, voltou-se para Mara. — É uma pena que um guerreiro tão valoroso tenha dado a vida para proteger uma bugiganga.

Não havia provas nem testemunhas que pudessem refutar aquelas evidentes mentiras. Com a impetuosidade de uma rajada de vento fria e cortante, Mara previu o que deveria fazer. Fez uma reverência fria e distante diante de Jingu dos Minwanabi.

— Meu Senhor, é verdade que meu Líder de Ataques Papewaio morreu com valentia, defendendo os bens de sua esposa de um ladrão.

Pressupondo que sua concordância era o mesmo que uma rendição, e uma saudação à sua superioridade no jogo, o Senhor dos Minwanabi foi expansivo ao demonstrar sua piedade.

— Minha Senhora, o empenho de seu Líder de Ataques em defender minha casa não será esquecido. Que todos os presentes saibam que se comportou com grande honra.

Mara respondeu com um olhar inexpressivo:

— Assim sendo, honre a memória de Papewaio como ele merece. Ofereça em sua memória a devida cerimônia e proporcione-lhe um funeral adequado a seu sacrifício.

Os gritos da brigada de baldes preencheram a pausa que se gerou enquanto Jingu considerava recusar o pedido de Mara. Mas então reparou no amplo sorriso que o Senhor da Guerra lhe dirigia através de um biombo aberto do outro lado do pátio.

Almecho estava ciente de que a morte de Papewaio fora um assassinato, mas as desculpas forçadas não feriam o protocolo; tais nuances o divertiam bastante. Como Mara não gritara por piedade, nem vacilara diante das brutalidades inerentes ao Grande Jogo, merecia aquela recompensa por parte de seu inimigo. Almecho chamou Jingu, numa exibição de camaradagem.

— Meu Senhor anfitrião, o precioso colar de sua esposa vale muitas vezes o custo desse ritual. Pelo amor dos deuses, Jingu, dê esse funeral ao homem dos Acoma. A morte dele deixa-lhe com uma dívida de honra. E, como ele perdeu a vida na celebração de meu aniversário, vinte de meus Brancos Imperiais permanecerão em posição de continência ao redor da pira.

Jingu assentiu em reverência na direção de Almecho, mas seu olhar à luz das chamas que ainda queimavam num de seus aposentos mais requintados denunciou o quanto estava contrariado.

— Salve Papewaio! — acabou por dizer a Mara. — Amanhã honrarei seu espírito com um funeral.

Mara fez uma reverência e retirou-se ao lado de Nacoya. Auxiliadas por suas criadas, observou Shimizu voltar a pegar o corpo de Papewaio e a passá-lo com indiferença aos estranhos que cuidariam de seu funeral. As lágrimas ameaçaram derrubar sua máscara. A sobrevivência não lhe parecia viável sem Pape. Aquelas mãos balançando sem vida sobre a grama úmida haviam guardado seu berço quando nascera; ampararam alguns de seus primeiros passos e a defenderam da morte no bosque sagrado. O fato de o Senhor dos Minwanabi se ver agora obrigado a pagar por uma cerimônia exuberante em honra de um guerreiro de uma casa inimiga parecia um consolo muito pequeno, e sem sentido. Nunca mais sua bela veste vermelha bordada importunaria os olhos dos outros em dias festivos. Naquele momento aquela perda pareceu-lhe mais importante do que qualquer poder conquistado no Jogo do Conselho.

16

Funeral

Rufaram os tambores.

Os convidados de Jingu dos Minwanabi se reuniram no pavilhão principal da grande casa para assistirem ao funeral de Papewaio. À frente de todos, e vestida de vermelho em honra ao Deus da Morte, Mara dos Acoma liderou seu guarda de honra temporário, um dos Brancos Imperiais do Senhor da Guerra. A batida do tambor intensificou-se, indicando que a cerimônia iria começar. Mara trazia nas mãos uma folha de junco de ke que ergueria para indicar o início da marcha. Embora tivesse chegado o momento, ela fechara os olhos, hesitante.

O cansaço e o pesar geraram nela uma dor que nenhuma cerimônia conseguiria curar. Os Acoma eram guerreiros e Papewaio dera a vida para servir sua Senhora, conquistando assim uma morte honrada, mas Mara continuava triste por ele.

Os tambores rufaram de novo, insistentes. Mara levantou o junco. Sentindo-se mais sozinha do que nunca, conduziu a procissão através da ampla entrada para honrar o espírito de Papewaio, Primeiro Líder de Ataques dos Acoma. Jingu dos Minwanabi e o Senhor da Guerra surgiram atrás dela, seguidos pelas famílias mais poderosas do Império. Avançaram em silêncio para a luz do dia, entrecortada pelas nuvens. Os passos de Mara eram pesados; seus pés demonstravam a relutância em prosseguir, embora a cada batida do tambor ela desse outro passo. Na noite anterior, dormira em segurança nos aposentos do Senhor da Guerra, mas seu descanso fora um sono produzido pelo cansaço absoluto, e não acordou recuperada.

Uma tempestade pouco comum soprou vinda do Norte, trazendo uma chuva fininha. Uma névoa baixa ondulou na superfície do lago, que parecia de pedra sob a luz suave. A umidade deixou o ar frio após semanas de calor árido e Mara tremeu. A terra sob suas sandálias pareceu-lhe úmida e fria como a própria morte. Agradeceu à Deusa da Sabedoria por Nacoya não ter insistido em marcar presença nas cerimônias fúnebres. De acordo com sua Senhora, a idosa alegara estar indisposta devido à fumaça e ao pesar pelos eventos ocorridos na noite anterior; naquele momento, ela estava deitada em sua esteira nos aposentos do Senhor da Guerra, Almecho.

Mara liderou o cortejo pelo declive suave até a margem do rio, grata por ter de se preocupar apenas com sua própria segurança. Os convidados que seguiam atrás dela estavam tensos, imprevisíveis como feras enjauladas. Nenhum deles acreditara na história de que um criado roubara as joias da Senhora dos Minwanabi. Nenhum fora mal-educado a ponto de dizer que Shimizu trazia consigo o suposto objeto roubado enquanto o corpo do ladrão era consumido pelo fogo sem que ninguém pudesse vê-lo. A possibilidade de Jingu ter violado seu juramento de garantir a segurança dos convidados não poderia ser questionada sem provas. Dali para a frente, Mara e sua comitiva poderiam não ser os únicos alvos de tal conspiração; nenhum dos Senhores presentes se atreveu a baixar a guarda durante o que restava do encontro, pois alguns dentre eles poderiam reagir à incerteza que pairava no ar e atacar seus próprios inimigos.

Apenas o Senhor da Guerra parecia se divertir. Como era a voz do Imperador no interior do Império, as conspirações e os conflitos das facções rivais eram-lhe tão divertidas quanto sua festa de aniversário, adiada até o dia seguinte pelo funeral de Papewaio. Com seu anfitrião ocupado com Mara dos Acoma, Almecho sabia que Jingu não poderia conspirar para vestir seu manto branco e dourado… pelo menos durante aquela semana.

Embora a maioria dos convidados marchasse em adequado silêncio, Almecho sussurrou gracejos no ouvido de Jingu. Isso fez o Senhor dos Minwanabi se atrapalhar com o protocolo: deveria se manter calado, como era apropriado a um Senhor que assistia ao funeral de alguém que morrera defendendo sua propriedade, ou deveria se curvar à disposição de seu convidado de honra, e sorrir com suas gracinhas, que, muito provavelmente, eram proferidas com o claro intuito de deixá-lo naquele dilema.

Mas Mara não encontrou conforto no incômodo de Jingu. Adiante, numa faixa de terra para além do píer, erguia-se a pira cerimonial do Primeiro Líder de Ataques dos Acoma. Ele jazia com sua plumagem e armadura cerimoniais, com a espada sobre o peito. Por cima da lâmina, seus pulsos cruzados estavam amarrados com um cordão vermelho, que representava o poder da morte sobre a carne. Do outro lado, atentos, estavam os cinquenta guerreiros do séquito Acoma. Fora-lhes permitido participar na cerimônia de despedida de seu falecido oficial; dentre eles, Mara deveria escolher o sucessor de Papewaio, um soldado para ser seu guarda de honra durante o que faltava dos festejos em honra do Senhor da Guerra. Ela quase pisou em falso. Sentiu uma dor insuportável só de pensar que alguém deveria ocupar o lugar de Pape; no entanto, o lado mais prático de sua mente não deixou de trabalhar. Seu passo seguinte revelou-se firme e a escolha estava feita. Arakasi deveria vestir o manto dos guardas de honra, pois ela iria necessitar de toda informação que ele pudesse dar para enfrentar a ameaça de Minwanabi.

Mara subiu até o ataúde. Colocou o junco vermelho ao lado e os convidados se dispersaram, formando um círculo ao redor do corpo de Papewaio, deixando pequenas aberturas entre leste e oeste. As fileiras ordenadas de guerreiros Acoma aguardaram atrás da cabeça de Papewaio, todos com a espada apontada para o solo para simbolizar um guerreiro que tombou. Os tambores rufaram e depois impôs-se o silêncio. Mara levantou a voz para dar início à cerimônia:

— Reunimo-nos aqui para honrar os feitos heroicos de Papewaio, filho de Papendaio, neto de Kelsai. Que todos os presentes saibam que ele conquistou o posto de Primeiro Líder de Ataques dos Acoma e que foram muitas as honras que fizeram com que merecesse esse cargo.

Mara fez uma pausa e virou-se para o leste. O pequeno vão deixado no círculo já se apresentava preenchido por um sacerdote de Chochocan vestido de branco e usando braceletes tecidos com fibras de thyza. Sua presença representava a vida. A Senhora dos Acoma fez uma reverência em respeito ao deus e depois começou a recitar os feitos notáveis da carreira de Papewaio, desde o dia em que prestara juramento ao natami dos Acoma. Enquanto ela falava, o sacerdote retirou seu manto. Quase nu, salvo pelos símbolos de seu cargo, dançou em homenagem ao forte e intrépido guerreiro que dignamente jazia no esquife.

A lista das honras de Papewaio era extensa. Muito antes de terminá-la, Mara teve de se esforçar para manter a compostura. Contudo, mesmo demorando para enumerar todos os feitos do guerreiro, os convidados não se impacientaram nem pareceram irritados. Vida, morte e a conquista de glória respeitando o código de honra eram alguns dos assuntos vitais na civilização tsurani; os feitos em particular daquele servo dos Acoma eram impressionantes. Rivalidade, ódio e até rixas entre famílias não ultrapassavam as fronteiras da morte e enquanto o sacerdote dançava em honra a Papewaio, o Senhor dos Minwanabi e todos os distintos convidados reconheceram a fama do guerreiro morto.

Mas nenhuma façanha era o bastante para um guerreiro alcançar a imortalidade. Mara chegou, por fim, à noite em que a lâmina de um ladrão acabou com uma brilhante carreira. O dançarino dobrou-se sobre a terra diante do caixão e a Senhora dos Acoma voltou-se para oeste, onde um sacerdote vestido de vermelho estava parado no pequeno vão existente no círculo. Ela fez uma reverência respeitosa ao representante do Deus Vermelho e o sacerdote do Deus da Morte retirou seu manto.

Estava disfarçado com uma caveira vermelha, pois nenhum mortal poderia conhecer o rosto da morte até chegar sua hora de saudar o Deus Vermelho, Turakamu. A pele do sacerdote também fora tingida de escarlate e seus braceletes haviam sido tecidos com pele de serpente. Mara voltou a erguer a voz. Aguentou o resto da cerimônia com uma postura impecável, pois sua vida dependia agora apenas de sua habilidade no Grande Jogo. Em um tom vibrante, descreveu a morte de um guerreiro. Com o genuíno gosto dos tsurani pela representação e por rituais, fez de seu relato um elogio à honra de Papewaio.

O sacerdote de Turakamu começou uma dança simulando a morte do guerreiro, com valentia, glória e honra que perdurariam na memória. Quando terminou, sacou uma faca preta e cortou o cordão que prendia os pulsos de Papewaio. Terminara o tempo da carne e o espírito deveria ser libertado em união com a morte.

Mara engoliu em seco, com os olhos ressecados e fixos. Das mãos do sacerdote de Turakamu aceitou a tocha que queimava aos pés do ataúde. Ergueu-a na direção do céu, com uma oração silenciosa a Lashima. Chegara então a hora de nomear o sucessor de Papewaio, o homem que assumiria seus antigos deveres para que seu espírito se libertasse de suas obrigações mortais. Triste, Mara dirigiu-se à cabeça do caixão. Seus dedos trêmulos prenderam o junco vermelho no elmo do guerreiro. Então, arrancou a pluma do oficial e voltou-se para as fileiras de soldados Acoma que fechavam a parte norte do círculo.

— Arakasi — anunciou ela, e embora seu chamado mal passasse de um sussurro, o Mestre dos Espiões escutou. Ele deu um passo à frente e fez uma reverência. — Rezo aos deuses para que tenha escolhido sabiamente — murmurou Mara ao passar a tocha e a pluma para as mãos dele.

Arakasi endireitou-se e a fitou com olhos sombrios e enigmáticos. Então, sem fazer comentários, voltou-se e gritou para seu companheiro de armas, Papewaio. O sacerdote de Chochocan retornou ao círculo com uma gaiola de junco onde estava um pássaro tirik de plumas brancas, símbolo do espírito do renascimento. Mal as chamas tocaram na palha amontoada sob o corpo musculoso de Papewaio, o sacerdote cortou com uma faca as tiras de junco. E Mara viu, com os olhos úmidos, o pássaro branco sair em disparada para o céu até desaparecer em meio à chuva.

O fogo sibilou e estalou, gerando uma fumaça imensa devido à umidade. Os convidados fizeram um intervalo respeitoso antes de partirem silenciosamente em fila na direção da casa grande. Mara permaneceu ali, junto com seus cinquenta guerreiros e seu recém-nomeado guarda de honra, esperando o fogo se extinguir e os sacerdotes de Chochocan e Turakamu recolherem as cinzas de Papewaio. Estas seriam guardadas numa urna e enterradas debaixo do muro da clareira da meditação dos Acoma, para homenagear o fato de Papewaio ter morrido a serviço da família. Por um momento, Mara ficou a sós com Arakasi, longe do olhar dos convidados.

— A Senhora não trouxe Nacoya consigo — murmurou Arakasi, com suas palavras quase inaudíveis sobre o crepitar da pira. — Isso foi muito bem pensado.

Aquela escolha de palavras penetrou na letargia gerada pelo sofrimento. Mara virou um pouco a cabeça, observando com atenção seu Mestre dos Espiões, para tentar entender a razão daquela pontada de sarcasmo que detectara em seu tom de voz.

— Nacoya ficou na casa grande, indisposta. — Mara calou-se, esperando uma resposta. Como não recebeu nenhuma, retomou a palavra: — Devemos nos juntar a ela na próxima hora. Acha que consegue nos manter vivas até a noite? — O que restava do dia fora reservado para meditação e evocação de Papewaio. Mas ela se referira ao fato de que os convidados retomariam suas intrigas assim que se afastassem do ataúde e Arakasi, apesar de competente, não era o melhor dos espadachins. O Mestre dos Espiões aceitou a insinuação com um leve sorriso.

— Na verdade, foi muito bem pensado, minha Senhora.

E por seu tom de alívio, Mara compreendeu. Ele achara que ela pretendia escapar dos Minwanabi, aproveitando o fato de estar reunida com seus guerreiros. Nacoya teria concordado em ficar para trás para permitir isso, um sacrifício intencional para ocultar dos Minwanabi a intenção de sua Senhora de fugir para casa. Mara engoliu de novo em seco, sentindo a dor mais uma vez. A idosa aceitaria aquele plano prontamente e não veria problemas em ser abandonada numa casa inimiga para garantir a continuidade dos Acoma.

— Papewaio já foi sacrifício o suficiente — disse Mara, de modo duro o bastante para que Arakasi percebesse que a fuga era a última de suas intenções.

O Mestre dos Espiões assentiu aos poucos.

— Muito bem. De toda forma, a Senhora não sobreviveria. Minwanabi cercou as terras com seus exércitos, dizendo que se tratava de uma medida de segurança para os hóspedes. Mas, após uns copos e algumas partidas de dados, seus soldados reconheceram que há muitos homens sem as cores da casa esperando para além das fronteiras, para se passarem por piratas ou bandos nômades de proscritos e montarem uma armadilha para a Senhora dos Acoma.

Mara arregalou os olhos.

— E como você sabe disso? Vestiu uma túnica cor de laranja e se misturou entre o inimigo?

Arakasi riu entre os dentes, bem fundo em sua garganta.

— Nada disso, minha Senhora. Tenho informantes. — Observou sua Senhora, avaliando seu rosto pálido, salvo pelo vermelho causado pelo calor do fogo. O corpo esbelto dela estava ereto e em seu olhar havia medo, mas também determinação. — Uma vez que vamos ficar e confrontar o Senhor dos Minwanabi, há coisas que deve saber.

Mara exibiu então um leve ar de triunfo.

— Leal Arakasi. Escolhi-o porque acredito que odeia o Senhor dos Minwanabi tanto quanto eu. Compreendemos muito bem um ao outro. Agora conte-me tudo o que sabe e que me possa ajudar a humilhar o homem que matou minha família e um guerreiro que me era muito querido.

— Ele tem um ponto fraco dentro de seu lar — anunciou Arakasi sem preâmbulos. — Uma relli em seu ninho que ele desconhece. Descobri que Teani é uma espia dos Anasati.

Mara respirou com espanto.

— Teani? — Ela interiorizou a informação e de repente sentiu um arrepio ainda mais intenso do que o provocado pela chuva. Desde o início Nacoya insistira que a concubina era mais perigosa do que Mara achava. Não lhe dera ouvidos, um erro que podia ter lhe custado tudo aquilo por que sempre lutara, pois ali estava uma servidora dos Minwanabi que não queria saber se a morte de Mara custaria a vida e a honra de Jingu. Na realidade, um golpe como aquele sem dúvida agradaria Tecuma, pois não só vingaria a morte de Buntokapi como retiraria do caminho aquele que provavelmente poderia causar mais dano ao pequeno Ayaki. Mara não perdeu tempo com autocensuras e começou a imaginar como essa informação poderia ser usada em seu proveito. — O que mais sabe sobre Teani?

— A novidade é ainda bem recente. Só ontem à noite recebi essa informação. — Arakasi ergueu a pluma e, ao inclinar a cabeça para prendê-la no elmo, conseguiu falar diretamente no ouvido de Mara. — Sei que a concubina tem relações com um dos oficiais de patente mais alta, algo de que o Senhor suspeita, mas que não consegue provar. Jingu costuma chamar muitas mulheres, mas ela é sua favorita. Não suporta ficar muito tempo sem desfrutar de seus… talentos.

Mara pensou no assunto, fitando as chamas da pira de Papewaio e voltou à sua mente uma lembrança de fogo e escuridão, quando Pape, ainda quente, estava estendido a seus pés, no pátio. Teani aparecera naquele momento com o Senhor dos Minwanabi. Enquanto Jingu simulara grande surpresa, Teani parecera espantada de verdade com a presença de Mara. Jingu falara rapidamente com Shimizu, que fora sem dúvida o carrasco de Pape, enquanto o olhar de Teani se voltara ao Líder de Ataques dos Minwanabi com intenso desprezo. Naquele momento, Mara estava preocupada com Papewaio e o ódio retorcido da concubina parecera-lhe insignificante. Contudo, aquela recordação ganhou então nova força, em particular porque a reação deixara Shimizu muito inquieto.

— Como se chama o amante de Teani? — perguntou Mara.

Arakasi balançou a cabeça.

— Não sei, Senhora. Mas quando chegarmos à casa grande, posso enviar meu agente para descobrir.

Mara virou o rosto enquanto as chamas consumiam o corpo de Papewaio. Era doloroso demais ver aquilo e o gesto concedeu-lhe a oportunidade de falar mais à vontade com Arakasi acima do crepitar das chamas.

— Aposto um ano de colheitas que o nome dele é Shimizu.

Arakasi assentiu, com uma expressão de compaixão, como se sua Senhora tivesse expressado algum pensamento sobre a honra do morto.

— Não cubro a aposta, Senhora; é o candidato mais provável.

A madeira embebida em óleo sob Papewaio enfim pegou fogo e as chamas irromperem na direção do céu, quentes o suficiente para consumir até os ossos e a armadura endurecida com couro. Quando a pira apagasse, só restariam cinzas.

— Pape — murmurou Mara —, você será vingado, assim como meu pai e meu irmão. — Então, enquanto o céu derramava uma fina chuva gelada, as chamas consumiram tudo o que era mortal do mais fiel guerreiro que Mara conhecera. Ela aguardou, já sem frio, com a mente absorta em um novo plano.

Após o funeral de Papewaio, Mara voltou aos aposentos do Senhor da Guerra. Encharcada até os ossos, e acompanhada por um guarda de honra que também pingava sobre o chão de madeira encerada, encontrou Nacoya já de pé, depois de ter dormido na esteira. Com grande rispidez, a idosa ordenou às duas criadas que parassem de remexer em seus baús e que fossem imediatamente para os novos aposentos ajudar a Senhora.

A Senhora dos Acoma dispensou as atenções das criadas, indicando-lhes que deveriam voltar a arrumar os baús. Embora estivesse consciente de que Nacoya estava exausta, não viu grande sentido em apressar o processo de mudança e de se revigorar depois do funeral. Precisava apenas usufruir da segurança dos aposentos do Senhor da Guerra. Fez uma pausa para soltar e sacudir o cabelo gotejante. Em seguida, apontou a cabeça na direção de Arakasi, que depositou a urna com os restos mortais de Papewaio ao lado de seus baús.

— Vá procurar Desio — instruiu Mara ao homem que agora desempenhava o papel de guerreiro. — Diga a ele que precisamos de criados para levarem nossos pertences para os novos aposentos que o Senhor dos Minwanabi designou para acomodar os Acoma.

Arakasi fez uma reverência, mostrando que suas ordens seriam acatadas de alguma forma, menos a literal. Saiu em silêncio, sabendo que

Mara compreenderia que ele encontraria Desio, mas não pela via mais direta. O Mestre dos Espiões iria procurar seus contatos e, com sorte, voltaria com as informações sobre Teani de que Mara precisava.

No fim da tarde, o tempo ficou limpo e, com a interrupção da chuva, os convidados do Senhor dos Minwanabi começaram a ficar inquietos com a inatividade proporcionada pela meditação. Alguns se reuniram nos pátios maiores, para jogar mo-jo-go, um jogo de cartas com apostas, enquanto outros se dedicaram a organizar combates entre os guerreiros mais habilidosos de suas guardas de honra, fazendo grandes apostas. Diante da recente morte de Papewaio, Mara compreensivelmente não participou; mas a reunião descontraída do pessoal da casa e a informalidade dos Senhores ali presentes proporcionaram a oportunidade ideal para que Arakasi recolhesse informações. Observando-o através da porta entreaberta de seus aposentos, Mara não pôde ver se o Mestre dos Espiões teria contatos em todas as comitivas dos principais Senhores ou se as capacidades de representação do homem lhe permitiriam levar homens leais a manter conversas informais. Fosse qual fosse o modo pelo qual reunia informações, Arakasi retornou depois do pôr do sol com seu segundo relatório, do qual constavam informações espantosamente detalhadas sobre Teani.

— A Senhora estava certa. Shimizu é sem dúvida o amante de Teani. — Arakasi aceitou pão de thyza e carnes defumadas de uma bandeja levada por Nacoya. Mara optara por cear em seus aposentos e convidara o Mestre dos Espiões para acompanhá-la.

A Senhora dos Acoma fitou-o com um olhar indecifrável enquanto Arakasi preparava pão de thyza com tiras de carne de needra. Os hábeis dedos dele prepararam uma rosca, que ingeriu com os modos de um verdadeiro nobre.

— Mais do que isso — prosseguiu, percebendo que Mara compreenderia o significado —, Teani tem o Líder de Ataques preso como um peixe numa rede. Ele faz tudo o que ela manda, apesar de achar que seria melhor agir de outra forma. — O Mestre dos Espiões fez uma pausa para comer. — Na noite passada, os dois amantes se desentenderam. — Mostrou um sorriso rasgado. — O criado que acendia as lamparinas ouviu algo e demorou-se limpando os pavios… achando a conversa fascinante. O homem estava relutante em contar ao meu agente, pois foi mencionado o nome do Senhor deles, mas independente de sua disposição final,

Teani revelou-se a cadela intratável de sempre. Shimizu parece disposto a tudo para reconquistá-la.

— A tudo? — Cansada de comer, Mara fez sinal a Nacoya, que trouxe panos úmidos para limpar seu rosto e suas mãos. — Isso abre muitas possibilidades, não abre? — Enquanto Arakasi comia à vontade, Mara refletiu: Shimizu matara Papewaio à traição; Teani poderia ser obrigada a manipulá-lo a admitir que o Senhor dele ordenara a morte do oficial Acoma. Como espiã dos Anasati, Teani não era leal a Jingu de verdade. Seria a única criada da casa dele que não estaria disposta a morrer pela honra dos Minwanabi. Mara teve uma ideia. — Quero que entregue uma mensagem a Teani — disse a Arakasi. — Isso pode ser feito em segredo?

Então foi a vez de o Mestre dos Espiões perder o apetite.

— Se bem entendo o plano que a Senhora tem em mente, ele é arriscado... não, mais do que isso, é extremamente perigoso. Pelo que sei, não se pode esperar que a concubina proteja seu verdadeiro mestre, o Senhor dos Anasati. Ela já traiu um mestre antes, talvez mais do que um, e suspeito que tenha matado outro.

Mara também estudara o passado de Teani, uma prostituta de rua que aprendera a amar sua profissão e que descobrira ter uma ambição retorcida. No passado, a mulher traíra amantes e amigos e até assassinara homens que a visitavam na cama. De início, tinha sido por uma questão de sobrevivência, mas nos últimos tempos era uma questão de ganância e fome de poder. Naquela altura, era pouco importante o fato de Mara partilhar com Arakasi a opinião sobre a lealdade da concubina.

— Arakasi, se me apresentar um plano melhor, aceitarei. — O Mestre dos Espiões indicou que não e bem no fundo de seu olhar, Mara viu uma indicação de aprovação. — Muito bem — disse ela. — Vá buscar um pergaminho e um estilete, e ao anoitecer envie a mensagem a essa mulher.

Arakasi fez uma reverência e obedeceu ao pedido. Interiormente, admirou a ousadia do plano de Mara; contudo, não pôde deixar de reparar no leve tremor de sua mão ao escrever a nota que daria início à sua tentativa de atenuar a implacável sede de poder do Senhor dos Minwanabi.

A luz da lamparina tremeu com a corrente de ar quando Teani se dirigiu ao biombo e deu a volta, com a capa provocando uma brisa no rosto do Líder de Ataques Shimizu.

— Não deveria ter me chamado a esta hora — disse ele, desapontado consigo mesmo por seu incômodo já se dissipar. — Sabe que não posso ignorar meus deveres para vir encontrar com você, e dentro de uma hora estarei de sentinela.

À luz da lamparina, com seu cabelo com mexas douradas preso por uma fita, Teani deixou-o sem fôlego. A curva de seus seios sob a fina túnica fez com que o dever se assemelhasse a algo irreal.

— Então vá ser sentinela, soldado — disse a concubina.

Shimizu baixou o olhar, com o suor já brilhando na testa. Se saísse, iria ficar completamente desconcentrado, o que, para o Senhor dos Minwanabi, seria a mesma coisa que não ter nenhum guarda à porta. Encurralado entre a honra e o desejo ardente por seu amor, o Líder de Ataques disse:

— E você poderia muito bem me dizer por que me chamou aqui.

Teani sentou-se como se de repente as forças e a confiança a tivessem abandonado. Lançou sobre seu amante um olhar de uma menina assustada, mas suas vestes se moveram quando se dobrou para a frente, exibindo boa parte do corpo.

— Shimizu, não sei a quem mais poderia recorrer. Mara dos Acoma quer que eu seja assassinada.

Ela pareceu vulnerável o bastante para destroçar um coração. Shimizu levou instintivamente a mão ao punho da espada. Como sempre, a beleza dela subjugou a desconfiança legítima que alertaria para o fato de que tais palavras poderiam ser mentira.

— Como você sabe disso, meu amor?

Teani baixou os cílios, como se tentasse controlar o desespero. Shimizu retirou o elmo, colocando-o precipitadamente sobre uma mesa, e em seguida ficou ao lado dela. Agarrando seus ombros para abraçá-la, falou com a boca encostada em seu cabelo perfumado.

— Conte-me.

Teani estremeceu. Enfiou o rosto em seus braços e permitiu que ele a acariciasse, repelindo o medo que a impedia de falar.

— Mara me enviou um recado — conseguiu dizer a concubina, afinal. — Ela alega que seu falecido marido me deixou algumas joias de herança. Para evitar chamar a atenção de meu Senhor, pede que eu vá esta noite a seus aposentos, quando todos estiverem dormindo, para entregá-las a mim. Só que eu sei que Buntokapi não me deixou nada. Naquela noite em que partiu de Sulan-Qu, ele sabia que voltava à propriedade para morrer e cuidou de me deixar confortável.

Shimizu embalou-a suavemente, como se tentasse pôr fim a uma birra de criança.

— Você não está em perigo, meu tesouro. Nenhuma exigência da Senhora dos Acoma pode obrigá-la a ir até ela.

Teani ergueu a cabeça, com os seios encostados no flanco do Líder de Ataques.

— Você não a conhece — sussurrou, paralisada de medo, e suplicando de modo comovente. — Mara é esperta e teve um coração frio o bastante para orquestrar a morte do pai de seu próprio filho. Se recusar este convite, quanto tempo terei até um assassino me visitar durante o sono e me cravar uma faca no coração? Shimizu, viverei todos os dias com medo. Apenas em seus braços me sinto segura diante das terríveis conspirações desta mulher.

Shimizu sentiu um pequeno sopro gelado no corpo. Ficou rígido, como se a mulher em seus braços lhe tivesse tocado em uma extremidade nervosa.

— O que quer de mim? — A insegurança dela incentivou o desejo de proteção do guerreiro; todavia, não poderia atacar Mara sem quebrar o juramento de segurança do Minwanabi aos convidados abrigados sob seu teto. — Mesmo em prol de sua segurança, não posso trair meu Senhor — avisou Shimizu.

Sem se mostrar perturbada, Teani colocou a mão sob a túnica de Shimizu e fez deslizar os dedos pelos músculos da coxa.

— Amor, nunca pediria que manchasse as mãos com um assassinato. Mas, como meu homem, vai permitir que sua mulher entre desprotegida no antro de uma fera perigosa? Se responder ao meu chamado após o fim de sua tarefa, você iria como minha escolta? Se Mara tentar me fazer mal, e você me defender, então nosso Senhor não fará nada além de elogiá-lo. Terá abatido seu maior inimigo e de modo honrado. Se você estiver certo — ela encolheu os ombros, como se tal possibilidade fosse muito vaga — e houver alguma verdade na mensagem dessa mulher, que mal fará eu levar uma escolta?

Shimizu relaxou totalmente e as carícias dela fizeram com que sua pele corasse como vinho. Era adequado, e até esperado, que um membro da casa dos Minwanabi levasse um guarda de honra para seu encontro com um convidado. Sendo assim, poderia legitimamente defender a segurança dessa pessoa se sua vida fosse ameaçada. Aliviado, beijou-a. E no ardor de sua resposta, Teani sentiu que o guerreiro que ela manipulava balançara em suas determinações como uma folha num vendaval. Se ela tivesse solicitado a morte de Mara, Shimizu teria ficado profundamente na dúvida sobre onde estaria sua lealdade: nas obrigações com seu Senhor ou na devoção para com a mulher que tinha nos braços.

Teani afastou Shimizu com toda a cautela que teria recorrido para embainhar uma arma mortal. Não exibiu em seu olhar nenhum sinal de satisfação, mas apenas de resignação e coragem quando ergueu o elmo emplumado da mesa e o depositou nas mãos de Shimizu.

— Honre seu Senhor, meu amor. Depois venha se encontrar comigo quando seu turno de sentinela terminar, então iremos nos encontrar com Mara dos Acoma.

Shimizu colocou o elmo na cabeça. Com a tira ainda solta e pendurada, inclinou-se e beijou-a com desejo.

— Se Mara ousar fazer mal a você, irá morrer — sussurrou ele. E depois saiu, passando veloz pelo biombo.

Assim que Shimizu desapareceu no crepúsculo, Teani esfregou as marcas vermelhas que a armadura fizera em sua pele. Uma satisfação feroz iluminou seu olhar e ela soprou para apagar a lamparina, de modo que ninguém pudesse partilhar aquele momento de triunfo. Tudo o que teria de fazer era incitar Mara ao ataque, ou simular uma briga caso a cadela não começasse a insultá-la. Então, segundo o código de honra dos guerreiros, Shimizu deveria desferir um golpe em defesa de Teani e se, no jogo maior, a morte de Mara viesse a ser julgada como um ato vergonhoso, que mal causaria à causa dos Minwanabi uma concubina cuja lealdade pertencia a Tecuma dos Anasati? A assassina de Buntokapi seria carne para jagunas, e para Teani esse triunfo estava além de qualquer outra coisa.

Do outro lado do corrimão da sacada, a luz do luar espalhou tons de dourado sobre as águas do lago agitadas pelo vento. Mas Mara não se dirigira aos biombos para apreciar a vista. Arakasi advertira-a sobre aquilo quando ela entrou pela primeira vez nos novos aposentos. As balaustradas da sacada, assim como os apoios e algumas tábuas na ponta, eram de madeira muito velha, mas as cavilhas usadas para apertá-las eram novas, pois faltava-lhes o tom opaco que surgia com o desgaste da madeira chican. Alguém preparara um possível "acidente". Um caminho de pedras de vidro circundava os três patamares do jardim sob a janela dela. Quem quer que caísse daquela varanda teria morte certa. Poucas perguntas seriam feitas se o corpo dela fosse ali descoberto de manhã todo despedaçado, com o velho corrimão por cima, pois sem dúvida teria desabado quando ela ali se debruçara.

A noite escureceu os corredores e os aposentos da grande casa dos Minwanabi; havia poucos convidados despertos. Sentindo a falta de Papewaio e ansiosa por dormir na segurança de sua propriedade, Mara instalou-se impaciente nas almofadas ao lado de Nacoya.

Usando vestes simples e uma pulseira de conchas confeccionada pelos cho-ja, a Senhora dos Acoma apoiou a cabeça nas palmas das mãos.

— A concubina não deve demorar.

Nacoya não abriu a boca, mas, em seu posto atrás do biombo da entrada, Arakasi reagiu com um encolher de ombros indeciso. Seu gesto indicou que considerava Teani absolutamente imprevisível, apesar de seu recado deixar claro que viria após a troca da guarda, à meia-noite. Mara sentiu frio, apesar de a noite estar quente. Desejou que Papewaio estivesse ali, com seu talento lendário para o combate. Arakasi poderia vestir a armadura de um guarda de honra, mas seus dotes com armas não eram nada de que pudesse se vangloriar. Ainda assim, sem a rede do Mestre dos Espiões, ela não teria nenhum plano. Controlando os nervos com a disciplina aprendida no templo, Mara aguardou, até que por fim ouviu passos no corredor.

Dirigiu um meio sorriso de satisfação a Arakasi; depois, de repente, fez desaparecer tal expressão de seu rosto. Os passos aproximaram-se e, sobre o esperado tilintar de joias caras, Mara escutou os rangidos de armaduras e armas; Teani estava acompanhada por um guerreiro.

Nacoya piscou de sono, já com a audição fraca demais para perceber a aproximação do grupo pelo corredor. Mas endireitou-se assim que Mara olhou pela entrada, alertada pela reverência de Arakasi. Podia contar sempre com ele para se comportar conforme exigia a situação.

— A concubina trouxe um guarda de honra, como é seu direito — murmurou Nacoya, interpretando o gesto cerimonioso dele. Então, calou-se. Já era tarde demais para alertar Mara de que qualquer ato que pudesse ser interpretado como um comportamento agressivo em relação a Teani seria tomado como um ataque a um membro do pessoal dos Minwanabi. Então qualquer ação do guarda de honra para defender a concubina de Jingu seria justificada; aliás, seria sua obrigação.

Apesar de Mara ter assumido sua postura mais magnífica e de seu mais implacável autodomínio, não conseguiu suprimir uma ponta de receio assim que o guerreiro que guardava Teani contornou o biombo e apareceu. Usava a plumagem laranja própria de um Líder de Ataques dos Minwanabi e suas feições eram as mesmas que vira no oficial que cravara a espada ensanguentada no corpo de Papewaio.

A concubina entrou logo atrás, vestida com seda escura. Tinha no cabelo dourado adornos de metais caros e nos pulsos usava adereços cintilantes. Assim que transpôs o biombo, Arakasi colocou-se discretamente diante da escolta dela.

— Nós dois esperaremos aqui... para o caso de sermos necessários.

Indicava o protocolo que nenhum guerreiro armado poderia aproximar-se de sua Senhora a não ser com autorização dela. Fez um sinal a Teani para que atravessasse a entrada e as luzes tremeluziram, agitadas por uma corrente de ar vinda do lago.

Mara observou a reverência de Teani com um olhar glacial. Embora dotada de um corpo bem torneado, de perto Teani não tinha nada de dócil. Movia-se com a graça de um predador e seus olhos refletiam malícia e confiança. Mara examinou com olhos experientes a silhueta da mulher, mas dobras de seda meticulosamente concebidas não revelaram nada além do que sedutores triângulos de pele expostos. Quaisquer armas que Teani pudesse carregar estavam bem escondidas. Consciente, de repente, de que a concubina também a avaliava, Mara assentiu rigidamente para saudá-la.

— Há assuntos que temos de discutir. — Apontou para as almofadas em frente.

Teani aceitou o convite e sentou-se.

— De fato temos muito a discutir. — Com uma unha bem afiada, sacudiu uma partícula de pó de seu pulso. — Mas nada sobre presentes de seu falecido marido, Senhora — acrescentou. — Sei o real motivo que a fez me chamar até aqui.

— É mesmo? — Instalou-se um breve silêncio, que Mara fez perdurar ao mandar Nacoya aquecer um bule de chá de pétalas de aub. Suficientemente controlada para não ser a primeira a ceder, Teani nada mais disse. Mara enfrentou com calma o ódio evidente em seu olhar. — Duvido que saiba tudo o que tenho a dizer.

Enquanto Nacoya retornava com estardalhaço com o bule, o oficial que acompanhara Teani observou todos os movimentos delas; desde que Arakasi confirmara a suspeita de Mara de que Shimizu era o amante da concubina, ela conseguira interpretar a expressão fanática dele. Shimizu aguardava como uma relli enroscada pronta para atacar.

Nacoya colocou xícaras e tiras de casca condimentada em frente às almofadas. Assim que começou a servir o chá, Teani voltou a falar:

— Com certeza não espera que eu beba em seus aposentos, Senhora dos Acoma.

Mara sorriu, como se a acusação de que estivesse tentando envenenar uma convidada não fosse um insulto.

— Você antes aceitava sem hesitar a hospitalidade dos Acoma. — No instante em que Teani se conteve, ela sorveu elegantemente de sua própria xícara e fez a sua primeira jogada. — Vejo que você trouxe o Líder de Ataques Shimizu como seu guarda de honra. Isso é bom, pois o que tenho a dizer diz respeito a ele.

Teani nada disse, mas na entrada Shimizu ficou na ponta dos pés. Arakasi pousou suavemente a mão em sua espada, embora não fosse um adversário à altura de um verdadeiro guerreiro.

Mara concentrou-se exclusivamente na bela cortesã que tinha diante de si. Num tom de voz baixo o bastante para que os soldados ao lado da porta não pudessem ouvir, ela disse:

— Meu guarda de honra Papewaio foi assassinado na noite passada, mas não por um ladrão. Informo a você que seu guarda de honra, Shimizu, perfurou o coração dele com uma espada, e portanto colocou em causa a garantia dos Minwanabi.

Uma brisa vinda do lago suavizou a intensidade da luz. Teani sorriu na sombra e abruptamente fez um sinal a Nacoya para que lhe servisse chá.

— Não há ameaça aos Minwanabi, Senhora Mara. — Desdenhosa, como se sua presença fosse bem acolhida, esfarelou a casca condimentada na xícara, levou-a aos lábios e bebeu. — Papewaio não pode voltar à vida para testemunhar. — Teani não se deu ao trabalho de falar mais baixo. Os olhos de Shimizu estavam presos na Senhora dos Acoma.

Mara sentiu o suor escorrendo pelas costas. Pelo pai, pelo irmão e por Pape, obrigou-se a prosseguir:

— Isso é verdade. Mas eu digo que seu mestre é culpado e seu companheiro guerreiro foi seu instrumento. Vocês dois irão jurar isso... ou Jingu verá sua bela amante morrer enforcada.

Teani endireitou-se. Sem derramar o chá, colocou sua xícara de lado.

— Isso é uma ameaça para assustar criancinhas. Por que meu mestre me condenaria a uma morte vergonhosa, quando não faço nada além de agradá-lo?

Nesse momento, Mara permitiu que sua resposta ecoasse por todo o recinto.

— Porque sei que você é uma espiã a serviço de Tecuma dos Anasati.

Por um instante, foi possível distinguir um conflito entre a surpresa, o espanto e uma frieza declarada no rosto da concubina. Antes de Teani conseguir recuperar a compostura, Mara concluiu a manobra e esperou que os deuses da sorte apoiassem sua mentira.

— Tenho documentos que provam que você é uma serva juramentada de Tecuma e a não ser que faça minha vontade, eu farei com que sejam enviados ao Senhor dos Minwanabi.

Arakasi observou Shimizu com a intensidade decidida de uma asa-mortal. No início, o alto oficial pareceu surpreso pela traição. Depois, enquanto Teani visivelmente lutava para encontrar palavras para negar a acusação, Shimizu ficou muito agitado à entrada e desembainhou lentamente a espada.

A concubina empenhou-se em tentar remendar o mal que se instalara na relação deles.

— Shimizu! Mara está mentindo. Diz inverdades sobre mim para que você traia nosso mestre.

Shimizu hesitou. Reflexos da lamparina brilharam ao longo do fio da lâmina de sua espada lacada enquanto ele lutava consigo mesmo, torturado pela dúvida.

— Ataque-a! — incitou Teani. — Mate-a, por mim. Mate-a já!

Mas sua voz soou esganiçada demais. Shimizu endireitou os ombros. Medo, arrependimento e uma determinação dolorosa se misturaram em seu rosto enquanto balançava lentamente a cabeça.

— É meu dever informar o Senhor Jingu. Ele decidirá.

— Não! — Teani levantou-se de um pulo. — Ele irá enforcar nós dois, seu imbecil!

Mas a exclamação serviu apenas para confirmar a culpa dela aos olhos do guerreiro que a amara. Ele deu a volta e afastou-se da entrada. Arakasi foi atrás dele e sons de luta ecoaram. Nitidamente, o Mestre dos Espiões dos Acoma tentara bloquear a passagem de Shimizu, para conceder a Mara tempo suficiente para obter provas da traição dos Minwanabi em relação a Papewaio.

Teani girou, com os olhos faiscando de raiva.

— Nunca vai obter o que quer de mim, sua cadela frígida. — Sacou uma faca que trazia na cintura da túnica e saltou das almofadas para matá-la.

Mara percebeu que a concubina se preparava para saltar. Já rolando quando Teani se atirou em cima dela, caiu sobre o ombro. A faca cravou-se de modo inofensivo na almofada. Assim que a concubina soltou a faca da almofada, Mara recuperou o fôlego.

— Shimizu! Ajude-me! Pela honra de seu amo! — Rolou de novo, com o cintilar da lâmina raspando ao lado de sua virilha.

Teani praguejou furiosa e lançou-se à garganta de sua inimiga. Mara deteve-a com um movimento de lutador, mas apenas por um instante. A concubina era maior do que ela e a raiva lhe conferia ainda mais força. Deslizando, rolando e lutando pela própria vida, Mara conseguiu gritar desesperadamente para Nacoya:

— Vá buscar ajuda. Se eu morrer na frente de testemunhas, será o fim de Jingu e Ayaki sobreviverá!

A anciã saiu correndo. Teani guinchou de frustração. Possuída por um ódio imenso, empurrou Mara para trás de encontro ao piso. A faca mergulhou. Mara agarrou-a, mas começou a ceder e a lâmina tremia cada vez mais perto de sua garganta exposta. De repente, sentiu uma sombra pairando acima. Viu uma armadura reluzir à luz do luar e um par de mãos puxou Teani por trás. Mara endireitou-se com uma sacudida quando a concubina foi puxada, ainda com a faca na mão. Shimizu segurou sua amante pelos cabelos, como uma presa de um caçador.

— Você só pode ser uma espiã dos Anasati — disse amargamente. — Caso contrário, qual seria seu interesse em fazer mal a esta mulher e ver meu amo irremediavelmente desonrado?

Teani enfrentou a acusação de seu amante com um olhar furioso e provocador, carregado de malícia. Então, retorceu-se como uma serpente e lançou a faca na direção do coração dele. Shimizu girou e defendeu-se da lâmina com o punho. A ponta raspou, provocando um ferimento leve. Furioso, atirou para o lado a concubina que o traíra. Ela cambaleou desajeitadamente para trás e um de seus calcanhares ficou preso no trilho dos biombos. A sacada ficava do outro lado, com a silhueta do corrimão contrastando com a superfície do lago iluminada pelo luar. Teani balançou, desequilibrada, e tropeçou sobre os suportes já propositadamente enfraquecidos. A balaustrada estalou e cedeu com um leve murmúrio. A concubina contorceu-se, com o horror retirando todo seu encanto enquanto tentava se agarrar de novo à sacada. Mara prendeu a respiração quando as tábuas enfraquecidas se romperam debaixo dos pés de Teani. O som foi um presságio de morte. Teani percebeu, ao cambalear, que lá embaixo as pedras de vidro do pátio a aguardavam. O corpo a ser descoberto pela manhã seria o seu, não o de sua inimiga.

— Não! — O grito dela ecoou sobre o lago quando a última tábua cedeu debaixo dela. Não gritou mais. Conforme mergulhou nas trevas, bradou: — Você será amaldiçoada! — E bateu em seguida nas pedras. Mara fechou os olhos. Ainda com a mão fechada sobre o punho da espada, Shimizu ficou espantado e horrorizado. A mulher que amara jazia morta lá embaixo.

O luar brilhou sem cessar sobre o espaço vazio onde antes estivera a sacada, emoldurada por suportes despedaçados. Mara sentiu um arrepio e estremeceu, e em seguida ergueu os olhos espantados para o guerreiro, que pareceu paralisado como uma estátua em sofrimento.

— O que aconteceu com o meu guarda de honra? — perguntou ela.

Shimizu pareceu não ter ouvido. Virou-se da sacada meio atordoado e lançou um olhar nada amistoso sobre Mara.

— Minha Senhora, por favor, apresente provas de que Teani era uma espiã dos Anasati.

Mara afastou o cabelo ensopado do rosto, tremendo demais e muito preocupada para reagir ao tom de ameaça dele. Seu objetivo, a vingança por seu pai, irmão e até por Papewaio, estava a seu alcance. Se pudesse pelo menos extrair uma confissão de Shimizu… o Líder de Ataques não poderia ter a esperança de ocultar o fato de que fora obrigado a matar Teani para defender o voto de segurança dos convidados. Como fora a concubina que iniciara o ataque, Jingu poderia ser acusado de traição, pois quando Mara chegou, metade dos convidados o ouvira anunciar que Teani era um membro privilegiado de sua casa.

Shimizu, ameaçador, deu um passo à frente.

— Onde estão as provas?

Mara olhou para cima, aliviada por sua sobrevivência levá-la a dar uma resposta negligente:

— Mas eu não disponho de provas. Teani era uma espiã dos Anasati, mas minha alegação de ter provas escritas não passava de um blefe.

Shimizu olhou rapidamente para ambos os lados e, com um novo surto de pavor, Mara lembrou-se de que Nacoya saíra para buscar ajuda. Não havia testemunhas do que ocorrera naquele quarto.

— Onde está Arakasi? — repetiu, sem conseguir disfarçar o medo em sua voz.

Shimizu avançou um passo. Seu estado de espírito alterou-se de puro terror para determinação e seus dedos apertaram ainda mais a arma que tinha na mão.

— Você não precisa mais de um guarda de honra, Senhora dos Acoma.

Mara recuou, tropeçando nas almofadas.

— Guerreiro, depois de tudo o que aconteceu esta noite, você seria capaz de comprometer irremediavelmente a honra de seu amo?

A expressão de Shimizu manteve-se dura ao erguer a espada.

— Quem iria saber? Se eu disser que você matou Teani e que eu tinha a obrigação de defendê-la, não haveria nenhuma testemunha para me desafiar.

Mara afastou as almofadas com um chute. Shimizu deu mais um passo para a frente, encurralando-a contra os baús, sem chance de defesa. Aterrorizada por sua lógica arrebatadora e paralisada pela constatação de que seu plano louco e engenhoso poderia gerar confusão suficiente para poupar a honra de Jingu, tentou ganhar tempo:

— Então você matou Arakasi?

Shimizu saltou por cima do amontoado de almofadas.

— Senhora, ele tentou me impedir de cumprir meu dever.

Ergueu a lâmina, que brilhou ao luar. Já sem mais recursos, e desesperadamente encurralada, Mara sacou a pequena faca que levava escondida na manga.

Levantou a mão para atirá-la e Shimizu deu um salto. Golpeou com a parte plana da espada; Mara largou a faca, que caiu ruidosa no chão e deslizou até ficar longe do alcance, ao lado das portas da sacada. A espada voltou a ser erguida. Mara atirou-se no chão. Deixada no escuro pela sombra de seu atacante, ela gritou:

— Nacoya! — enquanto em silêncio suplicava para que Lashima protegesse Ayaki e a possibilidade de continuação da linhagem dos Acoma.

Mas a velha ama não respondeu. A espada de Shimizu sibilou ao descer. Mara rolou para o lado, atirando-se dolorosamente contra os baús quando a lâmina se cravou em sua esteira. Mara debateu-se, presa entre os duros baús com bagagens. O golpe seguinte da espada de Shimizu seria fatal.

Mas de repente ergueu-se outra espada sobre a cabeça de Shimizu. Aquela arma lhe era familiar e foi manuseada de modo desajeitado quando desferiu um arco reluzente à luz do luar e atingiu pesadamente o pescoço de seu agressor. As mãos de Shimizu se afrouxaram. A espada dele vacilou, até que caiu de seus dedos, com a ponta cravando-se na lateral de couro de um dos baús de viagem.

Mara gritou quando o enorme guerreiro caiu, com as plumas raspando na lateral de seu corpo quando se estatelou no chão. Cerca de um metro atrás, cambaleando e prestes a cair, Arakasi recorreu à espada para se manter em pé. Conseguiu fazer uma reverência, que mais pareceu a de um bêbado.

— Minha Senhora.

O sangue jorrava de um ferimento em seu couro cabeludo, escorrendo pelo rosto e pelo queixo, fruto de um golpe que devia tê-lo deixado inconsciente no corredor. Mara recuperou o fôlego com um grito fraco, meio de alívio e de medo.

— Você está com uma aparência horrível.

O Mestre dos Espiões esfregou o rosto e sua mão ficou vermelha de sangue. Ainda assim, conseguiu esboçar uma imitação de sorriso.

— Atrevo-me a dizer que sim.

Mara se esforçou para se levantar, mas sentiu-se meio zonza.

— Você deve ser o primeiro homem a ostentar as plumas de oficial dos Acoma que não sabe diferenciar o cabo da ponta de uma espada. Temo que Shimizu acordará com um machucado tão belo quanto o que infligiu a você.

Arakasi encolheu os ombros, com uma expressão que era um misto de triunfo e de grande pesar interno.

— Se tivesse sobrevivido, Papewaio ajudaria a melhorar minha técnica. O espírito dele terá de se satisfazer, em vez disso, com a ruína dos Minwanabi. — Então, como se tivesse admitido uma tristeza que deveria ter mantido só para si, o Mestre dos Espiões ajudou silenciosamente sua Senhora a se levantar.

Ouviram-se vozes no corredor. Indignadas e estridentes, as vozes de Jingu e de seu filho Desio se sobrepuseram nitidamente aos tons confusos dos convidados. Mara ajeitou suas vestes desarrumadas. Inclinou-se, retirando a espada de Shimizu do baú de viagem e enfrentou a multidão de nobres e criados como a verdadeira filha dos Acoma.

Jingu entrou furiosamente pelo biombo aberto.

— O que aconteceu aqui? — Deteve-se, boquiaberto, ao deparar com seu Líder de Ataques caído, e em seguida lançou um olhar de raiva à Senhora dos Acoma. — Você trouxe a traição para minha casa.

Os curiosos reuniram-se ao redor, com as vestes desarrumadas devido à pressa com que abandonaram as esteiras de dormir. Mara ignorou-os. Fez uma reverência formal e graciosa e depositou a espada de Shimizu aos pés do Senhor dos Minwanabi.

— Juro por minha vida e pelo nome de meus antepassados que a traição não foi minha. Sua concubina Teani tentou me matar, e, devido ao amor que nutria por ela, seu Líder de Ataques Shimizu perdeu a cabeça. Meu guarda de honra, Arakasi, foi forçado a intervir. Foi por pouco que conseguiu salvar minha vida. É assim que os Minwanabi respondem pela segurança de seus convidados?

Os que assistiam a tudo começaram a murmurar ruidosamente, com a voz do Senhor dos Ekamchi revelando-se a mais audível de todas.

— O guerreiro não está morto! Quando se erguer, pode dizer, sob juramento, que a Acoma mente.

Jingu gesticulou irritado para que se fizesse silêncio. Fitou Mara com um olhar glacial.

— Como minha criada Teani jaz morta nas pedras lá embaixo, irei escutar o que meu oficial Shimizu tem a dizer em relação a este assunto.

Mara não mencionou que, ao sugerir que ela mentira sob juramento, Jingu a insultara de modo muito grave. Nenhuma honra seria conquistada se reagisse às palavras de um homem condenado; e todos os presentes compreenderam que se fosse provada a acusação de Mara, o Senhor dos Minwanabi já não continuaria entre eles. Sua honra seria reduzida a pó e sua influência no Jogo do Conselho seria esquecida.

— Minha Conselheira-Mor, Nacoya, presenciou o ataque da concubina. — Mara recorreu aos ensinamentos das irmãs do templo para conseguir exibir uma postura digna. — Seu próprio Líder de Ataques teve de me defender para proteger sua honra. Se Teani não tivesse caído para sua própria morte, eu a teria matado com minhas próprias mãos para me salvar.

Alguém ao lado da porta murmurou um comentário favorável a Mara. Irado, Desio avançou furioso, mas foi prontamente afastado pela mão de seu pai. Jingu atreveu-se a sorrir, como um cão que roubara um pedaço de carne e ainda assim escapara.

— Senhora Mara, se não há mais testemunhas, você não pode fazer acusações. Caso Shimizu alegue que você atacou Teani e que ele veio defendê-la, e você alegue que Teani a atacou, e Arakasi a defendeu, o caso dependerá da palavra de sua Conselheira-Mor contra a de meu Líder de

Ataques. Eles têm um estatuto igual e por lei a palavra deles tem o mesmo valor. Quem dentre nós pode determinar qual deles mente?

Mara não soube responder. Frustrada e cheia de dores, e furiosa por se ver incapaz de provar a verdade, observou o inimigo que arruinara seu pai e seu irmão, e cujos antepassados haviam causado sofrimento a seus próprios antepassados, geração após geração. Seu rosto se manteve impassível quando afirmou:

— A honra dos Minwanabi está equilibrada sobre uma linha fina demais, Senhor Jingu. Um dia irá ceder.

Jingu riu, um som vindo do fundo da garganta que se sobrepôs a uma pequena agitação perto da entrada. Mara olhou para além dele e teve uma sensação de triunfo tão intensa que até pareceu que retiraram uma espada cravada em seu corpo. Através do biombo, abrindo caminho por entre os corpos comprimidos dos curiosos, apareceu Nacoya. Atrás dela vinha Almecho, ladeado por duas figuras vestidas de negro.

O Senhor da Guerra olhou para o quarto, observando a confusão que se instalara nos aposentos disponibilizados a Mara.

— Por todos os deuses — exclamou, com uma gargalhada —, o que aconteceu aqui? A julgar pelo aspecto, uma tempestade dentro de casa.

Jingu esboçou um sorriso amargo.

— Um ataque, meu Senhor, mas parece não haver nenhum acordo sobre quem teria dado o primeiro passo. — Encolheu os ombros de modo teatral. — Acho que nunca saberemos a verdade, pois a Conselheira-Mor da Senhora Mara, que seria de estranhar se não se mostrasse leal, mentirá para apoiar a história de sua Senhora. Será a palavra dela contra a de Shimizu. Acho que teremos de deixar de lado este assunto.

As sobrancelhas de Almecho se ergueram num malicioso sinal de censura.

— Oh, é mesmo? Acho que não será necessário deixar passar em branco nenhuma questão de honra, Jingu. Para que não haja qualquer nuvem negra sobre seu nome, para não falar de alguma vergonha que estrague a minha festa de aniversário, vou pedir a meus companheiros que nos ajudem. — Voltou-se para os dois vultos vestidos de negro que o acompanhavam e falou com o que estava mais próximo: — Elgahar, você poderia resolver este assunto?

Ouviu-se em resposta uma voz fria:

— Naturalmente, meu Senhor. — O mago prosseguiu enquanto

Jingu ficava completamente pálido. — Poderemos provar sem qualquer margem de erro quem mente e quem fala a verdade.

Almecho, parecendo se divertir perversamente, olhou de Mara para Jingu.

— Ótimo — disse baixinho —, separemos então o culpado do inocente.

17

Vingança

Elgahar exigiu silêncio.

As conversas se tornaram sussurros, até serem substituídas pelo silêncio absoluto quando os convidados do Senhor dos Minwanabi se amontoaram no espaço onde Teani caíra. Shimizu recuperara a consciência. Sentado aos pés de seu Senhor, observava o Grande com um olhar impassível.

Mara sentou-se em frente, com Nacoya e Arakasi ao seu lado. Seu guarda de honra limpara o sangue do rosto, mas não fez mais nada para se recompor. Alguns convidados mandaram escravos buscarem túnicas para cobrirem suas vestes de dormir, mas a maioria não se importou com a aparência. Curiosos, todos aguardavam com ansiedade pela demonstração de magia do Grande.

A lua brilhou intensa sobre a balaustrada quebrada da sacada. Banhado pela luz acobreada, o Grande ergueu os braços.

— Preciso de espaço livre ao redor dos locais onde tudo aconteceu e ninguém pode estar perto da porta.

Ouviram-se sandálias se arrastando pelo chão encerado quando os convidados atenderam à exigência de Elgahar. O Senhor da Guerra se colocou atrás do Senhor dos Minwanabi e Mara o viu se inclinar e sussurrar algo. Jingu reagiu com o que pretenderia ser um sorriso espontâneo, mas o resultado foi forçado e rígido. Nenhum Senhor do Império compreendia de verdade o poder dos membros da Assembleia de Magos. A capacidade do Grande em lançar um feitiço para apurar a verdade pareceu não dar grande tranquilidade ao Senhor dos Minwanabi. A magia poderia facilmente pegar Mara mentindo e então os Acoma estariam arruinados, mas ocorreram outras possibilidades a Jingu. A natureza imprevisível de Teani fazia parte daquilo que o atraía e não era segredo para ninguém o ódio que ela sentia por Mara.

O Grande ficou ao lado porta. Suas vestes se fundiram com a tinta nas sombras, transformando seu rosto e mãos em manchas claras e difusas. Quando falou, suas palavras soaram como uma voz além da compreensão humana. Os inocentes, os culpados e os curiosos, todos se encolheram ao escutarem tal som.

— Pisamos no palco de atos violentos — disse Elgahar a quem ali estava para presenciar sua magia. — As ressonâncias de emoções intensas criam ecos no mundo exterior, esse estado de energia paralelo à realidade. Meu feitiço convocará tais ecos e lhes dará formas visíveis e todos os olhos verão o que aconteceu entre os servidores dos Minwanabi e sua convidada, Mara dos Acoma.

Calou-se. O capuz eclipsou suas feições quando ficou completamente imóvel por um momento, até que virou a cabeça para o teto. Gesticulou no ar com uma mão e iniciou o encantamento numa voz tão baixa que nem os que estavam mais perto conseguiram decifrar suas palavras. Mara ficou quieta como uma estátua de um templo, quase sem perceber a leve ondulação do tom de voz do mago. O feitiço que ele formou a afetou de um modo estranho, como se uma força a tocasse por dentro e tomasse um pedaço de seu espírito. Ao seu lado, Arakasi estava bastante agitado, como se também sentisse a força da magia.

Um brilho tênue se ergueu no centro da sala sobre o conjunto de almofadas rasgadas. Mara olhou com espanto quando uma imagem dela, indistinta e transparente, apareceu sentada como havia estado quando Teani chegara. Um fantasma branco como gelo foi conversar com ela e todos reconheceram o vulto mirrado de Nacoya.

Os convidados murmuraram de espanto. Nacoya, vendo a si mesma, voltou o rosto para o lado e fez um gesto para esconjurar o mal. O Grande não reparou. Seu encantamento terminou de repente e ele levantou as mãos. Emolduradas pela luz do luar, as figuras brilhantes começaram a se mexer.

A cena desenrolou-se sob uma luz fantasmagórica, sem som, e frágil como luz refletida na água. Mara viu a si mesma falando e um tremeluzir de movimento surgiu do lado de dentro da entrada. O Grande permaneceu imóvel, até mesmo quando o contorno de Teani entrou, passando por seu corpo como se fosse feita de ar.

Os convidados mais próximos afastaram-se assustados e alguns soltaram gritos de espanto. Mas o espectro da concubina permaneceu alheio a tudo isso. De uma beleza fantasmagórica, refez os passos da hora anterior e dirigiu-se às almofadas diante de Mara. As imagens das duas mulheres sentaram-se e conversaram; Mara observou sua própria forma, espantada por constatar o quanto se mantivera tranquila na presença de Teani. Mesmo assim, a recriação da cena acelerou a batida de seu coração e deixou as palmas de suas mãos suadas. A recordação de sua terrível incerteza quase voltou a subjugá-la. Mas nada deixara transparecer aos olhos de Teani, e os convidados que observavam o fruto da magia do Grande também ficaram com a impressão de que se tratava de uma jovem completamente confiante enfrentando alguém de posição inferior. Para Mara, ficou fácil entender por que a concubina caíra na armadilha e acreditara na existência de provas de que ela era uma espiã dos Anasati.

Em seguida, todos os presentes no cômodo viram Teani chamar Shimizu, que estava do outro lado da porta. Apesar de sua imagem não gerar som, foi fácil ler seus lábios, e um momento depois, o Líder de Ataques apareceu. Não foi possível entender a troca de palavras, mas a expressão de Teani alterou-se, tornando-se tão selvagem e primitiva que vários convidados ofegaram de surpresa. Shimizu desapareceu de repente da moldura do feitiço e todos na sala viram Teani retirar uma faca da manga. Sem provocação visível, lançou-se das almofadas e atacou a figura de Mara. Independentemente do que Jingu pudesse alegar em sua defesa, já não restavam dúvidas de que uma criada dos Minwanabi atacara a Senhora dos Acoma. Fora quebrada a garantia de segurança do Senhor dos Minwanabi.

Pela primeira vez desde que os Senhores do Império poderiam se lembrar, Jingu ficou pálido em público. Surgiram sinais de suor em seu lábio superior enquanto à sua frente o drama ocorrido na hora anterior continuava a se desenrolar. O Líder de Ataques Shimizu voltou ao quarto e após uma breve e implacável luta, foi ferido pela faca dela. Todos olharam fascinados quando lançou a concubina pela porta. O batente de madeira se estilhaçou com um impacto surdo e Teani caiu para a morte, deixando apenas a impressão espectral de ódio, horror e medo desesperado impressa nas memórias dos convidados. Por um breve momento, o quarto repleto de gente pareceu ficar suspenso e imóvel. Depois, partindo do princípio de que o drama terminara, alguns convidados murmuraram comentários de horror. Mara aproveitou por um instante para olhar brevemente para o Senhor dos Minwanabi.

Sua expressão demonstrava frieza e seus olhos pequenos uma fraca esperança. Se Teani tinha agido contra suas ordens, então Shimizu preservara sua honra matando-a. Se a imagem acabasse ali, ele estaria a salvo. Mas o rosto do Grande não demonstrou severidade nem piedade sob a sombra escura do capuz. Seu feitiço continuou a se desenrolar e no meio do quarto o Líder de Ataques dos Minwanabi ficou em posição de ataque e avançou sobre a Senhora dos Acoma.

Jingu ficou muito rígido, como se tivesse sido atingido pela ponta da espada de um carrasco. As costas largas de Shimizu impediram que os presentes na sala percebessem o que Mara dissera, mas, após uma breve troca de palavras, a lâmina do guerreiro subiu e desceu muito depressa. Foi possível ver Mara rolando no canto. E com muita cautela, discretamente, os convidados que estavam ao lado de seu anfitrião começaram a se afastar, como se a vergonha fosse uma doença contagiosa que pudesse se espalhar pelo toque. A intervenção corajosa de Arakasi surgiu logo depois, enquanto, no quarto, os convidados foram lançando sucessivamente olhares de condenação e desprezo sobre o Senhor dos Minwanabi.

Nitidamente, a imagem esclareceu tudo. Numa imobilidade estrangulada, Elgahar murmurou uma frase e a estranha luz azul-esbranquiçada se extinguiu. Mara, ainda tremendo de emoção, deixou entrar ar em seus pulmões comprimidos. O perigo ainda pairava.

Almecho estava ao lado do Senhor dos Minwanabi, com uma expressão de prazer demoníaco. Enfeites suntuosos brilharam quando encolheu os ombros pomposamente.

— Bem, Jingu, aquilo me pareceu um nítido ataque a seus convidados. Primeiro a garota, depois o guerreiro. Você tem servidores entusiastas, não é?

Jingu não se mostrou perturbado. Atormentado por emoções que só ele conhecia, fitou primeiro Mara e depois o vulto musculoso de seu Líder de Ataques, que sangrava. Aqueles que estavam mais perto conseguiram escutar seus sussurros.

— Por quê? Shimizu, você era o guerreiro em quem eu mais confiava, o que o levou a agir dessa forma?

Shimizu retorceu os lábios em agonia. Qualquer que fosse a desculpa que desse em relação aos esquemas de Teani, seus atos já haviam condenado seu amo à morte, a única forma de expiar a vergonha de sua honra.

— Essa bruxa nos traiu — limitou-se a dizer, não tendo ficado claro se estava se referindo a Mara ou a Teani.

— Seu louco! — berrou Jingu, e sua veemência agitou todos os presentes no quarto. — Fruto estúpido de uma cabra enferma, você me matou! — Em um ato impulsivo, sacou uma adaga que tinha sob a túnica e se lançou para a frente. Antes de alguém conseguir reagir a seu acesso de fúria, golpeou o pescoço exposto de Shimizu. Das artérias cortadas jorrou uma fonte de sangue, manchando as túnicas finas e provocando um grito em uma Senhora com nervos frágeis. Shimizu cambaleou, pego de surpresa. Desajeitado, mexeu em vão as mãos enquanto a vida se esvaía entre seus dedos e seus ombros largos se curvaram quando percebeu que a morte o apanhara. Traições e mentiras, desejos retorcidos e amores enganosos, tudo perdera o sentido. Caiu para trás. Quase em tranquilidade quando acolheu a mão de Turakamu, sussurrou suas últimas palavras a seu mestre:

— Agradeço, meu Senhor, por me ter concedido a morte pela lâmina.

Shimizu assentiu, por fim, na direção de Mara, uma saudação silenciosa pela vitória dela. E depois seu olhar se tornou vazio e as mãos que tinham procurado tirar a vida de Mara ficaram frouxas. Esparramado, sem vida, aos pés dos convidados, pareceu o símbolo perfeito da derrota de Jingu. No Jogo do Conselho, o Senhor dos Minwanabi estava arruinado.

Almecho quebrou o silêncio.

— Isso foi impulsivo, Jingu. O guerreiro poderia ter algo mais a contar. Uma pena.

O Senhor dos Minwanabi se virou. Por um momento, pareceu capaz de se lançar ao Senhor da Guerra, mas a raiva o abandonou e deixou a adaga cair. Almecho suspirou. Os vultos encapuzados dos Grandes foram até ele quando voltou seu olhar a Desio, filho e herdeiro dos Minwanabi.

— Como o nascer do sol é considerado o melhor momento para esses assuntos, espero que nas próximas horas você se ocupe dos preparativos do ritual de expiação de culpa de seu pai. Vou voltar para a cama.

Quando me levantar, acredito que de alguma forma você irá devolver a alegria ao caos que está sendo esta celebração... Senhor Desio.

Desio assentiu. Incapaz de falar, levou dali o pai. Jingu parecia em transe. Desconsolado, e com sua voz vigorosa e rude completamente muda, devotou seu pensamento à tarefa que tinha em mãos. Nunca fora um homem corajoso, mas ainda assim teria de desempenhar o papel de um Senhor Tsurani. O destino decretara sua morte e, de algum modo teria de encontrar forças para fazer o que era esperado. Assim que Jingu atravessou a soleira, Desio lançou um último olhar à Senhora Mara. Seu olhar era um aviso claro. Outros até poderiam aplaudir seu desempenho no Jogo do Conselho, mas Mara não vencera; simplesmente empurrara a sangrenta rixa familiar para a geração seguinte. Mara percebeu o ódio dele e ocultou um tremor de medo. Não precisava que lhe recordassem o fato de ainda estar bem no coração do poder dos Minwanabi.

Pensou rapidamente e antes que o herdeiro dos Minwanabi pudesse escapar dos olhos de todos, ela o chamou.

— Meu Senhor Desio, a violência caiu sobre mim pelas mãos de servidores dos Minwanabi. Peço uma escolta de seus soldados amanhã, quando partir de volta à minha casa. Seria uma pena e uma mácula para sua família, se um convidado ofendido fosse atacado pelos que o servem... ou por bandidos desconhecidos ou piratas ao longo do rio.

Lançado brutalmente para as responsabilidades de governo, faltavam a Desio os conhecimentos para negar aquele pedido com delicadeza. Consciente apenas da dor de seu pai, e odiando a Senhora que a causara, ainda assim respeitou as formalidades que fora ensinado a seguir. Iria dar continuidade à contenda entre os Minwanabi e os Acoma, mas, em público, o insulto a Mara e o mal lançado sobre sua família exigiam pelo menos um gesto de compensação. Desio assentiu levemente e partiu, para tratar do lamentoso ritual suicida de Jingu.

Aos poucos o movimento voltou à sala. Os convidados se animaram e comentaram sobre o ocorrido, enquanto um exausto Arakasi ajudava a Senhora Mara a se levantar. Almecho e os outros fitaram-na com respeito. Nenhum dos presentes acreditou que o Senhor dos Minwanabi havia enviado um de seus seguidores para matar sem propósito a Senhora dos Acoma. Ninguém duvidou que a magia dos Grandes revelara o último ato de uma complexa trama de Mara, dentro do que havia de melhor, em termos de sutileza e morte, no Grande Jogo do Conselho. A Senhora dos Acoma ultrapassara todas as expectativas para vingar um golpe que quase arruinara sua casa. Em silêncio, todos a congratularam por sua perícia em derrotar o inimigo em seu próprio lar.

No entanto, o que Mara aprendera acima de tudo fora a se resguardar com atenções redobradas contra a traição em tudo o que dizia respeito aos Minwanabi. Após conferenciar por sussurros com Arakasi, deu um passo à frente. Fazendo uma reverência extremamente respeitosa ao Senhor da Guerra, sorriu de um modo que a tornava bastante bela.

— Meu Senhor, lamento que minha participação inadvertida nestes atos sangrentos tenha projetado uma sombra sobre sua festa de aniversário.

Mais divertido do que irritado, Almecho fitou-a com intensidade.

— Não coloco nenhuma responsabilidade sobre seus ombros, Senhora Mara. Jingu está prestes a pagar qualquer dívida que possa existir. Ainda assim, creio que o caso não esteja encerrado, mesmo tendo nosso jovem Senhor providenciado uma escolta para seu retorno à sua casa... e a propósito, saúdo esse toque final; ainda assim, pode enfrentar dificuldades.

Mara percebeu os perigos que ainda corria. Recorrendo a todo o encanto de que dispunha, ofereceu sua simpatia àquele que era a voz do Imperador em Tsuranuanni.

— Meu Senhor, aconteceram aqui situações ruins demais para que as celebrações possam prosseguir animadas. Por mais que Desio deseje o contrário, a dor pouco espaço deixará em seu coração para retomar as festividades em sua honra. Apesar de haver outras propriedades mais próximas, a minha fica na rota mais rápida pelo rio. Como forma de compensação, permita que lhe ofereça minha casa como uma humilde substituta para a celebração final de seu aniversário. Caso aceite minha hospitalidade, meu pessoal e meus artesãos farão tudo o que estiver ao alcance para recebê-lo bem.

Cheia de planos secretos, Mara pensou nos talentosos, mas não reconhecidos artistas que atuaram em seu casamento. Em retribuição pela cortesia que demonstrara naquela época, estariam dispostos a atuar em cima da hora. E o valor social de Mara cresceria por ter sido capaz de descobrir novos talentos para o prazer do Senhor da Guerra. Além disso, muitos músicos e artistas de valor poderiam vir a obter um desejado patrocínio, deixando-os ainda mais em dívida para com ela.

Almecho riu.

— Você é bem sagaz, não é, passarinho? — Estreitou os olhos. — É melhor eu mesmo mantê-la sob meus olhos. Até hoje, nenhuma mulher vestiu o branco e o dourado antes, mas você... — Deixou cair sua expressão séria. — Não, aprecio sua ousada ideia. — Levantou a voz para se fazer ouvir diante dos convidados que tinham ficado por ali esperando assistir aos últimos acontecimentos. — Partimos com o nascer do sol para as terras dos Acoma.

Fez uma ligeira reverência e, ladeado pelos vultos negros dos magos, saiu bruscamente pela porta. Assim que desapareceu de vista, Mara se viu no centro das atenções. No próprio quarto onde por pouco escapara da morte, deixou de repente de ser uma proscrita social, uma garota marcada pela morte sem prévio aviso. Recebeu congratulações das maiores famílias do Império, assim como honrarias e elogios apropriados a um conquistador que poderia participar do Jogo do Conselho.

O séquito de guerreiros de Mara foi chamado dos quartéis bem antes do nascer do dia; juntaram-se à sua Senhora a bordo do barco dos Acoma. Com a terra e a água ainda na escuridão, a tripulação impulsionou a embarcação para longe do cais. Excitada demais com os acontecimentos da noite para conseguir descansar, Mara ficou ao lado da amurada com sua Conselheira-Mor e seu Mestre dos Espiões. Sentindo, com uma profunda dor, a falta de Papewaio, observaram as janelas iluminadas da grande casa dos Minwanabi ficando para trás. Depois do horror e do inesperado triunfo, Mara se sentiu ao mesmo tempo fraca e entusiasmada. No entanto, seus pensamentos, como sempre, estavam longe. Os habituais preparativos seriam escassos, já que o Senhor da Guerra e todos os convidados não estavam sendo esperados nas terras dos Acoma. Mara sorriu, mesmo contrariada. Jican iria sem dúvida arrancar os cabelos quando descobrisse que seu pessoal teria a responsabilidade de organizar a festa de aniversário de Almecho.

A barca balançou com suavidade quando os escravos trocaram as varas por remos e começaram uma cadência ritmada. Aqui e ali os soldados conversavam entre si aos sussurros; então todas as conversas cessaram quando o céu brilhou sobre o lago. Mais atrás, uma colorida frota de barcas de convidados abandonava a hospitalidade dos Minwanabi. Com as vias fluviais repletas de testemunhas nobres, Mara não precisava temer um ataque por parte de guerreiros inimigos disfarçados de bandidos; e Desio, de qualquer forma, dificilmente conseguiria orquestrar um ataque estando ocupado com o pesar e com a organização do ritual suicida de seu pai.

Quando o disco dourado do sol se ergueu sobre o vale, Mara e todos os outros passageiros nobres a bordo de suas barcas repararam no pequeno grupo sobre a colina ao lado da clareira da meditação dos Minwanabi. Aqueles homens prestavam homenagens ao Senhor Jingu enquanto ele reunia coragem para se debruçar sobre sua própria espada. Quando, ao longe, homens de armadura laranja se puseram em formação e marcharam em passos formais para a mansão, Mara proferiu uma oração de agradecimento aos deuses. O inimigo que orquestrara a morte de seu pai e de seu irmão, e quase a sua, estava, enfim, morto.

Com o falecimento de Jingu, terminava o poder supremo dos Minwanabi, que só estavam abaixo do Senhor da Guerra, pois Desio era um jovem de poucas habilidades sociais. Poucos o consideravam como o honroso sucessor de seu pai. Aqueles que viajavam para o Sul em direção às terras dos Acoma achavam, em geral, que o sucessor do velho Senhor sentiria fortes dificuldades em preservar as alianças que o pai havia forjado, quanto mais aumentar o poder dos Minwanabi. Desio poderia ter certeza de que iria ser atentamente avaliado. Enquanto conduzisse a família à sua queda, todos os que outrora haviam temido o poder dos Minwanabi iriam somar sua força com a de seus inimigos. A menos que um dos mais talentosos primos de Desio subisse ao poder, o destino dos Minwanabi estava traçado. O valor de uma grande casa caíra estrondosamente no Jogo do Conselho.

Mara pensou em tudo aquilo durante a viagem fluvial; depois, enquanto sua liteira balançava nas ruas repletas de gente de Sulan-Qu e, em seguida, no caminho para as terras dos Acoma. Com o fim do domínio dos Minwanabi no Conselho Supremo, Almecho permanecia sem adversários à sua altura, a não ser pela aliança entre os membros da Facção da Roda Azul e os membros da Facção pelo Progresso. Mara observou as liteiras decoradas dos nobres que seguiam em fila atrás de seu séquito, com a mente absorvida com os prováveis realinhamentos políticos. Esboçando um sorriso, percebeu a jogada de mestre de Nacoya em colocar Hokanu dos Shinzawai ao seu lado pelo menos uma vez durante a festa. Depois, riu interiormente. Ela precisava começar a pensar de novo em casamento. Agora, o Império iniciaria uma nova fase, com vários jogadores em conflito, mas o Jogo do Conselho nunca deixaria de existir.

Mara voltou-se para transmitir a Nacoya suas novas ideias e encontrou a idosa dormindo. Finalmente, com o retorno à estradas já conhecidas, a Conselheira-Mor começara a se libertar da tensão que a assolara durante a estadia na Casa dos Minwanabi.

— Minha Senhora, há algo estranho adiante — disse naquele momento Arakasi.

Nacoya despertou, mas não chegou a verbalizar suas queixas quando viu sua Senhora olhando em êxtase para a frente. No cume da colina seguinte, nos limites das terras dos Acoma, estavam dois guerreiros, um de cada lado da estrada. À esquerda, em solo Acoma, os aguardava um soldado com o habitual verde da guarnição. À direita, em terras do Império, o outro soldado vestia a armadura vermelha e amarela dos Anasati. Quando a liteira e a comitiva de Mara ficaram completamente visíveis, ambos os homens deram a volta e gritaram quase ao mesmo tempo:

— Acoma! Acoma!

Mara assustou-se quando sua liteira virou para a esquerda e olhou para trás e viu seus carregadores se afastarem abrindo caminho para a liteira do Senhor da Guerra, que se emparelhou com a dela.

— A Senhora preparou boas-vindas tremendamente bizarras.

— Meu Senhor, não sei o que significa isto — reconheceu Mara, pega de surpresa.

O Senhor da Guerra gesticulou para seus Brancos Imperiais e as duas comitivas subiram a colina lado a lado. Mais à frente, a alguma distância, dois outros guardas esperavam, e depois outros, e ainda outros mais adiante. No topo da última colina antes do pórtico das orações era possível distinguir uma quarta dupla. E pelos acenos, o grito "Acoma" tinha sem dúvida ultrapassado as liteiras que retornavam.

Mara virou-se para Almecho.

— Com a permissão de meu Senhor...?

Após o brusco assentimento de Almecho, a Senhora dos Acoma instruiu seus carregadores para que acelerassem o passo. Agarrou-se ao corrimão quando seus escravos se lançaram impetuosamente para a frente. A guarda de guerreiros correu a seu lado, percorrendo os campos conhecidos e periféricos, os pastos de needra com suas fêmeas e filhotes de um marrom-amarelado. Mara sentiu um aperto no peito. Pelo que seus olhos conseguiam ver, não havia lavradores ou pastores, carregadores ou homens com carrinhos nos campos. Nem havia escravos. Onde deveria haver trabalhadores Acoma esforçando-se arduamente, só via plantações e gado abandonados ao sol. Desejando ter a presença estoica de Keyoke ao seu lado, Mara gritou para o primeiro soldado Acoma pelo qual passou.

— O que está acontecendo? Fomos atacados?

O guerreiro ficou ao lado dos escravos que seguiam em passo de corrida e, nessa marcha, relatou a situação:

— Ontem apareceram soldados Anasati, Senhora. Acamparam do outro lado do pórtico das orações. O Comandante das Forças Armadas ordenou a todos os soldados que se pusessem a postos. As sentinelas que colocou na estrada deveriam anunciar sua chegada, ou avisar da vinda de soldados Minwanabi.

— Deve ter cuidado, filha. — Sem fôlego devido à trepidação na liteira, Nacoya ia dizer algo mais, mas Mara não precisou de novos alertas para ficar ainda mais preocupada. Fez um sinal à sentinela de Keyoke para que se juntasse à sua companhia de honra e chamou o soldado Anasati que estivera ao lado dele, e que vinha acompanhando sua liteira do outro lado da estrada.

Qualquer resposta seria uma cortesia, pois nenhum guerreiro Anasati precisava prestar contas à Senhora dos Acoma. Aquele deveria ter recebido ordens para respeitar esse desejo, pois permaneceu em silêncio, com o rosto obstinadamente virado para a frente. Quando a liteira escalou a última colina, o vale do outro lado estava repleto de armaduras coloridas. Mara prendeu a respiração.

Havia mais de mil guerreiros Anasati diante do pórtico, numa formação que indiciava estarem prontos para entrar em ação. Enfrentando-os, do outro lado do baixo muro ao redor, Keyoke comandava um número equivalente de soldados Acoma. Aqui e ali, as fileiras verdes eram divididas por manchas de preto brilhante, guerreiros cho-ja prontos para honrar o tratado com sua Rainha, aliança que seria estabelecida caso pairasse alguma ameaça sobre as terras dos Acoma.

Ao longo do vale, gritos foram dados assim que a liteira surgiu. Isso levou as forças Acoma a soltarem uma saudação; para espanto de Mara, as hostes inimigas responderam. E depois aconteceu algo que nem a velha Nacoya nunca ouvira falar, nem em contos, nem em baladas, nem nos acontecimentos históricos do Jogo do Conselho: os dois exércitos abandonaram as formações. Deixando cair as armas e retirando os elmos, aproximaram-se da liteira dela como uma única multidão alegre.

Mara olhou maravilhada. Uma brisa refrescante levantou uma nuvem de poeira, formando uma névoa que mais parecia fumaça quando cerca de dois mil soldados aos gritos cercaram sua liteira, assim como a respectiva guarda de honra. Keyoke abriu caminho com dificuldade entre seus soldados. Um espaço no lado dos Anasati se abriu e uma confusa Mara se viu olhando para Tecuma. O Senhor dos Anasati vestia a armadura de seus antepassados, de um tom vermelho vivo com enfeites amarelos, e a seu lado marchava a figura emplumada de seu próprio Comandante das Forças Armadas.

Os vários guerreiros ficaram quietos quando os carregadores da liteira deram um solavanco e pararam. Sua respiração ofegante soou bem alto, quebrando o silêncio quando Keyoke se curvou perante sua senhora.

— Minha Senhora.

Tecuma avançou e pela primeira vez em muitas gerações uma Governante dos Acoma recebeu uma reverência cortês.

— Meu Senhor — agradeceu Mara, um pouco constrangida, de dentro de sua liteira. Franzindo o cenho de modo a transparecer sua confusão, pediu a seu Comandante das Forças Armadas que lhe reportasse o que se passava. Keyoke levantou-se e falou em voz alta para que todos pudessem ouvir:

— As sentinelas nos alertaram que um exército se aproximava, ontem de madrugada, minha Senhora. Reuni a guarnição e fui eu mesmo enfrentar os intrusos...

Tecuma interrompeu-o.

— Ainda não entramos nas terras Acoma, Comandante das Forças Armadas.

Keyoke reconheceu a verdade daquele argumento.

— É verdade, meu Senhor. — Voltou-se de novo para Mara e retomou o relatório: — O Senhor dos Anasati veio conversar comigo, e exigiu ver seu neto. Em sua ausência, neguei o pedido para deixar passar sua "guarda de honra".

Mara fitou inexpressiva o avô de Ayaki.

— Senhor Tecuma, trouxe metade de sua guarnição como "guarda de honra"?

— Um terço, Senhora Mara — replicou Tecuma com um suspiro sem indício de bom humor. — Halesko e Jiro comandam os outros dois terços. — Naquele momento, o velho pareceu hesitar, embora tenha preenchido o vazio com sua habitual sutileza ao desapertar e retirar o elmo. — Algumas de minhas fontes alertaram-me que a Senhora não sobreviveria aos festejos do Senhor da Guerra e — suspirou, como se odiasse admitir aquilo — temi que fosse verdade. Para evitar que fosse feito algum mal ao meu neto, decidi fazer uma visita, para o caso de Jingu procurar acabar de uma vez por todas com a contenda entre os Acoma e os Minwanabi.

Mara ergueu as sobrancelhas, parecendo compreender.

— Então, como meu Comandante das Forças Armadas não atendeu a seu pedido de visitar seu neto, o Senhor decidiu ficar e verificar quem chegaria primeiro, eu ou o exército de Jingu.

— Correto. — As mãos de Tecuma fecharam-se sobre seu elmo. — Se tivessem aparecido soldados dos Minwanabi subindo a colina, teria marchado na direção deles para proteger meu neto.

Keyoke falou num tom inexpressivo.

— E eu teria impedido.

Mara dividiu seu olhar penetrante entre o sogro e o Comandante das Forças Armadas.

— Então teria feito o trabalho de Jingu por ele. — Balançou a cabeça, irritada. — Isso é culpa minha. Deveria ter levado em consideração que a preocupação de um avô poderia causar uma guerra. Muito bem, não há nada com que se preocupar, Tecuma. Seu neto está a salvo. — A Senhora dos Acoma fez então uma pausa, parecendo viver de novo aquele milagroso alívio. — Jingu morreu, por sua própria mão.

Surpreso, ele apertou o elmo sobre o cabelo grisalho.

— Mas...

Mara interrompeu-o.

— Já sei, o Senhor não foi informado. Infelizmente para os Anasati, sua "fonte" também morreu. — Ao escutar aquela novidade, Tecuma estreitou os olhos. Em seu íntimo, desejava saber como Mara soubera de Teani, mas nada disse. Endireitou-se e aguardou que Mara lhe revelasse a última parte das novidades. — A festa de aniversário do Senhor da Guerra foi transferida para cá, Tecuma. Como o Senhor era o único ausente, talvez pretenda corrigir essa lacuna e se juntar a nós nos próximos dois dias, não? Mas, por favor, compreenda uma coisa: insisto para que sua guarda de honra se restrinja a cinquenta homens, como a de todos os outros.

O velho Senhor assentiu, permitindo-se por fim ceder ao alívio e à diversão. Assim que Mara ordenou bruscamente à sua guarda de honra que retomasse a marcha para a propriedade, ele olhou para seu corpo delgado com algo que parecia admiração.

— Ainda bem que não vimos soldados Minwanabi subindo a colina, Mara. — Levou em consideração o corajoso soldado que seguia ao lado dela, e prosseguiu: — Seu Comandante das Forças Armadas teria sido obrigado a se render rapidamente, enquanto a maioria de minhas forças impediria o avanço do exército de Jingu. Eu não queria que isso acontecesse.

Keyoke não disse nada, limitando-se a se voltar e a apontar o local onde estava Lujan, na retaguarda da primeira linha de soldados Acoma. Ele, por sua vez, acenou a outro soldado mais ao longe. Quando Mara olhou para Keyoke com uma expressão de curiosidade, ele disse:

— Avisei os guerreiros cho-ja que montavam uma emboscada que poderiam voltar à sua colmeia, Senhora. Agora, se assim desejar, vou dar a ordem de retirada a nossos homens.

Mara sorriu, embora não pretendesse rir do nítido espanto de Tecuma ao ouvir a referência a cem soldados cho-ja que interceptariam sua guarda avançada caso passassem as fronteiras dos Acoma.

— Mantenha uma guarda de honra para receber nossos convidados, Keyoke. — O Comandante das Forças Armadas bateu continência e deu a volta para fazer o que lhe fora ordenado. Mara dirigiu-se então a Tecuma. — Avô de meu filho, assim que terminar de reordenar suas forças, por favor volte como meu convidado. — Dito aquilo, ordenou a seus carregadores que a levassem para casa.

Tecuma a viu partir. Até seu ódio latente devido à morte de Bunto foi substituído por deslumbre naquele momento. Olhou para baixo, para a estrada e para a coluna de convidados em movimento, e ficou satisfeito por não ser seu o problema de alimentar, alojar e entreter aquela gente. O pequeno hadonra, o tal Jican, certamente arrancaria os cabelos.

Mas Jican não arrancou os cabelos. Soube do retorno de Mara antes dos soldados de vigia, pois os mexericos tinham chegado pela voz de um mensageiro da Guilda com encomendas urgentes de um mercador. O homem comentou sobre os rumores de uma grande quantidade de barcas de nobres atracadas em Sulan-Qu, com o branco e o dourado do Senhor da Guerra fazendo-se notar entre elas. Como entrou em pânico, o hadonra esqueceu-se de passar a informação a Keyoke e aos guerreiros. Em vez disso, requisitou todos os homens livres, escravos e artesãos, que estavam já reunidos na grande casa para defender Ayaki se a coluna de guerra dos Anasati invadisse o lugar; estes haviam sido recolocados para tratarem de lavar toalhas e guardanapos e descascar frutas nas cozinhas, e foi no meio dessa confusão que surgiu Mara e sua comitiva.

— Então é aqui que estão todos os meus agricultores — exclamou a Senhora dos Acoma, precisamente quando seus carregadores colocavam sua liteira na entrada do pátio. Não conseguiu ocultar que se divertia, pois seu pequeno hadonra a informou da situação quase sem respirar enquanto ainda vestia uma armadura improvisada com material dos barracões e um capacete que era, no fim das contas, um tacho que pedira emprestado na cozinha. Os criados que trabalhavam nos matadouros e nas cozinhas estavam equipados de modo semelhante e por todo o lado estavam encostados nos móveis enxadas, ancinhos e foices que teriam sido usados como armas, se necessário. As gargalhadas de Mara foram interrompidas pelas queixas de Nacoya, que estava farta de liteiras e barcas e ansiosa por um bom banho quente.

— Pode ter o que desejar, mãe de meu coração. Está em casa.

Como se tivessem tirado um peso de suas costas, a Senhora dos Acoma constatou que isso era verdade, pela primeira vez desde que saíra da Cidade Sagrada de Kentosani.

Ainda amarrando os cordões das vestes domésticas que voltara a usar, Jican correu furiosamente desde a grande casa até os campos, onde haviam sido erguidos enormes pavilhões para alojar diversas centenas de Senhores, Senhoras, crianças nobres, conselheiros, guardas de honra e os respectivos e incontáveis criados. Quase não havia espaço na casa principal para as pessoas se mexerem, cheios como estavam os quartos de hóspedes com os mais próximos de Almecho e com os Brancos Imperiais. Alguns criados seriam alojados nos quartéis com os soldados, com os excedentes destacados para os aposentos dos escravos. Os escravos e os homens livres menos agraciados pela sorte iriam dormir sob as estrelas durante três dias. Mara sentiu-se reconfortada com a lealdade de seus servidores e soldados; apesar de todo o caos e agitação que trouxe consigo, ninguém se queixou. Até os criados tinham se preparado para defender Ayaki, mesmo sabendo que seus utensílios agrícolas e facas de cozinha de pouco valeriam contra o armamento de soldados experientes. Ainda assim, nem por isso perderam a coragem; e a lealdade deles ultrapassou os laços de dever.

Sensibilizada por tal devoção, e depois de ter vestido às pressas algumas roupas limpas, Mara voltou à entrada do pátio assim que o cortejo do Senhor da Guerra apareceu em todo o seu esplendor. Os Brancos Imperiais revelaram-se uma máquina de precisão ao escoltarem o seu mestre quando este saiu da liteira. Soaram trombetas e rufaram tambores e Almecho, o segundo homem mais poderoso do Império, depois do Imperador Ichindar, fez sua entrada formal perante a Senhora dos Acoma.

Mara fez uma reverência graciosa.

— Meu Senhor, dou-lhe as boas-vindas a nossa casa. Que sua estadia aqui proporcione descanso, paz e repouso.

O Senhor da Guerra de Tsuranuanni fez uma pequena reverência.

— Obrigado. Ora, você é capaz de tornar as coisas de alguma forma menos formais do que... nosso anterior anfitrião? Uma festa que se arraste por todo o dia pode ser cansativa, e gostaria de ter a oportunidade de conversar com você em particular.

Mara acenou com educação e olhou para sua Conselheira-Mor para que esta recebesse os dois magos vestidos de negro e lhes mostrasse seus aposentos. O orgulho ajudou a idosa a endireitar os ombros e com seus indomáveis modos maternais, guiou os dois enviados da Assembleia dos Magos como se lidasse desde sempre com aquele tipo de gente. Mara balançou a cabeça, surpresa com a rápida recuperação de Nacoya. Depois, permitiu ao Senhor da Guerra que pegasse em seu braço e os dois passearam sozinhos no ambiente pacífico e sossegado do jardim onde ela mais gostava de meditar.

Quatro guerreiros estavam de guarda à entrada, dois vestidos de verde e os outros dois com o branco da Guarda Imperial. Detendo-se na beira da fonte, o Senhor da Guerra retirou o elmo. Salpicou com água seu cabelo úmido cada vez mais grisalho, e, em seguida, se voltou para a Senhora dos Acoma e falou por cima do burburinho gerado pelas vozes de hóspedes e criados:

— Tenho de parabenizá-la, garota. Nos dois últimos anos mostrou aquilo de que é capaz.

Mara piscou, sem saber ao certo se entendera suas intenções.

— Senhor, fiz apenas o necessário para vingar meu pai e meu irmão e preservar a existência de minha casa.

Almecho riu e a acidez de seu estado de espírito espantou os passarinhos que estavam nos topos das árvores.

— Senhora, o que você acha que é o Jogo, a não ser resistir enquanto se derruba os inimigos? Enquanto outros pairaram sobre o Conselho Supremo tagarelando uns com os outros sobre esta e aquela aliança, você neutralizou seu segundo maior rival, transformando-o, praticamente, num aliado relutante, e destruiu seu mais poderoso inimigo. Se isso não é uma vitória de mestre no Jogo, nunca vi ninguém jogar. — Hesitou por um momento. — Aquele cão do Jingu estava ficando ambicioso demais. Creio que ele tenha conspirado para derrubar três oponentes: você, o Senhor dos Anasati e eu. Acho que o Tecuma e eu estamos de alguma forma em dívida com a Senhora, mesmo que não tenha agido pensando no nosso bem. — Reflexivo, deslizou os dedos sobre a água, da qual se ergueram pequenas ondas que percorreram a superfície, como as correntes da intriga correm invariavelmente por detrás dos assuntos do Império. O Senhor da Guerra fitou-a intensamente. — Antes de sair de perto de você, desejo deixá-la ciente de uma coisa: eu teria deixado Jingu matá-la, se esse fosse o seu destino. Mas agora estou satisfeito por você ter sobrevivido, e não ele. Ainda assim, meu auxílio será pequeno. Não é porque até hoje nunca houve uma mulher vestindo o branco e o dourado que você deva pensar que considero sua ambição menos perigosa, Mara dos Acoma.

De certa forma subjugada por aquele reconhecimento de suas capacidades, Mara respondeu:

— O Senhor me elogia demais. Não tenho outra ambição além de ver meu filho crescer num ambiente de paz.

Almecho voltou a colocar o elmo na cabeça e fez um sinal a seus guardas de que estava na hora de voltar.

— Então, não sei — ponderou, em parte falando para si mesmo. — Quem deverá ser mais temido, quem se move por ambição ou quem se move por necessidade de sobrevivência? Gosto de pensar que poderemos ter uma boa relação, Senhora dos Acoma, mas meu instinto me alerta de que você é perigosa. Por isso, digamos que por ora não temos motivos para discordar.

Mara fez uma reverência.

— Isso é algo que me deixa muito satisfeita, meu Senhor.

Almecho retribuiu o cumprimento, e depois partiu para chamar os criados para que lhe preparassem o banho. Assim que Mara o seguiu para fora do jardim, Keyoke avistou sua Senhora e foi se encontrar com ela imediatamente.

— Pape… — disse ele.

Mara assentiu, igualmente triste.

— Ele morreu como um guerreiro, Keyoke.

O rosto do Comandante das Forças Armadas manteve-se inexpressivo.

— Um homem não pode pedir mais do que isso.

Certa de que Nacoya estaria sendo brilhante ao lidar com os convidados, Mara disse:

— Acompanhe-me até a clareira de meus antepassados, Keyoke.

O Comandante das Forças Armadas dos Acoma encurtou o passo para acompanhar o de sua pequena Senhora e em silêncio abriu uma porta lateral. Mara suspirou assim que deixaram para trás o edifício principal e o cantar dos pássaros substituiu as conversas dos convidados e criados.

— Precisaremos de um novo Primeiro Líder de Ataques.

— Como queira, Senhora — disse Keyoke.

Mas Mara não revelou sua opinião.

— Quem é o mais adequado para o cargo?

Keyoke deu uma rara mostra de expressividade ao responder:

— Fico mortificado ao dizer isso, mas apesar de seu comportamento por vezes inapropriado, não há ninguém mais apto do que Lujan. Tasido já está conosco há mais tempo e é melhor no manejo da espada... mas em termos de tática, estratégia e liderança, Lujan está entre os melhores que já vi desde... — hesitou. — Bem, desde seu pai.

Mara ergueu as sobrancelhas.

— Ele é assim tão bom?

Keyoke sorriu e seu estado de espírito revelou-se tão surpreendente que Mara até parou e ouviu a explicação do seu Comandante das Forças Armadas.

— Sim, é assim tão bom. É um líder nato. Por isso Papewaio começou tão rapidamente a gostar do canalha. E se seu Primeiro Líder de Ataques tivesse sobrevivido, estaria aqui dizendo o mesmo. Se o Senhor dos Kotai tivesse sobrevivido, Lujan provavelmente já seria um Comandante das Forças Armadas a esta altura. — Pelo vestígio de dor no tom de Keyoke, Mara compreendeu que Papewaio fora como um filho para aquele velho soldado de campanha. Mas então sua disciplina de tsurani assumiu seu lugar e o velho guerreiro voltou a ser como ela sempre o conhecera.

— Assim sendo, nomeie Lujan como Primeiro Líder de Ataques — ordenou Mara, satisfeita com a escolha dele — e promova um Líder de Patrulha ao seu posto. — Passaram entre as árvores, onde outrora Papewaio se ajoelhara e implorara que tirassem sua vida com sua própria espada. Com uma pontada de mágoa por sua morte, Mara pensou no que poderia ter acontecido se ela não tivesse reinterpretado a tradição em relação à faixa negra dos condenados. Sentiu um arrepio na espinha. O quanto se revelara delicado o fio dos acontecimentos que haviam preservado sua vida.

Keyoke deteve-se, de um modo estranhamente abrupto. Em frente, estavam as sebes protetoras na entrada da clareira e o Comandante das Forças Armadas, por tradição, podia acompanhá-la apenas até ali. Mara reparou então que à sua espera estava uma figura solitária, diante da clareira da meditação de seus antepassados. O elmo vermelho e amarelo que tinha nas mãos lhe era familiar, brilhando à luz acobreada do final de tarde; na bainha na lateral do corpo não trazia nenhuma arma.

Mara dispensou com gentileza seu Comandante das Forças Armadas e avançou para se encontrar com o Senhor dos Anasati. Tecuma não quisera ser acompanhado pela guarda de honra. A armadura vermelha e amarela de sua família rangeu no silêncio daquele lugar quando ele a cumprimentou.

— Minha Senhora.

— Meu Senhor. — Mara retribuiu com uma ligeira reverência, consciente de que os pássaros nas árvores haviam se calado com a chegada do ocaso.

— Tinha esperança de encontrá-la aqui. Desde a última vez em que conversamos neste lugar, achei que seria o terreno apropriado para tentar um novo começo. — Deu uma olhada para o grupo de convidados que conversavam alegremente ao lado da entrada do pátio e para a agitação dos criados que os serviam. — Achei que na próxima vez que pisasse aqui, veria por aqui montes de guerreiros vestidos de laranja e não convidados que tivessem vindo honrá-la.

— Eles vieram para honrar o Senhor da Guerra — corrigiu Mara.

Tecuma observou com atenção o rosto de sua nora, como se na verdade a visse pela primeira vez.

— Não, Senhora. Festejam o aniversário do Almecho, mas na realidade estão aqui em sua honra. Nunca haverá amor entre nós, Mara, mas temos Ayaki em comum. E atrevo-me a pensar que partilhamos um respeito mútuo.

Mara fez uma reverência, mais pronunciada do que antes, e falou com toda a sinceridade:

— Temos isso em comum, Tecuma. Não me arrependo de nada, exceto pelos bons homens que tiveram de sofrer… — Pensou no pai, no irmão, em Papewaio e até em Buntokapi — …e morrer. O que fiz foi pelos Acoma, e tudo isso um dia pertencerá a Ayaki. Espero que compreenda.

— Compreendo. — Tecuma preparou-se para sair, mas depois balançou a cabeça grisalha, sendo visível por seus modos que relutava. — Compreendo de verdade. Talvez quando Ayaki atingir a maioridade e governar, eu possa encontrar em meu coração uma forma de perdoá-la pelo que fez.

Mara refletiu sobre o rumo estranho que os acontecimentos poderiam seguir no Jogo do Conselho.

— Sinto-me grata por pelo menos por ora não termos motivos para desavenças — disse ela.

— Por ora. — Tecuma suspirou de uma forma que quase pareceu um arrependimento. — Se você tivesse sido minha filha e Bunto, filho do Senhor Sezu… quem sabe como seriam as coisas? — Então, como se o assunto fosse para sempre posto de lado, colocou o elmo na cabeça. O cabelo espalhou-se em ângulos estranhos por cima das orelhas e a fita enfeitada balançou pendurada no pescoço, mas nem isso lhe deixou com uma aparência tola. Pareceu sim um Governante, com muitos anos pelas costas e muitos mais pela frente, com idade e sabedoria, experiência e conhecimento, um mestre em seu ofício. — Você é uma verdadeira filha do Império, Mara dos Acoma.

Sem nenhum precedente semelhante onde se ancorar para esboçar uma resposta, Mara nada mais conseguiu fazer além de uma profunda reverência e de aceitar o elogio. Dominada pela emoção, viu Tecuma partir para se juntar de novo à sua comitiva. A sós, ela subiu até a clareira da meditação de seus antepassados.

O caminho para o natami pareceu imutável como o tempo. Baixando-se na terra fresca onde muitos de seus antepassados haviam se ajoelhado antes dela, Mara passou os dedos sobre a ave shatra gravada na pedra. Numa voz baixa e trêmula de alegria, disse:

— Descanse em paz, meu pai, e você também, meu irmão. Aquele que ceifou-lhes a vida já está reduzido a cinzas e seu sangue foi vingado. A honra dos Acoma está intacta e sua linhagem conservada.

As lágrimas escorreram sem aviso prévio. Anos de medo e dor esvaíram-se do espírito de Mara. Lá no alto, o canto parecido com uma flauta da ave shatra chamou o bando para voar em celebração ao pôr do sol. Mara chorou copiosamente até a luz das lamparinas brilhar através das sebes e os sons distantes da festa encherem a clareira. Todos os esforços haviam dado resultado. Pela primeira vez desde que Keyoke a fora buscar no templo, sentiu-se em paz e em algum lugar sobre a Grande Roda as almas de seu pai e seu irmão descansavam em paz, com o orgulho e a honra restaurados.

Tomada por uma profunda satisfação pelo triunfo, Mara ergueu-se. Tinha uma casa cheia de convidados para receber… e o Jogo do Conselho iria continuar.

FIM

COLEÇÃO BANG!